KNAUR

MARKUS HEITZ

DIE KLINGE DES SCHICKSALS

ROMAN

Besuchen Sie uns im Internet:
www.knaur.de

Facebook: https://www.facebook.com/KnaurFantasy/
Instagram: @KnaurFantasy

Originalausgabe März 2018
© 2018 Knaur Verlag
Ein Imprint der Verlagsgruppe Droemer Knaur GmbH & Co. KG, München
Alle Rechte vorbehalten. Das Werk darf – auch teilweise – nur mit
Genehmigung des Verlags wiedergegeben werden.
Das Werk wurde vermittelt durch die
AVAinternational GmbH Autoren- und Verlagsagentur, München
Redaktion: Hanka Jobke
Covergestaltung: Guter Punkt, München / Anke Koopmann
Coverabbildung: © Anke Koopmann unter Verwendung
von Motiven von Shutterstock
Satz: Adobe InDesign im Verlag
Druck und Bindung: CPI books GmbH, Leck
ISBN 978-3-426-65448-4

*Den gealterten Heldinnen und Helden, ganz gleich
ob in der Fiktion oder im realen Leben*

Dramatis Personae

Airndt Hütts: Kommandant
Ansiwa, Dhouza, Nushira: Danèstras Töchter
Aphkenios: Hauptmann der Leibwache
Arbos Nachtschwarz: Spurenleser
Bhratigäion Tolbar: König von Nord-Lygäion
Caerg Bladsteen: Söldner
Calostro: Zauberer
Chunar: Söldner
Danèstara »Danèstra« Adima Decessa von Tiamin: Abenteuerin,
  Großfürstin und Erz-Königin von Uthalosa
Eraia: Magd
Ewina: Wäscherin
Fannia: Matrosin
Haneria: Bootsfrau
Heersen Kronbloim: Pflanzenkenner
Horneus: König von Taucora
Ilreen Klingrod: Spurenleserin
Iradias Bai: Krieger und Windbüchsenschütze
Isona: Sklavenmädchen
Kaalbrok Castha, Tirmin Eckelbrecht, Dreas Arbstein: Reisende
Kalenia: Köhlerstochter
Korava: Königin von Taucora
Lasaris: Söldnerin
Lers Hütts: Soldat
Lygos Tolbar: Prinz von Nord-Lygäion
Mabian: Danèstras Sohn
Mahetian Tintenfain: Schriftsteller und Buchdrucker
Motberth: Baron und Abgeordneter Kerkorias
Nymaina Sôol: Ingenia
Orphema: Gestaltwandlerin
Ovinia: Wanderin
Perdis: Priesterin von Thýain, Thýguda und Ansis
Quent »Räblein« Rabenhorst: Calostros Faktotum
Rouva: Rouvinias Tochter

Rouvinia: Magd und Händlerin
Sbinea: Abgeordnete von Siwenloith
Shantala von Maaredin: Fremdenführerin
Skerbull Schwarz: Universalgelehrter und Kämpfer
Slahan: Trumer (Kriegstrumer)
Sysca Râal: Ingenia
Tatesby: Sargmacher, Totengräber
Tauror Grauhorn: Stierzüchter
Tlindaro Sonn: Kartograf aus Athosa
Wartho: Schmied
Wilto T. C. L. von Rauhwasser: Baron und Lebemann
Vytain Dôol: Electorum-Büchsen-Schütze

Begriffe

Aggregata: Maschine, die Electorum erzeugen kann und unter Umständen damit arbeitet

Architectus/Architecta: Baumeister/-in

Augenfresser: großer Vogel

Battaria: Steine, die Electorum speichern. Die Form ist variabel.

Doctoro : Heiler in Izozath

Electorum: Energie, wie sie in Blitzen vorkommt

Electorum-Waffen: Schusswaffen, die mit Electorum angetrieben werden. Es gibt Pistola, Büchse, Stutzen und kleinere Vorrichtungen zur Montage an beliebiger Stelle. Hohe Reichweite, enorme Durchschlagskraft; mitunter sind sie laut. Darüber hinaus existieren Geschütze verschiedenen Kalibers.

Exponatorium: Ausstellung

Feldweibel: Rang

Infusio: Lösung, die in die Adern verabreicht wird

Ingenius/Ingenia: Technikkenner/-in in Izozath

Khitaylon: legendäres Seeungeheuer

Kufucka: hässliches Schimpfwort

Machina: Maschine, die mit Electorum betrieben wird

Machinisto/Machinista: Ingenius/Ingenia in Marwarod

Mamscha: verniedlichend für Mutter

Nebelaffe: fleischfressender Affe

Ordal: Gottesentscheid durch einen Kampf

Skamata: Riesenseeschlange

Srill: affenähnliches Wesen in Treydania

Treyd/-a: naturkundiger Zauberer/naturkundige Zauberin

Trumer/-in: Zauberer/Zauberin. Sie weben ihre Bannsprüche mit dem Trommelspiel nach exaktem Takt.

Windbüchse: Schusswaffen, die mit Luftdruck angetrieben werden. Es gibt Pistola, Büchse, Stutzen und kleinere Vorrichtungen zur Montage an beliebiger Stelle.

Einheiten

Feldmeile: eintausend Schritt

Gemeinjahr: dreißig Monate

Mond: vier Wochen

Seemeile: eintausendzweihundert Schritt

Auftakt

Kontinent Yarkin, Freie Grafschaft Molgand,
nahe der Stadt Molgandskron im Nordwesten,
vor langer Zeit in einem Spätsommer

Nahezu die ganze Stadt Molgandskron hatte die Mauern verlassen, um mit weiteren Hunderten Besuchern in einer munteren Prozession lachend, scherzend und singend hinter dem Karren mit dem Verurteilten herzuziehen. Es war ein Volksfest sondergleichen und eine Seltenheit obendrein.

Marktschreier mit Bauchläden umrundeten die Menschenmenge. Es wurden Süßwaren und Deftiges angeboten, manche hatten sich Bierfässchen auf den Rücken geschnallt und verkauften das Gebräu an die durstigen Kunden, die sich den Trunk in ihre Trinkbeutel oder Behältnisse schäumen ließen.

Die Hinrichtung eines Zauberers geschah nicht alle Tage auf Yarkin, schon gar nicht mit derlei Tamtam und Bohei, angefangen bei einer öffentlichen Anhörung und Gerichtssitzung über das Austreiben seiner magischen Kräfte bis hin zum Erscheinen von einem Dutzend Vertretern der Magischen Schulen des Kontinents. Sie wohnten dem Spektakel als Zeugen und als Aufpasser bei, falls der Verurteilte trotz der peinvollen Prozedur einen Rest seines Könnens behalten hatte und sich vor dem Tod rächen wollte.

»Sind wir bald da?« Die achtjährige Rouva hing am Rockzipfel ihrer Mutter und ging mit ihr am hinteren linken Rand der riesigen Wandergruppe, die sich durch den lichten Eichenwald bewegte. Die Straße reichte bei Weitem nicht aus, die vielen Menschen zu fassen.

»Aber gewiss.« Rouvinia nahm ihre Tochter auf den Arm und zeigte über die Köpfe hinweg zur kleinen Lichtung zwischen den Vier Hainen, wo sich der Galgenbaum befand. »Siehst du? Es sind keine hundert Schritt mehr.«

Rouva hielt Ausschau und sah die mächtige Eiche, in und um deren Stamm sich eine Birke, eine Trauerweide und eine Tanne gewunden hatten. Aufgrund dieser Besonderheit kam dem viererlei Baum die Aufgabe zu, als Hinrichtungsort zwischen den Wäldern zu dienen.

Die verrotteten Überreste von Delinquentinnen und Delinquenten hingen an Stricken und Ketten von den Ästen; andere wurden von Stahlkäfigen über den Tod hinaus gefangen gehalten, als fürchtete man deren Rückkehr als Wiedergänger.

»Gut. Ich bin nämlich müde.« Rouva war es gewohnt, bei Hinrichtungen zugegen zu sein, weil ihre Mutter großen Spaß daran hatte, wenn der Gerechtigkeit Genüge getan wurde. Von daher war das Mädchen mit dem Anblick von Gehenkten, Erschlagenen und Geköpften vertraut, zumal Rouvinia ihr Geld damit verdiente, den Hingerichteten Gliedmaßen abzuschneiden und sie anschließend als Glücksbringer zu verkaufen. Rouva musste in der Zeit Schmiere stehen, denn erlaubt war das Verstümmeln nicht. Sie fand es gruselig, aber nicht schlimm. Ihre Geschwister und sogar ihr Vater weigerten sich, dieses morbide Geschäft zu unterstützen, mit dem sie einen nicht unwesentlichen Teil des Lebensunterhalts bestritten. Als Tagelöhnerfamilie lebten sie von der Hand in den Mund.

»Was hast du denn den ganzen Tag gemacht, dass du jetzt müde bist?« Ihre Mutter küsste Rouva auf die Nasenspitze. »Sagte ich dir nicht, du sollst im Haus bleiben und deinen Brüdern beim Ausstanzen helfen? Du weißt, dass Schneider Riks die Knöpfe braucht.«

»Das war ich doch, Mamscha. Ich habe außerdem aufgeräumt und für die alte Grandina geputzt, danach war ich für den tattrigen Petreris im Stall und habe die Eier eingesammelt.« Rouva langte in die Tasche und präsentierte zwei Kupfermünzen. »Was kriege ich denn dafür?«

»Ist das dein Lohn?«

»Ja.«

»Nicht schlecht. Hilfst du mir nachher auch?«

Das Kind nickte.

»Wir werden uns sputen müssen, um was von dem Magier zu bekommen. Ein Zeh wäre gut. Ich habe aber schon drei, vier Glücksbringerhändler gesehen, die es auf den Leichnam abgesehen haben wie wir. Ich hoffe, der Henker hält sich an unsere Abmachung.«

»Darf ich danach in den Wald spielen gehen, Mamscha?«

»Nein. Dann wird es dunkel sein, und es kommen die Nebelwölfe und die Wasserfeen aus dem Auwald und fressen kleine Kinder wie dich«, sagte Rouvinia mit gesenkter Stimme und machte eine Fratze, dann knurrte sie und küsste den Hals ihrer Tochter so schnell hintereinander, dass es Rouva kitzelte und sie lachen musste.

»Mamscha! Hör auf, Mamscha! Ich mache mir sonst in die Hose!« Sie japste und zappelte, um den zärtlichen Attacken zu entkommen. »Lass mich runter!«

Rouvinia lachte und setzte ihre Tochter auf den Boden. »Wir werden wirklich keine Zeit haben. Ich weiß, wie gerne du in den Wäldern spielst, aber heute wird es nicht gehen. Ein anderes Mal.«

Rouva nickte artig. Auch wenn es ihre Mutter nicht billigte, wie viele Stunden sie in den Vier Hainen verbrachte, sie musste immer wieder ausbüxen und sich zwischen den Stämmen herumtreiben, um die schönsten Pilze, die prächtigsten Beeren, fettesten Frösche und schmackhaftesten Moose mit nach Hause zu bringen, die sie auf dem Markt verkauften. Das versöhnte Rouvinia mit dem unaufhörlichen Ungehorsam, zumal dies der einzige Makel ihrer Tochter war.

»So. Geschafft«, bemerkte Rouvinia. Sie waren mit der Menge bis an den Rand der Lichtung gelangt, die nicht alle Menschen aufnehmen konnte. Aus den vier Himmelsrichtungen wuchsen je ein Eichen-, Birken- und Tannenhain sowie ein Auwald aufeinander zu, und mitten auf der gemeinsamen Grenze erhob sich der Galgenbaum, dem man übernatürliche Kräfte zuschrieb.

Rouva glaubte fest daran. Wie sonst hätten die vier verschiedenen Arten sich verschränken, umwinden und zu etwas Neuem verbinden können?

Das Mädchen sah zu den Kronen der umstehenden Bäume hinauf, wo sich die Zuschauer drängten; unter der Last bogen sich die dicken Zweige, und Blätter fielen herab. Krachend ging ein großer Ast zusammen mit einem Dutzend Männern und Frauen zu Boden, das Geschrei der Gestürzten wurde vom Gelächter der Zuschauer abgelöst.

Dann erklang mehrmals eine Glocke, bis die Ansammlung leiser wurde und die Bauchladenverkäufer mit dem anpreisenden Gebrüll aufhörten.

»Bürgerinnen und Bürger von Molgandskron«, verkündete der Gerichtsdiener, den Rouva nicht sah, weil eine Wand aus Rücken ihr die Sicht raubte. »Werte Räte, werte Geheimräte und Kammerabgesandte, Ihr Hochwohlgeborenen Grafen von und zu Molgandskron«, ging die Begrüßung weiter, während sich der Lärmpegel mehr und mehr verringerte.

Rouva zupfte an Rouvinias Rock. »Mamscha, ich muss wirklich mal.«

»Dann geh und komm rasch wieder«, sagte ihre Mutter. »Präge dir die Kräheneiche zu meiner Linken ein, damit du mich wiederfindest. Und wenn nicht: Wir sehen uns nach der Hinrichtung bei dem Toten, verstanden?«

»Ist gut, Mamscha.« Rouva eilte los. Sie schob ihren dünnen Körper geschickt zwischen den eng stehenden Männern und Frauen hindurch, um die voll besetzte Lichtung zu verlassen. Manche Leute hatten sich kleine Trittleitern und Eimer mitgebracht, um sich daraufzustellen und besser sehen zu können.

Rouva musste nicht weit in den sumpfigen Auwald laufen, bis sie niemand mehr beim Verrichten ihrer Notdurft beobachten konnte. Die meisten Molgandskroner mieden diesen Teil der Vier Haine, da er ihnen am unheimlichsten von allen erschien.

Rouva hingegen war er der liebste.

Überall gab es verborgene Wasseradern, auf denen man Blattboote fahren lassen konnte, dann spuckten Sumpf und Moor gelegentlich kleine Geschenke aus, wie alte Knochen und Holzstücke, schwarz gefärbt und verbogen, aus denen man die absonderlichsten Schnitzarbeiten zu fertigen vermochte, die angeblich in Vollmondnächten sangen und tanzten.

Und nicht zu vergessen: der Nebel. Ein ganz besonderer Nebel.

Mal milchig, mal dicht wie Schneetreiben, mal schleierdurchsichtig verzauberte er die Umgebung. Aus Baumstümpfen machte er Fabelwesen, aus Farn die Krallen einer Bestie, die sich aus dem Moor zog, und aus Ranken dünne, tödliche Schlangen.

Rouva hatte geflunkert, was das Pinkeln anging. Sie verspürte einfach keinerlei Lust, der Hinrichtung beizuwohnen. Sie ging einige Schritte und atmete den Duft des Waldes ein, hörte das Blubbern im Wasser und das Rauschen des Schilfs. »Wie wunderschön du bist, mein Hain«, sagte sie und lehnte sich an den Stamm einer mächtigen Trauerweide. Die Natur war ihr wohlgesonnen, und anders als in jenen Teilen von Yarkin, die sich durch das Wirken dämonischer Mächte gewandelt hatten und von denen man ängstlich berichtete. Rouva fühlte sich hier vollkommen sicher.

Der Gerichtsdiener sprach noch immer, gelegentlich unterbrach ihn die Menge mit Beifall oder zustimmendem Rufen. Leise und wie aus großer Entfernung drang seine Stimme durch den Auwald. Er zählte auf, was der Verurteilte Schändliches getan und wie er sich verbotenerweise Geld durch Flüche angeeignet hatte. Keinem Zauberkundigen war es gestattet, seinen Mitmenschen ein Leid zuzufügen, abgesehen von Schurken und Verbrechern, derer man sich entledigen wollte.

Rouva hörte, wie der Gerichtsdiener den hundertsten nachgewiesenen Fall verlas, bei dem einer stillenden Frau die Milch in den Brüsten versiegte und ihr Neugeborenes elendig verhungern musste. »Aufgrund der Niedertracht soll der Verurteilte gehenkt werden wie ein gemeiner Verbrecher und nicht ehrenvoll hingerichtet wie ein Zauberer, der er einst gewesen war«, kam der Mann allmählich zum Ende.

Rouva hörte nicht weiter zu.

Sie hatte rätselhaft aufsteigenden Bodennebel entdeckt, aus dem sich die Konturen einer Frau erhoben, die das Mädchen zu sich winkte. Deswegen liebte Rouva den Auwald: Er wurde niemals langweilig.

Neugierig stieg sie über umgestürzte Bäume und zwängte sich durch die ausladenden Blätter des mannsgroßen Taufarns, der sich bei ihren flüchtigen Berührungen raschelnd zusammenrollte.

Der Bodennebel reichte ihr bis an die Hüfte und ließ den Untergrund verschwinden. Es schien ihr, als wäre sie in Wolken gefangen, die sich verflogen hatten.

Rouva kam der Nebelgestalt rasch näher. »Wer bist du?«, fragte sie unerschrocken.

Die Gespinstfrau legte einen Finger an die Lippen und vollführte eine Handbewegung.

Daraufhin erwuchsen drei weitere Gestalten aus dem wabernden Weiß, die sich rings um Rouva erhoben.

»Seid ihr Wasserfeen? Was möchtet ihr von mir?« Sie blieb ohne Furcht und studierte die Züge der Umstehenden.

»Oh, wir kennen dich, kleine Rouva«, sagte die Nebelfrau. »Du bist uns ans Herz gewachsen.«

»Du bist dem Wald ans Herz gewachsen«, fügte eine zweite Gestalt freundlich an. »Die Vier Haine mögen dich, weil du uns magst, Liebes.«

»Deswegen haben wir dich zu den besten Plätzen geführt, um dich Pilze, Beeren und derlei mehr finden zu lassen«, setzte eine dritte hinzu. »Nie hast du dem Wald Schaden zugefügt. Und du hast uns Lieder vorgesungen. So viele schöne Lieder, mein Kind.«

»Das vergessen wir dir nicht«, sprach die vierte.

Die Nebelfrau beugte sich nach vorn. »Wir sind die Vier Haine.« Die gespinstigen Finger streichelten Rouvas Gesicht, und es fühlte sich an wie eine Berührung von kühlem Dampf. »Und wir sind dir erschienen, um dir ein Angebot zu unterbreiten, liebe Rouva.«

»Verrecken sollt ihr!«, gellte die Stimme des Verurteilten durch den Auwald. »Ihr habt kein Recht, über mich zu urteilen! Ich werfe einen magischen Fluch über euch! Über euch alle, die ihr gekommen seid, um euch an meinem Tod zu ergötzen.«

Rouva erschrak. »Mamscha!« Sie wollte los, um nach ihrer Mutter zu sehen. Die Gespinstgestalten stellten sich ihr in den Weg. Der Farn rollte sich aus und wurde zu einer weichen, grünen Mauer, die Ranken schlangen sich zärtlich, aber fest um die Knöchel des Mädchens.

»Nein, meine Liebe«, sagte die Nebelfrau gütig. »Es ist zu spät. Die Menschen, die sich in den Vier Hainen befinden, sind dem Untergang geweiht.«

Rouva wollte den Farn beiseiteschieben, doch die Blätter hielten ihren Fingern stand. Die Ranken lagen wie Seile um ihre Knöchel und bannten sie. »Mamscha!«, schrie sie aus Leibeskräften. »Lauf! Der Zauberer wird dich sonst umbringen.« Dann sah sie die Nebelfrau an. »Kannst du sie retten? Bitte! Du *musst* sie retten!«

»Es tut uns leid«, erwiderte sie. »Alle werden sterben.«

Rouva schossen die Tränen in die Augen, heiße Tropfen rannen über die Wangen und fielen in den Nebel. »Mamscha!«, rief sie erneut und voller Verzweiflung. Sie riss ihr kleines Messer aus der Gürtelhalterung und schnitt die Ranken ab, rannte vorwärts und stach gegen die Farnblätter, die sich raschelnd zurückzogen. »Mamscha, lauf weg! Lauf!«

Der Nebel folgte ihr rechts und links zwischen den Stämmen, als hätte er Spaß an ihrem Wettlauf. Dann erklang ein Krachen und

Knacken im Auwald. Unerwartet erhoben sich Bäume aus dem feuchten Untergrund und wuchsen binnen weniger Herzschläge vom Schössling zur fertigen Pflanze. Immer wieder musste Rouva den abrupten Hindernissen ausweichen. Nasse Erde regnete auf sie nieder und beeinträchtigte ihre Sicht, mehrmals stolperte sie und landete auf dem weichen, aufgewühlten Boden.

Keuchend erreichte Rouva das Ende des Dickichts und stürmte aus dem Unterholz auf den Rand der Lichtung, die sich deutlich geleert hatte. Sie strauchelte und fiel.

»Sagte ich es nicht? Da habt ihr meine Rache!«, rief der Verurteilte mit einem Strick um dem Hals über die Köpfe hinweg und lachte schallend vom Karren herab, auf dem er stand. Die Skelette und sterblichen Überreste am Galgenbaum pendelten im aufkommenden Wind und führten einen bizarren, makabren Tanz auf.

Die Menschen flohen derweil in Scharen aus Furcht vor dem Fluch des Verurteilten, um seiner schädlichen Magie zu entgehen. Die Bauchläden lagen achtlos umher, die Inhalte verstreut und teils zertrampelt; nach den Münzen bückte sich keiner. Die Wachen, die vom Grafen aufgestellt worden waren, wurden von der Flut an Leibern hinweggespült und drangen nicht zu dem Zauberer durch, um ihn zum Schweigen zu bringen. Die Armbrüste, Windbüchsen und Pistolas hatten kein freies Schussfeld.

»Bleib, wo du bist, Liebes«, hörte Rouva die Nebelfrau warnend neben sich sagen. »Sonst wird es dein Tod sein.«

Aus dem Boden gruben sich vermoderte, deformierte Krieger, die schauderhaft anzuschauen waren, und schwangen ihre rostigen Schwerter wider die übrig gebliebenen Gardisten und Bewaffneten. Adlige und einfache Leute kämpften Seite an Seite gegen die gerüsteten Untoten, von denen mehr und mehr aus der Lichtungserde stiegen. Vier der Magier, die zum Schutz der Bewohner erschienen waren, lagen bereits tot auf dem Boden, von den anderen fehlte jede Spur.

»Das sind Alraunen-Krieger«, erklärte ein Gespinstmann. »Nichts wird sie aufhalten. Man kann sie in kleine Fetzen schlagen, und dennoch trachtet jedes Fitzelchen von ihnen danach, die Menschen zu töten.«

Rouva wollte trotzdem auf die Lichtung, sie musste nach ihrer Mamscha schauen! Doch erneut hatten sich Ranken um ihre Beine geschlungen und verhinderten ein Weiterkommen.

»Ihr wolltet mich tot sehen«, schrie der Verurteilte triumphierend vom Karren herab. »Ihr beschissenen Narren und Kleingeister! Da habt ihr euch mit dem Falschen angelegt!« Er zog seinen Kopf aus der Schlinge und rief weitere magische Silben, um das Unheil zu verschlimmern. »Ich bin der mächtigste Zauberer, den Yarkin gesehen hat! Ihr werdet allesamt sterben!«

»Könnt ihr ihn nicht aufhalten?«, flehte Rouva und suchte nach ihrer Mutter. Dann erkannte sie ihren regungslosen Leib neben der Kräheneiche. »Mamscha!«, schrie sie und grub die kleinen Hände in die Erde.

»Sie ist tot, Liebes. Man hat sie niedergetrampelt«, befand die Nebelfrau bedauernd. »Keiner nahm Rücksicht auf sie, als sie stürzte. Umgebracht von ihrer eigenen Art.«

Rouvas Blick wurde von fließenden Tränen verschleiert, sodass sie das Geschehen auf der Lichtung kaum mehr sah. Gestalten schlugen und hackten aufeinander ein, Männer schrien, Waffen und Rüstungen schepperten, Windbüchsen pfiffen ihre Kugeln umher. Einige fehlgezielte Geschosse prasselten ins Unterholz und trennten Blätter ab.

»Steh auf, Kleines«, vernahm Rouva die freundliche Stimme. »Steh auf und habe nun keine Angst mehr. Es wird dir nichts geschehen, solange wir bei dir sind.«

Sie erhob sich und wischte sich die Feuchtigkeit mit dem Ärmel vom Gesicht, schniefte und blickte sich um.

Die Alraunen-Krieger hatten jeden Feind abgeschlachtet. Der Graf und seine Familie, die Räte von Molgandskron, selbst die Gardisten lagen niedergestreckt rings um den Galgenbaum.

»Keiner der Menschen stand deiner Mamscha bei«, wisperte einer der Gespinstmänner und streichelte Rouva mit seinen kühlen Wolkenfingern. »Wir bestraften sie dafür. War das in deinem Sinn?«

Sie atmete scharf ein, als sie die Toten in den Bäumen rings um sich erkannte.

Ranken hatten sich um die Hälse von Männern und Frauen geschlungen. Wie falsch gewachsene Früchte baumelten sie zu Hunderten und Aberhunderten an den Ästen der Birken, Eichen, Tannen und den Weiden des Auwaldes. Einige zuckten noch im Todeskampf und versuchten mit aufgescheuerten, blutigen Händen die Schlingen um ihre Hälse zu lösen; woanders wurden Flüchtende von Ranken gepackt und in die Höhe gezogen, wo sie mit hochroten, violetten Köpfen hingen und die Zungen würgend herausstreckten, um irgendwie an Luft zu gelangen.

Rouva gönnte ihnen den Tod.

Jedem Einzelnen.

Weil sie nichts getan hatten, um ihre Mamscha zu retten, sondern sie niedergetrampelt hatten wie ein Insekt, einen hilflosen Käfer auf dem Rücken. Der Gespinstmann sprach die Wahrheit. Es hätte kaum Mühe gekostet, stehen zu bleiben und eine Hand auszustrecken und ihr aufzuhelfen, damit sie gemeinsam mit den Übrigen dem Fluch entkommen konnte.

Nun war ihre geliebte Mutter tot.

Innerlich vereiste Rouva. Sie hörte auf, vor Schrecken zu zittern. Es gab nur Wut und Hass auf die Bewohner aus Molgandskron. Mit jedem Hieb, den die Alraunen-Krieger gegen die niedergestreckten Verletzten führten, verbreitete sich das Lächeln auf ihren Lippen.

»Bleib bei uns, du armes Liebes«, sprach die Nebelfrau. »Mit den niederträchtigen Menschen außerhalb des Waldes hast du nichts mehr zu schaffen. Fortan sei ein Teil der Vier Haine.«

Vor Rouvas staunenden Augen stapften magische Kreaturen auf die Lichtung. Tiere und tierähnliche Wesen streiften umher und suchten nach Überlebenden, um sie zu töten, während die zu Hunderten gehenkten Einwohner und Besucher Molgandskrons an natürlichen Seilen von den Bäumen baumelten.

»Du gehörst zu uns. Das gehörtest du schon immer, kleine Rouva.«

Nebel floss aus dem Auwald und bedeckte das Morden sowie die umherliegenden Leichen mit weißem Schleier. Weitere Stämme schossen aus der Erde und wuchsen in den Himmel. Die Wesen verschwanden in dem wuchernden Dickicht. Der Galgenbaum wurde umschlossen von neuen Bäumen; Farn und Gebüsch sprossen hervor und machten aus der Lichtung einen dichten Wald, der ohne das Wissen um das Geschehene harmlos wirkte.

»Ich ahnte es immer.« Rouva mochte den Anblick. Und sie mochte die Wesen, denen sie vertraute. Weder Angst noch Furcht bemächtigten sich ihrer. »Seit ich laufen und denken kann.«

Unvermittelt erklang ein lautes Rumpeln und Krachen, gefolgt von dem Tönen der Alarmglocke, die in der Stadt geschlagen wurde.

Rouva warf einen verwunderten Blick den Weg entlang nach Molgandskron. Dort stemmten sich Eichen, Birken, Nadelbäume und Trauerweiden aus dem Boden, sprengten die Mauern und die gepflasterten Straßen und Plätze. Eine Staub- und Rauchwolke hing über den unentwegt einstürzenden Dächern und Giebeln. Emporwachsende Baumkronen drückten die dicksten Wände und Balken beiseite. Das Rathaus und das Schloss des Grafen wurden von Ranken umschlungen, die sich strafften und zogen und nicht eher zur Ruhe kamen, bis die prächtigen Bauten einfielen.

»Nein!« Rouva verfolgte, wie der große Wachtturm der Garde von gewaltigen Spinnenwesen erklommen wurde. Sie warfen die Schindeln vom Dach, spannen ihre Fäden und sprangen auf den Boden zurück. Stein um Stein wurde aus der Mauer gerissen, bis sich Risse bildeten und das letzte Bollwerk gegen die Vier Haine polternd verging.

»Meine Familie! Ihnen dürft …«

»Du bist nun eine Waise, Liebes. Lass *uns* deine Familie sein.«

»Eine Waise?« Sie drehte den Kopf und sah zu dem Verurteilten, der es geschafft hatte, die Fesseln zu lösen, und nun ungläubig über das Treiben starrte. »Aber seid ihr nicht durch den Zauberer heraufbeschworen? Seid ihr nicht Teil seines Fluches? Ihr werdet doch verschwinden, wenn er seine Magie nicht mehr wirkt, und ich bin wieder alleine.« Sie schluchzte auf. »Ohne Mamscha. Ohne …«

Ihr Hass war wie weggewischt, der Zorn auf die Menschen verraucht.

Rouva blickte zu den Trümmern ihrer Heimat, wo jene unter Steinen, Balken und Ziegeln erschlagen lagen, die nicht auf die Lichtung gekommen waren, um sich an der Hinrichtung zu ergötzen. Ihr Vater, die Geschwister, die alte Grandina, der tattrige Petreris, ihre Freunde und viele andere liebe Menschen, die stets ein gutes Wort oder eine Kleinigkeit als Geschenk für sie gehabt hatten.

»Ich … ich …« Rouva wich vor der Nebelfrau zurück, die ihr unvermittelt grausam und kalt erschien. »Ihr habt sie umgebracht.«

Die Gespinstgestalten blickten sie aus traurigen Gesichtern an, aber sie verteidigten sich nicht gegen den Vorwurf.

»Ihr Mörder!« Rouva ging weg von ihnen, stolperte durch den Nebel über die unsichtbaren Leichen und erreichte den Zauberer, der auf dem Karren kniete und Ausschau hielt, wohin er entkommen könnte. Er nagte an seinen Fingernägeln und hatte die triumphierende Großspurigkeit verloren.

»Du musst sie bannen!«, rief sie aufgewühlt. »Du hast sie gerufen! Du hast zugelassen, dass …« Rouva schrie vor Schreck auf, als neben ihr der alte Graf blutüberströmt aus den milchigen Schwaden auftauchte, den Dolch gezückt und die Augen vor Entsetzen aufgerissen.

»Du vermaledeiter Hexer!«, brüllte er und zog sich auf den Wagen zu dem Verurteilten. »Du wirst für deine neuerliche Tat büßen!«

»Ich war es nicht!«, rief der Zauberer und schleuderte die abgestreiften Eisenfesseln nach dem Grafen, um ihn zurückzutreiben. »Ich wollte Euch lediglich ängstigen und entkommen.«

Der Adlige wehrte die Schellen mühsam ab, sie fielen an Rouva vorbei auf den Boden. »Lüge! Wir hörten deine Flüche und Drohungen!«

»Das hier kann ich nicht gewesen sein«, beteuerte der Magier und riss ein Brett aus der Seitenverkleidung des Karrens, um sich gegen den Grafen zu verteidigen. »Meine Macht wurde mir genommen! Glaubt mir, ich habe mit dem Abschlachten nichts zu tun! Es war Theaterspielerei, mehr nicht! Ich habe keine Ahnung, woher diese Kreaturen stammen!«

Abrupt wogte der Nebel heran und brandete gegen das Gefährt. Meeresgischtgleich stiegen die Schwaden in die Höhe, um erneut die Frauengestalt zu formen.

»Er spricht die Wahrheit«, sagte sie und schwebte übergroß in der Luft.

Und plötzlich verstand Rouva. Die dämonische Macht, von der man auf Yarkin sprach, war unbemerkt bis zu ihr gelangt und hatte das friedliche Molgand gewandelt, zu einem Hort des Bösen gemacht.

Dornige Ranken wuchsen blitzschnell über die Bordwand und bohrten sich wie hakenbesetzte Pfeile durch die Rücken der Männer und traten aus der Brust wieder aus. Sie jagten mit einem Blutschwall aus den Mündern, die sich zum Schrei öffneten, und raubten ihnen die Stimme. Die Dornen fungierten wie Sägezähne, beförderten Knochenstücke und Fleischfetzen aus den Leibern.

Rouva schrie laut. Graf und Zauberer brachen tot auf dem Karren zusammen.

Im Wald wurde es still. Das Knarren und Knistern der wachsenden Natur erklang, gelegentlich huschten Schemen und Umrisse rechts und links vorüber, um zur gefallenen Stadt zu gelangen.

Die Nebelfrau wandte sich zu dem bebenden Mädchen. »Du musst dich nicht entscheiden, Liebes. Du gehörst zu uns. So ist es beschlossen«, verkündete sie freundlich. »Sei nicht traurig, kleine Waise. Du hast eine neue Familie erhalten.«

Rouva hatte es die Sprache verschlagen. Sie wusste nicht, was sie tun sollte, und stand stocksteif vor der durchscheinenden Gestalt. Das Böse war heraufgezogen – und hatte gewonnen.

»Die Vier Haine gehören zu jener Macht, die sich nicht länger von den Menschen unterjochen lässt und Yarkin unterwerfen wird. Vollends unterwerfen wird. Eines Tages wirst du verstehen, Liebes.«

Die Leute, die von den Ästen hingen, wurden schlagartig von den Ranken freigegeben.

Es regnete Hunderte und wieder Hunderte Tote, die nach ihrem kurzen Sturz in der Nebelsee verschwanden. Das leise Rumpeln der unentwegt aufschlagenden Körper erschien Rouva endlos.

***

Kapitel I

Nankān, im Süden des Kaiserreichs Uthalosa,
Rittergut Kaltensee, Spätsommer

Dumpf rauschten die Dreschflegel in rascher, strikter Folge auf die Halme, die ausgebreitet in der Sonne auf Segeltuch lagen, und schlugen die kostbaren, sattgelben Blauroggenkörner aus den Ähren. Die schwitzenden Männer in einfachen Hemden und Hosen führten die Werkzeuge im Takt des heiteren Liedes, das die Musikanten in der nahen Scheune spielten.

»Das ist die beste Getreideausbeute, die wir je hatten. Das Fest morgen wird rauschend. Jede Magd und jeder Knecht und sogar die Tagelöhner bekommen den doppelten Lohn.« Danèstara Adima Decessa von Tiamin, etwas mehr als sechzig Gemeinjahre alt und gekleidet in ein luftiges, helles Gewand, verfolgte das Tun ihrer Untergebenen vom Rücken ihres Fuchswallachs aus, der ruhig neben einem Gespann mit prall gefüllten Kornsäcken stand.

Die Mittagsluft roch nach Spreu und Strohstaub, Mauersegler schossen in gewagten Manövern über den blauen Himmel und jagten Insekten.

Aufrecht saß Danèstra im Sattel, eine Hand locker auf den Oberschenkel gelegt. Auf ihren geflochtenen langen Silberhaaren saß ein breitkrempiger Strohhut, der sie vor den Strahlen des Himmelsgestirns schützte. Mit stahlblauen Augen und Freude auf den Zügen verfolgte sie das rege Treiben nahe dem Gehöft, das ihr der Kaiser geschenkt hatte. Vordergründig wegen der großen Verdienste.

»Ich sehe das ebenso, Mutter«, sagte ihr Sohn Mabian vom Wagen aus. Man sah ihm seine sechzehn Gemeinjahre nicht an; die meisten schätzten ihn auf gerade einmal vierzehn, der Bart wuchs spärlich und einzelhaarweise. Er kletterte flink über die Säcke, auf denen das Monogramm ihrer Familie prangte, und hielt eine Kladde sowie einen Griffel in der Rechten. Ihm oblag die Kontrolle der Ernte, was er seit seinem zehnten Geburtstag gewissenhafter als jeder sonst auf dem Gut tat.

Danèstra war stolz auf ihn. »Was ist bislang eingefahren, Lieblingssohn?«

Mabian grinste. »Da ich dein *einziger* Sohn bin, ist das ein schwaches Kompliment.«

»Besser als *Sohn* oder *Nesthäkchen*«, gab sie lächelnd zurück, und die vielen feinen Fältchen schlossen sich zu tieferen zusammen. »Deine drei Schwestern würden mir zustimmen.«

Mabian, der ebenfalls einen großen Hut auf den schwarzen Haaren trug, setzte sich auf einen Sack wie auf einen Thron und schlug das Buch auf. Leise murmelnd rechnete er. »Das macht mit Blauroggen, Goldgerste, Erdweizen und Hafer gut zwanzigtausend Doppelzentner. Dann kommen im Herbst noch mal viertausend Doppelzentner Erdäpfel dazu, wenn uns keine Käfer oder Krautkrankheit dazwischenkommen.« Er sah zufrieden von seinen penibel geführten Notizen in der Erntekladde auf. »Die Apfelbäume werden uns fassweise Viez bescheren. Den Most und Birnenwein nicht mit eingerechnet. Und unsere Reben. Die Keller werden nicht ausreichen, die Kisten, Säcke und Fässer zu lagern.«

»Ich lasse umgehend welche ausheben. Nichts soll verschwendet werden, was die Natur und Deiwos der Fruchtbare uns gaben. Das bedeutet ein weiteres rauschendes Fest für die Helfer. Es muss auch solche Gemeinjahre geben. Deiwos sei Lob und Dank.« Danèstra entdeckte etwas, das sich in gemächlicher Geschwindigkeit die breite Straße zwischen den abgeernteten Feldern auf sie zubewegte und eine Staubfahne hinter sich herschleppte, die vom leichten Wind in die Höhe getrieben wurde. Sie zog das Fernglas aus der Hüfthalterung und setzte es vor die Augen.

»Irgendwas Ungewöhnliches?« Mabian folgte ihren Blicken und schirmte die Hand gegen die Helligkeit des Taggestirns ab. »Räuber! Zu den Waffen!« Einen Herzschlag darauf lachte er über seinen eigenen Scherz. Niemand in Uthalosa und dem angrenzenden Reich wagte es, sich gegen das legendäre Rittergut zu wenden und damit den Zorn seiner Herrin auf sich zu ziehen, mochten die Aussichten auf fette Beute noch so hoch sein. »Ich weiß, es ist der Versorgungstross für den Kaiser, Mutter.«

Danèstra nickte kaum merklich. »Er ist größer als sonst. Ich zähle elf Gespanne, die nach Khamado hinaufwollen.« Sie schwenkte das Glas die Straße entlang, die steil ansteigend ins Gebirge und in engen

Serpentinen zum schmalen Höhenpass führte. Seitdem ein Großteil von Uthalosa erobert worden war, befand sich der Herrscher in der sicheren Enklave, mehr als sechs Feldmeilen über dem Erdboden in seiner Residenz, wo ihn die Mörder aus Elayion nicht erreichten. Zum einen bildete die dünne Luft einen natürlichen Schutz gegen jene, die die Höhe nicht gewohnt waren, zum anderen lebten in dem Gebiet über zweitausend Schritt die mysteriösen Spheng, die niemanden passieren ließen. Außer den Kaiser und seine Getreuen.

Über den Gebirgsrücken, der wie ein sechs Feldmeilen senkrecht aufragender Grat durch das feindliche Elayion führte, und den Pass wurde Khamado mit Vorräten versorgt und am Leben gehalten.

»Sie sind zeitig dran. Und schwer beladen.« Danèstra steckte das Fernglas weg. »Ist dir etwas zu Ohren gekommen, was erklärt, warum sie die Versorgung vorziehen?«

»Nein, Mutter.« Mabian schwang sich auf den Kutschbock und ergriff die Zügel, mit denen die beiden Ochsen dirigiert wurden. »Denkst du, es hat mit dem Wald zu tun?«

»Hätten wir nicht längst erfahren, wenn er vorrücken würde?«

»Der Kaiser wird bessere Augen und Ohren im Irrsal haben als wir. Denen entgeht gewiss nichts, was sich an der Westgrenze tut.«

Danèstra fühlte leichte Sorge in sich aufsteigen. »Wie lange hatten wir Ruhe? Ich vergesse es stets.«

»Weil du alt bist, Mutter«, erwiderte Mabian frech.

»Sagt der Jungspund, den ich im Wettlauf abhänge«, gab sie gelassen zurück. »Ohne Pferd.«

»Verzeih meine Frotzelei. Ich konnte nicht widerstehen.« Mabian sah zu den dahinschießenden Mauerseglern. »Seit ich auf der Welt bin, rührte sich die Wildnis nicht und hat das Irrsal seine Ruhe.«

»Stimmt. Mindestens seit deiner Geburt. Ich sollte es mir leicht merken können.« Danèstra stieß die Luft aus. »Na gut. Nehmen wir an, sie sind einfach nur früher dran, weil die Menschen in Khamado mehr als üblich gegessen haben und nun weinend vor ihren leeren Tellern sitzen.«

Mabian löste die Bremse des Wagens. »Die Scheune ist bereits voll mit Säcken. Wohin soll ich den Blauroggen bringen? Zum Gut?«

»Einstweilen. Wir stellen in zwei Tagen mehrere Gespanne mit Getreide zusammen und bringen es auf den Großmarkt nach Burgstein. Wir verkaufen es an die Geldsäcke aus Orillon. Das bringt uns mehr Münzen.« Danèstra wendete den Fuchswallach und ritt langsam auf die Scheune und die schuftenden Männer zu. »Behalte genug Weizen zurück, um ihn den Arbeiterinnen und Arbeitern zu schenken. Damit sollten sie genug für den Winter haben.«

»Ja, Mutter.« Mabian ließ die Zügel knallen, und die Ochsen stapften los. »Bis später.«

Danèstra näherte sich den Dreschern, die wuchtig zuschlugen, sodass die blauen Körner auf die Plane sprangen. Dann sah sie wieder zu dem Tross nach Khamado, der die dicken Mauern des Hofes passiert hatte und sich die erste Steigung hinaufkämpfte.

Das Rittergut Kaltensee mit dem klaren Gewässer, das dem Gehöft seinen Namen gab, lag genau am engen Zugang, der zum Pass und Berggrat führte. Das Geschenk des Kaisers, um das sich mitunter düstere Geschichten rankten, war ihr mit Bedacht und Berechnung gemacht worden. Danèstra und ihre Kinder dienten als Schutz gegen Elayion. Niemand legte sich mit dem Geschlecht derer von Tiamin an. Nicht einmal das fanatische Priesterpaar im Nachbarreich.

»Die Herrin!«, erklang der Ruf, als Danèstra auf drei Schritt heran war.

Die Arbeiten wurden sogleich unterbrochen. Die Knechte und Tagelöhner zogen die Kappen ab, die Mägde machten einen tiefen Knicks. Die Musikanten in der Scheune hatten nichts mitbekommen und spielten weiterhin auf.

Danèstra lächelte ihnen zu, aufrecht im Sattel, als wäre sie gerade zwanzig. Ihre Ausstrahlung übertraf die eines jeden, ihr Auftritt wirkte stets königlich. Das erzeugte Ehrfurcht, ganz gleich, ob man ihr zum ersten oder wiederholten Male begegnete.

»Ihr habt bislang gut gedroschen und gesiebt«, sprach sie laut. »Wenn die letzten Wagen die gebundenen Ähren abgeladen haben und das Tagwerk getan ist, darf, nein, muss gefeiert werden. Morgen wird gegessen und getrunken, was die Mägen halten und die Köpfe vertragen. Wer mich dabei unter den Tisch trinkt, dem zahle ich ein Goldstück.« Die Männer und Frauen lachten leise. »Vernehmt: Ihr bekommt nach der Sommerernte den doppelten Lohn und Getreide für einen Winter«, verkündete sie und freute sich über das ungläubige Staunen in den verschwitzten Gesichtern. »Denn was wären meine Familie und ich ohne euch, die starken und fleißigen Hände? Unser Land würde verkommen. Daher ist es nur rechtens, dass ich euch mit Geschenken bedenke. Nun drescht bis zum Abendbrot und geht morgen zeitig ans Werk. Denn am Abend soll gefeiert werden.«

Danèstra wendete den Wallach und ließ ihn antraben, um nach Kaltensee zurückzukehren.

Hinter ihr erklangen die Hochrufe der Menschen, die ihr Glück nicht fassen konnten. Wo andere ihre Leibeigenen und Tagelöhner knausrig bezahlten oder mit Prügel bedachten, gab es in Kaltensee beste Kost und Unterkunft und obendrein einen Verdienst, der in Uthalosa seinesgleichen suchte.

Danèstra ließ das Pferd in Galopp verfallen und flüsterte: »Thirío! Wettrennen.«

Wie aus dem Nichts schoss der kniehohe Rüde aus einer Mulde und hetzte mit freudigem Bellen neben dem Fuchswallach her. Mühelos hielt er die Geschwindigkeit des Pferdes. Die weißen Ornamente auf seinem schwarzen Fell bewegten sich über den kräftigen Muskeln, die blauen Augen leuchteten.

»Los, Thirío!«, spornte ihn Danèstra an. »Dieses Mal wirst du nicht gewinnen!«

Der Hund bellte auf und beschleunigte. Die Ohren legten sich an, und er schoss mit zwei Längen Vorsprung durch das offene Tor des Ritterguts.

Danèstra drosselte die Geschwindigkeit und trabte auf den belebten Hof. »Schon wieder gewonnen, Thirío. Guter Junge.«

»Und wie!« Mabian streichelte ihn, der Rüde wedelte mit dem Schwanz und hechelte vor Anstrengung. Ihr Sohn beaufsichtigte das Bedecken der Säcke mit einer Plane, damit die Körner bei Regen und Tau nicht feucht wurden. »Hat er jemals verloren, Mutter? Er ist ja fast so alt wie du.«

»Nein.« Sie hielt an und stieg aus dem Sattel. »Ich fürchte, das Pferd, das ihn schlägt, wird es niemals geben.« Die Schnelligkeit war nicht das einzig Ungewöhnliche an Thirío, aber außer ihr kannte keiner das Geheimnis des ergebenen Hundes. Seine äußere Gestalt täuschte alle anderen. Die Menschen setzten die Arbeit trotz ihrer Ankunft fort, sie hatten ihre Herrin schon früher am Tag begrüßt. Ein Knecht eilte heran und kümmerte sich um den Wallach.

Danèstra ging auf das Haupthaus zu, das zusammen mit den drei Nebengebäuden ein Quadrat mit Innenhof bildete. Das Rittergut besaß darüber hinaus einen Donjon, der als Ausguck diente oder im Fall einer Attacke die letzte Zuflucht darstellte. Sie legte großen Wert darauf, dass die Zinnen Tag und Nacht besetzt waren.

Aus der Schar der Mägde löste sich ein Mädchen von geschätzt vierzehn Gemeinjahren. Es ging schüchtern auf Danèstra zu und machte dabei unentwegt Knickse und beugte das Haupt. »Verzeiht, Herrin«, sagte sie unsicher. »Darf ich Euch ansprechen?«

Mabian kniete sich neben Thirío. »Du musst jetzt gut aufpassen«, sprach er zu ihm. »Wir werden bestens unterhalten, alter Junge.«

Danèstra ahnte, was folgte, als die Magd aus ihrer Umhängetasche bedruckte Blätter in einem Einband aus Karton nahm. Ihren Lippen entwich ein leidender Seufzer. »Mabian, erinnere mich, dass ich diesen Kerl doch umbringe.«

»Gewiss, Mutter«, gab ihr Sohn gut gelaunt zurück.

»Wie heißt der Schund dieses Mal?« Danèstra nahm das Büchlein entgegen. »Aha. Die Abenteuer von Danèstra, Band elf: Die Prüfungen des Kaisers.«

»Signiert Ihr es mir, Herrin?« Das Mädchen machte wieder einen Knicks. »Ihr seid mein Vorbild.«

Danèstra legte eine Hand auf den billigen Einband. »Kind. Nichts davon ist wahr. Dieser Kerl, Mahetian Tintenfain, dichtet mir Abenteuer an, die …« Sie blätterte das Büchlein durch. »Was? *Das Fest der Lüste?*« Sie starrte auf die schwülstigen Zeilen einer Liebesszene und fühlte, wie ihr Blut vor Wut schneller floss und ihr Gesicht rötete. »Nun ist's genug! Bei Deiwos, dafür lasse ich ihn seine Tinte saufen und die Drucklettern fressen! Wie kann er …«

Mabian lachte schallend, und Thirío bellte zweimal; sein anschließendes Hecheln erinnerte an ein Grinsen.

»Herrin, verzeiht!«, rief die Magd erschrocken und trat den Rückzug an. »Ich wollte Euch nicht …«

»Du kannst nichts dafür, Kind.« Danèstra nahm den Griffel, den das Mädchen mitgebracht hatte. »Du bist Eraia, richtig?«

»Ja, Herrin.«

Danèstra schrieb den Namen auf die erste Seite, gefolgt von guten Wünschen und ihrem Monogramm. »Wenn ich dein Vorbild bin, vergiss, was darin steht. Und morgen erzähle ich dir bei unserem Fest gerne, was ich *wirklich* erlebte.« Sie klappte das Buch zu.

»Danke, Herrin.« Sie verneigte sich. »Danke vielmals!« Schnell entfernte sie sich und kehrte zur Gruppe der kichernden Mägde zurück.

Danèstra schnaubte und sah zu ihrem Hund. »Thirío, du elender Verräter.« Langsam trottete der schwarz-weiß befellte Rüde zu ihr, hechelte dabei, als lachte er sie aus. »Ja, ja. Kein Braten für dich.« Sie zeigte auf ihren Sohn. »Und für *dich* auch nicht.«

»Ich? Ich habe nichts getan!«

»Dieser vermaledeite Tintenfain und seine gemieteten Schreiberlinge! Deiwos, erschlage jeden Einzelnen von ihnen!«, sandte sie ein Stoßgebet zum klaren Himmel. »Er verdient bergeweise Münzen mit gedruckten Lügen, die er in ganz Nankān verkauft. Mit meinem Namen! Ich sollte ihn wahrlich vor den Richter zerren. Wegen Verleumdung.«

»Das Königreich Siwenloith ist weit weg. Er würde flüchten, sobald sich herumspricht, dass du kommst.« Mabian half den Knechten, das Segeltuch über den Säcken festzubinden. »Rege dich nicht auf. Es steigert deinen Ruhm. Du bist eine Legende.«

»Mit dem *Fest der Lüste*«, murmelte Danèstra kopfschüttelnd und stapfte zum Haus. Thirío blieb neben ihr. »Ich glaube nicht, Sohn.«

»Lieblingssohn!«

»Nein, gerade nur *Sohn*. Das hast du verdient, weil du mich nicht gewarnt hast.« Sie stellte sich vor, dass sie über die schmierigen Hände des Druckmeisters schritt und bohrte die Absätze ihrer Schuhe tief in den Sand. Schlimmer konnte es kaum mehr werden.

Es sei denn, der Wald würde plötzlich wieder vordringen und das Irrsal verschlingen.

Unmittelbar nach Einbruch der Nacht wurde es ruhig auf Kaltensee. Danèstra saß in hellem Kerzenschein vor dem verspiegelten Ankleidetischchen in ihrem Gemach und genoss die einkehrende Stille.

Thirío lag zusammengerollt zu ihren Füßen und träumte, seine Pfoten zuckten, und er bellte leise im Schlummer. In der großen Voliere neben dem Fenster hockte ihr abgerichteter Finsterfalke, der jede ihrer Regungen mit gelben Augen verfolgte.

Die Tiere standen versorgt in den Stallungen. Knechte, Mägde und Tagelöhner schliefen in ihren Unterkünften, erschöpft von der schweren Arbeit auf den Feldern und beim Dreschen. Ein halbes Dutzend Wachen patrouillierte auf den Wehrgängen, zwei weitere hielten vom Turm Ausschau, was sich in der Ferne tat. Es ging um Abschreckung und ein Zeichen der Stärke, wie es der Familie von Tiamin angemessen war. Immerhin trug Danèstra den Adelsrang einer Großfürstin und war Erz-Königin von Uthalosa, auch wenn es sich dabei um einen Titel auf dem Papier handelte.

Ja, der Kaiser und seine Geschenke.

Sie hatte ihren Töchtern und deren Familien, die auf dem Rittergut lebten, eine gute Nacht gewünscht und traf ihre Vorbereitungen für den Schlaf.

Seit etlichen Gemeinjahren verlief das Ritual stets gleich. Ohne Ausnahme. Sogar unmittelbar nach der Geburt ihrer Töchter und des Sohnes hatte sie darauf nicht verzichtet – überwiegend aus Selbstschutz, nachdem es zum ersten Mal passiert war. Nach alter Tradition half ihr dabei das jüngste Kind, sobald es sich mit den Handgriffen vertraut gemacht hatte. So kam es Mabian seit seinem zehnten Lebensjahr zu, sie zu unterstützen, damit sie sich beruhigt zu Bett legen konnte.

Noch ließ er auf sich warten.

Danèstra vermutete, dass er über den Kladden mit den Ernteaufzeichnungen saß und nebenher Berechnungen für das Fest anstellte, wie viele Brote, Fleisch, Wein, Bier und derlei nötig waren, um alle satt und betrunken zu bekommen.

Sie bürstete ihre langen silbernen Haare, bevor sie die Strähnen zusammenflocht und sie kunstvoll um den Kopf legte. Dabei betrachtete sie ihr bejahrtes Gesicht. »Einmal mehr«, sagte sie zu sich selbst. »Zum ungezählten Male.«

Dann erhob sich Danèstra und ging zur Kleiderpuppe, auf der das gefütterte Untergewand hing. Sie streifte es sich über und zog es zurecht; der wattierte Stoff saß eng an ihrem betagten, aber gesunden Körper. Abgesehen von äußerlichen Spuren des Leben, konnte er es mit dem einer jungen Magd aufnehmen.

Da sie keine Lust hatte, länger auf ihren Sohn zu warten, schlüpfte sie mit Anstrengung und kunstreichem Verbiegen selbst in das dünne Kettenhemd, das auf der Halterung daneben gewartet hatte.

Danèstra hatte bereits die ersten Riemen enger gezurrt und die Schnallen geschlossen, als es hastig klopfte und Mabian auf ihr Geheiß eintrat.

»Wo warst du, Sohn?«

»Verzeih, ich wurde vom Zeugmeister aufgehalten. Wegen des Festes.«

»Das dachte ich mir.« Sie wandte sich zu ihm um. »Ich habe schon angefangen. Mach die Riemen enger und danach …«

»Die Haube, ich weiß«, unterbrach er sie. »Mutter, ich tue das seit sechs Gemeinjahren.« Er nahm die Kapuze aus geflochtenen Kettenringen und legte sie ihr an. Routiniert setzte er danach den Harnisch, die Halsberge, die Oberarm- und -schenkelrüstungsschienen an. Auf jedem Teil prangte das Wappen und das Monogramm derer von Tiamin, gemacht und angepasst vom besten Waffenschmied auf Nankān. Die Rüstung behinderte weder beim Laufen noch beim Kämpfen, und die Legierung war leichter als Leder, doch beständig wie Stahl. »Denkst du, bei mir wird es auch passieren?«

»Wieso bei dir?«

»Weil meine Schwestern … weil es nicht bei ihnen geschieht. Ich … ich dachte, weil neben einer Frau vielleicht ein Mann aus unserer Familie …« Er biss sich auf die Unterlippe.

Danèstra fuhr ihm einmal mütterlich über den Schopf und zog danach die dünnen Lederhandschuhe an. »Ich weiß, dass du es dir wünschst.«

Mabian seufzte. »Es ist offensichtlich, nicht wahr?«

»Seit dem Tag, an dem du die Pflicht von deiner Schwester übernommen hast.« Danèstra prüfte ihre Beweglichkeit, drehte den Kopf. Dann ließ sie sich die Panzerhandschuhe reichen und stülpte sie über.

Sie hatte schon öfter mit dem Gedanken gespielt, die Rüstung auf einen Brustharnisch zu reduzieren, aber man erwartete es, sie so zu sehen, wie man sie aus den Geschichten kannte. »Ich weiß nicht, ob Deiwos dich auserwählen wird.«

»Sicher, dass es Deiwos ist, der …«

»Wer sonst, Lieblingssohn?«, unterbrach sie ihn. »Aber ist es nicht gleich?« Danèstra öffnete und schloss die Finger, nickte zufrieden. »Es geschieht. Einerlei, wer oder was dahintersteckt.«

»Gedankenspiele sind wohl erlaubt, oder?« Mabian umrundete sie, während sie die Arme abspreizte, damit er die angelegte Rüstung inspizieren konnte. »Sollte es an meinem Vater liegen?« Er rüttelte und zerrte prüfend an den Metallteilen. Sie saßen perfekt. Wie jede Nacht.

»Ich weiß, was du eigentlich fragen willst.« Danèstra senkte die Arme und sah ihm in die Augen. »Ich werde dir nicht sagen, wer dein Vater ist. Es ist nur gerecht, da ich deinen Schwestern auch nicht offenlege, wer sie zeugte. Aber es waren stattliche, edle Männer. Wie es mir gebührt.« Sie lächelte. »Du gleichst ihm und hast seinen schnellen Verstand. Aber ein Abenteurer war er nicht, Mabian. Du musst keine Tradition wahren.«

»Doch du …«

Danèstra küsste ihn auf die Stirn. »Ich bin müde, Lieblingssohn. Disputieren wir darüber nach dem Erntefest. Einverstanden?« Schnell war das Waffengehänge mit dem kostbaren Schwert und den Dolchen angelegt, eine schmale Trinkflasche durfte nicht fehlen.

»Ja, Mutter.«

Sie begab sich zum Bett und setzte sich auf die Kante, schwang sich in voller Panzerung auf die bequeme Strohmatratze.

Danèstra war es gewohnt, in diesem stählernen Nachtgewand zu schlafen. Durch die perfekte Anpassung der Teile und das dämpfende wattierte Unterkleid war es einigermaßen bequem, sofern sich das Schwert nicht verklemmte. »Jetzt noch …«

»Ich weiß doch«, sagte er und klang unzufrieden. Ihm schmeckte es nicht, dass er sich gedulden musste.

Mabian ging zum Vogelkäfig und ließ den Finsterfalken auf seinen Unterarm springen, um ihm danach eine Haube über den Kopf zu streifen. Der Vogel begehrte nicht dagegen auf. »Guter Vélos«, lobte er ihn und setzte ihn in den kleineren Transportkäfig.

»Thirío«, rief Danèstra ihren Hund, der aufstand und sich sogleich gehorsam neben das Bett stellte. Auch er kannte das Ritual seit Dekaden.

Mabian befestigte das Tragegeschirr an Thiríos Rumpf und legte ihm das Halsband um. Eine leichte Kette führte zu einem Haken, der am Gürtel von Danèstras Rüstung arretiert wurde. Danach sicherte er als letzten abendlichen, hundertfach ausgeführten Handgriff Vélos' Käfig am Geschirr des Hundes. Erst jetzt legte sich Thirío nieder.

»Danke. Lösche die Kerzen noch und dann geh. Schlaf gut, Lieblingssohn.«

»Was ist mit dem Helm, Mutter?«

Danèstra überlegte. »Ich lasse ihn weg.«

»Wir könnten ihn Thirío aufsetzen.« Mabian grinste und ging im Gemach umher, erstickte die Flämmchen mit einem bronzenen Löschhut. »Ihn würde das nicht stören.«

»Nein, das tue ich ihm nicht an.« Danèstra schloss die Lider. Sie war wirklich sehr müde. In den letzten Tagen hatte sie bei der harten Arbeit auf den Feldern geholfen, wie sie es gerne tat, um sich zu erden. Sich zu erinnern, wie sich das Leben der einfachen Menschen anfühlte. »Ich freue mich auf das Fest morgen«, murmelte sie eindämmernd.

»Das ganze Gehöft tut das, Mutter«, erwiderte Mabian leise, und seine Stimme erklang wie aus großer Entfernung. »Du bist eine wunderbare Lehnsherrin für die Menschen …«

Der Rest seiner Worte ging in ein unverständliches Flüstern über, das sie in den Schlummer begleitete. Die Tür zu ihrer Unterkunft schloss sich mit einem Klacken, und es wurde still.

Danèstra spürte ihren Herzschlag in der Brust, vernahm das Pochen in den Ohren und das Pulsieren in den Schläfen.

Der Takt verlangsamte sich, verlor an Geschwindigkeit – bis kein weiteres Klopfen mehr kam.

Ein heißes Brennen breitete sich in ihrer Brust aus, und Danèstras Sonnengeflecht glühte auf.

Die Hitze flutete ihren Körper, vor ihren geschlossenen Lidern wurde es rot. Sie sah die Adern durch die dünne Haut und presste vor Schmerz die Zähne fest zusammen.

All das kannte Danèstra.

Das Gefühl, ins Bodenlose zu stürzen, gesellte sich zur allgegenwärtigen Hitze, und sie rang keuchend nach Luft.

Unvermittelt sprang das Herz erneut an, es wummerte und raste in der Brust, dröhnte und krachte wie Hammerschläge in ihr. Sie schmeckte aufgewühlte Erde. Es roch nach Gras, und Tau benetzte ihr Gesicht.

Schlagartig endeten das Fallen, die Hitze und die Dunkelheit.

Danèstra öffnete die Augen, die Pupillen gewöhnten sich an das Licht. Allmählich drangen Geräusche in ihre Ohren, die dumpf und undeutlich hallten. Sie passten nicht recht zu den zuckenden Figuren, die in dem Waldstück und auf der Straße vor ihr umhersprangen und torkelten.

»Thirío. Bist du da?«

Ihr Hund stieß sie als Antwort mit der Schnauze an.

Danèstra kniff die Lider mehrmals zusammen, und das Bild klärte sich.

Sie kniete zwischen lichten Tannen und Farngestrüpp. Eine unbefestigte Straße schnitt sich durch den Forst, in dem ein wüstes Scharmützel tobte.

Danèstra löste den Falkenkäfig vom Hundegeschirr, befreite Vélos und nahm ihm die Haube ab, damit der Raubvogel sich orientieren konnte. Sie hakte Thiríos Kette aus und erhob sich behutsam.

»Da sind wir also, meine Getreuen«, sagte sie zu Falke und Hund. »Das Schicksal hat uns ein weiteres Mal entsandt, um jemandem beizustehen.« Danèstra blickte sich aufmerksam in dem Getümmel um und zog ihr Schwert. »Wer könnte das wohl sein?«

Nie wusste sie, zum wem sie geschickt worden war oder wo und in welchem Reich sie sich befand.

Einzig sicher war, dass sie Nankān nicht verlassen hatte. Sie mochte im Irrsal oder in einem der anderen Länder der Halbinsel stehen – sie würde es später herausfinden.

»Hey!«, schrie einer der Kämpfenden, die keinerlei Wappen auf den schäbigen, teils rostbesetzten Rüstungen trugen. »Wer bist du,

Großmutter? Wo kommst du auf einmal her?« Er erstach seinen entwaffneten Gegner und wandte sich Danèstra zu, hob seinen tropfenförmigen Langschild und reckte das blutige Schwert gegen sie. »Ergib dich!«

Sie hob ihre eigene Klinge. »Deinesgleichen nicht.«

»Ho! Dann schneide ich deine Haut in …«, setzte der Krieger an und schlug dabei nach ihr.

Danèstra duckte sich unter dem Hieb weg und rammte ihre gepanzerte Schulter gegen den Schild.

Der kräftige Stoß warf den Gegner nach hinten um. Flink sprang sie auf seine metallbeschlagene Deckung, und die Kante zertrümmerte dem Mann die Nase. Mit einem Aufschrei versank er in Ohnmacht.

»*Großmutter*. Das habe ich noch nie gehört. Einfallsreicher Junge!« Danèstra verharrte auf dem Schild und ging auf ein Knie herab, spähte umher. »Zeig mir, weswegen du mich gerufen hast, Schicksal«, murmelte sie. Sie wusste aus Erfahrung, dass sie nicht lange warten musste, um den Grund zu erkennen.

In dem Durcheinander aus blutigem Hauen, Stechen und Sterben wurde eine junge Frau von einem Krieger mit Beil brutal zu Boden gestoßen. Als Mutter von vier Kindern erkannte Danèstra sogleich, dass es sich um eine Schwangere handelte, die weit über den siebten Mond hinaus war. Deutlich wölbte sich der Bauch unter dem einfachen, blutbespritzten Gewand und dem Mantel.

Danèstra spürte ein mitfühlendes Stechen im Herzen bei der Vorstellung, die junge Mutter könnte von der Schneide getroffen werden. *Keinesfalls darf ihr und dem Kind ein Leid geschehen.* »Sie! Sie ist der Grund unseres Hierseins.« Sie rannte los, Schwert und Dolch erhoben. »Thirío, achte auf mich!«

Der schwarz-weiß befellte Rüde bellte dunkler als beim Wettlauf auf dem Feld, und seine Gestalt änderte sich im Spurt. Er wuchs, sein Körper verbreiterte sich und stemmte sich auf die Hinterläufe; die wenigen weißen Flecken nahmen ein neues Muster an. Seine Schnauze bewehrte sich mit silbrig metallenen Zähnen, die beim ersten Zuschnappen einen gegnerischen Unterarm samt Rüstung durchbissen. Blut spritzte, Hand und Waffe fielen auf den Waldboden. Der Gegner wich kreischend zurück und hielt sich den Stumpf.

Die sehnige junge Frau hob flehend die Arme, Tränen schimmerten in den braunen Augen. Der Räuber hob unbarmherzig zum Schlag mit dem Beil aus, um ihr den Schädel zu spalten. Sie krümmte sich verzweifelt zusammen und schützte das ungeborene Leben in ihrem Leib.

»Du Feigling!« Danèstra erreichte die kauernde Schwangere und den überraschten Krieger. »Halt! Weg von ihr! Wie kannst du es wagen, einer werdenden Mutter etwas anzutun!«

Der Mann schlug zu.

***

Nankān, im Süden des Irrsals, südlich
der Stadt Dornenfeste, Spätsommer

Quent Rabenhorst stemmte seine Füße abwechselnd in den weichen, schlammigen Boden und schob sich vorwärts, während sich das Joch des einachsigen Ziehwagens in Schultern und Nacken drückte. Die Lederpolsterung nutzte kaum etwas. Das Gewicht des Vehikels, das er seit Sonnenaufgang hinter sich her über den Waldweg zerrte, war einfach zu groß.

Das lag vor allem daran, dass außer den ganzen Vorräten, dem Zelt, den Pfannen und Töpfen sowie alchemistischen Behältnissen verschiedenster Größe sein nicht eben schlanker Herr Calostro schnarchend oben auf dem Gerümpel lag und sich kutschieren ließ.

Quent, knappe achtzehn Gemeinjahre alt, schlaksig und dürr wie eine junge Birke, blieb stehen und wischte sich den Schweiß aus dem Gesicht. Danach nahm er die Trinkflasche vom Gürtel und gönnte sich große Schlucke vom Rindentee, der belebende Wirkung hatte.

Die wärmende Gugel hatte er längst von den kurzen braunen Haaren gestreift, die grob gewobene Tunika war luftig wie die offenen Sandalen.

»Was ist, Räblein?«, fragte sein Herr verschlafen vom Ziehkarren herab. »Wir sind noch nicht da. Warum hältst du an?«

»Weil ich nicht verdursten will.« Quent ließ sich den Spitznamen seit acht Jahren gefallen. Damals hatte Calostro ihn als kleinen schmächtigen Jungen seinen verarmten Eltern als Sklaven abgekauft und ihn zu seinem Diener für alles gemacht. Inzwischen bekam Quent guten Lohn fürs Schleppen, Tragen, Waschen, für Botengänge und was ansonsten anfiel, der ihm die harten Worte seines Herrn erträglicher machten. Auch lernte er viel von dem Mann, nicht nur Lesen, Rechnen und Schreiben. »Ich arbeite, müsst Ihr wissen.«

Calostro lachte leise. Er war um die vierzig Gemeinjahre und hatte eine Halbglatze. Die wenigen grauen Haare hielt er kurz wie den gleichfarbigen Stoppelbart in seinem rundlichen Gesicht. Die einfache Leinenrobe hatte er vor dem Aufbruch rasch mit Fluchbannzeichen bemalt. »Tapfer, mein guter Diener.«

»Ich sehe es als neuerliche Prüfung von Thýguda.« Quent verschloss die Flasche und hängte sie zurück an den Gürtel. Danach richtete er das Joch und legte es sich bequemer auf die Schultern.

»Oje. Dieser lästige Glaube, den die Eindringlinge mitbrachten.«

»Es sind keine Eindringlinge, sondern die vertriebenen Menschen aus Yarkins untergegangenen Reichen.«

»Herrje, sie haben nicht friedlich um Hilfe gebeten, sondern sich weite Teile Nankāns unter den Nagel gerissen.« Magische Talismane baumelten an Calostros Handgelenken, beschriftete Holztäfelchen trug er wie eine Rüstung. Alles an ihm sah improvisiert und schief aus. Auch das war seit acht Gemeinjahren so. »Die würde nicht nur ich als Eindringlinge bezeichnen.«

Quent wusste, dass sein Herr diesbezüglich recht hatte. »Die Verzweiflung befahl es ihnen.«

»Oder ihre Gottheiten. Sagen manche. Und dass die vorrückende Wildnis ein Vorwand gewesen war.«

»Nein! Thýain und seine Gemahlin Thýguda hätten das niemals von ihren Gläubigen verlangt.«

»Dieses Hin und Her wegen des Glaubens geht mir doch gewaltig auf die Nerven. Die – nennen wir sie *Zugezogenen* – wollen missionieren. Aber uns, den Bewohnern der Altreiche, sind die neuen Götter gleich«, holte Calostro aus und legte sich gemütlicher hin. »Genau das sehen die Zugezogenen als Grund, weswegen der Wald vorrückt. Thýain und Thýguda verlangen mehr Aufmerksamkeit, um den Menschen beizustehen. Habe ich recht?«

»Ja.« Quent kannte die Dispute zwischen den Anhängern sehr gut.
»Da hast du's. Und die Altreiche sehen es genau umgekehrt: Die Zugezogenen haben den vielgestaltigen Deiwos verärgert, und er will sie strafen. Daher brachte er das Unheil über den Kontinent, um seine Macht zu zeigen und Respekt zu erhalten.« Calostro lachte abschätzig. »Siehst du, welch Durcheinander das ist? Und wir Magier und Gelehrte sind jene, die gegen die Wildnis ziehen und versuchen, sie mit Zaubersprüchen aufzuhalten. Nicht die schlauen Priesterinnen und Priester. Von denen lässt sich keiner blicken. Die sitzen in ihren warmen Tempeln und lassen es sich gut gehen.«

Quent musste zu seinem Leidwesen erneut zustimmen. »Ich weiß. Eines Tages werde ich Priester sein. Von Thýguda. Um ihr Wort zu verbreiten und zu zeigen, dass sie und ihr Gemahl …«

»Ja, ja. Wieder nur Schwätzerei. Nun weiter«, unterbrach ihn Calostro. »Predige den Leichtgläubigen, aber verschone das gebildete Hirn eines Mannes der Wissenschaft und rechtschaffenen Magie der Dinge und Elemente.« Er blieb auf dem Wagen sitzen und trank gierig aus seiner Flasche, als hätte er beim Ziehen geholfen. Es roch nach vergorenem Saft. »Los, Räblein.«

»Es wäre leichter, wenn Ihr nebenhergehen würdet.«

»Für *dich*. Nicht für *mich*. Ich habe keine Lust zu laufen«, erwiderte der Zauberer, suchte den Himmelsweiser heraus und schwenkte ihn gegen die Wolken, blickte über die Markierungen und richtete ihn auf die Sonne aus, um im Anschluss an Rädchen und Rastern zu drehen. »Ich spare meine Kräfte.«

Mit einem Fluch warf sich Quent ins Joch und zog den zweirädrigen Wagen vorwärts.

»Frage doch deine Thýguda, wo sie steckte, als du den Unfall hattest und ich dich unter der gebrochenen Achse herausziehen musste«, erklang Calostros böser Kommentar. »Zeig ihr die Narbe auf deiner Stirn und frage sie, ob sie weiß, wer deinen gebrochenen Schädel heilte.«

»Herr, Ihr wisst: Ich bin Euch auf ewig dankbar.«

»*Das* wollte ich hören, Räblein. Zwar kaufte ich dich als Sklaven und zog dich groß wie einen Sohn …«

»Einen ungeliebten Sohn.« Quent stöhnte und lachte zugleich. »Da dank ich fein.«

»Nicht spöttisch werden, junger Mann. Du verdankst mir unendlich viel, nicht nur dein Leben«, wies ihn Calostro zurecht. »Dankbarkeit wäre angebracht.«

»Die bringe ich Euch doch entgegen.«

»Und das heißt: für immer in meinen Diensten.« Der Mann trank schmatzend vom hellen, gärenden Most und rülpste so laut, dass es zwischen den Stämmen widerhallte und einige Hasen erschrocken davonsprangen. »Nicht vergessen, Räblein.« Er schwenkte den Himmelsweiser suchend umher.

»Wie könnte ich?«, murmelte Quent und hielt an, weil er eine zugewachsene Kreuzung erreicht hatte. Die beschrifteten Markierungssteine waren von Lianen und Schlingpflanzen überwuchert. Der Druck der Ranken hatte den Basalt gesprengt. »Wohin?«

»Dummer Apparatus. Er will nicht, wie ich will.« Calostro schnippte gegen die Rädchen und kalibrierte sie erneut. »Das Breite ist die alte Straße der Nord-Süd-Achse, die gemeinsam von den Ländern erbaut wurde. Nun taugt sie in diesem Zustand kaum zum darauf Gehen.«

Quent erkannte nichts mehr von dem einst durchdachten, sechs Schritt breiten Weg, den die außer Kontrolle geratene Natur aufgebrochen und für schwere Wagen unpassierbar gemacht hatte. Der mit Steinen, Sand und Kies befestigte Untergrund, durch die Vermengung hart wie Granit, lag in Trümmern vor ihnen, überwuchert und bewachsen, teils gar mit tiefen Klüften. Calostro hatte es endlich geschafft, ihre Position zu bestimmen. »Wir sind richtig.«

»Was wollen wir hier?«, fragte Quent.

»Nachschauen.«

»Haben wir gemacht. Es gibt nichts. Kehren wir um.« Quent machte Anstalten, den Karren zu wenden. Für seinen Geschmack waren sie im magisch veränderten Wald weit genug vorangekommen. Er fürchtete sich vor Monstern und Bestien aus den Geschichten und wollte ihnen, bei allem Vertrauen in die Macht seines Herrn, nicht begegnen.

»Stehen bleiben, Pinsel der Einfalt!«, herrschte ihn der Zauberer an. »Von hier aus geht's nach Norden, zwei Feldmeilen.«

Quent deutete auf die unpassierbar gewordene Straße. »Wie soll ich das bewerkstelligen? Ihr lasst mir Flügel wachsen, und ich hebe Euch samt Wagen an?«

»Du ziehst. Ich feuere dich an, während ich neben dir hergehe.« Calostro rutschte vom Ausrüstungsberg, dass die Pfannen und Kessel nur so klirrten, und landete auf dem kleinen Weg, auf dem sie gekommen waren. »Ich kann dir sagen, was wir tun: Ich habe einen Jäger befragt, wo er die Längsstreifenhörnchen herhatte. Und als ich ihm eine gute Summe bot, da verkaufte er mir die Fallen gleich mit.«

»Die Fallen, die natürlich noch an dem Ort sind, wo er sie aufstellte?«

»Gewiss.«

»Und das liegt nicht zufällig tiefer auf dem Stück Irrsal, das sich vollends im Besitz des Waldes befindet? Habt ihr die Ranken gesehen, welche die Wegweisersteine zermalmten? Das Dämonische ist längst hier.«

»Ich höre … Widerwillen.«

»Ihr hört weitaus mehr, Herr.« Quent warf das Joch ab. »Wir gehen geradewegs ins Reich der Finsternis wegen der Felle und des Fleischs von Nagetieren? Das kann nicht Euer Ernst sein! Ihr habt …«

»Räblein, diese Längsstreifenhörnchen sind nötig, um eine neue Formel auszuprobieren«, unterbrach ihn Calostro. »Meine Untersuchungen haben ergeben, dass diese Tiere der Wirkung der Wildnis widerstehen. Verstehst du, was das bedeutet?«

»Nein.«

»Sie leben in diesem magisch veränderten Dickicht, ohne den Verstand zu verlieren oder sich gegen ihre Natur zu verhalten.«

»Haben denn diese Nager Verstand?«

»Den haben sie. Ich untersuchte ihn. Am offenen Hirn.«

»Und ich meine mich zu erinnern, dass ich sie Euch zubereiten und aus den Fellen eine wärmende Mütze für den Winter machen musste«, erwiderte Quent und sah zur zerstörten Straßen, die von der Natur verschlungen worden war.

»Das war *danach*. Als sie bei meinen Untersuchungen gestorben waren. Schmackhafte kleine Tierchen. Vorher dienten sie einem höheren Zweck.« Calostro zeigte nach Norden. »Aus ihnen will ich die Essenz für ein Gegenmittel destillieren, das wir versprühen können. Es wird gegen den Bann helfen, der mit dem Wald einhergeht. Der die Natur unterworfen hat und ihr rätselhafte Kräfte verleiht.«

»Aus Nagern«, konstatierte Quent skeptisch. »Wie viele Tausende brauchen wir denn, Herr?«

»Aus Längsstreifenhörnchen«, korrigierte Calostro und machte eine scheuchende Bewegung. »Genug. Ich streite mich doch nicht mit meinem Diener! Hoch mit dem Joch und voran! Wenn in den Fallen Beute ist, will ich sie haben, bevor Füchse sie schnappen.«

Seufzend legte Quent die Zugvorrichtung an und packte die Deichsel, mit der er lenkte. »Der Fallensteller hat Euch gehörig übers Ohr gehauen«, verkündete er seine Meinung. »Er wagte sich nicht mehr in die verfluchten Wälder, und mit Euch fand er einen Esel, der ihm die verlorenen Fangeisen zahlte.«

»Wir werden sehen«, sagte der Zauberer. »Und falls nicht, werde ich der Retter von Nankān und Yarkin! Die Mächtigen werden mir aus Dankbarkeit Land und Reichtümer schenken.« Er tat so, als würde er Hof halten, winkte und lächelte. Die Talismane klapperten um ihn herum.

»Die feinen Herrschaften aus Orillon? Die werden gar nichts.« Quent bugsierte den Wagen über den holprigen Untergrund. »Doch! Sie werden Euch die Hand schütteln und bei der Gelegenheit zur Seite stoßen.«

»Aber vorher plündere ich heimlich die verlassenen großen Städte der untergegangenen Reiche. Es gibt in der Wildnis genug Reichtümer zu holen.« Calostro war von seinem Erfolg überzeugt. »Die Toten brauchen das Gold und Silber und die Juwelen nicht.« Sein Gesicht verfinsterte sich. »Und vor allem brauchen die Lebenden diesen veränderten Wald nicht. Deiwos, was hast du uns nur angetan?«

»Thýguda wird uns beschützen.« Quent keuchte, und seine Oberschenkel brannten von der Anstrengung.

Calostro nahm im Dahinschreiten blaue Fettfarbe aus der Umhängetasche und bemalte sich das Gesicht mit wirren Mustern, die wie seine Täfelchen und Talismane gegen die magische Wirkung des Waldes helfen sollten.

»Her mit deiner Visage.« Calostro beschmierte auch Quents Züge mit Symbolen. »So. Damit kann dich der Wald nicht beeinflussen. Du bist vollkommen sicher, mein Räblein.«

Quent zerrte den Karren mit viel Schwung über mehrere Wurzeln.

»Wieso reicht die Wildnis schon so weit ins Irrsal? Bewegt sie sich vorwärts? Ich dachte, sie hätte vor Jahren innegehalten.« Die langen, dunkelbraunen Gewächse zogen sich nach dem Überfahren leise knisternd zurück. »Da! Habt Ihr das gesehen? Diese Dinger leben!«

»Pst«, machte Calostro. »Die Wildnis darf nicht wissen, dass wir sie durchschaut haben.« Er neigte den Kopf näher zu seinem Diener. »Einige Freunde und ich wissen es seit geraumer Zeit. Es wurde ein Dorf weiter nördlich verschlungen. Über Nacht. Erst kamen die wilden Tiere und fielen über die Menschen und das Vieh her, um sie zu fressen«, flüsterte er. »Wie ausgebildete Soldaten mit einem Angriffsplan, gezielt und geschwind. Danach bebte der Boden, und die Stämme wuchsen binnen weniger Herzschläge aus der Erde. Schon am nächsten Tag erhob sich an der gleichen Stelle finsterer Wald.«

»Woher wisst Ihr das?«, fragte Quent schaudernd und blieb unwillkürlich stehen. Auf seinen Armen bildete sich Gänsehaut.

»Weil einer meiner Freunde von dort stammt. Er ist der Einzige, der entkam.« Calostro zeigte auf die zerstörte Straße. »Weiter.«

»Dieser Unsinn über Streifenhörnchen … Den habt Ihr berichtet, um die Wildnis zu täuschen«, raunte er.

»Gut erkannt.«

»Weswegen sind wir wirklich hier?«

Die Antwort blieb ihm Calostro schuldig. Unter ihren Füßen sackte die Straße plötzlich weg, und sie stürzten samt Wagen und Ladung in die dunkle Tiefe. Umgeben vom Scheppern der Pfannen und Kessel, vom Krachen des Holzes und Bersten der Glasgefäße mit den Alchemikalien, ging es für die schreienden Männer abwärts.

***

Auszug aus *Die Abenteuer von Großfürstin Danèstara,*
Band elf, Kapitel neun: *Das Fest der Lüste*

Erster Entwurf	M. Tintenfains Anmerkungen
So gab sich die Klinge des Schicksals hin.	Nein! Zu früh!
Gestählt aus Hunderten Gefecht, konnte	Zahl hochsetzen! Mehr Drama!
sie sich doch nicht dem Mann erwehren, der sich ihr durch die Menge nährte. Seine	näherte! Nicht nährte, Idiot! Keine Fremdworte. Verstehen sie nicht.
animalische Ausstrahlung, das markante Gesicht	
und die Bartstoppeln, die langen Haare. Es traf sie. Es	Frisur. Haare können überall wachsen.
traf die Klinge mitten ins Herz. Und die Begierde	
erwachte.	Frivoler!! Irgendwas mit »Schritt«.

Kapitel II

Danèstra schleuderte ihren Dolch auf den herabzuckenden Waffenarm des Kriegers und traf genau in den Ellbogen. Die Klinge bohrte sich durch das Gelenk und drang blutig aus der Beuge.

Der Mann schrie vor Pein, seine Hand öffnete sich. Das Beil plumpste auf den weichen Boden, neben die kauernde Schwangere.

»Ich befahl dir: Halt«, sprach Danèstra kalt. Die Spitze ihres Schwertes zielte auf die Kehle des Verletzten. Sie ging an ihm vorbei und stellte sich schützend vor die junge Frau, die kaum älter als sechzehn Gemeinjahre sein konnte.

Thirío hetzte an ihre Seite. Er hatte seine unauffällige Hundegestalt angenommen, die Schnauze und das Fell waren mit Blut befleckt. Sonst erinnerte nichts mehr an die Bestienform.

Aus den Augenwinkeln sah Danèstra, dass sich das Gefecht dem Ende neigte. Die Angreifer in den heruntergekommenen Rüstungen hatten die Gegner niedergemetzelt. Zwischen den Tannen standen zwei große, doppelstöckige Reisekutschen, aus deren Fenstern und Türen blutüberströmte Leiber hingen. Ein Raubüberfall, bei dem Männer, Frauen und Kinder ihr Leben gelassen hatten.

Der Gesetzlose fluchte seinen Schmerz laut hinaus und setzte zu einer Erwiderung an. Dann sah er Danèstras Siegel auf ihrer Panzerung und wich vor ihr zurück. »Dich … dich gibt es wirklich«, stieß er ängstlich aus. »Hey, her zu mir!«, schrie er seinen Kumpanen zu und hebelte an dem Dolch in seinem Gelenk, um sich davon zu befreien, ließ es aber sogleich wieder sein. »Schnell! Die Klinge des Schicksals ist erschienen! Macht sie nieder!«

Danèstra zählte drei Männer und eine Frau, die vom Plündern der Toten abließen und sich näherten. Einer von ihnen trug eine Windbüchse, wie jene Waffen genannt wurden, die haselnussgroße Eisenkugeln mit enormem Luftdruck aus dem angeschraubten Kolben nahezu geräuschlos verschossen; die Geschosse stanzten sich durch Kettenhemden und Rüstungen. Sie waren fast so gefährlich wie magische Flinten oder Electorum-Stutzen.

»Bleib unten«, sagte Danèstra zu der Schwangeren, die hastig nickte und hinter einen Stamm kroch.

Dann streifte sich die Kriegerin eine silberne Strähne aus dem Gesicht und machte ein, zwei Schritte auf den Verletzten zu, der mit seiner beweglichen Hand nach seinem Messer tastete. »Da du weißt, wer ich bin, weißt du auch: Mörder erhielten niemals Gnade von mir.« Damit stach sie ihm das Schwert durch den Hals und riss ihren Dolch aus dem Ellbogen des Zusammensackenden. Ein letztes Ächzen, und der Räuber starb. »Das ist der Lohn für deine schändlichen Taten.«

Ein dumpfer Knall erklang wie von einem ploppenden Korken, und dicht neben ihr schlug die erste Kugel in eine Tanne ein. Rinde wurde abgefetzt, Splitter flogen umher.

Ich muss den Abstand verkürzen. Danèstra bewegte sich auf die Gegner zu und nutzte die Bäume als Deckung vor der Windbüchse, deren Lauf just für einen zweiten Schuss auf sie einschwenkte. »Thirío. Der Schütze«, befahl sie leise.

Der schwarz-weiße Hund spurtete geduckt im Zickzack vorwärts, schlug einen Bogen und näherte sich dem Rücken des Mannes. Dabei verwandelte er sich halb in die Bestie und erhob sich lautlos, die Augen glommen hellblau.

Erneut knallte es trocken, und Danèstra duckte sich. Im nächsten Moment gingen nach Harz duftende Spänchen auf sie nieder, da die Kugel über ihr in den Stamm geschlagen war. Kurz darauf schrie ein Mann laut und verstummte, wodurch das zornige Knurren Thiríos hörbar wurde.

Einer weniger. »Guter Junge, Thirío! Guter Junge!«

»Da ist sie!«, rief ein Räuber, der vor ihr aus dem dichten Farn auftauchte, und schlug mit seinem Morgenstern über seinen Schild hinweg. Die dornenbesetzte Eisenkugel zielte auf ihren Kopf.

Danèstra wich aus und ließ die Kugel an den Stamm prallen, wo sich die Spitzen ins Holz bohrten. Dann trat sie gegen den Schild und zwang den Mann zurück, stach mit dem Schwert abwärts durch seinen Schuh und schlitzte den Fuß bis zu den Zehen auf. Das Rot sprudelte aus der Wunde, der Räuber humpelte unbeholfen zur Seite und stürzte schreiend nieder.

»Jetzt habe ich dich, alte Frau!« Die Räuberin kam mit einem langen Säbel auf sie zu, den sie gekonnt mit raschen geraden Stoßbewegungen führte. »Ich werde mich rühmen, die Legende getötet zu haben!«

»Dann strenge dich an, statt große Worte zu spucken.« Danèstra parierte rückwärtsgehend Stich um Stich, bis sie eine forsche Attacke geschickt abfälschte und die Spitze des Säbels durch den Kopf des Verletzten lenkte, der neben ihr auf der Erde hockte und den gespaltenen Fuß umklammerte. Mit einem Knacken fuhr der Stahl in die Schläfe, und der Mann erschlaffte.

Die Waffe fraß sich im Schädel fest. Die Räuberin riss daran und zog den zuckenden Toten wie eine Puppe zu sich, ohne ihren Säbel zurückzuerlangen.

»Das wird auf diese Weise nichts.« Danèstra schlug von oben auf die Klinge der Gegnerin und ließ das Metall dicht am Heft abbrechen. Dann wirbelte sie herum und fing mit der Linken den Arm des verbliebenen Mannes ab, der ihr geradewegs einen Dolch in den Nacken hatte stoßen wollen. »Der nächste Feigling! Aber was erwarte ich von Abschaum, der Kinder wegen einiger lausiger Münzen umbringt?«

Ohne sein Handgelenk loszulassen, führte sie mit dem Schwert einen kraftvollen Aufwärtshieb, der ihn vom Nabel bis zum Kinn aufschlitzte. Seine Lederrüstung half ihm nichts gegen ihre geschliffene Klinge.

Danèstra schleuderte den Sterbenden auf die im Sprung befindliche Räuberin und sandte sie zu Boden. Die Gegnerin wurde von dem Toten hinabgedrückt, badete im fließenden Blut und in dessen stinkenden Gedärmen, aus denen sie sich nicht befreien konnte.

»Du wolltest die Legende töten«, sagte Danèstra mitleidslos, die rotfeuchte Klingenspitze ausgestreckt. »Ich denke, es wird dir nicht mehr gelingen. Oder bist du eine Zauberin? Hast du eine Pistola? Falls ja, würde ich an deiner Stelle eines davon nutzen.«

»Warte! Warte, ich kann dir sagen, wo sich unermessliche Schätze …«, rief die Räuberin furchtsam – und bekam das Schwert durchs Herz. Sie versuchte noch, Luft zu holen und das Sterben aufzuhalten. Vergebens. In rosafarbenen Darmschlingen verheddert, brach sie zusammen; ihre Augen trübten sich.

Widerwärtiger Abschaum. Was habt ihr nur angerichtet? Danèstra atmete tief ein und sah sich auf der Straße um. Sie wollte sichergehen, keinen Feind übersehen zu haben. Ein hinterhältiger Schuss aus einer Windbüchse konnte den Tod bedeuten. Auch für sie. Die Gerüchte über Unsterblichkeit und Unverwundbarkeit stimmten leider nicht. »Waren das alle, Thirío?«

Der Rüde bellte einmal.

»Gut. Dann schauen wir nach der jungen Frau, der wir unser Auftauchen verdanken.« Danèstra eilte zu der Stelle, an der sie die Schwangere zurückgelassen hatte, etwa zwanzig Schritt von den Reisekutschen entfernt. Die eingespannten Kaltblüter standen schnaubend, aber ruhig da und warteten, dass sich jemand um sie kümmerte. *Dafür ist anschließend Zeit.*

Die werdende junge Mutter verbarg sich, so gut es ging, hinter der Tanne und schluchzte leise in ihren Ärmel, um ihren Standort nicht zu verraten. Die Luft war geschwängert vom Gestank des Todes, gegen den weder Nadel- noch Harzduft ankamen.

»Es ist vorbei«, sagte Danèstra behutsam und steckte das Schwert weg. Sie kniete sich neben die Verängstigte, auf deren einfachem Kleid und Mantel Blutspritzer der Opfer hafteten. Sie schien keinerlei eigene Wunden zu haben. »Niemand wird dir oder deinem Kind etwas zuleide tun können.«

Thirío legte sich einige Schritte entfernt nieder und leckte sich das Fell sauber.

»Hier, meine Liebe.« Danèstra zog ihre schmale Trinkflasche vom Gürtel und berührte die junge Frau behutsam an der Schulter. Sämtliche mütterlichen Gefühle erwachten in ihr beim Anblick der Schutzlosen, die so knapp dem Tod entgangen war. Die aufgerissenen braunen Augen nahmen die Adlige zuerst nicht wahr, Angst stand auf ihren Zügen, und ihr Atem wurde rascher. »Trink etwas.«

Die Schwangere war dünn und sehnig, als hätte sie lange Entbehrungen erlitten. Unter der verrutschten Haube lagen kurze schwarze Haare. Etliche alte Narben zierten Unterarme und Hände, sie stammten überwiegend von Verbrennungen. Zusammen mit den dreckigen, pechschwarzen Fingernägeln vermutete Danèstra eine Magd vor sich zu haben, die in einer Schmiede oder einer Köhlerei arbeitete. Ihre einzige Waffe war ein Dolch, der ungenutzt in der Hülle an ihrem Gürtel steckte. Sie hatte in ihrer Kopflosigkeit ihr Kind geschützt, anstatt sich mit der Klinge zu verteidigen. Ein versiegeltes Fläschchen baumelte ebenso am Gürtel.

Erst jetzt nahm die junge Frau die Wasserflasche und setzte sie bebend an die Lippen, trank und verschluckte sich fast. Verschüchtert gab sie das Behältnis zurück. »Danke. Dass ihr unser Leben gerettet habt.« Sie legte eine Hand auf den gewölbten Bauch. Die Entbindung stand eines nicht mehr allzu fernen Tages an.

»Wie ist dein Name?«

»Kalenia.«

»Was ist geschehen, Kind?«

»Wir … wir reisten nach Samirlona, und … in dem Wald … Sie …« Kalenia beugte sich zur Seite und übergab sich. »Es ist meine Schuld«, sagte sie hustend und spuckend. »Sie … wollten mich töten. Mich! Und die anderen mussten deswegen sterben.«

Danèstra stützte die schwankende junge Frau, damit sie nicht in ihr Erbrochenes fiel. Samirlona war die Hauptstadt des Königreichs Kerkoria. *Somit weiß ich, wo ich mich ungefähr befinde.* »Wieso wäre das so? Kann es einen triftigen Grund geben, eine Schwangere jagen und umbringen zu wollen?«

Kalenia schloss für zwei, drei Atemzüge die Augen. »Ich weiß, wer Ihr seid. Und ich danke der Vorsehung, dass sie Euch zu mir sandte. Nun fühle ich mich sicherer. Bestärkt.«

»So rate ich: Du bist im Auftrag von jemandem unterwegs.« Danèstra fuhr ihr beruhigend über die schwarzen Haare, lächelte mütterlich. »Man wollte die Botschaft abfangen.«

Kalenia schüttelte den Kopf. »Ich befand mich auf dem Weg zum nächsten Königshof, den ich erreichen konnte. Quer durch das Irrsal schleppte ich mich, schlug mich durch die Lücken bis nach Kerkoria, um das schrecklichste Geheimnis zu verkünden.« Sie schauderte. »Denn ich weiß, wer die Schuldigen am Vordringen des Waldes sind: Es ist von Menschen gemacht.«

Danèstra glaubte, sich verhört zu haben. »Die Wildnis ist das Werk von Sterblichen?«

Kalenia zeigte auf die Toten und die besiegten Räuber. »Diese Halsabschneider standen im Lohn von einem derer, die mich zum Schweigen bringen wollen. Sie haben erfahren, dass ich ihrer ersten Falle entkam. Daran erkennt Ihr, wie skrupellos diese Leute sind. Sie lassen jeden ermorden, der ihnen im Weg steht, um mich zu beseitigen.« Kalenia legte eine Hand auf Danèstras gerüsteten Unterarm. »Ihr wurdet mir gesandt, um mich zu beschützen. Und um der Macht der Wildnis ein Ende zu bereiten!«

Von Menschen gemacht. Absichtlich? Der Sprung in den Wald bekam eine wesentlich größere Tragweite, als Danèstra angenommen hatte. »Wer steckt dahinter? Was hätte jemand davon, Kind?«

»Es geschieht aus Gier. Die Verschwörer schlossen ein Abkommen mit dem Bösen und sollen ihren Lohn erhalten, sobald auch Nankān gefallen ist«, erklärte Kalenia und verfiel in ein Zittern. »In den verschiedenen Ländern und Reichen sitzen sie. Unerkannt und unbehelligt. Und sie warten darauf, dass der Wald uns verschlingt, um endlich ihren Lohn einzustreichen.«

Danèstra konnte es kaum glauben. »Wie kommst du zu diesem Wissen?«

»Ich bin die jüngste Tochter von Arik Köhlerssohn. Wir lebten als Köhlersfamilie in einem kleinen Dorf im Wald, mehrere Gemeinjahre, ohne dass die Wildnis uns bedrohte. Sie war gut und gerne vierzig Meilen entfernt und keine Gefahr.« Kalenia erhob sich mit der Schwerfälligkeit einer Schwangeren, und der Mantel rutschte von ihren Schultern. »Wir belieferten die Städte im Irrsal mit unserer Holzkohle. Keiner machte bessere als wir. »Mein Mann und ich«, sie strich sich über den Bauch und verstummte für wenige Atemzüge, rang mit der Beherrschung. »Dann, eines nachts, kamen die Verschwörer in unser Dorf.« Eine einsame Träne rann über ihre Wange abwärts. »Sie … sie waren mit den Dämonen der Wildnis im Bunde und vernichteten unsere Siedlung. Die Leben meines Gemahls, meiner Familie und meiner Freunde dienten dem Übel als Futter und Lockmittel zugleich.«

Danèstra legte ihr rasch den Mantel um und stützte sie. »Dann … hast du sie gesehen.«

»Niemals mehr vergesse ich Gesichter! Ihre Namen! Und die Rituale, mit denen sie die Finsternis anriefen. Niemand überlebte. Bis auf mich. Ich … sah mit an, wie sie meinen Mann grausam abschlachteten. Und seine Schreie!« Sie verkrampfte sich. »Seine Schreie verfolgen mich in meine Träume. Der Geruch von gegartem Fleisch.« Sie wies auf ihre verbrannten Finger und Arme. »Ich entging ihnen. Weil ich in einen erkaltenden Kohlenmeiler stieg und mich versteckte und sie belauschte. Drei Tage lang musste ich aushalten, und … und ich dachte, ich werde wahnsinnig vor Durst, vor Hunger und … hatte solche Angst, ich verliere mein Kind. Es ist doch das Letzte, was mir von meinem Mann blieb.« Schnell wischte Kalenia sich die Träne weg. »Ich weiß, wer diese Bestien sind, wo sie leben, was sie beabsichtigen. Deiwos der Gütige hörte mein Flehen. Er ließ mich überleben und bis nach Kerkoria gelangen, um Nankān zu retten.« Kalenia klammerte sich an Danèstra. »Mit Euch wird es gelingen.«

»Das Schicksal sandte mich ohne Zweifel, um dich zu retten.« Sie blickte über die Leichen. Mutige Krähen hopsten näher an die Toten und pickten in das warme, saftige Fleisch, um sich daran zu laben. Zwei Füchse schlichen aus dem Dickicht und versuchten sich an ersten zaghaften Bissen. »Du sagtest, dass du dich vor den Verschwörern versteckt hattest.«

»Ja.«

»Wie hätten sie daher wissen sollen, dass du dem Massaker im Dorf entgangen bist?«

»Oh«, machte Kalenia und wirkte beruhigt. Das Zittern ließ nach. »Dann … dann ahnen sie nicht, dass wir sie zur Strecke bringen werden. Das ist umso besser!«

»Ich denke, nicht.« Danèstra versuchte, die Vorgänge einzuordnen. »Was ist bei dem Überfall passiert? Schildere es mir ganz genau, mein Kind.«

»Wir wurden angehalten, und dann begann schon der Kampf. Einige Räuber sprangen in die Kutschen und bedrohten uns und verlangten Schmuck sowie Münzen. Dann verlor einer von ihnen die Geduld, und das Morden begann. Ich sprang ins Freie und rannte davon.«

»Niemand suchte dich oder sprach dich mit Namen an?«

»Nein.«

»Hatten sie Zeichnungen dabei, um nach dir unter den Reisenden zu fahnden?«

Kalenia schüttelte den Kopf.

Danèstra nickte nachdenklich. »Dann ist es, wie ich es mir dachte. Der Raubüberfall war ein Zufall, mag es auf dich auch anders gewirkt haben. Aber Genaueres kann ich dir erst sagen, wenn ich mir dieses Gesindel näher angeschaut habe. Vielleicht finde ich bei den Toten einen Hinweis.« Danèstra sah die Straße auf und ab. »Wie weit ist es noch bis zur Hauptstadt?«

»Der Kutscher sagte, fünf Tagesreisen.«

»Wie sah dein Plan aus? Du wolltest vor Prinz Dinhold treten und ihm sagen, was du weißt?«

Kalenia schüttelte sich, die fürchterlichen Erinnerungen machten ihr zu schaffen. »Ja.«

»Und du denkst, er hätte dir geglaubt?«

»Ich … Wohin sollte ich sonst? Er lag am nächsten zu mir, und er könnte doch …«

Danèstra seufzte. »Gut, dass ich dich abfing. Dein Vorsprechen hätte nichts genutzt. Dinhold ist ein junger Prinz und nur deswegen nicht zum König gekrönt, weil er Angst vor der Krone hat. Nicht vor dem Amt, sondern vor der Krone als solche. Man kann ihn damit jagen wie eine Katze mit einem Hund.«

Thirío bellte zur Bestätigung.

»Ich dachte, weil der Prinz seine Familie an die Wildnis verloren hat, würde er mir glauben.«

»Dinhold ist ein verwirrter Knabe. Er redet in unbekannten Sprachen und verkleidet sich, meistens sehr schlecht, weil ihm danach ist, und behauptet, nicht der Prinz zu sein. Erst neulich ließ er verkünden, er habe neue Götter erfunden, da die alten nichts taugten«, fasste Danèstra zusammen. »Ihm kannst du nicht vertrauen, Kind. Er würde dir zuhören und dir seinen Beistand anbieten, um dich danach im Schlaf hinrichten zu lassen.« Danèstra wusste um das Durcheinander in Kerkoria. »Zudem attackieren ihn seine Nachbarn Taucora und Irados, um den Prinzen abzusetzen und einen Nachfolger mit Vernunft auf den Thron zu setzen. Dinhold wäre als Verbündeter die schlechteste Wahl von allen Herrschern, obwohl er das größte Heer besitzt. Auch wenn niemand weiß, woher er das Geld nimmt, die Tausende von Kämpfern zu entlohnen.«

»Das … das wusste ich nicht! So etwas erfährt man nicht, weit draußen im Irrsal.« Kalenia lehnte sich an einen Baum. »Euch hat wirklich die Vorsehung gesandt.«

Danèstra hatte einen Entschluss gefasst. »Du kannst mir die Namen und die Wohnorte der Verschwörer nennen, Kind, und ich …«

»Nein«, lehnte die junge Frau rigoros ab. »Niemand soll sie außer mir kennen. Ich will nicht, dass man sie warnt. Wir müssen einen nach dem anderen rasch erreichen und sie zur Strecke bringen. «

Die Verwunderung ließ Danèstra eine Augenbraue in die Höhe ziehen. »Denkst du, ich würde sie warnen?«

»Nein, aber … es ist besser so. Auch Ihr könntet unachtsam sein, oder man erpresst Euch oder …« Kalenia blickte entschuldigend zu Boden. »Verzeiht mir mein Misstrauen. Aber ich schwor in dem glimmenden, heißen Meiler, dass ich das Böse aufhalten und keinen entkommen lassen werde. Das darf durch nichts in Gefahr geraten.« Sie legte eine Hand auf die Flasche an ihrem Gürtel. »*Ihnen* schwor ich es.«

»Was ist darin?«

»Die Seelen meines Gemahls, meiner Eltern und meiner Geschwister.« Kalenia sah die Verblüffung auf Danèstras Zügen. »Im Irrsal glaubt man anders als in den Reichen. Diese Seelen werden erst ihren Frieden finden, wenn die Verschwörer getötet sind. Und danach wird die Wildnis ihre Macht verlieren, da die Urheber des Übels vergangen sind.« Sie blickte eindringlich in die blauen Augen ihrer Retterin. »Die letzte, vernichtende Attacke auf Nankān hat begonnen! Helft mir und rettet unsere Heimat.«

Aus dem Grund wurde ich ihr gesandt. Nicht nur, um eine Schwangere zu retten. Das Schicksal hat eine wahrlich große Aufgabe für mich. Danèstra hatte bereits einen neuen Plan ersonnen. »Wir nehmen, was wir brauchen können, und gehen noch einige Feldmeilen nach Norden. Dort schlagen wir unser Nachtlager auf. Dann dürften wir in zwei Tagen die Gestade des Süßwassersees erreichen. Schaffst du das?«

»Ja.«

»Kannst du reiten?«

»Nein. Meine Schwangerschaft … ist nicht die einfachste. Ich hatte auf meiner Reise mehrmals Blutungen, aber … es geht nicht anders.« Kalenia strich sich über den Bauch. »Ich bin gut zu Fuß und das Wandern gewohnt. Das sind auch weniger Erschütterungen.«

»Einverstanden. Dann laufe ich ebenso. Mit einem Schiff reisen wir nach Taucora und gelangen an den königlichen Hof nach Gaurus. Die Königin schätzt mich und wird uns Unterstützung gewähren. Unterwegs können wir überlegen, was das beste Vorgehen ist, um die Verschwörer zu fassen.« Danèstra bedeutete ihr, am Baum zu bleiben. »Ich sammle uns das Nötigste zusammen. Warte hier, mein Kind. Thirío achtet auf dich.«

Der Hund bellte und hechelte freundlich.

»Danke.«

Das Mutterherz verlangte nach einer traurigen Pflicht. »Es könnte dauern. Ich begrabe noch rasch die Kinder.«

»Was ist mit den übrigen Toten?«

»Die Aasfresser des Waldes werden sich ihrer annehmen. Es wird nichts übrig bleiben. Noch bevor ein Suchtrupp vom Wechselhof eintrifft, der nach den verschwundenen Kutschen sucht, sind sie verzehrt.«

Danèstra trabte zu den Wagen und durchsuchte die toten Räuber, an denen sie vorbeikam. Aber sie fand nichts, was darauf schließen ließ, dass die Angreifer gezielt nach Kalenia geforscht hatten. Es blieb ein zufälliger Überfall, der um ein Haar ein großes Geheimnis vernichtet hätte.

Deiwos sei Dank, dass ich rechtzeitig kam. Sie durchforschte das Gepäck nach brauchbaren Dingen für ihre Wanderung und füllte einige Wasserflaschen aus der mitgeführten Vorratstonne. Ein Zelt, das der Kutschenbesatzung als Unterkunft gedient hatte, und reichlich Proviant nahm sie ebenso an sich. Die ermordeten Männer, Frauen und Kindern schreckten sie nicht. Sie kannte den Tod aus ihren vielen Prüfungen, in welche das Schicksal sie in den vergangenen Gemeinjahren geschickt hatte. Und doch empfand sie stets Mitleid mit den Unschuldigen. Deswegen sammelte sie die Leichen der Kleinsten ein und hob ihnen ein gemeinsames flaches Grab aus, das sie mit Bruchholz und Steinen beschwerte. *Kein Tier sollte die Kinderleichen anfressen.*

Anschließend spannte Danèstra die mächtigen Pferde aus. »Los.

Lauft zu eurem Stall. Da ist es angenehmer als im Wald.« Sie entließ sie in die Freiheit, bis auf eines, das sie mit der Ausrüstung belud.

Sie befahl Vélos, der geduldig auf einem Ast sitzend gewartet hatte, auf seinen Käfig und befestigte das Behältnis auf dem Gepäck. Der Falke zeigte sich gänzlich unaufgeregt und spähte mit leisen Rufen umher.

»Du findest noch ein Kaninchen, das du schlagen kannst«, sprach Danèstra zu ihm und streichelte das Gefieder. »Oder Thirío wird dir was bringen.«

Die freigelassenen Kaltblüter trotteten wiehernd die Straße entlang und würden den nächsten Wechselhof ansteuern, da sie die Strecke zur Genüge kannten.

Danèstra führte das Pferd am langen Zügel zu Kalenia. »Wir sollten los.« Sie machte ein Zeichen zu Thirío, und der Hund erhob sich, um vorwegzupirschen; er streckte die Nase abwechselnd in die Höhe und senkte sie über den Boden, um nach versteckten oder entfernten Feinden zu wittern. »Sprechen wir unterwegs ein paar Gebete für die armen Seelen.«

Kalenia deutete eine Verbeugung an. »Danke. Dass Ihr mich und mein Kind gerettet habt. Und dass Ihr mir beisteht, unsere Heimat zu bewahren.«

»Deine Dankbarkeit freut mich, aber das musst du nicht eigens betonen.« Danèstra ging los. »Es ist mein Schicksal, jenen beizustehen, denen keiner helfen möchte.«

Tief in ihrem Inneren wusste sie: Das Bevorstehende war die größte Aufgabe, welche ihr diese unbekannte Macht jemals aufgetragen hatte. *Und ich werde sie meistern wie die unzähligen zuvor. Danach wird Yarkin von der Wildnis befreit sein.*

***

Calostro erwachte in vollkommener Dunkelheit. Er lag rücklings auf feuchtem, weichem Untergrund. Es roch nach frischer Erde und gebrochenem Wurzelwerk.

»Deiwos der Beschützende, meinen Dank, dass ich am Leben bin.« Er schob leichte Dinge von seiner Brust. Eine Pfanne und Splitter klirrten herab. »Jetzt lass das zweite Kunststück gelingen, und ich errichte dir einen Tempel.«

Behutsam richtete er sich auf und lauschte in die Dunkelheit.

Wasser tropfte in stetem Takt, mal knisterte und raschelte es. Calostro dachte an Beinchen und Körper von Insekten, die unter der Erde lebten und vor dem Eindringling flüchteten. Er tastete umher und bekam ein geborstenes Holzstück vom Wagen zu fassen. »Fewur«, befahl er und vollführte eine magische Geste, womit er das Fragment am oberen Ende entzündete und zu einer Fackel werden ließ.

Der Lichtschein offenbarte, wo sich der Zauberer befand.

Umgeben von den Überresten des Gepäcks sowie den Trümmern des zerfallenen Karrens, zeigte sich ihm ein behauener, gedrungener Gang, in dessen Wänden von Menschenhand erschaffene Markierungen prangten. Über Calostro war es finster, die eingebrochene Decke hatte sich geschlossen und verhinderte die Flucht nach oben. *Oder ist es Nacht geworden?*

Halb begraben von den Brocken lag Quent einige Schritte weiter. Ein langer, armdicker Splitter ragte ihm aus dem Rücken.

Calostro sparte sich die Mühe, nach dem toten Diener zu sehen. Aufregung hatte ihn ergriffen. »Ungeplant, aber dennoch richtig«, murmelte er und erhob sich. Dreck und Insekten rieselten aus dem Gewand, er kehrte eine Spinne von seiner Halbglatze.

Rasch ordnete er die Holztäfelchen mit den Bannrunen um seinen Oberkörper und eilte mit der Fackel den Gang entlang. Währenddessen zog er aus seiner Umhängetasche einen Plan.

Darauf eingezeichnet war der Standort des wahren Grundes für den gefährlichen Ausflug tief ins Irrsal und auf den unheilvollen Boden der vorgedrungenen Wildnis. Calostro fand, dass es die Mühe mehr als wert war.

Quents Tod bedauerte er, aber niemand war unersetzlich. *Schon gar nicht ein Sklave.* Räblein hatte ihn in den acht Gemeinjahren wenig Lohn gekostet, und er bezweifelte, je wieder ein ebenso billiges wie verlässliches Faktotum zu erstehen. Darüber würde er sich nach der Rückkehr Gedanken machen. Es gab wirklich Wichtigeres als einen toten Diener.

Calostro verglich die Markierungen in den Wänden mit dem Plan in seiner Linken. Das Holzstück brannte knackend vor sich hin und spendete unruhiges Licht.

Er befand sich in einem Parallelgang, den er bald an einer Querung wechseln konnte. Etwa anderthalb Meilen, und er würde das Wunder mit eigenen Augen sehen.

Räblein hatte er absichtlich nicht ins Vertrauen gezogen. Nicht auszudenken, hätte der Junge sich angetrunken unterwegs in einem heruntergekommenen Gasthaus verplappert. Sie wären schneller überfallen worden, als er Zauber hätte dagegen weben können.

Calostro kroch über einen Schutthaufen und wich einer Kolonne von faustgroßen roten Grabkäfern aus, die ihre fingerlangen spitzen Schnappgeweihe gegen ihn reckten. Ein Kneifen durch die Haut, und man starb einen schmerzhaften, siechenden Tod.

Dann erreichte er die ersehnte Querung und gelangte in den Hauptstollen, der deutlich größer war.

»Es stimmt alles«, sagte er leise und ging weiter. »Ein Hoch auf den Alten!«

Die Karte hatte er von einem nichtsahnenden besoffenen Krämer erstanden, bei einem Besuch des Trödelmarktes in der Seeräuberstadt Merirosvo. Zwischen Plunder, gefälschten Schatzkarten, Kindergold und Glasedelsteinen lag diese Zeichnung, versehen mit dem Wassersiegel der Mineurkomturei Liebland, wie Orillon vor seiner Eroberung einst geheißen hatte. Es war der Plan der letzten Grabungsvorhaben, mitsamt den genauen Aufschlüsselungen, wo sich welche Arten von Edelsteinen befanden – sofern man die Schrift und Abkürzungen zu lesen verstand.

Calostro vermochte es.

Seitdem konnte er sich nicht von dem Gedanken befreien, diesen unermesslichen Schatz zu bergen, den die Komturei gefunden hatte, bevor die Grünödnis die Mine verschlang.

Er hastete mit der Fackel vorwärts, die knisternd und knackend brennende Spänchen absonderte, schob sich vorbei an heruntergestürzten Felsen und zwängte sich durch Wurzelvorhänge. Das Glitzern und Glimmen von unbehauenen wertvollen Steinen in den Wänden missachtete er und strebte der Stelle zu, die nicht mehr weit entfernt sein konnte.

Aus dem Gang wurde eine trichterförmige Höhle. Der obere Rand begann unmittelbar vor Calostros schmutzigen Schuhspitzen, und dann ging es stufenförmig einige Hundert Schritte abwärts. Hier und da lagen Hacken, Schaufeln, Meißel und verschieden große Hämmer umher, staubbedeckt oder von Wurzeln umschlungen, als hätten die Pflanzen den Abbau betrieben.

Calostro senkte den Plan und hob die Fackel höher, um die an der Wand angebrachte Öllampe mit Reflektorspiegel zu entzünden.

Der alte, aber getränkte Docht fing Feuer, Lichtschein breitete sich aus und enthüllte die wahren Ausmaße der Mine in der Mine. Sicherlich hatten einst Hunderte Arbeiter hier geschuftet, um die seltenen Steine aus dem Fels zu schlagen.

»Da bist du«, raunte der Zauberer gebannt und sah zu dem schwachen grünlichen Leuchten hinab. »Gleich hab ich dich!«

Er sprang Stufe um Stufe abwärts auf die Stelle zu, welche die Komturei mit *Reinster Goldsmaragd auf Yarkin* im Plan vermerkt hatte, dicht gefolgt mit dem Hinweis *Magisch // unbezahlbar, höchste Sicherheitsvorkehrungen treffen*. Er erreichte den vierten Absatz, von dem aus es zwanzig Schritte bis nach oben waren, und näherte sich dem pulsierenden Grün. Die Holztäfelchen rappelten bei jedem Hüpfer und machten es unmöglich, sich unbemerkt zu bewegen.

Der Smaragd, etwa so groß wie eine Kinderfaust, in dessen schimmerndem reinen Grün ein Goldnugget steckte wie ein Insekt in Bernstein, war umgeben von glühenden Ranken, die teils von der Decke hingen, teils aus dem umliegenden Fels brachen. Sie hielten den kostbaren Schatz aderngleich umschlungen, der seinerseits magische Energie in die Wurzeln pumpte und sie mit Kraft versorgte.

»Ein grünes Herz«, sagte er ehrfürchtig. »Was immer du antreibst, damit es ist es vorbei.« Calostro legte die Fackel auf den Stein und nahm seinen runengezierten Dolch. »Deine Macht muss mir gehören.«

Mit sicheren Schnitten kappte er das schützende Wurzelwerk, die Ranken verloren auf der Stelle das Glühen. Rotes Blut rann aus den durchtrennten Pflanzenleitungen, als wären es Venen eines Riesen, in dessen Brust er wühlte.

»Ich werde der mächtigste Zauberer, der je lebte, und dann verschwinde ich nach Sothoran«, brabbelte Calostro vor sich hin. »Mag Yarkin untergehen – ohne mich.«

Als er die letzte Wurzel entfernt hatte, grollte die Erde über ihm. Steinchen und Dreck rieselten auf ihn. Wuchtige Einschläge erklangen aus weiter Entfernung, als versuchte ein Gigant, sich mit Gewalt zu dem dreisten Dieb nach unten zu graben und ihn zu stellen. Der Frevel hatte Folgen.

»Verflucht!« Calostro hob eine Spitzhacke vom Boden auf und nutzte das dünne Ende wie einen Meißel, drosch mit einem Hammer auf das breite Stück ein.

Es war harte Arbeit und ein Rennen gegen die Zeit. Splitter für Splitter sprengte er den Fels vom Goldsmaragd, um ihn gänzlich freizulegen, während die Schläge von oben dröhnten.

Calostro wagte es nicht, einen Spruch einzusetzen, da er fürchtete, der wertvolle, unersetzliche Fund könnte beschädigt werden. Der Zauberer kam gehörig ins Schwitzen, teils aus Angst, teils vor Anstrengung.

Endlich löste sich der Edelstein aus dem Granit und fiel klimpernd zu Boden.

Calostro hob ihn mit schmerzenden Armen auf und fühlte die Kraft, die von dem Artefakt ausging. »Oh, bei Deiwos«, jubelte er und wischte sich brennenden Schweiß aus den Augen. »Damit werde ich selbst ein Gott!«

Hastig packte er den Goldsmaragd in die Tragetasche und schnappte seine fast erloschene Fackel, dann kletterte er die Steinterrassen aufwärts, um zum Hauptstollen zu gelangen. Sein Gewand klebte am Leib, die Täfelchen und Talismane rasselten laut.

Auf Calostro wartete ein Marsch von gut anderthalb Feldmeilen bis zum alten Ausgang. Ob es den noch gab, würde er sehen. Aber mit der Kraft seines geraubten Schatzes würden sich Hindernisse und Feinde spielend aus dem Weg räumen lassen. Die passenden magischen Flüche kannte er.

Als er den ersten Schritt in den breiten Stollen machte, brach hinter ihm die Decke ein. Erschrocken sah er über die Schulter.

Ein Sturzbach aus Geröll, Staub und Erde ergoss sich in den gegrabenen Trichter und füllte ihn zu einem Drittel auf. Und mit ihm kamen Hunderte schemenhafte Gestalten, die ohne Rücksicht auf sich selbst den Weg in die Tiefe angetreten hatten, um den einmaligen Goldsmaragd zu verteidigen. Ihr Schreien und Toben durchschnitt das Malmen und Rieseln der einstürzenden Höhle.

Viel zu viele! Calostro warf den Fackelrest weg, nahm die alte Öllampe vom Haken und rannte in den Tunnel. Verfolgt von einer grauschwarzen Staubwolke und den darin verbogenen Feinden, hetzte er beständig geradeaus.

Der Stollen war intakt, doch der Zauberer musste auf seiner Flucht durch kniehohes Wasser waten, sich an Schutt vorbeidrücken oder halb durch eine Verengung kriechen. Er kam dem eingezeichneten Ausgang immer näher, seine Beine brannten und vermochten das Gewicht des feisten Mannes kaum länger zu tragen. Die Markierungen sagten ihm, dass es keine fünfzig Schritte mehr waren. Frische Luft brachte das Flämmchen seiner Laterne zum Aufflackern.

Der Ausgang existiert noch! Er mobilisiert seine verbliebenen Kräfte, und die Hoffnung auf ein gutes Ende des Abenteuers wuchs zur Gewissheit. Draußen würde er zwar mit seinen müden Muskeln weiterrennen müssen, aber er entkam wenigstens der Mine und der Vorstellung, dass jederzeit die Wände, Decke oder der Boden einbrachen. Nach einer Biegung endete seine Flucht: Vor ihm versperrte ein Eisengitter mit Streben so dick wie Quents Unterschenkel den Weg. Das mächtige Doppeltor war verschlossen und mit drei Ketten gesichert. Die einzelnen Stangen standen so eng, dass sich höchstens eine Katze hindurchzudrücken vermochte.

Calostro konnte sich nicht als schlank bezeichnen, erst recht nicht mit den Holztäfelchen um sich herum. Räblein wäre es vielleicht geglückt, aber nicht ihm.

Damit blieb ein einziger Ausweg.

»Dann zeige mir, was wir gemeinsam vermögen!« Calostro zog den Goldsmaragd aus der Tasche und umfasste ihn mit beiden Händen, richtete ihn gegen die Barriere aus dickem Metall. »Smelzan Arut! Smelzan cumme bleczen! Smelzan!«

Unter der Wirkung des Zaubers, der sich durch das Gitter schneiden sollte, erwärmte sich der Stein zwischen seinen Fingern. Der Goldeinschluss erstrahlte und sog das Licht aus dem Smaragd.

Plötzlich umspielten grüne und goldene Flämmchen die Eisenbarren, fauchend und zischend fraßen sie sich durch das Metall und sandten Funken weit ins Halbdunkel des Stollens. Die glühenden, regnenden Stückchen rissen albtraumhafte Wesen aus der Finsternis, die jenseits der Sperre bereits auf Calostro warteten. Mit einem überraschten Schrei wich er einen halben Schritt zurück. »Deiwos, stehe mir bei!«

Die verschiedensten Monstren, teils aus Menschen, teils aus Tieren zusammengesetzt, wie er es sie aus Sagen, Märchen und Legenden kannte, harrten geduldig aus. Neben ihnen lauerten unbekannte bärenartige Bestien mit Fell aus Blättern und Dornen. Wolfhafte Kreaturen, gemacht aus Efeu und Stein, liefen unruhig vor den Eisengittern auf und ab, die Augen aus leuchtendem Kristall unentwegt auf den Zauberer gerichtet. Diese Scheusale hatte die Wildnis aus eigener Kraft erschaffen. Die Grünödnis hatte gegen den Dieb aufgefahren, was sie im Dickicht und Unterholz gefunden hatte.

Abgelenkt vom Anblick der Feinde, die beißenden Gestank aus Fellen und Mäulern sandten, vermochte er die Konzentration nicht aufrechtzuerhalten. Sein Zauber erlosch, die Funken erstarben.

Das diffuse Licht der flackernden Lampe kehrte in den Stollen zurück, das trügerischen Frieden vortäuschte, als gäbe es die Bestien außerhalb des Scheins nicht.

»Verflucht!« Calostro hörte im gleichen Moment viele schwere Schritte in seinem Rücken.

Der plötzliche stechende Geruch nach verrottendem Fleisch und faulendem Erdapfel, der alles andere überlagerte, warnte ihn: Die gefährlichsten Kreaturen der Wildnis erschienen.

Er wandte sich um. Im Stollen wimmelte und trappelte es, ohne dass der Zauberer etwas Genaues sah. Der Schein der Laterne reichte nicht weit.

Eine neue Bedrohung eilte durch den Tunnel und schloss zu ihm auf. Ein unsichtbares Heer rückte in der Finsternis an, um das smaragdgoldene Herz zurückzuholen. Angeführt wurde es von vier Rittern, die in verrosteten und ramponierten Rüstungen steckten und just in den Lichtkreis wankten. Aus den Gelenken ihrer Panzerungen rann zähe trübrote Flüssigkeit.

Alraunen-Krieger! Calostro umklammerte den Edelstein. Fieberhaft suchte er in seinem gelehrten Verstand nach dem vernichtendsten seiner Sprüche, um die nahenden Feinde auszulöschen.

Diese Wesen, erschaffen aus reinster, bösester Magie, erwuchsen aus einer Alraune, die unter einem Galgen vergraben wurde, unmittelbar in der Nacht vor einer Hinrichtung. Sie nährten sich von den Ausscheidungen des Gehenkten, die im Todeskampf auf die Erde tropften. Als Kämpfer der Grünödnis imitierten sie die Hingerichteten auf groteske Art, sodass sie als Zerrbild der Toten umherwandelten und oftmals für einfache Wiedergänger gehalten wurden. Die menschenähnlichen Kreaturen brachten einem Landstrich Tod und Verderben, denn sie vereinten Schläue mit überlegener Kampfkraft. Keiner wusste, wer die Alraunen vergrub und die Krieger auf Geheiß der Wildnis in die Welt setzte.

Calostro bereitete eine Flammenwand vor. *Sie sind nicht einfach aufzuhalten.* Alraunen-Krieger brauchten lange, bis sie verbrannten. Selbst wenn man ihnen den Kopf abschlug, kämpfte der Rest weiter, bis das Feuer sie restlos zu Asche verwandelt hatte. »Deiwos, habe ich dich erzürnt?«, rief er furchtsam. »Warum verweigerst du mir deinen Beistand, nachdem du mich den Stein hast finden lassen?«

Drei Alraunen-Krieger blieben stehen. Der vierte ging einen Schritt auf den Zauberer zu und zog langsam sein Schwert; eine schartige, schmutzige Klinge kam zum Vorschein, hob sich aber nicht drohend. »Lass mir das grüne Herz, und du magst den Stollen lebendig verlassen. Es ist zu wertvoll für uns und das Land. Für den Kontinent«, sprach das Wesen stöhnend hinter dem geschlossenen Visier. »Du kannst mir nicht entkommen. Weder unter noch über der Erde. Ich bin die Wildnis, und ich bin überall.«

Calostro zauderte. »Was erhalte ich im Gegenzug?«

»Dein Leben.«

»Aber dieses grüne Herz ist unermesslich wertvoll. Für dich. Für mich«, feilschte er zur Ablenkung und bereitete einen Bannspruch vor. Der ringförmige Blitz sollte die Gegner zugleich teilen und in Flammen setzen. Das würde ihm genug Zeit verschaffen, das Gitter und die Bestien dahinter durchzubrennen und zu entkommen.

»Ist dir dein Leben nichts wert?« Der Alraunen-Krieger stand schief und krumm wie eine Marionette, deren Spieler eingeschlafen war. Doch das täuschte. Die Wesen konnten schneller als eine Sturmbö sein, wenn sie es wollten.

»Ohne dieses grüne Herz ... werde ich etwas vermissen. Dieser Verlust muss aufgewogen sein. Sagen wir mit ...« Calostro schloss die Augen, um nicht geblendet zu werden, sobald er den Zauber freisetzte: »Daubu bleczen nithen! Nithen Lioth!« Bereits bei der letzten Silbe spürte er, dass sein Bannfluch wesentlich stärker ausfiel, als er im Sinn gehabt hatte. Die Energie des grünen Herzens ließ sich nicht von ihm beherrschen, entweder wegen seiner eigenen Aufregung oder aus reiner Bosheit. Der ringförmige Blitz verließ den Goldsmaragd und verbreitete sich gleichförmig wie eine Welle nach allen Seiten – mit Auswirkung auf Calostro. Schreiend riss er die Augen auf.

Laut kreischend jagte die viel zu intensive Kraft gleißend die Stollenwände entlang und fräste waagrechte Kerben hinein. Zuckendes Licht erhellte die Finsternis und zeigte, wie viele Bestien hinter den Alraunen-Kriegern standen. Sie wurden von dem Spruch erfasst, die Leiber geteilt oder zerschnitten; wer der vernichtenden Energie entging, den verbrannte die Strahlungshitze. Es stank nach heißem Gestein, verkohltem Fleisch und sengendem Fell. Hinter Calostro brüllten die Bestien auf, fanden den Tod oder wandten sich zur Flucht. Aber der Zauber war zu schnell, um ihm zu entgehen. Calostros Blick wurde unscharf. Er sah seine eigenen Finger als schwarze Kohlestückchen um den Edelstein liegen, die Kleidung hing in kokelnden Fetzen an ihm herab, die Holztäfelchen hatten sich in nichts aufgelöst. Er stürzte auf den Gang und glaubte zu hören, wie sich seine Extremitäten zu Asche wandelten. Sein rechter Arm zerbröckelte unter dem eigenen Gewicht.

Das Seltsamste daran war, dass er nichts fühlte. Schmerzen, jegliche Empfindungen blieben aus, als befände sich sein Verstand in einem isolierten Gefängnis und würde zum Beobachter, was mit dem Leib geschah.

Der wertvolle Stein fiel aus seiner aschenen Hand, kullerte umher, rollte durch die Überreste und Rüstungsstücke der Alraunen-Krieger. Er schien unschlüssig, wo er zur Ruhe kommen wollte. Im nachlassenden Licht sah der Zauberer die vielen getöteten Bestien um sich herum. Die Flucht wäre ihm spielend gelungen, sofern ihn sein eigener Bann nicht betrogen hätte.

Als das grüne Herz an seinem Gesicht vorbeirollte, öffnete Calostro den schmerzenden Mund und sog es über die verbrannten Lippen, um es aufzubewahren und vor neuen Scheusalen zu verstecken, die kommen und danach suchen würden.

Warm und kantig klackerte der übermächtige Stein gegen seine Zähne.

Heile mich, befahl er in Gedanken, da er weder sprechen noch gestikulieren konnte. *Deiwos, irgendein Gott oder die Wildnis selbst – ich rufe zu euch: Bewahrt mich vor dem Tod! Ich schwöre ewige Gefolgschaft.*

Ein erster, grässlicher Schmerz durchfuhr ihn. Ausgehend vom Edelstein brach sich die Pein ihre Bahn. Kopf, Hals, das Rückgrat, die verbliebenen Glieder wurden zu reinstem Leid.

Zu gerne hätte Calostro seine Qualen hinausgebrüllt, aber er hielt den Mund geschlossen, da er fürchtete, er könnte das grüne Herz und damit seine letzte Aussicht auf Überleben verlieren.

Ewige Gefolgschaft, dachte er wieder und wieder.

Knacken und Knistern rannten durch seinen Körper. Was der Blitz ihm genommen und verbrannt hatte, formte sich aus den Stummeln und Resten neu. Sein Leib erhielt weiße Knochen, die von Fleisch, Sehnen und Adern ummantelt wurden. Die Arme und Finger kehrten zurück, die Haut heilte und zeigte sich rosa, unverbraucht wie die eines Kindes.

Es wirkt! Calostro wand sich in unbeherrschbaren Krämpfen, stöhnte mit zusammengebissenen Zähnen – dann rutschte der Gold–smaragd unvermittelt im Mund nach hinten.

Und verschloss die Luftröhre.

Der Zauberer würgte, ohne dass er den Stein vom Fleck bewegte. Pfropfengleich steckte er fest und raubte ihm den Atem. *Nein, nein, Deiwos! Nicht!*

Die Schmerzen ließen schlagartig nach.

Calostro bekam Gefühl in die erneuerten Arme und Finger, auch wenn er sie noch nicht recht einzusetzen vermochte. Mit aller Gewalt zwang er seine Hände aufwärts, am nackten Oberkörper entlang, über die Rippen und den Hals hinauf. Behäbig und unsicher wie fette, bleiche Spinnen krochen sie nach oben.

Zu langsam. Calostro würgte, Speichel rann ihm über die geöffneten Lippen. Ihm schwanden die Sinne. Er spürte seine weichen neuen Fingerkuppen am Kinn, sie hatten den Mund fast erreicht, um das grüne Herz herauszupulen. *Es reicht nicht! Es reicht ni…*

***

Auszug aus *Die Abenteuer von Großfürstin Danèstara,*
Band eins, Kapitel acht

»Danèstara, ich … ich weiß nicht, wie es dir offenbaren soll.«

»Öffne dein Herz! Lass deinen Gefühlen freien Lauf! Erinnere dich an die vielen Stunden, die wir im Rausch der Leidenschaft verbrachten? Habe Mut, Jeffsen!«

»Ich … ich hasse dich.«

»O nein! Jeffsen, bitte! Die Sache mit deinem Bruder tut mir unendlich leid!«

»Es ist so, Danèstara! Nun geh. Geh mit meinem Hass und der Erinnerung an unsere einstige Liebe.«

»Ich werde dich immer lieben, Jeffsen! Sogar wenn ich in den Armen eines anderen liege.«

Kapitel III

Bei Sonnenaufgang legt die *Fröschlein* ab.« Danèstra setzte sich Kalenia gegenüber, die wie verlangt unter dem Vordach des Gasthauses *Zur armen Auster* am Hafen gewartet hatte. Sie trug frische Kleidung und hatte auf eine Haube verzichtet. Neben ihr wachte Thirío und wedelte mit dem Schwanz, als er seine Herrin sah. »Zusammen mit uns.«

Der dunkelrote Schein der untergehenden Sonne spiegelte sich im schwappenden Hafenwasser und illuminierte die zahlreichen aufragenden Fachwerkgebäude rings um den Kai. Es herrschte Trubel. Anweisungen wurden gerufen, Pakete, Kisten und Säcke einzeln geschleppt oder in Netzen umhergehievt. Ladungen schwebten über Flaschenzüge und Winden in die Speicher, die unmittelbar an der Wasserkante lagen.

Die *Arme Auster* war keine Kaschemme oder eine Schenke, in der man um sein Leben fürchten musste, wie in jeder Spelunke von Merirosvo, der Seeräuberfestung am Westufer des Süßwassersees. Danèstra hatte die werdende Mutter hier abgesetzt, ohne sich Sorgen um sie machen zu müssen. »Wir haben eine Kabine für uns.«

Kalenia hatte das Essen, das vor ihr stand, kaum angerührt. »Danke.«

»Natürlich.« Danèstra wischte sich eine silbergraue Strähne, die sich aus der Flechtfrisur gelöst hatte, aus dem Gesicht und deutete auf den Teller. »Ist es schlecht?« Sie hatte die Handschuhe ausgezogen und am Wehrgehänge befestigt. Thirío bekam von ihr seine verdienten Streicheleinheiten.

»Nein! Nein, es … schmeckt ganz ausgezeichnet. Nur nicht mir.«

»Du solltest essen. Du und dein Kind braucht Kraft. Die Zeit der Entbehrungen ist vorbei.« Sie winkte den Bediensteten zu sich und bestellte sich mit Sirsusfrucht parfümiertes Wasser und einen deftigen Eintopf mit Brot. »Ich mache dir einen Vorschlag: Für jeden Bissen, den ich esse, nimmst du auch einen.« Der Handel hatte schon bei ihrem eigenen Nachwuchs gewirkt. Meistens hatte der Appetit nach wenigen Happen von selbst eingesetzt.

Kalenia versuchte ein schwaches Lächeln auf ihr Gesicht zu zaubern. »Einverstanden.«

Die Reise nach Tiefwasser war ohne Schwierigkeiten verlaufen. Der Landweg bis zur Küste hatte zwei Tage gedauert, an denen die ungleichen Frauen, die nebeneinander wie Großmutter und Enkelin wirkten, überwiegend schwiegen.

Danèstra hatte Kalenia in Ruhe gelassen. Sie würde sprechen, wenn die Zeit gekommen war, und verarbeitete gewiss die fürchterlichen Ereignisse des Überfalls sowie der letzten Monde. *Siedlung, Familie, Gemahl – alles ausgelöscht.* Nur die Götter wussten, was Kalenia darüber hinaus in der Wildnis, im Irrsal und in Nankān widerfahren war. Am zweiten Tag ihrer gemeinsamen Reise durch Kerkoria hatte Kalenia die Scheu verloren, und von da an brannte der Zorn in ihrem Blick. Hass auf jene, die ihr das angetan hatten. *Die Verschwörer. Sie werden ihre Strafe bekommen, so wahr ich lebe und die Klinge des Schicksals bin.*

Danèstra bekam ihr Mahl gebracht. Noch vor dem ersten Kosten musste sie mehrere Unterschriften an Gäste geben, die sie anhand der Rüstung und der Insignien erkannt hatten und unvermittelt an ihren Tisch traten. Mit Freude und Ehrfurcht auf den Gesichtern hielten sie leere Blätter hin, kramten Kohlestifte hervor. Danèstra garnierte ihre ausladenden, verschnörkelten Signaturen mit freundlichen Worten an die Bittsteller und beantwortete die Fragen geduldig, bis der Strom der Begeisterten versiegte.

Kalenia verfolgte es mit neugierigen Blicken. »Die Menschen mögen Euch. Weil Ihr für das Gute kämpft.«

»Sie wissen, dass ich etwas Besonderes bin. *Das* mögen die Menschen«, verbesserte Danèstra. »Ich habe mich daran gewöhnt.«

»Eure Rüstung. Sie ist sehr auffällig. Die Verzierungen und Monogramme laden regelrecht dazu ein, Euch zu erkennen und anzusprechen.«

»Es ist mein Stil.« Danèstra aß einen Happen vom Eintopf und nickte Kalenia auffordernd zu. Diese nahm daraufhin einen Bissen von ihrem Essen. »Ich stellte rasch fest, dass es Vorteile hat, erkannt zu werden. Manchmal lässt sich ein Kampf verhindern, eine Entscheidung beschleunigen und Zuspruch erleichtern.« Sie aß erneut, Kalenia auch. »Das kann entscheidend sein, wenn man die Klinge des Schicksals ist, Kind.«

»Wann begann es?«

»Was genau meinst du?«

»Eure ... Aufgabe. Die Euch Deiwos gab.«

»Die *Aufgabe*.« Danèstra aß und kaute nachdenklich auf Gemüse und Fleisch herum. »Das Wort nutzte ich auch schon. Auftrag, Gabe, Fluch, Bestimmung und vieles mehr.« Sie steckte den Löffel in den dampfenden, duftenden Eintopf. »Ehrlicherweise muss ich zugeben, dass ich nicht weiß, wer mich von Ort zu Ort sendet, um den Schwachen und Wehrlosen beizustehen und Unrecht zu verhindern. Aber es kann nur eine Kraft sein, die am Guten interessiert ist. Das finde ich tröstlich.«

Danèstra nahm einen Schluck vom Wasser und betrachtete die Arbeiter, während ihre Gedanken schweiften. Wenn sie mehr von Kalenia erfahren wollte, musste sie von sich selbst etwas preisgeben. Deshalb entschied sie, aus der Vergangenheit zu erzählen.

»Als ich einundzwanzig Gemeinjahre wurde, begann es. Ich schlief ein und erwachte an einem unbekannten Ort, der stinkend war und schummrig, und ich war umringt von heruntergekommenen, wimmernden Gestalten. Allesamt Kinder.« Vor ihrem inneren Auge entstand die Szenerie, die sie geprägt hatte. »Ein trunkener Grobian drosch wahllos auf sie ein und hatte bereits vier von ihnen die Schädel eingeschlagen. Überall stank es nach Blut und Exkrementen.«

»Was habt Ihr getan?«

»Laut geschrien.« Sie stellte den Becher ab. »Dann rannte ich davon. Ich dachte, ich sei in einem Albtraum.«

Kalenia lauschte gebannt. »Und dann?«

Danèstra atmete tief ein. »Versteckte ich mich. Ich wartete, dass mein Albtraum endete. Aber es geschah nicht. Ich rannte weiter, aus den Toren der unbekannten Stadt, und verbarg mich im Wald. Nachdem ich vor Erschöpfung eingeschlafen war« – Danèstra räusperte die Beklemmung aus ihrer Stimme –, »erwachte ich am gleichen Ort wieder. Nur dass mehr Kinder erschlagen waren.«

»Oh, das ist… fürchterlich!«, hauchte Kalenia und legte eine Hand beschützend auf ihren Bauch.

»Das war es.« Danèstra lehnte sich gegen die Holzwand des Gasthauses und schaute zum blutrot leuchtenden See. Die Erinnerung an das einschneidende Erlebnis erschütterte sie jedes Mal aufs Neue. »Ich war bis dahin eine gut behütete junge Frau, folgsam und für das Leben auf einem großen Hof erzogen. Bald sollte ich heiraten und damit eine Familienfehde beenden und das Land meiner Eltern vergrößern.« Sie trank einen weiteren Schluck, ihre Kehle schien eng wie ein Nadelöhr. Sie roch den Gestank von damals, das Blut und hörte das Winseln der geschlagenen, sterbenden Kinder. *Mein größtes Versagen.* »Insgesamt erwachte ich noch zweimal an diesem Ort, bis ich verstand, dass ich hingeschickt worden war. Dass ich mich nicht in einem Traum befand. Dass ich etwas an den Umständen ändern musste.«

»Ihr solltet die Kinder retten.«

Danèstra nickte. »Zwei. Zwei haben überlebt, weil ich endlich begriff. Es war ein Armenhaus. Der Aufseher verging sich an den Kleinsten, zwang sie zu schändlichen Dingen und zum Schuften. Wenn er besoffen vom Schnaps war, tötete er sie aus Vergnügen.« Sie legte eine Hand gegen die gerüstete linke Hüfte. »Hier traf mich sein Messer, als ich ihn aufhalten wollte. Ich dachte, ich müsste sterben. Dafür habe ich ihm die Kehle aufgeschlitzt. Das war vor über vierzig Gemeinjahren.«

»Ihr seid unsterblich, sagt man.«

»Nein, das bin ich nicht. Ich altere.« Danèstra drehte sich zu Kalenia und wischte die Tränen weg. »Schau, meine Falten im Gesicht. Und manche Wunde hätte mich beinahe das Leben gekostet. Aber die Macht, die mich an Orte sendet, um Gutes zu tun, erlaubt mir, dass ich mich schneller erhole, flinker und stärker bin als die meisten Menschen. Es bringt Vorteile mit sich, die Klinge des Schicksals zu sein.« Danèstra zwinkerte ihr zu. »Und natürlich viele Feinde. Und Neider. Gerade wenn man vom Kaiser zur Erz-Königin von Uthalosa erhoben wird. Das bedeutet zwar nichts, aber es klingt schön. Nicht zu vergessen das Rittergehöft und das viele Land, das ich für ihn verteidigen darf«, fügte sie lächelnd hinzu.

»Was haben Eure Eltern damals gesagt?«

Danèstra lachte herzlich. »Oh, das war etwas! Zuerst dachten sie, ich wäre durchgebrannt. Geflohen von zu Hause, um der Hochzeit zu entgehen. Es dauerte einen Mond, bis ich zurückgekehrt war. Immerhin hatte ich anfangs nur mein Nachtgewand.« Sie legte die Füße auf den freien Stuhl und kraulte Thiríos Kopf. »Zuerst glaubten wir alle, ich wäre verflucht worden. Von einem missgünstigen Verehrer. Die Schlafreisen wiederholten sich, auch wenn es nicht immer so dramatisch war wie beim ersten Mal, doch stets erwartete mich eine Aufgabe. Kein Priester wusste es sich zu erklären, kein Zauberer konnte einen Gegenbann sprechen. Daher entschied mein Vater, dass ich Unterricht im Fechten und Kämpfen erhalten müsste. Dann sprach es sich herum. Der ganze Gutshof wartete darauf, dass ich verschwinde, ein Abenteuer bestehe und zurückkehre.«

»Seit vierzig Gemeinjahren.«

»So ist es.« Danèstra lachte leise. »Du meine Güte. Ja, es kam einiges an Abenteuern zusammen.«

Kalenia steckte sich ein Stück Käse in den Mund. »Ihr seid dessen nicht müde?«

»Solange ich an fremden Orten aufwache, kann ich das schlecht sein, oder? Und der Tod ist keine Lösung. Dafür lebe ich zu gerne.« Sie winkte den Bediensteten zu sich und bestellte ein Glas Wein.

»Ihr habt Kinder?«

»Drei Töchter, einen Sohn. Ansiwa, Dhouza, Nushira und Mabian. Von verschiedenen Männern.« Danèstra amüsierte sich über den verwunderten Ausdruck auf Kalenias Gesicht. »Ich liebte sie, jeden von ihnen. Allesamt starke Persönlichkeiten und absolut unterschiedlich. Sie haben ihren Kindern große Kraft mitgegeben. Ich werde ihnen dadurch immer verbunden bleiben. Aber wer sie sind und was sie erreicht hatten, spielte niemals eine Rolle für mich oder mein Leben. Ich war eigenständig. Immer.«

»Ist das nicht schwer für sie gewesen? Ohne Vater?«

»Manchmal, vielleicht. Doch es fehlte meinen vier größten Schätzen an nichts. Schon gar nicht an Zuneigung. Es gab genug gute Menschen, die ihnen beistanden, wenn ich unterwegs war. Heute unterstützen sie mich und haben selbst Familien gegründet, auch wenn sie dabei etwas konventioneller geblieben sind.« Danèstra zeigte in den Abendhimmel. »Apropos, ich sandte Brieftauben, um meinem Gehöft eine Nachricht zu übermitteln, was geschah und was ich beabsichtige. Sobald wir einen Plan haben, organisieren meine Kinder für uns, was dafür nötig ist.«

»Verschwinden sie auch im Schlaf?«

»Nein. Möglicherweise geschieht das, wenn ich einmal tot bin und sich die Macht einen Ersatz suchen möchte.« Danèstra zeigte auf den deutlich sichtbaren Bauch der Schwangeren. »Oder darin wächst mein Nachfolger. Wer weiß? Das könnte ein weiterer Grund sein, weswegen ich bei dir erschien.« Sie bekam den Wein gebracht und prostete ihr zu. »Auf das Gute! Und nun genug von mir. Reden wir über dich. Hast du dich ein wenig von den körperlichen Strapazen erholt? Ist mit dem Kind in dir alles in Ordnung? Ich schätze, uns bleiben zwei Monde bis zu deiner Niederkunft.«

»Die Blutungen haben aufgehört, und ich kann spüren, dass es sich beruhigt. Ich fühle mich so weit gut, danke.« Kalenia hatte ihren Teller mittlerweile geleert. Sie sah ebenfalls auf den riesigen See, in ihren Blicken flackerte neben der Wut leichte Verunsicherung. »Müssen wir mit dem Schiff fahren?«

Danèstra nahm das Essen wieder auf. »Du kannst nicht schwimmen?«

Kalenia schüttelte den Kopf. »Das braucht man im Wald nicht. Und … ich habe vorhin ein Gespräch vernommen, dass …« Sie schauderte.

»Ebos.« Sie schluckte den Eintopf hinunter. »Ich hörte auch davon. Wir sind fast zweihundert Seemeilen von der Insel entfernt und bleiben in Küstennähe. Und die *Fröschlein* ist zu groß, um ein Opfer der Echsen zu werden.«

»Dann stimmt es?« Kalenia schaute erstaunt. »Ich dachte, Bestien leben in der Wildnis und nicht auf Nankān.«

»Wer weiß, was sie wirklich sind. Aber auf Ebos gab es sie schon immer. Noch bevor der Wald vordrang.« Die Menschen der großen Insel inmitten des Süßwassersees lebten für ihre riesigen Crocodyle, von denen manche sagten, es seien Drachen ohne Flügel. Sie hegten und pflegten die Panzerechsen. Warum sie das taten, wusste keiner so genau. Niemand durfte Ebos betreten, der nicht von dort stammte.

Danèstra hatte im Laufe der Dekaden mehr als einmal Fährdienste in verschiedenen Hafenstädten genutzt, aber nicht in Tiefwasser. Die ebosischen Schnellkatamarane wurden von den Echsen gezogen, die unter der Oberfläche an langen Tauen dahinschwammen und Geschwindigkeiten aufboten, die ein flinker Segler allenfalls in einem Sturm erreichte.

»Was hast du bei dem Gespräch belauscht?«, hakte Danèstra nach.

»Sie haben gesagt, die Echsen hätten ein Fischerboot vernichtet und den Fang mitsamt der Besatzung verschlungen«, sagte Kalenia und sah zu Thirío.

»Wo?«

»Das habe ich nicht verstanden, aber es kann nicht so weit weg gewesen.« Kalenia senkte die Stimme und blickte bang zur betagten Kriegerin. »Vielleicht spüren sie das Vordringen der Wildnis und gebärden sich deswegen animalischer. Wütender. Angestachelter. Sie wollen uns auch vernichten.«

Danèstra wusste, dass die Bewohner von Ebos bei den Hinterbliebenen der Fischer erscheinen und fürstliche Entschädigungszahlungen leisten würden. Für die Menschen, das verlorene Boot und den Fang. »Das wäre in der Tat ungewöhnlich.«

»Sie verlangten, dass jemand Ebos auslöschen müsste. Dieses Gift im See würde sich immer weiter ausbreiten und eine Gefahr für die Anrainer bedeuten«, fuhr Kalenia fort und legte die Hände in den Schoß, verschränkte sie. Die Knöchel wurden weiß.

Sie fürchtet sich. Danèstra lachte aufmunternd. »Wenn ich eines Tages dort aufwachen sollte, *dann* ist es so weit. Aber vorher nicht, denke ich.« Sie genoss den Wein, einen Rottropfen aus Siwenloith, voller Aromen und Traubengeschmack. »Jegliche Eroberungsversuche scheiterten an der Abwehr. Die Menschen auf Ebos besitzen außer den Riesencrocodylen auch mächtige Zauberer. Aber das soll uns nicht kümmern.«

Kalenia vermochte sich nicht von der Furcht zu lösen. »Wirklich niemand von außerhalb war auf der Insel?«

»Doch. Es gab Freiwillige, die unbewaffnet nach Ebos reisten, um den Echsen zu dienen. Sie kehrten nach Jahren reich, aber ohne Gedächtnis zurück.«

Danèstra verbarg ihre eigenen Sorgen über die Angriffslust der Echsen, um die junge Frau nicht weiter zu ängstigen. Es konnte wirklich sein, dass die Wildnis dahintersteckte. Sie suchte vielleicht nach Verbündeten, um Nankān von dem abzulenken, was im Irrsal geschah. *Ist die Zeit der Ruhe vorbei?* Ihr fiel der gewaltige Versorgungstross ein, der nach Khamado gezogen war. Der Kaiser schien mehr zu wissen als sie.

Die Flucht der Bewohner des Kontinents Yarkin hatte vor hundertfünfzig Gemeinjahren begonnen. Mit der Wildnis und ihrem Dickicht aus Wäldern, Sümpfen, Mooren und sonstigem Gehölz kamen die Kreaturen.

Die bösartige Natur war immer weiter vorgedrungen, unaufhaltsam, bis die Menschen auf der Halbinsel Nankān zusammengepfercht waren und der restliche Kontinent mit seinen untergegangenen Reichen vollständig vom mysteriösen Wald überwuchert und in Beschlag genommen worden war.

»Das Wuchern der Wildnis kam vor guten … zwanzig Gemeinjahren zum Halten, als würde es der Grünödnis ausreichen, die Menschen verdrängt zu haben«, sprach Danèstra halblaut und spielte mit dem Glas. »Wir hatten Zauberer sowohl an die westlichen Grenzen als auch in die Wildnis gesandt, um gegen die tödliche Natur anzukämpfen. Aber kaum einer kehrte aus dem Wald zurück.«

Kalenia streichelte Thirío, der sich die Zärtlichkeiten auf dem Fell gefallen ließ. »Das stimmt. Wir hatten nicht einmal Besuch, seit ich mich erinnern kann. Bis die Verschwörer erschienen und unsere Siedlung vernichteten. Aber sprachen wir nicht über Ebos?«

»Ebos ist nicht wichtig.« Danèstra blickte Kalenia an und ließ den Wein im Behältnis kreisen. »*Du* bist wichtig und die einzige Rettung für die vielen Menschen, die sich wegen Brot in manchen Gegenden und Städten bereits an die Gurgel gehen.«

»Ja. Dies ist meine Bestimmung. Dank Euch. Weil Ihr mich gerettet habt.«

»Die Richtigen sind vom Schicksal verbunden worden.« Danèstra leerte das Getränk in einem Zug. »Ins Bett, Kind. Morgen müssen wir früh raus, wenn die *Fröschlein* uns mitnehmen soll.« Sie stand auf.

»Ich werde erleichtert sein, wenn wir am Hof von Gaurus sind.«
Kalenia erhob sich und blickte zum See, dessen Wellen harmlos gegen
die Hafenmauern schwappten. Sie hielt sich stützend den Rücken
und ächzte. »Oh, es hat mich getreten.«

»Es lebt und wird gesund geboren«, versprach Danèstra. Sie fühlte
sich an die Schwangerschaften ihrer Töchter erinnert, und an ihre
eigenen. Dieses unbeschreibliche Gefühl, Leben in sich zu tragen und
in die Welt zu entlassen, es großzuziehen und ihm Flügel zu geben,
damit es alles erreichte, was es wollte. *Das soll auch Kalenia erfahren.*
»Ich bin bei dir. Nichts wird dir geschehen.« Sie streichelte den Schopf
der jungen Frau und küsste sie auf die Stirn.

»Gute Nacht.« Kalenia lächelte ihr dankbar zu und verschwand in
die *Arme Auster.*

»Schlaf gut. Deiwos behüte deine Träume.« Danèstra atmete die
abkühlende Abendluft ein, während auf dem Kai und in den Straßen
allmählich Ruhe einkehrte. Straßenlaternen wurden entzündet, das
Tagwerk war getan.

Auch wenn es friedlich und sicher in Tiefwasser wirkte, mochten in
den Fluten des Sees die Panzerechsen warten. Und auf die zwei Frauen
lauern.

»Deiwos der Gütige und Schicksalsmacht, steht uns bei.« Danèstra
betrat den Gastraum. *Wir bringen die Verschwörer zur Strecke und ganz
Yarkin wird aufblühen. Wie in den alten Zeiten.*

***

Nankān, im Süden des Irrsals, fünfzig Feldmeilen
südlich der Stadt Dornenfeste, Spätsommer

Quent erwachte auf dem Bauch liegend, den Geruch von nasser
Erde in der Nase und den Mund voller Dreck.

Ein feuchtes Prasseln hatte ihn geweckt. Aus großer Entfernung
fielen Tropfen in der Dunkelheit auf ihn nieder, stetig und doch zart
spürte er sie in seinem Nacken. Dann vernahm er das Rauschen. Wasser rann, floss und tropfte rings um ihn durch den Boden.

Ich … lebe noch. Er blieb liegen und atmete flach, lauschte. Alles war ruhig. Falls Kreaturen oder sein Herr in der Nähe weilten, hatten sie sein Erwachen nicht bemerkt.

Abgesehen von einem Pochen im linken Schultergelenk und einem schmerzenden Schädel fühlte sich Quent gut. Hunger grollte und knurrte in seinen Eingeweiden.

Wie lange liege ich hier? Er wagte es, sich in der Finsternis aufzurichten.

In seinem Rücken spürte er ein Stechen, und er ertastete einen Splitter, der sich oberflächlich in sein Fleisch gebohrt hatte. Das Joch hatte ihn abgefangen und das Eindringen verhindert; mehr als ein Kratzer war es nicht.

Die frische Luft, die mit den Tropfen herabströmte, sagte Quent, dass er sich noch an der Stelle befand, an welcher der Weg unter ihm, Calostro und dem Wagen eingebrochen war, nur eben etliche Schritte tiefer. Ob es eine Falle oder ein Unfall gewesen war, konnte er ohne Licht nicht ausmachen.

Quent tastete und wühlte sich durch die verstreuten Reste des Hab und Guts, bis er den Feuerstahl und Zunder gefunden hatte. Daraus entfachte er unter Aufbringung seines ganzen Mutes ein kleines Feuer, abseits des fallenden Wassers, und sah sich hastig um.

Er fürchtete sich seit seiner Kindheit vor Blut, großen Feuern und Monstern. Aber weder wurde Quent von Bestien angriffen, noch sah er Blut, und so erlaubte er sich ein wenig Hoffnung auf ein gutes Ende des verrückten Abenteuers. *Weswegen ist Calostro das Wagnis wirklich eingegangen?* Das Rot an seinen Fingern, das von der Rückenwunde stammte, wusch er schnell im Regen ab, bevor ihm schlecht wurde. *Jedenfalls nicht wegen Streifenhörnchen.*

Dann entdeckte Quent die Laterne im Durcheinander und entzündete sie mit dem letzten Flackern des Zunders. *Thýguda, stehe mir bei!*

Die Helligkeit nahm zu und zeigte Quent, dass er wirklich in einer ausgehobenen Höhle saß. Jemand hatte den Weg unter dem Stollen zur Falle werden lassen.

»Herr?« Er leuchtete umher, sah Calostro aber nirgends.

In der feuchten Erde entdeckte er Fußspuren, die der Zauberer hinterlassen hatte. Offenbar war er dem anschließenden Gang gefolgt; kleine Ascheflöckchen verrieten, dass er eine Fackel oder Ähnliches genutzt hatte, um Licht zu erschaffen.

Er ging bestimmt, um Hilfe zu holen. Das Piksen erinnerte Quent an den Splitter im Rücken. *Oder hielt er mich für tot?*

Schnell klaubte er aus den verstreuten Sachen auf, was ihm bei einer Erkundung sinnvoll oder zu wichtig zum Zurücklassen erschien, dann folgte er den Abdrücken. Keinesfalls würde er hier allein auf die Rückkehr seines Herrn warten. Seine Angst vor Monstern ließ es nicht zu, und sein Überlebenswille sagte ihm deutlich, dass er nicht unter der Erde verweilen sollte. *Erst nach meinem Tod. Vorher nicht.*

Der Gang war von Menschenhand erschaffen worden. Die seltsamen Markierungen halfen ihm jedoch nicht weiter, und so ließ er sein Augenmerk auf die Sohlenabdrücke gerichtet.

Sie führten ihn in einen anderen Gang, der aber bald endete. Die Decke war eingestürzt. Die Bruchstellen sahen frisch aus.

Nein! O nein! Er ... er wurde von ... Gerade wollte er sein Schicksal und seinen toten Herrn bedauern, als er weitere Stiefelspuren erkannte, die weg vom blockierenden Geröllberg führten. *Er ist dem Tod entronnen.*

Also setzte sich Quent erneut in Bewegung.

Bald kam das, wovor er sich gefürchtet hatte: der Geruch von Blut.

Früher schon hatte er Reißaus genommen, wenn das Schlachten einer Kuh oder eines Schafs anstand. Sich durch einen Gang zu tasten, in dem es nach Tod stank, war eine Qual.

Das Zittern, das ihn heimsuchte, brachte die Lampe in seiner Hand zum Beben und die Schatten zum Tanzen. Tapfer ging er jedoch weiter, folgte der Fährte seines verschollenen Herrn.

Thýguda, verlasse mich nicht. Dann erkannte Quent Brandspuren.

Eine gerade Linie hatte sich auf gleicher Höhe beckenhoch in die Wände gebrannt. Außer dem Blut roch er verbranntes Fleisch und Haare, als wäre ein Schwein gesengt worden.

Das ist ... nicht gut. Leise begann er ein Gebet zu Thýguda, wiederholte es wieder und wieder, um sich selbst Mut zu machen.

Quent sah Leichen vor sich auf dem Boden liegen. Nicht nur, dass sie bluteten – es waren Bestien, wie er sie fürchtete.

Ein, zwei, drei Dutzend, und es wurden immer mehr, die durch-

und übereinander im Stollen lagen. Einige grunzten und ächzten leise, doch ihre klaffenden Wunden waren tödlich. Sie konnten Quent nicht gefährlich werden.

Würgend ging er weiter, das Beben seines Körpers wollte nicht enden. Nie zuvor hatte er derartige Angst verspürt.

In einiger Entfernung erkannte er ein geschlossenes Gatter, vor dem noch mehr Bestien lagen. Mit ein wenig Abstand zu ihnen und nahe an den Eisengittern ruhte Calostros lebloser, nackter Körper. Außer ein paar Ringen, dem großen Amulett und seinen angebrannten Stiefeln gab es weder verhüllenden Stoff noch bedeckende Talismane.

»Herr!« Quent hüpfte ungeschickt wie ein betrunkener Säbeltänzer über die Leichname der Monstrositäten, trat in die Lücken zwischen den Toten, auf Gliedmaßen und beherrschte sich, um dabei nicht vor überbordender Furcht zu schreien. Zu viel Blut, zu viele Bestien!

Er setzte die Lampe neben seinem Mentor ab und prüfte den Herzschlag.

»Tot«, stellte Quent bestürzt fest und blickte schaudernd auf den Verstorbenen, der mit seinem letzten Atemzug einen Zauberspruch ausgestoßen hatte, der sich und den Gegnern das Ende gebracht hatte. Im Schein der Leuchte erblickte er jenseits des Gitters schemenhaft die umherliegenden Körper weiterer Bestien.

»Welch ein Held Ihr gewesen wart«, raunte Quent erschüttert. »Ihr habt mir das Leben gerettet.« Er betrachtete das Gitter, dessen Schloss durch die Energieattacke herausgebrannt worden war. »Und Ihr ermöglichtet mir die Flucht. Danke! Tausend Dank!«

Und nun? Nach dem Tod seines Herrn war er frei. Die entsprechenden Papiere trug Calostro stets bei sich, und die Anweisung an Quent hatte gelautet: *Bin ich tot, gleich aus welchen Gründen, lies den Brief in meinem Medaillon.*

Da er sich nicht anders zu helfen wusste und es ihm Gemeinjahr um Gemeinjahr eingebläut worden war, suchte der junge Mann danach. Nach etwas Probieren bekam er den Anhänger geöffnet. Darin fand er den kleinen Wachsumschlag und darin das eigentliche, winzige Schreiben.

Lauschend und zitternd wie Espenlaub, studierte Quent die eng geschriebenen Zeilen und Zwergbuchstaben, die durch die Jahre unter Verschluss, Wärme, Feuchtigkeit und Hitze stark verblasst waren.

Liebes Räblein,

nun ist es geschehen: Ich bin tot.

Und Du hast das getan, was ich Dir damals sagte. In Deinen Händen hältst Du mein Vermächtnis, meine letzten geschriebenen Worte und meinen Letzten Willen. Ich erwarte von Dir, dass Du alles daransetzt, meinen Letzten Willen zu erfüllen.

Erinnere Dich: Ich holte Dich aus dem Elend.

Ich gab Dir ein Zuhause.

Ich gab Dir Wissen und eine Aufgabe, anstelle eines Daseins auf einem kargen Acker.

Und Du hattest immer etwas zu essen, ein Dach über dem Kopf und sogar Münzen in der Tasche.

Ganz sicher weiß ich: Du wirst mir alleine schon deshalb den Letzten Willen erfüllen. Aus Dankbarkeit. Und weil Du ein Junge mit einem sehr guten, reinen Herzen bist.

Vernimm meinen Letzten Willen, den ich Dir aufnotiert habe:

Ich möchte, dass meine Überreste nicht einfach so verscharrt werden oder ich unter einer Kreuzung begraben ende oder verbrannt werde, die Asche in alle Winde verstreut. Mein Körper soll zurück in meine Heimat gelangen, damit meine Seele Frieden findet.

Deiwos sei mein Zeuge und Thýguda ebenso.

Sonst, so befürchte ich, werde ich umhergehen als Geist und Spuk und die Lebenden verfolgen. Dich verfolgen, wenn Du meinen Letzten Willen nicht in die Tat umsetzt.

Was Du nicht weißt und wusstest, ist, dass ich nicht aus dem Land komme, in dem wir lebten.

Meine Vergangenheit führt zurück ans Meer.

An ein entferntes Meer.

Wisse, Räblein: Meine Ahnen stammen aus Lygäion.

Du hast richtig gelesen. Weit, weit im Osten, an den Ufern mit den rausten Wellen, daher stammen meine Vorfahren, denen ich mich sehr verbunden fühle. Dort möchte ich begraben sein.

Es gibt ein Städtchen, Hilgaion, im südlichen Teil von Lygäion, nahe dem See, in dem die drei Frauen leben. Aus diesem kam meine Familie, und genau da werde ich erwartet. Im Deiwos-Tempel ist mein Letzter Wille hinterlegt. Ein Grab wartet darauf, dass meine sterblichen Reste zur Ruhe gelegt werden.

Du wirst meinen toten Leib einbalsamieren und ihn nach Hilgaion schaffen. Sobald du im Städtchen angekommen bist, wirst Du den Deiwos-Tempel aufsuchen und den Priestern meinen Leichnam übergeben. Alles, was danach an Vorkehrungen nötig ist, findet sich in den Aufzeichnungen des heiligen Ortes.

Mach Dir keine Sorgen, Räblein.

Sind meine Überreste im Tempel, wird Dir der Vorsteher Dein Erbe auszahlen, das ich dort für Dich hinterlegt habe. Das ist Dein Lohn für die treuen Jahre, in denen Du mir dientest. Jeder Tag wird abgegolten sein, und Du wirst ein reicher, freier Mann sein.

Freue Dich auf die glückliche Zukunft!

Ich vertraue Dir.

Du schaffst, was ich Dir zumute, auch wenn es vermutlich einige Feldmeilen sind, die Du mit meiner Mumie zurücklegen musst. Das Geld für Deine Reise wirst Du zusammenbekommen, wenn Du unterwegs meinen Schmuck und meine Habseligkeiten veräußerst. Auf dem Karren oder in meinem Haus findest Du genug, was sich zu Münzen machen lässt.

Reise mit den Segen der Gottheiten, kleines Räblein. Bringe mich in meine Heimat und schenke meiner Seele Frieden.

Dein Dir verbundener
Calostro

Quent atmete lange aus, bevor er den Brief senkte und den Toten neben sich betrachtete. »Natürlich bringe ich Euch zurück, Herr«, sagte er leise und verständnisvoll. »Ich schwöre es.«

Er erhob sich und nahm unter größer Angst einem toten Scheusal den versengten Mantelrest ab, um Calostros Blöße zu bedecken. Danach legte er sich den Leichnam über die Schulter. Der Mann wog viel, fast das Doppelte von ihm. Der Marsch würde beschwerlich werden.

Quent drückte das Gitter auf und stapfte voran, über die getöteten Monster hinweg und mit der Lampe in der Hand.

Er vermied den Blick nach unten, schaute geradeaus, dorthin, wo die Freiheit auf ihn wartete. Ohne Gestank nach Blut, Verbranntem und Gedärmen, ohne Bestien.

Calostro und die aufgeklaubten Sachen schienen mit jedem Schritt schwerer zu werden, aber Quent ging vorwärts.

Von nun an war sein einziges Ziel Hilgaion, das Städtchen in Lygäion. Sobald er den Leichnam zum Deiwos-Tempel gebracht hatte, begann sein neues Leben.

Ein Leben, das er voll und ganz in die Dienste von Thýguda stellen würde.

***

Nankān, Königreich Taucora,
Hauptstadt Gaurus, Spätsommer

Der Finsterfalke kreiste hoch über ihnen am blauen Himmel. Nach ihrer eindringlichen Erklärung wartete Danèstra auf eine Reaktion von König Horneus, der in einer gefleckten Samttunika mit weißem Überwurf gelangweilt an ihr vorbeischaute. Es interessierte ihn nicht, was er hörte.

Danèstra hatte gehofft, mit seiner Gemahlin sprechen zu können, die große Stücke auf die Schicksalsklinge hielt. Leider weilte Korava im Sommerpalast außerhalb der Hauptstadt. Das machte es Danèstra schwerer, ein offenes Ohr für ihre Bitte zu finden. Horneus mochte sie nicht und hatte nie ein Geheimnis daraus gemacht. Er sah sie als indirekte Bedrohung, wie die meisten Mächtigen.

Die Reise an den Hof war ohne Zwischenfälle verlaufen, sowohl über den großen Süßwassersee als auch durch Taucora. Nicht ein Crocodyl hatte die *Fröschlein* angegriffen. Da es der Kriegerin an Münzen nicht fehlte, war es nach dem Anlegen an Taucoras Gestade ein Leichtes gewesen, den Dienst einer eigenen Kutsche in Anspruch zu nehmen und bequem über die Straßen zu rollen. Nach nur vier Tagen hatten die ungleichen Frauen vor der Burg des Herrschers gestanden und waren umgehend vorgelassen worden. Ein Blick auf Danèstras Rüstung und ihre Insignien hatten jedes Zögern hinweggewischt. Das Gepäck wartete am Eingang auf sie.

»Hoheit?«, wagte Danèstra ein Nachhaken. »Habt Ihr bereits eine Meinung?« Sie hatte ihre Panzerung angelegt, damit ihr Besuch den offiziellen Charakter bekam, den er verdiente.

»Ich habe Euch vernommen, Großfürstin. Ihr sagtet, es gäbe keinen Zweifel, dass Ihr vom Schicksal in den Wald bei Samirlona gesandt wurdet, um diese …«

»Kalenia, Hoheit.«

»Diese Person vor dem Tod durch die Räuber zu bewahren, damit das Rätsel gelüftet wird, aus welchem Grund unsere Heimat nach Gemeinjahren der Ruhe von der Wildnis verschlungen wird«, fasste Horneus zusammen und legte die langen blonden Haare mit einer Handbewegung nach hinten.

»Das habt Ihr richtig verstanden, Hoheit.«

Danèstra, der König und Kalenia befanden sich auf einer der vier Innenweiden der weitläufigen Schlossanlage, in der der König im dreizehnten Jahr lebte und über das Land herrschte.

Auf den hundert mal hundert Schritt großen Grasflächen, an denen die sich die Stallungen anschlossen, standen die schönsten Tartabullen und Ehudikühe. Sie waren Besitztümer des Herrschers und sein persönliches Heiligtum. Drum herum erhoben sich Zäune und die Wände der Palastbauten. Thirío saß neben Kalenia und betrachtete die Kühe, als suchte er sich eine für sein Mahl aus. Sabber rann in dünnen Fäden aus dem Maul, die Ohren hatte er aufgerichtet.

Den Huftieren war nahezu alles erlaubt. Brachen sie von den Weiden aus und verwüsteten den Park oder griffen Menschen an, wurde die Angelegenheit mit Münzen geregelt. Das Vorgehen erinnerte Danèstra an Ebos und seine Crocodyle.

Horneus machte unvermittelt ein glückliches Gesicht. »Da ist sie!«

»Wer, Hoheit?« Hoffnungsvoll blickte sich Danèstra nach der Königin um.

»Ehudinata. Das beste Tier von ganz Taucora. Der Wuchs, das Fell, die Gliedmaßen. In jedem Gemeinjahr wird sie schöner. Ein Ideal für die Züchter. Sie werden meine Ehudinata bei der nächsten Schau bewundern dürfen und sollen wissen: Nur ich besitze solche Perfektion. Ich dachte schon, sie wäre in den Stallungen geblieben. Das hätte mir Sorge bereitet.«

»So, so. *Das* hätte Euch Sorge bereitet. Gut zu wissen. Wie sieht es mit Eurer Sorge um Nankān aus?«, drängte Danèstra ungehalten.

»Ununterbrochen, edle Danèstara von Tiamin. Ununterbrochen.« Horneus nahm eine schmale Pfeife zur Hand und gab damit ein Signal. »Aber die Wildnis ist weit weg.«

Ein Tier löste sich aus der Herde und eilte zu der kleinen Gruppe.

»Seht Ihr, wie Ehudinata mir folgt? Wie ein Hund!«, sagte der König begeistert. »Ist Euer Köter ebenso folgsam und gelehrig wie sie?«

Thirío knurrte leise.

Kalenia hatte die Hände zu Fäusten geballt, in den braunen Augen loderte Wut. Sie beherrschte sich mit Mühe und hielt ihre Zunge im Zaum, wie sie es mit Danèstra vereinbart hatte.

»Hoheit, ich lobpreise die Pracht Eures Hornviehs und worauf Ihr sonst noch Wert legt. Und gewiss schmeckt sie eines Tages auch großartig auf einem Grill, am Stück oder in Scheiben«, sagte Danèstra und schärfte ihre Stimme. »Doch was sagt Ihr zu dem, was ich Euch berichtete? Von den Verschwörern, die durch einen Dämonenpakt Yarkin in den Untergang getrieben haben und nicht ruhen werden, bis auch Nankān gefallen ist?« Sie streichelte den Rist der Kuh. »Einschließlich Taucora. Und Eurer Ehudinata.«

»Eine Schande.«

»Das ist alles?«

»Eine Schande, dass Ihr vom Braten und Rösten sprecht. Ihr macht ihr doch Angst.« Horneus legte eine Hand auf die Blesse des Tieres. »Was die Verschwörer anbelangt: Was soll ich Eurer Ansicht nach tun? Los, redet freiheraus. Ihr seid die Klinge des Schicksals, die stets einen Plan hat.«

Danèstra wusste, dass sich Horneus dumm stellte, um sie zu provozieren. »Hoheit, würdet …«

»Aber diese Schundromane nennen Euch so: die Klinge des Schicksals. Und Eure Anhänger und glühenden Verehrer«, unterbrach Horneus sie. »Diese Menschen, die Euch am liebsten als Kaiserin über ganz Nankān herrschen sehen würden.«

Natürlich. Er fürchtet sich mehr vor mir als vor den Verschwörern.

»Das habe ich nicht zu bestimmen, Hoheit. Und ich will es auch gar nicht.« Danèstra wünschte sich die Königin herbei. Mit ihr wäre die Angelegenheit längst besprochen.

Aber Horneus blieb unnachgiebig. »Und wenn Ihr eines Tages auf meinem Thron erwacht? Ist das nicht das Zeichen, Euch die Herrschaft über Taucora anzueignen? Was soll ich von Euch halten, die sich schon Erz-Königin von Uthalosa nennt?«

»Den Titel bekam ich vom Kaiser«, stellte sie richtig. »Bislang sandte mich die unsichtbare Macht aus, um den Schwachen und Bedrängten beizustehen. Herrje! Legt endlich Eure kindische Angst ab, ich würde Euch die Herrschaft stehlen.«

»Aber es ist *nicht* sicher, dass es *nicht* geschieht!« Horneus streichelte Ehudinatas Nacken.

Danèstra musterte den König, der vom Altersunterschied her ihr Sohn sein könnte. »Zum letzten Mal: Ich bin keine Gefahr für Euch. Die Gefahr sind die Verschwörer, von denen ich Euch berichtete.«

»Kindische Angst nennt Ihr das.« Der König betrachtete sie eingehend. »Ihr habt recht: Ich traue Euch nicht. Ich traue Euren Anhängern nicht. Niemand könnte Euch aufhalten, wenn es Euch in den Sinn käme, die Länder für Euch zu fordern. Alles, was Ihr sagen müsstet, wäre: Das Schicksal will es so. Sie würden euch in die Paläste tragen.«

»König, das ist deine größte Sorge?«, platzte es wütend aus Kalenia heraus. »Ich habe die Namen und die Orte der Verschwörer, die verantwortlich für tausendfachen Tod und tausendfaches Leid sind, und du … sorgst dich … um …«

»Schweig!«, schrie Horneus sie an, und die Kuh zuckte erschrocken zusammen. »Wie kannst du es wagen, mich anzusprechen, als wäre ich deinesgleichen?«

»Sie lebte im Wald, Hoheit, in einer Köhlersiedlung«, versuchte Danèstra den Unmut zu dämpfen. »Vergebt Kalenia, dass sie es nicht gewohnt ist, mit Menschen Eures Standes zu sprechen und sich entsprechend zu benehmen.«

»Ich vergebe es nicht! Sollte sie noch einmal in diesem Ton zu mir reden, lasse ich sie auspeitschen.« Horneus schob das zahme Huftier an, und es trottete mit leisem Muhen zurück zur Herde. »Ist es nicht ein wenig verwunderlich?«

»Geht es erneut um Eure Kuh, Hoheit?«

Er blickte Kalenia lange an und fuhr sich wieder durch die blonden Haare. »Meine Vorgänger und ich selbst hatten mehrere Expeditionen zu Lande und zu Wasser in die Wildnis ausgesandt. Erfahrene Kriegerinnen und Krieger, Spurenleser, die beste Ausrüstung, die man sich vorstellen kann. Aber bis auf eine blieben sie verschollen.« Er wies mit einem ringgeschmückten Finger abschätzig an Kalenia hoch und runter. »Nun steht eine Rückkehrerin vor mir. Ein Mädchen von … vierzehn?«

»Sechzehn, Hoheit«, sagte sie und deutete einen Knicks an. Sie lernte schnell.

»Sechzehn Lenze, und will sich durch die Wildnis und das Irrsal gekämpft haben. Alleine. Hochschwanger.« Horneus machte aus seinem Misstrauen keinen Hehl. »Und sie kennt das Geheimnis der Wildnis. Wie, bei Deiwos dem Allmächtigen, geht das?«

»Die Erklärung, Hoheit, ist recht einfach. Mein Vater gehörte zu einer solchen verschollenen Expedition. Sie beschlossen, im Wald als Köhler getarnt zu leben, um mehr über die Mächte und Kreaturen der Grünödnis zu erfahren«, sprach Kalenia zu Danèstras Überraschung. »Er erwähnte das einmal. Aber ich dachte mir nie etwas dabei.«

Das hat sie erfunden! Danèstra biss sich auf die Zunge. *Eine Lüge, um das Vertrauen des Herrschers zu erlangen.*

Horneus machte kleine Augen. »Ist das so?«

»Das ist so, Hoheit«, erwiderte Kalenia und deutete eine Verbeugung an. Sie nahm einige Papiere aus ihrem Mantel. »Hier. Das sind die Beweise aus der vernichteten Siedlung, die Ihr gewiss haben wollt.«

Auch Papiere waren zuvor mit keinem Wort erwähnt worden. *Sie weiß, wie sie an ihr Ziel kommt. Aber warum sagte sie mir davon nichts?*

Horneus nahm die Unterlagen und betrachtete sie kritisch. »Das Siegel meines Vorgängers«, murmelte er. »Eine Ermächtigung, dass man den Tross an den Grenzen passieren lassen solle.« Er hielt ein vergilbtes Blatt gegen das Sonnenlicht. »Das Wasserzeichen scheint echt zu sein, auch wenn Tinte und Linien arg verblichen sind.«

»Ihr wolltet wissen, wie mir der Weg aus den Wäldern gelingen konnte: weil ich im Wald geboren worden bin«, erklärte Kalenia. »Ich kenne Geheimnisse, um in der Wildnis zu überleben. Und ich weiß die Namen und die Wohnorte jener Verschwörer, die das Leid zu uns brachten, Hoheit. Sie vernichteten mein Dorf und wollen Nankāns Ende, um ihre Belohnung zu erhalten.« Sie deutete auf die Blätter. »Habe ich Euch nun überzeugt, dass …«

»*Überzeugt?* Dass du keine Verräterin bist, die uns die Wildnis sendet, um uns den Todesstoß zu versetzen?« Horneus steckte die Unterlagen ein. »Nein, das gelang dir nicht. Auch das kann eine Fälschung sein. Ich lasse sie prüfen.«

So geht das nicht voran. »Hoheit, die verschiedenen Länder und Reiche auf Nankān müssen sich entscheiden, was sie wegen der Verschwörer unternehmen wollen«, warf Danèstra ein. »Ruft eine Zusammenkunft ein, ohne den genauen Grund zu verraten, damit die Verräter nicht gewarnt werden. Dann spreche ich vor den Herrscherinnen und Herrschern. Tut es jetzt gleich.«

Horneus stieß ein knappes Lachen aus. »Ihr denkt, die gekrönten Häupter reisen an, weil *Ihr* es wünscht? Ich glaube nicht, dass auch nur einer erscheint. Sie denken wie ich über Euch. Ihr seid eine Gefahr. Die Klinge des Schicksals, die zuschlägt, wann und wo immer es ihr beliebt.«

»Nicht wieder diese Leier, Hoheit.« Danèstra erlaubte sich den gestrengen Ton einer Mutter gegenüber einem aufsässigen, unbelehrbaren Kind. »Darüber werde ich nicht mehr mit Euch disputieren. Beruft das Treffen ein – oder ich werde es tun!«

Horneus ging auf das Gatter zu. »Es wäre der perfekte Moment für Euch, uns zu töten und zur Kaiserin des Untergangs zu werden.« Er deutete auf Kalenia. »Ihr könntet gemeinsame Sache machen. Eine nette Geschichte der Hoffnung, um einen Albtraum daraus werden zu lassen. Und Ihr werdet Herrscherin über Nankān. Wer weiß?«

»Werdet erwachsen, Hoheit!« Danèstra schloss zu ihm auf und bedeutete der jungen Frau, etwas zurückzubleiben. Sie hätte den Mo–

narchen am liebsten am Arm ergriffen und festgehalten, um ihn zu schütteln. »Bei Deiwos! Ladet die …«

»Nein«, unterbrach Horneus sie entschieden. »Ihr mögt heute Nacht im Palast bleiben dürfen und Euch ausruhen. So viel Gastfreundschaft gewähre ich Euch.« Horneus öffnete das Gatter. »Morgen seid Ihr und diese Rückkehrerin verschwunden. Die Papiere bekommt Ihr dann wieder. Versucht Euer Glück mit dem Anliegen bei einem, der Euch geneigter ist. Kommt nicht auf den Gedanken, zu meiner Königin zu reisen. Sie wird mich nicht umstimmen.« Er machte eine Geste, um Danèstra zum Stehenbleiben zu veranlassen. »Wie ich schon sagte: Ich traue Euch nicht.« Dann ließ er sie und Kalenia stehen und rief einen lauten Befehl. Ein Bediensteter kam daraufhin aus den Stallungen geeilt und hielt auf sie zu.

»Es … es ist meine Schuld, nicht wahr?« Die junge Frau trat mit hängenden Schultern heran, eine Hand auf ihren Bauch gelegt. »Ich … hätte …«

»Du hast es gehört: Er traut *mir* nicht. Das ist der Hauptgrund, weswegen uns das Treffen nicht weiterbrachte.« Danèstra sah zu den Weiden, auf denen die Tartabullen und Ehudikühe grasten. »Er mag sich König nennen, aber er ist nicht mehr als ein eingebildeter Viehzüchter.« Sie löste ihre Flechtfrisur mit wenigen Handgriffen, die langen silbergrauen Haare fielen offen auf ihre Rüstung.

»Was tun wir?«

»Zur Königin reisen.« Sie streichelte Thirío und sagte zu ihm: »Ich weiß, du würdest dir gerne eine von den Kühen mitnehmen, aber das geht leider nicht. Wir finden beim Schlachter Ersatz gegen deinen Hunger.«

Thirío winselte einmal auf und leckte sich um die Schnauze.

Kalenia war die Überraschung anzusehen. »Aber sagte Horneus nicht …?«

»Aus Angst vor ihr. Er weiß, dass er gegen seine Frau nicht ankommt. Sie erinnert mich an mich selbst, in meinen frühen Tagen.« Danèstra ging nicht zu den Palastgebäuden zurück. Auf die Unterbringung verzichtete sie. »Wir brechen sofort auf.«

Der Bedienstete, in verdreckter Kleidung und schmutzig von der Stallarbeit, hatte sie eingeholt und verbeugte sich. »Der König schickt mich. Ich soll Euch in Eure Unterkunft bringen.« Es handelte sich um einen einfachen Knecht. Aufmachung und Rang des Mannes bedeuteten eine weitere Herabsetzung der Gäste.

»Das wird nicht nötig sein«, erwiderte Danèstra. »Folge uns, bitte.«

»Dieser Horneus ist weder weise noch klug.« Kalenia folgte der älteren Kriegerin. »Wie kann *er* König sein?«

»Ist das eine ernst gemeinte Frage, Kind?«

»Ja. Hat er sein Amt vom Vater erhalten?«

»Du musst wissen: Taucora ist ein Reich voller Hornviehbesessener, und sie sind berühmt für die Züchtungen, die auf den Weiden stehen. Fleisch, Fell, unerreicht.« Offenbar hatte die junge Frau weit entfernt von Nankān nichts mitbekommen. »Taucora bestimmt daher seinen König oder die Königin auf besondere Weise.«

Kalenia lachte bitter auf und streifte die Haube von den schwarzen Haaren. »Ich rate: Wer das schönste Tier hat.«

»Nein. Das wäre zu einfach. Ein Zweikampf. Mann oder Frau gegen den Heiligen Bullen. Das Tier muss mit bloßen Händen bezwungen werden.« Danèstra erinnerte sich an zwei Festspiele, denen sie beigewohnt hatte. »Ein ganz schönes Spektakel.«

»Einen ausgewachsenen Bullen wie jene dort?« Verwundert nickte Kalenia zu den Weiden. »Die wiegen … weit mehr als tausend Pfund! Wie soll man ein solches Vieh besiegen?«

»Du würdest staunen. Der Heilige Bulle ist größer. Mit langen Hörnern, die ausreichen, um drei Menschen aufzuspießen«, sagte Danèstra. »Jedes Gemeinjahr wird dieses Ritual neu abgehalten, und ein jeder und eine jede kann sich melden. Aber man muss danach das Amt antreten, sofern man den Heiligen Bullen besiegt.«

»Was bedeutet *besiegt?*«

»Niederringt, sodass das Tier in den Staub der Arena sinkt, ohne es zu töten. Wer danach das Amt nicht antritt, wird hingerichtet. Und wer den Bullen tötet, auch.« Danèstra führte sie zum Eingang, wo sie vom Hügel hinab in die Stadt marschierten. »Es gibt noch weitere Bullen, die dann zum Einsatz kämen. Und an Herausforderern mangelt es niemals. Zumal keiner Horneus leiden kann.«

Das Gepäck ließen sie sich vom Stallknecht hinterhertragen. Thirío trottete neben ihnen her. Vélos stieß wie aus dem Nichts herab und landete auf der gerüsteten Schulter der Kriegerin. »Horneus sitzt bereits im dreizehnten Jahr auf dem Thron, und keiner weiß, wie er den Stier jedes Mal bezwingen kann.« Sie streichelte den Kopf des Vogels, der sich gegen ihren Finger schmiegte.

»Dann ist der Heilige Bulle sein Verbündeter? Hat er ihn abgerichtet, oder ist es ein anderer Trick?« Kalenia stellte die Fragen, die sich jeder und jede auf Nankān stellte.

»Wir werden es nicht herausfinden. Die zehn Grafschaften, die weisungsgebunden sind, gehorchen zähneknirschend, auch wenn sie Betrug wittern.« Danèstra deutete auf eine Kutschstation. »Fahren wir.«

»Aber was mit meinen Papieren?«

»Holen wir morgen.« Danèstra gab dem Knecht eine Silbermünze, damit er ihr Gepäck auf dem ersten Gefährt verzurrte und davoneilte. »Wenn wir mit der Königin zurückkehren.«

Sie stiegen in den Wagen ein, der über eine gute Federung verfügte, was der Schwangeren entgegenkam. Die Stöße der Räder wurden über Feder- und Lederriemenvorrichtungen abgefangen.

Die großzügige Vorabbezahlung ließ den Kutscher auf den Bock springen und die Peitsche schwingen. Sänftengleich schaukelnd ging es für Danèstra und Kalenia durch die Straßen von Gaurus, zum Tor hinaus aufs weite Land.

Auf den schier unendlichen Weiden, über denen ein blauer Himmel hing, stand das Hornvieh, mal mit glattem, mit kurzem, mit langem, mit gelocktem Fell, und die Farben variierten von Brauntönen in Flecken, von Schwarz bis Weiß.

Danèstra verfolgte mit abwesendem Blick die Arbeit der Treiber, die auf Pferden ritten und Herden mit langen Stangen und knallenden Peitschen dirigierten, um sie auf frischen Weidegrund zu leiten.

Ihre Gedanken drehten sich darum, was sie unternehmen könnte, wenn auch die Königin sie nicht anhören wollte. Eine Brieftaube war von Gaurus gewiss auf den Weg zur Sommerresidenz geschickt worden. Horneus rechnete natürlich damit, dass Danèstra trotz seiner Anweisung dort auftauchen würde.

Muss. Sie schnallte das Wehrgehänge ab und legte es neben sich auf den Sitz.

Die Umgebung änderte sich. So weit das Auge reichte, erstreckten sich Felder, auf denen lang- und kurzhalmige Getreidesorten und Reis wuchsen. Die Büffel in den wasserreichen Gebieten unterschieden sich deutlich von den Exemplaren auf den Grasweiden. Bauern bestellten mit ihnen die gefluteten Äcker, das braune Wasser schäumte zwischen den unermüdlich marschierenden Beinen der gedrungenen, muskulösen Tiere.

»Die Armen! Wie sie sich unter dem Joch abmühen. Die einen müssen schuften, die anderen dürfen umherstehen«, sagte Kalenia.

»Wie auch in unserem Leben. Mensch und Tier sind sich ähnlicher, als die meisten ahnen.« Danèstra streichelte Thirío, der sich auf dem Boden ausstreckte, ein wenig mit dem Schwanz wedelte und die Augen schloss. Vélos saß auf dem Fensterrahmen und blickte sich aufmerksam draußen um. Er suchte in den Feldern nach Beute. Dann schoss er plötzlich mit einem leisen Ruf ins Freie und war verschwunden.

»Wie weit ist es bis zum Sommerpalast der Königin?«

»Am Ende des Tages sollten wir angekommen sein. Der Kutscher lässt die Pferde gehörig laufen.« Danèstra schüttelte ihre Gedanken ab und erlaubte sich keinerlei Zweifel. »Finden wir bei der Königin kein Gehör, reisen wir umgehend weiter. In Marwarod muss es jemanden geben, der uns anhört und eine Versammlung einberuft.«

»Ihr seid ungebrochen überzeugt von unserem Tun.«

»Das Schicksal erteilte mir eine Aufgabe. Ich erfüllte sie bislang alle.« Danèstra verfolgte den Flug des Falken, der abrupt abwärtsstürzte und zwischen den Gerstenhalmen verschwand. Die Ähren wogten bei seinem Einschlag wie eine Wasseroberfläche. »Auch wenn noch keiner meiner Schutzbefohlenen es wagte, dabei zu lügen.«

»Ich habe Euch nicht angelogen!«

»Mich nicht. Aber König Horneus.« Sie blickte Kalenia aufmerksam an. Die junge Frau hatte wieder diese Wut in den braunen Augen. »Dein Vater stammt nicht aus einer verschollenen Expedition. Er war ein einfacher Köhler.«

»Ich … ich musste doch lügen!«

»Aber du warst auf diese Lüge vorbereitet. Woher hast du diese Unterlagen?«

Kalenia seufzte. »Mein Vater fand sie. Bei längst gestorbenen Soldaten in der Wildnis. Er nahm mit, was er fand. Als ich aus meinem Dorf flüchtete, wusste ich, dass ich etwas brauche, um meine Erzählung zu belegen, sonst glaubt mir keiner. Gerade weil diese Verschwörer einflussreiche, bekannte Männer sind. Ich konnte nicht ahnen, dass ich der Klinge des Schicksals begegne.«

»Nein. Das konntest du nicht.« Danèstra überlegte. Die Lüge vermochte von keinem Zeugen widerlegt werden, und sie spielte ihnen in die Hände. Für die gerechte Sache war der Kniff erlaubt. Moralisch nicht einwandfrei, aber wider Horneus und die anderen Kleingeister musste mit Tricks gearbeitet werden. »Dann ist es so: Wir behalten die Geschichte bei.«

»Ja?«

»Ja. Sie ist die Absicherung gegen Zweifel.«

»Nicht bei Horneus.«

»Horneus hasst mich. Fast glaube ich, dass die Sache besser für dich verlaufen wäre, du wärst ohne mich bei ihm aufgetaucht. Ich sah seinen Blick, als er das Siegel seines Vorgängers erkannte. Da war ein Funke Glauben. Aber meine Anwesenheit machte ihn unzugänglich für unser Anliegen.« Danèstras Ärger über den sturen König flammte auf. »So ein Hornochse.«

»Daher gewiss sein Name.« Kalenia summte ein leises Lied.

Thirío hob plötzlich den Kopf, die Ohren richteten sich in die Höhe. Aus seinen blauen Augen beobachtete er Kalenia und lauschte aufmerksam.

Danèstra horchte auf. »Was ist das für eine Melodie?«

»Ich lernte sie von meiner Mutter. Sie spielte sie auf der Flöte, abends, wenn wir einschlafen sollten«, antwortete Kalenia. »Dein Hund mag sie.«

»Ja, das ist anscheinend so.« Thirío stupste Kalenias Bein mit der Schnauze an und forderte, dass sie weitersummte. »Dabei ist er üblicherweise zurückhaltend bei Fremden und neigt zum Beißen.«

Kalenia lachte. »Er hat sich schon in der *Auster* von mir streicheln lassen.«

»Das stimmt. Wie machst du das?«

»Meine Mutter sagte, sie habe einst Nymphen an einem Waldtümpel beim Singen belauscht. Mit ihren Melodien könne man die Bestien der Wildnis zähmen.« Kalenia betrachtete den Hund zu ihren Füßen. »Dabei sieht er gar nicht gefährlich aus.«

»Das ist er durchaus, Kind. Aber dir tut er nichts.« Die werdende Mutter überraschte Danèstra an einem Tag gleich zweifach: mit Findigkeit und mit einem einmaligen Talent. *Das Schicksal hält große Stücke auf Kalenia.*

Am frühen Nachmittag, und damit rascher als vorgesehen, erreichte die Kutsche den Sommerpalast der königlichen Familie, der an einem kleinen ruhigen Fluss lag, über dessen Kanäle und Verästelungen man Ausflüge in die pittoreske Umgebung unternehmen konnte.

Danèstra und Kalenia hatten die Fahrt überwiegend mit Dösen verbracht.

Thirío forderte mit freundlichen Nasenstupsern zwischendurch nach neuen Liedern, dem die junge Frau nachkam, was die Kriegerin in anhaltende Verwunderung stürzte. Das hatte sie nie zuvor erlebt.

»Wir sind da.« Danèstra nahm das Wehrgehänge und stieg als Erste aus, noch bevor der Kutscher vom Bock gesprungen war und die Tür geöffnet hatte. »Gut gefahren«, sagte sie und warf ihm eine Goldmünze hinauf. Dann legte sie ihre Waffen an. »Warte hier. Es mag sein, dass wir nicht lange bleiben werden.« Sie zeigte auf das Gepäck. »Du musst nichts abladen.«

Der Mann verbeugte sich und blieb sitzen.

Der Finsterfalke kam aus den Wolken geschossen und landete auf der Dachreling. Er schrie zufrieden, am gebogenen Schnabel hingen Flaumfedern und Blut.

»Ho, Vélos! Den Bauch hast du dir vollgeschlagen. Wenigstens einer von uns ist erfolgreich«, rief Danèstra ihm zu und half Kalenia den schmalen Ausstieg und die wackligen Klapptritte hinab.

»Ah, meine gute Freundin!«, sprach eine Frauenstimme voller Wärme in ihrem Rücken. »Ihr wart schnell. Beinahe hättet Ihr die Brieftaube überholt, die mein Gemahl sandte.«

»Sagte ich es nicht?«, raunte Danèstra Kalenia zu und wandte sich zur Königin um. »Danke für Euren herzlichen Empfang, Hoheit.«

Korava stand in einem einfachen hellen Gewand vor dem Tor zum

Hauptgebäude, dahinter wartete mit vier Schritt Abstand ihr Hofstaat. Abseits der Augen und Ohren der Stadt genoss sie es, nicht in schweren, repräsentativen Kleidern umherzugehen; die langen blonden Haare hatte sie unter einem ausladenden grünen Hut gebändigt, was keinerlei Aufwand verlangte. Ketten umschmeichelten ihren Hals, an den Fingern leuchteten Perlenringe. »Ihr seid mir stets willkommen, mütterliche Freundin und Ratgeberin. Ich habe bereits das neuste Büchlein über Eure Abenteuer erhalten. Das werdet Ihr mir unterschreiben müssen.«

»Sagte ich Euch nicht, dass alles erfunden und erlogen ist, Hoheit? Ihr macht einen Betrüger reich.«

»Aber einen Betrüger, der gut schreiben kann und der mich köstlich unterhält.« Korava kam auf sie zu und streckte ihr beide Hände entgegen. »Willkommen auf Schloss Weidenthal, liebe Freundin. Einmal mehr.«

Danèstra ergriff ihre Finger und drückte sie leicht. »Ich danke Euch nochmals.«

»Erfrischungen stehen bereit, auch die Gästezimmer sind hergerichtet.« Sie wandte sich an Kalenia. »Da ist es, das Mädchen aus der Wildnis, mit dem Geheimnis ausgestattet, uns alle vor dem Übel zu bewahren.« Sie deutete auf den Schwangerschaftsbauch. »Ist das von der Wildnis höchstpersönlich?« Sie sah Danèstra an. »Also, in den Geschichten über Euch, liebste Freundin, würde ein Monstrum aus ihr hervorbrechen und uns ins Gesicht springen und seine Eier in uns legen, sodass wir daran sterben und sich eine Plage ausbreitet.« Sie vollführte eine kreisrunde Armbewegung. »In ganz Nankān wären die Bestien zu finden.« Sie klatschte einmal. »Wäre das nicht eine tolle und schauerliche Geschichte für die Klinge des Schicksals?«

Kalenia starrte die Königin mit offenem Mund an, beide Hände um den Bauch gelegt. Sie vergaß sogar den angebrachten Knicks.

»Das wäre es. Aber dann würde die Reihe über mich enden, Hoheit.« Danèstra lächelte. »Wir wären alle tot, nicht wahr?«

Korava lachte und winkte ab. »Ein dummer Scherz von mir. Aber es kam mir just in den Sinn, als ich die junge Dame sah. Unsere Retterin.« Sie zeigte zum aufragenden Schloss mit seiner Fassade aus Backstein und Granit. »Herein mit euch beiden. Ich will jede Kleinigkeit vernehmen. Von diesem echten Abenteuer, das Ihr bestanden habt, Danèstara von Tiamin.«

»Das sollt Ihr, Hoheit.«

Gemeinsam setzten sie sich in Bewegung. »Und natürlich habe ich schon Brieftauben aussenden lassen.«

»Hoheit?«

»An die anderen Reiche. Wegen der Versammlung und um die Meinungen der übrigen Höfe und Räte einzuholen. Was mein Mann Euch verwehrte, gebe ich Euch dreifach. Schon alleine, um ihn damit grün und blau zu ärgern.« Korava lachte den Frauen zu. »Nun aber erfrischt Ihr Euch, und danach gibt es eine Stärkung. Das Kind muss wachsen.«

Danèstra grinste. »Ich wusste, dass ich auf Euch zählen kann, Hoheit.«

»Mein Gemahl mag mit seinem Stier spielen, durch die Fladen seiner Kühe waten und sich königlich vorkommen. Ich kümmere mich um die Angelegenheit von Taucora.« Sie hakte sich bei der Kriegerin ein und winkte Kalenia an ihre Seite.

»Die sind bei Euch in den besten Händen.«

***

Auszug aus *Die Abenteuer von der Großfürstin Danèstara,*
Band sieben, Kapitel vier

Erster Entwurf	M. Tintenfains Anmerkungen
»Pferde! Wir brauchen mehr Pferde!	Was soll denn das? Schlechter Satz!
Oder habt ihr einen Gedanken, wie wir rascher vorankommen sollten?«	Das muss schneller gehen!
Danèstara nickte und zeigte auf den Fluss.	Weiter oben war es ein Bach, unfähiger Schreiber!
»Mit dem Boot.«	Werft den Idioten raus. Er taugt nichts.

Kapitel IV

Nankān, Königreich Taucora, etwa zwanzig Feldmeilen
westlich der Hauptstadt Gaurus, Herbst

Danèstra, gekleidet in ein leichtes, angenehmes Gewand mit ihrem unübersehbaren Monogramm samt Wappen, beobachtete heimlich von der Balustrade des dritten Stockwerks aus, wie Mabian neben Kalenia auf der Bank in der Schlossbibliothek saß und sie sich gemeinsam durch den Bücherstapel lasen.

Da sitzt sie, die Jugend. Wie versunken sie sind.

Seit ihr Sohn im Sommerpalast aufgetaucht war, um einige Ausrüstungsgegenstände, Kleidung und Nachrichten aus Kaltensee zu bringen, taute Kalenia zunehmend auf. Durch seine Nähe und unermüdliche, unaufdringliche Fürsorge schüttelte sie das Grauen der letzten Monde ab.

Sie und Mabian waren im gleichen Alter und verstanden sich vom ersten Blick an. Sie sangen und lasen gemeinsam, lachten und verbrachten die Tage erzählend auf der langen Flussbrücke. Sogar ein Bootsausflug wurde gewagt, obwohl Kalenia Angst vor Wasser hatte.

Ob das auch Schicksal ist?

Ihr Sohn war unerfahren, was Frauen anging. Die Mägde auf Kaltensee hatten ihn bislang nie sonderlich interessiert, er war ganz in seiner Arbeit aufgegangen. Die Rückkehrerin aus der Wildnis war anders, hübsch und hatte ein einnehmendes Wesen. In seiner Anwesenheit wiederum erlosch die Wut in ihren Augen, und er umsorgte sie, half ihr und stützte sie, wenn der Bauch sie unbeholfen machte.

»Sie wären ein schönes Paar«, sagte Königin Korava und trat an ihre Seite. Sie trug eine lange, weiße Seidenrobe mit einer Schleppe aus weichem Fell, und um die breite Hüfte lag ein goldener Gürtel.

»Hoheit«, grüßte Danèstra und deutete eine Verbeugung an. Ihre silbergrauen Haare hatte sie hochgesteckt, die schweren Strähnen wippten. »Das könnten sie sein. Wäre da nicht unsere Aufgabe. Wir werden das traute Beisammensein bald beenden, auch wenn mein Sohn Kalenia sichtlich guttut. Er lindert ein wenig den Schmerz in ihrer Seele, wie es scheint.«

»Sie hat Euch nicht verraten, wer die Verschwörer sind?«

»Nein, Hoheit. Weder mir noch ihm. Sie besteht eisern darauf, dass sie einen nach dem anderen enthüllt. Auf unserer *Jagd,* wie sie es nennt.«

»Ich kann es ihr nicht verdenken.« Korava deutete auf die Wölbung unter dem Kleid der jungen Frau. »Ihr wart öfter Mutter und Großmutter als ich. Wann ist die geschätzte Niederkunft?«

»Sofern sich Kalenia nicht verrechnete: in zwei Monden. Das deckt sich mit meiner Schätzung.« Danèstra dachte an die beschriebenen Blutungen. »Es ist jedoch keine einfache Schwangerschaft, und es kann jederzeit so weit sein. Und käme das Kind jetzt, glaube ich nicht, dass das Neugeborene überlebt. Für die junge Mutter besteht auch Gefahr.«

»Oh.« Korava wirkte besorgt. »Das arme Ding. All die Schmerzen und … Dann sollten wir mit der Suche nach den Verschwörern warten, bis das Kind geboren ist. Ich kann Ammen aufbieten, die sich um den Nachwuchs kümmern.«

Danèstra hatte die gleichen Gedanken gehabt. »Ich schlug es ihr bereits vor. Kalenia will es nicht.«

»Erstaunlich. Sie bringt damit sich und das Erbe ihrer Liebe in Gefahr.« Korava lehnte sich auf das Geländer, die Schleppe raschelte leise. »Schaut doch. Sie ist selbst noch ein Kind.«

»Ich denke, dass sie das nicht mehr ist, seit sie drei Tage in einem Kohlenmeiler ausharren musste und die Geheimnisse jener Leute erfuhr, die ganz Yarkin an einen Dämon verrieten.« Danèstra sah zu den beiden hinab und lächelte. »Jetzt wirkt sie gelöst. Fast glücklich.«

»Das liegt an Eurem Sohn.« Korava drehte das Gesicht zu ihr. »Ihr könntet sie zu Euch holen. Nach Kaltensee.«

»Sobald unsere Mission erfüllt ist, werde ich Kalenia fragen. Es wird ihr an nichts fehlen. Ihr Kind kann beschützt aufwachsen. Und sie hat jemanden, mit dem sie sich gut versteht.«

Korava richtete sich auf, die Hände blieben auf dem Geländer. »Euer Sohn sieht euch sehr ähnlich. Und er wirkt jünger, als er ist.«

»Sechzehn Gemeinjahre, Hoheit. Der gewissenhafteste Gutsvorsteher, den ich jemals hatte. Ihm entgeht nichts. Aber im Herzen trägt er den Wunsch, ein Abenteuer zu erleben.«

»Wie alle Jungen, nicht wahr?« Korava lächelte nachsichtig. »Ist er deswegen hierhergeschickt worden und nicht eine Eurer Töchter, die sich ebenso gut aufs Kämpfen verstehen wie Ihr? Sein kleines Abenteuer.«

»Leider nein.« Danèstra zog einen Brief aus der Gewandtasche. »Elayion ist der Grund.«

»So?«

»Die Thýguda-Hochpriesterin in Pardias erfuhr, dass ich nicht in Kaltensee weile. Sie lauert unentwegt auf solche Gelegenheiten. Daher schickt sie getarnte Krieger, die versuchen, durch mein Land zu kommen und den Zugang nach Khamado zu besetzen. Fast in Sichtweite zu meinem Rittergut.« Danèstra schnaubte. »Da meine Töchter bekannt für ihre Schlagkraft sind, erschien es mir ratsamer, sie zur Abschreckung und Verteidigung auf Kaltensee zu lassen, damit die Kämpfer aus Elayion nicht auf dumme Gedanken kommen. Den Rest müssen die regulären Truppen des Kaisers übernehmen. Aber den Zugang werden die Von Tiamin halten.«

Korava atmete tief ein. »Ihr sorgt Euch nicht um Eure Töchter?«

»Sie hatten die beste Ausbilderin.« Danèstra seufzte. »Aber ich bin ihre Mutter. Natürlich mache ich mir Sorgen um sie. In jedem Gefecht lauert der Tod. Ich danke Deiwos stets, wenn ich sie gesund vor mir stehen sehe.«

»Das bedeutet, Ihr werdet die drei Grazien auch nicht mitnehmen können, wenn es gegen die Verschwörer geht.«

»Nein. Die Lage ist zu unsicher.« Danèstra nickte hinab zu Mabian. »Er hatte gehofft, mich auf die Mission zu begleiten und in Kalenias Nähe zu bleiben. Aber ich sende ihn zurück. Wenn es unterwegs um Duelle in Mathematik, in Hauswirtschaft oder in Vorratshaltung gäbe, wäre er mir sehr willkommen. Sein Vater war kein Krieger. Er ist noch nicht so weit.«

Mabian und Kalenia schrieben sich Zitate aus dem Werk ab. Sie schlugen das Buch zu, in dem sie gemeinsam gelesen hatte, und wählten das nächste, in dem sie neugierig blätterten.

Er wird niemals so weit sein. Und das ist gut. Ich muss mich nicht um ihn sorgen.

»Es ist kein Zufall, dass Ihr mich in der Bibliothek aufsucht, Hoheit«, sagte Danèstra. »Ihr habt Kunde von den Herrscherinnen und Herrschern, nehme ich an.«

»Ganz recht. Die ersten Abgesandten sind eingetroffen, die Euch begleiten sollen.«

Danèstra wandte sich zu der Frau um, die zwanzig Gemeinjahre jünger war als sie. »*Abgesandte*, sagtet Ihr. Keine Truppen?«

Korava machte ein entschuldigendes Gesicht, als träfe sie die Schuld am Verhalten der Länder, zu denen sie ihre Schreiben gesandt hatte. »Seid auch darauf gefasst, dass die Zahl überschaubar ist.«

Danèstra fühlte Wut in sich aufsteigen. *Horneus hatte recht. Sie trauen mir nicht.* »Wie viele, Hoheit?«

Die Königin räusperte sich leise. »Einer aus Marwarod, einer aus Izozath. Und natürlich einer aus Taucora«, fasste sie zusammen. »Jetzt schaut nicht griesgrämig. Es kostete mich einiges, meinen Gemahl dazu zu bewegen, überhaupt einen Mann zu stellen, der Euch begleitet.«

Ich kann und will es nicht glauben. Danèstra schnalzte ungehalten mit der Zunge. »Die anderen senden ihre Abordnungen gewiss noch.«

»Ihr irrt. Es sind nicht nur die Ersten, sondern auch die Letzten, fürchte ich.« Korava hakte sich bei ihr ein und führte sie von der Balustrade und hinaus aus der Bibliothek in den Gang. Sie zog einige Schriebe aus den Taschen ihres Kleids, gesiegelt mit den Insignien der Mächtigen. »Das sind die wohlklingenden Absagen.«

Verdammte Narren! Danèstra nahm sie entgegen und überflog sie.

Mit jedem Brief stiegen ihr Unglaube und die Verärgerung. Der Tenor war stets der gleiche. Man wolle es der Klinge des Schicksals überlassen, wie es so Brauch wäre, und sich nicht in die Belange der Götter einmischen. Danèstara von Tiamin sei auserkoren worden, diese Aufgabe anzunehmen. Sonst keiner.

»Sie glauben weder Kalenia noch mir«, stellte sie grummelnd fest.

»So habe ich es auch verstanden«, sagte Korava bedauernd.

»Wenigstens sandten die Höfe und Gremien wohlwollende Vollmachten mit, um Scherereien während der Jagd durch die Reiche zu verhindern.« An den meisten Landesgrenzen durfte Danèstra heimische Truppen zur Begleitung einfordern, aber nicht mehr als ein Dutzend und nur innerhalb der Grenzen eines Reichs. Sie und ihre Gefährten bekamen darüber hinaus Frei- und Passierscheine, die sie von jeglicher Strafverfolgung freistellten, damit sie auf ihrer Reise nicht behindert wurden.

Diese elenden, feigen Kleingeister. »Sie haben sich abgesprochen, bevor sie die Botschaften in den Palast sandten. Das hört man am Wortlaut.« Sie reichte die Briefe an die Königin zurück und behielt die Vollmachten. »In ihrer Mutlosigkeit und in ihrer Abneigung gegen mich waren sie sich einig.«

»Mit Ausnahme der drei, die unten in der Halle auf Euch warten«, warf Korava ein und steckte das Papier ein. »Ihr seid den Mächtigen ein Dorn im Auge.«

»Ich weiß. Sie folgen der Linie Eures Gemahls und fürchten, dass das Schicksal mir befiehlt, über Nankān zu herrschen.« Danèstra zwang sich zur Ruhe. Die Königin konnte nichts dafür, und ihre Wut traf die Falsche. *Ich kenne das seit so vielen Jahren.* »Ich gestehe, dass ich dazu in diesem Moment nicht übel Lust hätte, Hoheit.«

»Das verstehe ich zu gut, liebe Freundin.« Korava seufzte. »Aber wir müssen das Beste daraus machen. Drei sind besser als niemand.«

»Dazu noch ich und eine Hochschwangere«, fügte sie hinzu und lachte bitter. »Da hat sich das Schicksal eine Herausforderung für mich ausgedacht, die etwas ganz Besonderes ist.«

»Es wird eine hervorragende Episode in der Sammlung Eurer glorreichen Taten für das Gute.«

»Tintenfain! Erwähnt ihn nicht! Mit seiner Presse drücke ich ihn zu Tode, wenn er es wagt, noch einmal so einen Schund zu schreiben wie das *Fest der Lüste*.« Für einen Herzschlag zuckte die Königin verräterisch mit den Lidern. »O nein. Sagt nicht, dass Ihr es auch gelesen habt.«

»Doch. Ich gestehe. Alles. Ich lese doch alles über Euch.«

»Eine schöne Freundin seid Ihr! Es ist von …«, setzte Danèstra zu einer gespielten Tirade an und unterbrach sie mit einem resignierten Lachen. »Dann sehe ich mir mal meine Begleiter an. Das ist ratsamer als Aufregung über den Schmierfinken.« Gemeinsam gingen sie durch den Sommerpalast. »Wen gibt mir Euer Gemahl mit, Hoheit? Ich nehme an, er wird blind, taub und lahm sein. Nur um mich zu ärgern.«

»Nicht so garstig, liebe Freundin. *Ich* suchte ihn aus.« Korava bemühte sich, die Laune zu heben. Ihre Schleppe folgte ihr wie gebändigter Nebel. »Sein Name ist Skerbull Schwarz, ungefähr in meinem Alter. Ein guter Kämpfer und geradezu ein Universalgelehrter, wenn Ihr mich fragt. Das Wissen mag von Nutzen sein.«

Danèstra gab sich versöhnlich. »Das klingt nicht schlecht.«

»Oh, er ist außergewöhnlich und genau der Richtige! Er hat es gewagt, zweimal gegen meinen Gatten anzutreten, aber vermochte es nicht, den Heiligen Stier zu bezwingen. Somit ist es ihm ein außerordentliches Vergnügen, an etwas teilzunehmen, das den König mindestens ärgert«, erklärte sie mit einem kaum verborgenen Lächeln.

»Oh. Hätte er allerdings gewonnen, wärt Ihr nicht mehr im Palast und könntet mir nicht helfen.«

»Wer sagt, dass ich nicht mehr im Palast wäre?«, erwiderte Korava vieldeutig. »Skerbull hat ein kleines Vermögen gemacht und ist sehr reich. Der reichste Mann nach dem König in Taucora, will ich meinen. Er ist perfekt für die Jagd ausgerüstet.«

»Sehr gut vorbereitet. Dann weiß ich, dass der Thron weiterhin in guten Händen sein wird, sollte Horneus beim nächsten Mal endlich einen schlechten Tag haben.« Danèstra und die Königin waren die Treppen abwärtsgegangen und im Erdgeschoss angekommen, wo sie einen der Salons betraten, nachdem der Diener ihnen die Türen geöffnet hatte.

Danèstra erkannte Skerbull sofort, was bei der Anwesenheit von drei Leuten nicht besonders schwer war. Der Mann besaß eine gesetzte, muskulöse Statur und trug seine langen schwarzen Haare offen, sodass sie auf die Schultern und über die schwarz-weiß gefleckte Lederrüstung fielen. Der ausrasierte Backenbart in Verbindung mit dem massiven goldenen Nasenring, in dem sich mehrere Markierungen fanden, ließen ihn fast wie einen Bullen wirken; die braunen Augen hingegen zeigten unerwartete Sanftheit.

»Ach ja. Er stottert gelegentlich ein wenig«, raunte ihr Korava zu. »Aber ansonsten gibt es in ganz Taucora keinen Besseren, um Euch zu begleiten.«

»Ihre Hoheit, Königin Korava die Erste«, verkündete der Diener. »Und Ihre Hochwohlgeborene Danèstara Adima Decessa von Tiamin, Großfürstin und Erz-Königin von Uthalosa.«

Das ungleiche Trio verneigte sich vor der Königin und Danèstra.

»Wieso klingt Ihr bei der Vorstellung beeindruckender als ich, liebe Freundin?«, flüsterte Korava belustigt.

»Das Privileg des Alters, Hoheit.« Danèstra grinste. »Gebt Euch noch ein paar Namen und Titel mehr. Das sollte Euch leichtfallen, Ihr seid die Königin.«

Korava kicherte.

Ein Geruch von heißen Metallspänen und gebrannten Nüssen schwebte im Raum und behauptete sich gegen die aufgestellten weißen Blumenbouquets. Danèstra wusste, woher er stammte: Der Mann aus Izozath verströmte den Duft.

Er sah aus wie alle Menschen aus dem Reich, das einst Electorum genannt wurde, bis eine Abstimmung über den Namen und eine gewaltfreie Revolution die Veränderung gebracht hatte. Hochgewachsen, schwarzhaarig, mit alabasterweißer Haut und Aderungen wie in Marmor, ein Auge glomm rot, das andere blau. Er zählte um die dreißig Gemeinjahre und trug ein dunkelrotes Gewand mit weiß-goldener Schärpe um Bauch und Hüfte.

»Ich grüße die Tapferen, die mit der Klinge des Schicksals reiten werden«, eröffnete Korava, und die Köpfe wurden angehoben. »Von Skerbull Schwarz berichtete ich Euch, liebe Freundin.« Der Mann nickte knapp, schwieg jedoch.

Sie deutete auf den Mann aus Izozath. »Das ist Vytain Dôol aus dem herrlichen Saïka Vigoria, der Hauptstadt von Izozath. Er verriet mir, dass er sich bestens auf den Umgang mit Electorum-Waffen versteht und alles zum Laufen bekommt, solange es irgendwie technisch zu lösen ist.«

»Es ist mir eine Ehre«, grüßte Vytain und vollführte eine formvollendete Verbeugung. »Ihr seid eine Berühmtheit, Danèstara von Tiamin.«

»Sagt bitte nicht, dass Ihr diese scheußlichen Druckwerke gelesen habt«, meinte Danèstra freundlich, aber bestimmt. »Habt meinen Dank, dass Ihr mit uns reiten werdet.«

Sie richtete das Wort an die schmale Frau, deren Haut noch bleicher als jene des Mannes aus Izozath war. »Und Ihr seid?« Mit den hellen Haaren und Augen wirkte sie wie ein Spuk. »Ihr seid lange nicht mehr im Sonnenlicht gewesen. Ihr stammt aus Marwarod, nehme ich an?«

»Ilreen Klingrod heiße ich.« Sie legte die linke Hand in Höhe der Gürtelschnalle gegen den Leib. Dabei wurde erkennbar, dass der rechte Unterarm aus einer Prothese bestand. »Meine Heimat sind die Grotten von Kysarod. Das habt Ihr genau erfasst.« Der Unterarm war unförmig und unsinnig dick gestaltet, anstelle von Fingern gab es eine geschnitzte Faust, die schwarz bemalt war. Ilreen versteckte die fehlende Gliedmaße nicht und hatte den Blick der Kriegerin bemerkt. »Das Werk eines Scabers. Als Kind riss es mir den Arm ab. Die Heiler konnten verhindern, dass ich an der Entzündung starb.«

»Nun denn. Wir haben einen Kämpfer und Universalgelehrten, einen Büchsenschützen – und was vermögt Ihr?«, erkundigte sich Danèstra.

»Ich bin Spurenleserin und Expertin für jegliche Form von Auskundschaften. Man wird mich weder hören noch sehen. Kein Tier, kein Mensch«, antwortete Ilreen. »Seit mich eine Bestie hinterrücks erwischte, schwor ich, dass es mir niemals mehr geschehen dürfte.« Sie hob die intakte Linke. »Ich würde den Arm vermissen. Und es sähe recht unschön aus, zwei Prothesen zu haben. Vieles würde mir schwerer fallen.«

Die Männer lachten leise.

»Dann seid Ihr wahrlich perfekt für unsere Mission.« Danèstra spürte Müdigkeit in den Knochen, bedingt durch die vielen Stunden der Kampf- und Ausdauerübungen, die sie absolviert hatte. Noch konnte sie nicht einschätzen, was ihre drei Leute taugten. *Und ich habe nicht mal einen Zauberer gesendet bekommen.* Dabei hätte sie Magie gegen Dämonendiener gebrauchen können. *Sei's drum. Wir finden die Verschwörer und bringen sie zur Strecke.* »Hat man Euch gesagt, was unsere Aufgabe sein wird?«

Das Trio sah sich ratlos an, dann schüttelten sie die Köpfe.

»Aber ich vermute, es wird nichts sein, bei dem wir nur auf freundliche Menschen treffen werden«, sprach Skerbull mit einem breiten Grinsen und ganz ohne Stottern, und der polierte Nasenring leuchtete im Licht auf. »Angesichts der Kenntnisse der Versammelten.« Er deutete einen Handkuss zur Königin an. »Abgesehen von … Ihrer Hoheit. Ihr seid freundlich wie stets.«

»Und ich könnte zur Gefährlichkeit der Truppe nichts beitragen«, erwiderte sie huldvoll.

Danèstra hörte und sah, wie vertraut der Taucoraner und die Herrscherin waren. Sie erinnerte sich an Koravas Bemerkung vorhin, dass sie nicht unbedingt an der Seite ihres Gemahls bleiben würde. *Natürlich freut sich Horneus, dass Skerbull den Sommerpalast verlässt.* Im besten Fall würde der Nebenbuhler nicht wiederkehren. »Ihr wisst, dass es gefährlich ist.«

»Wer mit der Klinge des Schicksals reitet, ahnt es«, gab Vytain zurück. »Umso wichtiger wird es sein, dass wir nicht versagen.«

»Dafür gebe ich mein Leben«, warf Ilreen voller Überzeugung ein.

»So weit müssen wir hoffentlich nicht gehen.« Danèstra sah zu Korava. »Da sich die sonstigen Länder in Zurückhaltung übten, sollten wir morgen aufbrechen, Hoheit. Bei Tagesanbruch werdet Ihr uns los sein.«

»Ich dachte mir das und ließ Vorbereitungen treffen, gute Freundin.« Sie hatte sich noch nicht bei ihr ausgehakt, als genösse sie die Nähe wie unter Schwestern. »Ein Wagen für Zelte und Proviant steht morgen bereit. Er wird Kalenia eine gute Kutsche sein, gefedert und gepolstert, damit dem Kind nichts geschieht.«

»Dem *Kind*?«, echote Ilreen irritiert.

»Das gehört zu unserer Aufgabe. Wir werden eine Schwangere beschützen und nach ihrer Anweisung reisen«, erklärte Danèstra. »Bei Sonnenaufgang erfahrt ihr alle mehr über unseren Auftrag, den mir das Schicksal vertrauensvoll übermittelte.«

Skerbull und Vytain tauschten unerfreute Blicke.

»Ich rechnete mit Heldentaten und Kämpfen und Abenteuern«, setzte der kräftige Gelehrte aus Taucora an. »Eine Schwangere zu beaufsichtigen klingt, mit Verlaub, nach dem Auftrag für eine Zugehfrau. Eine Amme. Eine Priesterin, meinetwegen.«

Danèstra verstand den Unmut. »Ich bitte Euch drei um Nachsicht. Es ist eine wichtige Aufgabe, deren Tragweite Ihr nicht abschätzen könnt. *Noch* nicht. Morgen früh werdet Ihr es verstehen. Habt Geduld.« Sie wandte sich an Korava. »Hoheit, ich ziehe mich zurück. Es warten lange, gefährliche Tage auf uns. Dafür möchte ich ausgeruht sein.«

»Natürlich. Schlaft gut.« Die Königin winkte grüßend, das Trio nickte ihr zum Abschied zu.

Danèstra verließ den Salon und begab sich durch verschiedene Türen und Korridore in den Gästetrakt, wo sich ihr Zimmer befand.

Drei Leute. Gegen eine Horde Verschwörer, die mit Dämonen im Bunde sind. Welch ein Vergnügen.

Mabian würde sie erst morgen in Kenntnis setzen, dass er nicht mit auf die Reise ging. Sie wollte ihm den Spaß und die Freude am letzten Abend mit Kalenia nicht verderben.

Er wird wütend auf mich sein. Danèstra hoffte, dass ihn die Aussicht tröstete, die junge Frau als neue Bewohnerin auf Kaltensee begrüßen zu dürfen, sobald ihre Mission vorbei war. Falls Kalenia einwilligte.

Sie legte das Gewand ab und stieg in das leichte Nachthemd. Derzeit konnte sie ohne die Rüstung unter die Decke schlüpfen und schlafen. Denn solange ihre Aufgabe nicht erfüllt war, sprang sie nicht im Schlummer an den nächsten Ort.

Diese Nächte fand Danèstra, trotz der Last der Verantwortung, besonders befreiend.

***

»Du hast mich sehr genau verstanden, Sohn. Schon in deiner Kammer. Und auf dem Weg nach unten. Und in der Halle. Das waren sehr viele Gelegenheiten.«

Mabian sah zu seiner gerüsteten Mutter hinauf, die auf dem Rücken eines Schimmelhengstes saß, eine Hand in die Hüfte gestemmt. Ein leichter Mantel schützte vor der Feuchtigkeit, die aus dem grauen Himmel fiel. Die meisten Menschen zeigten sich angesichts der Erfahrung, Heldenhaftigkeit und ihrer Ehrfurcht gebietenden Aura eingeschüchtert. Auf ihn wirkte gerade nichts davon.

»Das habe ich.« Er wischte sich die Regentropfen von der Stirn, die sich auf den kurzen schwarzen Haaren gesammelt hatten und nun herabliefen. Der Herbst brachte das schlechte Wetter nach Taucora. Auch ein Sommerpalast war nicht dagegen gefeit. »Aber ich dachte ...«

»Bitte, Sohn. Du weißt, dass ich dich liebe und dir selten einen Wunsch abschlage. Aber wir sprachen in Kaltensee darüber, dass es noch nicht an der Zeit ist. Kehre dorthin mit meinen Briefen an deine Schwestern zurück und achte auf unser Rittergut. Verjagt die Idioten aus Elayion. Das ist Abenteuer genug.« Sie lächelte warm. »Sei mir nicht böse. Ich sagte dir, dass etwas Schönes nach unserer Rückkehr geschehen kann.« Danèstra zeigte auf den Wagen, der im vorderen Teil mit Plane, im hinteren mit einem festen Aufbau versehen war. »Verabschiede dich von deiner Freundin. Wir reiten gleich. Und vergiss Vélos nicht. Ich überlasse ihn deiner Obhut. Auf dieser Mission habe ich bereits eine Späherin, und er könnte Schaden nehmen.«

Mabian betrachtete die kleine Truppe auf den Pferderücken um sich herum. *Wie sie mich anstarren!* Wie ein lästiges Kind, das nicht begriff, dass es mit den Erwachsenen nicht länger spielen durfte.

Skerbull zog seine Kapuze ins Gesicht, um seine Herablassung zu verbergen, Ilreen wendete ihren Rappen und ließ ihn vom Hof traben. Sie machte mehr als deutlich, dass sie keine Zeit mit dem jungen Mann verschwenden wollte.

Vytain, der auf dem Kutschbock unter dem Segeltuch Platz genommen hatte, spielte ungeduldig mit den Zügeln. Er hatte die Fußbremse bereits gelöst, damit das Viererspann auf seinen Ruf hin lospreschen konnte.

»*Jetzt,* Sohn. Oder deine Gelegenheit ist vertan«, befahl seine Mutter nachsichtig. »Geh und sage ihr etwas Schönes, an das sie unterwegs denken kann. An dich denken kann. Wir müssen aufbrechen.«

Trotzig drehte sich Mabian nach mehreren Herzschlägen um und stapfte über den gepflasterten Boden, stampfte in Pfützen und ließ das Wasser aufspritzen.

»Was machst du für ein Gesicht, wenn du zu mir kommst?«, fragte Kalenia, die an der Heckklappe des Wohnwagens wartete und das Fenster geöffnet hatte. »So möchte ich dich nicht in Erinnerung haben. Los, bemühe dich!« Sie lächelte ihn an.

Mabian verabscheute sich selbst dafür, in der miesen Laune festzustecken. Er rieb sich über die nassen schwarzen Haare, die Tropfen krochen kühlend in seinen Nacken. »Ich sollte dabei sein«, sagte er störrisch. »Aber sie verbietet es mir.«

»Sie ist die Klinge des Schicksals, nicht du.« Kalenia zog ihn am Umhang zu sich. Sie stand etwas erhöht, daher musste sie sich nach vorn beugen. »Es gibt einen Grund, warum es kam, wie es gekommen ist.«

»Ich muss es aber nicht mögen.«

Sie streichelte seine Wange mit den wenigen Stoppeln, ihre Finger dufteten nach dem Rosenwasser, das ihr die Königin geschenkt hatte. »Bitte, nicht böse sein. Ich komme doch zu dir. Nach Kaltensee.«

Diese Nachricht bewirkte Wunder. »Wirklich? Mutter sagte, du würdest dich noch entscheiden müssen.«

»Das habe ich.«

»Das sagst du nicht nur, um mich aufzumuntern? Das wäre zwar sehr nett von dir, aber …«

»Ich habe mich entschieden.« Kalenias Hand wanderte abrupt in seinen Nacken und zog ihn heran. Ihre Lippen trafen sich, und Mabian fühlte Hitze in sich aufsteigen. Vor Aufregung schloss er die Augen und hielt den Atem an.

Der Kuss war schüchtern, aber die zarten Gefühle für die junge Frau explodierten in ihm. Niemals mehr würde er sie vergessen, den Kuss, ihren Mund, den frischen Geruch nach Blumenseife.

Mabian öffnete die Lider und verlor sich im warmen Braun ihrer Augen. Auch wenn er wusste, dass er die Zeit nicht anhalten konnte, wünschte er es sich, so fest er es vermochte.

Dann gab Kalenia ihn frei.

»Das ist mein Versprechen an dich, Liebster«, flüsterte sie. »Ich komme zu dir nach Kaltensee. Wenn dich das Kind eines anderen nicht stört, so werde ich mit Freuden deine Gemahlin sein und dich bei allem unterstützen, so wie du mir beistehst.«

»Ja, das … das«, stammelte Mabian und hielt ihre Hand. »Bei Deiwos! Das wäre …«

»Abfahrt«, erschallte die Stimme seiner Mutter. »Es geht los!«

Die Zügel knallten, und der Wagen setzte sich in Bewegung. Die vier angespannten Pferde zogen die geringe Last mühelos aus dem Stand an.

»Möchtest du?«, fragte Kalenia nach.

»Nichts will ich lieber«, rief Mabian und machte ein paar unbeholfene Schritte hinter dem Karren her, bevor sich ihre Finger voneinander lösten. »Rein mit dir, sonst fällst du noch hinaus.«

Kalenia schloss die untere Türklappe und winkte ihm an der oberen Luke. »Wir sehen uns in Kaltensee! Der Gedanke an dich wird mich durch die Finsternis leiten!« Sie lächelte und warf ihm ihre weiße Haube zu.

Mabian fing den Stoff und rannte bis zum Tor hinter dem Wagen her, dann blieb er stehen und winkte, bis ihm die Arme wehtaten. Sein Herz wollte vor Glück in der Brust zerspringen, und zugleich schmerzte es ihn, seine Liebste an einer Biegung verschwinden zu sehen.

Es ist keine Trennung für immer. Mabian roch an der Haube, die er als Pfand bekommen hatte. *Nur für ...* Er erschrak. Er wusste nicht, wie lange seine Mutter und die Truppe benötigten.

Weder kannte er die Aufgabe noch das Ziel des kleinen Trosses, der in weiter Entfernung erneut sichtbar wurde, als er an den Stoppelfeldern vorbeipreschte. Es war ihm absichtlich verschwiegen worden, damit er ihnen nicht nachreiste.

Sie kommt zurück. Mabian ging zum Sommerpalast. Den Nieselregen spürte er auf seinem heißen Gesicht angenehm kühlend. Leise juchzte er und verstaute das Andenken unter seinem Mantel. *Zu mir.*

Er hatte mit vielem gerechnet, als er von Kaltensee aufgebrochen war, um seiner Mutter Nachschub zu bringen. Dass er sich verlieben würde, das kam mehr als überraschend, was ihn ebenso verwirrte wie erfreute.

Über die Liebe hatte er einiges gelesen, aber sie noch nicht erfahren. Die Tage mit Kalenia, das Vertrauen und das Verständnis zwischen ihnen, gaben ihm die Überzeugung, mehr für die junge Frau zu empfinden als eine Schwärmerei. Das Kind unter ihrem Herzen störte ihn nicht. Er würde es mit Freude als seines annehmen – und ihm viele Geschwister schenken. *Kaltensee wird anbauen müssen,* dachte er grinsend. *Kalenia soll es gut haben. Für immer, so Deiwos möchte.*

Mit deutlich besserer Stimmung als zuvor betrat er den Gästetrakt des Sommerpalastes und packte in dem ihm zugewiesenen Gemach seine Siebensachen zusammen. Der Käfig mit Vélos stand auf der Kommode, der Finsterfalke trug bereits die Haube. Leise krächzte er vor sich hin.

»Na, mein Hübscher. Du wirst mir unterwegs ein paar schöne Flugkunststücke zeigen.« Mabian streckte den Finger durch die Gitter und streichelte das Brustgefieder.

Mabian dachte daran, was ihn daheim erwartete. Das Verwalten lag ihm im Blut. Die Erdäpfel mussten eingebracht werden, die Spätbirnen ebenso. Er traute seinen Schwestern zu, die Übersicht zu behalten, aber da sie mit der Verteidigung des Höhenpasses gegen die Marodeure aus Elayion beauftragt waren, würden sie nicht gewissenhaft Buch über die Erträge führen. Das bereitete ihm Sorgen. *Es wird mich viele Stunden kosten, die schlampige Arbeit auszugleichen.* Dann drifteten seine Gedanken wieder zu Kalenia. Seine süße, wunderschöne Kalenia, mit der er in wenigen Wochen zusammenleben durfte. Er nahm die Haube zur Hand und küsste den weißen Stoff. *Ich warte, Liebste.*

Nachdem Mabian gepackt hatte, ließ er die Sachen von einem Diener in die Stallungen bringen und auf die Pferde laden. Sobald er sich von der Königin verabschiedet hatte, ging es für ihn zurück nach Uthalosa und auf das Rittergehöft.

Er durchquerte das riesige Gebäude und hielt an den Fenstern unentwegt Ausschau nach der Kutsche mit Kalenia. Aber sie war längst verschwunden.

Es wäre zu schön gewesen.

Unvermittelt erreichte Mabian eine prunkvolle Doppeltür. Die Embleme auf den Türflügeln und den Wänden ringsum ließen keinen Zweifel daran, dass er versehentlich vor den privaten Gemächern der Königin angelangt war. Rechts und links standen hohle Prunkrüstungen Spalier, die mit ihren Hellebarden symbolisch zusätzliche Wacht hielten.

Mabian musste sich beim steten Hinausstarren in einem der Gänge geirrt haben. Die Bediensteten waren im Schloss unterwegs und hatten sein Eindringen nicht bemerkt.

Der Eingang zu den anschließenden, verbotenen Räumlichkeiten stand einen breiten Spalt offen.

Hier habe ich nichts verloren. Schnell weg! Aber bevor Mabian sich heimlich zurückziehen konnte, um nicht wegen unschicklichen Benehmens in Ungnade zu fallen, vernahm er die laute, aufgebrachte Stimme eines Mannes aus dem Raum.

»… dir befohlen, dass du diese alte Schabracke hinhalten sollst!«

»Es wäre zu auffällig geworden«, gab Korava nachdrücklich zurück. »Ich wies sehr oft auf die Schwangere hin und dass sie besser bleiben und es im Palast austragen …«

Ein lautes Klatschen erklang, und die Königin verstummte.

Mabian verharrte an Ort und Stelle. *Wer ist der Mann, der es wagt, Korava zu schlagen? Es kann nur der König sein.*

»Und du dummes Dungstück gibst ihnen noch Ausrüstung und einen Vierspänner mit«, tobte der Mann. »Damit sie noch schneller vorankommen.«

»Was hätte ich tun sollen, mein Gemahl? Hat eine Königin nicht alles, wessen es bedarf, um eine Expedition für die Klinge des Schicksals zusammenzustellen?«, gab Korava verzweifelt zurück. »Wenn ich ihr nichts überlassen hätte, wäre sie erst recht misstrauisch geworden.«

Mabian blickte sich um. Auf dem breiten Flur zeigte sich niemand. Nur er und die stummen Prunkrüstungen waren Zeuge der dramatischen Unterredung der Monarchen. *Was hat Horneus vor?*

»Du hättest sie im Schloss behalten müssen, bis das Balg ausgetragen worden wäre«, giftete er sie an. »Das hätte ausgereicht.«

»Danèstra wird die Verschwörer finden und Nankān retten. Ganz Yarkin befreien!«

»Sofern es stimmt, was diese trächtige Göre behauptet. Darum geht es mir doch! Und die meisten anderen Länder sehen es ebenso wie ich«, herrschte Horneus seine Frau an. »Die zweite Truppe sammelt sich in Merirosvo und bricht auf, um die Siedlung aufzusuchen, aus der diese Frau angeblich stammt.« Papiere raschelten. »Ich sandte Kopien, damit sie wissen, wo sie in der Wildnis suchen müssen, um diese Geschichte zu prüfen. Sollte es dort nichts geben, wissen wir, dass diese … Person eine List der Grünödnis ist. Es *hätte* funktioniert. Aber nein: *Du* musstest der alten anmaßenden Schnepfe geben, was sie braucht.«

»Und wenn es zu spät gewesen wäre? Wenn die Verschwörer davon erfahren und die Dämonen aufgestachelt hätten?«, hielt Korava dagegen. Das Weinerliche war aus ihrer Stimme gewichen. »Ich tat das Richtige. Du bist ein Zauderer.«

»Ich trage Verantwortung für Taucora! Die Wildnis rückt vor, wie man sich berichtet, und …«

»Die Wildnis? Du kümmerst dich einen feuchten Kehricht um die Wildnis! Du fürchtest dich vor Danèstra. Dass sie dir eines Tages den Thron nehmen könnte«, gab sie zurück und bekam die nächste Ohrfeige, wie es klang. Ein leichter Körper fiel zu Boden.

Dreckschwein! Mabian musste sich zurückhalten, um nicht in den Raum zu stürmen. Gerne hätte er der Königin beigestanden. Aber er benötigte die Neuigkeiten; zudem stünde auf den Angriff gegen den König eine empfindliche Strafe.

»Niemand nimmt mir den Thron. Der Heilige Bulle weiß, dass ich der Beste dafür bin.« Horneus fluchte. »Jetzt habe ich mir wegen dir die Haut an den Knöcheln aufgerissen, du blödes Stück.«

»Es war das Richtige«, wiederholte Korava weinend.

»Nein, war es nicht. Eine Truppe zur Siedlung zu senden, das ist das Richtige, um der Sache auf den Grund zu gehen.« Horneus ging nun offenbar auf und ab. »Meine Leute werden Danèstra unterwegs zu beschäftigen wissen. Die Klinge wird sich wundern, was bei ihrer Unternehmung alles schiefläuft. Das könnte der zweiten Truppe Zeit genug verschaffen.«

»Das Schicksal irrte sich nie.«

»Und wenn das Schicksal selbst zum Narren gehalten wird? Wenn es sich von Kalenia täuschen ließ?« Horneus' Stimme wurde lauter, offenbar bewegte er sich auf den Ausgang zu. Mabian sah sich nach einem Versteck um. Der Gang bot wenig Auswahl. »Wir werden sehen, was die zweite Truppe im Irrsal und in der Grünödnis findet. Wenn es stimmt, was die Rückkehrerin behauptet, ist alles gut.«

»Dann wirst du mich auf Knien um Verzeihung bitten«, stieß Korava aus. »Mich und Danèstra!«

Er lachte sie aus. »Denkst du, ich wüsste nicht, dass du meinen Rivalen mitgeschickt hast, damit er etwas von dem Ruhm abbekommt, Nankān und den Kontinent gerettet zu haben?« Horneus blieb stehen. »Du willst Skerbull. Und du willst ihn auf meinem Thron. Aber auch das weiß ich zu verhindern. Die Missionen der Klinge sind gefährlich.«

Mabian durchfuhr ein eisiger Schrecken. Es hatten sich Mörder an die Fersen der Gruppe unter der Führung seiner Mutter geheftet. *Und sie ahnt nichts davon.* Auch konnte er sie nicht warnen, da er nicht wusste, wohin sie und ihr Tross zusammen mit Kalenia reisten. *Das ist grausam!*

»Nein!«, rief Korava entsetzt. »Das wagst du nicht!«

»Gib zu, dass du mich unterschätzt hast. Du dachtest, ich wäre ignorant und interessierte mich ausschließlich für meine Viehzucht.« Horneus lachte kalt. »Mit etwas Glück ist diese Reise die letzte, die Danèstara unternimmt, um sich in die Belange der Mächtigen einzumischen. Dann endet dieses Kapitel. Ich bin sicher, dass Tintenfain eine Sonderauflage herausgeben muss. Nichts kurbelt den Umsatz eines Werkes so sehr an wie der Tod des Helden.«

»Das wagst du nicht! Wenn sie stirbt, wird Nankān untergehen!«

»Nankān existierte lange vor der arroganten Alten, und das wird es auch nach ihrem Ableben, Weib. Und falls bis dahin nicht herausgefunden wurde, wer die geheimnisvollen Verschwörer sind, von denen diese Göre faselte, werden wir sie eben ergreifen und foltern, bis sie alles gesteht. Wer sollte sie beschützen, wenn Danèstara nicht mehr ist?« Horneus setzte seinen Weg zum Ausgang fort. »Aber eines nach dem anderen.«

Hastig sah sich Mabian um. Hinter der Tür war die Gefahr zu groß, bemerkt zu werden. Für einen Sprint zurück war es zu spät.

»Du wirst im Sommerpalast bleiben, bis die Angelegenheit geregelt ist«, sagte Horneus zu seiner Gemahlin. »Solltest du versuchen, eine Botschaft nach Kaltensee zu senden, um die Alte zu warnen, schwöre ich dir, dass du es bereuen wirst.«

Die Tür schwang auf.

Mabian tat einen Satz zur Seite und kauerte sich hinter eine Prunkrüstung, krümmte sich, machte sich so klein es ihm irgendwie möglich war. Er legte den Arm vor den Mund, atmete durch den Stoff seines Ärmels.

Horneus verließ die Gemächer, den Blick auf seine rechte Faust gerichtet, die er leise fluchend massierte. An den Knöcheln zeigten sich schwache Abschürfungen. Er trug ein affiges Nachtgewand und darüber einen schweren Brokatmorgenmantel, die langen blonden Haare wehten hinter ihm her.

So ein schrecklicher Mensch. Mabian regte sich nicht, als der König an seinem Versteck vorbeiging. Der Schatten der Tür verbarg ihn.

Schritt um Schritt entfernte sich der Mann.

Mabian atmete leise auf – als am Ende des Flures zwei Diener auftauchten, die Gebäck und eine Flasche Wein brachten. Sie sahen den jungen Mann in seiner schlechten Deckung sogleich und schauten verwundert.

Mabian machte in seiner Verzweiflung eine bittende Geste, sie möchten ihn nicht verraten.

Aber die überraschten Gesichter der Bediensteten genügten Horneus, um zu verharren und über die Schulter zu blicken. »Beim Heiligen Bullen!«, entfuhr es ihm. »*Du!* Du hast gelauscht, Bürschchen!« Wütend wie ein Stier fegte der König heran. »Wie kannst du dich erdreisten?« Er riss im Gehen ein Obstmesser aus dem Morgenmantel. »Deine alte Mutter hat dich geschickt! Her zu mir, elender Spitzel! Dich lehre ich Manieren und Anstand!«

Mabian sprang hinter der Rüstung auf und überlegte, ob er in die Kammer zur Königin flüchten oder einen Sprung durch das Fenster wagen sollte. Beim ersten Tritt verfing sich seine Robe an den angewinkelten Armen der Prunkrüstung. Mabian riss sich los und stolperte. Er prallte an die offene Tür und sah kleine Sterne vor seinen Augen tanzen, durch welche die Diener und der zornige König auf ihn zukamen.

Scheppernd fiel die hohle Rüstung neben ihm um. Die Hellebarde löste sich aus den Panzerhandschuhen.

In einem Reflex griff Mabian nach dem Stiel, bekam das Holz zu greifen – und die schwere Klinge fuhr dem nahenden Horneus fallbeilartig von oben in den Nacken. Die breite Schneide senkte sich tief in den Rumpf des Mannes und blieb stecken.

Ohne einen Laut brach Horneus im Gang zusammen und landete auf allen vieren, die Hand ließ das Obstmesser los.

Mabian starrte auf den Verletzten, seine Finger verkrampften sich um den Hellebardenschaft. Blut quoll aus der Wunde, das Gesicht des Königs verzerrte sich vor Schmerzen. Aus dem geöffneten Mund drang kein Ton. Seine Augen drehten sich nach oben.

Die Diener schrien auf und verlangten nach der Garde.

»Was ist …?«, vernahm Mabian die Stimme der Königin hinter sich. »Du? Und … Deiwos stehe uns bei! Warst du das?«

Erst jetzt ließ Mabian entsetzt den Stiel los und riss die Arme in die

Höhe. Horneus kippte zur Seite. Die Klinge steckte in seinem Nacken zwischen den Wirbeln fest. »Nein, Hoheit, ich …«

Es war ein Unfall gewesen. Das würden die Bediensteten bezeugen. Dennoch trug er die Schuld am Tod eines Königs.

Sie werden mich festnehmen, und … Aber Mutter! Kalenia! Ich kann nicht in Haft, bis alles aufgeklärt ist. Mabian machte ein paar Schritte rückwärts. *Ich muss Mutter finden und warnen!*

»Hoheit, es war ein tragisches Missgeschick«, sagte Mabian und setzte sich in Bewegung. »Die Diener werden es Euch erklären. Ich kehre zu einem späteren Zeitpunkt zurück. Aber zuerst braucht mich meine Mutter.«

Korava starrte auf den Gemahl, dessen Körper sich entspannte. Das Rückgrat war von der allmählich vordringenden Schneide durchtrennt worden. Sie hatte eine rotglühende linke Wange, und aus ihrem Mundwinkel rann das Blut von den Schlägen ihres Mannes. Sie schwieg, erbleichte und sank langsam auf die Knie.

Die Bediensteten wichen vor Mabian zurück, der den Flur hinabrannte, da sie ihn offenkundig für gefährlich hielten, und eilten zu ihrer Königin. Dabei riefen sie unentwegt nach den Wachen.

Schwere Schritte und metallisches Klirren tönten die Treppe hinauf. Laute Anweisungen erschallten, die Zugänge wurden abgeriegelt.

Dann doch zum Fenster hinaus. Mabian riss einen Flügel zu heftig auf, das Glas barst. Scherben sprangen klirrend auf den Marmorboden und gegen die Rüstungen. Schon schwang er sich hinaus und blickte aus dem dritten Stockwerk hinab. *Verflucht!*

Es regnete in Strömen. Unter ihm erkannte er den gepflasterten, nassen Hof. Von seinen Klettereien auf den Obstbäumen in Kaltensee wusste er, dass man sich bei einem solchen Absprung leicht die Beine brechen konnte. Es gab keinen weichen Grasboden, nichts, was seinen Aufprall dämpfen würde.

»Du! Halt!«, brüllte ein Gardist hinter ihm. »Bleib stehen, Königsmörder!«

Für Kalenia! Mabian sprang in die Tiefe.

Der Aufschlag auf den glitschigen Steinen krachte in seine Ohren, und er spürte das Bersten des linken Unterschenkelknochens im ganzen Leib. Ein weiteres Stechen drang von seinem Fuß herauf.

Er fiel zur Seite und schrie, stemmte sich unter Schmerzen in die Höhe und humpelte auf den Seitenausgang zu. Dort gab es eine Pforte, die zu einem Steg und dem Ausflugsboot der Königin führte. Der Fluss war seine einzige Gelegenheit, aus dem Palast zu flüchten, ohne dass sie ihn sogleich einholten.

Bis zum Steg. Ich muss es schaffen! Sein linkes Bein ließ sich nicht richtig belasten, und das warme Gefühl unter seinem Hosenbein sagte ihm, dass ein Knochen die Haut durchstochen hatte.

»Da ist er!«, schrie die Wache aus dem Fenster. »Hinterher! Greift ihn!«

Mabian hüpfte und schlitterte stöhnend zum Törchen hinaus, stürzte erneut und robbte über die nassen Planken bis zum Boot. Der Kahn war gedacht für die Königin und etliche Begleiter, besaß Ruder und einen kleinen Segelmast. Allein würde er das Gefährt nicht bedienen können, schon gar nicht mit seinen Verletzungen. Mabian löste dennoch die Taue und stieß das Boot in die sanfte Strömung, dann rollte er sich vom Holz ins Wasser. *Ich gebe ihnen was zum Verfolgen.*

Der Fluss kühlte die schmerzenden Brüche, zugleich brannte es in den offenen Wunden. Er biss die Zähne zusammen und schwamm unter den Steg, über den die Gardisten trampelten.

»Er ist weg!«, rief einer der Männer.

»Das Boot! Er hat das Boot!«

»Los, umkehren. Wir jagen ihn auf dem Landweg. Irgendwann muss er anlegen.«

Die Wachen hetzten in die entgegengesetzte Richtung, die Pforte wurde zugeschlagen und abgesperrt. Somit kam Mabian nicht heimlich zurück in den Palast zu seinen Pferden.

Das hätte ich ohnehin niemals geschafft.

Er beschloss, bis zum Einbruch der Dunkelheit zu warten und nachts den Fluss stromabwärts zu treiben, bis er ein Dorf oder eine Wassermühle fand, wo er um Hilfe bitten konnte.

Königsmörder.

Mabian klammerte sich an den Pfeilern fest. Vereinzelte Regentropfen gelangten durch die schmalen Spalte und trafen sein Gesicht. Der heftige Schauer brachte die Oberfläche des Flüsschens in Aufruhr und ließ den Eindruck entstehen, als kochte das Wasser.

Nach einer Weile klapperte Mabian vor Kälte mit den Zähnen. Mehrfach wurde ihm schwindlig und schwarz vor Augen, doch er hielt sich fest und dachte an Kalenia. Ihr Schicksal und das seiner Mutter hingen von ihm ab. Es barg eine große Ironie, dass das Leben jener zwei Menschen, die Nankān retten wollten, in seinen Händen lag. So änderte sich das Geschick.

Als sich die Dunkelheit auf Taucora senkte und der Regen nachgelassen hatte, stieß Mabian sich ab und verließ die Deckung des Stegs.

Der Fluss erfasste ihn und trug ihn mit sich. An einem Stück Treibgut hielt er sich fest und behielt im einsetzenden Delirium die Ufer im Auge.

Nach einer Weile sah er Fackeln an der Böschung, die den angelandeten Kahn und etliche Gardisten beleuchteten. Das Boot der Königin war angespült worden, die Männer suchten die Umgebung nach ihm ab.

Verflucht noch eins. Nun musste Mabian sich weiter mit dem Gewässer schwemmen lassen, um nicht in die Hände der Bewaffneten zu fallen.

Die Nacht schien nicht enden zu wollen.

Der freundliche Fluss mühte sich, den verletzten Jungen rascher voranzubringen, und nahm an Geschwindigkeit zu. Die schwappenden Wellen wurden höher, erste Stromschnellen ließen Mabian Wasser schlucken.

Ich darf nicht abrutschen, sonst … Er musste mehrmals nachfassen, seine eiskalten Hände verloren dauernd den Griff. Bebend vor Kälte und Schwäche betete er zu Deiwos, er möge ihm beistehen. Um nicht aufzugeben, sagte er wieder und wieder Kalenias Namen vor sich hin, malte sich ein Leben mit ihr auf Kaltensee aus, mit Gemeinjahren voller Glück, gemeinsamen Kindern und reichen Ernten sowie gelegentlichen Abenteuern, die sie zu zweit bestanden.

Irgendwann halfen weder Gebete noch die Aussicht auf eine schöne Zukunft.

Mabians Finger lösten sich, und er sank auf den Grund des Flusses.

***

Nennt mich ruhig Meister der Liebesschnulze!

Aber die Menschen mögen, nein, sie lieben die Geschichten um Liebe, Leid und Freundschaft. Sie wollen die heile Welt, und ich gebe sie ihnen. Was ist daran verwerflich?

Und ja, ich stelle die Gefühle meiner Helden und Schurken stets ausschweifend dar, vergesse dabei aber auch nicht die Schönheiten unserer Landschaften. Man mag es mir zum Vorwurf machen, dass ich die Beschreibungen von Einrichtungen, Häusern oder Orten stark romantisiere, aber bei Deiwos, wenn es mir doch Vergnügen bereitet? Und vielen anderen auch?

Aus: Über die Romantik
Gespräche mit Mahetian Tintenfain

Kapitel V

Nankān, Irrsal, Hafenstadt Merirosvo, Herbst

Quent kehrte den Straßenstaub von der frisch gewaschenen dunkelbraunen Robe und betrat den engen, lichtarmen Innenhof des Steingebäudes mit weniger mulmigem Gefühl als beim ersten Mal. Er hatte schon früher hier erscheinen wollen, aber nachdem er in aller Heimlichkeit am Seeufer seine Kleidung gereinigt hatte, musste er im Gebüsch ausharren, bis sie in der Herbstsonne getrocknet war.

Die schmucklosen Särge und Sarkophage, die sich über- und nebeneinander stapelten, gaben einen Hinweis, wo er sich befand. In der Werkstatt des Anwesens wurden sie je nach Wunsch und Geld aufgearbeitet, bis hin zu Prunksärgen. Quent hatte in den Räumlichkeiten mehrere Särge aus Kupfer und Bronze gesehen, bestellt für sehr reiche und standesbewusste Tote.

Neben dem Durchgang zum Haus stand ein gemauerter Ofen, der zum Verbrennen und Entwässern von Leichnamen benutzt wurde, wie ihm Tatesby, der Besitzer des Ladens, stolz vor einem halben Mond erklärt hatte. Die Hitze darin betrug etliche Hundert Grad.

Quent betrat nach mehrmaligem Klopfen die Werkstatt und musste sich unter dem niedrigen Türsturz bücken. Es roch nach frischem Holz, durchdringenden Essenzen und Gewürzen, aber auch nach Verwesung.

Tatesby stand in seiner speckigen, fleckigen Lederschürze mittendrin und gab Anweisungen an seine Handwerker, die in dem Durcheinander aus Särgen, Amphoren, Urnen und Werkzeugen arbeiteten. Aus einem gewaltigen Fass zapften sie das Öl für die Einbalsamierungen eimerweise, und in einem anderen Winkel wickelten und schnitten sie die Binden in Form, um die Leichen einzuhüllen.

»Ah, Meister Quent«, rief Tatesby durch den Raum und schob sich die Hemdsärmel hoch. »Ich muss dir leider sagen, dass dein Herr noch nicht so weit ist.« Er kam zu ihm und reichte ihm die Hand, die sich ölig und weich anfühlte. »Ein dringender Kundenwunsch kam dazwischen.«

»Aber ich zahle gut.«

117

»Der andere zahlte besser. So läuft das in Merirosvo.« Tatesby, der trotz seiner Fleischerstatur etwas Feminines ausstrahlte, deutete nach hinten, wo die Waschung unmittelbar am See geschah. »Wir weiden den Kerl gerade aus und spülen die Karkasse. Sieht aus wie ein Rind auf dem Spieß. Willst du es dir ansehen?«

»Nein.« Quent spürte Übelkeit in sich aufsteigen. »Wie lange brauchst du noch?«

»Komm. Ich zeige dir, was wir schon alles gemacht haben.« Tatesby lotste ihn an den Werkbänken vorbei. Der Untergrund war schlüpfrig vom vergossenen Öl oder von Flüssigkeiten aus den Leichnamen. »Es war nicht leicht. Er sah nicht mehr gut aus, dein Herr.«

»Ich weiß.« Quent wich den herabhängenden Gerätschaften aus. Sämtliche Arbeiter waren kleiner als er, mit seiner hageren Statur fiel er auf.

»Noch könnten wir ihn verbrennen. Die Asche wäre einfacher zu schleppen als der verrunzelte Körper, auch wenn wir das Wasser aus ihm dörrten. Schwere Knochen.«

»Nein. Er will am Stück bestattet werden.« Quent hatte unterwegs beschlossen, dass er den toten Zauberer unmöglich als faulende Leiche bis nach Lygäion transportieren konnte. Dessen Bauch hatte sich so weit aufgebläht, dass Quent seinem einstigen Herrn einen Stich in den Wanst verpassen musste, damit die Gase ihn nicht platzen ließen. In der Piratenfestung Merirosvo hatte er haltgemacht und zu seiner Freude erfahren, dass sich Tatesby mit seiner Werkstatt auf das Einbalsamieren und Mumifizieren verstand.

Der vielseitig versierte Totengräber brachte Quent in den mit Blech ausgekleideten Raum, in dem es Eisentische, Werkzeug und einen gelöcherten Boden gab, durch den Blut, Exkremente und Leichensekret in den See platschen konnten. Ein paar Eimer mit Wasser und eine Ladung Essig genügten, um den Geruch zu verjagen.

»Da ist dein Herr.« Tatesby deutete auf die zusammengeschrumpelte Leiche an der hinteren Wand. Um sie herum standen bereits das Ölbehältnis und die Binden zum Einwickeln. Die kleineren, mit Wachs verschlossenen Gefäße gaben Quent Rätsel auf.

»Das?« Quent blinzelte und hätte beinahe gelacht. »Das ist …« Ungläubig ging er näher.

Erkennbar war Calostro immer noch. Auf den eingefallenen Zügen prangte der graue Stoppelbart und die Bemalung, die er zur Abschreckung der Grünödnis aufgetragen hatte. Er nahm sie mit in die Ewigkeit. Ansonsten aber erinnerte der einst kräftige Mann an geräucherten, gesalzenen Stockfisch.

»Hirn, Innereien, die Eier und sein Schwanz.« Tatesby deutete auf die kleinen versiegelten Behältnisse. »Wir haben sie ebenfalls entwässert und danach in Balsamöl gelegt.«

»Du hast ihm sein Gemächt abgeschnitten?«

»Das neigt bei Männern dazu, abzufallen, und kann leicht verloren gehen. Das wünsche ich keinem.« Tatesby hob Calostros mumifizierten Leichnam mit einer Hand an. »Siehst du? Kinderleicht. Wie ein Neugeborenes. Na, etwas mehr schon, wegen der Knochen. Aber das Wasser und Fett im Fleisch und in der Haut – alles durch die Hitze weggeschmolzen. Er wäre eine leckere Suppe geworden, dein Herr.«

Quent sah, dass der Schädel des Toten unversehrt war. »Wie bekommst du sein Gehirn heraus?«

Die Arbeiter brachten unterdessen einen neuen totenfleckigen Leichnam, der starken Verwesungsgeruch verströmte. Sie schnitten die schmutzige Kleidung auf und warfen sie in einen Eimer, danach griffen sie nach dünn geschliffenen Klingen und einer großen Schere.

Quent stellte sich so, dass er nicht sah, was sie mit dem Toten trieben. Die knackenden Geräusche, das Blubbern und Platschen sowie der herüberwallende Gestank verrieten es ihm auch so. Er stand kurz vorm Sichübergeben.

»Das Hirn?« Tatesby tippte dem toten Calostro mit geschmeidigen Fingern gegen die Nase. »Wir schieben einem Haken hinauf, verquirlen den grauen Kram und spülen ihn mit Salböl aus dem Schädel«, erklärte er. »Danach sind die Eingeweide dran. Ist wie beim Schlachten. Dreh dich um, und du siehst …«

»Nein, nein, danke. Ich denke es mir.«

»Gewaschen haben wir deinen Meister, dann Natron und andere alchemistische Substanzen eingegeben und ihn im Ofen schön gedörrt wie eine Trockenpflaume. Da ist kein Wasser mehr drin.«

»Ah. Schön«, gab Quent würgend von sich. »Was muss jetzt noch getan werden?«

»Wir baden ihn noch mal in Balsamöl, damit Pilze und mögliche Fliegeneier abgetötet werden«, antwortete Tatesby im Plauderton. »Danach verstopfen wir seinen Arsch, den Mund und alles, was noch offen steht, polstern ihn schön aus und nähen ihn zu, behandeln seine Nägel und Haare.«

»Oh. Das ist sehr viel. Dann dürfte er aber …«

»Anschließend kommen die getränkten Bandagen um ihn. Um jede Gliedmaße, dann eine weitere Schicht, um einen Kokon zu basteln. Wie bei den Spinnen.«

Quent würde sich mit dem nächsten Wimpernschlag übergeben müssen, weil der Verwesungsgestank ihm so zusetzte. »Ich habe alles verstanden. Wie lange noch?«, stieß er aus und hastete aus der Kammer.

Tatesby folgte ihm mit einem schmierigen Grinsen. »Meine Leute haben viel zu tun. Eine Bandagierung beschäftigt zwei Mann gute drei, vier Tage, damit die behandelten Leinenstreifen perfekt abschließen. Es ist also bald geschafft, Meister Quent.«

»Gut.«

Der Totengräber zog die Nase hoch. »Wie wirst du ihn transportieren?«

»Auf einem Karren, dachte ich?«

»Oje. Da halten die Tücher nicht lange. Solche Mumien müssen in Särgen getragen werden. Komm mit. Ich zeige dir, welche.« Schon ging er voraus in den Hof.

Quent ahnte, dass es ein kostspieliger Zeitvertreib werden würde, Calostros letzten Wunsch zu erfüllen. Die Münzen aus dem Bestand des Toten waren bald aufgebraucht. Unterwegs würde er Hilfsarbeiten annehmen müssen, bis er sich Feldmeile um Feldmeile nach Lygäion durchgeschlagen hatte.

Im Freien ging Tatesby an den gestapelten Behältnissen auf und ab, bis er einen schlichten Kasten aus hellem Holz herauszog. »Hier. Der dient zum sicheren Reisen.« Er pochte auf den massiven Deckel. »Ich lasse dir ein Rad und zwei Griffe montieren, die du abnehmen kannst, wenn es sein muss. Du wirst ihn nutzen können wie eine Schubkarre.« Er sah ihn abwartend an.

Quent nickte. »Gut.«

»Prächtig! Dann bin ich das Ding auch los. Es wollte keiner. Zu schlicht.« Tatesby trat dagegen. »Aber robust ist er. Ich versiegle ihn von innen und außen. Dein Herr wird unbeschadet dort ankommen, wo du ihn versenken willst. Wir tun die Gefäße mit seinen Innereien, Hirn und Schwanz auch gleich rein. Dann hat er alles beisammen.«

»Einverstanden.«

»Das wird es aber teurer machen.«

Quent war nicht überrascht bei der geschäftstüchtigen Eröffnung des Mannes. »Ich habe dir schon vier Goldmünzen gezahlt.«

»Das Balsamöl ist nicht billig.« Tatesbys Lamento war einstudiert, aber dadurch nicht weniger echt. Gewiss hörte jeder seiner Kunden die Leier. »Wenn du noch einen Deiwos-Priester benötigst, um an der Mumie Rituale abzuhalten, wie ein Reinigungsopfer, Räuchern mit edlen Harzen, weiteren Salbungen und dem Berühren des Gesichts mit speziellen Gerätschaften, um deinem Herrn im Jenseits seine Sinne wiederzugeben, dann …«

»Nur den Sarg. Danke.«

»Reisesarg«, verbesserte Tatesby mit einem stolzen Grinsen. »Habe ich selbst erfunden. Irgendwas an Bemalungen? Innen, außen? Talismane und Amulette, die zum Toten sollen? Ich habe einiges im Angebot. Außerdem vielleicht noch eine hübsche Totenmaske?«

»Nein. Nur er.«

»Hm.« Tatesby hatte sich wohl zusätzliche Einnahmen erhofft. »Du musst es wissen, wenn seine Seele …«

»Wie viel?«

»Noch mal vier Goldmünzen.« Er machte ein unschuldiges Gesicht. »Das sollte dir dein einstiger Herr schon wert sein.«

Quent dachte an den Schatz, der ihn in Lygäion erwartete. »Einverstanden.« Er zählte Tatesby drei Münzen in die offene Hand. »Ich gebe dir weitere zwei, wenn schon heute Abend alles fertig ist und ich bekomme, was vereinbart war.«

»Gut, gut, Meister Quent. So jung, und doch weißt du schon, wie man sprechen muss«, erwiderte Tatesby. »Komm später vorbei. Bis dahin ist er fertig.« Er wandte sich um und kehrte in die Werkstatt zurück.

Quent verließ den Hof und trat auf die schmale Straße, in der höchstens zwei Pferde aneinander vorbeitraben konnten. *Jung. Und frei.* Es fühlte sich ungewohnt an, keine Anweisungen zu erhalten, sondern welche zu geben. Er hatte Calostros Tonfall imitiert, und es schien bei Tatesby zu wirken. Schnell zog er sich die wärmende Gugel über die kurzen braunen Haare. Seine Sandalen hatte er gegen die angesengten Stiefel des toten Zauberers getauscht. Auch wenn sie drückten, schützten sie vor Kälte und Schlamm.

Quent ging die Gasse entlang und schlug den Weg zum Ufer ein.

Ganz Merirosvo war verwinkelt und ohne Plan gebaut, was auch von den wiederkehrenden Bränden und Angriffen herrührte. Danach wurden die Lücken stets rasch geschlossen.

Das Einzige, was alles überragte und streng nach den Gesetzmäßigkeiten einer Festung errichtet worden war, erhob sich unmittelbar am Wasser: der Seezwinger, wie ihn die Piraten nannten.

Das Bollwerk mit seiner dicken Mauer und den breiten Wehrgängen, auf denen Katapulte und Schleudern standen, um ein Schiff auf eine Meile Entfernung zu versenken, bildete den Schutz vor feindlichen Angriffen jeder Art. Nicht wenige Gesetzlose hatten versucht, Merirosvo einzunehmen und zu plündern, aber der Seezwinger fegte die Rümpfe mit Leichtigkeit aus dem Wasser.

Quent wollte die Herbstsonne genießen und danach in einer Hafenkneipe etwas trinken. Etwas Starkes. Nach dem Besuch bei Tatesby brachte er keinen Bissen hinunter, der Gestank von altem Tod hing in seiner Nase.

Die Mauern des Seezwingers ragten weit ins Wasser. Auch vom Land her war die Festung nicht einzunehmen. Mehrmals waren Horden aus dem Irrsal in die Stadt und Viertel eingefallen, hatten gebrandschatzt und Beute mitgenommen. Aber ab einer gewissen Entfernung verging jegliche Streitmacht im Beschuss des Bollwerks.

Quent hatte gehört, dass Electorum-Geschütze in den riesigen vier Ecktürmen eingebaut waren. Er zweifelte daran, dass die Freibeuter solche Apparate besaßen, geschweige denn damit umzugehen wussten. Allein die Izozath beherrschten die Kunst, die blitzähnliche Energie zu erzeugen und zu nutzen.

Aber solange es jeder glaubt, fürchten sie sich alle.

Quent schlenderte sinnierend den breiten Kai entlang.

Eine derartige Vielzahl von Schiffen, Kähnen und Booten hatte er niemals zuvor gesehen. Es gab keine Form, die nicht vertreten war, von der Galeere bis zum Viermaster, und auch kleine Wassergefährte, die sich scheinbar mit Geisterkraft voranbewegten. Das Sirren aus den Rümpfen stammte von einem Antrieb, der über Electorum gespeist wurde.

Calostro hatte Electorum-Kraft als »degenerierte Magie« und »von arroganten Menschen gemachter Unfug« beschimpft. Es würde die Leute dumm und überheblich machen, weil sie darüber vergaßen, dass Deiwos über allem stand. »Eines Tages«, hatte er gesagt, »eines Tages wird ihnen ganz Izozath mit einem Knall um die Ohren fliegen! Denk an meine Worte!«

Ansonsten fand Quent das verbaute Merirosvo überraschend ungefährlich, beinahe beschaulich. Es entsprach keinesfalls den wilden Geschichten über Tod und Verderben an jeder Ecke, über Hurerei und Schlägereien in allen Gassen. Es stapelten sich auch keine Toten auf dem Gehsteig. Allerdings war es deutlich dreckiger als in anderen Städten. Es stank nach Unrat und Abfällen. Das trübte das Bild.

Durch den uneinheitlichen Bau der Häuser sah sich Quents Auge nicht satt. Was fehlte, waren Prachtbauten. Merirosvo wurde von einem Rat der reichsten Familien geleitet, die in der Festung weilten. Man hatte offenbar keine Verwendung für Paläste, Tempel oder gar Orte für Schauspiel und derlei geistigem Vergnügen.

Quent nahm an, dass die Schätze der Freibeuter, Piraten, Gesetzlosen, oder wie immer sie sich nannten, hinter den schlichten Fassaden in Verstecken gehortet wurden. Eine Ordnungsmacht gab es auch, gelegentlich sah er Bewaffnete mit schmucklosen Überwürfen, die bestickt waren mit dem Stadtwappen; einheitliche Uniformen gab es keine.

Quent stieg die Verandatreppe einer Kaschemme hinauf, von deren Plattform er einen Überblick über den riesigen Hafen hatte, und verfluchte die engen Stiefel. Aber besser, als die Zehen dem Unrat und der Kälte auszusetzen.

Um ihn herum ragten Hausfronten wie Klippen empor. Menschen saßen an geöffneten Fenstern oder auf den abenteuerlich verankerten Balkonen. Zahlreiche Gäste genossen die Aussicht von hier oben, die groben Dielen bogen sich besorgniserregend unter der Last. Eine Schankmaid und ein kleiner Junge rannten von Tisch zu Tisch, nahmen Bestellungen auf oder brachten Getränke. Der Ton auf der Plattform war rau, das Gelächter laut und verbunden mit aus Mündern fallenden Essensbrocken oder einem ausgespuckten Schwall Bier.

Das schreckte Quent nicht. Calostro hatte sich ähnlich benommen.

Der Grund, warum er bei Tatesby auf eine baldige Übergabe gedrängt hatte, lag einen Pfeilschuss weit von der Kaschemme entfernt vor Anker. Die *Seekönigin,* ein wendiger Zweimaster, der mit Gütern fragwürdiger Herkunft beladen war, lief am Abend aus, um an Kerkorias Küste zu segeln. Die Schmuggler machten viele Münzen mit Branntwein, der bei den Soldaten und Söldnern des Landes sehr begehrt war. Dass sie gepanschte Ware bekamen, störte sie nicht, solange sie davon besoffen wurden.

Die Kapitänin der *Seekönigin* fuhr bei Nacht, weil die übrigen Anrainer jedes Schiff versenkten, das aus Merirosvo stammte. Ein loser, ständiger Blockadegürtel war zu Wasser um die Stadt gezogen, den man bei Dunkelheit einfacher durchbrechen konnte als bei Sonnenschein.

Eine Gruppe Frauen in gestreiften Hemden und Pluderhosen erschien auf der Hochveranda und setzte sich ungefragt an Quents Tisch. Dolche und Kurzschwerter baumelten an den Gürteln, die schweren Stiefel rumpelten über die Dielen. Sie nickten ihm kurz zu, ohne ihre Unterhaltung zu unterbrechen. Der Kleidung nach gehörten sie zu einer Schiffsbesatzung, die Rothaarige trug die Abzeichen einer Bootsfrau der taucoranischen Flotte, an welche sie kurzerhand weitere Verzierungen angebracht hatte.

Da sie unaufgefordert ein Tablett mit Bierhumpen und Bechern voll Kornbrand gebracht bekamen, schätzte Quent, dass sie zu den Stammgästen gehörten.

»Hier, mein kleiner Großer.« Die Bootsfrau schob ihm einen Humpen zu, das Gebräu darin schwappte leicht über. »Schön leer trinken. Dann wächst dir vielleicht ein echter Bart.« Die anderen lachten. Eine beugte sich zu Quent herüber und klopfte ihm auf die Schulter, als Zeichen, dass es neckend gemeint war. Ihre Kraft ließ seinen dürren Oberkörper nach vorn wippen.

»Meinen Dank.« Er hob das Gefäß mit beiden Händen an, woraufhin weiteres Gelächter folgte. Der Inhalt schmeckte bitter und war mit unbekannten Kräutern angereichert.

»Ein höflicher junger Mann bist du.« Die Bootsfrau mit dem Flammenhaar lächelte. »Gib auf dich acht. Sonst nehmen sie dich aus.«

»Das werde ich. Danke für deinen Rat.« Quent wischte sich den Schaumbart ab, lächelte zurück und sah zur *Seekönigin*. Seine Gedanken kreisten um die Reise.

Mit einem deutlich leichteren Calostro im Transportsarg würde er rascher vorankommen. Er hatte sich nicht getraut, die mumifizierten Reste probeweise anzuheben, aber es hatte Tatesby keine Mühe gekostet. Von daher schätzte er das Gewicht auf weniger als einen halben Zentner.

Dennoch waren es bis zum Dorf am See der drei Frauen in Lygäion gute siebenhundert Feldmeilen. Dazu kam das schlechter werdende Wetter. *Vor Winteranbruch muss ich ihn im Tempel abgeliefert haben, sonst werde ich bis zum Frühjahr warten dürfen.*

Quent hatte sich überlegt, durch Kerkoria und Irados zu wandern. Der Weg durch Marwarod war ihm wegen der Scaber-Bestien, die dort umherwandelten, zu gefährlich. Die Strecke in die andere Richtung durch Elyaion, Uthalosa und das nördliche Marwarod, verbunden mit einer weiteren Seefahrt über das Binnenmeer Mhuir Amant, erschien ihm viel länger. *Und zu umständlich.* Das Geld bereitete ihm zudem Sorge.

»… gehört, das die Wildnis tiefer ins Irrsal vorrückt«, sagte eine der Frauen an seinem Tisch so laut, dass sie seine Überlegungen störte.

»Unsinn«, widersprach eine andere.

»Ich schwöre es! Einen Boten aus Dornenfeste haben sie zusammengeflickt, der sich bis zu uns durchgeschlagen hat«, berichtete sie aufgeregt. »Die Stadt ist angeblich umlagert vom Dickicht und Dornenranken. Und die Wildnis bewegt sich überall vorwärts.«

Die Grünödnis greift an? Quent streifte die Gugel zurück, damit er besser verstand, und trank einen langen Schluck. *Vielleicht als Rache, dass Calostro die Bestien tötete.* Er lobpries Thýguda stumm, dass sie ihn auf dem Weg beschützt hatte. *Bald bin ich weit weg.*

»Die Wildnis bereitet mir keine Sorgen«, warf die rothaarige Bootsfrau ein. »Der Damm ist mir näher als das Grünzeug.«

Quent wusste, wovon sie sprach. Der meilenlange Damm, wie die Frau ihn nannte, hieß eigentlich Bairi Yar, und er trennte den Süßwasser- vom Salzwassersee. Er war ein eigenes Reich, in dem die maskierten Wächter lebten. Sie kümmerten sich um das jahrtausendealte Bauwerk und besserten Schwachstellen aus, damit sich die beiden unterschiedlich hohen Seen nicht vermischten. Für ihre Arbeit am Damm ließen sich die Wächter Gaben von den angrenzenden Reichen bringen. Wie es in dem Bauwerk aussah, wusste keiner. Wer durch Bairi Yar reisen wollte, musste Abgaben entrichten. Quent hatte mit dem Gedanken gespielt, darüber nach Osten zu wandern, hatte es aber wegen der großen Entfernung verworfen.

»Ich segelte bei meinem letzten Auftrag dicht daran vorbei. Und ich habe mich erschrocken«, erzählte die flammenhaarige Bootsfrau. »Risse. Sprünge. Zwar oberhalb der Wasserlinie, aber weiß man, wie der Druck von der anderen Seite ist?«

»Verflucht! Man sollte die Maskenmännchen fortjagen und eine Instandsetzung beginnen«, warf eine Frau ein.

»Daraus wird nichts. Auch wenn die Anrainer fürchten, dass der Damm bricht, bringen sie dennoch die geforderten Gaben. Ich habe gehört, dass die Wächter im Innern Vorräte angelegt haben, die Jahrzehnte halten.« Die Bootsfrau leerte ihr Bier und hämmerte das Gefäß auf die Tischplatte. Der Schankjunge brachte sogleich einen neuen Humpen. »Wenn der Damm bricht, gibt es eine Katastrophe. Hier wird alles absaufen.«

»Und das Süßwasser ist verdorben«, fügte eine zweite an. »Die Städte, die Felder, keiner hätte mehr was zu trinken oder zum Bewässern.«

»Halt! Es gäbe etwas Gutes!«, rief eine andere und wurde verwundert von den Frauen angeschaut. »Die Riesenseeschlange Skamata wird die beschissenen Crocodyle von Ebos fressen.« Dann lachte sie, und die Freundinnen stimmten in die Heiterkeit ein.

Quent fürchtete sich nicht davor, dass die Barriere brach, aber er teilte die Einschätzungen, was die Auswirkungen für die Städte im Südteil betraf. Er hoffte, dass die Wächter ihrer Aufgabe nachkamen. Er versuchte sich vorzustellen, was wohl geschähe, wenn die maskierten Aufpasser hinter den Mauern starben. An einer Krankheit oder aus irgendeinem anderen Grund. Die Zugänge von Osten und Westen blieben verschlossen, und niemand würde es bemerken. Bis die vernachlässigten Steine nachgaben und das Unglück passierte.

Man sollte wahrlich ein besseres Auge darauf haben. Er nahm sein aus dem Stollen gerettetes Notizbüchlein und einen Kohlestift heraus und nutzte die schwächer werdenden Sonnenstrahlen, um seine Gedanken und Überlegungen zur kommenden Reise aufzuschreiben. Auch die gewählte Strecke hielt er fest und legte eine grobe Skizze mit den Städten an, deren Lage er ungefähr im Kopf hatte.

»Ho, die Damen! Schaut euch den Jungen an. Der ist ein kleiner großer Gelehrter. Malt mal eben eine Karte von Nankān«, hörte er unvermittelt eine Frauenstimme.

Die Gruppe rutschte näher an ihn heran, was Quent unangenehm war. Sein Werk wurde eingehend betrachtet und bestaunt. Das Bier und die Schnäpse machten die Frauen aufdringlich.

»Ei, ei! Was kannst du noch?«, hauchte die rothaarige Bootsfrau angesäuselt. »Ich stelle dich ein, wenn du zu navigieren verstehst. Als Schiffsjunge. Du bist zwar dürr und lang, aber ich breche dich durch, und dann habe ich zwei von dir.«

»Was meinst du mit *navigieren,* du kleine Seesau?«, sagte eine Frau kichernd.

»Seinen Mast will sie erklimmen«, prustete eine andere.

Das geht zu weit! Quent packte mit hochrotem Kopf hastig seine Sachen zusammen und erhob sich. »Ich wünsche euch noch einen vergnüglichen Abend«, brachte er heraus und stürzte das restliche Bier die Kehle hinunter. »Auf Wiedersehen.« Er stolperte die Stufen der Hochveranda hinunter.

»Hey, zeig uns deine Galionsfigur«, rief ihm eine nach und lachte.

»Deinen Mast hole ich mir noch!«, kündigte eine andere an. »Ich knicke ihn dir schon nicht um, Kleiner!«

Quent zog die Gugel über und ging gebeugter, um zwischen den Leuten zu verschwinden. Unter den anzüglichen Bemerkungen und dem Gelächter verschwand er geschwind in die nächstbeste Seitenstraße und entkam den wollüstigen Damen.

So etwas war ihm noch nie geschehen. Calostro hatte ihn davor gewarnt, sich mit den leichten Weibern einzulassen: *Hast du eine, hast du die ganzen Männer der Stadt gefickt, ohne es zu wollen.* Diese hier waren aber keine Huren gewesen, sondern mannstolle Frauen, die ihn mit ihrem Drängen überfordert hatten.

Quent seufzte und wischte sich übers Gesicht. An Arbeiten war nicht mehr zu denken, das Bier brachte ihn zum Schwitzen und verhinderte, dass seine Konzentration zurückkehrte. Jetzt gefiel im Merirosvo weit weniger.

Je früher ich fort bin, desto besser. Er beschloss, den Weg zu Tatesby einzuschlagen und sich für das Abholen seines einbalsamierten Herrn bereitzuhalten.

Bald wäre er über den See und seinem Ziel näher. Hatte er seinen Auftrag erst mal erfüllt, wäre er reich. Und ein Priester von Thýguda.

Als die Sonne längst versunken war, schob Quent den Transportsarg wie eine Schubkarre durch die düsteren Straßen von Merirosvo; einzig der Kerzen- und Lampenschein aus den Fenstern sorgte für einen Schimmer Helligkeit. Oben auf der Totenkiste hatte er seine Habseligkeiten verzurrt, was ihm die Schlepperei ersparte. Auf den ersten Blick war bei dem schlechten Licht nicht erkennbar, was er vor sich herschob.

Tatesby hatte seinen Lohn erhalten. Und doch beschlich Quent das Gefühl, dass dem Totengräber irgendetwas nicht passte. Sicherlich, er war zu früh aufgetaucht und hatte in der Werkstatt herumgelungert, Fragen gestellt und mit dem Mut des schnell getrunkenen Bieres zugeschaut, wie sie Calostro in die Binden wickelten, bis der Leichnam aussah, als wäre er in die Fänge einer Spinnenarmee geraten. Er hatte niemandem im Weg gestanden und war den Arbeitern nicht auf den Geist gefallen.

Trotzdem hatte Tatesby nach Gründen gesucht, um ihn zu vertreiben. Aber Quent war stur geblieben und hatte während des Wickelvorgangs für den ermordeten Zauberer zu Thýguda gebetet. Die Göttin würde sich der Seele annehmen.

Nun ging er mit dem Transportsarg den Kai entlang, vorbei an den vertäuten großen und kleinen Schiffen, die in den Seewellen dümpelten. Leise knarrten die gespannten Taue, Ketten klirrten, und die Planken ächzten unter dem Druck, der auf ihnen lastete. Das hektische Rattern des eisenbeschlagenen Sarg-Rads auf dem holprig verlegten Steinpflaster durchschnitt die Ruhe des Hafens.

Quent sah die *Seekönigin* in greifbarer Ferne. Im Schein von Blendlaternen, Fackeln und Leuchten wurde Ladung mit dem schiffseigenen Kran an Bord gehievt. Nicht mehr lange, und sie würde ablegen. Die letzte Fracht für die *Seekönigin* führte Quent mit sich.

Die Aussicht, bald auf dem Schiff zu sein, beflügelte ihn. Raus aus Merirosvo, weg von der nachrückenden Wildnis mit ihren Bestien und dafür zwei Zielen näher kommen.

Seine Arme und Beine schmerzten vom Rütteln, das sich durch das Holz auf ihn übertrug. Es war ganz anders als das Ziehen des Wagens mit dem Joch, schon kündigten sich Blasen an den Fingern an. *Das kann eine heitere Reise werden.*

Wie aus dem Nichts sprangen zwei schwarz gekleidete Maskierte aus den Schatten der Gebäude und versperrten ihm das Weiterkommen. In den Händen hatten sie nagelgespickte Keulen, die sie drohend hin- und herschwangen.

Quent hielt erschrocken an. »Nein, ihr ... Ich habe nichts!« Er ließ die Griffe nicht los, um jederzeit mit dem Sarg losrennen zu können. Auf einen Kampf wollte er nicht eingehen.

»Lass den Karren stehen«, zischte ihn der Rechte an. »Verpiss dich, Kleiner.«

»Darin ist nur ein Toter!«, stotterte er. »Schaut, es ist ein Sarg, nichts weiter. Sucht euch einen, der ...«

»Ja, das schauen wir uns an.« Der Linke deutete mit der Keule zur *Seekönigin*. »Hau ab. Geh an Bord und verschwinde.«

Nanu? Quent fand es bei aller Angst seltsam, dass die Räuber genau wussten, wohin er wollte. Außer mit Tatesby hatte er mit keinem über seine Fahrt gesprochen.

Das bedeutete dann wohl, dass ihm der Totengräber die Maskierten auf den Hals gehetzt hatte, vermutlich weil er dachte, dass es mehr Goldmünzen zu holen gab. *Elender Leichenschänder! Er wird in der Nähe warten, um sich seinen Anteil einzustreichen.*

Dummerweise sah sich Quent nicht imstande, sich gegen zwei Banditen zu wehren, deren tägliches Brot es war, Menschen auszurauben. Menschen, die deutlich schlagkräftiger waren als er. *Genau wie die Bootsfrau es mir auf der Veranda vorhergesagt hat.* Er öffnete den Mund zu einem Hilferuf – da spürte er die Klinge an seinem Hals, die ihm von hinten angelegt wurde.

»Das lässt du bleiben, Kleiner«, raunte eine branntweingeschwängerte Stimme in sein Ohr. Quent bekam einen Stoß in den Rücken, der ihn nach vorn warf. Seine Robe wurde ihm über den Kopf und die Hose ruckartig herabgezogen, sein Hinterteil entblößt. »Wenn du nicht gleich abhaust, stopfe ich dich!«

Unter dem bösartigen leisen Lachen der maskierten Räuber taumelte er blind einige Schritte weg von dem Sarg mit seinen Habseligkeiten. Quent wollte Calostros Überreste nicht den Fledderern überlassen. Sie würden das, was ihnen kein Geld brachte, einfach in den See werfen.

Er soll doch in Lygäion ruhen! Schnell zog er die Hose unter der Robe hinauf und richtete seine Kleidung.

Unterdessen durchwühlten zwei der inzwischen vier Bewaffneten sein Gepäck, während die anderen überlegten, wie sie den Deckel des Sargs am besten aufbrachen. Tatesby hatte ganze Arbeit geleistet, was das Vernageln und Versiegeln anbelangte.

Ich muss was tun! Quent sah sich rasch um und entdeckte einen Bootshaken am Kai. *Thýguda sei mit mir!* Er hob ihn auf und packte ihn mit zwei Händen, als wäre er ein Speer; die gekrümmte rostige Spitze wirkte zu mickrig, um Angst zu verbreiten.

»Lasst ab von ihm!«, befahl er mit dem Mut der Verzweiflung.

Aber seine jugendliche Stimme klang alles andere als fest. Zu hoch, zu brüchig, um gestandene Räuber zu beeindrucken.

Prompt lachten sie ihn aus, ohne ihr Handeln zu unterbrechen.

Bis auf einen. Er drehte sich zu Quent um und schlenderte auf ihn zu. »Wirst du uns mit dem Haken angreifen? Versuch's.« Herausfordernd breitete er die Arme aus. »Du siehst aus wie ein Krieger. Du kannst uns spielend töten.«

Seine Kumpane lachten und wühlten weiter. Achtlos warfen sie die Sachen auf die Straße und pochten gegen den Sarg, ob sich eine Schwachstelle zum Aufhebeln zeigte.

»Wir zittern vor dir, kleiner Junge.«

»Ich … Im Namen von Thýguda: Lasst ab von dem Toten!«, rief

Quent mit sich überschlagender Stimme und kam sich dabei lächerlich vor.

Der Maskierte blieb wie angewurzelt stehen. »Thýguda?« Dann wandte er sich um. »Leute, hört auf! Er ist ein Anhänger der neuen Göttin.«

Quent atmete auf und ließ den Bootshaken leicht sinken. *Ich preise dich, meine Göttin. Es sind deine …* Dann begriff er, dass ihn der Mann verspottete, noch bevor das Gelächter der Verbrecher erklang. *Ich bin ein solcher Narr.* Seufzend und unsicher packte er den Holzstiel. »Ich warne euch: Lasst ihn in Ruhe!«, rief er durch das Prusten und Kichern der Räuber. »Mein toter Herr war ein großer Zauberer, der …«

Plötzlich wuchtete sich ein immenser Schatten aus dem Wasser des Hafenbeckens. Mit einer Geschwindigkeit, die Quent dem riesigen, zehn Schritt langen, kräftigen Leib niemals zugetraut hätte, packte die Echse den vorderen Räuber mit ihrer Schnauze. Die weißen Zähne, ellenlang und scharf wie Dolche, blitzten im Licht auf, bevor das Biest ebenso schnell wieder verschwand. Der aufschreiende Mann wurde unter Wasser gezogen, die Wogen schlugen schäumend über Kreatur und Mensch zusammen.

»Ein Crocodyl!« Quent wich furchtsam von der Kante zurück. Den Bootshaken ließ er fallen, er taugte nichts gegen das Monstrum.

Die drei Maskierten machten einige Schritte nach hinten, beachteten die Habseligkeiten und den Radsarg nicht länger. Unglaube spiegelte sich in den Augen der Männer.

Die Oberfläche des Hafenbeckens explodierte erneut, die Wassertropfen glitzerten im Zwielicht. Mehrere Crocodyle sprangen heraus und glitten auf ihren geschuppten Bäuchen auf die Kaimauer, laut fauchend attackierten sie die Räuber, die sich schreiend zur Wehr setzten.

Der Aufruhr sorgte für Aufmerksamkeit. An Bord der *Seekönigin* schnappten sich die Männer Äxte, Bootshaken und was sie an Waffen finden konnten, um die Panzerechsen zu vertreiben. Die Strahlen von Blendlaternen wurden gedreht und enthüllten das Massaker, das die Crocodyle unter den Räubern anrichteten. Blut spritzte hoch und weit, abgetrennte Finger, Arme und Füße fielen zu Boden.

Die Helfer rannten rufend auf den Kampf zu. Auch auf den umliegenden Schiffen erwachten die Besatzungen aus dem Schlaf, Fackeln wurden entzündet und Lampen auf das Geschehen gerichtet. Alarmglocken und Gongs wurden geschlagen.

Quent nutzte die Gelegenheit, bevor die Panzerechsen ihn als leichtere Beute erkannten, schnappte sich die Griffe des Schubsargs und rannte den Leuten entgegen, um auf die *Seekönigin* zu gelangen. Dass er dabei den Großteil seiner Habseligkeiten zurückließ, kümmerte ihn nicht. *Das Wichtigste habe ich.*

Hinter ihm erklangen Schreie und Fauchlaute. Crocodyle und Menschen griffen sich an.

Gerade als Quent dachte, er hätte es geschafft, schob sich ein weiteres Ungetüm, weiß und noch größer als die anderen, aus den Fluten. Es landete auf der befestigten Mauer und versperrte ihm den Weg. Weit öffnete es den Rachen auf und zeigte schwarze Zähne sowie eine violettfarbene Zunge. Drohend zischte und fauchte es.

Du wirst mich nicht kriegen! Ohne nachzudenken stürmte Quent den nächsten Steg hinauf und trat die geriffelte Planke ins Wasser, kaum dass er keuchend an Deck des unbekannten Schiffs stand.

Um ihn herum krochen weitere Crocodyle aus dem See, andere hingen an Tauen und Ketten der kleineren Boote und versuchten, die Kähne durch ihr Gewicht zum Kentern zu bringen.

Dann dröhnten die Alarmglocken der Festung. Merirosvo hatte verstanden, dass es angegriffen wurde.

Bin ich in Sicherheit, oder ... Das Schiff, auf sich dem Quent befand, schwenkte unvermittelt aus der Reihe der vor Anker liegenden Gefährte und verließ mit zunehmender Geschwindigkeit den Hafen, ohne dass ein Segel gesetzt wurde. Es nahm Kurs auf den offenen See. Das Zischen und Sirren verriet einen Electorum-Antrieb.

»Sieh einer an«, sagte eine Frauenstimme hinter ihm. »Der große Gelehrtenjunge.« Quent wandte sich um und erkannte die rothaarige Bootsfrau von der Hochveranda. »Willkommen an Bord. Jetzt bist du doch mein Schiffsjunge.«

»Verzeiht, dass ich einfach an Bord ging«, stammelte er.

»Ist in Ordnung. Ich habe das weiße Biest gesehen, das dir ans Leder wollte.« Sie begab sich neben ihn. »Verfluchte Viecher!«

Gemeinsam standen sie an der Reling und beobachteten, wie sich die Stadt gegen das Dutzend Crocodyle zur Wehr setzte. Bewaffnete schlugen auf die gepanzerten Bestien ein, Windbüchsen knallten leise. In das Fauchen und laute Klacken der zuschnappenden Schnauzen mischten sich unaufhörlich Todesschreie.

»Ich sagte doch, dass die Biester gefährlicher werden«, kommentierte sie. »Das wird teuer für Ebos.«

Quent sprach nicht aus, was er dachte, aber ihm kam in den Sinn, dass nicht die Herren der Insel die Panzerechsen geschickt hatten. Sondern Thýguda.

***

Nankān, Königreich Taucora, etwa hundertfünfzig
Feldmeilen westlich der Hauptstadt Gaurus, Herbst

Danèstra war nass bis auf die Knochen. Der unaufhörliche Regen hatte die Kleidung, die bei ihrer nächtlichen Rast im Gasthaus am Kamin getrocknet war, nach einem halben Tag im Sattel erneut durchweicht. Sogar die Flechtfrisur hatte sich vollgesogen und gab Wasser ab, sodass sich die Kriegerin öfter die Augen reiben musste. Da sie es nicht ändern konnte, blieb sie gelassen. Sie hatte bei ihren Aufträgen in den vergangenen vierzig Gemeinjahren wesentlich schlimmere Situationen durchgestanden. *Bei schlechterem Wetter.*

Sie kraulte ihren Schimmel zwischen den Ohren und streichelte seinen Hals. »Wir schlagen uns wacker«, lobte sie den Hengst, der schnaubte, als verstünde er ihre Worte.

Thirío trabte meistens vorweg, verschwand und tauchte wieder auf, wie es ihm gefiel. Er behielt die Umgebung um Auge. Ilreen ritt eine halbe Meile vor ihnen und übernahm das Kundschaften, als befänden sie sich auf einem Feldzug und rechneten mit Hinterhalten. Mit einem Artefakt, dessen genaue Funktion sich Danèstra noch nicht erschlossen hatte, sendete sie regelmäßig Lichtsignale.

Vytain erwies sich als geschickter Kutscher. Er merkte leider bei jeder Gelegenheit an, dass eine Electorum-Droschke wesentlich angenehmer und ausdauernder zum Reisen geeignet sei. Im Gegensatz zu Pferden und anderen Zugtieren liefen derlei Energiegefährte, die es in verschiedenen Größen gab, tagelang, ohne dass sie Ruhe brauchten. Einzig der Antrieb benötigte von Zeit zu Zeit eine Electorum-Aufladung.

Aber wir haben keine Electorum-Droschke. Ihre Erfindungen verkauften die Izozath selten außerhalb ihres Reichs, und wenn, dann gegen horrende Summen. Manchmal wurde gestohlene oder veraltete Ware feilgeboten – aus einer Zeit vor dem Umbruch im Reich der begnadeten Erfinder, die keinerlei Bedarf an Magie hatten.

Kalenia ruhte im hölzernen Aufbau der Kutsche. Gelegentlich gab sie Anweisungen durch das Fenster, wie zu reisen sei, ohne zu verraten, wo ihr Ziel lag.

Danèstra wunderte sich, wie vertraut die junge Frau mit den Straßen des ihr unbekannten Taucora war. *Eine Karte führt sie nicht mit sich.* Sie bezog ihr Wissen entweder aus dem Gedächtnis oder von einer höheren Macht.

Die Stimmung innerhalb der Truppe war, wie man es eben unter Fremden vermuten durfte, geprägt von einer gewissen Gleichgültigkeit. Darunter litten jedoch weder Wachsamkeit noch der Sinn für Pflicht. *Wir brauchen Vertrauen untereinander.*

Skerbull ritt neben die Kriegerin. Er hatte seine Kapuze weit nach vorn gezogen, damit ihm die kalten Tropfen nicht ins Gesicht prasselten. »Nun?« Es klang auffordernd und verlangend.

»Nun was?« Sie blieb gelassen und freundlich. »Ihr stottert gar nicht.«

»Was soll die Fahrerei mal hierhin, mal dorthin? Kommen wir irgendwann mal an?« Missmutig streifte er das Wasser aus dem Backenbart. »Und ich stottere nicht mehr, seit ich bei einem Heiler war.«

»Das freut mich für Euch.« Danèstra lächelte und gab dem vorbeilaufenden Thirío ein Zeichen, dass alles in Ordnung sei. Er schien dem gedrungenen Mann nicht zu trauen. »Was Eure Frage angeht: Ich sagte, dass ich es erst mitteilen kann, wenn die Zeit gekommen ist.«

Skerbull lachte einmal auf. »Ihr wisst es selbst nicht.« Er deutete auf den Wagen, der hinter ihnen rollte. »Die Kleine. Sie gibt die Anweisungen.«

»Das mag stimmen. Und aus diesem Grund beschützen wir sie.«

»Was könnte so wichtig sein und zugleich derart umstritten, dass

Ihr die Reiche auf Nankān angeschrieben habt, aber außer uns und ein paar Geleitschreiben nichts bekommt?«, fragte Skerbull laut und beobachtete sie ganz genau.

Danèstra verstand die Neugier und den Wunsch zu wissen, woran er bei der Unternehmung war. Aber ohne die Einwilligung von Kalenia würde sie nicht mit der Wahrheit herausrücken. Bei den eingelegten Rasten schwiegen die Männer und Frauen, schliefen oder vertrieben sich die Zeit mit dem Prüfen ihrer Ausrüstung. Gesprochen wurde selten.

Dann ist es so weit. Reden wir. »Ihr seid ein Gelehrter, sagte Korava. Habt Ihr eine Vermutung?«

»Sie trägt den Bastard eines wichtigen Mannes in sich«, kam es aus seinem Mund geschnellt, während er den Sitz des goldenen Schmucks in seiner Nase korrigierte. »Und der Bastard macht Probleme. Daher muss er weg. Muss sie weg. Weit weg.«

»Ja, das ist eine legitime Vermutung.« Sie hob die Augenbrauen. »Aber warum sind alle Reiche in Kenntnis gesetzt worden?«

»Weil …« Skerbull überlegte. »… der Bastard sehr wichtig ist: das Kind des Kaisers. Von Uthalosa. Deswegen seid Ihr mit der Aufgabe betraut worden, es durch Elayion nach Khamado zu bringen.«

Danèstra fand es unterhaltsam, seinen Spekulationen zu folgen. »Nicht schlecht.«

»Dann stimmt es?«

»Warum nicht? Es klingt zumindest plausibel.« Sie blickte zu den Wolken. »Aber warum sollen die anderen Reiche davon erfahren? Welche Erklärung habt Ihr dafür?«

»Das fragte ich mich auch.« Skerbull rieb über den goldenen Nasenring. »Weil der Kaiser … seinen Machtanspruch erhebt und einen Krieg mit Elayion beginnen will. Um seinem Nachkommen das Reich von alter Größe zu übergeben.«

»Und damit die anderen sich nicht einmischen.«

»Genau! Oder als Verbündete für Uthalosa gegen den Staat der Priesterin in den Kampf ziehen.« Es schien auch ihm Spaß zu bereiten, über den Sinn des Unterfangens nachzudenken. »Ihr foppt mich«, fügte er hinzu. »Das sehe ich an Euren blauen Augen. Ihr wisst genau, was unsere Mission ist.«

Danèstra lachte freundlich und legte ihm eine Hand auf die Schulter. »Ich höre Euch gerne zu. Es ist ein Zeitvertreib bei schlechtem Wetter und die beste Ablenkung, während ich unter der Kleidung aufquelle wie ein Schwamm.«

»Ihr macht Euch über mich lustig.« Skerbull blickte beleidigt. »Mit welchem Recht? Weil Ihr die Klinge des Schicksals seid? Ich wollte nur wissen, was unsere Aufgabe ist.«

»Ich war neugierig auf Eure Gedanken. Die Gedanken eines Gelehrten.« Danèstra versuchte die Wogen zu glätten. »Also, spinnen wir den Faden weiter. Wäre dem so, wie Ihr annehmt, könnte der Kaiser zudem einen Krieg der Glaubensvorstellungen ausrufen. Das brächte ihm Vorteile.«

»Die Anhänger von Deiwos gegen jene von Thýain und Thýguda«, fügte Skerbull hinzu. Er fühlte sich durch den Hinweis auf seine Weisheit geschmeichelt. »Einen direkten Vorteil sehe ich nicht. Es würde Nankān ins Verderben stürzen.«

»Ihr habt Ansis vergessen. Es gehört zu den Neuen.«

»Kein Mensch betet zu dem Es.« Er wischte ihren Einwand mit einer Geste fort, sodass die Tropfen von seiner Hand flogen.

»Oh, Ihr denkt, da Ansis für Hass, Wut und Verrat steht, fände es keine Gläubigen?« Danèstra machte ein gravitätisches Gesicht. »Glaubt mir, guter Skerbull. Ihr würdet Euch wundern, zu was Menschen flehen, wenn sie etwas haben wollen und sich göttlichen Beistand versprechen.«

»Da habt Ihr mit Euren Abenteuern und Euren Jahren mehr Erfahrung als ich. Das räume ich ein.«

»Doch Ihr besitzt Wissen.« Danèstra nutzte die Gelegenheit. »Warum hat Euch die Königin als Universalgelehrten bezeichnet? Seid Ihr ein Ingenius, ein Architectus?«

Skerbull lachte auf, und seine Stimme dröhnte einige Tropfen zur Seite, wie es ihr schien. »Nein, das ist ein Scherz zwischen uns beiden. In erster Linie verstehe ich mich aufs Kämpfen.«

»Das glaube ich Euch aufs Wort! Ihr seid gegen den Heiligen Bullen angetreten, hörte ich.«

»Ja. Leider ohne Erfolg.«

Danèstra sah seinen Blick flackern. Es machte ihm zu schaffen, dass es ihm nicht gelang, dem König hingegen mehr als ein Dutzend Mal. »Da Ihr ein Universalgelehrter seid, werdet Ihr hinter den Trick kommen, den Horneus nutzt. Ich bin zuversichtlich. Dann könnt Ihr Taucora regieren. Zusammen mit meiner guten Freundin Korava.«

»Ihr denkt das auch?«, erwiderte er verblüfft. »Ich … ich meine, den Trick.«

»Ich bitte Euch! Ganz Taucora denkt das. Eigentlich ganz Nankān.« Danèstra wischte sich Regenwasser aus den Augen. »Wie lange kennt die Königin und Ihr Euch schon?«

»Sehr lange.« Skerbulls Züge verschlossen sich.

Damit war es für sie gewiss, weswegen Korava den Mann mitgeschickt hatte. Er sollte als Held zurückkehren, um als Horneus' Nachfolger aufgebaut zu werden. »Solange Ihr den Stier nicht bezwingt«, sagte sie leichthin, »nutzen die größten Taten nichts.«

Skerbull stieß die Luft aus. Es war sein wunder Punkt.

Danèstra hätte ihm beinahe den Hinweis gegeben, dass sich Kalenia auf eine beschwichtigende Melodie verstand, die selbst aufgebrachteste Bestien beruhigte. Womöglich ebnete ihm das den Weg zum Thron. *Da würde Taucora staunen, gäbe es plötzlich zwei Sieger.* Sie konnte sich nicht entsinnen, dass dies in der Vergangenheit geschehen war.

Noch kurioser würde es, wenn Kalenia unerschrocken und singend in die Arena träte und den Stier im Handumdrehen zum Knien brächte.

Der Hinweis hat Zeit, bis wir die Verschwörer aufgehalten haben. Danèstra schüttelte sich, als ein kühles Rinnsal unter der Kleidung ihren Rücken hinabfloss.

»Ich weiß, wo wir das Nachtlager aufschlagen«, sagte Skerbull, der ihr Schaudern gesehen haben musste. »Wir reiten seit etwa zehn Meilen auf dem Land von Tauror Grauhorn. Er ist ein guter Bekannter. Sein Geld verdient er mit dem Züchten von Kampfstieren. Auf seinem Hof gibt es alles, was man braucht, um dieses Wetter vergessen zu machen.«

»Bis wir am nächsten Tag vor die Tür treten.« Danèstra würde den Vorschlag mit Kalenia abklären. Ihre Ausrüstung war durchfeuchtet, die Zeltplanen klamm. Ein Bett und ein Dach über dem Kopf klangen verlockend. »Ich …«

Thirío grollte laut. Mit aufgerichtetem Nackenfell stand er neben dem Weg, die Augen auf den Hügel gerichtet, der eine knappe Feldmeile nördlich von ihnen lag.

»Was hast du gesehen?« Danèstra ließ anhalten und zog ihr Fernglas heraus.

Unterholz und die dicht stehenden Stämme des Birkenwäldchens versperrten ihr den Blick, aber sie vertraute auf die Sinne ihres Hundes.

»Das ist doch viel zu weit entfernt«, vernahm sie ungläubige Stimme des Taucoraners. »Nicht mal ein Bluthund kann auf diese Distanz Witterung aufnehmen. Er riecht ein Reh oder einen Fasan in der Wiese. Lasst uns weiterziehen.«

»Thirío ist nicht irgendein Hund«, gab Danèstra zurück und schwenkte die Gläser suchend nach rechts und links. *Was ist da?*

»Welche Rasse ist das? Ich meine, ich erkenne verschiedene darin wieder«, redete Skerbull weiter. »Wie viele Väter kann eine Straßenmischung haben?«

Thirío ließ sich nicht beirren und bellte auf. Die Schnauze wies zu einer bestimmten Stelle, wie Danèstra bei einem kurzen Blick an den Okularen vorbei bemerkte, und sie richtete die Sehhilfe neu aus.

Sie wurde fündig.

Auf einem der oberen Äste der dickeren Birken saß eine Frau in einem tarnenden grünen Umhang. Eine leichte Ledermaske vor dem Gesicht machte sie unkenntlich. Der zusammengewürfelten Kleidung nach gehörte sie nicht zu den Reichsten, und sie hatte ein Fernrohr auf die Reisegruppe gerichtet.

»Jemand spioniert uns aus«, sagte Danèstra. »Eine Späherin, vermutlich von einer Räuberbande, dem Äußeren nach. Welche gibt es in der Gegend, Meister Schwarz? Ich war schon lange nicht mehr hier.«

Skerbull nahm ebenfalls sein Fernglas heraus und suchte nach der Unbekannten. »Diese Masken werden von den *Ledergesichtern* benutzt. Drecksbande, elendige! Sie nehmen sich gerne Kutschen vor. Unangenehme Gesellen. Sie kennen wenig Gnade und prügeln ihr Opfer windelweich.«

Danèstra sah durch die geschliffenen Gläser, dass die Maskierte ihre Enttarnung bemerkt hatte. Sie brach die Beobachtung ihrerseits aber nicht ab. »Wie wäre Eure Vorgehensweise, Meister Schwarz?«

»Es ist ein Kopfgeld von Horneus auf die Bande ausgesetzt. Erklärt das meine Vorgehensweise?«

»Tot oder Lebendig?« Danèstra sah, dass die Räuberin ruckartig das Fernrohr absetzte und in großer Hast wegsteckte, um sich in Windeseile zum Sprung abwärts bereit zu machen.

Unerwartet erklang hinter Danèstra und Skerbull ein hohes, trockenes Peitschen, das in den Ohren schmerzte. Ein Windzug streifte ihren Nacken. Einen Herzschlag darauf explodierte der Hals der Maskierten in einer Blutwolke. Sie wurde rückwärts gegen die Birke geschleudert, die weiß-schwarz gemusterte Rinde färbte sich rot.

Dreimal peitschte es noch grell und scharf, gefolgt von der schwachen Böe.

Das Fernglas zeigte Danèstra, wie die Räuberin von mehreren Geschossen in die Brust getroffen wurde und die Körperspannung verlor. Sie kippte seitlich vom Ast und rauschte durch die Äste und Zweige abwärts.

»Tot«, sagte Vytain ruhig vom Kutschbock. »Hoffe ich.«

Danèstra wandte sich um. Sie hatte schon beim ersten trockenen Knall gewusst, was hinter ihr abgeschossen wurde.

Skerbull sah mit einer Mischung aus Ehrfurcht und Fassungslosigkeit auf die Electorum-Büchse, deren Länge einen Mann überragte. »Was beim Heiligen Bullen …?«

»Ihr sagtet, es sei ein Kopfgeld ausgesetzt.« Der Izozath hatte unbemerkt von ihnen die Fernwaffe zusammengesetzt und eine Strebe des Wagens als Stütze benutzt. Schräg seitlich steckte ein Magazin mit den pfeilspitzenähnlichen Geschossen, hinter dem Griff im Kolben lagerte die Battaria mit der gespeicherten Electorum-Energie. Auf dem Lauf, dessen Länge variabel war, saß ein Fernrohr mit einzeln klappbaren Vergrößerungsgläsern und Markierungen.

»Das … Ding schießt auf mehr als eine Feldmeile?« Skerbull hatte sich von seiner Überraschung noch nicht erholt.

»Ich war mir wegen des Windes und Regens nicht sicher. Daher die vier Schuss«, erklärte Vytain und schraubte ein armlanges Stück der Büchse ab. »Zur Sicherheit.«

»Thirío: Lauf und sichere sie«, befahl Danèstra. »Ich komme gleich nach.«

Der Hund bellte und spurtete durch das Gras den Hang hinauf.

»*Mehr* als *eine* Feldmeile«, wiederholte Skerbull ungläubig. »Erinnert mich daran, dass ich Euch *nie* zum Feind haben will. Oder Euch sogleich umbringe.«

Vytain entfernte ein zweites Waffensegment und nahm das Zielfernrohr ab. »Ihr müsstet unsere Elec-Geschütze sehen. Ohne Stopfen in den Ohren seid Ihr beim ersten Schuss taub.« Er legte die Büchse hinter sich.

Danèstra sah Ilreen, die sich von der anderen Seite auf das Wäldchen zubewegte. Sie hatte offenbar mitbekommen, was vorgefallen war. »Mit den Elec-Geschützen beherrscht Ihr die Meeresenge zwischen Izozath und den Leeren Inseln.«

Vytain nickte. »Anderthalb Meilen sind dagegen … lächerlich.« Er deutete die Böschung hinauf. »Ich warte auf Euch, bis Ihr zurück seid. Nur zu. Ich trete mein Kopfgeld ab.«

Danèstra und Skerbull ritten los.

»Anderthalb Feldmeilen«, sprach der Taucoraner nachhaltig erschüttert. »Gut, dass er auf unserer Seite steht.«

***

Weitere Bände von Mahetian Tintenfain (unvollständig):

Die Muschelfinder

Karussell der Liebe

Sommerspiele

Ein Mann zu viel ist noch zu wenig

Winter am Meer

Stürmische Begegnung

Klippen der Leidenschaft

und hundert weitere …

Kapitel VI

Mabian erwachte vom Schmerz, der durch sein Bein hinauf in seinen Verstand stach. Dumpf ächzte er und öffnete die Augen.

Über ihm baumelten lose Stricke und Ketten an einem langen Querbalken. Der Untergrund, auf dem er lag, wankte in gleichbleibendem Rhythmus. Zusammen mit dem Knarren von Holz und dem Rumpeln schloss Mabian, dass er sich an Bord eines Schiffes befand. In einem Laderaum unter Deck.

Eine kleine Lampe, die auf eine bewegliche Halterung montiert war und die Schwankungen ausglich, beleuchtete seine stickige Unterkunft, in der es streng nach ungewaschenen Menschen und Exkrementen roch.

»Er ist wach«, hörte er die Stimme eines Kindes, gleich darauf klirrten Ketten.

Mabian richtete den Oberkörper auf, wodurch sich die Qualen in seinem Bein verstärkten. Man hatte ihn in ein grobes, dunkelblaues Leinengewand gesteckt, von dem der Geruch von Feuchtigkeit und Schweiß ausging.

Im schummrigen Laderaum saßen zehn Dutzend Kinder, keines älter als er. Sie hatten abgetragene Kleider an den Leibern, und jedes war durch eine Fußschelle mit einer Kette an eine Laufschiene gefesselt. Die Notdurft wurde in Eimer verrichtet. Einige weinten, andere starrten lethargisch vor sich hin, nicht wenige erzählten sich leise Geschichten oder spielten miteinander oder kratzten Bildchen in die Dielen.

Wohin hat man mich gebracht? Mabian erinnerte sich, auf den Grund des Flusses gesunken zu sein. Sein Blick sackte hinab, er zog den Saum des Gewandes mit pochendem Herzen in die Höhe und legte sein gebrochenes Bein frei.

Jemand hatte einen Verband darumgelegt, der gelbe und rote Flecken zeigte.

Mabian horchte in sich, spürte nach dem Zustand der Wunde. Sie fühlte sich nicht entzündet an, und seine Stirn war frei von Fieber. Sobald er versuchte, mit den Zehen zu wackeln, schoss der Schmerz aufwärts und brachte ihn zum Stöhnen.

»Maden. Haben deine Wunde gesäubert und altes Fleisch gefressen«, erklärte ein Mädchen von geschätzten zwölf Gemeinjahren, dessen blonde Haare fettig auf das schmutzige Laibchen fielen. »Den Knochen hat der Heiler ausgetauscht.«

»Was?« Mabian stützte sich auf die Ellbogen. »Wo bin ich? Wie kamen ihr und ich an Bord dieses Schiffes?« Fragen über Fragen tauchten in seinem Kopf auf, je mehr er erwachte. *Die Haube! Kalenias Haube!* Ihr Liebespfand war ihm genommen worden. Das erschreckte ihn mehr als die Lage, in der er sich befand. *Ruhig. Denke nach.* »Wohin geht die Fahrt?«

»Du bist in der Nähe von Weidenthal an Bord gekommen. Ich glaube, Fischer haben dich an Shaclo verkauft«, erklärte das Mädchen. »Ich bin Isona.«

»Verkauft? Das kann nicht sein!« Mabian sah zu den Schiffswänden. »Ich bin nicht mehr in Taucora?«

Isona schüttelte den Kopf, die eingefallenen Wangen verliehen ihrem Gesicht etwas Totenschädelhaftes. »Wir haben Kurs auf die Piratenstadt genommen, hat der Matrose gesagt, der uns Zwieback und Wasser bringt. Dort sollen wir verkauft werden.«

Mabians Mund wurde trocken. *Merirosvo.*

Niemals mehr würde er sich wünschen, ein Abenteuer zu erleben. Er sehnte sich nach Rechnungskladde, Stift und Scheunen, in denen er umherging und seine Aufzeichnungen machte, zusammen mit Kalenia.

Stattdessen war er in die Fänge von Sklavenkaufleuten geraten.

Die Angehörigen dieser umstrittenen Zunft sammelten Kinder der Mittellosen ein, die ihre Nachkommen nicht mehr ernähren konnten oder deren Schulden so hoch geworden waren, dass sie keine andere Wahl hatten.

Eine Handvoll Münzen gab es für ein Kind, aber auch Erwachsene wurden genommen. Abgesehen davon, dass es schlimm genug war, mit der Freiheit von Menschen Handel zu treiben, kamen die Seelenhändler vor allem dadurch in Verruf, dass sie ihre Ware gelegentlich heimlich aus den Waisenhäusern und von den Feldern stahlen.

»Wer nicht verkauft wird, den werfen sie über Bord«, flüsterte Isona verängstigt. »Oder er wandert in die Schlachterei, hat der Matrose gesagt.«

In Merirosvo befand sich der Umschlagplatz für die Leibeigenen, die in die entlegensten Winkel des Irrsals und in die großen Städte veräußert wurden. So erzählte man es sich. Mabian würde bald herausfinden, wie viel Wahrheit in diesen Gerüchten steckte.

Mit seinem verletzten Bein gelänge eine Flucht nicht, die Schuhe hatte man ihm auch abgenommen. Aber ans Aufgeben dachte er nicht. In Merirosvo sollten Möglichkeiten vorhanden sein, eine Brieftaube nach Uthalosa zu senden, um seine Schwestern zu benachrichtigen.

»Deiwos, stehe mir bei«, murmelte er und betastete behutsam die Bandagen. »Den Knochen haben sie herausgenommen?«

Isona nickte. »Die Fischer. Sie sagten das.«

Mabian nahm eher an, dass sich die Fischer wichtigmachen wollten. Ohne Magie war es nicht möglich, derartige umfangreiche Eingriffe vorzunehmen. Heiler konnten Brüche richten und das Fleisch vernähen, aber Gebeine austauschen stand nur Zauberern zu, die sich ihre Dienste in den angeschlossenen Sanatorien der Magieschulen teuer bezahlen ließen.

»Solange ich meinen Fuß wieder nutzen kann, soll es mir recht sein.« Er blickte sich um und hörte seinen Magen vor Hunger murren. »Ihr seid verkauft worden?«

»Die meisten von uns.« Isona zuckte mit den Schultern. »Ich glaube, die und der« – sie deutete im Laderaum umher – »sind geschnappt worden. Und die neben dem Ausgang haben sich freiwillig verkauft.«

Mabians Augen hatten sich gerade an das geringe Licht gewöhnt, als die Luke aufschwang und mehrere Stiefel die Treppen hinabpolterten. Drei Matrosen stiegen zu ihnen. Einer verteilte steinharte Brotstücke aus einem Sack, die zwei anderen schenkten Bier in die Trinkschalen der Jungen und Mädchen aus.

»Tunkt es ins Bier, dann weicht es auf, und ihr könnt es essen«, rief der Matrose mit den dunklen Haaren, der das Brot verteilte. »Stärkt euch. Wir legen gleich in Merirosvo an, genau rechtzeitig für den Markt. Denkt dran, freundlich zu sein, damit wir euch losschlagen. Wer nicht verkauft wird, kommt in den Suppentopf der Armenküche.«

Die Kinder wisperten miteinander, manche weinten noch lauter.

Mabian fand seine Trinkschale neben sich. Er ließ sich vom Bier eingießen, das sauer und schal roch. Das geworfene Brotstück landete platschend im Getränk. »Danke«, sagte er bitter.

»Gern geschehen.« Der Matrose, der zusammengestoppelte Kleidung und abgeschnittene, löchrige Stiefel trug, blieb stehen. »Ah, der Krüppel.« Er schulterte den Brotsack.

»Ich bin kein Krüppel.«

»Mit dem Bein? Ganz gewiss.« Der dunkelhaarige Mann betrachtete ihn abschätzend. »Deine Stimme klingt tief. Wie alt bist du?« Er legte die Hand an den Griff des Holzknüppels, den er unter dem Gürtel trug.

»Sechzehn.«

»Ah, du siehst jünger aus, aber ich dachte mir das. Der Flaum ist sichtbar. Dann verkaufen wir dich auf dem Markt für Erwachsene.«

Mabian funkelte ihn an. »Du hast kein Recht, mich zu verkaufen! Ich gehöre weder dir noch dem Kapitän.«

Der Matrose blickte sich aufreizend langsam im Laderaum um. »So wie es gerade für dich aussieht, hast du kein Recht, was anderes zu verlangen. Von deiner Sorte haben wir Hunderte verkauft.« Er zog den Knüppel und zeigte damit auf die Trinkschale voller Bier. »Sauf es dir schön, Junge. Und hoffe, dass wir einen finden, der dich kauft.«

»Wenn nicht?«

»Hast du doch gehört. Kommst du in die Schlachterei und wirst zu Suppe. Oder Salzfleisch. Im Irrsal fressen sie alles.« Der Matrose warf einen Blick in die Runde. »Das gilt für euch alle, ihr Bälger! Wenn ihr auf dem Markt heult oder die Käufer bespuckt oder euch scheiße benehmt, landet ihr beim Ausbeiner!« Er schlug mit dem Knüppel gegen die Wand. »Die ziehen euch das Fleisch bei lebendigem Leib von den Knochen.«

Das Schluchzen der Kinder wurde lauter.

»Ja, flennt euch aus. Aber nachher ist Ruhe. Verstanden?« Ein anderer Matrose schenkte nochmals Bier aus und löste die Fußschellen.

»Wo ist meine alte Kleidung?«, erkundigte sich Mabian.

»Weggeworfen. Du brauchst sie nicht mehr. Und wertvoll war sie auch nicht.« Auf seinen Pfiff hin verließen die Männer den Laderaum und kehrten die Treppe hinauf an Deck zurück.

Die Haube. Verloren. Verloren wie ich. Mabian verdaute den Schock schwer. Das Bier schmeckte grauenvoll, aber der Alkohol wirkte auf leeren Magen sofort. Hastig schlang er das eingeweichte Brot hinab.

Sein Widerstand erwachte. Keinesfalls durfte er wegen seines kaputten Beines in der Metzgerei enden. Er brauchte eine List, denn keiner erstand einen Schwerverletzten, in den er erst investieren musste, bevor er ihn für niedere Arbeiten einsetzen konnte.

Mabian sah die Schlachtbank vor sich und wie ihn die Gesellen festhielten, köpften und ausweideten, um aus seinem gewaschenen Darm Würste zu machen und sie mit seinem eigenen durchgedrehten Fleisch zu füllen. »Ich werde eine Nachricht an Mutter und meine Schwestern senden«, raunte er sich Mut zu. »Deiwos, du weißt, was davon abhängt.«

»Wird sie kommen und dich auslösen?« Isona wirkte hoffnungsvoll. »Ist sie reich genug, um mich auch zu bezahlen?«

»Und mich?«, rief ein Mädchen, das ihre Unterhaltung mitgehört hatte.

»Ja natürlich«, erwiderte er und fühlte sich unfassbar schlecht. Was hätte er sonst sagen sollen?

Auf dem Deck über ihren Köpfen erklangen laute Befehle, und Füße rannten von rechts nach links über die Planken. Der ganze Schiffsrumpf war plötzlich voller Geräusche. Die Ruderwinde klackte, die Ankerkette klirrte. Das Holz knarrte, das Wassergefährt absolvierte eine leichte Kurve, und die Spanten knackten.

Dann kam der Kahn zum Stehen, und der Anker schoss ratternd abwärts. Platschend tauchte er ins Wasser ein.

Die Befehle erklangen weiterhin, Pfeifsignale gellten bis zu Mabian und den Kindern. Schließlich schwang die Luke erneut auf.

»Hoch mit euch!«, erschallte der Ruf des Matrosen, während er mit dem Knüppel auf den Rahmen pochte. »Denkt dran, was ich euch sagte, ihr Bälger: Wer nicht verkauft wird, landet beim Abdecker.«

Die Kinder drängten sich zusammen und kletterten die ausgetretenen, fleckigen Stufen hinauf ins Licht. Der Laderaum leerte sich.

Wie viele gingen vorher den schweren Weg? Mabian versuchte, sich an der Bordwand in die Höhe zu stemmen, was ihm nach einigen Anläufen gelang. Quälend langsam hüpfte er voran.

»Warte.« Isona stützte ihn. »Geht es so besser?«

Mabian belastete die Schultern des blonden Mädchens, um den Laderaum verlassen zu können. »Ja. Ich danke dir.«

»Das musst du nicht. Du kaufst mich ja frei.« Isona lächelte und wankte unter seinem Gewicht.

Die Stiege erklomm Mabian auf Händen und einem Bein, an Deck war Isona wieder an seiner Seite und half ihm.

Vor ihnen lag Merirosvo, mit seiner großen Festung und der Stadtsilhouette, die wie Kraut und Rüben in den Himmel ragte. Rauch quoll aus den Schloten der unzähligen Kamine, drückte grau und schwarz gegen den düsteren Herbsthimmel, aus dem sich kühler Sprühregen senkte, der die Schindeln sowie das Pflaster des Kais dunkel färbte.

Die Mannschaft war damit beschäftigt, die Ladung zu löschen, die im hinteren Frachtraum transportiert worden war. In Netzen gingen Bier- und Schnapsfässer von Bord und wurden auf einen wartenden Pferdewagen verladen.

Die Kinder liefen singend den wackligen Steg hinab und spielten den Menschen im Hafen gute Laune vor, wie es von ihnen verlangt worden war.

Isona und Mabian bildeten den Schluss. Weder ihm noch dem blonden Mädchen war nach Singen, und so ließen sie es bleiben.

»Schneller.« Der dunkelhaarige Matrose hatte den Knüppel gegen einen Rohrstock getauscht. Er schlug Mabian auf den Hintern und den Rücken. »Oder ich steche dich ab und lasse dich in der Gosse verrecken. Das interessiert in Merirosvo keinen. Du bist ein Nichts.« Noch mal schlug er mit ganzer Kraft zu.

Der Gewandstoff milderte die Hiebe kaum. Der dünne Stab schien sich durch sein Fleisch bis auf den Knochen zu schneiden. Mabian unterdrückte den Schrei nicht. Der Schmerz in seinem Bein rang mit der Pein in seinem Rücken. Tränen stiegen ihm in die Augen. Hätte seine Mutter vor ihm gestanden, wäre er ihr weinend in die Arme gefallen. Das Leiden und die Verzweiflung waren für den Augenblick zu viel zum klaglosen Ertragen.

Auf der Hafenmauer warteten etliche neugierige Gaffer und Käufer. Sie machten sich auf der Hand oder auf Täfelchen Notizen zu den Jungen und Mädchen, die an ihnen vorbeimarschierten und sangen.

Mabians Abscheu und Ekel stiegen ins Unermessliche. *Deiwos der Gerechte, du mögest Merirosvo in Schutt und Asche legen und die Unschuldigen verschonen.*

»Du schaffst es«, sagte Isona aufmunternd an seiner Seite. »Du musst es schaffen. Für uns beide.«

Mabian unterdrückte sein Schluchzen und konzentrierte sich auf den Schmerz. Er vertrieb die Angst und die ohnmächtige Wut.

Die Schlange aus etwa hundertzwanzig Kindern ging singend die lange Promenade entlang, angeführt von zwei Matrosen und dem Kapitän, wie die angeberische Garderobe und der große Hut verrieten. Dann schwenkten sie in eine Seitenstraße, die gemäß den angeschlagenen Tafeln zum Sklavenmarkt führte.

Mabian entging das geronnene Blut in den Fugen zu seinen Füßen nicht. Steine fehlten und waren mit schierer Gewalt aus dem Sandbett gerissen worden, andere zeigten Kratzer und tiefe Furchen. *Ein Kampf.* Etwas war auf dem Kai vorgegangen, das nichts mit abgestürzter Ladung zu tun hatte.

Der Abstand zur Kolonne der Kinder vergrößerte sich. Sosehr der dunkelhaarige Matrose auf seinen Rücken und Hintern eindrosch, Mabian vermochte nicht, schneller zu laufen. Das kaputte Bein gestattete es nicht. Isona bekam einige der ungezielten, kräftigen Hiebe ab, sie zuckte und schniefte, doch sie ließ Mabian nicht im Stich.

»… anzuschauen! Diese Bestie, dieses Crocodyl, dieses Djidi, ist im Netz gefangen worden und die einzige Bestie, die nach dem Angriff übrig geblieben ist«, erklang die Stimme eines Ausrufers. »Seht! Seht, wie groß sie ist! Obwohl wir ihr den Schweif abgehackt haben!«

Mabian rang mit dem Schwindel. Seine Verletzung machte ihm zu schaffen.

»Geschafft.« Isona blieb neben ihm stehen. »Wir sind auf dem Markt, denke ich.«

Er lehnte sich gegen die Mauer und sah über die kleineren Kinder hinweg auf den großen Platz, um den sich die Gebäude erhoben.

Buden standen dicht an dicht, es gab Getränke und Essen der verschiedensten Sorten. Gesottenes und Gebratenes lockte mit leckerstem Duft, nach dem sich Mabians Mund sogleich sehnte. Zudem boten verschiedene Händler ihre Waren feil, von Vasen und Körben über Teppiche, Flaschen, Fässer, Ton- und Steinzeug, Ledertaschen und Werkzeuge. Unmittelbar neben dem Podest, auf das die Jungen und Mädchen paarweise gescheucht wurden, fand sich sogar ein Sarghersteller, der laut um die Aufmerksamkeit der Besucher buhlte. *Makaber.*

Während sich Käufer um das kleine Podest des Sklavenmarktes drängten, standen Schaulustige um die Bühne auf der anderen Seite.

Dort wurde ein schwarz gepanzertes Crocodyl ausgestellt. Der Schwanz war abgetrennt, die Wunde mit Hitze kauterisiert worden; und doch schätzte Mabian die Länge von Rumpf und Schnauze auf fünf Schritt, die Muskeln zuckten unter den Hornschuppen. Das Maul hatte man zugebunden.

»Die Bestien aus Ebos griffen Merirosvo an, hab ich gehört«, sagte der Matrose neben Mabian. »Es gab viele Tote und Verletzte, bis die Crocodyle besiegt waren.« Er zeigte mit dem Rohrstock auf die Bühne. »Ist das ein Biest oder was?«

Das erklärt das Blut und die Kratzer im Hafen. »Ich kenne sie nur aus Büchern.« Mabian kämpfte gegen die Ohnmacht. Die Verletzung des Beines musste gravierender sein als angenommen. *Ich hätte unter den Verband schauen müssen.*

Isona stützte ihn, sonst wäre er gestürzt.

»Aus Büchern?« Der Matrose lachte ihn aus. »Da siehst du, wohin dich deine Schläue brachte: auf den Sklavenmarkt.«

Der Verkauf der Jungen und Mädchen lief erfolgreich, die Preise stiegen rasant bei den Versteigerungen.

Ich bleibe wach. Ich bleibe wach! Mabian wehrte sich gegen den Vorhang, der sich von oben vor seinen Blick senkte, indem er auf die schwarze Panzerechse starrte. Dabei bemerkte er das ausgefranste Seilende, mit dem das Maul des Crocodyls fixiert war. Die kalten Augen des riesigen Tieres hatten den Hass auf die Peiniger und die Menschen nicht verloren. Die Kiefer bewegten sich leicht, testeten den Widerstand des Taues.

Es täuscht seine Schwäche vor. Mabian lehnte sich auf Isona. »Gleich bricht das Durcheinander los«, raunte er ihr zu, damit es der Matrose nicht mitbekam. »Komm mit mir, und wir verschwinden vom Markt.«

Sie nickte nur.

Knallend rissen die Fesseln um das lange Maul, und die Echse biss sogleich wie von Sinnen um sich. Den Ausrufer zerfetzte sie als Ersten, sein Blut, abgetrennte Fleischbrocken und der halbe Kopf flogen durch die Luft. Dann sprang das Crocodyl unter dem Aufschrei der Besucher von der Bühne und zerrte die dicken Ketten, mit denen es an der Hausfront festgebunden war, aus der Verankerung. Das schwere Metall schleuderte herum und holte etliche Menschen von den Beinen.

Die Panzerechse zertrampelte die Liegenden und schlitzte ihre Bäuche mit den Krallen auf, das Klack-klack der schnappenden Kiefer erklang unaufhörlich. Laut kreischten die Verletzten und Sterbenden. Panik brach aus, wie Mabian es vorhergesagt hatte. Buden und Feuerstellen kippten um, Feuer züngelten in die Höhe.

»Los! Zurück zum Schiff«, schrie der dunkelhaarige Matrose die Kinder an und rannte nach vorn, schlug mit dem Rohrstock auf sie ein. »Macht schon, ihr beschissenen Bälger! Oder wollt ihr gefressen werden?«

Rennen kann ich mir sparen. »Vertrau mir.« Mabian schlang die Arme um Isona und ließ sich seitlich fallen, genau in einen der ausgestellten offenen Särge. Sein Bein revanchierte sich mit sengendem Schmerz. Schnell griff er über das Mädchen und zog den Deckel auf die Totenkiste. »Keinen Laut«, beschwor er sie.

»Hauen wir ab«, rief eine Männerstimme. Das Holz dämpfte die Stimme und die Schreie der Menschen. »Lasst nichts zurück! Sonst zerlegt uns dieses verfickte Crocodyl alles.«

Der Sarg mit Mabian und Isona wurde angehoben.

Zugleich gewann die Ohnmacht gegen seinen Willen.

Nach einem scheinbar winzigen Augenblick öffnete er die Lider wieder. Es war dunkel, der Deckel befand sich auf der Totenkiste.

»Wo sind wir?«, flüsterte er Isona zu, die sich an ihn klammerte.

»Ich weiß es nicht«, raunte sie zurück. »Wir stehen seit geraumer Zeit.«

Die Luft in ihrem Versteck war verbraucht. Durch die Schlitze in den groben Brettern gelangte zwar ein Hauch Licht, doch die Enge gefiel Mabian nicht. Menschen bewegten sich um sie herum, wie er an den Schatten sah. Sie konnten jederzeit entdeckt werden. »Wir sollten …

Abrupt wurde der Deckel angehoben.

Sie schauten in das Gesicht eines älteren, gedrungenen Mannes, der drohend einen Säbel gegen sie richtete. Er trug eine fleckige Lederschürze und hatte dicke Unterarme wie ein Fleischer, auf seinem Schädel saß eine Kappe. Neben ihm stand eine jüngere Frau, die sich mit einem Speer bewaffnet hatte.

»Was habt ihr in meinem Sarg zu suchen, ihr kleinen Ratten?«, fuhr er sie an.

Mabian richtete sich langsam auf und las am nahen Regal: *Tatesby. Bestattungen & Mumifizierungen.* Die Werkstatt war ein einziges Durcheinander, Werkzeuge, Särge und Materialien stapelten sich ohne erkennbare Ordnung.

»Sieh doch, ihre Kleidung. Nicht mal Schuhe haben sie. Das sind Kindersklaven«, sagte die Frau, die ebenfalls eine Lederschürze trug. Ihr Hemd war wie das des Mannes mit verschiedenfarbigen Ölflecken übersät. »Sie sind von einem der Schiffe geflohen.«

»Sklaven? Nein, dann sind sie mit Shaclo gekommen. Er brachte eine neue Ladung.« Der Mann zog den Säbel zurück. »Abgehauen seid ihr. Als das Djidi sich losriss.« Er deutete mit einem Kopfnicken zur Tür. »Raus mit euch. Ich will euch in meinem Laden nicht haben. Das gibt nur Scherereien mit den falschen Leuten.«

»Bitte, ich … Mein Bein ist gebrochen und … ich muss mich erholen«, bat Mabian. Isona drückte sich Schutz suchend an ihn. »Wenn du mich und meine … Schwester bei dir arbeiten lässt, dann …«

»Arbeiten? Mit einem kaputten Bein?« Tatesby lachte. »Als was?«

»Ich ordne dir das Durcheinander«, bot Mabian an. »Bei Deiwos, ich bringe dir dein Lager auf Vordermann! Und deine Auftragsbücher obendrein! Ich kann rechnen, lesen und schreiben und habe den Haushalt eines Gutshofes geführt«, ratterte er herunter. »Du wirst es nicht bereuen.«

Tatesby musterte ihn, die Neugier des Geschäftsmannes war geweckt. »Du redest so, als könntest du es wirklich. Das ist mal eine

Überraschung. Wo hat dich Shaclo gefangen? In einer Bibliothek?« Er richtete die Klingenspitze auf Isona. »Was kann sie?«

»Wäsche, Herr. Spinnen, weben, waschen«, antwortete sie.

Die Frau senkte den Speer. »Sie wären perfekt«, raunte sie Tatesby zu. »Wir kommen mit der Arbeit nicht nach, seit die Djidis unsere Leute gefressen haben. Sie wären ein Ausweg.«

Tatesby steckte nach längerem Überlegen seinen Säbel weg. »Einverstanden. Du und deine kleine Schwester gehört jetzt zu mir. Ich verstecke euch in meiner Werkstatt. Wenn ihr was taugt, bekommt ihr zu Essen und Trinken und Unterkunft. Deine Wunde lasse ich auch versorgen. Und wenn nicht, schmeiße ich euch raus.«

»Einverstanden.« Mabian stemmte sich aus dem Sarg. »Du wirst es nicht bereuen.«

»Das entscheide ich.« Tatesby half ihm hinaus, die Frau griff nach Isonas Hand.

»Ich müsste eine Nachricht nach Uthalosa senden«, warf Mabian ein. »Wo finde ich …«

Tatesby schnalzte tadelnd mit der Zunge. »Junge, erst wirst du bei mir arbeiten. Und dich als fähig erweisen.« Er zeigte mit dem Daumen hinter sich auf das Lager. »Vergiss nicht, dass du und deine Schwester entflohene Sklaven seid. Ohne mich seid ihr in Merirosvo Freiwild. Aber bei Tatesby« – er deutete eine spöttische Verbeugung an –»seid ihr in Sicherheit, ihr lieben Kleinen. Wenn alles glänzt und aufgeräumt ist und du meine Auftragsbücher in einen Zustand versetzt hast, von dem ich höchstens zu träumen vermag, dann spendiere ich dir höchstpersönlich eine Brieftaube nach Uthalosa.« Er streckte ihm die Hand hin. »Einverstanden?«

Mabian schlug ein. Es half nichts.

***

Danèstra saß zusammen mit Skerbull und Vytain nach dem Mahl in der Kaminhalle, an deren Wänden sich Bild an Bild reihte. Die Werke waren geschickt gerahmt, sodass der Eindruck entstand, man blicke durch unterschiedlich große Fenster auf verschiedenste Landschaften, die auf wundersame Weise gleichzeitig um das Gehöft lagen.

»Nicht doch einen Edelbrand aus Cibgras?« Tauror Grauhorn, knappe dreißig und von normaler Statur, bewirtete seine Gäste höchstselbst und hatte aufgefahren, was seine Keller an Bier, Wein und Likören hergaben. Zu seinem mehrfach geäußerten Leidwesen machte lediglich Skerbull ausgiebig Gebrauch davon und plünderte die Bestände. Der Gehrock stand ihm gut, der hohe Stehkragen betonte das Gesicht mit dem eindrucksvollen Spitzbart.

»Nein, wirklich nicht. Der Wein genügt mir.« Danèstra, im ziselierten Prunkharnisch und in Lederkleidung sowie mit einer Electorum-Pistola im Halfter unter der linken Achsel, hielt sich ebenso zurück wie Vytain, der an seinem Gürtel die gestutzte Büchse trug. Dass seine Gäste bewaffnet waren, störte Tauror nicht. »Aber ich muss Euch das Kompliment machen, dass ich selten so gut aß und trank.«

Tauror deutete eine Verbeugung an. »Ich leite es an meinen Koch weiter, Großfürstin.«

»Nochmals meinen Dank, dass wir unterkommen dürfen«, sagte Danèstra. Das grausilberne Haar lag in einem geflochtenen Zopf auf dem Rücken. »Mein Mündel freut sich über den Schlaf in einem weichen Bett.«

Kalenia hatte sich nach der langen Fahrt in der Kutsche auf ein Zimmer begeben und ruhte. Ihr war das Essen hinaufgebracht worden. Ein Vollschleier verhinderte, dass man ihr Gesicht erkannte. Danèstra fand die Maßnahme sinnvoll, auch wenn es die Neugier weckte, wer sich unter dem Stoff verbarg.

»Ich bitte Euch! Wie könnte ich die Klinge des Schicksals nicht bei mir beherbergen? Bei dem Wetter jage ich zudem keinen Hund vor die Tür.«

Thirío bellte einmal auf. Vytain und Skerbull lachten, Tauror stimmte mit ein.

Ilreen fehlte in der Runde. Die bleiche Frau hatte sich unter dem Vorwand abgesetzt, nach den Pferden schauen zu wollen. Gewiss sicherte sie die Umgebung von einem hohen Gebäudedach aus. Nach der Begegnung mit der Räuberin war sie angespannt.

»Er sagt auch Danke«, übersetzte Danèstra und streichelte das schwarz-weiße Fell. »Eure Bilder sind wunderschön.« Sie sah sich demonstrativ um. »Einige Gegenden erkenne ich. Manche erscheinen mir von den Künstlern ausgedacht.«

»Das sind sie.« Tauror schürte das Feuer und legte zwei Scheite nach, dann setzte er sich seinen Gästen gegenüber in einen gemütlichen Sessel. »Die Münze, die ich nicht in Futter für meine Tiere stecke, investiere ich in Gemälde. Teurer Spaß. Aber es erquickt meine Seele, und das ist letztlich unbezahlbar.«

»Schön gesagt«, befand Skerbull mit schwerer Zunge und goss sich großzügig von dem Likör nach. Er rieb sich über den Backenbart, der goldene Ring hing leicht schief. Das Korrigieren hatte er eingestellt. »Was ist in diesem feinen Stöffchen drin?«

»Destillat von Korn, versetzt mit Gewürzen und Zuckerrübensirup«, erklärte Tauror stolz. »Das gibt es nur bei mir, mein Freund. Nirgends sonst. Mein Kellermeister ist ein einfallsreicher Kerl.«

Skerbull schlug sich auf den Schenkel. »Dann kaufe ich dir ein paar Fläschchen ab.«

Tauror lachte. »Ich schenke sie dir.« Er sah neugierig in die Runde. »Nun, was treibt Euch bei den beginnenden Herbstschauern über Taucora?« Er spielte mit seinem Spitzbart. »Welches Abenteuer besteht die Klinge des Schicksals? Und warum hat sie sich Unterstützung gesucht?«

Diesen Gesprächsverlauf hatte Danèstra vermeiden wollen.

Beim Essen hatte sich dank ihrer geschickten Fragerei alles um Kampfstiere, um deren Erfolge, um die Gegend und die neuen Ereignisse auf Nankān gedreht. Die Ablenkung über die Bilder war missglückt.

»Gute Leute kann man nie genug haben.« Sie lächelte charmant. *Versuchen wir was anderes.* »Sagt, hattet Ihr schön öfter Schwierigkeiten mit den *Ledergesichtern?*«

154

Tauror verdrehte die Augen und schlug ein Bein über das andere. »Diese lästige Klauenseuche! Manchmal sind sie wie vom Erdboden verschluckt, aber kaum, dass es etwas zu holen gibt …« Er ließ seinen Satz unvollendet. »Es tut mir leid, dass Ihr beinahe deren Opfer wurdet.«

»Sie wurde *unser* Opfer«, erwiderte der schwarzhaarige Vytain trocken. Die schwach gemaserte, helle Haut machte ihn zu einer lebendig gewordenen Statue. Das dunkelrote Gewand betonte seine Größe, die Enden der weißgoldenen Bauchschärpe hingen neben den Beinen hinab.

»Auf anderthalb Feldmeilen!«, sagte Skerbull aufgebracht. »Kannst du dir das vorstellen?« Er wies mit dem Glas auf die Büchse. »Die kann er verlängern, und dann – *piff* – haut das Ding diese … Pfeilgeschosse oder was auch immer raus, als gäbe es keine Schwerkraft.«

»Anderthalb Meilen?« Tauror zeigte sich beeindruckt. »Die Schusswaffen aus Izozath sind berüchtigt. Und unbezahlbar.«

»Ich nutze sie ungern. Aber wenn es sein muss …« Vytain lehnte sich nach vorn, um sein Glas zu greifen. Sein Eigengeruch von gebrannten Mandeln und heißen Eisenspänen rollte gegen Danèstra.

»Ihr könnt die tote Räuberin in der nächsten Stadt abgeben und das Kopfgeld einstreichen, Tauror«, bot Danèstra an. »Für die Mühe, die wir Euch bereiten.« Sie suchte hastig nach einem anderen Unterhaltungsgegenstand. »Ihr erwähntet vorhin, dass Ihr viel Geld in Futter investiert. Ich dachte, den Stieren und Kühen genügten saftiges Gras und gutes Getreide?«

»Ho«, stieß Skerbull aus. »Da spricht jemand mit einem langen Leben, aber keiner Erfahrung, was die Viehzucht angeht.« Schnell goss er sich nach. »Habe ich recht?«

Tauror lächelte nachsichtig und holte Luft, um mit seinen Ausführungen zu beginnen.

Eine Hälfte der Doppeltür schwang auf.

Ein Bediensteter ließ Kalenia herein, die den Schleier um den Kopf trug und ihr robustes Reisegewand gegen ein schönes, helles Kleid getauscht hatte, unter dem sich der Bauch deutlich wölbte.

Die Herren erhoben sich bei ihrem Eintreten.

»Ah, Euer Mündel, Großfürstin.« Tauror deutete eine Verbeugung an. »Gesellt Euch zu uns, junge Dame. Was darf ich Euch bringen lassen?«

»Einen Tee, Herr«, antwortete Kalenia mit krächzender Stimme. Sie musste sich eine Erkältung zugezogen haben. Sie kam mit unsicheren Schritten in die Kaminhalle und nahm neben Danèstra Platz. Sogleich legte sie eine Hand auf ihre. »Das Wetter setzte mir zu.«

Die Herren ließen sich nieder.

»In Eurem Zustand müsst Ihr achtgeben, damit dem neuen Leben in Euch nichts Schlechtes zustößt.« Tauror nickte dem Diener zu, der hinausverschwand. »Es wird mit dem Tee ein wenig dauern, wie vorhin beim Abendessen. Die übrigen Bediensteten haben frei. Ich rechnete nicht mit Gästen.«

»Wir hätten auch selbst gekocht«, warf Skerbull erheitert ein und schlürfte. Leise schmatzend streifte er seine langen schwarzen Haare zurück, die sonst strähnenweise in sein Glas gerutscht wären.

»Das Futter«, nahm Danèstra den Gesprächsfaden wieder auf, bevor Tauror sich zu sehr auf Kalenia konzentrierte. »Was ist besonders daran?«

Der Anstoß genügte.

»Saftiges Gras. Pah. Wenn das so einfach wäre, hätten alle die besten Stiere, nicht wahr?« Der Züchter lächelte verschmitzt und lehnte sich in den Sessel. »Gras ist nicht gleich Gras. Man muss es aussuchen und sorgsam pflanzen. Und beim Getreide verhält es sich ebenso.« Tauror begann eine umfassende Abhandlung über das Grün, das aus seine Weiden wuchs. Skerbull lauschte aufmerksam, auch wenn seine Lider sich gelegentlich senkten. Vytain betrachtete die Bilder aus seinem blauen und roten Auge; er hörte nicht zu.

Kalenia neigte sich zu Danèstra, der Schleier streifte ihre Wange. »Fragt ihn, woher er das Gras hat«, flüsterte sie durch den dünnen Stoff.

Sogleich stellte sich bei Danèstra ein ungutes Gefühl ein. »Was wird das, Kind?«

»Fragt ihn, bitte! Dann werdet Ihr sehen.«

Danèstra verstand die Aufforderung sofort. *Ich sitze einem der Verschwörer gegenüber.* Sie war froh, nicht waffenlos in die Kaminhalle gekommen zu sein, und ärgerte sich, mit dem Trupp kein geheimes

Zeichen vereinbart zu haben. *Sobald Tauror ahnt, wer unter dem Schleier steckt, wird es übel.* Das Missfallen darüber, dass Kalenia bei der Ankunft keine Warnung ausgesprochen hatte, verschob sie auf später. *»Das Gras stammt aus der Wildnis«, wisperte sie dem Mädchen zu. »Er gehört zu ihnen?«*

»Ja«, flüsterte Kalenia verängstigt. »Ich … ich dachte, Ihr würdet mir mehr glauben, wenn er sich Euch gegenüber selbst verrät.«

»Du weißt, dass ich dir glaube, Kind. Sonst wären wir nicht hier.« Danèstra mochte solcherlei Überraschungen nicht.

»Ich … ich bringe Euch trotzdem einen Beweis. Ich stahl mich in sein Arbeitszimmer.« Andeutungsweise zeigte Kalenia ein blechernes Medaillon in den Falten ihres Kleides, das zwischen ihren Fingern bebte. »Aus seiner Schreibtischschublade. Es gehörte meiner Mutter. Er hat sich ein Andenken mitgenommen, dieser … dieses Monstrum! Damit können wir ihn überführen. Sein Leugnen wird zwecklos sein. Ich wollte, dass Ihr mehr habt als mein Wort.«

Danèstra war neugierig. Sie nahm das Medaillon aus den zitternden Fingern der jungen Frau. »Gut. Lassen wir ihn sich selbst verraten.« Sie hob die Hand, um Tauror zu unterbrechen. »Verzeiht, dass ich Euch ins Wort falle, aber ich hatte die Ahnung, dass wir ins Geschäft kommen könnten. Ihr wisst, ich führe ein Rittergut in Uthalosa«, sagte sie freundlich. »Aber solch ein Gras kennen wir nicht. Woher habt Ihr es?«

Tauror, eben noch geschmeichelt, verlor für ein Zwinkern lang die gute Laune. »Ich entdeckte es durch einen Zufall.«

»Auf dem Bild. An der rechten Wand, das zweite von links. Ist das der Herkunftsort?«, warf Vytain ein. »Es sieht aus, als wäre der Maler ins Irrsal gereist.« Er beugte sich nach vorn in Richtung der Leinwand. »Oh. *Ihr* seid der Maler gewesen, Tauror. Zumindest der Signatur nach. Ihr habt einen hübschen Pinselschwung.«

»Ja, ich gestehe«, lachte er, plötzlich nervös. »Ich begebe mich gelegentlich ins Irrsal, auf der Suche nach neuen Pflanzen für mein Land. Das ist das Geheimnis meiner Gräser.« Er trank sein Glas leer und tupfte sich mit einem gezückten Taschentuch den auf der Stirn perlenden Schweiß ab. »Verratet es nicht den anderen Züchtern. Mein Vorteil wäre dahin.«

Tauror fächelte sich Luft zu. »Ich öffne ein Fenster. Muss ein Scheit zu viel in den Kamin geworfen haben.« Er entschuldigte und erhob sich.

So sieht jemand aus, der schuldig ist. Danèstra zwang sich zur Ruhe. Vytain betrachtete arglos die Bilder, Skerbull rang mit der Müdigkeit und trank dennoch tapfer vom Schnaps. Danèstra vertraute auf ihre Geschwindigkeit, darauf, schneller als das Aussprechen eines magischen Banns zu sein. »Ihr seid ein sehr mutiger Mann. Wo genau wart Ihr?«

Tauror hatte das bodentiefe Fenster aufgestoßen, Regengeräusche drangen herein. Frische Luft spielte mit den weißen Vorhängen und verbarg den Mann teilweise. Es verlieh ihm etwas Geisterhaftes und machte ihn zu einem schlechten Ziel. »Im Irrsal?«

»Ja.«

»Nicht weit von Parnica. Das ist am schnellsten über die Seen zu erreichen.« Die angespannte Stimme verriet seine Verunsicherung. »Dort gibt es das beste Gras.«

»Ah. Da war ich auch schon. Mehr nördlich oder mehr westlich davon?«

»Südlich.«

»Das ist interessant. Da müsst Ihr eine Anomalie gefunden haben.« Danèstra setzte sich aufrecht, um ihre Pistola schneller greifen zu können. »Südlich davon gibt es nur karges Gebirge.«

Vytain suchte ihren Blick und versuchte zu ergründen, was vor sich ging. Eine Hand legte sich an den Griff seiner Electorum-Büchse.

»Das Gras, das auf der Weide nahe dem Hof wächst, ist das gleiche wie auf dem Bild.« Danèstra zeigte darauf. »Die Ruinen von Diuless, eine vernichtete Stadt in der Wildnis.«

Tauror blieb zwischen den wehenden Stoffen stehen, die ihm Schutz gaben, so als ahnte er, was ihm drohte. »Dann … irrte ich mich. Ihr habt natürlich recht. Ich war …«

Danèstra warf das Medaillon aus getriebenem Blech auf den Tisch, wo es klirrend landete. Einzig der Edelstein darauf gab dem Schmuckstück einen Hauch von Glanz.

Beim Aufschlag öffnete es sich und gab eine laienhafte Zeichnung preis, die auf einem Stückchen Papier eingelegt war. Ein Mädchengesicht kam zum Vorschein, zusammen mit einer schwarzen Haarlocke.

»Das«, sagte Danèstra, »befand sich in Eurem Arbeitszimmer, Verschwörer!« Sie stand auf. »Es gehörte einem der guten Menschen, die Ihr und Eure Dämonenfreunde dem Bösen geopfert habt.« Sie machte einen Schritt vorwärts. Sie zog die Electorum-Pistola, auch Vytain zückte die Energiebüchse, ohne dass er wusste, was vor sich ging. Skerbull hingegen war eingeschlafen und schnarchte, das halb leere Glas in den kräftigen Fingern. »Diese junge Frau an meiner Seite entkam Euch. Sagt, was man gegen diesen Dämonenpakt unternehmen kann, und ich gewähre Euch Schonung«, lockte sie. »Schweigt, und Ihr werdet für Euren Verrat an Nankān bestraft.«

»Wer ... wer bist du?« Tauror starrte auf Kalenia. Er wich weiter zwischen die Vorhänge zurück und verschwand beinahe gänzlich.

Danèstra schob sich vor Kalenia, den Lauf der Pistola auf den Viehzüchter gerichtet. Skerbull ließ sie schlummern. In seinem Zustand mochte er eher hinderlich sein.

Vytain wechselte die Position und legte die Electorum-Büchse auf den Gegner an, den Finger am Abzug.

»Du und die anderen, ihr habt mein Dorf geopfert«, sprach Kalenia voller Wut und hob anklagend den Arm, der Zeigefinger streckte sich gegen den Mann. »Du hast meine Mutter vergewaltigt und ihr Medaillon als Trophäe mitgenommen. Ich sah« – ihre Stimme kippte –, ich sah *dich*. Wie du ihr Gewalt antatest. Wie du sie erstochen hast. Als du mit ihr fertig warst, du Bestie!« Sie hob den Schleier.

»*Du*? Du lebst?«, rief Tauror ungläubig.

»Das Schicksal sandte mich, um Euch zu bestrafen, Tauror«, verkündete Danèstra. »Das Unrecht ist nicht wiedergutzumachen. Euer Tod ist das Mindeste für das, was Ihr und Eure Freunde angerichtet habt.«

Tauror hob ruckartig die Hände an. »Ich habe ...«

»Achtung! Er wirft einen Zauber auf uns!«, schrie Kalenia.

Wird er nicht. Danèstra drückte ab, und die Pistola verschoss beinahe lautlos ein Projektil.

Der Vorhang zuckte und erhielt einen Schnitt, als das pfeilspitzenhafte Geschoss hindurchjagte und den abtauchenden Tauror nicht wie gewollt ins Herz, sondern in die rechte Schulter traf.

Aber Vytain hatte aufgepasst und schwenkte den Lauf der Electorum-Büchse parallel zur Bewegung des Feindes. Das helle Pfeifen erklang, weil die Waffe mit viel mehr Energie arbeitete als Danèstras.

Tauror wurde seitlich in die Brust getroffen, der Stoff hinter ihm färbte sich schwallartig rot, und Fleischbröckchen hingen wie in einem Sieb darin fest. Er torkelte schreiend zum offenen Fenster hinaus, griff dabei um sich und riss die Vorhänge herab; der Wind machte sie zu langen weißen Fahnen.

»Vytain, schießt! Sonst ist unsere Mission verloren!«, rief Danèstra. Sie streckte den Arm und zielte auf den Hinterkopf des Dämonenbeschwörers. Die Pistola spie ihr Geschoss aus dem Lauf, und auch Vytains Büchse pfiff grell auf.

Die Spitzen trafen mit leichter Verzögerung ihre Ziele, und Taurors Schädel wurde gespalten. Er stürzte auf den Hof, wo die Tropfen es nicht schafften, den von Böen aufgewirbelten Stoff auf den Boden zu drücken. Von den Vorhängen wie von weißen, rot gesprenkelten Lohen umspielt, starb der erste Verschwörer.

Danèstra senkte die Waffe und lud zwei neue Geschosse in den Kipplauf. Die Vorteile eines Magazins besaß ihre ältere Pistola nicht. »Bewachte Kalenia«, wies sie den Izozath an und eilte hinaus, um sicherzustellen, dass Taurors Herz aufgehört hatte zu schlagen. Bei Zauberern wusste man nie, was sie vermochten. Sie wollte nicht in einem letzten gewobenen Bann vergehen.

Danèstra hielt neben dem Mann und drehte ihn mit dem Fuß auf den Rücken. Das Kinn mit dem Bärtchen war abgerissen worden und ein Auge geblieben, die linke Gesichtshälfte und die Schädeldecke fehlten. Die Kopftreffer hatten ihn übel zugerichtet. *Von dir geht keine Gefahr mehr aus.*

Plötzlich erklang Hufschlag. Ein Pferd galoppierte aus den Stallungen, im Sattel der Diener, der von Tauror gesandt worden war, um einen Tee für Kalenia zuzubereiten. *Er will sich absetzen, um die übrigen Verschwörer zu warnen.*

Danèstra hob die Pistola. »Halt, wenn dir dein Leben lieb ist!«

Der Bedienstete dachte nicht daran, sondern machte sich im Sattel klein. Die Geschwindigkeit des Tieres und die Nacht erschwerten das Zielen.

Der erste Schuss ging daneben, beim zweiten zuckte der Diener zumindest. Aber er setzte seine Flucht unvermindert fort und jagte in die schützende Dunkelheit, die rings um das Gehöft herrschte.

Verflucht! »Vytain!«, rief Danèstra. »Wir brauchen Eure Zielkunst. Rasch!« Sie lud dennoch nach, falls Tauror gelogen hatte und sich weitere Angestellte zeigten, um sie zu attackieren.

Das galoppierende Pferd wieherte unvermittelt auf, stürzte und überschlug sich, wie Danèstra schemenhaft erkannte. Der Diener rollte sich ab, aber geriet unter den schweren Tierleib und schrie.

Gleich darauf trat die geisterbleiche Ilreen aus der Nacht und packte den Mann am Kragen, um ihn zurück auf den Hof zu schleifen. Das Pferd rappelte sich auf und trottete schnaubend in den Stall. »Ich habe Euer Verhalten zu deuten versucht, Großfürstin«, sagte die Späherin von Weitem. »Er sollte nicht entwischen, richtig?«

Danèstra nickte und blickte sich aufmerksam um. Es zeigten sich keine anderen Gegner.

»Dann habe ich was für Euch.« Ilreen, die schwarze Kleidung trug und eine dunkle Stoffmaske nach oben geschoben hatte, legte den Diener auf den Boden.

Der Mann spuckte Blut und sog keuchend die Luft ein. Der Sturz hatte ihm schwere innere Verletzungen beschert.

»Was weißt du vom Treiben deines Herrn?« Danèstra vermutete, dass sich die Rippen in die Lunge gebohrt hatten. Hinzu kam die große Wunde, welche das Pistolageschoss in seine rechte Seite gerissen hatte. *Das wird er nicht überstehen.*

Bevor sie ihn eingehender befragen konnte, keuchte er und verging röchelnd.

Dann schauen wir drinnen nach Anhaltspunkten. »Zurück ins Haus.« Danèstra machte kehrt.

»Ich halte lieber Wache«, erklärte Ilreen, die durch ihre fahle Haut wie eine Spukfrau wirkte. »Kann sein, dass auch die Räuber in der Nähe sind und ihre Verschollene suchen.«

»Einverstanden.« Danèstra ging über Scherben in den Saal zurück. Es wurde Zeit, mit Kalenia ein ernstes Wort zu sprechen. *Sie brachte uns mit ihrem Verhalten in größte Gefahr. Wissentlich. Das kann ich ihr nicht durchgehen lassen.*

Vytain stand bei Danèstras Rückkehr neben Kalenia, die weinend am Tischchen saß und auf das Medaillon starrte; daneben lag das kleine Fläschchen, in dem sich die Seelen ihrer Eltern befinden sollten. Tränen benetzten den Schmuck und lösten das Bild auf, befeuchteten die Haarlocke. Skerbull schlief immer noch schnarchend und hatte von alldem nichts mitbekommen.

Der Vorsatz, eine deutliche Rüge zu erteilen, schwand angesichts des Häufchens Elend, in das sich die Schwangere verwandelt hatte.

»Wir haben den ersten Verschwörer getötet.« Danèstra kniete sich neben die junge Frau, die sich kaum mehr beruhigen wollte.

»Dieser Bastard!« Kalenia berührte den Anhänger behutsam mit den Fingerspitzen, als könne sie es nicht glauben, und streichelte ihn. »Eine Trophäe. Eine Trophäe nahm er sich mit. Dieses Schwein. Dieses Dreckschwein.« Ein Heulkrampf schüttelte sie, die Tropfen fielen hörbar auf das Holz wie heißer Regen.

Danèstra legte einen Arm um sie. »Bald ist Nankān in Sicherheit, Kind. Wegen dir und deines Mutes. Aber du hättest uns sagen müssen, vorher sagen müssen, dass er dazugehörte. Es hätte schiefgehen können.« Sie bemühte sich, keinerlei Vorwurf, sondern eine Bitte für die Zukunft daraus zu formulieren. Es war nicht der richtige Moment für harsche Kritik.

»Ja, ja, ich weiß, aber … ich … Verzeiht mir! Es kommt nicht wieder vor.« Kalenia schniefte und wischte sich die salzige Nässe von den Wangen. »Das habe ich außerdem im Schreibtisch gefunden.« Sie steckte das Fläschchen ein und zog einen von Tauror begonnenen Brief aus der Tasche.

Danèstra las.

Mein lieber, hochverehrter Wilto Thimen Chenero Ludewik von Rauhwasser!

Der Grund für mein neuerliches Schreiben ist ein ganz einfacher: Ich denke oft an die Ereignisse in der Wildnis.
In dieser Siedlung.
Versteh mich nicht falsch. Es ist keine Reue. Wir taten, was wir taten, und ich halte nichts davon, rückblickend andere Bewertungen vorzunehmen. Dennoch.

Wir sollten uns treffen. Alle.
Ich teilte es Euch bereits in meinem letzten Schreiben mit. Denn es gibt
eine Sache, die wir dort

Danèstra senkte den Brief. *Was gab es dort?* Vytains Geruch aus gebrannten Mandeln und Eisenspänen umgab sie unvermittelt. Er schaute ihr über die Schulter. »Mir fehlt das Wissen, um einordnen zu können, was sich eben zugetragen hat«, begann er. »Es scheint, als wäre Tauror nicht der einzige Dämonenflüsterer gewesen.«

Kalenia nickte. »Es gibt noch weitere. Ich verstehe es so: Sie wollten in meine Siedlung zurück. Um vielleicht ein größeres Ritual abzuhalten? Damit die Wildnis noch schneller voranwächst.«

»*Darum* geht es also.« Vytain ließ sich nicht anmerken, was die Erkenntnis bei ihm auslöste. Sein Alabastergesicht blieb unbewegt, nur die Maserungen glommen für einen Herzschlag auf.

»Das erkläre ich später.« Danèstra interpretierte den Brief wie Kalenia. *Sie wollen die Grünödnis anspornen.* Das bedeutete, dass sie keinerlei Zeit verstreichen lassen durften, um die restlichen Verschwörer zu beseitigen. Zumindest Rauhwasser hatte Kenntnis von Taurors Angelegenheit.

Ihn werden wir befragen. Danèstra atmete tief ein. »Gut. Wir schaffen Tauror und seinen Diener ins Haus. Dann zünden wir es an, um unsere Spuren zu verwischen, und legen die tote Räuberin auf die Straße. Die Leute der Umgebung werden denken, dass es das Werk der Ledergesichter war.«

Vytain nickte und bewegte sich auf den Ausgang zu. »Ich sage Ilreen Bescheid.« Dann war er hinaus.

»Danke«, sprach Kalenia und erhob sich, schlang die Arme um Danèstras Körpermitte und drückte sich an sie, so gut es die Schwangerschaft zuließ. Der Harnisch fing den Druck ab. »Ich danke Euch so sehr!«

Sie strich der jungen Frau beruhigend über den schwarzen Schopf. Ihre Wut wegen des Alleingangs war verraucht. »Aber keine Überraschungen mehr, wie ich sie eben erleben musste, Kind.«

»Nein! Ich verspreche es. Aber … weil Skerbull und er sich kennen, dachte ich … Ich dachte, dass sie …«, stammelte sie.

»Es ist in Ordnung. Wir machen es besser.« Danèstra sah auf den schnarchenden Taucoraner. »Wir wecken ihn und verschwinden. Nach Güldenschein. In Orillon.«

Kalenia ließ die Kriegerin los und blickte verblüfft. »Woher wisst Ihr das?«

»Wilto von Rauhwasser. Der Name aus dem Brief ist mir ein Begriff. Ich weiß, dass er in der Stadt der Reichsten wohnt.« Sie küsste die Stirn der jungen Frau. »Das wird ihn vor uns nicht retten.«

Kalenia lächelte schwach. »Ich packe meine Sachen.« Auch sie verließ die Kaminhalle.

Danèstra trat durch das Fenster ins verregnete Freie und zog den toten Tauror zurück in den Raum, legte ihn auf die lange gepolsterte Bank neben der Feuerstätte. Die Sturzbäche würden das Blut von ihm und dem Diener wegspülen.

Von Rauhwasser. Er war ein gelangweilter und zugleich schillernder Adliger, dessen große Freude darin bestand, Bestien aus der Grünödnis zu sammeln, die er zum Vergnügen hielt. Er richtete sie ab und organisierte begehrte Kämpfe in Orillon. Das wusste sie, weil Tintenfain ihm ein kleines Büchlein gewidmet hatte: *Der Bestienflüsterer und die Liebe.*

»Skerbull. Aufstehen!«, rief Danèstra und rüttelte an der Schulter des gedrungenen Mannes.

Er schnarchte abwehrend auf und drehte sich weg, die langen Haare hingen wirr nach allen Seiten. Es würde schwer werden, den Trunkenen aus dem Sessel zu bekommen.

Danèstra hatte vor Kalenia getan, als sei es ein Kinderspiel, Wilto von Rauhwasser auszulöschen.

Dabei war es alles andere als das. Sie brauchten dringend einen vertrauenswürdigen Zauberer. Doch die waren spärlich gesät.

***

Auszug aus *Die Abenteuer von Großfürstin Danèstara,*
Band hundertelf, Kapitel siebenundzwanzig

»Oh, Ihr seid keine Jungfrau mehr, Danèstara. Das merkt man sofort.«

»Was soll das heißen?«, schmunzelte sie.

»Nun, Ihr seid erfahren«, lächelte er.

»Heißt das, ich bin alt?«

Kapitel VII

Nankān, Königreich Orillon, an der
Grenze zu Bairi Yar, Herbst

Ich danke euch, dass ich mit euch reisen durfte.« Mal zog Quent den Radsarg, mal schob er ihn vor sich her. Seine Habseligkeiten, die er in einem Sack obenauf geschnürt hatte, waren nach seiner Flucht aus Merirosvo auf geschenkte Kleidung und einen Topf mit Eisenkette zusammengeschrumpft. Haneria, die rothaarige Bootsfrau, hatte ihm die Sachen überlassen, als sie ihn in Güldenhafen, dem vorgelagerten Umschlagplatz der Stadt Güldenschein, von Bord gelassen hatte.

»Gewiss! Nur gemeinsam kann man sich gegen Wegelagerer verteidigen, auch wenn du nicht aussiehst wie ein kräftiger Bursche«, gab Ovinia zurück, welche die Gruppe aus zehn Leuten anführte, die entlang des Seeufers auf der breiten Straße wanderte. Sie war eine grobschlächtige Frau mit rundem Gesicht und Pockennarben, aber ihre grünen Augen zeigten Freundlichkeit. Ihr Körper war umgeben von einem Kleidungsdurcheinander, das sie gegen die Herbstkühle schützte, auf dem Kopf saß eine Mütze, unter der die braunsilbernen Haare steckten. Ovinia legte die Rechte auf den Sarg. »Weißt du, deine Totenkiste, die ist die beste Abschreckung.«

»Ist es denn mit Gesindel so schlimm in Orillon?« Quent hatte seine Reisepläne gezwungenermaßen über den Haufen geworfen. Weil Haneria nach dem Löschen der Ladung in die Piratensiedlung zurückfahren würde, kam eine Weiterreise auf dem Schiff mit dem Electorum-Antrieb für ihn nicht mehr infrage. Es war ihm in Merirosvo zu gefährlich, um von dort eine neue Überfahrt Richtung Osten zu suchen. »Ich dachte, es leben hier genug wohlhabende Adlige, die man plündern kann?«

»Nein. Auf dieser Straße ist das Gesindel eher selten. Und du hast recht: Sie greifen die fetten Kutschen und Gespanne der Adligen an.« Ovinia pochte dreimal auf den Sarg. »Manchmal wollen die feinen Herrschaften sich aber einen Spaß gönnen und machen Jagd. Auf uns. Die Räuber sind eher Verbündete als unsere Gegner.«

»Oh.« Auf Hanerias Anraten hin machte Quent sich nach Bairi Yar auf, dem Damm, der Salz- und Süßwassersee trennte – und Orillon mit Izozath auf der einen sowie mit Elyaion auf der anderen Seite verband. »Das dürfen sie?«

»Wem das Land gehört, der bestimmt.« Ovinia hob ihren Wanderstab und zeigte auf die Straße. »Früher stand alle fünfhundert bis tausend Schritt eine Zollstation. Jeder reiche Idiot wollte vor Gier noch reicher werden. Das haben sie aufgegeben. Dafür jagen sie Reisende nach ihrer Laune wie Hasen und berufen sich auf ihren Landbesitz, den sie verteidigen.«

»Wir werden uns wehren.« Quent tat mutig, aber er vertraute heimlich auf Thýguda.

Ein kalter Wind blies den schlammigen Weg entlang, der lediglich an den Rändern halbwegs nutzbar war. Zahllose Stiefel, Hufe und Räder hatten ihn zusammen mit Wasser in grauen, stinkenden Morast verwandelt. Buntes Laub löste sich von den Ästen und bedeckte den Schlamm, ohne das Aufweichen der Erde zu unterbinden.

Ovinia sah nicht überzeugt aus von Quents Tapferkeit. »Am besten, es kreuzt keiner von den Bastarden auf.« Dann machte sie ihn auf den langen, dunklen Strich aufmerksam, der sich nicht mehr allzu weit von ihnen entfernt durch den Dunst senkrecht aus dem See stemmte und den Fluten Einhalt gebot. »Da! Das ist der Damm. Heute Abend sind wir dort.«

Quent wechselte die Position und schob den Sarg mit dem mumifizierten Calostro. Dabei starrte er auf die deutlich erkennbare Barriere und rückte die Gugel auf den kurzen braunen Haaren nach hinten, um besser sehen zu können.

Hundertfünfzig Feldmeilen lang und zwanzig breit war dieses schmalste und kleinste Reich von Nankān, dem zugleich die bedeutsamste Rolle zukam. Ohne die Barriere würden die Gewässer verschmelzen, das Salz würde das Süßwasser verunreinigen, mit fürchterlichen Folgen für die Natur und die Menschen.

»Zum ersten Mal durch Bairi Yar?«, wollte Ovinia wissen.

»Ja.«

»Was kannst du den Wächtern anbieten?«

»Einen Eisentopf und die Halterungskette«, sagte er ehrlich und bekam dafür mitfühlendes Gelächter von den Reisenden. »Wieso? Was verlangen sie?«

»Siehst du die Mauer, die den Zugang auf den Damm versperrt?«

»Ja.«

»Sie ist gespickt mit Schleudern und sonstigen mechanischen Fallen, damit sie keiner erklimmt. Uneinnehmbar«, erklärte Ovinia. »Am Tor ist angeschlagen, wie hoch die Abgaben sind, die man zu entrichten hat. Wer bezahlen kann, wird durch den Eingang gelassen und gemeinsam mit anderen von einem der maskierten Wächter auf die andere Seite geführt.«

»Oje«, entfuhr es Quent, den der Mut verlassen wollte. »Wie soll ich …«

»Warte es doch ab. Manchmal sind es unglaubliche Summen, die sie verlangen, manchmal auch gar nichts. Oder einen bestimmten Gegenstand«, beruhigte ihn ein junger Mann, der vor ihm lief. »Geduld. Das muss man nicht verstehen. Ich denke, die Wächter wollen es auch Mittellosen wie dir ermöglichen, die Passage zu nutzen.«

»Das wäre fantastisch!« Quent schöpfte sogleich Hoffnung und rollte den Sarg durch eine Pfütze. Spritzer des Schmutzwassers landeten auf dem Saum des geschenkten Mantels und seiner braunen Robe. »Was meinst du mit *Gegenstände?*«

»Metallstücke, Papier, Bürsten, Holzplanken, Ferkel, Hundewelpen«, zählte Ovinia auf und lachte. »Das ist der ausgefallene Sinn für Scherze der Dammwächter. Sie erinnern uns daran, dass das Leben Überraschungen auf Lager hat und damit stets zu rechnen ist.« Sie kehrte an die Spitze der Gruppe zurück. »Nur Mut. Das wird schon werden, Hungerturm.«

»Das wird es.« Quent bildete das aufragende Schlusslicht des Trupps, der sich auf den Damm und die Mauer zubewegte. *Sie muss über vierzig Schritt hoch sein.* Je näher sie kamen, desto mehr Einzelheiten machte er im sterbenden Licht der Dämmerung aus.

Das Bollwerk war keineswegs fugenlos oder glatt. Vereinzelt hingen verweste Überreste und Gebeine daran, mal an Stricken aufgehängt, mal halb von Nischen und Öffnungen verschlungen. Es war eine Mahnung, keinesfalls ein Übersteigen zu versuchen und die Wächter um ihren Obolus zu betrügen.

Dann erblickte Quent das Lager von Wartenden vor der Mauer. Er zählte mehr als zweihundert große und kleine Zelte, dazu kamen etliche Bretterbuden und hastig errichtete Hütten, in denen Obdach oder eine Mahlzeit angeboten wurden. Gewiefte Händler machten gutes Geld mit jenen, die den Damm überqueren wollten.

Feuer brannten mit bläulichem Rauch, das Holz war nass. Der Regen der letzten Tage hatte nichts und niemanden verschont, die Straße hatte sich in wadentiefen Matsch verwandelt. Der Gestank erinnerte an Gülle.

Ovinia löste die Wandergruppe mit dem Erreichen der Ausläufer des Lagers auf. Der Zweck der vorübergehenden Gemeinschaft war erfüllt. »Geht mit Deiwos dem Abenteuerlichen«, segnete sie die Menschen, die ihr Münzen in die Hand drückten. »Achtet auf euch. Ich kann's ja nicht mehr tun.«

Es ist eine kleine Stadt. Quent lachte, als er einen Krämer sah, der die abstrusesten Gegenstände zum Kauf anbot – bis ihm einfiel, dass mitunter genau so was gefordert wurde. Wie Hundewelpen. *Die Feder eines Seeschlangenvogels,* las er an einem Kästchen im Vorbeigehen. *Weißwolfzähne. Das Blut aus dem Schritt einer Jungfrau.*

»Warte!« Ovinia gesellte sich zu ihm. »Dir wollte ich noch viel Glück wünschen, junger Hungerhaken.« Heimlich drückte sie ihm zwei Silbermünzen in die Hand. »Hier. Damit du mir nicht ganz vom Fleisch fällst oder dich anbieten musst. Für welche Dienste auch immer.«

Quent war gerührt. »Ich wünsche dir Thýgudas Segen, so du ihn möchtest.«

»Oh, bist du ein Priester?«

»Noch nicht. Aber ich werde es sein.« Er legte eine Hand auf den von der Reise verdreckten Sarg. »Sobald ich den letzten Wunsch meines Meisters erfüllt habe.«

»Tüchtiger Junge.« Sie umarmte ihn und drückte ihn an ihren großen Busen. Sie roch nach Schweiß und Herbst, und er erwiderte ihre Umarmung. Mit ihren Bärenkräften könnte sie ihn in der Mitte durchbrechen. »Warmherzig und freundlich, wenn auch etwas tollpatschig. Das legt sich noch. Aber du musst wirklich mehr essen.« Ovinia ließ ihn los und blickte sich um. »Lass dir noch eines gesagt sein, was keinem von uns behagt: Das Tor ist schon seit einem Mond verschlossen, sagte mir ein Händler. Einen Aushang gibt es nicht. Die Dammwächter sind zurzeit nicht gewillt, eine Passage zu erlauben.«

»Oh.« Nach der Hochstimmung traf Quent die Kunde umso härter.

»Die Leute sind gereizt. Die ersten Krämer wollten schon abreisen und wurden prompt ihrer Waren beraubt. Es gab Handgemenge zwischen den Wartenden.« Ovinia wies auf die aufragende Standarte zu ihrer Linken. »Bleib zur Nacht in der Nähe dieser Fahne. Dort lagert ein Edelmann aus Güldenschein mit einem Haufen Leibgardisten. Dort bist du halbwegs sicher.« Sie schlug gegen den Sarg, der unter der breiten Hand erbebte. »Zusammen mit deinem Toten.«

»Und du?«

»Ich werde mich bei Freunden einnisten. Aber sie mögen keine Fremden, sonst hätte ich dich mitgenommen.«

»Danke!« Dieses Mal umarmte Quent sie zuerst. Er mochte die stämmige Frau. »Danke für alles.«

»Wir sehen uns drüben.« Ovinia winkte zum Abschied und verschwand im Wald aus gespannten Tuchwänden und dem Dickicht aus Seilen und Stricken.

Thýguda, verlasse mich nicht. Quent hatte alle Mühe, seinen Sarg durch den Schlick zu ziehen. Seine Füße und das Rad versanken und machten es zu einer kraftraubenden Prozedur, in die Nähe der Standarte zu kommen.

Der Adlige, dessen Zeichen eine aufgehende Münze über einem Feld war, hatte sich einen Hügel auserkoren, damit ihn und sein Gefolge bei Starkregen eine Überschwemmung nicht erreichte. Etliche kleine Zelte zogen sich um die Erhebung, erinnerten an ein Dorf, das sich zu den Füßen einer Burg duckte.

Quent arbeitete sich an den Unterkünften der einfachen Leute drei Schritt den Hügel hinauf und hatte von dort einen besseren Überblick. Beim Anblick der Zelte und Buden, beim Einatmen des Rauchs und des Gestanks, den der Matsch und die Ausscheidungen der Menschen verströmten, wusste er sofort: *Ich will hier nicht ausharren.* Der Herbst würde mit jedem Tag ungemütlicher werden. Aus Regen würde Schnee, und bei Frost würde er im Freien erfrieren, sofern sich die

Dammwächter nicht dazu durchrangen, neue Vorgaben zu machen, unter denen man Bairi Yar von West nach Ost durchqueren durfte.

Quent setzte sich auf den Sarg, ließ die Beine baumeln und die Szenerie auf sich wirken. *Was tue ich, Thýguda?*

Er bemerkte einen Mann mit einer umgehängten Tafel samt Bauchladen und zwei Schwerbewaffneten, die ihn flankierten. Er schlenderte zwischen den Zelten umher und rief laut, um auf sich aufmerksam zu machen. Menschen kamen angelaufen und drückten ihm Geld in die Hand, wofür sie eine Quittung erhielten.

An der Mauer versammelten sich derweil mehrere Leute, sie dehnten und streckten sich.

Sie versuchen, die Mauer zu übersteigen. Quent wünschte sich ein Fernrohr, um besser beobachten zu können, und streifte die Gugel herab, um besser zu hören. *Die Verrückten! Was versprechen sie sich davon?*

»… am weitesten hinauf. Wer wagt es? Wer wird verlieren oder gar sterben?« Der Wind wehte die Worte des Bauchladenhändlers herüber. »Macht eure Wetten: Horibert der Wagemutige, Elena die Gewandte oder Arkis der Flinke? Die Quoten entnehmt ihr meinem Aushang. Los, los! Setzt mutig und werdet reich!«

Quent erkannte seinen Irrtum. Die Wartenden vertrieben sich lediglich die Zeit mit einem gefährlichen Wettbewerb, um Münzen zu machen.

Ihm fiel bei seinem Rundumblick über das Zeltdorf auf, dass es keine Warteschlange am großen Einlasstor gab. Niemand rechnete damit, dass sich die Wächter zeigten.

Mutig sein, echoten die Worte des Wetteintreibers in Quents Kopf. *Warum nicht?*

Er rutschte vom Sarg und schob ihn die Anhöhe hinab, zerrte ihn hinter sich durch das Meer aus zähem Schlamm, in dem unzählige Finger nach seinen Stiefeln und dem Rad zu greifen schienen, um ihm das Vorankommen zu erschweren.

Keuchend und schwitzend gelangte Quent auf den festen Boden vor dem Portal. Seitlich hing eine unbeschriftete Tafel, auf der wohl üblicherweise die Forderungen der Dammwächter notiert wurden. Er blickte nach rechts und links. *Niemand zu sehen.* Allein stand er vor dem riesigen Doppelflügeltor, durch das ein Drache gepasst hätte.

Gäbe es jetzt die ersehnten Vorgaben von den Wächtern, wäre er der Erste. Er sah auf den Kessel und die Kette. *Mehr habe ich wirklich nicht.*

Zwei Steinwürfe entfernt stürzte unter dem Aufschrei der Schaulustigen ein Mann von der Mauer und landete in dem bereitgeschobenen Strohhaufen. Es folgten die abgetrennten Beine. Einer der Athleten war Opfer der eingebauten Fallen des Bollwerks geworden.

»Horibert der Wagemutige ist raus«, waberte es leise durch den Pulk zu ihm herüber. »Als Nächste: Elena die Gewandte. Wie weit wird sie steigen? Wann springt sie ab, und wann wehrt sich die Wand gegen sie?«

Unter dem Beifall der Masse erklomm die brünette Frau in Hemd und Hose die Mauer.

Quent stellte den Sarg mit Calostros Überresten ab und trat an das Tor. Beide Hände legte er an das beschlagene, verwitterte Holz, das Spuren von Eroberungs- und Durchbruchsversuchen zeigte. Die Eisenbänder und Stahlplatten hatten in der Vergangenheit standgehalten.

Mutig sein. Quent spannte die Muskeln, die durch die Reise mit der Totenkiste deutlich mehr geworden waren, stemmte die Sohlen in den nassen Boden und schob, so fest er vermochte. *Mutig sein!*

Der schwere Flügel gab nach, knarrte dunkel und majestätisch wie ein Ungetüm, das sich ihm unterwarf.

Quent lachte. Sein Mut wurde belohnt! Die Dammwächter hatten entschieden, den Weg freizugeben. Ohne eine einzige Vorgabe – abgesehen davon, dass es Mut bedurft hatte.

Er hörte auf zu schieben, als sich ein Spalt von zwei Schritt aufgetan hatte. *Was erwartet mich?* Zögerlich blickte er um das mannsdicke Tor.

Dahinter standen weder bewaffnete Dammwächter, noch erhob sich ein hinderndes Gitter.

Das Bollwerk gab den Durchgang auf die verwaiste Dammkrone frei, als hätte es auf ihn gewartet. Schnurgerade verliefen granitfarbene Steinplatten nebeneinanderher und erschufen eine karge Ebene, über die Nebelschwaden trieben. Die Luft schmeckte salzig, ohne Gestank nach Fäule und Exkrementen. Bairi Yar verlor sich im Dämmergrau, schien unendlich weit zu reichen und ihn abschrecken zu wollen.

Dann soll es sein. Quent kehrte zum Sargkarren zurück.

Keiner der Wartenden hatte sein Tun bemerkt. An der Mauer verfolgte die Menge, wie weit die junge Frau kam, und der Rest des Lagers traf Vorbereitungen für die kommende Nacht.

Quent überlegte, ob er Ovinia suchen sollte, um sie mitzunehmen. Doch wenn das mannsdicke Tor sich wieder schloss und verriegelte?

Das Wagnis wollte er nicht eingehen, und so rollte er den Sarg durch das Portal, ohne es hinter sich zuzudrücken. Damit gab er den Wartenden Gelegenheit, das Wunder selbst zu entdecken. Aus den Augenwinkeln meinte er, einen menschlichen Umriss auf dem Boden liegen zu sehen, tat es jedoch als Schatten ab.

Quent atmete auf. *Geschafft!* Das Rad lief leicht wie selten in den letzten Tagen über die ebene Fläche, die durch den Dunst endlos schien. *Auf nach Elayion.*

Er bewegte sich genau in der Mitte des Dammes. Somit waren es zwölf Feldmeilen nach rechts und links und hundertfünfzig bis auf die gegenüberliegende Seite. Auf dem Untergrund aus glatten Steinplatten, ohne Schlamm und Unebenheiten, schaffte er bestimmt vierzig Meilen am Tag, sofern das Wetter sich nicht verschlechterte. Sein Rest Proviant reichte für die Etappe aus, danach musste er in Elayion die erste seiner zwei geschenkten Silbermünzen in Nahrung investieren.

»Bist du verrückt?«, erklang unvermittelt ein lauter Ruf hinter ihm. »Komm zurück!«

Quent setzte die Totenkiste ab und wandte sich um. »Aber es war offen.«

Ein Mann, dick eingepackt gegen die Kühle und mit einem albernen Hut auf dem Kopf, winkte ihm zu, er möge umkehren. In seiner Hand brannte eine Pfeife und gab schwache Rauchsignale wie zur Unterstützung der Worte. »Auf der Tafel steht nichts geschrieben.«

»Dann ist es doch kostenlos.«

»Nein! Es *muss* darauf stehen, was zu leisten ist«, erklärte der Mann laut und paffte hektisch. »Erst wenn ›nichts‹ zu lesen ist, kostet es nichts.«

Quent grinste. *Er ist jedenfalls nicht mutig.* »Es stand nichts drauf.«

»Aber … aber nicht ausgeschrieben«, rief er aufgeregt und zog mehrmals am Mundstück, weißblaue Schwaden schossen über die Lippen. »Los! Zurück!«

»Ist das nicht meine Angelegenheit? Was geht's dich an?« Quent ließ sich seinen Erfolg von dem Zauderer nicht kaputt machen. *Ich gehe nicht zurück.*

»Wenn du die Dammwächter verärgerst, lassen sie uns womöglich nicht rüber.«

Quent packte die Griffe. »Wie lange wartest du schon?«

»Seit … seit das Tor geschlossen wurde.«

»So bleibe auf deiner Seite und warte weiter.« Er hob den Sarg an und drehte sich einmal, um ihn hinter sich herzuziehen. »Thýguda ist mit mir. Und dir wünsche ich eine gute Nacht im Schlamm und im Gestank.«

»Du … hirnloser Sohn einer Stute!«, schimpfte er und warf die Pfeife nach ihm. Die Glut leuchtete und zog eine rote Bahn, bevor sie im Flug erlosch. »Das ist rücksichtslos! Hörst du? Rücksichtslos! Du wirst deine Strafe von den Wächtern erhalten!«

»Ich werde ihnen meine Deutung erklären, wenn sie es anders sehen.« Quent stapfte in den Dunst und atmete die Salzluft tief ein. Sie roch frisch und reizte die Lunge, machte die Nase frei.

Der Salzwassersee zu seiner Linken besaß eine unterirdische Verbindung zu Arna Mhauta, dem tosenden wilden Meer der Leeren Inseln, hatte Calostro behauptet. Dadurch gäbe es Ebbe und Flut, was für einen See ungewöhnlich war. Der Unterschied der Gezeiten betrage dreißig Schritt, hatte sein Meister verkündet.

Quent lief über die Dammkrone und bedauerte, dass es wegen des Nebels nichts zu sehen gab. Er bildete sich ein, das Donnern des Salzsees zu vernehmen, und zu gerne hätte er einen Blick darauf geworfen.

Die einzigen Geräusche waren das Scharren seiner Sohlen und das anhaltende Quietschen des Rads, das Quent bislang nie aufgefallen war. Die Radnabe war durch den nassen Schlamm stets geschmiert gewesen, aber die Steinplatten waren frei von Dreck. Moose und Flechten hatten sich gebildet, doch sie halfen nicht gegen das penetrante Quietschen. Verräterischer konnte er sich kaum fortbewegen.

Ob es ein Fehler war? Quent warf einen kurzen Blick über die Schulter. *Oder eine Falle?*

Das sperrangelweit aufgestoßene Tor lag mehr als eine halbe Meile entfernt. Etwa zwanzig Menschen wagten sich behutsam vorwärts und folgten ihm. Sie blieben in kleinen Gruppen, manche hielten Waffen in den Händen, andere Opfergaben.

Am Durchgang und vor dem Portal drängten sich die weniger Mutigen und beobachteten, was mit jenen geschah, die ohne die Begleitung eines Wächters den Damm betraten.

Mein Mut war ansteckend. Quent grinste. *Wie die Wetten wohl auf mich stehen?*

Dann tat sich eine Lücke zwischen den Schaulustigen auf. Gepanzerte Reiter drängten sich rücksichtslos durch die Menge, und Quent erkannte die geführte Standarte. Der Adlige vom Hügel und sein Gefolge ließen sich die Gelegenheit nicht entgehen.

Das passte Quent nicht, ohne dass er wusste, warum. *Ich hätte das Tor doch schließen sollen.* Er lehnte sich nach vorn und ging schneller. Das Rad schrie anhaltend in die Stille und warnte jedes Lebewesen. *Sie lassen mich als Kundschafter vorangehen. Feiglinge!*

Umkehren kam nicht infrage.

Nach zwei Meilen tauchten zu seiner Rechten verlassene, halb zusammengefallene Gebäude auf. Die Dammwächter hatten sie aufgegeben.

Quent verzichtete darauf, sie zu untersuchen. Er wollte vorwärtskommen. In gleichbleibendem Abstand folgten ihm die wenigen Mutigen; sie scharten sich inzwischen um die Fahne des Adligen.

Das Portal stand immer noch offen. Fackeln und Feuer waren entzündet worden, und die Menge hatte sich auf die Schnelle sogar Aussichtsgerüste gebaut, um die Geschehnisse auf dem Damm zu beobachten.

Quent sah vor seinem geistigen Auge den Wetteintreiber und wie er den Leuten das Geld aus der Tasche zog. Wenn sie auf seinen Tod gesetzt hatten, würde er sie enttäuschen müssen. *Mit größter Genugtuung.*

Ein kollektiver Aufschrei aus zahlreichen Kehlen brachte Quent dazu, erneut einen Blick über seine Schulter zu werfen.

Eine Handvoll Verwegener sprang von den Tribünen und Gerüsten. Sie hetzten auf den Damm, während die weniger Mutigen hinter dem beschlagenen, gewaltigen Flügel der Portaltür verschwand. Der Zugang zu Bairi Yar schloss sich.

Quent begann zu rennen, ohne dass er es zu begründen vermochte. Das schlechte Gefühl, das er seit dem Erscheinen des Adligen hatte, verstärkte sich. Das Rad schrie und schrillte, als fürchtete es um sein Leben. Er wollte weg vom Tor. Schnell.

***

Nankān, Königreich Orillon,
Hauptstadt Güldenschein, Herbst

Danèstra blickte durch den Spalt im Vorhang auf die Straße, wo sich die Menschen vor der Tür reihten und geduldig warteten. Sie flocht sich die Silberhaare neu, der erste Versuch hatte ihr nicht zugesagt. »Schon wieder welche, die Unterschriften haben wollen.« Die Leute hatten stapelweise Bücher, Zeichnungen und sogar Gemälde dabei, um sie von der Klinge des Schicksals signieren zu lassen, teils für sich, teils im Auftrag ihrer Herrschaften.

»Ihr wolltet es so, Großfürstin.« Vytain saß am großen Tisch vor den Einzelteilen seiner zerlegten Electorum-Waffen: die verlängerbare Büchse, zwei Pistolas mit Magazinen und eine großkalibrige Drehlauf-Pistola mit zehn Kammern. Die kleineren Electorum-Schussvorrichtungen waren zum Anbringen an Unterarmen und Schulterrüstungen gedacht. Ein immenses, königliches Vermögen breitete sich auf der Platte aus. Vytain trug zum Schutz vor Restentladungen Handschuhe und einen Umhang aus besonderem Stoff, der sich nicht mit der Energie vollsog. Das rote und das blaue Auge blieben auf seine Finger gerichtet, die Metallstücke reinigten und prüften.

»Nein. Ich verlangte nicht nach Aufmerksamkeit.« Danèstra meinte in der Reflexion der Scheibe neue Falten im gealterten Gesicht zu entdecken, die ihr die Mission in kurzer Zeit beschert hatte. Sie streichelte Thiríos Kopf, der neben ihr saß. Das weiche Fell zu spüren beruhigte sie. »Dieser verdammte Tintenfain! Er brockte mir das ein.«

Danèstra hatte mit ihrer Truppe Quartier in der besten Herberge von Güldenschein bezogen, weil alles andere nicht standesgemäß und schon gar nicht erklärbar gewesen wäre. Ihr Status und ihr Ruf waren bei den reichsten Menschen von Nankān bekannt. Da sie ihr Wappen grundsätzlich nicht verbarg, wusste die ganze Stadt, wer zu Besuch gekommen war. Kalenia galt offiziell als Mündel mit einer entstellenden, nicht ansteckenden Krankheit, deretwegen sie ihr Gesicht hinter einem Schleier versteckte. Keiner ahnte, aus welchem wahren Grund die Truppe um Danèstra Güldenschein besuchte, und das musste unter allen Umständen so bleiben.

Skerbull war in der Stadt unterwegs und kaufte Spezialitäten ein, wie er kryptisch verkündet hatte. Er ließ sich keinerlei Trauer um seinen Freund anmerken, machte aus seiner Wut über den Verrat jedoch keinen Hehl. Ilreen saß wieder irgendwo auf dem Dach des Hauses im Schatten der Kamine und sicherte die Umgebung. Die Einwohner würden annehmen, sie hätten einen Geist gesehen, sofern sie die fahle Frau überhaupt bemerkten, die sich trefflich aufs Verbergen verstand.

Die perfekte Attentäterin. Danèstra streichelte gedankenverloren Thiríos Rücken. Sie machte sich die geistige Notiz, Ilreen auf das Artefakt anzusprechen, mit dem sie nachts die Lichtsignale aus der Dunkelheit an die Kutsche gab. Es schien ihr Kurzschwert zu sein, das mit einem magischen Bann belegt war. *Wir haben immer noch keinen Zauberer. Dabei bräuchten wir dringend einen.*

Kalenia spitzte durch ein anderes Fenster auf die Straße. »Woher haben die Leute diese Bilder? Kann man die an Ständen kaufen?«

»Auch von Tintenfain«, knurrte Danèstra. »Er hat nicht nur Schreiberlinge engagiert, sondern eine Malwerkstatt gegründet. Er verschickt die Illustrationen aus den Büchern in seine Läden und an seine lizenzierten Händler in ganz Nankān.«

»Verstehe. Und Ihr bekommt davon einen Anteil.«

»Nein.« Danèstra schüttelte leicht den Kopf und spürte den schweren Zopf im Nacken. Er hatte sich erneut gelöst, nun begann sie das Flechten zum fünften Mal. Als sie die Nächsten draußen sah, die sich am Ende der Schlange einfanden, seufzte sie. »Er macht gutes Geld. Mit meinem Namen.«

»Das lasst Ihr Euch aus einem bestimmten Grund gefallen?«, erkundigte sich Vytain. Die Battarias hatte er mit dünnen Drähten versehen, die zu einem bodenvasengroßen Tank führten, in dem sich Zitteraale drängten. Sie gaben ihre Energie in regelmäßigen Abständen ab und luden damit die kleinen Speicher, welche die Electorum-Waffen antrieben. Am Morgen hatte er sie mit frischen Fleischstückchen gefüttert, und seitdem spendeten sie neue Energie.

»Tintenfain entwischt mir immer. Sonst hätte ich ihm längst die Hände gebrochen.« Danèstra ließ den Vorhang vor das Glas zurückgleiten und betrachtete sich im Spiegel. Rasch war die Flechtfrisur in Ordnung gebracht. Sie korrigierte den Sitz des hohen Kragens und rieb mit einem Tuch über den Harnisch mit ihren Insignien, um die Pracht zu verstärken. Etwas Puder nahm den Glanz vom Gesicht, die blauen Augen leuchteten. »Ich gehe runter und erledige das. Sonst verschwinden sie nie. Die Prozession würde uns beim freien Bewegen einschränken.«

»Macht nur. Hören wir danach, was unsere Mission ist?« Vytain blieb wie stets ruhig und besonnen. Er setzte die Battarias in die Waffen ein und legte dann Überwurf und Handschuhe ab. »Ein wenig ahnen können wir es, seit dem Tod von Tauror Grauhorn. Aber mich würden Einzelheiten interessieren. Um besser planen zu können.«

»Ihr seid nicht der Anführer«, fuhr ihn Kalenia überraschend unfreundlich an.

»Das ist richtig. Und Ihr seid das Mündel.« Vytain zeigte mit einem Laufstück zu Danèstra. »Ihr Mündel. Oder habe ich das falsch verstanden?«

»Habt ihr nicht. Aber …« Die junge Schwangere sah Hilfe suchend zur Kriegerin.

»Ihr habt recht, Vytain. Ich rufe die Truppe zusammen, sobald Skerbull von seinen Besorgungen zurück ist.« Danèstra bedeutete Kalenia mit einer freundlich-mütterlichen Geste, nichts weiter zu sagen. »Es muss sein, mein Kind.«

Kalenia setzte sich, legte eine Hand auf den dicken Bauch und griff nach dem Glas mit Tee. Sie schmollte.

»Ich danke Euch.« Vytain baute die Schusswaffen zusammen und verstaute sie in den Transportbehältnissen, bis auf die verkürzte Büchse. »Soll ich mir Eure Pistola auch anschauen, Großfürstin? Es scheint ein sehr altes Modell zu sein. Die zweischüssigen werden schon lange nicht mehr gebaut.«

»Später, gerne. Ich weiß, dass die Waffe alt ist, und das passt sehr gut zu mir. Sie hat den Vorteil von Reichweite und Durchschlagskraft.«

Danèstra ging nach einem letzten prüfenden Blick in den Spiegel zur Tür. So konnte sie vor ihre Anhänger treten. »Thirío, bleib.«

Ihr Hund gab einen Laut des Unmuts von sich und legte sich hin, bettete den Kopf auf die Vorderpfoten.

»Ich weiß, du hast auch eine Anhängerschaft. Doch du weißt, dass dich alle anderen nur drücken wollen.« Thirío knurrte leise. »Dachte ich es mir doch.«

Danèstra verließ den Trakt der Herberge, den sie angemietet hatte, und begab sich die Stufen hinab in die Stube, aus der die Unterredungen von zahllosen Menschen drangen.

Sie überlegte, wie oft sie schon in Orillon gewesen war, das bis vor der Übernahme auf den anmutigen Namen Liebland gehört hatte. Güldenschein hieß einst Freisinn, da der Herrscher großen Wert auf die Freiheit und die Gleichheit der Bewohner gelegt hatte.

Dann war die Wildnis vorgerückt und hatte Yarkins Bevölkerung in Scharen getötet und vor sich hergetrieben. Ein Zusammenschluss von Adligen der untergegangenen Reiche, Baronien und Grafschaften hatte sich gebildet und mithilfe eines zusammengekauften Heeres aus Veteranen die Macht in Liebland übernommen. Seitdem war Orillon ihr eigenes Refugium, in das ausschließlich gut Betuchte aufgenommen wurden. Gewöhnliche Menschen oder gar Flüchtlinge aus dem Irrsal wehrten sie mit Gewalt ab. Allein die Einreise kostete ein Vermögen.

Wer auf Dauer Bürger werden wollte, musste sich einkaufen, was gelegentlich dazu führte, dass niedere Grafen die Diener für Höherstehende spielten. Danèstra hingegen war mehrfach vom Rat der Adligen ein Anwesen angetragen worden, unentgeltlich. Sie wollten sich mit der Klinge des Schicksals in ihren Reihen zieren.

Das wird nie geschehen. Ihre Aufgabe in Kaltensee bedeutete ihr mehr, als die Unterhalterin für Baroninnen, Grafen, Herzoginnen und Fürsten zu spielen, um sich im Gegenzug anzuhören, wie schade es sei, dass die Ahnen zusammen mit den Reichen untergegangen seien. *Sollen sie sich doch gegenseitig etwas vorjammern.*

Die Regierung funktionierte denkbar einfach. Der Rat der Adligen, der Danèstra hatte einwerben wollen, entschied nach dem Prinzip des größten Reichtums. Man beratschlagte gemeinsam, aber bestimmen durfte derjenige, welcher das meiste Geld auf den Tisch legte, um seine Meinung zu erkaufen. Dabei war es erlaubt, sich Münzen und Vermögen zu leihen. Das Geld floss in die Gemeinschaftskasse, aus der unter anderem das Heer und die Söldner bezahlt wurden.

Die große Streitmacht aus Veteranen sorgte für ausreichend Schutz des elitären Orillon. Das Nachbarland Izozath und Liebland hatte bis zum Sturz des Königs eine sehr gute Freundschaft verbunden, doch der Bund der Blaublüter hatte bei der Einnahme von Liebland etliche Lagerstätten von Izozath erobert und war damit in den Besitz zahlreicher Electorum-Waffen gekommen. Trotzdem hatte Orillon ein Problem. Keiner wusste, wie man die Waffen nach der Entladung der Battarias wieder lud.

Somit wurden die unermesslich wertvollen Pistolas, Büchsen und Geschütze zu Wegwerfware. Sämtliche Gesuche an die Izozath, eine Unterweisung zu geben oder Battarias zu liefern, wurden abgelehnt. Daher kam der Tag, an dem Orillon sich etwas einfallen lassen musste, um sich das Irrsal und die Flüchtenden vom Leib zu halten, stets näher.

Ich werde darauf achten, dass sie mir Vytain nicht verhaften, damit er ihnen als Ingenius dient.

Danèstra hatte den letzten Treppenabsatz erreicht.

Der Wirt, in Hose, Hemd und teurem Gehrock, beschwichtigte die Leute, so gut es ihm möglich war, und versuchte, sie mit warmen Worten zurück ins Freie zu drängen. Sie blockierten den ganzen unteren Bereich des noblen Gasthauses. An ein Tagesgeschäft mit Speisen und Getränken war nicht zu denken. Und damit gab es keinerlei Einnahmen.

»Da ist sie!«, schallte der erleichterte Ruf. »Die Klinge des Schicksals! Leibhaftig!«

Applaus brandete auf, ihr Name wurde gerufen.

Danèstra genoss den Zuspruch und gab sich Mühe, es nicht zu sehr zu zeigen. Natürlich sonnte sie sich in ihren Erfolgen und pflegte den Nimbus, den sie aufgebaut hatte. Das änderte aber nichts daran, dass sie Tintenfain dafür hasste, ihre Taten zu seinem finanziellen Vorteil auszuschlachten. Daran trugen ihre Bewunderer freilich keine Schuld. Sie hatten ihre ganze Freundlichkeit verdient, schon allein deswegen, um die Königinnen und Könige und die übrigen Staatslenker auf Nankān zu ärgern. Sie hatte Horneus' Worte nicht vergessen, die stellvertretend für jene der Mächtigen standen.

»Großfürstin!« Der grau melierte Wirt mit dem sauber gestutzten Bart drängte sich durch die Masse und vollführte Armbewegungen, die an einen Schwimmer erinnerten. »Tut mir den Gefallen«, raunte er, »und unterschreibt die Souvenirs der Leute, und dann komplimentiert sie raus. Auf Euch werden sie hören.« Er blickte besorgt. »Die ruinieren mir den Boden. Und einen Schrank haben sie auch schon umgeworfen. Mit dem guten Geschirr.«

»Gewiss, mein Lieber. Das wird sich regeln lassen.« Danèstra hob beschwichtigend die Linke. Die Besucher, die ausschließlich wegen ihr gekommen waren, verstummten augenblicklich. »Meine verehrten, geschätzten Freundinnen und Freunde«, begann sie die knappe Ansprache. »Es freut mich, einmal wieder nach Güldenschein zu kommen. Nehmt Rücksicht auf die Einrichtung des guten Mannes hier« – sie zeigte auf den Wirt, der erleichtert blickte und den Sorgenschweiß mit dem Taschentuch von Stirn und Oberlippe abtupfte – »und stellt euch geordnet auf.« Sie ging langsam die letzten Stufen hinab. »Ich gewähre jedem eine Signatur. Ins Buch oder auf ein Bild, und wenn es den ganzen Tag dauern möge: Keiner geht ohne eine Unterschrift nach Hause.«

Erneut klatschen die Versammelten.

Danèstra kam zum nächsten Punkt, der ihr wichtig war. »Solltet ihr Geschenke für mich mitgebracht haben, stellt sie bitte dort drüben ab. Ich freue mich über jedes einzelne, werde aber nichts davon für mich behalten, sondern sie an jene spenden, die sie nötiger haben als ich.« Die Leute machten beeindruckte Gesichter. »Und sollte sich jemand unter euch befinden, der als Diener gekommen ist, um den Befehl seiner Herrschaft zu erfüllen, und eine Gabe für mich hat: Behaltet das Geschenk selbst.«

Jetzt wurde laut gelacht.

»Fangen wir an. Und nicht drängeln, meine lieben Freundinnen und Freunde!« Danèstra begab sich an einen Tisch, während die Wartenden artig eine gewundene Schlange bildeten, ohne dass noch mehr zu Bruch ging.

»Danke, Großfürstin.« Der Wirt brachte Tintenfass und Feder sowie Streusand und Löschpapier, dazu Siegelwachs und einen Brenner. »Ich besorge Euch etwas zu trinken. Meinen besten Wein? Oder das nach alter Rezeptur gebraute Feinbier?«

»Wasser, wenn es dir nicht zu viele Umstände macht.«

»Natürlich nicht!« Der Wirt verbeugte sich und legte eine Hand gegen sein Wams. »Immer eine Ehre, Großfürstin.« Er verschwand durch das Gewühl, das sich nach und nach in eine Ordnung wandelte.

»Fangen wir an. Wie heißt du, junger Mann?« Danèstra schrieb ihren Namen auf die hingehaltenen Bücher, Seiten, Blätter, auf Bilder und Gemälde, nutzte jedes Mal ihr persönliches Insigne. Einladungen zum gemeinsamen Essen lehnte sie mit aller Freundlichkeit ab, bedankte sich für Geschenke und bedachte jeden mit einem Lächeln. Sie mochte es, Anerkennung für das Geleistete zu erhalten.

Weniger gefielen ihr die vorgelegten erotischen Darstellungen von ihr, auch wenn die meisten Zeichner ihren juvenilen Körperbau gut getroffen hatten. »Oh, das stimmt aber nicht.« Sie machte sich einen Scherz, mehr Falten einzuzeichnen, was die Umstehenden mit heiterem Lachen quittierten. »Das passt eher.«

Nur einmal wurde Danèstra laut, als ein offensichtlich übereifriger Anhänger ihr vorschlug, eine Nacht mit ihm zu verbringen. Er bot ihr all sein Vermögen, seine Anwesen und sein Leben dafür an. Sie kannte solche Offerten, sowohl von Männern als auch von Frauen, was immer sie sich davon erhofften. »Wie kommt Ihr auf den Gedanken, die Gunst einer freien Frau kaufen zu können?«, sagte sie vernehmbar. »Hättet Ihr mich gefragt, ob mir einfach danach wäre, hätte ich freundlich abgelehnt. Aber dass Ihr allen Ernstes glaubt, ich würde mich durch Vermögen und derlei dazu verleiten lassen? Das ist ein starkes Stück. Nun geht Eurer Wege und wagt es nicht, mir noch mal unter die Augen zu treten!«

Der junge Mann zog mit rotem Kopf ab, bekam Beschimpfungen aus der Warteschlange.

Nach einer gefühlten Ewigkeit hatte Danèstra die Signierwünsche der Leute erfüllt, viel gesprochen und berichtet, ihr Schwert und die Electorum-Pistola erklärt. Sie zog sich ins obere Stockwerk zurück, wohin sie auch das zubereitete Essen für sich und ihr *Gefolge,* wie sie die Truppe dem Wirt gegenüber nannte, servieren ließ.

Bei ihrem Eintreten fand sie sowohl Ilreen als auch Skerbull vor. *Wir können über die Mission sprechen. Soweit es mein eigenes Wissen angeht.* Die Namen der Dämonendiener behielt Kalenia vermutlich weiterhin für sich. *Das werden sie ihr nicht ausreden.*

Vytain hatte die Electorum-Waffen zusammengesetzt und verstaut. Eine Pistola trug er rechts, eine weitere hinten am Gürtel, wie Danèstra wusste. Er saß in seinem langen, dunkelroten Gewand lesend im Sessel und erinnerte sie an eine mechanische Puppe. Kalenia schlief auf einer übergroßen Liege, neben der Thirío Wache hielt.

Ilreen beobachtete die Straße durch das Fenster wie ein Geist, der sich in der Tageszeit geirrt hatte. Ihre Lederrüstung hatte sie gegen ein enges hellgraues Ledergewand mit schwarzer Schnürung getauscht. »Sie sind gegangen«, sagte sie zur Begrüßung. »Keine Bittsteller mehr, Großfürstin.« An ihrer Seite hing das Kurzschwert, das ein magisches Geheimnis barg.

»Es war auch harte Arbeit«, erwiderte Danèstra mit einem Grinsen.

»Ihr kommt genau rechtzeitig!« Skerbull hatte vor sich eine Vielzahl von geräucherten Fleischstücken ausgebreitet, die er verkostete. Er hatte seine kuhfleckfarbene Rüstung an und trug die langen schwarzen Haare in einer Frisur, die durchaus als absonderlich zu bezeichnen war. »Auch was?«

»Als Vorspeise. Warum nicht?« Danèstra versuchte den dunklen Schinken. Die Beschaffenheit, das Aroma, der Hauch von Gewürzen zerging auf der Zunge. »Das ist unglaublich lecker.«

Das Mahl wurde unterdessen von der Dienerschaft serviert und auf dem Tisch aufgebaut, das Geschirr akkurat bereitgelegt. Es sah aus wie eine festliche Tafel zu einer besonderen Gelegenheit. Sogar an Blumengestecke und verstreute Blüten wurde von den Bediensteten des Gasthauses gedacht. Dann wünschten die Diener Guten Appetit und verließen nach Verbeugungen das Zimmer.

»Die haben im Metzgerviertel eine ausgezeichnete Auswahl an Rinderbrust.« Skerbull wickelte das Fleisch ein, das er auf dem Markt erstanden hatte. »Ich werde herausfinden, wie sie das räuchern und zubereiten. Es ist unfassbar gut!«

»Setzen wir uns.« Danèstra nahm als Erste Platz. »Stärken wir uns, und dabei erkläre ich, was uns nach Güldenschein getrieben hat.«

»Um Wilto von Rauhwasser zu töten«, sagte Vytain und klappte das Buch zu, das sich zu Danèstras Erleichterung nicht um sie drehte. Es war in der Schrift der Izozath verfasst. »Wie wir zuvor Tauror umbrachten, der zu Verschwörern gehört, die mit Dämonen im Bunde sind. Das ist kein Geheimnis mehr.«

Nacheinander fanden sie sich am Tisch ein und nahmen sich von den Speisen.

Danèstra stützte die Ellbogen auf. »Ihr reist mit mir, weil wir einen Auftrag vom Schicksal erhalten haben.« Sie sah einen nach dem anderen an. »Unsere Mission wird Nankān vor dem Ende bewahren und Yarkin von der Wildnis befreien.«

Das Trio schaute sie erwartungsvoll an.

Danèstra las Überraschung, Freude und Unglauben in den ungleichen Gesichtern. Kalenia nickte ihr andeutungsweise zu, um zu zeigen, dass sie einverstanden war, wenn die Kriegerin mehr berichtete. Sie wollte es nicht selbst tun müssen.

»Mein *Mündel* ist unser Schlüssel dazu.« In aller Knappheit erklärte Danèstra, wer die junge Schwangere war, wobei sie die Geschichte nutzte, die Kalenia Horneus erzählt hatte. »Sie überlebte das grausame Ritual, das ihr Freunde und Familie nahm. Sie kehrte unter Entbehrungen nach Nankān zurück und hätte beinahe ihr Kind verloren, das einzige Andenken an ihren Liebsten. Aber Kalenia weiß, wo wir die Dämonenanbeter finden, die uns das Elend einbrockten«, schloss sie. »Deren Tod beendet den Pakt und kappt die Verbindung zum Bösen. Damit ist das Abkommen nichtig. Der veränderte Wald wird seine finsteren Kräfte verlieren, und wir können uns das Land zurückholen.«

»Ich verstehe. Tauror war einer von ihnen. Wilto ist der zweite«, sprach Vytain bedächtig. »Und wer noch?«

»Wir reisen von einem zum nächsten«, gab Danèstra zurück und schnitt ihr Gemüse klein. Sie hatte nach den vielen Unterhaltungen mit ihren Anhängern Hunger bekommen. Vor Thirío stand eine Schale mit frischem, blutigem Fleisch, über das er sich hermachte.

Vytain wählte Nudeln, Soße und Grieswurzeln. »Ihr wollt nicht sagen, wo sich die Männer befinden, Großfürstin?«

»Ich *kann* es nicht.« Danèstra blickte zu Kalenia und berührte sie am Unterarm. »Das weiß sie allein, und sie wird es uns nach Rauhwassers Tod eröffnen.«

»Auch *Ihr* wisst es nicht?« Ilreen sah verständnislos aus. »Aber … was ist, wenn Kalenia etwas zustößt? Wir sind für die Zukunft unserer Heimat verantwortlich und haben keinerlei Absicherung?« Mit ihrer natürlichen Hand zerteilte sie das butterzarte Gulaschfleisch, derweil die klobige Prothesenfaust unter dem Tisch auf ihrem Schoß ruhte.

»Aus dem Grund geben wir auf sie acht«, erwiderte Danèstra freundlich. »Damit Ihr wisst, wie wenig Glauben wir für die Geschichte fanden: Ich bat die Königreiche und Länder um Beistand für meine und Kalenias Aufgabe, die Verschwörer zu töten. *Ihr*« – sie zeigte auf jeden einzeln – »seid das Aufgebot, das man mir zugestand. Um Nankān zu retten.« Sie klang nicht resigniert, um zu vermitteln, dass sie am Erfolg festhielt. »Die Umstände sind nicht die besten, aber wir werden das Beste daraus machen.«

»Ungeheuerlich!« Skerbulls Ring schwang golden blitzend. »Niemand sonst sandte Euch Truppen? Niemand wollte die Verschwörer festsetzen?« Er schlug auf den Tisch. »Potztausend! Wir werden nicht scheitern. Deiwos ist mein Zeuge: Nankān wird gerettet! Und danach lassen wir die Mächtigen vor Euch kriechen!«

Vytain machte eine grübelnde Miene. »Das bedeutet doch: Die junge Dame vertraut uns nicht.« Sein rotes und sein blaues Auge leuchteten auf. »Sie denkt, einer von uns könnte die restlichen Verschwörer warnen.«

»Ich traue *niemandem*«, erwiderte Kalenia mit fester Stimme und schnitt einen Erdapfel in Hälften. »Einer von Euch könnte schon längst zu Wilto gegangen sein« – sie blickte zu Skerbull –, »um ihn zu warnen. Dennoch bringe ich euch allen ein gewisses Maß an Vertrauen entgegen, da Ihr Danèstra folgt und somit Teil des Schicksalsbundes wurdet.«

»Rauhwasser ist nicht in Güldenschein«, verkündete Ilreen zur allgemeinen Überraschung. »Was schaut ihr verdutzt? Ich nutze meine Zeit.« Sie aß ausschließlich das Gemüse von den Platten. An der Holzhand gab es einen Spalt, in dem die Gabel festklemmte. »Ich wusste, wer der Nächste auf der Liste sein würde. Daher habe ich mich in den Gassen und auf den Plätzen umgehört.«

»Ich sehe dich schleichen und lauschen. Sie haben dich für einen Geist gehalten und freiwillig geplaudert«, warf Skerbull mit einem breiten Grinsen ein und brach sich vom Brot ab, um es in die Soße zu tunken.

»In etwa.« Ilreen lächelte ihn abweisend an. Sie mochte offenbar keine Anspielungen auf ihr spukhaftes Äußeres.

»Vorzüglich!« Danèstra machte eine auffordernde Geste. »Wir hören.«

»Es weiß zurzeit niemand, wo Rauhwasser steckt. Um seine Abwesenheit wird ein großes Geheimnis gemacht. Aber mit ein wenig Überzeugung und Hartnäckigkeit konnte ich erfahren, dass er auswärts weilt. In einem seiner Bestiarien, an der Grenze zum Irrsal«, führte Ilreen aus. »So nennt er die Einrichtungen, wo er die wilden Tiere und Kreaturen aufbewahrt, züchtet und zur Schau stellt.«

»Er hat eigene Bestiarien?« Vytain machte ein bedauerndes Gesicht. »Sehr schade. Hätten wir das früher gewusst. Der perfekte Ort, um ihn mit einem Schuss aus meiner Büchse auszuschalten.«

Ilreen nahm Erbsenstampf auf die Gabel. »Er kommt in einem halben Mond zum großen Herbsteröffnungswettkampf nach Güldenschein zurück, wie mir einer seiner Diener mitteilte. Mit brandneuen, nie zuvor gesehenen Tieren, die sie aus der Wildnis gefangen hätten.«

»Was ist damit gemeint?«

»Dass der verfluchte Dämonenfreund natürlich einfach an diese Kreaturen kommt«, sagte Skerbull erbost. »Sie laufen freiwillig zu ihm, aber hier kann er sich als Held aufspielen.«

»Da ist etwas Wahres dran.« Danèstra streichelte Thirío, der mit Fressen fertig war und neben ihr saß; seine Ohren spielten, als versuchte er, jedes Wort einzufangen. »Was ist dieser Herbsteröffnungswettkampf?«

»Die Adligen haben im Westen der Stadt eine große Marktfläche errichtet, mit Vergnügungen aller Art: Riesenrad, Schiffschaukeln, Holzrollbahnen und derlei. Dazu gehört auch ein Areal, auf dem sie Ungeheuer aus dem Irrsal und der Grünödnis ausstellen«, erklärte Ilreen. »Zweimal im Jahr werden die Kreaturen aufeinandergehetzt. Um auf den Ausgang der Begegnungen zu wetten. Und aus Spaß für die Zuschauer.«

»Sehr fleißig wart Ihr, Ilreen«, sagte Vytain respektvoll. »Ich komme mir dagegen faul vor.«

»Ich bin Späherin und Kundschafterin. Dies ist meine Aufgabe in der Gemeinschaft des Schicksals.« Sie lächelte ihm deutlich freundlicher zu als zuvor Skerbull. »Ihr werdet auch noch zum Einsatz kommen.«

»Ich rechnete fast damit, dass sie sagt: zum Schuss«, grummelte der Taucoraner und grinste anzüglich. »Habe ich das laut gesagt?« Er machte eine entschuldigende Geste. »Ihr wärt ein hübsches Pärchen. Bleich und Bleich gesellt sich gerne.« Skerbull lachte schallend über seinen eigenen Scherz.

Ilreen verdrehte die Augen, Vytain seufzte, was Kommentar genug war.

»Ich muss Euch noch etwas zu Eurer Waffe fragen, Ilreen.« Danèstra legte das Besteck auf den Teller. Sie war satt. »Ist Euer Kurzschwert ein Artefakt? Weil Ihr Lichtsignale damit geben könnt.«

Die Kundschafterin zögerte. »Ja. Es ist mit magischer Energie geladen und auf mich abgestimmt.«

»Ihr seid aber keine Zauberin?«

»Nein«, sagte sie rasch. »Es war ein Geschenk. Von einem sehr guten Freund.« Ilreen zog ihr Schwert und legte es auf den Tisch, damit alle es sahen. »Die Runen auf dem Griff verbinden es mit mir, sobald ich es ziehe und in der Hand halte. Berühre ich eine bestimmte, setze ich die Kraft frei. Mit verschiedenen Effekten.«

»Verstehe.« Danèstra schaute beeindruckt auf das Artefakt. »Ihr kennt jemanden, einen verlässlichen Hexer, den wir anheuern könnten, um uns gegen die Dämonendiener zu helfen. Falls Stahl und Geschosse nicht ausreichen.«

Ilreen steckte das Schwert ein. »Nein. Persönlich nicht.«

»Ich dachte, Euer Freund wäre ein Zauberer?« Danèstra überlegte, ob es eine Andeutung sein sollte. *Hat sie Verbindungen zu einer Schattenakademie?*

Die Kundschafterin wand sich um eine Antwort.

Mit der Zauberei war es auf Nankān so eine Sache. Magisch Begabte hatte es öfter unter jenen Menschen gegeben, die zu den Altreichen gehörten; dafür war die Magie der Zugezogenen, die vor dem Wald fliehen mussten, wesentlich mächtiger.

Akademien und Schulen für eine offizielle Ausbildung existierten schon ewig; die Reiche wollten wissen, wer sich mit Flüchen, Bannzauber und Hexerei beschäftigte. Im Untergrund gab es jedoch Schattenakademien für die heimliche Ausbildung, was verboten war. In erster Linie kamen Absolventen zum Einsatz, wenn es um das Heilen oder die Verteidigung von Leib und Leben sowie Hab und Gut ging. Ein Magier verdiente jede Menge Geld.

Bis vor hundertfünfzig Gemeinjahren.

Danèstra hätte heute unter vielen Zauberern auswählen können, wenn die meisten magisch Begabten nicht Dekade für Dekade zur Abwehr der Grünödnis ausgesandt worden wären. Irgendwann entsandte die offizielle Kammer sogar die Ausgebildeten der Schattenakademien.

Kaum einer kehrte zurück.

Die Gefährlichkeit sprach sich herum, und daher gab es immer weniger Magierinnen und Magier, die diese Aufgabe übernehmen wollten. Man stellte das Können nicht mehr zur Schau, um nicht gezwungen zu werden. Zudem gab es seit einer Generation kaum Neugeborene, die magische Begabung in sich trugen.

Weil das Böse dafür sorgt. Die Verschwörer stecken dahinter.

»Ilreen, kennt Ihr einen Absolventen aus einer Schattenakademie?«, fragte Danèstra. »Ich verrate ihn nicht an die Magische Kammer. Wir brauchen ihn für unseren Trupp.«

»Nein. Leider.« Ihre Antwort klang ehrlich. »Ich weiß, mit einem Zauberer in unseren Reihen wären wir besser dran. Aber mein Freund ist …« Ilreen atmete schwer aus. »Er gehörte einer Schattenakademie an, ja. Ein Scaber tötete ihn. Die Magie konnte ihn nicht vor dem Monstrum retten.« Sie trank einen Schluck Wasser.

Für einen Augenblick senkte sich Schweigen auf den Raum, durch das nur Besteckklappern drang.

Danèstra warf der geisterbleichen Späherin einen mütterlich-mit-fühlenden Blick zu. Ilreen gelang ein verzagtes Lächeln, ohne dass es ihre hellen Augen erreichte.

»Nun denn. Deiwos will uns prüfen. Bleiben wir bei dem, was wir vermögen und was als Nächstes ansteht. In einem halben Mond«, wiederholte Danèstra die Frist, die ihnen für die Vorbereitungen blieb. *Auf einem Jahrmarkt. Mit sehr vielen Unschuldigen, Leibgardisten und Bestien.* »Wir werden schnell sein müssen, damit Rauhwasser seine Fertigkeiten nicht gegen uns einsetzt.« Sie gab Thirío einen Bissen vom übrig gebliebenen Gulasch. »Es sagte niemand, dass es leicht wird, die Verschwörer zu töten.«

***

Auszug aus *Die Abenteuer von Großfürstin Danèstara*,
Band hundertelf, Kapitel zwei

»Ich weiß nicht, was ich anziehen soll.«

»Wie meint Ihr das, Großfürstin? Es geht in die Schlacht!«

»Das ist mir bewusst, du Trottel. Ich habe verschiedene Rüstungen
dabei. Und es gilt, die Stiefel passend darauf abzustimmen. Ich bin
eine Frau, die Wert auf ihr Äußeres legt.«

»Wir müssen los! Die Feinde …«

»Niemals reite ich mit schmutzigem Harnisch in die Schlacht. Los,
hol den Knecht! Er muss die Flecken rauspolieren.«

»Aber …«

»Raus! Sollen die Räuber eben warten!«

Kapitel VIII

Nankān, Irrsal, Hafenstadt Merirosvo, Spätherbst

Tatesby kratzte sich am Kopf, und tatsächlich fielen gebogene Holzspäne zu Boden, die vom Hobeln stammten. Er verglich die Listen und Bücher miteinander, die Augen wurden groß und größer. Seine fleckige Lederschürze war voller Falten, in denen Mabian mit ein bisschen Vorstellungskraft verkniffene und lachende Gesichter erkennen konnte. »Du hast es geschafft, Junge.«

»Was habe ich geschafft?« Mabian saß auf einem Hocker in der aufgeräumten Werkstatt, in der alles an seinem Platz hing und stand. Er und Isona hatten neue, identische Kleidung von dem Sargmacher bekommen: braune Hosen, helle Hemden, bestickte Westen, feste Schuhe und Kappen mit langem Schirm. Der Stoff kratzte auf der Haut, half aber gegen die Kälte. Jetzt sahen sie wahrlich aus wie Bruder und Schwester. Er gefiel sich damit, und Isona war vor Stolz fast geplatzt, als sie nebeneinandergestanden hatten.

»Es gibt eine neue Zeitrechnung in diesem Haus: *vor* Mabian und *nach* Mabian.« Tatesby legte die Unterlagen auf den Tisch und bewunderte die Ordnung. »Materialeinkauf, Abwicklung der Bestellungen und Herstellung der Särge, Einnahmen, Ausgaben«, zählte er an den Fingern auf, und seine Metzgerunterarme zuckten. »Das ist unglaublich, wie einfallsreich und zugleich übersichtlich du vorgegangen bist. Und das Beste: Ich verdiene viel mehr als vorher.«

»Weil ich darauf achtete, wo man effizienter sein kann.« Mabian deutete auf Isona, die an einem Regal die Kreidebeschriftungen auf den neusten Stand brachte. Die genaue Anzahl der vorhandenen Großnägel war von dem Mädchen überprüft und korrigiert worden. »Ohne sie hätte ich das niemals geschafft. Sie ist ebenso sorgsam wie ich.«

»Weil ihr Geschwister seid. Ihr habt verdammte Schubladen und Schränke in euren Köpfen.« Tatesby griff unter den Tisch, nahm drei Gläser und eine Branntweinflasche heraus. »Mehr Gewinn! Das muss gefeiert werden.« Er goss großzügig aus. »Das habt ihr euch verdient. Und du bekommst davon endlich mal einen Bart, Junge. Und deine Stimme wird männlicher.«

Isona kam zu ihnen und nahm sich ein Glas. Sie stieß mit Mabian an und trank, als wäre es nicht das erste Mal in ihrem Leben. Ihre langen blonden Haaren waren gewaschen und glänzten ein wenig. Das zwölfjährige Mädchen war im Laden aufgeblüht. Ihm gefiel die Arbeit, der Schrecken von der Überfahrt im Frachtraum hatte sich in großen Teilen von ihrer Seele gelöst.

Mabian roch am Trunk und verzog den Mund. Seine Mutter hatte ihm Schnaps verboten, bis er einundzwanzig Gemeinjahre war. »Ich nehme mir später ein Bier.«

»Dein Pech. Dann wird's auch nichts mit dem Bartwuchs. Bei diesen spärlichen Fusseln laufen dir die Mädchen nicht nach.« Tatesby ließ den starken Alkohol in einem Schluck die Kehle hinabgleiten. »Ich preise den Tag, an dem du in meinem Laden aus dem Sarg gestiegen bist. Ein echter Goldjunge! Mit einer Goldschwester!« Er grinste glücklich und stellte die Flasche zurück. »Auf dich lässt sich's schlecht verzichten.«

»Und doch werdet Ihr es müssen, Meister Tatesby.« Mabian streckte sich. »Ihr habt es mir versprochen.«

»Natürlich, natürlich. Das halte ich auch. Denn du hast es dir wahrlich und redlich verdient. Bei meiner Seele!« Tatesby sammelte die Bücher zusammen und klemmte sie unter den kräftigen Arm. »Am Monatsende spendiere ich dir Lohn, damit du deine dämliche Brieftaube schicken kannst.«

»Danke.« Mabian würde ihn daran erinnern. Unentwegt. »Danach erzähle ich Euch gerne von meinen neusten Vorschlägen, wie Ihr locker das Dreifache verdienen könnt.« Er legte eine Hand auf Isonas Schulter. »*Ohne* mich und sie. Mit ein bisschen gutem Willen und Übung vermögt Ihr das aus eigener Verstandeskraft.«

»Das bezweifle ich nicht.« Tatesby pochte sich mit dem Zeigefinger gegen die Stirn. »Ich bin durchaus schlau, Junge. Leider bin ich auch faul.« Die Bücher landeten in einem massiven Stahlschrank, in dem er zudem die wertvollen Zutaten für die Balsamöle sowie einige Beutel mit Münzen aufbewahrte.

»Faule Leute müssen aber schlau sein, um es zu was zu bringen.« Mabian lachte. »Ich weiß, es ist einfacher, andere für sich rechnen zu lassen.« Er legte eine Hand auf sein Herz. »Vergesst nicht: Ich bin ehrlich und aufrichtig. Aber vielleicht würden andere versuchen, sich von dem vielen Geld einen Anteil einzustreichen. Mit gefälschten Büchern ist gut in die eigene Tasche wirtschaften.«

Das Argument fruchtete bei Tatesby. »Damit hast du mich.« Er seufzte gespielt leidend. »Ich werde mir Mühe geben, dir aufmerksam zu folgen und deine Ratschläge zu beherzigen.«

»Sehr gut. Die sollt Ihr bekommen. Nachdem ich meine Brieftaube senden durfte.«

Der Totengräber und Sarghersteller machte gute Miene zum bösen Spiel. »Am Ende des Mondes. Nicht eher.« Er wandte sich um und marschierte auf die Hoftür zu. »Ich gehe und sehe nach dem dörrenden Männlein. Nicht, dass er am Ende knusprig und gut durchgegart ist. Dann muss ich mehr in Leinenbinden investieren, um die Brandstellen zu kaschieren.«

»Und das bedeutet *was*, Meister Tatesby?«, rief ihm Mabian abfragend nach.

»Weniger Gewinn.« Er lachte. »Dich hat Deiwos der Feiste geschickt. Ich werde ein gemachter Mann.« Er betrat den Hof und schloss den Ausgang hinter sich.

Isona ließ den letzten Tropfen Branntwein aus dem Glas rinnen und leckte ihn mit der Zunge ab. »Du wirst mich nicht in Merirosvo lassen, oder?«

»Nein.« Er zerstrubbelte ihr den blonden Schopf, und sie musste lachen. »Du kommst mit.« Mabian wusste, dass sie aus dem Reich Marwarod stammte und in einer über der Erde gelegenen Stadt gewohnt hatte, bis sie an die Sklavenhändler verkauft worden war. Zu viele Geschwister, so lautete die lapidare Erklärung für ihr Los. Isona verstand ihre Eltern und wollte auch nicht mehr zu ihnen zurück. »Auf Kaltensee ist ein Platz für dich. Als Magd. Mit Einkommen und Unterkunft und einer Verpflegung, ich sage dir: So gut hast du noch nie gegessen.«

Isonas Grinsen schwand, und Tränen stiegen ihr plötzlich in die wachen Augen. Sie schlang unvermittelt die Arme um Mabian und schluchzte. »Danke. Du bist der beste Bruder, den ich je hatte. Danke, Mabian!«

Er schluckte und umarmte sie ebenfalls, drückte sie und beruhigte

193

das Mädchen. »Es wird nicht lange dauern, bis meine Mutter kommt und mich abholt.« Mabian hatte oft an sie gedacht.

Und natürlich an seine geliebte Kalenia, seinen Anker und seine Herzensfestung, sowie an die Mission, mit der sie in Begleitung der Klinge des Schicksals reiste.

Geheim. Das bedeutete, dass seine drei Schwestern auf dem Rittergut nicht wussten, wo sich seine Mutter aufhielt. *Aber sie werden wissen, was zu tun ist.*

Mabian ließ Isona los und sah ihr in die Augen. »Wir kommen aus Merirosvo raus. Dann erwartet dich ein neues Leben.«

Sie schniefte und wischte sich mit einer kindlichen Bewegung die Tränen von den Wangen. »Ich gehe mal und prüfe die anderen Kisten.« Dann sprang sie in den hinteren Bereich der Werkstatt und sichtete die ausgewaschenen Lackpinsel, die zum Trocknen aufgehängt waren.

Mabian zog das linke Hosenbein hoch und wickelte die Bandage ab. Kritisch begutachtete er sein zusammengeflicktes Bein. Anders konnte man es nicht nennen, was die Sklavenhändler damit getan hatten.

Natürlich war sein Schienbeinknochen nicht ausgetauscht worden. Sie hatten die Haut wohl aufgeklappt und sein Fleisch auseinandergezogen, um die Knochen mit Silbernägeln und -drähten zu richten. Er fühlte die Köpfe und Wicklungen unter dem Gewebe. Mabian schüttelte sich, als er die Stellen abtastete. *Stümper.*

Die Brüche, sein zerschmetterter Knöchel und die durchstoßenen Hautstellen hatten sich nicht entzündet, aber er wagte es nicht, das Bein stark zu belasten, da er der Flickschusterei nicht traute. In Kaltensee würde er es von einem echten Heiler sichten und notfalls Magie nutzen lassen, um sich von den Drähten und Nägeln zu befreien.

Mabian war mit dem Anlegen der Bandagen beschäftigt, als die Tür aufschwang. Eine dunkelblonde Frau von geschätzten vierzig Gemeinjahren trat ein. Sie trug eine bodenlange Robe, auf der die Zeichen von Thýain, Thýguda und Ansis eingestickt waren. Um den Hals hing ein handtellergroßes Amulett der Göttin, Tätowierungen an den Augen und der Nasenwurzel wiesen sie als Priesterin aus.

Mabian wusste auf Anhieb, dass er es mit einer Fanatikerin aus Elayion zu tun hatte. Das wunderte ihn, weil diese für gewöhnlich einen Bogen um das Irrsal machten. Die Hohepriesterin, die über das

Salbungsland befahl, wie sie es nannte, betrachtete es als vornehmliche Aufgabe, den Kaiser in Khamado zu stürzen und sich anschließend den Rest von Uthalosa einzuverleiben.

»Du! Bursche!« Sie kam mit raumgreifenden Schritten auf ihn zu. »Ich brauche einen Sarg.«

»Dann seid Ihr bei Tatesby richtig«, erwiderte er freundlich. Üblicherweise rief er umgehend den Mann, der die Kunden betreute und ihre Wünsche aufnahm. Aber er wollte wissen, was eine Thýguda-Priesterin in Merirosvo trieb. »Wir erfüllen jegliche Sonderwünsche.« Er griff sich einen Federstift, in dessen hinterer Kammer ein Tintenreservoir eingelassen war, damit das lästige Eintauchen entfiel, und nahm das neue Auftragsbuch unter dem Tisch heraus. »Womit können wir dienen? Einbalsamierungen oder …«

»Eine Feuerbestattung. In einem Sarg«, unterbrach sie ihn und wippte mit dem Fuß. Sie schien es eilig zu haben. »Er muss folgende Anforderungen erfüllen.« Sie nahm ihm den Stift aus der Hand und zeichnete mehrere Symbole aufs Papier, die Mabian kannte. Doch er ließ sich nichts anmerken. »Die müssen drauf, in exakt dieser Reihenfolge«, erklärte sie dabei. »Sonst zahle ich Tatesby keine Münze.«

»Wir garantieren es«, gab er zurück. »Es wird allerdings etwas dauern. Welchen Namen darf ich notieren?«

»Nein. Es darf *nicht* dauern. Sorge dafür, dass ich den Sarg morgen habe. Dann komme ich vorbei und werde sie einäschern. Die Tote.« Sie wirkte sehr sicher im Auftreten. »Mein Name ist Perdis. Ist der Ofen auf dem Hof dafür geeignet?«

»Wofür?«

»Zum Einäschern, du Holzspan.«

»Das ist er. Das können wir auch für Euch erledigen.« Er blieb freundlich. Schlechtes Benehmen war in Merirosvo keine Seltenheit.

»Nein, nein. Ihr versaut es. Es muss dabei gebetet werden, damit ihre Seele unbeschadet von diesem Ort aufsteigt und ins Elayionosium gelangt. Und danach muss ich schon wieder weiter.« Perdis kritzelte energisch auf dem Blatt herum. »Wie teuer wird das?«

Sie will weiter. Nicht zurück. Mabian kam die belauschte Unterredung zwischen Königin Korava und König Horneus in Taucora in den Sinn.

Er hatte plötzlich einen Verdacht. *Sollte sie zu der zweiten Gruppe gehören?* »Wie wollt Ihr zahlen?«

Sie hob den Blick. »Wie meinst du das, Junge?«

»Die Währung. Merirosvo ist eine Stadt voller Münzen aus aller Herren Länder.«

»Ah, jetzt habe ich es begriffen. Goldmünzen. Aus Elayion.«

»Wie schwer?«

Perdis stieß die Luft aus. »Woher soll ich das wissen?«

Mabian griff unter den Tisch, um eine Feinwaage aufzubauen. »Das ist kein Problem. Haben wir schnell herausgefunden.« Er wies ihr die Eichpunze. »Gebt Ihr mir eine, bitte?«

Die Priesterin zog eine goldene Scheibe aus ihrem Geldbeutel und reichte sie ihm. Das Wiegen ergab ein Gewicht von zehn Gramm. »Und?«

»Da wir für Euch andere Bestellungen hintanstellen, muss ich fünf Goldmünzen berechnen.«

»Was?«

Mabian klimperte mit den Wimpern. Er reizte die Priesterin ein wenig, damit sie mehr von sich und ihrer Reise berichtete. »Es ist Eure Entscheidung. Wir können den Toten …«

»Die Tote.«

»Die Tote auch ohne Sarg in unserem Ofen …«

»Nein. Nein, schon gut. Und die Anzahlung?«

»Vier im Voraus, die andere morgen.« Mabian begutachtete die Zeichnung. »Das bekommen wir hin. Soll es geschnitzt, eingebrannt oder aufgemalt sein?«

»Geschnitzt.« Ohne eine Regung zu zeigen, knallte die Frau die Münzen auf den Tisch. »Wie bekomme ich die Tote zu euch?«

»Ich kann Träger senden, die sie abholen.« Er blickte in der leeren Werkstätte umher. »Morgen früh. Ist das recht?«

»Ja. Meinetwegen.«

»Dann brauche ich Eure Bleibe.«

»Ich bin nicht aus der Stadt.«

»Welche Herberge, meinte ich.«

»Das Rundhaus. Gleich neben der Festung.«

»Ah ja, ich weiß, wo das ist.« Mabian machte einen entsprechenden Vermerk unter der Sargskizze. »Darf ich fragen, warum Ihr diese Eile an den Tag legt? Die Tote hat nichts mehr zu verlieren. Oder ist es aus Glaubensgründen? Oder müsst Ihr ein Schiff bekommen?«

»Meine Freunde und ich reisen weiter. Daher die Hast.« Perdis betrachtete ihn eindringlich. Die Fragen weckten ihrerseits die Neugier. »Sag, woher kommst du?«

»Aus Merirosvo.«

»Du klingt aber nicht wie eines der Piratenkinder. Dein Zungenschlag …«

Er fing ihren aufkeimenden Argwohn rasch ab. »Mein Vater stammt aus Südtaucora.«

»Ah. Die Stierfreunde«, sagte sie verächtlich.

»Ihr reist weiter nach …?«

»Nach Westen.«

»Ins Irrsal?«

»Weiter nach Westen.« Perdis lehnte sich auf den Tisch.

»In die Wildnis!«, wagte Mabian den kecken Vorstoß.

»Möglich. Aber pst! Das ist ein Geheimnis.«

»Dann seid ihr sehr mutige Priester.«

»Nicht alle von uns sind das. Wir sind … Abenteurer. Aus ganz Nankān.« Sie richtete sich auf. »So. Da es erledigt ist und ich dir die Anzahlung leistete, Bursche: Wann kommen die Träger morgen ins Rundhaus?«

»Sobald sie in der Werkstatt eintreffen, sende ich sie zu Euch. Es wird nicht vor dem siebten Glockenschlag sein.«

Perdis ging zur Tür. »Das wird ausreichen. Dann bis morgen. Und ich will den Ofen vor Hitze rotglühen sehen.«

»Aber natürlich.«

Die Priesterin verließ die Werkstatt.

Sie sind es bestimmt! Mabian riss den Auftrag aus dem Buch und ließ es aufgeschlagen liegen, nahm einen Umschlag und faltete das Blatt hinein, während er zum Ausgang humpelte. »Ich bin später wieder zurück«, rief er Isona zu. »Ich muss noch was besorgen.«

»Ist gut«, erklang es aus der Tiefe der Werkstatt.

Im Vorbeigehen nahm er den Mantel vom Haken, im nächsten Moment stand er auf der Straße und blickte sich um.

Perdis war bereits am anderen Ende. Sie lief schnell, was für ihn und sein lahmes Bein ein Problem war.

Mabian hinkte hinterdrein. Er wollte herausfinden, ob es sich bei den Abenteurern um die zweite Gruppe handelte, von der Horneus gesprochen hatte, oder ob alles nur ein Zufall war. *Sie könnte sich auch wichtiggemacht haben. Ich werde es bald wissen.*

Was Perdis durch Eile vorlegte, machte er durch Ortskenntnis wett. Sie verirrte sich mehrmals in den verbauten, engen Gassen und musste sich zurück auf eine der Hauptstraßen fragen, wo sie sich an der Festungsmauer des Seezwingers orientieren konnte.

Dann betrat Perdis das Rundhaus, ein einstiger Kornspeicher, den der Besitzer zu einem Wirtshaus umgebaut hatte. Um in den weichen, großen Betten schlafen zu dürfen, musste man viel Geld ausgeben. Bessere Laken hatten sie zwar nicht, aber es gab die Garantie, nicht im Schlummer überfallen und ausgeraubt zu werden.

Mabian folgte ihr mit etwas Abstand. *Ich muss hinein, um Gewissheit zu bekommen.*

Im Schankraum interessierte sich keiner für ihn, obwohl er grüßte und tat, als wäre er ein Teil der Versammelten. Tabakqualm schwebte umher, es wurde laut gelacht und gewürfelt, an einem Tisch versuchten sich zwei Frauen im Armdrücken. Die Muskeln konnten sich sehen lassen, die Besucher feuerten sie an.

Perdis' Gewandsaum verschwand die Treppe hinauf.

Noch ehe einer der Bediensteten Fragen stellen konnte, humpelte Mabian die Stufen aufwärts und nahm unterwegs Blumen aus einer Vase auf dem Stiegenabsatz.

»Ho, Junge. Wohin?« Im ersten Stock hielt ihn ein Rundhaus-Wächter auf, der für die Sicherheit der Gäste sorgte. In seiner Hand lag ein Schlagstock.

Mabian wies die entwendeten Blumen und den Briefumschlag mit Tatesbys Wasserzeichen vor. »Eben kam die ehrenvolle Perdis an dir vorbei. Sie war bei uns, bei Tatesby, dem Sargmacher.« Er wackelte mit dem Papier. »Sie muss noch gegenzeichnen, um den Auftrag zu bestätigen, den sie mir gab.«

»Was für ein Auftrag?«

Mabian packte die Sargzeichnung aus. »Dieser. Wegen der Toten, die sie einäschern möchte. Ich sende Träger morgen zum Rundhaus.«

Der Name des bekannten Sargmachers und die Skizze überzeugten den Aufpasser, wohl auch, weil er davon ausging, dass von einem hinkenden Jungen ohne Waffen keinerlei Gefahr drohte. Er nannte ihm die Zimmernummer, in dem Perdis und ihre Begleiter residierten. »Und dann wieder raus mit dir.«

»Aber sicher. Danke.« Mabian humpelte den Flur entlang. Er erreichte die fragliche Tür, schaute rasch den Gang hinunter und lauschte dann.

Das Holz war zu dick, er verstand nichts. Es erklang mehr als eine Stimme.

Das lasse ich mir nicht entgehen. Mabian sah, dass die Tür zur Unterkunft nebenan einen Spalt offen stand. Er huschte hinein. Sie war leer. *Sehr gut!*

Schnell öffnete er ein Fenster, ließ die Blumen im Raum und kletterte hinaus auf das umlaufende Sims. Zahllose Wäscheleinen hingen über die Straße gespannt und boten mit ihren vielen Kleidungsstücken einen Schutz vor rascher Entdeckung durch Passanten.

Mabian schob sich vorwärts. Sein lädiertes Bein beeinträchtigte ihn, und jedes Mal, wenn eine Böe vom See landeinwärts zog, musste er sich an die Fassade klammern.

Nach einigen Schritten befand er sich vor einem der Fenster, die zu Perdis' Raum gehörten.

Da sind sie! Mabian sah die Priesterin und weitere Männer und Frauen, die in ihren robusten Kleidern auf den Betten saßen und sich unterhielten. Ein Mann hatte eine Landkarte ausgebreitet, Zirkel, Lineal und ein Rechenschieber lagen zusammen mit losen Blättern darauf.

Mabian beugte sich nach vorne, gab acht, dass man ihn von drinnen nicht erspähte, und presste ein Ohr gegen die Scheibe. Durch das dünne Glas vernahm er wesentlich mehr, aber außer dem Mann auf dem Bett und Perdis sah er niemanden. Er musste sich auf die Stimmen konzentrieren.

»… Dornenfeste von der Wildnis eingeschlossen«, sprach ein Mann besorgt. »Die Wildnis und ihre Kreaturen rücken vor, wie ich vernommen habe. Warum auch immer.«

»Das bedeutet, dass wir eine längere Strecke durch die Grünödnis zurücklegen müssen, als wir ursprünglich vorgesehen hatten«, warf eine Frau ein. »Es wird gefährlicher.«

»Von den Gefahren wussten wir vorher«, wiegelte Perdis ab. »Mit göttlichem Beistand erfüllen wir unsere wichtige Mission.«

»Dass ausgerechnet du von göttlichem Beistand sprichst«, rief ein Mann abschätzig aus dem Hintergrund des Zimmers, außerhalb von Mabians Sicht.

»Sie hat sich für uns geopfert«, widersprach die Priesterin.

»Eine Ansis-Viper hat sie gebissen. Was hat das mit Opfer zu tun?«

»Wäre sie nicht mutig vorangegangen, hätte die Viper viele von uns erwischt«, gab Perdis überzeugt zurück. »Ansis sandte die Schlange gegen uns. Er ist mit der Wildnis im Bunde.«

»Ich hab's doch gesagt. Die neuen Götter sind schuld«, merkte der Mann auf dem Bett ketzerisch an. »Die Schlepperei der Toten hat uns vier Tage gekostet. Das wusste die Wildnis zu nutzen.«

»Genug. Lasst uns bei der Sache bleiben.« Aus dem Hintergrund schaltete sich eine weitere Frau ein. »Wir müssen zur Köhlersiedlung. Den Umweg über Dornenfeste sparen wir uns. Stattdessen reisen wir von Merirosvo in gerader Linie nach Westen und schlagen uns durch.«

Beschriftete Blätter wurden aufs Bett geworden. »Heersen, gleiche die Aufzeichnungen mit der Lage ab, bitte. Ich will nicht ins Nirgendwo laufen und von der Wildnis aufgefressen werden.«

»Ist gut.« Der Mann auf dem Bett machte sich mit Zirkel, Lineal und Abakus zur Berechnung an die Arbeit.

Eine kräftige Böe strich unerwartet die Straße entlang und ließ die Wäsche flattern. Mabian gelang es gerade noch, sich festzuhalten, sonst wäre er gegen die Scheibe und vermutlich durch das Glas in den Raum gestürzte. Er schwitzte, und sein linkes Bein zitterte leicht vor Anstrengung. *Lange halte ich es nicht mehr aus.*

»Wann ist die Sache mit Iowana erledigt?«, fragte die für ihn unsichtbare Frau.

Perdis kreuzte die Arme unter der Brust. »Sie wird morgen früh abgeholt, sagte der Bursche bei Tatesby. Die Einäscherung wird nicht länger als vier Stunden dauern, sofern sie den Ofen hochgeheizt haben, wie er es versprach.«

»Also kommen wir vor dem Nachmittag nichts aus dem Piraten-loch«, erklang eine neue Stimme, von der Mabian nicht wusste, ob sie einem Mann oder einer Frau gehörte.

»Sollen wir überhaupt aufbrechen«, fiel der zweite unsichtbare Mann ein, »oder nicht lieber warten, bis …«

»Nein, Arbos. Morgen müssen wir weiter. Die Wildnis rückt vor. Jede Feldmeile, die wir gezwungen sind, durch ihr Terrain zu reisen, ist gefährlich. Das vermeiden wir«, entschied die Frau aus dem Hintergrund, die offenbar die Anführerin des Trosses war.

»Reisegenossen, an Waffen scheitert es nicht. Wir haben die neusten Elec-Büchsen und Erfindungen dabei. Das wird uns vom Hals halten, was uns an die Gurgel will«, beteuerte die kaum verortbare Mann-Frau-Stimme.

Mabian zählte insgesamt sechs Männer und Frauen anhand dessen, was er hörte und sah. *Eine Köhlersiedlung. Es kann nur Kalenias Heimatdorf sein, von dem sie sprechen. Aber was wollen sie dort?* Die genauen Worte von König Horneus waren ihm entfallen. *Als ich das letzte Mal lauschte, endete es schlecht für …*

Abrupt erschien eine Frau im Nachtgewand am Fenster und zog an den langen, schweren Vorhängen.

Mabian erschrak und rührte sich nicht.

Er hoffte, dass die Spiegelungen ihn verdeckten.

Dem Äußeren nach gehörte sie zu den Izozath: Sie war groß, hatte die bleiche Haut mit der marmorierten Maserung und zwei verschiedenfarbige Augen, die schwach leuchteten. Zu seinem Glück war ihr Blick aufwärtsgerichtet, da sich der Stoff an der Schiene verhakt hatte. Sie rüttelte und zerrte daran, sodass sie den ungebetenen Zuhörer auf dem Sims nicht bemerkte.

»Dieses Piratenpack kann nicht mal gescheit eine Leiste anbringen«, fluchte sie zur Erheiterung der Übrigen. Beim Sprechen blitzte es zwischen ihren Lippen, ihr gesamter Mund und die Zähne leuchteten blau!

Mabian konnte nicht anders und starrte sie an. So etwas hatte er noch nie gesehen. *Sie muss mit Electorum-Energie aufgeladen sein.*

»Die ist schief und …« Mit einem Ruck riss die Verankerung aus der Wand, und der Vorhang begrub die Izozath.

Damit wurde der Blick der Innensitzenden auf Mabian frei, der sich behutsam rückwärts auf dem Sims bewegte. Doch der instabile verkrüppelte Fuß rutschte vom Vorsprung – und der junge Mann fiel in die Tiefe. *Deiwos, nein! Ich ...* Mabian kam keinen Schritt weit, da fing ihn die erste gespannte Wäscheleine auf, bevor sie unter seinem Gewicht riss. Ebenso die zweite.

Schnur um Schnur ging es abwärts für ihn. Dabei wirbelte er um die eigene Achse und landete schließlich mit dem Hintern auf der Gasse, während es Hemden, Leibchen, Strümpfe und Beinkleider regnete.

Haben sie mich entdeckt? Er blickte mit pochendem Herzen, Schwindel im Kopf und Kringel vor den Augen hinauf zum Fenster.

Ein Schatten stand hinter dem Glas und schaute in das Sträßchen hinab.

Fort! Mabian erhob sich und hinkte davon, um in die Werkstatt zurückzukehren, so schnell es ging. Erstens sollten die Schnitzereien auf dem Sarg morgen fertig sein, zweitens wollte er Isona nicht lange allein lassen, und drittens musste er die herausgerissene Seite ins Buch einkleben. Die Bestellungen hatten zu stimmen.

Unterwegs überlegte Mabian hin und her. *Der Gruppe ins Irrsal folgen oder nicht?* Gelegentlich prüfte er mit einem Schulterblick, ob ihm jemand nachstellte.

Mabian entschied, ihnen nicht in die Siedlung nachzugehen, auch wenn er es bedauerte. Als halber Krüppel in die Wildnis zu ziehen käme Selbstmord gleich. Zudem: Was sollte er tun, mitten in der Grünödnis? *Es ergibt keinen Sinn, mich an ihre Fersen zu heften.*

Aber was so schön in seiner Tasche klimperte, waren vier Goldmünzen, mit denen man einen Schwarm Brieftauben nach Kaltensee senden konnte. Außerdem würde er versuchen, noch mehr über die Gruppe herauszufinden.

Meine Nachrichten müssen Mutter irgendwie erreichen, damit sie entscheiden kann, was zu tun ist. Kalenia und ihr darf keinesfalls etwas zustoßen. Er öffnete den Durchgang zu Tatesbys Hof und wählte einen der billigsten Särge aus dem Stapel. Mit Mühe schleppte er ihn in die Werkstatt. »Isona! Hol mir bitte einen Weichholzritzer und verschiedene Stemmeisen.«

»Ja, Bruder«, rief sie und kam angelaufen. »Wo warst du?«

»Bei einer Kundin. Sie hatte einen dringenden Auftrag.«

»Wird das eine lange Nacht?« Sie drehte den Docht der Lampe hoch, damit es heller wurde.

Er gab ihr einen brüderlichen Kuss auf die Stirn. »Das wird es.« Er nahm die Zeichnungen heraus. »Wir müssen die Symbole auf das Holz übertragen und schnitzen.«

»Das sieht schön aus. Ich möchte das tun!«, rief Isona begeistert.

»Na gut.« Mabian wuchtete den Sarg auf die Böcke, damit sie besser arbeiten konnte. »Ich mache die Handreichungen.« Er massierte seinen schmerzenden Unterschenkel, dem die Episode auf dem Sims und der Sturz nicht gutgetan hatten. *Ich muss Kalenia in Sicherheit wissen. Mutter wird sich kümmern.*

***

Nankān, Bairi Yar, Herbst

Quent lief über die Mauerkrone des Dammes und zerrte die Totenkiste hinter sich her. Es regnete ununterbrochen auf ihn nieder, sodass es keine trockene Stelle an ihm gab. Die Stiefel patschten und schmatzten bei jedem Schritt vor Feuchtigkeit. Die Gugel trug er nur noch, damit ihm das Wasser nicht ins Gesicht prasselte. Wenigstens quietschte das Rad nicht mehr und verriet sein Kommen auf eine Feldmeile Distanz.

In gleichbleibendem Abstand folgte ihm der Tross um den Adligen, ohne dass sie Anstalten machten, zu ihm aufzuschließen. Sie betrachteten den schlaksigen Mann als ihre Vorhut.

»Heyo! Geht es schneller, Junge?«, rief einer von ihnen zu ihm. »Wir wollen drüben ankommen und nicht eine Siedlung gründen.«

Quent blieb stehen. Anfangs hatte er bei solchen Aufforderungen Beleidigungen zurückgerufen, was er sich inzwischen sparte. Er stellte sich neben den Sarg und entblößte seinen blanken Hintern als Antwort, bevor er sich wieder ans Ziehen und Zerren machte.

Er wurde teils mit Lachen, teils mit Steinwürfen bedacht.

»Ja, ja. Der Blitz soll euch treffen.« Quent hatte bereits dreimal die

Nacht in den eingestürzten Gebäuden verbracht, an denen er vorüberkam. Was einst ihre Funktion gewesen war, erschloss sich ihm nicht. Wohnungen oder kleine Tempelanlagen kamen ebenso infrage wie Kasernen für mögliche Verteidiger. Darin gab es nichts außer Schutt. Mit Mühe hatte er jedes Mal ein wärmendes Feuer aus zerstörten Balken entfacht. Was an Kleidung bis zum nächsten Morgen getrocknet war, tränkte der Regen erbarmungslos nach einem halben Tag Marsch.

Doch es half nichts. Er musste durch Bairi Yar.

Bei allem fürchterlichen Wetter war Quent erleichtert, dass ihm nichts Schlimmes zustieß, wie er zuerst nach dem Schließen des großen Westtores vermutet hatte. Die Dammwächter erschienen nicht oder griffen aus dem Hinterhalt an. Weder ihn noch das Grüppchen.

Ich will nur drüben ankommen.

Inzwischen lief Quent – nach einem nebligen Tag, bei dem er unbemerkt nach links gedriftet war – an der Mauer zum Salzsee entlang. Er warf gelegentlich Blicke auf das riesige Gewässer, das etliche Hundert Meilen breit und lang war, ebenso wie der Süßwassersee auf der gegenüberliegenden Seite der Barriere.

Quent fiel auf, dass die Wogen beinahe bis an den Rand reichten, sobald die Flut ihren Höchststand erreichte, und um fast vierzig Schritt abfielen, wenn sich Ebbe einstellte. Der Damm hatte viel auszuhalten.

Seiner Berechnung nach hatte er um die achtzig Feldmeilen hinter sich gebracht, vielleicht auch hundert. Damit blieben vermutet fünfzig übrig. Noch sah er das Ostende mit der Mauer und dem Ausgangstor nicht. Die Regenschleier waren zu dicht.

Ein Stein unter Quents rechtem Fuß wackelte lose.

Er geriet aus seinem Trott und seinen Gedanken und blieb stolpernd stehen. *Wie kann das sein?*

Fest trat er mit dem Stiefel auf, und wieder kippelte die große Steinplatte.

Quent hob den Blick. *Das muss der ununterbrochene Regen gewesen sein. Er hat die Fugen …*

Seine Vermutungen endeten jäh bei dem erschreckenden Anblick, der sich ihm unvermittelt bot.

Die Dammoberfläche verlor von dem Punkt, an dem er stand, ihre bis dahin vollkommene Ebenmäßigkeit. Die großen Granitquader waren schief, ragten steil aufwärts, mitunter gar senkrecht, als läge vor ihm eine graue Treibeisoberfläche. Dazwischen taten sich Risse in der Barriere auf. Handbreit und armtief.

Das sind gravierende Schäden. Je weiter Quent nach vorn schaute, desto mehr Durcheinander sah er. *Wird der Damm das auf Dauer aushalten?*

Die Unebenheiten, Risse und Spalten bedeuteten für ihn und den Radsarg eine enorme Anstrengung. Die Arretierung konnte sich lösen, die Speichen brechen oder das Holz ausreißen. Dann müsste er sich etwas einfallen lassen, denn Werkzeug führte er nicht mit sich.

Ein lauter Ruf traf ihn in den Rücken. »Was ist, Junge? Wird's bald?«

Quent fand den Gedanken tröstlich, dass der hohe Herr von seinem noch höheren Ross steigen musste. Die Pferde würden sich nicht durch die Trümmerlandschaft bewegen können, ohne sich einen Huf einzuklemmen und sich das Bein zu brechen.

»Dann voran«, murmelte er und zog die Totenkiste hinter sich her. Das Wasser perlte aus seinen braunen Haaren die Nasenspitze hinab.

Donnernd brach sich eine Welle an der Mauerkrone und überschüttete ihn mit einem kalten Salzwasserguss. Die Kühle raubte ihm für einen Moment die Luft, das Salz brannte in den Augen und in der Nase. Beim Aufschlag der Woge auf den Sarg wurde die Kiste schwer wie Blei, aber er hielt die Griffe eisern umklammert.

Unter den Sohlen spürte Quent das Vibrieren des Bauwerks und bildete sich ein, dass sich der Riss zwischen seinen Füßen sichtlich verbreiterte.

»Thýguda, stehe mir bei«, betete er entsetzt. Er musste sich zwingen, auf dem Damm weiterzugehen, die Augen unentwegt auf den Untergrund gerichtet. *Ich will nicht vom Boden verschlungen werden wie in der Grünödnis.* Die Erinnerung an seinen Sturz in den Gang, wo die zahllosen toten Bestien gelegen hatten, jagte ihm Angst ein. *Es gibt keine Monster an diesem Ort,* wiederholte er. *Nichts, was mich fressen kann.*

Dort, wo die Granitplatten zersprungen waren oder schlicht fehlten, zeigten sich grob behauene Quader von der Größe eines Wagens, die gleichermaßen Bruchstellen, Fugen und Risse aufwiesen.

Sollten sich die Beschädigungen bis hinab in das Fundament der Barriere ziehen, konnte bald das geschehen, vor dem sich der Großteil der Bevölkerung von Nankān fürchtete. Beinahe noch mehr fürchtete als vor der Wildnis.

Das vielstimmige Fluchen des Trosses holte ihn ein. Sie hatten den zerstörten Bereich erreicht und beratschlagten laut, wie sie vorgehen sollten.

Quent lief unvermindert vorwärts.

Der Sarg verlangte ihm viel mehr ab als zuvor. Seine Hände schmerzten, und Blasen bildeten sich, trotz der Umwicklungen mit Lappen und der Hornhaut, die er sich zugelegt hatte. Die Schultern rebellierten gegen die Beanspruchung. Jeder Riss, jeder Spalt, jede Kante versetzte ihm einen Schlag in die Gelenke. Quent bemerkte das Moos und die Flechten, die in den Beschädigungen wuchsen. *Die Stellen sind nicht erst vor ein paar Tagen aufgetreten. Warum tun die Dammwächter nichts dagegen?*

Die Flut hatte eingesetzt, und regelmäßig warfen sich Wogen schäumend über den Damm und schienen Quent wegspülen zu wollen. Weißgraue Möwen flogen kreischend über ihn hinweg und spähten, ob sie ihm etwas zu essen stibitzen konnten.

In einiger Entfernung erschien ein Mast, von dessen Spitze sich ein Seil parallel zur Mauer nach Osten zog. Daran hing eine herabgelassene Kabine.

Quent wusste sogleich, was es damit auf sich hatte. Ähnliche Vorrichtungen kannte er von breiten Schluchten und Tälern. Die Dammwächter fuhren die Kabine in die Höhe und glitten am gespannten Tau entlang. So sparten sie sich Lauferei und sahen Schäden besser, um sie beheben zu können. Für Quent ergab sich hier eine Reiseerleichterung und die Möglichkeit, seine lästigen Verfolger abzuhängen, die ihn zunehmend nervten. Mit dem Transportsarg schaffte er zu Fuß in dieser zerstören Umgebung allerhöchstens zehn Meilen am Tag – solange Hände und Gelenke noch mitspielten.

Thýguda, lob sei dir! Er nahm Kurs auf den Mast, der dreißig Schritt in die Höhe ragte. Am unteren Fuß aus dicken Steinquadern war eine Bedienwinde angebracht, die über Umlenkrollen das Auf und Ab der Seilbahn ermöglichte.

Der Salzsee überschüttete ihn weiterhin mit seinen Wellen. Es brannte in den mittlerweile offenen Blasen, und die Augen tränten durch die unentwegte Reizung.

Nicht mehr lange, und ich bin den Güssen entkommen.

Erst als er am Mast angelangt war, blieb er stehen und blickte sich nach dem Tross um.

Der Adlige und seine Gefolgschaft verharrten noch immer in knapp dreihundert Schritt Entfernung. Sie gestikulierten, deuteten hinter und vor sich. Ein Teil der Gruppe wollte aus Furcht umkehren, der andere weiter nach Osten wandern.

Quent grinste in ihre Richtung. »Ihr werdet gleich noch begeisterter sein.« Er fasste die Kurbel mit beiden Händen und drehte sie.

Klirrend und surrend wickelten sich die Ketten ab und brachten die schwebende Kabine zu ihm herab. Mit einer zweiten Winde ließ sich die Position des horizontalen Gleitseils am Mast verändern. Die Neigung und die Spannung bestimmten, mit welcher Geschwindigkeit das Gefährt der Dammwächter dahinschnurrte.

Gute Sache. Das Kurbeln ließ Quent warm werden, er schob die nasse Gugel nach hinten. *Ich hoffe, ich komme weit damit.* Er würde sein Leben in die Finger von Thýguda legen und ihr vertrauen, dass sie ihn mit dem Gefährt nicht abstürzen und zerschmettert neben dem Sarg verenden ließ.

Die verwitterte Kabine setzte auf dem geborstenen Untergrund auf und wurde ebenso von den Wogen überschüttet wie Quent und die Totenkiste.

Die Wellen spülten die Überreste eines Menschen in einer schwarzen Robe heraus. Die Maske verrutschte und gab ein altes, teils zersetztes Männergesicht frei, dem der verblichene rötliche Bart bis zum Gürtel reichte.

Ein Dammwächter! Quent trat zur Seite, und die nächste Welle schwemmte den Leichnam in eine breite Lücke zwischen den Platten. Ein Arm ragte hervor und wippte im Wind, als verlangte der Tote nach Hilfe. Die Finger streckten sich durch die Sehnen, als wäre der Mann doch noch lebendig.

Schaudernd lud Quent den Sarg in die Kabine und fand wie vermutet ein Drehrad in der Seilbahn, um sich in die Höhe zu kurbeln.

»Hey! Heyo, Freundchen. Halte ein«, schallte der auffordernde Ruf zu ihm. »Was machst du da?«

Das hättet ihr gerne. Quent trat hinaus und winkte zum Abschied. »Ich setze mich ab. Wenn ich am anderen Ende angekommen bin, könnt ihr die Gondel nutzen.«

»Wirst du wohl warten, du kleine Made?« Der Adlige schwang sich in den Sattel. »Ich komme mit.« Er gab dem Tier die Sporen, um es durch die Trümmer zu zwingen. Es schnaubte ängstlich und setzte die Hufe zögernd auf die kippelnden Platten. »Wehe, du entfernst dich ohne mich! Meine Männer haben Windbüchsen! Ich lasse dir den Kopf wegschießen.«

Quent überschlug die Reichweite der luftdruckgetriebenen Fernwaffen und lachte den Adligen aus. »Wir sehen uns vielleicht drüben, du hoher Herr.« Er wollte in die Kabine steigen, als eine besonders große Welle die Dammmauer traf.

Sie erfasste den überraschten Quent und riss ihn von den Beinen, spülte ihn wie lästigen Dreck etliche Schritte weit über die Mauerkrone.

Schmerzhaft schlug er sich die Arme und Knie auf, das Salz brannte in den Schürfwunden, und er schluckte ungewollt von dem eisigen Wasser. Hustend krallte er sich in einer Spalte fest und wartete, bis die Welle verebbt war.

Woher kam die Woge? Würgend kämpfte er gegen das Erbrechen an. Dann hob er den Kopf, um zu sehen, ob die Kabine noch unbeschadet war.

Den Schrei des Entsetzens konnte Quent nicht unterdrücken, als ein wagengroßer, drachenhafter Bestienschädel aus dem See über die Steinreihen schnellte und sein wütendes Brüllen über den Menschen ausschüttete. Skamata, das Monstrum aus der Tiefe, war emporgestiegen und suchte nach Opfern, um sie zu verschlingen.

Der Tross löste sich mit dem Auftauchen der hausgroßen, dunkelblau geschuppten Seeschlange auf. Die Mutigen rissen die Windbüchsen in den Anschlag und schossen mit den Pistolas, die Feiglinge suchten ihr Heil in der Flucht, schnurgeradeaus nach Süden und weg von der Brüstung.

»Mir nach! Zur Kabine!« Der Adlige peitschte auf das scheuende

Pferd ein und zwang es mit roher Gewalt über die gebrochenen Platten, bis es alsbald strauchelte und fiel.

Skamatas Kopf fuhr zugleich ruckartig abwärts, die großen Kiefer öffneten sich zu einem weiteren dröhnenden Brüllen und verschlangen die Schützen samt Büchsen. Das Aufschreien der Menschen endete mit dem Schließen der schwertlangen Zähne; das vom Schädel plätschernde Wasser färbte sich rot. Blut schwappte aus dem lippenlosen Mund und regnete auf die Gruppe.

Der Adlige sprang aus dem Sattel und rollte sich geschickt ab. In seiner Linken hielt er eine Pistola, in der Rechten einen Säbel. »Weiter! Weiter, wenn ihr leben wollt!« Zusammen mit zehn seiner Leute rannte er auf Quent zu.

Während Skamata noch kaute, stieg ein zweiter Kopf aus den Fluten, gefolgt von einem dritten. In gut fünfzig Schritt Entfernung wälzte sich ein Teil des rundlich-schlauchförmigen Körpers über die Mauer und ließ ansatzweise erahnen, wie lang die saphirblaue Seeschlange war.

Das abgeplattete Schweifende schoss wie aus dem Nichts aus dem Wasser und erwischte die Flüchtenden. Sie wurden von den Beinen gefegt und stürzten durcheinander, Gischt und Wasserschwall stoben durch die Luft. Manche Getroffenen kämpften sich auf die Füße zurück, andere krochen vorwärts und riefen um Beistand.

Ein Monstrum! Schlimmer als jene im Stollen! Quent lag zitternd auf der Mauer und vermochte sich nicht zu rühren. Der Schock bei Skamatas Anblick, das unentwegte Gebrüll und das Zuschnappen, mit dem die aufgetauchten Köpfe die Menschen packten und fraßen … Er zog sich die Gugel über, wollte nichts hören und sehen. *Thýguda, rette mich! Bitte! Ich will …*

»Zurück!«, schallte unerwartet ein Ruf über den Damm.

Quent wagte es, den Blick zu heben und die Kopfbedeckung von den braunen Haaren zu ziehen.

Ein Dammwächter, unschwer erkennbar an der schwarzen Robe und der übergroßen Maske vor dem Gesicht, kam über die Platten, ging an dem zusammengekauerten Quent vorbei und den Flüchtenden entgegen. In seinen behandschuhten Fingern führte er einen Dreizack an einem überlangen Schaft, die Enden schimmerten geschliffen. »Los, zurück!«

Woher kam er? Quent dachte zuerst, Thýguda habe den heldenhaften, unerschrockenen Mann geschickt, um gegen die Seeschlange anzutreten und ihnen beizustehen, doch da rammte er dem vordersten Flüchtenden die drei Zinken durch den Hals. Sie glitten spielend leicht durch Haut und Knochen, gurgelnd und Blut spuckend brach der Unglückliche auf den nassen Platten zusammen.

»Ihr werdet der Heiligen Skamata eine Speise sein!«, verkündete der Dammwächter und riss seine Waffe aus dem Sterbenden. Den Schwung nutzte er und stach einer Frau die langen Spitzen in den Bauch, die an ihm vorbeirennen wollte. Kreischend fiel sie und wälzte sich im Todeskampf. »Ihr alle!«

Ich muss meine Angst niederringen. Quent sah zitternd zur Kabine, in welcher der Sarg mit Calostro stand. Auch wenn es nur einige Schritte waren, erschienen sie ihm wie Feldmeilen. Ihm blieb keine Wahl.

***

Weitere Bände von Mahetian Tintenfain (unvollständig):

Alle Sterne vom Himmel

Danèstara auf den Stufen

Alles Töchter aus gutem Hause

Der Maulbeerbaum

Der Mond im See

Vergiss, wenn du leben willst

Unter dem Zauberdach

Liebesland

und viele weitere …

Kapitel IX

Nankān, Königreich Orillon,
Hauptstadt Güldenschein, Herbst

Danèstra schlenderte vorbei an den Riesenrädern und Karussellen, bewunderte die kahngroßen Schiffschaukeln, die mit dunklem Surren hin- und herschwangen.

Sie hatte sich mehrmals zuvor in Güldenschein aufgehalten, aber niemals Muße gehabt, den *Ganzjahresmarkt Sorgenfrei* zu besuchen, der sich im Westen der Stadt befand und in regelmäßigen Abständen umgebaut und erneut wurde. Er diente der Unterhaltung für jedermann, der sich den Eintritt und die Karten für die Fahrgeschäfte und Attraktionen leisten konnte.

Man möchte annehmen, es sei ein Feiertag. Da die Bewohnerschaft von Güldenschein restlos aus Adligen und Vermögenden bestand, herrschte entsprechendes Gedränge zwischen den Buden und Ständen. Hier gab es Delikatessen aus dem Irrsal und von der Halbinsel, dort die gedeutete Zukunft aus Karten und Farbklecksen auf Leinwand, dann vorzüglichste Backwaren mit exotischen Zutaten oder geschickte Hütchenspieler, die mit echten Perlen unter goldenen Bechern arbeiteten, und vieles mehr. Ausrufer versuchten, die Menschen zu sich zu locken, und überboten sich mit Beschreibungen, Humor und Beschimpfungen der Nebenbuhler, was mit Applaus und Gelächter der Menge bedacht wurde.

Unterhaltsam ist es. Danèstra war natürlich erkannt worden. Ihr Konterfei, ihr Harnisch und das Wappen zierten etliche Romansonderausgaben. Außerdem hatte die Kunde von ihrem Aufenthalt in der Stadt längst die Runde gemacht. Auf einen kaschierenden Hut verzichtete sie und zeigte sich mit der bekannten Flechtfrisur in den Silberhaaren. Dem knielangen Rock schlossen sich hohe schwarze Stiefel an, unter dem Brustpanzer lag ein Hemd mit steifem Kragen. Sie trug ihr Wehrgehänge, eine Electorum-Pistola steckte im Achselholster, eine weitere im Rückhalter am Gürtel; den Abschluss bildete der Stoßdolch am Oberschenkel.

Lediglich auf Thirío hatte sie zum Leidwesen ihrer Anhänger verzichtet. Er bewachte Kalenia in der sicheren Unterkunft. Die Lage konnte nach dem Anschlag im Park rasch unübersichtlich werden, und die Schwangere durfte keinesfalls Schaden erleiden. Die Aufmerksamkeit auf Danèstra zu ziehen geschah mit voller Absicht. Sie bewegte sich mit einem kleinen Pulk von Anhängern und Neugierigen durch *Sorgenfrei,* was ihrer Truppe genug Ablenkung verschaffte, um Vorbereitungen zu treffen. Rauhwasser musste schnell und überraschend sterben.

Wer weiß, welche Macht er besitzt. Danèstra hatte dem Anschlag zugestimmt, da es keinerlei bessere Möglichkeit gab. Das Haus des Verschwörers glich einer Festung, wie Ilreen nach ihren Kundschafterausflügen berichtete, und seine Leibwachen waren allgegenwärtig. Zudem befand sich mindestens ein Zauberer darunter.

In der Umgebung des Parks hingegen eröffneten sich mehr Gelegenheiten, die leider auch mit Wagnissen einhergingen.

Danèstra verfolgte die Fahrten der Wagen auf der Holzrollbahn. *Meine Kinder hätten viel Spaß in* Sorgenfrei *gehabt. Jetzt sind sie zu groß.* Von einer Rampe wurden die niedrigen Gefährte in die Tiefe gestoßen, wo sie rumpelnd Schwung aufnahmen und in die Überschlagbögen rasten. Die Passagiere kreischten vor Freude, auch wenn es ein kurzes Vergnügen war. Eine ähnliche Bahn, die mit Wasser gefüllt wurde und bei der man steil nach unten schoss, stand im hinteren Bereich.

Mabian wird bestimmt gerade durch die Keller schreiten, die Fässer und Tonnen kontrollieren, ob sie auch korrekt verschlossen und gelagert wurden. Danèstra sah ihren Hof vor sich. Da ihre Mission gänzlich geheim bleiben musste, konnte sie keinerlei Nachrichten nach Kaltensee senden. Nicht mal ihre Kinder durften erfahren, wo sie sich befand. Das beunruhigte sie in den seltenen Augenblicken, in denen sie sich nicht um Kalenia kümmerte oder die Planungen mit ihrer Gruppe durchging. *Ich hoffe, sie haben Elayions Marodeure längst in die Flucht geschlagen.*

Zwischendurch hatte Danèstra starke Ängste um Mabian empfunden und von ihm geträumt: ihr Sohn, Wasser, ein Schiff und eine Stadt, die sie aufgrund der Festung Seezwinger als Merirosvo identifizierte. Das konnte nicht sein. *Wie sollte er dorthin gekommen sein? Ein Albtraum. Mehr nicht.*

Schließlich erreichte Danèstra die Abteilung des Ganzjahresmarktes, in dem neuerlicher Eintritt verlangt wurde. Ein hoher Sichtschutz aus Büschen und langstieligem Röhrengras verhinderte den Blick dahinter. Das Brüllen und Grollen verriet, dass gefangene Kreaturen aus der Wildnis ausgestellt und vorgeführt wurden. Wer diese und weitere Wunder sowie die schrecklichen Wesen sehen wollte, musste tief in den Beutel greifen.

Dort befand sich Baron Rauhwasser mit seinem eigenen *Exponatorium,* wie er es auf seinen Plakaten und Flugblättern nannte, denen man überall in Güldenschein begegnete.

Der Plan sah vor, dass Danèstras Erscheinen genug Aufsehen erregen würde, um die Leibgardisten zu beschäftigen, sodass sich für Ilreen, Vytain oder Skerbull eine Lücke ergab, um dem Adligen einen raschen Todesstoß zu versetzen, ohne dass ein Aufruhr losbrach. Gelang das nicht, läge es in Danèstras Händen als Klinge des Schicksals, den Dämonendiener zu eliminieren.

Ich hoffe nicht, dass es dazu kommen muss. Sie dachte seit einigen Tagen verschiedene Szenarien durch. Die Hinrichtung durfte nicht zu auffällig geschehen. Die übrigen Verschwörer, deren Zahl Kalenia nicht verriet, mussten über die wahren Hintergründe der Todesfälle im Dunkeln gelassen werden. Ein Hauch von Argwohn – und sie tauchten unter. Damit wäre Nankān nicht mehr zu retten.

Danèstra fand das Spiel ohnehin riskant. Aber solange Kalenia ihre Regeln nicht änderte, würden sie nach ihren Vorgaben agieren. *Ich werde sie nach Rauhwassers Tod dazu bringen, uns die anderen Namen und Orte zu offenbaren. Das erleichtert die Planungen.*

Danèstra wurde von der Frau an der Kasse erkannt und durchgewinkt. Die Bekanntheit einer Heldin hatte gelegentlich Vorzüge.

Die Wolke aus Bewunderern blieb überwiegend zurück, sie hatten das nötige Münzgeld nicht dabei, um sich den Zutritt in den abgetrennten Bereich von *Sorgenfrei* zu erkaufen.

Danèstra ging durch das Tor und sah zehn Schritt entfernt eine Kampfgrube, in der die Kreaturen aufeinandergehetzt wurden. Die Menschen standen oben an den Eisenbalustraden oder schwebten an Seilen und Plattformen darüber, konnten zuschauen und Wetten tätigen. Ringsherum erhoben sich hohe runde und eckige Zelte mit bunten Stoffbahnen, in denen verschiedene Wesen effektheischend präsentiert wurden. Einige Besucher des Exponatoriums erkannten Danèstra und näherten sich ihr, teils scheu, teils ehrfürchtig. Es wurde getuschelt und gerempelt. Die Bestien traten für Momente in den Hintergrund, sie war die größere Attraktion.

»Ich habe gehört, dass eine Führung stattfinden soll.« Danèstra verteilte mit einem Kohlestift erste Unterschriften auf Eintrittskarten und ärgerte sich beim Anblick der gespannten Leinwände. *Keine freie Sicht.* Damit würde es für Vytain und seine Electorum-Büchse unmöglich werden, einen Schuss auf große Distanz abzugeben und das Problem rasch zu lösen. *Oder ich muss ihn ins Freie locken.* Rauhwassers Zelt war leicht zu entdecken. Sein Name prangte eingestickt in Stoff auf einem unübersehbaren Schild. Über dem Eingang stand: *Die frischesten, grausamsten Wunder aus der Wildnis.*

»Aber natürlich findet eine Führung statt, Großfürstin.« Vor Danèstra erschien plötzlich eine Frau um die fünfzig, aufgemacht in einem übertrieben ausladenden knallgelben Kleid und mit einer roten Schärpe behangen, um ihre Wichtigkeit zu betonen. Auf dem Kopf saß eine Perücke mit gedrehten weißen und roten Locken.

»Willkommen«, sagte sie und machte einen vollendeten Hofknicks. »Ich bin Prinzessin Shantala von Maaredin. Als Frau aus einer Familie von gekrönten Häuptern, von denen die meisten abgeschlagen wurden, geleite ich die hochwohlgeborenen Gäste unseres Exponatoriums durch die Zelthallen und erkläre alles Vorzufindende. Damit sie wissen, was sie sehen.« Erneut verbeugte sie sich. »Ich stehe Euch zu Diensten, Großfürstin und Erz-Königin.«

Danèstra lächelte ihr zu. »Meinen Dank, Prinzessin. Ich schließe mich der Führung an.« Maaredin war der alte Name des Königreichs Kerkoria, bevor dort ein Umsturz stattgefunden hatte. Seitdem ging es abwärts mit dem Land, in dem der verfolgungswahngebeutelte Prinz Dinhold regierte. *Der sich vor einer Krone fürchtet.*

»Wie schön.« Shantala hob die Arme, um die Aufmerksamkeit zu erlangen. »Wir gehen nun los, hochwohlgeborene Herrschaften! Würdet Ihr mir freundlicherweise folgen?«

Die Besucher, um die vierzig an der Zahl, gingen zusammmen mit Shantala durch die Ausstellungsräume, die aus Seilen, Pfosten und Segeltuch errichtet worden waren.

»Hier haben wir ein seltenes Exemplar der Maleela, wie sie einst in Lygäion hausten«, rief die Prinzessin, damit sie von allen gehört wurde. »Ihr wisst, Ihr edlen Herrschaften, es waren eigentlich keine mehr übrig.« Sie pochte gegen den Wassertank. Ein Mann mit Kiemen und Schwimmhäuten zeigte sich an der Scheibe, um seine Hüfte lag ein Unterleibswickel. »Den hat man in einem Fluss gefangen, nahe der Küste.«

»Wie heißt der denn?«, wollte ein Mädchen wissen.

Shantala zuckte mit den Schultern. »Ist das nicht egal, kleine Königin?«

Danèstra bezweifelte, dass es sich um einen echten Maleela handelte. *Ein zurechtgemachter Taucher.*

»Und an welcher Küste?«, hakte ihr gleichaltriger Bruder ein, der an der Hand eines Erwachsenen ging.

»Im Norden. Bei Kasiulák.« Shantala bewegte den Finger am Glas auf und ab, der Maleela folgte den Gesten. »Wir haben ihm Tricks beigebracht, aber leider ist er heute nicht gut gelaunt.«

Der Fischmensch bleckte ansatzlos zwei Reihen Zähne, die einem Hai alle Ehre gemacht hätten, drückte sich von der Scheibe ab und verschwand in der trüben Brühe. Die Besucher stießen überraschte Rufe aus.

»Es heißt, die entkommenen Maleela hätten auch unter Wasser ein Reich«, sagte das Mädchen wieder. »Ich würde ihn gerne fragen.«

Shantala machte eine einladende Geste. »Nur zu, kleine Königin. Der Tank steht dir offen. Aber gib acht: Er beißt!«

Die Besucherinnen und Besucher lachten. Das Mädchen schickte sich an, die Treppe zu suchen, wurde aber von seinem Vater und dem Bruder zurückgezogen.

Danèstra betrachtete die von Blendlaternen illuminierten Wesen und ungewöhnlichen Blumen, die aus der Wildnis stammten, ohne sich auf das Gesehene einlassen zu können. Weder nahm sie die leuchtenden Blütenblätter noch die umherschwebenden Schirmchen der Pusteblumen richtig wahr, die mit silbernem Klirren und einem Aufflackern vergingen, sobald sie auf dem Boden landeten. Sie dachte darüber nach, wie sie Rauhwasser ins Freie bekam.

Feuer, entschied Danèstra schließlich. *Ein Feuer treibt ihn mit Si-*

cherheit hinaus. Im Durcheinander aus Rauch, Geschrei und rennenden Menschen wäre es leicht, den Dämonendiener zu beseitigen. Die Leibwächter wären überfordert und rechneten nicht mit einem Angriff. *Wobei der Rauch schlecht für Vytain ist.*

»… haben wir Scaber-Eier. Ich weiß, ich weiß, sie wohnen in Marwarod, nicht in der Wildnis. Aber es ist eine Seltenheit.« Shantala legte eine Hand auf die kürbisgroßen Gebilde, deren Schalen grünlich braune Sprenkel aufwiesen. »Daraus wachsen die Scaber. Und wachsen und wachsen und wachsen! Die kleinsten sind hüttengroß, die größeren hoch wie ein Haus, und die ganz alten gleichen Festungen, die auf ihren winzigen, hunderttausenden Beinchen umhergehen und Marwarod leer fressen. Die Gräben, die sie hinter sich herziehen, werden für Täler gehalten«, sagte sie übertrieben und grinste die Kinder an. »Und nun vorwärts. Es warten weitere lebendig gefangene Scheusale auf Euch!«

Die Gruppe ging voran und gelangte ins nächste hell erleuchtete Zelt.

Danèstra blieb am Ende der Truppe. Sie fand die Wesen, die hinter dicken Gittern und in Ketten gelegt ihr Dasein in dem kuppelartigen Leinwandgebäude fristeten, bislang nicht beeindruckend.

Es stank nach ihren Ausscheidungen und Schlimmerem, sie knurrten und heulten. Manche hatte sich selbst angenagt, um den Fesseln zu entkommen, und einen Maulkorb erhalten.

Armselig. Danèstra hatte Mitleid mit den Ungeheuern. *Armselig und unwürdig.*

Die Besucher legten sich mit Parfüm getränkte Tücher vor die Nase.

Shantala gab sich Mühe, das Bestiarium als gefährlich und schrecklich darzustellen, doch es wirkte eher, als würde man durch das Armenhaus der Wildnis geführt werden.

»Ich sehe, ich sehe, Ihr seid ein wählerisches Publikum. So überspringen wir also die nächsten Zelte und besuchen das *Exponatorium* von Seiner Besonderheit Wilto Thimen Chenero Ludewik von Rauhwasser. Den Abenteurer und Unternehmer, den Wissensreisenden und Lebemann.« Shantala scheuchte die Leute mit ausladenden Bewegungen hinaus, als wollte sie riesige Hühner in ihren Stall treiben. »Just kehrte er von einer *Expeditio* zurück. Ihr werdet solche Augen machen, was er mitbrachte!«

»Was hat er dabei, was ich *noch nicht* sah?«, erkundigte sich der Vater der beiden Kinder, die er an der Hand hielt. »Ich bezahle eine kleine Unsumme, aber diese … Dinger und Wesen sitzen schon seit zwei Gemeinjahren in den Zelten.«

»Ja! Wir kennen schon alles«, krähte das Mädchen, und die Besucher lachten. »Und der Maleela war gar keiner. Ihm sind zwei Zähne rausgefallen, und er hat sie rasch aufgefangen.« Das Lachen wurde lauter.

»Gerade ist es nicht leicht, Nachschub zu bekommen. Die Scheusale sind sehr aggressiv und scheu zugleich«, sagte Shantala bedauernd und klappte einen bunt bemalten Fächer mit ihrem Wappen auf, um bedeutsam zu erscheinen. »Die Wildnis rast voran.«

»Tut sie das?«, warf Danèstra wissbegierig ein. »Wo hört man das?«

»Das würde mich jetzt auch interessieren. Im Gegensatz zu den Kuscheltieren von Wiltos Suspensorium«, stimmte der Mann zu. Das einsetzende Gelächter verstand er nicht, bis ihm eine Besucherin erläuterte, dass *Suspensorium* und *Exponatorium* grundverschiedene Dinge waren. Er hustete verlegen.

»Ich hatte angenommen, dass Ihr auf dem Weg dorthin seid, Großfürstin. Die Heldin im Einsatz für das Gute.« Shantala ging auf das Zelt des Adligen zu, welches das größte von allen Palästen aus Leinen war. »Ich hörte es von einigen Grafen und Baroninnen, die nach Dornenfeste wollten, um ein wenig Abenteuer und Nervenkitzel zu erleben, außerhalb vom trist-beschaulichen Güldenschein. Sie waren gezwungen umzukehren. Die Stadt sei vollständig von düsteren Bäumen eingeschlossen.« Sie fächerte sich Luft zu, während die Besucher an ihren Lippen hingen. »Überall, wirklich überall schiebt sich die verhängnisvolle Wildnis auf das Irrsal zu und frisst sich hinein. Da kann man sich Sorgen um unsere schöne Halbinsel machen.«

»Habt Ihr das ebenfalls von den Baroninnen?«, hakte Danèstra nach. Ihre innere Unruhe nahm zu, auch mit Blick auf Rauhwasser. *Haben die Verschwörer Wind von uns bekommen? Stacheln sie die Grünödnis an?*

»Nein, Großfürstin. Das sagen unsere Grenztruppen, die den Ansturm von Flüchtenden aus dem Irrsal abwehren. Tag und Nacht, wie mir Fürst Roosani sagte, der als Hauptmann dient. Im Nordwestabschnitt. Es scheint, als würden die Leute scharenweise aus Taivasburg und sogar aus Parnica flüchten.«

Beunruhigtes Gemurmel setzte unter dem Publikum ein.

»Hinzu kommt«, sagte Shantala, bevor sie Rauhwassers Zelt erreichte, »dass ein einziger Strang Wildnis in gerader Linie auf Merirosvo zuwächst, flüsterte mir Markgräfin Linta. Nur eine Feldmeile breit, aber fast schon an den Mauern. Wie ein übergroßer Tentakel, der prüfen möchte, wie es um die Verteidigung bestellt ist.« Sie blieb stehen und hielt den Eingang für die Gruppe auf. »Herein mit Euch, Herrschaften. Betrachtet, was auf Nankān heranrast. Aber unsere Elec-Geschütze blasen es weg. Keine Angst, Kinderchen. Ihr seid sicher.«

Deutlich schweigsamer als vorher betraten die Besucher das Zelt, in dem es anders roch als in den vorherigen Exponatorien. Frische Streu war ausgebracht worden, Blumenduft waberte umher und betörte die Sinne. Im Licht der vielen gedämpften, mehrarmigen Leuchter sah Danèstra Käfige und Glaskästen, in denen Pflanzen wuchsen und Kreaturen saßen, die sich nicht wie toll gebärdeten, sondern ruhig an ihrem Platz verharrten.

»Ich grüße Euch, ihr Besucher.« Ein Mann trat in den Lampenschein, der aussah, wie man sich einen Abenteurer vorstellte, der in die Wildnis zog, um eigenhändig Bestien zu fangen. Wilto von Rauhwasser hatte hohe Stulpenstiefel angelegt, trug Lederhose und Handschuhe, ein weißes Hemd und eine hellbraune Weste, die bis zu den Oberschenkeln reichte. Am breiten Wehrgehänge baumelten eine Pistola und ein Rapier. Der Spitzbart des Vierzigjährigen war getrimmt, das Bärtchen auf der Oberlippe glänzte pomadiert wie die langen schwarzen Haare, die sich in den Spitzen kräuselten. »Willkommen in meiner höchsteigenen Wildnis.«

Danèstra hielt sich bereit und schenkte ihm ein gewinnendes Lächeln, das ihre Fältchen vertiefte. *Ahnt er, weswegen ich in Güldenschein bin?*

***

Mabian humpelte die breite Straße entlang, die zur Festung See-zwinger führte. Es herrschte reger Betrieb. Die Zahl jener, die vor der vordringenden Wildnis Schutz suchten, stieg mit fortschreitendem Herbst. Sie hielten Ausschau nach einer vorübergehenden sicheren Bleibe oder nach einer Überfahrt in den östlichen Teil von Nankān.

Die Nachrichten aus Dornenfeste und dem Umland versprachen nichts Gutes. Der Wald wollte anscheinend vor dem Einbruch des Winters und dem Gefrieren der Erde etliche Feldmeilen ins Irrsal vorstoßen. Was im Frühjahr geschehen würde, malten die Schwarzseher in drastischen Bildern aus: Untergang, Tod, das Ende von Merirosvo.

Tatesby gehörte zu den Bewohnern, die ruhig blieben. Zum einen machte ein Totengräber mehr Geld, wenn Menschen starben, zum anderen setzte er auf einen Gegenschlag bei klirrendem Frost. Angeblich bereiteten sich Dornenfeste und Merirosvo gemeinsam darauf vor, um die Wildnis mit alchemistischem Feuer zurückzutreiben.

Woher man die Zuversicht nahm, hätte Mabian interessiert. Alle bisherigen Versuche, das Dickicht, Gestrüpp und die Bäume samt ihren Bestien mit Flammen zu vernichten, waren gescheitert. Allenfalls gab es kurze Erfolge, bevor die Grünödnis mit doppelter Kraft zurückschlug.

Dann werde ich hoffentlich nicht mehr an diesem Ort sein. Mabian hatte den Turm am Westeingang des Seezwingers erreicht, der einst als Galgenturm gedient hatte, bis die Hinrichtungsstätte vor die Tore der Stadt verlegt worden war. Tatesby hatte erzählt, dass in den alten Zeiten bis zu fünfzig Gehenkte von den Zinnen und aus den Fenstern baumelten. Zur Abschreckung. Wer von den herabfallenden Körperteilen der Verwesenden getroffen wurde, dem war großes Pech vorhergesagt.

Nun hing über der Tür ein harmloses Schild mit einer aufgemalten Brieftaube, und von den Zinnen des Ausgucks stiegen die Vögel in regelmäßigen Abständen auf, um Nachrichten in die größten Städte zu fliegen.

Mabian zog die Schirmkappe von den schwarzen Haaren, die seit seinem Aufbruch von Kaltensee merklich gewachsen waren, fegte den Dreck vom Saum der braunen Hose und zog die bestickte Weste über dem hellen Hemd gerade, um einen besseren Eindruck zu machen. Dann trat er ein.

»Einen guten Tag wünsche ich«, grüßte er artig.

Die Wartenden standen in langen Reihen vor dem Tresen, wo die Nachrichten diktiert und bezahlt wurden. *Ich werde eine Weile durchhalten müssen.* Sein linkes Bein schmerzte. Die Nägel und Drähte in seinem Fleisch reagierten auf den Wetterumschwung. Dazu gesellte sich ein Kribbeln, als ginge etwas zwischen Silber und Knochen vor, was er nicht verstand.

Mabian lehnte sich seufzend gegen die Wand, eine Faust in der Tasche um die Goldmünze geschlossen. Zeit, um durchzuatmen und den aufregenden Morgen passieren zu lassen. Er schloss die Lider.

Die gewünschten Thýguda-Schnitzereien hatte er bis zum Sonnenaufgang mit Isonas Hilfe fertiggestellt. Die Tote war aus dem Rundhaus abgeholt worden, und Perdis war um die Mittagszeit erschienen, ohne dass sie eine Anmerkung zu seiner Spitzelei im Gasthaus machte. Mabian war erleichtert, dass sie ihn nicht gesehen oder erkannt hatten. *Ich hätte nicht gewusst, was zu tun gewesen wäre.*

Dank des angefachten rotglühenden Ofens verlief die Einäscherung rasch, bei der die Priesterin ununterbrochen Gebete und Segenswünsche murmelte. Danach rüttelte Mabian die heiße Asche durch ein Sieb und füllte sie in einen Lederbeutel. Da Perdis nichts darüber gesagt hatte, wie es mit den Überresten weitergehen sollte, gab es weder Kistchen noch Urne. Die Frau hatte das ausstehende Geld gezahlt und war gruußlos mit dem Beutel verschwunden. Tatesby hatte von seinen Mehreinnahmen nichts erfahren. In den Büchern hatte der Totengräber an der Kundin eine verzeichnete Goldmünze verdient. *Ordnungsgemäß notiert.*

Während des Prozederes hatte er entschieden, weitere Nachforschungen über die Gruppe einzustellen. Es war zu gefährlich und die Unbekannten zu wachsam.

»Junge, voran. Oder ich überhole dich«, hörte er einen Mann grummeln und bekam einen Stoß gegen die Schulter.

»Verzeiht.« Mabian öffnete die Augen und schloss einige Schritte zum Schlangenende auf.

Er dachte über den Text nach, den er nach Kaltensee schicken wollte. Zuallererst musste seine Mutter von der zweiten Gruppe erfahren, die sich in Richtung der vernichteten Köhlersiedlung aufmachte. Auch wenn seine baldige Gattin wenig von ihrer Vergangenheit berichtet hatte, wusste er von dem Angriff auf ihren Heimatort.

Ich hoffe, es geht meiner Liebe gut. Mabian rückte weiter vor. Jeden Tag dachte er an Kalenia, sandte einen Kuss in den Seewind und bat Deiwos den Stürmischen, sie seine Liebkosung spüren zu lassen.

Er war sich unschlüssig, ob er in Merirosvo mit Isona auf eine Abholung oder Nachricht warten sollte. *Oder soll ich den Aufbruch nach Hause wagen?* Die vorrückende Wildnis bereitete ihm Sorge. So nahe war er noch nie an der Finsternis gewesen. Aber mit dem Mädchen auf eine wilde Reise über den Süßwassersee, quer durch Elayion und bis nach Kaltensee, ohne Waffen, Proviant und Ausrüstung? Und dem kaputten Bein? *Sie würden uns wieder einfangen und noch mal in Merirosvo verkaufen.* Sein Abenteuersinn war nach den Erlebnissen im Sommerpalast und auf dem Sklavenmarkt für alle Zeiten erstorben.

Endlich war Mabian an der Reihe.

»Ich grüße Euch«, sagte er höflich zu dem Mann hinter dem Tresen, vor dem kleine, längliche Papierstückchen und eine Schreibnadel samt Tintenfass sowie eine Lupe standen. Dessen hellgraues Gewand war voller Tintenflecke, und auch eine blonde Strähne zeigte Farbe, die von den Fingern den Weg in sein Haar gefunden hatte. »Ich würde gerne eine Taube nach Kaltensee …«

»Wo soll das sein?«

»In Uthalosa.«

»Wo genau?« Man hörte ihm an, dass er solche Fragen hundertmal am Tag stellte.

»Im nördlichen Teil, ungefähr …«

»Moment.« Er strich die baumelnde Tintensträhne zur Seite und nahm eine Liste aus der Pultschublade. »Nein.«

Mabian blinzelte. »Verzeihung, was bedeutet nein?«

»Nein bedeutet, dass ich keine Tauben mehr habe, die nach Uthalosa fliegen. Alle weg.« Er schnäuzte sich die Nase in den Ärmel, und das Gewand hatte einen Fleck mehr. »Tritt zur Seite, Junge. Der Nächste!«

Mabian blieb stehen. »Wohin fliegen denn die Vögel noch?«

Der Mann nahm die Liste wieder zur Hand. »Pardias, Samalga, Brandungsburg.«

Mabian beugte sich vor, um selbst auf das Verzeichnis sehen zu können. »Da steht noch Khamado«, stellte er erfreut fest. »Das ist doch Uthalosa.«

»Südteil. Du wolltest in den Nordteil.«

Für mehrere Herzschläge schloss Mabian die Augen, lächelte. »Dann Khamado. Ich würde den Text gerne selbst schreiben.«

»Ist nicht gestattet.«

»Wie bitte?«

Jetzt grinste der Blonde. »Wir wollen ja wissen, welche Geheimnisse aus Merirosvo ausfliegen. Du könntest ein Spion sein und Erkenntnisse an unsere Feinde verraten wollen.«

Mabian sparte sich Hinweise oder Anmerkungen darauf, wie sinnlos dieses Vorgehen wäre. Vermutlich hatte sich der Mann am Pult das mit der Spionage eben ausgedacht, um Unterhaltung bei seiner Arbeit zu haben. »Folgender Text, bitte: *Die Backrezeptur ist gelungen.*«

Der Mann kritzelte. »Und?«

»Mehr nicht. Und mein Name: Mulchu.«

Nun schaute er verwirrt. »Dafür eine Brieftaube nach Khamado?«

»Es war eine wichtige Rezeptur. Ein Kuchen. Für meine Liebste.« Mabian grinste und legte eine Goldmünze auf den Tisch. »Darf ich die Taube selbst entsenden? Ich würde das zu gerne sehen.«

Der Schreiber wickelte die Rolle zusammen und stopfte sie in ein dünnes Röhrchen und verkapselte es. »Hier. Nimm das mit hinauf.« Er sah auf das kaputte Bein des jungen Mannes. »Du hinkst, hab ich gesehen. Das sind dreihundertsechsundsechzig Stufen bis zum Taubenschlag.«

»Das schaffe ich schon.« Er nahm das federleichte Behältnis. »Danke.«

»Da nicht für, Söhnchen.« Der tintenbesträhnte Mann strich die Münze ein und widmete sich dem nächsten Kunden.

Mabian humpelte zum Aufgang und nahm eine Stufe nach der anderen. Langsam, doch beständig.

An einer Fensternische angelangt, rastete er und öffnete die Kapsel. *Als würde ich diesem Kerl meine Geheimnisse vortragen.*

Geschickt nahm er das Papier heraus und zückte seinen mitgebrachten Füllstift, dessen Spitze er mit dem Messer noch feiner schnitt. Das vorgefertigte Papierstückchen bot ausreichend Platz, um in kleinster Schrift seine Nachricht zu schreiben. Auf das dünne Metall des Trägerröhrchens ritzte er das Wappen der Klinge des Schicksals, damit die Empfänger in Khamado wussten, für wen die Botschaft bestimmt war.

Das wird genügen. Achtsam wickelte Mabian den Papierstreifen zusammen und steckte ihn in die Kapsel, drückte die Kappe darauf und hinkte gut gelaunt aufwärts.

Von Khamado aus würde die Nachricht zu Fuß hundert Feldmeilen transportiert werden müssen, den steilen Grat hoch über Elayion hinweg und letztlich den Pass hinab nach Kaltensee.

Ich werde drei, vielleicht vier Wochen und länger ausharren müssen, bis die Botschaft das Gehöft erreicht. In der Zwischenzeit würde er Tatesby in Buchführung unterweisen und Isona unterrichten, damit sie ihm bald auf Kaltensee eine perfekte Hilfe war.

Mabian kam an verschiedenen Türen vorbei, hinter denen Männer- und Frauenstimmen erklangen.

Schließlich gelangte er in das Geschoss unter der Aussichtsplattform. Zwei Frauen in bunten Kittelschürzen und mit grauen Kopftüchern, die Spuren von Vogelkot an den Ärmeln hatten, kümmerten sich um die Tiere im drahtvergitterten Schlag. Gurrend saßen die Vögel auf dem Boden oder den Brettern, guckten oder fraßen.

»Einen guten Tag wünsche ich Euch.« Mabian wies ihnen die Kapsel zwischen Daumen und Zeigefinger. »Ich habe eine Nachricht, die nach Khamado muss.«

»Sind sie unten neuerdings zu faul, die Stufen zu laufen?«, sagte die ältere Frau und gab der jüngeren Anweisung, die rote Taube herauszusuchen.

»Nein, ich wollte sie selbst fliegen lassen«, erklärte er und bewunderte das ungewöhnliche Tier. »Wie hübsch. Sind die Federn gefärbt?«

»Nein. Wir geben ihr Rotameisen zu fressen. Das färbt das Gefieder. Damit findet man sie besser in Khamado, wo meistens Schnee und Eis liegen«, antwortete die jüngere Frau und fing das Tier geschickt. »Eigentlich ist es eine weiße Firntaube. Keine andere würde die Kälte und die Höhe überstehen.« Sie kam aus der Voliere und reichte sie an Mabian. »Hier. Erst loslassen, wenn wir auf den Zinnen stehen.«

Mabian nickte und beobachtete, wie die zweite Frau die Kapsel an einer Halterung auf dem Rücken des Vogels befestigte. Sie bemerkte das Wappen der Tiamin, sagte aber nichts.

»Komm. Lassen wir sie fliegen.« Die jüngere ging voraus, die Treppe hinauf und öffnete die Klappe, die ins Freie führte.

Mabian hinkte hinterher, während die Taube mit dem Kopf ruckte und ihn beäugte, als wollte sie sich sein Gesicht einprägen. *Wie gerne hätte ich auch Flügel. Ich würde diesen Ort verlassen und zu Kalenia fliegen.*

Gleich darauf stand er auf der zugigen Plattform, hoch über den meisten Dächern der Stadt, aber unterhalb der Mauerkrone der Festung. Der See glitzerte im Licht, und im übervollen Hafen suchten die ankommenden Schiffe nach Liegeplätzen. Ein- bis Dreimaster, Electorum-Mühlrad-Schaluppen und schwerfällige Lastruderkähne drängelten sich in die kleinsten Lücken am Kai.

Die Fahnen und Flaggen gehörten zu keinem der umliegenden Reiche. Es waren Freisegler und -kapitäne, die es wagten, auf eigene Faust die Blockade zu durchbrechen. Jetzt ging es darum, die Massen von Flüchtenden aus Merirosvo zu schaffen, bevor die Mauern aus den Fugen gerieten. Auch diese Fracht bedeutete ein lukratives Geschäft.

Das Geschäft mit der Verzweiflung. Mabian blickte nach Westen und musste zweimal hinschauen. Bislang hatte er nur davon gehört, dass die Wildnis ihre tastenden Ausläufer gegen Merirosvo gesandt haben sollte, denn Tatesby ließ ihn kaum aus der Werkstatt. Nun sah er den Streifen magischen Waldes: Dunkelgrün und schwarz, düster und bedrohlich schnitt er das Irrsal mitten entzwei. Eine halbe Feldmeile vor dem Tor schwenkte der Bewuchs wenige Schritt breit, doch undurchdringlich dicht um die Stadt herum, um sich dann in spitzem Winkel nach Norden zu bewegen, stets am Ufer des Sees entlang.

»Rätselhaft, nicht wahr?« Die junge Frau stellte sich neben ihn und hielt das Kopftuch fest, bevor es von einer Böe weggerissen werden konnte.

»Wie heimlich von einem Dämon ausgesät«, erwiderte Mabian. »Um eine Barriere zu bilden, durch welche die Reisenden müssen, um von Nord nach Süd zu gelangen.«

»Dieser Ausläufer kommt in gerader Linie von Dornenfeste herüber zu uns«, erklärte sie. »Was immer sich das Böse dabei gedacht hat: Es wird nicht gut für uns enden, wenn wir dieses Dickicht im Winter nicht abfackeln und es uns vom Hals schaffen.« Sie deutete nach Westen. »Es setzt eine Spur und zieht die restliche Wildnis hinterher.«

Mabian widersprach nicht und kehrte auf die andere Seite der Plattform zurück. *Als würde Feuer gegen böse Mächte helfen.* Die rot gefärbte Firntaube gurrte aufgeregt, da sie gleich fliegen durfte. »Ich nehme an, sie erhebt sich, indem ich sie leicht in die Luft werfe?«

»Ganz genau, junger Mann.« Sie deutete die Bewegung an. »Aber nicht zu …«

»Ich weiß. Wir haben selbst Tauben, aber keine Firntaube. Ich wollte sicher sein, dass ich nichts Falsches tue.« Mabian ging bis an die Zinnen und reckte die Arme, öffnete dabei die Hände. »Die Botschaft soll ja ankommen.« *Flieg. Und richte meiner Mutter Grüße aus.*

Der Vogel flatterte zunächst auf der Stelle, um sich zu orientieren, zog in engen Kreisen um den Turm, als wollte er Schwung nehmen.

»Das tut sie immer. Sie macht sich schon noch auf den Flug.« Die Frau stieg bereits zurück. »Bleib, wenn du magst. Und genieße die Aussicht. Ich kenne sie zur Genüge.«

»Danke.« Mabian beobachtete die Taube, die sich anschickte, nach Osten zu fliegen. *Fliegen. Über sämtliche Hindernisse hinweg. Es muss schön sein. Wäre ich ein Zauberer, ein mächtiger, vermochte ich es. Oder ich würde mich winzig zaubern, um auf ihrem Rücken zu reisen!* Der Gedanke gefiel ihm. *Die Welt von oben sehen. Mit ihr zu Kalenia und …*

Aus dem Vogel wurde im Flug eine Blutwolke. Die Taube zerstob, rote Federn tanzten umher und senkten sich in weitem Umkreis auf die Hausdächer nieder.

»Was bei Deiwos …?« Bestürzt lehnte sich Mabian über die Zinnen, um zu beobachten, wo die Überreste des Tieres niedergingen. Der Klumpen Fleisch kreiselte abwärts und klatschte in einer Nebengasse vor die Füße eines Mannes mit ausladendem dunkelgrünen Hut, der eben seine Windbüchse senkte.

Nein! Mabian musste mit ansehen, wie er die Kapsel vom Rücken löste. Er wischte das Tierblut ab und öffnete das Behältnis, um den Zettel zu lesen.

Dann hob er den Kopf und blickte zum Turm hinauf, genau zu Mabian, und tippte sich grüßend an die Krempe. Es war einer der Männer aus der Gruppe, die sich im Rundhaus versammelt hatten, um zu Kalenias Siedlung zu reisen.

Deiwos, nein! Kopflosigkeit und Furcht stürzten auf Mabian ein und drohten ihn mit Sorge zu erschlagen.

Er warf sich herum und spurtete die Treppe hinab, vorbei an den Frauen, um die vielen weiteren Stiegen mit hoher Geschwindigkeit abwärtszurennen. Zweimal stolperte er, aber es blieb bei kleineren Abschürfungen. Die Schmerzen im linken Bein waren vorerst vergessen. *Was tue ich nur, verdammte Kuhkacke?*

Mit der abgefangenen Nachricht war alles verraten: Wer er war. Was er wusste. Wo er sich in Merirosvo befand. Und wem die Botschaft gegolten hatte.

Sie haben mich doch verfolgt. Sie wollten wissen, was ich tue.

Mabian verließ den Turm und fiel vor Schwindel über die eigenen Füße. Das Lachen der Umstehenden begleitete seinen Taumel.

Er musste sofort aus Merirosvo verschwinden. Er würde Tatesby das Versprechen abringen, dass er sich um Isona kümmerte, bis er mit seiner Mutter zurückkehrte, um die das blonde Mädchen aus der Stadt zu befreien. Die Aussicht auf Goldmünzen würde den Totengräber zustimmen lassen. Auf der Flucht konnte Mabian Isona nicht gebrauchen. Nicht im nahenden Winter und nicht unter diesen Umständen.

Ich bin froh, sollte es mir überhaupt gelingen, lebend nach Kaltensee zu gelangen.

Mabian hinkte viel zu schnell vorwärts, sein verkrüppeltes Bein sandte ihm stechende Schmerzen durch den Leib. *Ich muss, auf welchem Weg auch immer! Für Mutter. Für Kalenia.* Er blickte sich nach dem Schützen mit dem ausladenden Hut um, damit er ihm nicht in die Arme lief. In den vollen Straßen und Gassen übersah man einen Verfolger rasch.

Da packte ihn unvermittelt jemand von hinten am Kragen und riss ihn zurück, schleuderte ihn gegen einen Stapel leerer Weinfässer.

Mabian stürzte und kullerte eine Rampe hinab, es roch nach saurem Wein und Essig.

Der Mann mit dem ausladenden dunkelgrünen Hut und der Windbüchse stand im Eingang zum Keller, in dem Mabian rücklings gelandet war. Er hielt den langen Lauf auf ihn. Seine Kleidung war unauffällig, nur Kopfbedeckung und das abgewetzte Abzeichen daran hoben sich ab. »So, du kleiner Heldinnensohn«, sprach er angespannt. Sein Gesicht lag im Schatten der Krempe. »Deine Mama ist also die Klinge des Schicksals. Eine Berühmtheit.«

»Nein, das …«

»Du hast uns belauscht! Ich habe dich gesehen, nachdem du vom Sims gestürzt bist«, fiel er ihm in die Beteuerungen. »Ich ahnte gleich, dass du nicht der Späher einer Diebesbande bist. Du, kleiner Scheißer, bist was Besonderes.«

Mabian sortierte seine Gliedmaßen und zog sich an der Kellerwand in die Höhe. Dabei bemerkte er den Lastenaufzug neben sich in einer Maueröffnung, mit dem die großen Wein- und Bierfässer in den Schankraum über ihnen gezogen wurden.

»Was willst du von mir?« Rennen konnte er nicht mehr, dafür waren seine Beine zu erschöpft, und die verheilten Stellen schmerzten. Mit etwas Glück gelang es ihm, über den Aufzug aus der Falle entkommen. *Der Fahrstuhl arbeitet mit Gegengewichten und ist leicht zu bedienen.*

»Ich werde dich mitnehmen. In die Wildnis«, drang die Stimme unter der Krempe hervor, die den Eindruck erweckte, der Schütze sei ein Geist ohne Kopf. »Es könnte sein, dass dir deine geliebte Kalenia Dinge erzählte, die uns zugutekommen. Sobald wir sie geschnappt haben. Mit deinem Wissen über ihre Reisestrecke.«

»Darüber weiß ich nichts. Meine Mutter erzählte mir nichts über ihre Mission!«

Der Mann lachte ihn aus. »Gewiss, gewiss. Das finden wir heraus.« Er machte eine auffordernde Bewegung mit seiner Windbüchse. »Zu mir. Langsam. Solltest du versuchen …«

»Da! Das ist der Mann!«, erklang ein wütender Ruf von der Straße. »Der da hat die Brieftaube abgeschossen. Schaut, er hat das Blut noch an Kleidung und Fingern.«

Der Schütze drehte den Kopf zur Seite und blickte zu dem Schreihals, dann fluchte er. Der Schatten hob sich von der Hälfte des Gesichts, Mabian erkannte ein markantes Kinn und einen Dreitagebart sowie ein ästchendünnes Oberlippenbärtchen. »Du kommst sofort zu mir, Heldinnensöhnchen!«

»Weg mit der Büchse«, erschallte der Befehl des anderen Mannes.

Mabian dachte nicht dran, dem Unbekannten Folge zu leisten. Er sprang in den Fahrstuhl und machte sich klein, dann zog er sich am Seil in die Höhe.

»Hey! Hey, du … Scheiße!«, rief der Schütze mit dem dunkelgrünen Hut. »Glaub nicht, dass du mir damit entkommen bist!«

Mabian arbeitete sich aufwärts und landete im Schankraum, wo er von Bediensteten sogleich mit Drohungen und Tritten weggescheucht wurde, die ihn für einen Bierdieb hielten.

Er verließ die verräucherte Kaschemme durch den Seitenausgang und wartete mit pochendem Herzen, was sich auf der Straße tat, wo der Luftbüchsenschütze ihn erwischt hatte.

Dem Geschrei nach war der Mann mit dem Krempenhut festgenommen worden, Applaus erklang. Ein Trupp von zwanzig Männern und Frauen kam um die Ecke, in ihrer Mitte den Unbekannten, dem sie die Hände auf den Rücken gebunden hatten. Der Schatten seiner Kopfbedeckung machte es unmöglich, ein Gesicht zu erkennen.

Den bin ich los. Mabian duckte sich hinter dem Geländer und verfolgte erleichtert den Aufmarsch.

»… wusste doch nicht, dass es eine Brieftaube war«, verteidigte sich der Schütze. »Ich hielt es für ein Geschöpf aus der Wildnis. Könnt ihr mir das verdenken? Welche normale Taube hat rote Federn? Das Böse liegt vor der Stadt. Ich dachte, es wäre ein Späher! Es war ein Irrtum. Hört ihr denn nicht? Ein Irrtum!«

»Es bleibt dennoch verboten, Nachrichtenvögel vom Himmel zu schießen«, maßregelte ihn eine Wache, wie der Waffenrock über seiner Kleidung verriet. »Das kostet dich was. Wir werden hören, was der …«

Dann waren sie an Mabian vorbei.

Er atmete ein zweites Mal erleichtert auf. Aber die Gefahr war längst nicht gebannt. Er hatte einen Aufschub bekommen, um aus Merirosvo zu verschwinden, bevor der Schütze seine Freunde alarmierte.

Hurtig, hurtig. Mabian hinkte los und biss die Zähne zusammen, weil die Schmerzen in seinem linken Bein unerträglich wurden. Er spürte seine Zehen nicht mehr, was kein gutes Zeichen war.

An seinem Plan hatte sich nichts geändert. Seine Flucht begann, sobald er Tatesby das Versprechen abgerungen hatte, auf Isona zu achten. Die verheimlichten Münzen brauchte er, um seine Reise zu bestreiten.

Ich kehre wieder, dachte er, während er durch Merirosvo hinkte. Er hatte dem Mädchen geschworen, dass es auf Kaltensee leben durfte, und so würde es kommen. *Als vierte Schwester. Dann bin ich nicht mehr das Nesthäkchen.* Doch über all der Sorge um sich und Isona schwebte seine himmelhohe Angst um Kalenia, verbunden mit der Frage, was es mit ihrer Heimatsiedlung auf sich hatte.

***

Nankān, Königreich Orillon,
Hauptstadt Güldenschein, Herbst

Danèstra betrachtete den Verschwörer, der sich in seiner Rolle als Bestienfänger gefiel und sich in der Bewunderung der Besucher aalte. *Er hat auf Leibwachen verzichtet.* Sie wunderte sich und erlaubte sich Erleichterung. *Er fühlt sich sehr sicher. Er weiß nicht, dass ich ihn suche.* Gedanklich kehrte sie zu ihrem Feuerplan zurück. Unauffällig suchte sie unter den Lampen eine aus, die als Eheste taugte, einen Brand auszulösen.

»Prinzessin, danke für Eure Mühen.« Rauhwasser verbeugte sich galant. »Ich übernehme die Führung unserer geschätzten Gäste, wenn es Euch beliebt.«

»Natürlich, Ihro Gnaden«, gab sie affektiert zurück und reihte sich ein. »Es ist ein Genuss, Euch zuzuhören.«

»Ich zeige Euch, was ich in der Wildnis alles fing.« Rauhwasser begrüßte jeden seiner Gäste mit Handschlag. »Und es ist mir eine Ehre, Euch in meinem Exponatorium zu sehen, Großfürstin. Ihr habt eine Berühmtheit erlangt, von der ich allenfalls zu träumen wage.« Er nickte Danèstra besonders zu. »Endlich begegnen wir uns.«

»Ich finde Euch besser«, rief der Junge, und alle lachten. »Ihr seid viel mutiger als die alte Frau.«

»Seht Ihr? Deswegen halte ich nichts von Ruhm.« Sie suchte in seinem Blick unauffällig nach Anzeichen, dass er sie durchschaut hatte. Dass er eine Ahnung hatte. Dass er sie angreifen oder in eine Falle locken würde. *Entweder ist er ein sehr guter Täuscher oder wirklich unbedarft.*

»Nun, werte hohe Herrschaften: Unter Einsatz meines Lebens brachte ich zu Euch, was Ihr gleich sehen werdet. Denn *das*« – Rauhwasser schnippte mit dem Fingern – »verfolgte mich und meine Leute. Um uns zu fressen.«

Aus dem Zwielicht trat eine werwolfartige Kreatur, die Danèstra sogleich an Thirío erinnerte. Ihr Fell war schwarz-weiß gemustert, rund um die Augen hingegen dunkelblau gefärbt, was das Gelb darin betonte. Sie begab sich links neben Rauhwasser und knurrte. Nirgendwo war eine Kette zu sehen.

Das Publikum schrie vor Schreck auf und wich einen Schritt nach hinten. Die Kinder konnten nur durch einen raschen Griff davor bewahrt werden, ins Freie zu rennen.

»Und dann gab es noch diese Bestie!« Rauhwasser schnippte mit der anderen Hand.

Auf seiner rechten Seite erschien eine Centaurin mit einem wütenden, lauten Schnauben. Ihre kleinen, kräftigen Hörner, die aus dem Schädel wuchsen, waren mit Goldgeschmeide verziert. Bis zum Bauchnabel hatte sie die Gestalt einer Frau, darunter folgte der Leib einer grazilen Büffelkuh. Ihr Oberkörper war mit Schmuck behängt, der ihre nackten Brüste bedeckte. Auch sie war nicht angebunden.

»Der eine wollte mich fressen, die andere mich niedertrampeln und aufspießen«, erklärte Rauhwasser mit großer Freude. »Aber ich brach ihren Willen und zähmte sie. Und *das* war erst der Anfang!« Er riss theatralisch die Arme hoch und legte den Kopf in den Nacken, die schwarzen Locken fielen vorhanggleich über seinen Rücken.

Die Lampen leuchteten auf und machten es im Zelt taghell.

Danèstra bemerkte erst jetzt die Glaskästen, die neben dem Eingang standen. Darin saßen zwei Schlangenwesen, bis zum Nabel Mensch und darunter ein zehn Schritt langes Reptil mit rot-grünschwarzen Schuppen. Kleinere Bäume, die sich bogen und wanden, als würden sie zu einer unhörbaren Melodie tanzen, ragten in den Ecken des Zeltes empor, ihr Laub klirrte wie von Hunderten Metallplättchen. Rattengleiche Tiere sprangen zwischen den Zuschauern umher und kletterten an ihnen hoch, um Börsen von Schlaufen zu lösen und aus Taschen zu ziehen.

»Versteht Ihr, wie es mir und meinen Männern ging?«, rief Rauhwasser zufrieden und kreuzte die Arme vor der Brust, mit einer Hand strich er sich über das pomadierte Bärtchen. »Die Wildnis kann tödlich sein. Sogar die Bäume hören und haben Gedanken und können ihre Äste um Eure Kehle legen oder Dornen abschießen, die Euch hinterrücks töten.« Er deutete auf die Glaskästen. »Schlangenmenschen, Gestaltwandler, Meuchlerefeu und vieles mehr.«

Weitere Halbkreaturen, die an Ketten gesichert und größer als Riesenschwarzbären waren, wurden von den Lichtern aus der Dunkelheit geschält. Sie blickten voller Verachtung auf die Menschen, die sie ängstlich angafften.

Hätte es eines Beweises bedurft, um Danèstra zu überzeugen, dass der Mann mit den Dämonen des Waldes im Bunde war, wäre er spätestens bei dieser Darbietung erbracht gewesen. Sie kannte niemanden, nicht mal einen Zauberer, der die Scheusale in kürzester Zeit derart zähmen und kontrollieren konnte.

Bei ihr und Thirío verhielt es sich anders. Ihr besonderer Hund handelte aus Dankbarkeit und Verbundenheit mit ihr, was Danèstra bei den Bestien im Exponatorium bezweifelte.

»Prägt Euch ein, was Ihr seht, hohe Herrschaften und liebe Kinder.« Er ging vor dem Mädchen und dem Jungen in die Knie. »Nichts, was in den Wäldern, in den Mooren, in den Dickichten und in den Flüssen lebt, ist Euch wohlgesonnen. Ihr würdet sterben, solltet Ihr diese Wunder sehen wollen.« Sie starrten ihn mit offenem Mund an. Rauhwasser richtete sich auf verbeugte sich erneut. »Aber dafür habt Ihr mich. Ich bringe diese tödlichen Absonderlichkeiten zu Euch.«

Auf seinen Wink hin banden die Rattengeschöpfe die Geldbeutel wieder an den Gürteln fest oder reichten sie mit einem Fiepen an die Besitzer zurück. Verhaltener Beifall erklang. Die Gruppe befand sich noch im Griff von Überraschung, Furcht und Faszination.

»Wie … wie macht Ihr das?«, stammelte der Mann, der seine zwei Kinder zu sich zog. »Die Magier, die entsandt wurden, um die Wildnis aufzuhalten, wurden zerfetzt. Aber Ihr, Ihr …« Ihm gingen die Worte aus.

Der Dämon erlaubt ihm, sich seiner Wesen zu bedienen. Danèstra hatte eine Lampe auserkoren, die sich eignete, einen sich rasch ausbreitenden Brand auf der frischen, trockenen Streu zu legen. *Rauhwasser ist noch gefährlicher, als ich angenommen hatte.*

Für Danèstra stand fest, dass das Exponatorium lediglich der Täuschung diente. Die Kreaturen waren auf diese Weise nach Güldenschein gebracht worden, ohne dass der Rat Verdacht schöpfte. Niemand kam auf den Gedanken, dass Rauhwasser mit ihnen einen Angriff plante. Zwei, drei Dutzend genügten, um in den Straßen und Häusern des Nachts ein Massaker in der Bevölkerung anzurichten, die tags zuvor viele Münzen hingelegt hatte, um die scheinbar gezähmten Wesen betrachten zu können und dabei zu schaudern.

Eine Nacht, und Güldenschein wäre unter das Joch des Bösen gefallen. Danèstra sah darin die zweite Stufe des Plans, den die Verschwörer verfolgten: Die Wildnis rückte von außen vor, während die Männer im Innern heimlich zuschlugen, damit die Halbinsel rascher zu Fall gebracht wurde. *Dann erhalten sie ihren Lohn.*

Rauhwasser bedeutete den Besuchern, sich in seiner Zelthalle umzuschauen und sich den Kästen, Käfigen und angebundenen Wesen zu nähern. »Es ist ein Geheimnis, das Euch alle umgibt«, sprach er getragen, als trüge er ein Gedicht vor. »Ich verlor fast meine ganzen Leute, bis ich es verstand. Doch seitdem bin ich gesegnet.«

Ich weiß, was du meinst. Aber niemand wird deine bösartige Andeutung verstehen. Danèstra nutzte die Ablenkung und stieß entfernt von den Schaulustigen die Laterne um, sodass sie hinter eine Abdeckung kippte.

Das Öl lief aus und ergoss sich in die frische Streu. Das Flämmchen sprang vom Docht zwischen die getränkten Halme und wuchs zu einem Feuer, das verborgen züngelte und über den Stoff leckte.

Deiwos, es liegt nun an uns. Danèstra entfernte sich von der Ecke und betrachtete die Blume, die das Exponatorium mit einem durchdringenden, süß-würzigen Geruch flutete.

»Feurio! Es brennt!«, rief Shantala plötzlich. »Wilto, da, seht! Die Flammen schlagen die Leinwände hinauf.«

Ihr Satz war kaum verklungen, da setzte Gerenne ein. Die Kinder waren mit ihrem aufmerksamen Vater als Erste zum Ausgang hinaus und in Sicherheit. Danèstra atmete auf.

Sobald Rauhwasser im Freien steht, kann Vytain schießen. Sie hatte eine Hand an dem Stoßdolch, mit dem sie meisterlich umzugehen verstand. *Falls er bleibt, um zu löschen, übernehme ich es.*

Die Bestien fauchten und brüllten, duckten sich vor den lodernden Flammen und dem zunehmenden Rauch. Die Zugluft, entstanden durch das Öffnen des Ausgangs, fachte das Feuer an und ließ Lohen bis unter das Zeltdach schnellen.

»Dann hinaus mit Euch, Ihr hohen Herrschaften«, sagte Rauhwasser laut, aber mit Ruhe in der Stimme. »Meine Männer und ich kümmern uns um das bisschen Brand. Es wird kein Hexenwerk.«

Er bleibt demnach. Danèstra machte sich bereit. *So liegt es an mir.*

Er wandte sich zu ihr um. »Ihr seid noch da? Ah natürlich. Ihr wollt mir helfen, wie man es von einer Heldin erwartet, Großfürstin.«

»Ich helfe. Aber nicht dir. Sondern Nankān!« Danèstra riss den Dolch aus der Hülle und stach überschnell nach ihm. »Einer weniger von euch Dämonendienern!«

Rauhwasser hatte nicht den Hauch einer Gelegenheit, der beidseitig geschliffenen Klinge zu entgehen – aber die werwolfartige Kreatur mit den gelben Augen warf sich in die Attacke und nahm den Stahl in ihrer Brust auf. Sie stieß einen kläglichen Laut aus und riss den Dolch im Fallen mit. Keuchend schlug sie auf dem streubedeckten Boden auf.

Mit einer fließenden Bewegung zog Danèstra die doppelläufige Pistola aus ihrem Schulterhalfter und legte auf den Adligen an.

Das Schnauben, das sich von der Seite näherte, warnte sie.

Dem niederzuckenden Hieb der heranstürmenden Centaurin wich Danèstra aus, zugleich schwenkte sie die Waffe auf das Pferdewesen und zog mit der anderen Hand die zweite Pistola aus der Gürtelhalterung am Rücken, zielte damit auf Rauhwasser.

Gleichzeitig drückte sie ab. Die Electorum-Pistolas knallten leise, sandten die Geschosse gegen die Feinde.

Die Centaurin wurde von dem pfeilartigen Projektil zwischen die Augen getroffen und brach mit einem Ächzen zusammen, ihr Blut spritzte aus dem Hinterkopf und klatschte an die Schaukästen.

Bevor das andere Geschoss in Rauhwassers Schädel landen konnte, schlug ihm das Schweifende eines Schlangenmenschen die Beine weg, und der Adlige stürzte neben die regungslose Werkreatur; das Projektil pfiff über sein Ohr hinweg und trennte mehrere schwarz gelockte Strähnen ab.

Die Bestien schützen ihren dämonischen Verbündeten. Danèstra schwenkte die Pistolas auf den Mann zu ihren Füßen ein. Durch eine leichte Drehung entging sie dem peitschenden Schweif der Kreatur und löste erneut aus.

Gleichzeitig traf sie ein Schlag von hinten und warf sie nach vorn, seitlich an Rauhwasser vorbei.

Bevor sie in der Streu landete, sah sie, wie die Geschosse der verrissenen Schüsse den Gegner trafen: Eines drang in die Schulter ein, das andere streifte den Hals und hinterließ eine rote Linie, dann floss das Blut aus der Wunde. *Das reicht nicht, um ihn zu töten!*

»Ich habe sie«, vernahm Danèstra eine wütende Männerstimme hinter sich. Sie wurde von kräftigen Händen nach unten in die Halme gedrückt, das Gewicht des Angreifers lastete auf ihrem Rücken. Rauhwasser erhob sich, gestützt von zahlreichen Bestien der Wildnis. »Bringt ihn in Sicherheit«, sagte der Unbekannte über ihr. »Ich kümmere mich um die Alte.«

Die Wesen zogen den taumelnden, blutüberströmten Adligen weg von der Kriegerin und dem knisternden Feuer, das ungehemmt in dem riesigen Zelt brannte. Kokelnde und glimmende Segeltuchfetzen segelten herab und lösten weitere Flammen auf der Streu aus.

Er darf nicht entkommen! Danèstra ließ die leer geschossenen Pistolas los und riss den rechten Ellbogen mehrmals kräftig nach oben. Beim zweiten Einschlag gab ihr Widersacher ein Stöhnen von sich, beim dritten knackte es, und der Druck auf ihren Harnisch ebbte ab.

Flink rutschte Danèstra unter dem Gegner heraus und erkannte einen Schlangenmenschen. Sofort zog sie ihr Schwert und bohrte es ihm seitlich in den Rumpf; mit einem heiseren Schrei brach er zusammen.

Danèstra steckte ihre Klinge sowie den Stoßdolch ein. Im Hinaushasten lud sie die Pistolas nach und folgte Rauhwasser durch das von Lohen und Leuchtern illuminierte Exponatorium.

Hinter ihr erklangen Alarmglocken. Es wurde vor dem Feuer gewarnt und um Beistand gerufen. Etliche Schritte näherten sich, draußen wurde durcheinandergerufen, Wasser plätscherte. Rauschend ging der Strahl einer Wasserspritze auf dem Außendach nieder.

Danèstra blieb nicht stehen. Sie spähte und orientierte sich hustend in dem Rauch. *Sie müssten noch …*

Unvermittelt sprangen die Leibwächter des Barons mit gezückten Säbeln aus dem Qualm.

Reflexhaft wehrte sie mit ihrem Schwert die unsauberen Angriffe ab und sandte sie mit zwei präzisen, blitzschnellen Stichen ins Herz zu Boden.

Ich höre Rauhwassers Stimme. Danèstra kürzte den Weg ab, indem sie sich eine Schneise durch den Meuchelefeu bahnte. *Er ist noch im Zelt.* Die rotfeuchte Schneide kappte die zupackenden Ranken und durchtrennte die niederpeitschenden, widerhakenbesetzten Zweige einer Geisterbuche, die sie aufzuhalten versuchte.

Hab ich dich! Danèstra sprang aus dem zerschlagenen Dickicht und landete vor den Bestien, die sogleich einen schützenden Kreis um den halb ohnmächtigen Wilto bildeten. Etwa zehn Gegner trennten sie von dem Dämonendiener, Ausgeburten der Wildnis und versehen mit Krallen, scharfen Zähnen und Klauen. Sie grollten und fletschten die Fänge, einige hatten sich mit Prügeln bewaffnet.

Danèstra hob ankündigend eine Pistola und das blutverschmierte Schwert. »Die Wildnis wird nicht siegen.«

»Wir zerreißen dich, alte Frau!«, rief eines der Wesen kehlig und stieß ein heiseres Bellen aus. Bis auf die Bestie, die Wilto trug, fächerten die Feinde daraufhin auseinander und umringten Danèstra.

»Dafür müsstet ihr mich bekommen.« Sie täuschte eine Attacke auf die nächste Kreatur an. Als Erwiderung sprang ihr diese entgegen. Die Kriegerin wirbelte herum und duckte sich unter der Bestie weg, riss das Schwert hoch. Die Klingenspitze schlitzte den Wanst des Gegners auf, der über sie hinweghechtete, zuckend schlug er in der Streu auf. Zugleich richtete Danèstra die Mündung der Pistola durch die Lücke im Leiberwall auf Wilto. Ohne zu zögern löste sie beide Läufe gleichzeitig aus. »Ich bin die Klinge des Schicksals, und du wirst dem Bösen keinerlei Dienste mehr leisten!«

Drei Ungeheuer brüllten auf und versuchten, sich in die Bahn der Projektile zu werfen, aber die Kriegerin hatte sie mit ihrer Attacke überrascht.

Danèstra sah nicht hin, als ihre Schüsse den verletzten Rauhwasser in die Brust trafen. *Die Lunge wird es nicht überstehen, und zaubern kann er nicht ohne Worte.* Stattdessen nutzte sie das lähmende Entsetzen der Kreaturen, die ihren Herrn verloren hatten, für ihren Angriff, setzte den Eisenlauf der Pistola im Zusammenspiel mit dem Schwert ein, um Hiebe abzuwehren und Feinde niederzuschlagen.

Doch der Strom an Gegnern verebbte nicht. Sie wollten den Tod ihres Verbündeten rächen. Aus allen Ecken des Zeltes sprangen sie zischend und tobend herbei. Die Feuer brannten im vorderen Teil und trennten die Kämpfenden mit einer Rauchwand von den Löscharbeiten. Keiner bemerkte, was sich abspielte.

Das kann böse für mich enden. Danèstra musste sich auf ihre schnellen Hiebe und Schläge fokussieren, um sich die greifenden Krallen, schnappenden Mäuler und heranspringenden Körper vom Leib zu halten. Sie schwitzte vor Anstrengung. Für jeden Toten schienen zwei neue Gegner in den Kampf zu ziehen. Es machte sich bemerkbar, dass Thirío nicht an ihrer Seite kämpfte.

»Weg mit euch, Ausgeburten der Wildnis!«, erklang ein lauter Männerruf. Ilreen und Skerbull ließen unvermittelt neben ihr die Klingen wirbeln.

»Schön, Euch zu sehen«, sprach Danèstra, während sie sich Rücken an Rücken stellten.

»Wir dachten, dass wir nach dem Rechten sehen sollten«, erwiderte Skerbull um sich schlagend.

Plötzlich fielen die Widersacher, obgleich sie nicht in Reichweite der tödlichen Klingen des Trios gelangt waren. Löcher taten sich in den Leibern auf, Schädel barsten ohne ersichtlichen Grund.

»Ich dachte, ich kürze den Kampf ab.« Vytain gesellte sich zu ihnen, einen Electorum-Stutzen und eine Magazin-Pistola in den Händen. Derweil griff der Brand über die Spreu um sich, kroch durch das

Stroh. Beißend gelbweißlicher Rauch füllte diesen Teil des Exponatorium zusehends.

»Ihr kommt wahrlich recht!« Mit einem vernichtenden Schlag von Danèstras Schwert, der eine Kreatur von der Schulter bis zum Herz in einer geraden Linie abwärts spaltete, endete das Gefecht. »Es wird stickig.«

Keuchend blickten sich die vier an, nickten einander zu. Die Gemeinschaft hatte sich bewährt.

»Meinen größten Dank! Nun raus aus dem Park«, befahl Danèstra. »Verteilt euch. Wir treffen uns im Gasthaus.«

Ilreen, Vytain und Skerbull sicherten ihre Waffen und huschten davon.

Danèstra begab sich zum sterbenden Rauhwasser und sah auf ihn nieder. Die zwei Löcher in der Brust sandten im Herzschlag dunkelrotes Blut heraus, es rann beständig über seine Lippen. Blubbernd wich die Luft aus den zusammenfallenden Lungen, er konnte kaum atmen.

»Du wirst nicht mehr erleben, wie wir die übrigen Verschwörer zur Strecke bringen«, sprach Danèstra. »Wir wissen, was ihr getan habt. Ich las den Brief, den Tauror dir senden wollte. Wegen dem, was ihr in der Siedlung verbrochen habt.« Rauhwasser versuchte zu sprechen, aber die Verletzungen gestatteten es ihm nicht. Rote Schaumbläschen entstanden vor seinem Mund. »Kalenia warnte uns vor eurem Treiben. Sie versteckte sich im Kohlenmeiler und entging eurem Ritual. Ohne sie wäre Nankān dem Untergang geweiht wie Yarkin.«

Auf Wiltos Gesicht zeigte sich blanke Überraschung. Er röchelte, doch das Gestammel blieb kryptisch.

»Du dachtest, sie sei tot.« Danèstra setzte die Schwertspitze an seine Kehle. »Wie konntet ihr nur? Wie konntet ihr uns an das Böse verraten?« Sie erhöhte den Druck. »Geh in die Verdammnis und diene dort den Dämonen, denen du folgst! Hier ist deine schwarzmagische Macht zu Ende.«

Leicht wie durch Butter glitt die Schneide in den Hals, schnitt sich ins Fleisch und trennte die Nackenwirbel mit einem Knacken. Rauhwassers Körper zuckte noch, dann lag er regungslos. Das Blut floss aus den Löchern in seiner Brust, die roten Bläschen platzten.

Danèstra nahm zwei Lampen und zerschmetterte sie auf der Leiche, um sie zu verbrennen und Spuren zu tilgen. Die Flammen fraßen sich mit dem Petroleum in die Wunden, das Blut kochte, und die Haut platzte.

Zwei weniger. Bald ist Nankān gerettet. Sie eilte hinaus, geradewegs in die Arme des ankommenden Löschtrupps, der es aufgeben hatte, das Exponatorium retten zu wollen, sondern dazu übergegangen war, das Übergreifen der Lohen auf die Nachbarzelte zu verhindern.

»Da drin steht alles in Flammen«, rief sie und wich vor der Hitze zurück.

»Großfürstin! Großfürstin, wo ist mein Wilto?« Shantala drängte sich durch die Helfer, die mit Wassereimern und Schaufeln voll Sand gegen die Feuer auf den Planen und in der Streu vorgingen. »Wo ...« Sie sah das blutige Schwert und die Spritzer auf dem Harnisch. »Oh, bei Deiwos!«

»Die Bestien«, erklärte Danèstra und rieb sich die Blutsprenkel vom Gesicht, das Rot hielt sich in den feinen Furchen. »Sie wurden durch die Flammen verrückt und griffen jeden an. Wir haben alles versucht, aber ...«

»Mein Wilto!«, hauchte sie erbleichend und wankte. »Er ist ...?«

»Der Baron, seine Leibwächter und ich hielten die mordgierigen Scheusale auf, damit sie nicht ins Freie gelangten und sich auf Euch und die Besucher des Marktes werfen.« Danèstra täuschte Bestürzung vor. »Deiwos und ganz Güldenschein wissen: Er starb zu früh.«

Shantala heulte auf und barg das Gesicht zwischen ihren Händen. »Nicht er!«

»Sorgen wir dafür, dass Nankān erfahren wird: Er gab sein Leben, um Leben zu retten. Nobel bis zum letzten Atemzug«, sprach Danèstra. »So nobel.«

»Nobel«, wiederholte Shantala und blickte sie aus tränenfeuchten Augen an. »Ich danke Euch, dass Ihr uns gerettet habt. Die Welt soll es erfahren: Die Klinge des Schicksals hat zusammen mit dem edlen Wilto Thimen Chenero Ludewik von Rauhwasser die Bewohner des Parks, ach, was sage ich, die Stadt vor einem Unglück bewahrt.«

»Keiner muss wissen, dass ich ihm beistand. Ich trete meinen Ruhm an ihn ab. Ein edler Mann und Sohn der Stadt soll den Dank der Bewohner erhalten, nicht ich. Auf meinen Schultern lastet genug

Anerkennung.« Je mehr sie ihren Namen aus den Erzählungen he–
raushielt, desto eher würden sich die verbliebenen Verschwörer täuschen lassen, sobald die Nachricht über Rauhwassers Tod sie erreichte. Danèstra hob ein Bündel Streu auf und wischte ihr Schwert grob
sauber. Es würde dauern, bis sie das Blut des Dämonendieners aus
den Ziselierungen gewaschen hatte. Auf Kaltensee hätte Mabian es
erledigt. »Nennt nur ihn.«

»Das … das würdet Ihr tun?« Shantala wirkte in ihrem Schmerz
erfreut über das Geschenk, das ihrem Liebsten gemacht wurde. »Zu
seinen Ehren?«

»Gewiss. So ist es gewesen, Prinzessin von Maaredin. Gedenken
wir seiner und seiner treuen Gardisten.« Sie ging an ihr vorbei. »Erzählt es jedem. Nun entschuldigt mich. Ich werde mich ausruhen. Es
war sehr anstrengend.«

Danèstra verließ den Ganzjahresmarkt durch ein Seitenportal. Der
Brand zog die Aufmerksamkeit der Besucher und Bewohner der Stadt
auf sich, sodass sie unbehelligt und ohne nachstellende Anhänger zu
ihrer Herberge gelangte.

Im Hotelzimmer warteten bereits Ilreen, Vytain und Skerbull. Kalenia saß aufrecht auf der Liege, die Hände im Schoß gefaltet. Thirío
hatte seinen Kopf beruhigend auf ihre Knie gelegt.

»Es ist getan«, verkündete Danèstra der jungen Frau. »Wir kommen der Rettung Nankāns näher.«

Kalenia umfasste das Fläschchen, in dem sich die Seelen ihrer Familie befanden, und brach in Tränen der Erleichterung aus.

***

Auszug aus *Die Abenteuer von Großfürstin Danèstara,*
Band hundertfünfzig, Kapitel elf

Erster Entwurf	M. Tintenfains Anmerkungen
Danèstara hüpfte und hopste, um den Attacken zu entgehen.	Bei Deiwos! Die Alte ist doch kein Hase! Lese ich noch einmal »hopsen«, zahlt mir dieser Schmierfink meinen Wein beim nächsten Gelage!

Kapitel X

Quent kroch wie ein ängstlicher Wurm über den nassen Boden und nutzte hochstehende zerstörte Bodenplatten des Dammes als Sichtschutz vor der saphirfarbenen Seeschlange, die sich mit ihren drei drachenartigen Köpfen über die Menschen hermachte. Zwischendurch brüllte Skamata triumphierend und wälzte ihren drachenhaften Leib auf der Mauerkrone. Wie ein Wurm fühlte sich Quent auch: stets in Gefahr, vom Boden aufgepickt und verschlungen zu werden. Auf Thýguda vertrauend, schob er sich auf die Kabine der Seilbahn zu.

Der maskierte Dammwächter machte unterdessen schreiend Jagd auf jene, die versuchten, an ihm vorbeizuflüchten und dem Monstrum zu entgehen. Sein Dreizack traf tödlich genau.

Da sich die tobende Skamata dicht an dem Stützmast herumtrieb, erschien es Quent zu gefährlich, das Fortbewegungsmittel zu nutzen, um die zerstörte Mauerkrone hinter sich zu lassen. Am allerliebsten hätte er sich zu Fuß aus dem Staub gemacht, solange die Seeschlange unter dem Adligen und der Gruppe wütete. Aber der Sarg mit Calostros Überresten befand sich in der Kabine.

Ein Schwur bleibt ein Schwur. Quent verharrte und wischte das Regenwasser aus den Augen, linste um die schützenden Granitstücke herum. Seine Robe hatte sich vollgesogen und schien das Doppelte zu wiegen.

Zwei der blau geschuppten Skamata-Schädel hielten sich schadlos an den geschnappten Männern, der dritte machte sich einen Spaß, gegen den Adligen und seine verbliebenen Krieger zu kämpfen. Unentwegt setzte das riesige Monstrum den abgeflachten Schweif ein, warf sie mit gezielten Hieben um und schleuderte sie umher. Quent musste an eine Katze denken, die mit ihrer Beute spielte.

Ob der Wächter den Verstand verloren hat? Oder war sein Vorgehen der verzweifelte Versuch, die Bestie mit Menschenfleisch zu beruhigen und vom Einreißen des Dammes abzuhalten? *Skamata kann für die Zerstörung verantwortlich sein.*

Der Adlige und seine Kämpfer wichen vor der Seeschlange zurück, um sich aus dem Bereich der hereinbrandenden Wogen zu bringen, die eine zusätzliche Gefahr darstellten.

Krachend und knisternd verbreiterten sich die Risse in der Oberfläche der Barriere. Der Damm bebte unter dem Gewicht der Kreatur, die sich nun gänzlich aus dem Wasser schob und über die Mauer hinwegkroch. Sie verfolgte ihr lebendiges Futter mit Vergnügen.

Damit bekam Quent die Gelegenheit, an die er kaum mehr geglaubt hatte.

Danke, Thýguda! Er rutschte und rannte auf allen vieren vorwärts. Ein gewaltiger Sprung brachte ihn an Bord der verwitterten Gondel, in die sich eine weitere Woge ergoss. Dieses Mal hielt er sich am Rahmen fest und wurde nicht hinausgespült. Glassplitter klirrten über den Boden auf die Steine.

Hastig und mit kaltklammen Fingern betätigte Quent die Kurbel, blieb in der Hocke.

Quälend langsam hob die Kabine ab. Sie schaukelte sogleich im Wind und in den brechenden Wellen. Das von Sonne und Salzluft angegriffene Holz knarrte und knackte.

Quent stürzte durch das heftige Schwanken mit den Knien auf den Holzboden, er bediente den Mechanismus wie von Sinnen. Wollte er sich rasch fortbewegen und Skamata entkommen, musste die Gondel weit hinauf, um durch die Neigung am horizontal gespannten Seil entlangzuschießen. Doch sobald das Monstrum seine Absicht durchschaute und den senkrechten Tragemast umriss, um seine Flucht zu verhindern, verlor der Draht die Spannung, und die Kabine stürzte ab. Die Fahrt und sein Leben wären auf der Stelle vorbei.

Thýguda, das ist eine Prüfung. Ich werde sie meistern. Bewusst vermied Quent jeglichen Blick zur offenen Tür hinaus. Das leiser werdende Geschrei der Menschen und das Brüllen der drei Bestienköpfe verrieten ihm genug, wie es um die Gruppe stand.

Seine Arme schmerzten, die Lunge brannte von der Salzgischt, die durchnässte Kleidung hing schwer an ihm; die schwankende, pendelnde Kabine belastete seinen Magen ganz fürchterlich. Aber die Angst verlieh ihm die Durchhaltekräfte eines Riesen, mit denen er sich nach oben kurbelte.

Als Quent doch einen Blick hinaus wagte, lagen mehr als fünfundzwanzig Schritt Luft unter ihm. Vier bedauernswerte Kämpfer boten den letzten Widerstand gegen Skamata auf. Der wahnhafte Dammwächter hetzte einem fünften nach, der glaubte, Richtung Osten entkommen zu können.

Und nun fort! Quent fand nach etwas Probieren den richtigen Hebel, mit dem die Bremse gelöst wurde.

Die Gondel surrte die leichte Neigung entlang und in mehr als zwanzig Schritt Höhe über den Damm hinweg. Verlief die Fahrt anfangs viel zu gemächlich, um einer wütenden Seeschlange zu entkommen, beschleunigte die Kabine alsbald.

Bin ich bemerkt worden? Quent sah über die Kante aus dem hinteren Fenster, in dem es kein Glas mehr gab.

Skamata und der Dammwächter machten gemeinsame Jagd auf den Adligen. Noch hatten sie kein Auge für die Seilbahn, die sich von ihnen entfernte.

Das darf so bleiben. Er klammerte sich an eine Strebe, seine Angst vor einer Entdeckung ließ nicht nach. Die Flaschenzugrollen über ihm schnurrten, feuchter Wind fuhr durch die rüttelnde, pendelnde Gondel …

Unter Quent jagte der Damm dahin. Die Beschädigungen nahmen zu. Die Wellen hatten einen großen Teil der Platten zusammengeschoben und aufgetürmt. Die freigelegten, einst widerständigen Quader darunter waren dank See, Salz und Sonne zu Bröckchen zerfallen.

Die Risse und Sprünge zogen sich hin, so weit Quent blicken konnte. Löcher von mehreren Schritt Länge und Tiefe klafften in der lebensnotwendigen Barriere. In der Außenmauer erkannte er Stellen, an denen Teilstücke ausgeschwemmt und abgebrochen waren, die sicherlich eine halbe Feldmeile weit reichten. Der Zerfall schien mit herkömmlichen Mitteln nicht aufzuhalten sein.

Der Damm wird früher oder später brechen. Quent erhob sich und beobachtete entsetzt, wie eine Woge gegen die Mauer raste und sich daran brach. Ein großes Stück sackte daraufhin ab und versank in den tosenden Fluten. *Es ist zu viel Wasser im See. Für diese Menge ist die Barriere nicht errichtet worden.* Zudem fehlte auf der Südseite der ausgleichende Gegendruck.

Quent drehte den Kopf. Skamata wütete inzwischen in weiter Entfernung und war zu einem kleinen Umriss verkommen.

Das beruhigte ihn ein wenig, entspannte ihn aber keineswegs. Die Gondel sauste am Rand des Dammes entlang, und damit hätte die mehrköpfige Seeschlange leichtes Spiel, ihn mit schnellem Schwimmen und einem kräftigen Sprung aus den Fluten heraus zu schnappen.

Die Geschwindigkeit der Kabine blieb gleich, aber der Abstand zum Boden verringerte sich.

Quent wandte sich nach vorn um. *Wie lange kann ich sie noch nutzen?*

Er sah einen umgestürzten Tragemast, was das Durchhängen erklärte. Das Stahlseil verlief dennoch weiter geradeaus, in den dichten Regen und ins graue Ungewisse.

Feldmeile um Feldmeile reiste er dahin, geschätzte zwanzig hatte er in der kurzen Zeit bereits hinter sich gebracht. Als die Gondel zu sehr an Schwung verlor, unterstützte er die Fahrt mit dem Betätigen einer zweiten Kurbel, welche die Umlenkrollen zusätzlich antrieb. Keine fünf Schritt mehr trennten die Unterseite der Kabine von der zerklüfteten Oberfläche des Dammes. Quent drehte weiter, auch wenn die Haut an seinen Händen aufgerissen war und blutete.

Die Kabine war sein bestes Transportmittel. Mit dem Sarg würde er durch dieses Terrain viel zu langsam reisen und von dem Dammwächter oder Skamata eingeholt werden.

Als Quent sah, dass der Zustand der Mauerkrone und der Platten sich verbesserte, schöpfte er Hoffnung, die Prüfung lebend zu überstehen. *Endlich!*

Gleich darauf sackte die morsche Gondel grundlos abwärts und schlug auf dem Boden auf. Der poröse Rumpf zerbrach, die maroden Seitenwände lösten sich auf. In einem Durcheinander aus Holzteilen landete Quent auf dem Damm. Die schweren Flaschenzugrollen aus Eisen verfehlten ihn und die Totenkiste um eine Armlänge.

Quent befreite sich von den Trümmern und umfasste die Griffe am Sarg. *Sie haben das Seil gekappt. Dann bleibt mir nicht mehr viel Zeit.*

Er rannte sogleich los, Richtung Süden und weg von der Kante zum See. Skamata benötigte für zwanzig Meilen nicht lange, daher wollte er möglichst viel Strecke zwischen sich und die Bestie bringen. Der Regen würde seine Geruchsspur hoffentlich vernichten.

Keuchend lief Quent den Damm entlang, der sich inzwischen wieder makellos und einwandfrei präsentierte, als hätte es das beschädigte Stück niemals gegeben. Mehrmals stolperte er über den Gewandsaum, zerrte die verrutschte nasse Robe umständlich hoch und hetzte weiter. Rumpelnd hüpfte der Sarg hinter ihm her.

Dann sah Quent durch die Regenschleier und die schwach wabernden Nebelschleier schwarze Schatten aufragen. Die Reste eines großen Gebäudes. Erschöpft hielt er darauf zu. *Gut. Ich werde einen Platz zum Verstecken finden.*

Nach einer weiteren halben Meile erkannte er seinen Irrtum: Es waren die Ruinen einer Stadt.

Durch die eingestürzte Verteidigungsmauer gelangte er in verlassene Gassen und leere Straßen, passierte die sterblichen Überreste von Menschen auf den Granitplatten. Gebeine, fleischlos und ausgeblichen, waren in den Ecken achtlos zusammengescharrt worden wie Unrat. Um sie herum befanden sich die Roben und Kutten der Dammwächter, auf manchen Schädel saß sogar die Maske im Knochenantlitz.

Wieso bemerkt keiner auf Nankān, was in diesem Reich vorgeht? Die Antwort lag auf der Hand: Weil man sich um die Wildnis sorgte, ohne einen Blick für die anbahnende Katastrophe mitten unter ihnen zu haben.

Quent ging langsamer und hielt durch die Schauer Ausschau nach einem Haus, das intakt war. Er vermutete, dass die Zerstörung lange zurücklag. Moose und Flechten wuchsen überall, Möwen und andere Seevögel hatten ihre Nester in den Trümmern errichtet und fingerdicke Kotspuren hinterlassen, die der Regen nicht abwusch.

Nach einer gefühlten weiteren Meile durch Ruinen machte er einen stallähnlichen Anbau aus, der noch Dachziegel auf dem Gebälk besaß. Quent zog den Sarg hinter sich her ins Trockene und atmete auf. Das Dauerberieseln hatte ein Ende. *Vorerst geschafft.*

Im alten Stall hingen noch Ketten von den Decken, mit denen die Tiere vor den Trögen angebunden worden waren. Dann entdeckte er die zahllosen Gebeine sowie Kuttenreste in einer Ecke. Kurzerhand und zitternd vor Kälte, weil ihm durch das Stillstehen die Wärme der

Bewegung fehlte, entfachte er daraus ein Feuer. Es brannte mit eigentümlichem Geruch und fahler Flamme, knackend verbreiteten sich Licht und Hitze.

Quent verließ sich darauf, dass Skamata ihn nicht verfolgt hatte. Zudem war die Seeschlange vollgefressen und hoffentlich nicht mehr in der Stimmung, dürrer Beute wie ihm nachzujagen.

Er betrachtete seinen offenen, blutenden Finger und Handflächen. *Bald bin ich am Osttor.* Es würde sich zeigen, ob es ebenso verlassen wie die Stadt war oder dort die nächste Falle auf ihn wartete.

Ich lasse mich nicht mehr aufhalten, dachte Quent entschlossen und malte mit einem verkohlten Knochenstück Thýgudas Siegel an die Wände, um sich vor dem Bösen zu schützen. Der Anblick der Symbole gab ihm ein Stückchen inneren Frieden. *Calostro wird Frieden finden, und ich werde Priester.* Er zog seinen durchnässten Überwurf und die Gugel ab, hängte sie mithilfe der korrodierten Ketten rings um das Feuer auf. Die Wärme im Stall wurde behaglich und einlullend. Quent lehnte sich an eine Wand und warf einige trockene Gebeine in die Flammen.

Schon bald fielen ihm die Augen zu, auch wenn sein Magen vor Hunger knurrte, und er sank in einen tiefen traumlosen Schlummer – bis ihn ein stechender Schmerz weckte.

Mit einem lauten Schrei riss er die Lider auf und sah über einen langen Holzschaft hinweg den maskierten Dammwächter vor sich stehen. Er hatte Quent den Dreizack in die rechte Schulter gerammt und hielt ihn aufgespießt gegen die Wand gedrückt.

»Dachte ich mir, dass du davon wach wirst«, kam es gedämpft hinter der Maske hervor. »Wie seid ihr auf den Damm gekommen?«

Quent legte beide Hände um den Stiel und versuchte, den Druck zu mindern. Aber die Kraft des Gegners war zu groß. Mehr als ein Stöhnen kam nicht über seine Lippen.

»Wie?«, rief der Mann wütend. »Verrate es mir! Keiner kommt an den Machinas vorbei, die …«

»Das Tor stand offen«, ächzte Quent. Das Blut lief ihm den Rücken hinab, die Zinken waren hinten aus seiner Schulter ausgetreten. Da er noch Luft bekam, mussten sie die Lunge verfehlt haben.

»Lüge!«

»Es stand offen. Ich schwöre es bei Thýguda! Erst als ich und die Gruppe hindurchgegangen waren, schloss es sich.«

»Niemals!«

»Es war so. Ich … ich sah in der Nähe einen toten Dammwächter«, sagte er und stöhnte vor Schmerz. »Vielleicht war er zu schwach, die Riegel vorzulegen.«

»Ihr seid Eindringlinge und ohne Erlaubnis nach Bairi Yar gekommen. Obendrein habt ihr Skamata erzürnt, die in ihrer Wut und auf der Jagd große Schäden am Damm anrichtete«, erklärte der wütende Mann. »Das gab es schon lange nicht mehr, dass sie ungerufen erschien und tobte.«

»Ich habe die Schäden gesehen.«

»Weil du und deine Freunde …«

»Es waren nicht meine Freunde!«

»Weil ihr nicht den Weg genommen habt, den sonst alle gehen. Geführt. Von uns«, zischte ihn der Wächter an. »Das hättest du niemals sehen dürfen. Und es darf niemand in Nankān wissen. Es muss ein Geheimnis bleiben.«

Quent wollte sein Todesurteil nicht hinnehmen. Aber der Druck auf dem Dreizack blieb unerbittlich. Ein Schlag gegen den Schaft würde nichts ausrichten, und mit dem Fuß erreichte er weder die Waffe noch den Feind. Er unternahm dennoch einen verzweifelten Versuch, das Holz zu packen und die Zinken herauszuziehen.

Sein Rütteln wurde von dem Maskierten sogleich unterbunden. »Das wirst du sein lassen!« Er drückte den jungen Mann mit dem Dreizack zu Boden wie einen harpunierten Fisch.

Quent hatte dem in seiner Erschöpfung nichts mehr entgegenzusetzen. *Es ist vorbei.* Er starb in den Ruinen einer unbekannten Stadt, neben der Leiche seines Herrn, erbarmungswürdig in Leibwäsche, ohne seine Mission erfüllt zu haben. *Thýguda, verzeih mir.*

»Ich schleife dich …«, setzte der Dammwächter an und verstummte schlagartig. Seine Hände verloren die Kraft. Er rutschte am langen Stiel abwärts und sank vor Quent auf die Knie, als wollte er sich für seine Tat entschuldigen.

Hinter ihm wurde die stämmige Ovinia sichtbar, die einen blutigen Dolch hielt.

»Warte, Junge. Ich helfe dir.« Sie steckte ihre besudelte Waffe weg, stieß den Sterbenden zur Seite und setzte Quent einen Fuß auf die Brust, packte den Dreizack mit ihren kräftigen Händen. »Das wird wehtun. Denk an was Schönes.«

Ruckartig zog sie.

Quent brüllte, wie er noch nie gebrüllt hatte.

***

Nankān, Wildnis, Spätherbst

Du hättest den Jungen nicht entkommen lassen dürfen.« Perdis, die ihr mit Symbolen verziertes Priesterinnengewand trug, blickte vorwurfsvoll hinüber zu Iradias Bai, dessen Gesicht im Schatten der ausladenden Hutkrempe verschwand. Dieser Hut hatte ihm die Spitznamen *Mann ohne Antlitz* und *Sprechendes Kinn* eingebracht. Sie ritten wie der Rest der Truppe zu zweit nebeneinander auf dem breiten Pfad, und Perdis sprach laut genug, dass die Übrigen ihre Zurechtweisung mitbekamen. »Er hätte uns Dinge zur Siedlung erzählen können. Ich hörte, er und diese Kalenia verbrachten viel Zeit miteinander.«

»Ich hatte vor, ihn mitzunehmen«, gab der Windbüchsenschütze unwirsch zurück, der in seiner grünbraunen Kleidung kaum in der Umgebung auffiel. Bis auf Perdis trugen sie alle Lederkleidung und Lederrüstung. Der Tod lauerte in vielfacher Gestalt im Gestrüpp und in den Bäumen. »Die Meute und diese beiden Möchtegerngardisten hinderten mich daran. Woher sollte ich wissen, dass das Abschießen einer Brieftaube einen Aufstand auslöst?« Missmutig spuckte er vom Pferderücken herab. »Es waren zu viele. Wegen Mord wollte ich nicht aufgeknüpft werden. Der Galgenturm war mir zu nahe.«

»Das ist das Gleiche, wie wenn du einen Nachrichtenläufer erledigst. Das findet auch keiner witzig«, warf der betagte Heersen von hinten ein und rückte die Sehgläser zurecht, die er in einem Drahtgestell auf der Nase trug. »Die Botschaften müssen durchkommen. Stell dir vor, es stünde etwas Wichtiges drin.«

»Wie die Nachricht des Scheißers an seine berühmte Mutter,

meinst du?«, gab Iradias zurück. »Könnte *das* der Grund gewesen sein, warum ich den scheiß roten Vogel aus dem Himmel geholt habe? Kaum vorstellbar!«

Die Gruppe um sie herum lachte leise. Er bewarf Heersen mit einem abgerissenen Ast, an dem ein rot gepunktetes Blatt haftete. »Bleib bei dem, mit dem du dich auskennst.«

»Tue ich. Nehmen wir die Pflanze, die du gerade berührt hast.«

»Der Baum. Was ist damit?«

»Das ist ein …«

»Kommt jetzt irgendein verquerer Name, den sich niemand merken kann und den gelehrte Angeber nutzen, um sich wichtigzumachen?«, unterbrach ihn Iradias. »Los. Beeindrucke mich.«

»Ich wollte nur sagen« – wieder rückte er die Sehgläser zurecht –, »er ist giftig.«

»Was?« Erschrocken schaute Iradias auf seine Hand.

»Sein Harz und seine Blattsäfte töten. Zügig.« Heersen tat, als drehte er eine Sanduhr um. »Die roten Punkte sollen abschrecken.«

Iradias fluchte und rieb die Finger an seiner Rüstung ab, nahm die Wasserflasche und kippte sich einen Schluck darüber, um sie zu spülen. »Was kann man dagegen tun? Rasch!«

»Nichts.« Dann lachte Heersen schallend, und die Übrigen stimmten mit ein.

»Oh, das war sehr lustig.« Iradias zog die dunkelgrüne Krempe weiter herab. »Du bist ein Arschloch, Heersen. Ein altes Arschloch.« Er achtete stets darauf, dass man sein Gesicht bei Tageslicht nicht sah. Nur am Abend, wenn sie am Lagerfeuer saßen und er den Blick nach oben hob, hatte das Licht eine Gelegenheit, seine Züge und das dünne Oberlippenbärtchen zu beleuchten.

»Seid ruhig jetzt«, befahl Perdis. »Erinnert euch: Wir sind in der Wildnis, nicht mehr im Irrsal. Bis zur Siedlung haben wir noch etliche Meilen vor uns. Ich würde es gerne lebend bis hin schaffen.«

»Und zurück.« Arbos warf einen Blick vom Kutschbock des vorderen Wagens auf die Gruppe, deren Befehlshaber eigentlich er war, auch wenn Außenstehende oft den Eindruck gewannen, es wäre Perdis. Er ließ die Priesterin gewähren. Als Anhänger des alten Glaubens auf Nankān konnte er den zugezogenen Gottheiten nichts abgewinnen, aber solange sie gegen die Finsternis halfen, war es ihm gleich. Sollten sie den Beistand von Deiwos und Thýguda benötigen, bräuchten sie Perdis, die in Elayion bestimmt eine größere Siedlung als Vorsteherin führte.

Arbos, ein stattlich-kräftiger Mann mittleren Alters mit einem dichten, dunkelbraunen Bart, stellte sich auf und ließ den Blick von der erhöhten Position des Karrens über die Truppe schweifen. Im Verlauf der Reise hatte sich die Zahl dezimiert. Jede Feldmeile zahlten sie mit Verletzungen oder einem Toten.

Zum Kern gehörten der betagte Heersen Kronbloim aus Siwenloith, der ihnen als Kenner für Pflanzen mitgeschickt worden war. Sysca Râal, die neben ihm saß, und Nymaina Sôol aus Izozath waren die Expertinnen für Electorum-Waffen von unterschiedlicher Durchschlagskraft, von denen die drei Wagen etliche bargen. Die Geschütze lagen unter Planen abgedeckt und konnten jederzeit zum Einsatz gebracht werden. Arbos wünschte sich das nicht, aber er war gespannt, was sie bewirkten.

Perdis war nicht nur Priesterin, sondern auch magisch begabt. Sie beherrsche von allem ein wenig, wie sie sagte, und verdanke ihre Kraft Thýguda. Sie lehnte den Begriff *Zauberin* ab, obgleich sie dieselben Formeln nutzte. Ihre Begleiterin hatten sie an eine Ansis-Viper verloren.

Iradias Bai war ein Windbüchsenschütze, wie man ihn selten sah. Die Präzision seiner Schüsse war gegen die Bestien von enormer Wichtigkeit, ganz gleich ob er Pistolas, Büchsen oder seinen Stutzen einsetzte.

Arbos selbst stammte aus Taucora und war von den Mächtigen zum Anführer der Mission ernannt worden, was sich im Titel Oberhauptmann niederschlug. Weil er zu den wenigen Menschen auf Nankān gehörte, die an einer Expedition in die Wildnis teilgenommen hatten und lebend zurückgekehrt waren. Er kannte die Tücken der grausamen Wälder am eigenen Leib. Als Tierfänger und Spurenleser oblag es ihm, den anderen Anweisungen zu erteilen.

Zu diesem wertvollen Kern hatte er in Merirosvo knapp hundert Abenteurer angeheuert, Männer und Frauen, die für die Aussicht auf einen überguten Lohn alles taten. Sogar in die tödliche Wildnis mit ihrer gefährlichen Natur und den grausamen Bestien zu marschieren, wo es angeblich sagenhafte Schätze zu finden gab.

Dieses Gerücht hatte Arbos beim Anheuern gestreut.

Die Gier vollbringt stets neue Wunder an den Menschen. In den Gesprächen hatte er eine Karte präsentiert, die den Unwissenden nichts als die Siedlung und keine unermesslichen Reichtümer zeigte. *Aber woher sollten sie es besser wissen?* Freudig hatte sie daraufhin ihren Vertrag unterzeichnet, im festen Glauben, je ein Prozent vom Anteil des Schatzes als Bonus zu bekommen.

Ein Teil der Hasardeure ging voraus und prüfte den Weg. Sie rodeten ihn mit langen Macheten und machten ein Durchkommen der großrädrigen, hoch gebauten Wagen erst möglich. Ein anderer Teil bewachte die Gefährte, und ein kleiner Rest bildete die Nachhut.

Die Reise blieb gefährlich, Meile um Meile. Nach Angriffen von affenartigen Bestien hatten sie ein halbes Dutzend Tote zu beklagen, vier Mann waren durch Schlangenbisse gestorben. Meuchelefeu, verschiedenste Monstren, Feuerranken, Todesdorn … So ging es weiter auf der Liste. Drei Hasardeure hatten sich letzte Nacht heimlich abgesetzt, sie wollten nicht tiefer in die Wildnis vordringen, wie auf einer gekritzelten Notiz stand.

Arbos rechnete nicht damit, sie lebendig wiederzusehen. Er setzte sich wieder.

Ihre Mission sah vor, die Köhlersiedlung zu erreichen, aus der Kalenia stammte, eine junge Frau, die behauptete, sie besäße Wissen über das Geheimnis der Wildnis. Arbos und seine Leute sollten sich umschauen und Beweise für die Behauptungen suchen, ehe die Mächtigen in Nankān bereit waren, den Ausführungen der Frau zu glauben und auf ihre Aussagen hin Entscheidungen zu fällen.

Außerdem trug er einen versiegelten Umschlag mit Anweisungen bei sich, den er öffnen sollte, sobald sie den Ort erreicht hatten. Nicht vorher.

Welch ein Kommando. Nicht alle Mächtigen fanden die Unternehmung gut, wie Arbos gehört hatte. Vor allem in Siwenloith wollte man die aggressive Wildnis nicht reizen. Daher unterließ man es, mit einem gewaltigen Heer bis zur Siedlung vorzurücken – abgesehen davon hätten sich die Soldatinnen und Soldaten aus den regulären

Streitkräften vermutlich geweigert. Es bedurfte »verwegener Seelen«, wie er und die Mitglieder seiner Truppe bezeichnet worden waren.

Und doch greift die Wildnis um sich. Sie hätten das Heer senden sollen anstatt uns. Auf dem Weg durchs Irrsal hatten sie vereinzelte Ausläufer der Grünödnis entdeckt, die sich wie dürre Finger ins Land schoben. Dagegen gingen die Bewohner vor, mit Feuer und scharfen Äxten sowie der einfachen Magie der Bauern.

Wie Arbos gesehen hatte, blieben die Abwehrerfolge dürftig. Damit wurde ihre Mission zu einer großen Sache. *Sofern wir herausfinden, dass es einen Weg gibt, das Übel aufzuhalten. Kalenias Geheimnis wird bald enthüllt sein.*

Der Wagen holperte über eine Wurzel, und Arbos rutschte gegen die Frau neben sich, die wie alle Lederkleidung und Rüstung trug. Dabei bemerkte er den Duft von gerösteten Mandeln und erhitztem Eisen. Es war keine der Legenden, die über die Izozath erzählt wurden.

»Verzeihung«, sagte er und rückte auf dem Kutschbock zurück.

Sysca lächelte. »Es wird noch viele Male vorkommen, bis wir die Siedlung erreicht haben. Das ist doch so bei einer Expedition, Oberhauptmann.« Die Ingenia mit der gemaserten Alabasterhaut ließ die angespannten Ochsen langsamer laufen, da sie zur Vorhut aufschlossen, die auf sie gewartet hatte. Die langen schwarzen Haare hatte sie wie ihre Freundin Nymaina zu einem Zopf gebunden. »Es gibt etwas auf unserem Weg, wie mir scheint.«

Arbos prüfte ihren Standort mit einem Blick auf die Karte, die er aus dem Stiefelschaft gezogen hatte. »Es ist nichts eingezeichnet, was es zu sehen gäbe.« Er steckte den Plan zurück, sprang auf den grasbedeckten Boden und bedeutete der Kerntruppe, ihm zu folgen.

Als er zur Vorauseinheit gelangte, erkannte Arbos, warum sie seine Meinung einholen wollten. Der Pfad, den sie nutzten, wurde von einer zugewucherten Straße gequert. Sie war abgesackt und streckenweise eingebrochen. In geschätzt hundert Schritt Entfernung hatte sich ein tiefer Trichter aufgetan, aus dem der durchdringende Gestank von Verwesung drang. Was immer darin gelebt hatte, es war tot und zersetzte sich.

»Ich hoffe, es lebt wirklich nicht mehr«, sagte Iradias unter seiner

Krempe hervor und schulterte seine schwere Windbüchse. Das hohe Gewicht und die geringere Reichweite bedeuteten einen Nachteil gegenüber Electorum-Waffen; dafür kosteten sie nur einen Bruchteil. »Gegen Untote würde ich nicht ziehen wollen.«

»Es könnte sein, dass du keine Wahl hast«, gab Arbos nachdenklich zurück.

»Wir haben den Krater einmal umrundet«, erklärte ein Mann der Vorhut. »Es sieht aus, als wäre der Weg absichtlich zu einem Hinterhalt umgebaut worden. Darunter scheint es einen Schacht mit anschließendem Tunnel oder Stollen zu geben. Reinsteigen war uns zu gefährlich.«

Arbos zog seine Windpistola und ging langsam den Weg entlang. »Schauen wir nach.«

Bis auf die Frauen aus Izozath, die zu den Wagen mit den Electorum-Geschützen zurückkehrten, folgte ihm die Kerntruppe und machte ihre Waffen bereit. Arbos zog die Karte aus dem Stiefel und prüfte sie erneut. »An der Straße steht zwar etwas, aber ich kann es kaum ...« Erst als er das dünne Papier gegen das schwache Licht hielt, das von oben durch die Äste drang, erkannte er eine nachträglich entfernte Markierung. »Mineneinstieg«, las er leise vor.

»Was meinst du?« Perdis hielt ihr Schwert in der Rechten, die Linke umfasste das Symbol ihrer Göttin.

»Es muss eine Mine unter der Straße gegeben haben.« Arbos deutete nach Nordwesten. »Der Einstieg liegt in dieser Richtung.«

»Längst aufgegeben. Wer würde in der Wildnis schürfen?« Iradias hielt seine Büchse schräg vor dem Körper, um sie jederzeit in Anschlag bringen zu können. Er hatte einen Dolch unter den Lauf angesetzt, um sich im Nahkampf damit zu verteidigen. »Was stinkt hier? Faules Gold?«

»Grubenwasser«, schlug Perdis vor. »Eine alchemistische Substanz ist ausgeschwemmt worden.«

»Es könnten verrottende Pflanzen sein«, warf Heersen ein. »Oder Brechwurzel, die bekannt für ihren absonderlichen Gestank ist. Erinnert an Fäulnis und Pestgeschwüre.«

»Schönes Gewächs.«

»Schön, ja. Aber damit hat es sich schon.« Heersen bewunderte die wuchernden Bäume und das Dickicht, wieder fingerte er an seinen Nasengläsern herum. »Herrlich, wie alles wächst.« Die übrige Gruppe teilte die Begeisterung des Mannes aus Siwenloith nicht.

Arbos ließ sich auf ein Knie herab. Er hatte etwas entdeckt. »Da liegt ein verrosteter Splint, der zu einer Wagenbefestigung gehörte. Ich schätze, sie brachen ein, und der Rest liegt da unten.« Er hob den Blick. »Arme Schweine.«

Iradias lugte vom Rand des Einbruchs in die Tiefe, zielte mit der Windbüchse hinein. »Holla? Ist da jemand? Braucht ihr Hilfe?«

Arbos betrachtete den Splint. Er bezweifelte, dass die Reisenden noch am Leben waren. Ihn machte stutzig, dass sich Wagemutige auf den Weg gemacht hatten. In die Wildnis. Mit einem Karren. *Sie haben sich keinesfalls verlaufen. Was suchten sie hier?*

Die Hasardeure der Vorhut standen abseits und redeten leise miteinander. Mehrfach fielen die Worte *Mine, Edelsteine, nachschauen* und *Schatz gefunden*. Dieses Mal war die Gier nicht hilfreich.

»Das ist nicht unser Ziel«, rief Arbos ihnen zu.

»Das nicht, Herr.« Einer der Männer zeigte die von Wurzeln, Bäumen und Ranken halb verschlungene, aufgebrochene Straße entlang. »Ich erinnere mich an ältere Berichte. Es gab mal vor dem Angriff der Wildnis eine reiche Mine, in der Baron Swistan nach Edelsteinen grub. Sie musste von ihm aufgegeben werden. Aber nicht etwa, weil das Vorkommen erschöpft war.«

Arbos tauschte Blicke mit Iradias, Perdis und Heersen. Solche Gerüchte konnten sie nicht gebrauchen. Den Hasardeuren aus Merirosvo war der Schatz in greifbarer Nähe deutlich lieber als die Aussicht auf weitere Tagesmärsche durch die mit Bestien gefüllten, tödlichen Wälder an einen Ort, von dem man auch noch zurückmusste.

»Ihr werdet auf dem Rückweg genug Gelegenheit haben, euch durch die Stollen zu wühlen«, sagte die Priesterin resolut. »Sollte es Edelsteine zu holen geben, nimmt sie euch keiner weg.« Sie senkte die Stimme und deutete zum entfernt wartenden Tross. »Seid schlau und berichtet keinem darüber. Dann bleibt mehr für euch.«

Die Hasardeure legten sogleich verschwörerisch die Hände übereinander, um einen raschen Eid zu leisten, niemandem davon zu erzählen.

Arbos nickte Perdis dankend zu.

Heersen war unterdessen ganz nahe an eine Ranke getreten, die sich um eine Rotrindenfichte wand und das feste Holz einschnürte, sodass sich Risse gebildet hatten und Harz austrat. »Das ist … sehr beeindruckend«, wisperte er und zog ein haardünn gewalztes Skalpell aus seiner Werkzeugtasche, zusammen mit einer Lupe. »Eine Schlangenranke. Sie ist viel größer und stärker, als sie eigentlich sein dürfte.«

»Finger weg«, herrschte ihn Iradias an und tippte ihn mit dem Unterlaufdolch an. »Sonst greift sie an und wringt dich aus!«

Heersen verzog das Gesicht als Antwort und verdeutlichte damit, was er als Kenner von der Meinung des Schützen hielt.

Arbos erhob sich vom Boden und schloss die Augen. Er lauschte auf die Geräusche der Umgebung, in der es leise raschelte und knisterte, als würde es regnen. Dann drang ein moschusartiger Duft in seine Nase. »Wir sind nicht mehr alleine«, raunte er, sodass es seine Kerntruppe vernahm.

»Von links kommt jemand den Weg entlang. Ein Wagen. Berittene«, verkündete Iradias und hob die Büchse, um durch das montierte Zielfernrohr zu blicken. »Vorweg läuft eine bleiche Frau, vermutlich aus einer der Grottenstädte in Marwarod. Denen bin ich schon öfter begegnet.«

»Eine Kundschafterin.« Perdis sah zu Arbos, der langsam die Lider öffnete. »Was tun wir?«

»Diese Ranke ist … anders«, murmelte Heersen, der in seinem fachlichen Faszinosum ignorierte, was um ihn herum geschah. Er senkte die dünne, scharfe Klinge behutsam in flachem Winkel durch die Außenhaut.

Ein Zucken lief durch die Pflanze, und sie löste sich von ihrer Position, um dem Angriff zu entkommen.

»Bei Deiwos!«, jubelte Heersen und betrachtete den ausgetretenen Saft auf dem Skalpell. »Das war eine …«

»Zurück zum Tross«, befahl Arbos angespannt. »Wir werden gerade umzingelt.«

»Was?« Iradias schwenkte den Lauf auf der Suche nach einem Ziel. »Wo?«

»Überall. Auch von oben.« Er deutete mit seiner Pistola über ihre Köpfe. »Zu den Geschützen! Sonst werden wir draufgehen.«

Perdis packte Heersen an der Schulter, der aufbegehren wollte, und zog ihn mit sich, die Hasardeure sicherten den Rückzug. Sie bewegten sich auf den Durchgang zu, der zu ihrem Pfad führte.

Iradias blickte gelegentlich durch sein Zielfernrohr die zerstörte Straße entlang nach der zweiten Gruppe. »Unheilige Dämonenscheiße«, entfuhr es ihm. »Da kommt der Rest von denen! Ihr werdet niemals erraten, wer *das* ist.«

Arbos fand, dass in diesem Abschnitt der Wildnis viel zu viele Menschen unterwegs waren. »Das ist mir gleich«, raunte er. »Ich will zu den Geschützen.«

»Die Klinge des Schicksals«, sagte der Schütze dennoch.

»Nicht möglich!«, rief Heersen überrascht.

»Wer würde ihr Wappen und den Harnisch nicht erkennen?« Iradias korrigierte die Einstellungen des Vergrößerungsglases über dem Lauf. »Ältere Frau, Silberhaare und ihre berühmte Flechtfrisur, das Signum auf dem Brustpanzer«, berichtete er. »Sie hat eine sehr junge Frau bei sich. Sitzt auf dem Kutschbock neben einem Mann mit goldenem Nasenring. Taucoraner, denke ich. Die junge Frau sieht ziemlich genau so aus wie die Rückkehrerin auf der Zeichnung, die wir gesehen haben. Und ziemlich schwanger.«

»Das bedeutet«, sagte Perdis freudig, »dass sich Kalenia bei ihr befindet. Wir könnten sie abgreifen!«

»Zu. Den. Geschützen«, wiederholte Arbos und zog seinen schweren Säbel. Er hatte im Farn auf der gegenüberliegenden Seite der Straße Schatten ausgemacht, die vorwärtspirschten und sich rasch näherten. *Raubkatzen, die Fleckfärbung spricht für Waldluchse.* Allerdings passte die immense Größe nicht. »Da kommt etwas auf uns zu, was ich nicht kenne.«

Der Moschusgeruch nahm zu.

»Ich glaube, sie haben uns bemerkt«, verkündete Heersen. »Die Späherin ist …«

»Sie haben nicht uns bemerkt, sondern diese Bestien.« Arbos blickte alarmiert in die Runde. »Wenn ich es sage, dreht ihr euch um und rennt los.« Dann setzte er die Signalpfeife an die Lippen und gab dem entfernten Tross das Zeichen, Kampfstellung zu beziehen. Er hoffte, dass Sysca und Nymaina besonnen genug an den Electorum-Geschützen blieben, um gezielte Salven gegen die Kreaturen senden zu können. Die kleinen Kugeln der Windbüchse und der Pistolas würden nichts ausrichten, allerhöchstens bei einem Treffer ins Auge und durch den Schädel.

Kaum erschallte vom Pfad die gepfiffene Erwiderung, dass der Befehl verstanden worden war, sprangen die Bestien fauchend aus ihren Verstecken.

Arbos musste kein Zeichen geben. Iradias, Heersen und Perdis sprinteten auf der Stelle los, die Hasardeure folgten ihnen.

Arbos spurtete vorneweg und wehrte Attacken der riesenhaften Waldluchse aus dem Unterholz mit Säbelhieben ab. Trotzdem erwischten ihn zwei Krallen, die sich durch die Lederrüstung schnitten und blutige Kratzer hinterließen. Die Kraft des Treffers brachte ihn aus dem Tritt, Iradias' rasches Zupacken verhinderte, dass er stürzte.

Sie rannten den Pfad entlang und büßten die Vorhut ein, die zu langsam war, um den übergroßen Luchsen zu entkommen. Die Hasardeure wurden mit Nackenbissen getötet und nahmen das Gerücht der Mine mit in den Tod. Die Raubkatzen hielten sich nicht mit Fressen der Beute auf, sie wollten allen den Tod bringen.

Arbos keuchte und rannte. Vom Tross erklang das hohe Sirren der Electorum-Geschütze. Die unaufhörlichen Energieentladungen veränderten die Luft und hinterließen einen unbeschreibbaren Geschmack am Gaumen.

Sie erreichten die Wagen und die übrige Truppe, die sich in heftigen Gefechten mit den Kreaturen der Wildnis befanden. Rindergroße Luchse drangen auf die Menschen ein, aus den Bäumen und Zweigen sprangen affengleiche Wesen und droschen mit Ästen auf die Eindringliche ein. Zwei Waldbären warfen sich brüllend auf die verängstigten Ochsen und fügten ihnen mit Tatzenhieben schwere Wunden zu.

Aber die Hasardeure leisteten erbitterten Widerstand und verteidigten ihr Leben. Eisenwaffen klirrten und stachen zu, sodass das Blut der Bestien den Boden benetzte. Pistolas und Windbüchsen fauchten.

Über den Kämpfern standen Sysca und Nymaina auf den Karren, sie hatten beschichtete Schutzwesten und Kittel angelegt. Um die

Köpfe trugen sie Lederhelme mit Glasvisieren, die Hände steckten in Isolationshandschuhen, mit denen sie die Geschütze bedienten.

Arbos sah Funken aus den mehrläufigen Waffen fliegen, bläuliche Blitze umspielten die Apparaturen, die Tod und Vernichtung aussandten. Auch die beiden Izozath-Frauen wurden von Koronen umhüllt, aber die Schutzkleidung verhinderte, dass sie Schaden nahmen.

Die Energie lud die Luft auf, während die Electorum-Geschosse stets mehrere Raubkatzen und Affenbestien durchschlugen und sogar noch den Wald dahinter in Fetzen rissen. Ein Stahlhagel, begleitet von Sirren und Funken sowie dem Geruch von heißem Eisen, ging auf die Feinde nieder, die zu Dutzenden starben. Es roch nach frischem Blut und Pflanzensäften, dicke Stämme wurden gefällt und das Dickicht gerodet.

Bei Deiwos! Damit könnte man ein Heer ... Arbos blieb keine Zeit, die Machinas des Todes zu bewundern. Er musste sich unvermittelt seiner eigenen Haut erwehren, als eine grün und blau bemalte Frau neben ihm aus dem Dickicht sprang und einen Speer gegen ihn schwang. In einem Reflex schlug er mit dem Säbel zu, fälschte die Waffe ab, und die durchbrochene, schwarz-silberne Klinge fuhr knapp an seinem Gesicht vorbei.

Schon bekam er einen Tritt vor die Brust, der ihn gegen das Vorderrad des ersten Karrens warf. Während er noch um sein Gleichgewicht rang, hob die Gegnerin den Speer zum Stoß durch seinen Hals.

Arbos richtete die Pistola auf das Gesicht der Frau. Er zögerte, den Abzug zu betätigen – aus einem bestimmten Grund. *Ich weiß, was du bist.* »Ruf deine Kreaturen zurück! Oder wir töten euch alle.«

Unter der aufgebrachten Farbe zeigte sich auf dem Antlitz plötzliche Irritation. Sie hatte nicht damit gerechnet, als Anführerin erkannt zu werden. Ein raffiniert gemachtes Kleid aus Blättern und Efeuranken, in das Rüstungssegmente eingeflochten waren, lag schützend um ihren Leib. Auf dem Kopf saß eine Haube aus Silber und weißem Leder, zwei geschwungene Hörner mit Schneiden an den Enden saßen daran.

»Du bist eine Treyda, die Tochter eines Hochtreyds«, sagte Arbos rasch. »Ich erkenne es an deinem Schmuck.«

»Ich bin ein Teil jener Wildnis«, gab sie grollend zurück, »die ihr beraubt habt, ihr Narren! Gebt es heraus, oder *wir* werden bald *alle* vergehen.«

Das klang nach einem konkreten Vorwurf. *Ein Überfall? Ein Diebstahl?* »Wir waren es nicht.«

»Wohin ist der Räuber?«

»Ich weiß nicht, was …«

Als sich ihre Muskeln spannten, um mit dem Speer zuzustoßen, löste er die Pistola aus.

Die Kugel wurde von der komprimierten Luft beschleunigt und fuhr der Frau durch das bemalte Antlitz. Unterhalb des linken Auges trat sie ein und schlug ein Loch, das durch die Bemalung nicht auffiel. Dafür explodierte ihr Hinterkopf, die Kappe flog blutgetränkt ins Gebüsch. Ohne einen Laut brach die Treyda vor Arbos zusammen.

Daraufhin erschallte ein gemeinschaftliches Heulen und Brüllen aus sämtlichen Richtungen des Waldes, gefolgt von einem heiseren Kreischen, das jeden Lärm übertönte. Die Wildnis spürte den Tod der Anführerin und trauerte um sie. Die Menschen schauderten beim leidvoll-wütenden Klang. Schlagartig ließen die Bestien vom Tross ab und sprangen in die Deckung von Farn, Bäumen und Unterholz, wo die Electorum-Geschütze keine Schneisen geschaffen hatten.

Zurück blieben etliche tote Luchse, Waldaffen und die Bären, die um die Wagen und vor dem Verteidigungsring der Menschen übereinanderlagen.

»Nachladen«, rief Arbos schwitzend nach rechts und links. Er sah zu den Izozath hinauf. »Hört ihr? Nachladen. Es ist noch nicht vorbei.«

Sysca klappte das schwere Visier in die Höhe, unter dem ihr schweißnasses Gesicht zum Vorschein kam. »Verstanden.« Letzte schwache Blitze irrlichterten über die Läufe. Was genau sie tat, während sie Klappen und Abdeckungen öffnete, um merkwürdig behauene Steine mit angebrachten Drähten und Kästchen auszutauschen, wusste er nicht.

Die Männer und Frauen drückten mit eigens entwickelten Pumpen Luft in die Kolben der Windbüchsen und Pistolas, um sie dann mit Kugeln und Pfeilen zu laden.

»Du rechnest mit einer neuen Attacke?« Nymaina setzte ein Magazin seitlich in die Todesmachina ein. Auch sie nutzte die Gelegenheit und atmete frische Luft ohne den Gesichtsschutz. Sie ähnelte der Ingenia sehr, er konnte die beiden Izozath-Frauen kaum auseinanderhalten.

»Ja. Sie glauben, wir hätten ihnen was gestohlen.« Arbos schwang sich zu ihr auf den zweiten Wagen, um sich einen Überblick zu verschaffen. »Sie hatten eine Treyda dabei. Sie forderte die Rückgabe.«

»Eine was?«, rief Iradias. Auch er hatte seine Waffe bereit gemacht.

»Eine Treyda«, schaltete sich Perdis ein. »So nennen sich frevelhafte Menschen, die der Wildnis Treue schworen und dafür unheilige Kräfte von der Finsternis bekamen.«

Arbos blickte sich von seiner erhöhten Position um. »Deiwos der Kriegerische, bleib bei uns«, flüsterte er beeindruckt.

Zu Hunderten lagen die kleinen und großen Kreaturen rund um die Wagen, erlegt von den Electorum-Geschützen der Izozath. Teils waren sie von den Geschossen zerteilt worden, teils in Fetzen gehauen wie das Grün. Das Unterholz war gelichtet, dünne Stämme waren einfach zersägt und gefällt worden. Die vernichtende Wirkung reichte mehr als dreihundert Schritt weit, ohne von der Durchschlagskraft eingebüßt zu haben. Die Bestien würden es schwer haben, erneut unbemerkt an die Wagen heranzukommen. Es gab so gut wie keine Deckung.

Ihre Hasardeurtruppe hatte durch den Angriff mehr als zwei Dutzend Männer und Frauen verloren. *Heersen fehlt.* »Wo ist der Siwenloither?«, rief er. »Hat jemand …«

»Hier«, kam es unter dem Wagen hervor. »Ich suchte Deckung, und … ich hatte von da ein gutes Schussfeld für meine Pistola.«

Arbos war beruhigt, auch wenn er wusste, dass sich der ältere Mann aus Angst verkrochen hatte. »Bleib da«, gab er Anweisung. »Sie kommen wieder.«

Sysca und Nymaina klappten ihre Visiere herunter und drückten auf Knöpfen an den Machinas herum, dann schoben sie kleine Regler an den Bedienelementen nach vorn und packten die Griffe. Leises Summen erklang. Die Kraft des Electorums ließ Arbos' Härchen aufgeladen in die Höhe stehen.

»Es wäre besser, wenn du runtergehst«, sagte Nymaina durch ihren Sichtschutz. »Ohne Schutzkleidung wird es dich grillen.«

Ein einsames, leidendes Heulen schallte durch den Wald, und das Rascheln setzte ein zweites Mal ein. Die Bestien rückten vor.

Arbos sprang auf den Boden und lud ein frisches Magazin in seine Pistola. »Perdis?«

»Ja.«

»Sag Thýguda, dass wir sie benötigen.« Er packte den Säbel fester. »Bis zum Ende unserer Mission.«

***

Ich habe die Sehnsucht meiner Leserinnen und Leser verstanden. Es sind Helden gesucht, und romantische Wünsche entfachen die Fantasie. Diese erfülle ich gerne. Mit Worten. Vielen Worten. Blumenreichen Worten. Meine Romane sind ein Bouquet, wenn man so möchte.

Aus: Über die Romantik
Gespräche mit Mahetian Tintenfain

Kapitel XI

Nankān, Wildnis, Spätherbst

Weiter! Weiter, los!« Danèstra peitschte aus dem Sattel ihres Schimmels auf die vier Gespannpferde ein, die den Wagen zogen, in dessen Kabine Kalenia saß.

Skerbull lenkte die rasende Kutsche fluchend und zügelzerrend durch die Bäume und das lichte Unterholz. Mehrmals hatten die Radnaben die Stämme gerammt, der Aufbau ächzte unter der Belastung. Noch hielten die Deichsel und die verstärkten Räder stand.

Ilreen und Vytain befanden sich im Wagen, um aus dem hinteren Fensterchen auf die Bestien zu schießen, die ihnen dicht auf den Fersen waren. Die Electorum-Büchse des Izozath stanzte die tödlichen Projektile präzise durch die Körper der Ungeheuer, als würde der Karren nicht hüpfen und ruckeln. Ilreen bediente eine Windbüchse, die ihr Skerbull gegeben hatte. Die Waffen ließen sich an den Schussgeräuschen deutlich unterscheiden.

»Nach rechts! Dort wird der Wald lichter.« Danèstra preschte neben dem rasenden Wagen auf ihrem weißen Hengst dahin. »Das macht das Zielen einfacher.«

Thirío hatte sich in seine Bestiengestalt gewandelt und hielt ihr Angreifer vom Hals, die dem Pferd zu nahe kamen, ohne Skerbull, Vytain und Ilreen selbst ein Ziel zu bieten. Sein freudiges Aufheulen sagte ihr, dass er die Jagd genoss.

Auf der Lichtung können wir entkommen. Danèstra hatte beim Angriff der Wildnis die Flucht befohlen. Bären, übergroße Waldluchse, Schwarzfüchse und die affengleichen Srills formierten sich zu einer Flut, die ohne magischen Beistand oder schwere Geschütze nicht aufzuhalten war. Die Übermacht der Gegner hatte sich sogleich auf die andere Gruppe geworfen, doch einige der Bestien hatten sich an die Verfolgung des Wagens gemacht.

Was der fremde Trupp hier wollte, war Danèstra ein Rätsel. Mehr als einen kurzen Blick auf die Vorhut war Ilreen nicht möglich gewesen, danach waren die Bestien der Wildnis herangeschwärmt. Darüber würden sie sich später Gedanken machen. In Dornenfeste. In Sicherheit.

»Jetzt nach rechts!« Danèstra blickte über die Schulter und verringerte die Geschwindigkeit, während der Wagen an ihr vorbeidonnerte und in den lichteren Teil des Waldes einschwenkte. Das Unterholz schwand, ein paar einsame Farne bedeckten den ebenen Boden. Das Manövrieren gelang Skerbull einfacher, und die vier Pferde konnten ihre ganze Kraft ausspielen.

Hinter ihnen rannten zwanzig Waldluchse und Schwarzfüchse, allesamt größer und schneller als herkömmliche Tiere. Die Wildnis hatte sie umgestaltet und zu ihrem Vorteil verändert.

Die fauchenden und bellenden Scheusale sprangen im Zickzack, damit Ilreen und Vytain das Treffen schwerer fiel. Trotzdem wurde ihre Zahl bei jedem Schuss des Izozath dezimiert. Die unentwegten Verluste brachten die Übrigen nicht davon ab, die Hatz fortzusetzen.

Danèstra überlegte, ob sie es wagen konnte, sich ihnen zu stellen. Ihren Fertigkeiten, was Stärke, Geschick und Geschwindigkeit anging, vertraute sie. Zusammen mit Thirío wäre es möglich, Zeit für den Karren zu schinden. *Aber wenn die Luchse und Füchse einfach an mir vorbeirennen und sich die Kutsche schnappen, ist nichts gewonnen.*

Kalenias Leben hatte Vorrang, daher blieb es bei der Flucht.

Danèstra ließ ihren Hengst galoppieren und hatte Mühe, zum Wagen aufzuschließen. Die angeschirrten Pferde rochen, dass ihnen der Tod im Nacken saß, und rannten auf der geraden, überschaubaren Fläche wie der Wind.

»Immer geradeaus!«, schrie sie zu Skerbull hinauf. »Ich schaue, was nach dem Wald kommt.«

Der Taucoraner stand auf dem Kutschbock, um über die Pferderücken und Leinen hinwegzublicken, damit er keinen Felsen übersah, an dem ein Rad zu Bruch gehen konnte. Er machte das nicht zum ersten Mal. »Ist gut.«

Danèstra war froh, ihn dabeizuhaben. Nach einem neuerlichen Blick zurück, um sicherzugehen, dass die Füchse und Luchse hinter ihnen zurückblieben, donnerte sie über den mit Farn und Wurzeln überwucherten Waldboden.

Sie machte durch die Stämme in geschätzt einer Feldmeile eine Ebene aus, auf der einsame, riesige Eichen standen, als hätten sie die Fläche gegen die Wildnis verteidigt. *Spätestens dort hängen wir sie ab.*

Sie gab Skerbull ein Zeichen, dass er ihr folgen sollte. *Oder wir stellen sie, wenn es nicht mehr als fünf sind.*

Die Kutsche donnerte durch die letzten Waldausläufer und zog Abdrücke hinter sich her, während Ilreen und Vytain die Bestien mit Kugeln und Projektilen eindeckten. Das Trommeln der Hufe und die schmerzerfüllten Laute der Getroffenen hallten durch den Forst. Noch immer gaben die Luchse und Füchse nicht auf. Die Wildnis wollte die Eindringlinge tot sehen.

Geschafft. Danèstra ritt in vollem Galopp auf das unbewaldete Gebiet von knappen zwei Meilen Durchmesser, auf dem außer den Eichen die üblichen Farne und Gräser hüfthoch standen.

Die acht Bäume übertrafen sämtliche Ausmaße, die sie kannte. Sie wuchsen mit einer Stammbreite, die zwanzig Erwachsene nicht mit ausgebreiteten Armen umringen konnten, und ihre Kronen schwebten hundert Schritt über dem Boden. Die herausragenden Äste waren von der Dicke eines Pferdeleibs, die Blätter groß wie riesige Pfannen. Im Gegensatz zu den übrigen Laubbäumen in Nankān trugen sie grünes Blattwerk und trotzten dem Herbst.

Solche Eichen habe ich noch nie gesehen. Danèstras Schimmelhengst schnaubte und wieherte, kaum dass er auf die Lichtung geprescht war.

Erst jetzt wurde zu Danèstras Linken ein großer Pulk aus Menschenleichen, Wagen und Pferdekadavern sichtbar, die halb auf der Lichtung, halb im Wald lagen. Das Banner von Dornenfeste, eine heckenumrankte Stadt, wehte an einer schief stehenden Fahnenstange im schwachen Wind und verriet der Kriegerin, wer vergebens versucht hatte, mit einer militärischen Einheit und Fracht durch die Wildnis zu gelangen.

Die Lage muss in der Stadt schwierig sein, wenn sie den Ausbruch gewagt haben. Sie blickte sich um. Es zeigte sich kein neuer Gegner.

Die Kutsche raste aus dem Wald. Die vier Pferde griffen weit aus und waren froh, der Enge entkommen zu sein. Hinter ihren Hufen flogen Grassoden und Farn in hohem Bogen, trafen Skerbull und die Abdeckung des Karrens.

Abrupt hielt Danèstras Hengst mit einem Bocksprung, sodass es Danèstra nach vorn über den Sattel warf. Sie bekam im letzten Moment die Mähne zu fassen und klammerte sich fest. »Was hast du?«

Der Schimmel wieherte laut und weigerte sich, auch nur einen weiteren Schritt zu machen.

Mit der Lichtung stimmt etwas nicht. »Halt!«, rief sie zu Skerbull und machte Zeichen, er möge die Geschwindigkeit des Gespanns drosseln. Zeigten die vier Wallache die gleiche Reaktion wie ihr Pferd, käme es unweigerlich zu einem schweren Unfall.

Der Taucoraner riss an den Zügeln, betätigte mit dem Fuß die Festbremse. Die blockierten Räder hinterließen tiefe Furchen im Grün, erschufen eine Spur, die noch Monde zu sehen sein würde.

Aus dem Wald spurteten vier Füchse und zwei Luchse – und hielten an. Mit Aufbellen und lautem Fauchen, in dem Enttäuschung und Ärger lag, zogen sie sich zurück und verschwanden. Ihr enttäuschtes Maunzen und Knurren erklang aus der Ferne.

Skerbull hatte das Gespann zum Stehen bekommen. Die Wallache zeigten die gleiche Unruhe wie der Hengst, tänzelten und blähten die Nüstern; ihre Augen waren ängstlich aufgerissen. »Was hat das zu bedeuten?«

Danèstra wies zu der vernichteten Einheit aus Dornenfeste. »Es hängt gewiss damit zusammen. Entweder ist der Feind noch in der Nähe, oder sie scheuen wegen des Todesgeruchs.«

»Dann sollten wir runter von der Lichtung.« Skerbull löste die Bremse. »Und zwar schnell.«

Danèstra gab ihm recht und rief Thirío mit einem Pfiff zu sich. Er kam in seiner Hundegestalt aus dem Wald gefegt und machte weite Sätze, um zu seiner Herrin zu gelangen. Sein Fell war nass vom Blut der getöteten Füchse und Luchse. »Schau dir an, ob du etwas Ungewöhnliches bei den Leichen findest. Wenn ja, gib Laut.«

Er bellte einmal und trabte witternd auf die Stelle zu, die Nase abwechselnd am Boden und in der Luft.

»Hü!« Skerbull schaffte es nicht, die Wallache dazu zu bewegen, in die neue Richtung zu schwenken. Sie standen dicht aneinandergepresst, wieherten und ließen die Ohren spielen. »Wollt ihr wohl?«, rief er und knallte mit den Lederleinen. »Je eher wir runterkommen, desto besser für euch.«

»Was ist los?«, fragte Vytain aus einem Seitenfenster. »Wieso haben sich die Bestien zurückgezogen?« Dann sah er die Eichen. »Beim

Electorum des Großen Apparatus! Das dürften die größten Bäume sein, die ich jemals gesehen habe.«

Ilreen sprang aus der Hintertür des Holzaufbaus. »Ich ahne, warum die Kreaturen verschwanden«, sagte sie besorgt. »Weil es etwas gibt, was sie mehr fürchten als unsere Büchsen.« Sie eilte auf die nächste Eiche zu, die sich in etwa zweihundert Schritt Entfernung imposant in den Himmel reckte. »Ich muss mir das näher ansehen.«

Skerbull kletterte vom Bock und ging zu den vorderen Wallachen. Er packte sie am Kopfgeschirr, streichelte die Blessen. »Was soll das?«, sprach er besonnen auf sie ein. »Was habt ihr?« Er redete nahezu beschwörend auf die Tiere ein. Langsam wurden sie ruhiger, was sich auf die beiden Pferde dahinter übertrug.

Vytain erklomm das Dach der festen Kabine, die lange Variante seiner Electorum-Büchse in der Hand, und begab sich auf ein Knie. Sorgfältig schwenkte er den Lauf mit dem vergrößernden Zielrohr über die freie Fläche. »Ich sehe nichts«, rief er. »Nicht mal niedergetrampeltes Gras. Die ganze Lichtung ist unberührt.« Er hob die Mündung an und richtete sie in den Himmel. »Wenn, dann kommt die Gefahr, die sie riechen, von oben. Aber … nein. Auch nichts zu sehen.«

Danèstra streichelte den Hals ihres Schimmelhengstes. »Schau. Es ist alles gut. Du hast nichts zu befürchten.«

Mittlerweile hatte Ilreen die Eiche erreicht und betastete die Rinde. Sie umrundete den Stamm und verschwand aus dem Blickfeld der Gruppe.

»Was ist denn? Was geht vor sich?«, erkundigte sich Kalenia, die nach vorn in den Planenteil des Gespanns kletterte. »Ich bekomme hinten nichts mit.«

In dem Moment bellte Thirío mehrmals alarmierend.

Er hat etwas gefunden. »Ihr bleibt beim Wagen«, befahl Danèstra und versuchte, ihren Hengst dazu zu bewegen, zu ihrem Hund zu galoppieren. Aber er stand stocksteif und zitternd.

Kurzerhand stieg sie aus dem Sattel und rannte durch das hohe Gras, folgte der Spur, die Thirío hinterlassen hatte.

»Ich sehe Ilreen nicht«, rief Vytain besorgt vom Dach. »Sie bleibt hinter der Eiche verschwunden.«

»Ihr bleibt, wo Ihr seid«, betonte Danèstra und erreichte die ersten Leichen.

Auf den Armbinden trugen die Toten das Heckenstadt-Wappen von Dornenfeste. Demnach handelte es sich dabei um eine Einheit von Gardisten, welche die schützenden Mauern verlassen hatten. *Um sich ins Irrsal zu retten?*

Die Wunden der Gerüsteten stammten von gezackten Klingen, Gliedmaßen waren abgetrennt worden, die Danèstra im Gras nicht fand. Weder die Kettenhemden noch die Harnische oder Plattenpanzerelemente hatten gegen die Schneiden der Gegner geholfen, die mit großer Kraft zugeschlagen haben mussten.

Danèstra ging weiter. »Thirío?«

Er bellte mehrmals in der Ferne, um ihr anzuzeigen, wo er sich befand.

Das knisternde, raschelnde Gras war getüncht mit dem Blut der Leichname. Es blieb an ihren kniehohen Lederstiefeln und am Saum ihres Überwurfes haften.

Danèstra musste über Trümmer von zerstörten Wagen steigen, zwischen denen noch mehr Tote eingeklemmt lagen. Die Gefährte waren mit großer Kraft umgeworfen worden, im Holz zeigten sich Risse und Abdrücke sowie Scharten der eingesetzten Waffen.

»Thirío?« Danèstra erkannte anhand der Wunden, dass die Schlacht nicht lange her sein konnte. Blut tropfte aus offenen Stellen und aus Stümpfen, es plätscherte und gluckerte, als wäre sie in einer Quelllandschaft unterwegs. »Thirío, mein Junge? Wo steckst du?«

Erneut bellte er.

Danèstra erklomm behände einen aufragenden Wrackhügel, um ihren Hund ausfindig zu machen. »Was hast du entdeckt?«

Hinter den aufgetürmten Karrenresten sah sie eine kreisrunde Stelle von zehn Schritt im Durchmesser, auf der das Gras zwar niedergetrampelt war und vor Blut starrte, aber es lagen weder Ermordete noch Pferdekadaver darauf.

Was bei sämtlichen Dämonen der Wildnis hat sich zugetragen?

Thirío sah sie immer noch nicht.

Danèstra zog ihr Fernglas. Sie überschaute das Gemetzel, das sich vor ihr bis in den Wald hinein erstreckte. Außer den Überresten der

Gardistinnen und Gardisten gab es eine erhebliche Anzahl von bewaffneten Männern und Frauen, die sich am Kampf beteiligt hatten. Der Ausstattung nach handelte es sich bei ihnen um gewöhnliche Einwohner, die Dornenfeste den Rücken gekehrt hatten.

Auch Kinderleichen gab es zuhauf, welche die gleichen Verletzungen aufwiesen wie die Erwachsenen. Die Angreifer hatten keine Gnade walten lassen.

Was soll dieser leere Kreis? Danèstra suchte die Fläche durch die Sehhilfe ab.

»Danèstra«, rief Vytain vom Karren zu ihr herüber. »Seht Ihr Ilreen? Sie ist noch nicht wiederaufgetaucht.«

Sie schwenkte das Fernglas, um nach ihrer Späherin zu suchen. Doch die Frau aus Marwarod blieb verschwunden. »Sie weiß, was sie tut.« Danèstra ärgerte sich darüber, dass sie Thirío nicht fand. »Ich muss …«

Da tauchte Ilreen unvermittelt auf. Sie hatte eines der großen Eichenblätter in der Hand und sprintete auf den Wagen zu.

Warum rennt sie? Danèstra vergrößerte das Gesicht der bleichen Kundschafterin. Ihr Mund formte ununterbrochen: »Weg von hier!« Sie hoffte wohl, dass man nach ihr Ausschau hielt und ihre Lippen las. Für Warnrufe war sie zu weit entfernt.

»Aufsitzen!«, rief Vytain aufgeregt, der die Botschaft ebenso erkannt hatte. »Es gibt Ärger. Danèstra, habt Ihr gehört?«

»Ja.« Sie steckte das Fernglas weg und sprang von Brett zu Brett die Wracks abwärts. »Thirío, wo steckst du, verflucht? Wir müssen weg!«

Dieses Mal erklang das Bellen nahe.

Er ist unter der umgestürzten Kutsche. Das Wappen machte deutlich, dass es sich um ein offizielles Gefährt von Dornenfeste handelte, die zusätzlichen Beilsymbole standen für das Militär.

Danèstra ließ sich auf alle viere hinab und kroch durch den schmalen Spalt. Es roch nach geplatzten Gedärmen und Exkrementen, nach Pisse und Blut. »Thirío, wenn das ein Spielchen wird …«

Wieder ein Bellen.

»Oh, bei Ansis! Hier!«, rief eine dankbare Männerstimme. »Du guter Hund. Du bekommst eine Wurst von mir. Einen ganzen Trog Würste!«

Thirío kläffte begeistert.

»Du wirst die Schuld begleichen müssen«, sagte Danèstra und erreichte einen Mann, der in dem stinkenden Morast lag. Seine Beine waren unter dem Kutschenrand eingeklemmt, sodass er sich nicht von der Stelle bewegen konnte.

»Natürlich tue ich das. Auch wenn er mich nicht versteht, aber ich hab's ihm versprochen.« Er war durch die Tunke so gut wie unkenntlich. Er musste einen langen Spitzbart haben, wie ihn die Männer derzeit gerne trugen, doch dieser war ebenso voller stinkendem Schlamm. Er reichte ihr eine Hand. »Slahan ist mein Name. Ich wäre dir sehr, sehr verbunden, wenn du mich rausholst.«

»Natürlich.« Danèstra betrachtete den Aufbau, um eine Stelle zu suchen, an der sie einen Hebel ansetzen konnte. »Sind deine Schienbeine heil?«

»Ja. Soweit ich das sagen kann. Die Schmerzen sprechen nicht dagegen.«

Danèstra packte einen losen Balken und verkeilte ihn geschickt.

»Was tust du? Das schaffst du nicht. Du bist viel zu …«

»Alt?« Sie stemmte die Kutsche mit Anstrengung in die Höhe. »Zieh deine Füße an. Es sei denn, du willst sie unter der Kante lassen.«

Hastig drehte der verdreckte Mann die Beine zur Seite. »Sie sind eingeschlafen. Laufen werde ich noch nicht können.« Er lauschte. »Also sind sie weg?«

»Wer?«

»Diese Biester, die uns zerfetzt haben. Dumme Frage, natürlich sind sie das. Sonst hätte Dornenfeste keinen gesandt, der nach uns sieht. Aber warum dich, alte Frau?« Slahan tastete in dem schwachen Licht umher und suchte etwas. »Hast du meine Trommel gesehen?«

Danèstra hätte geglaubt, dass Slahan sich mehr nach einer Waffe als nach seinem Instrument sehnte. »Du warst demnach der Trommler der Einheit.«

»Hast du sie gesehen, Mütterchen?«, blieb er beharrlich.

Sie hielt ihm zugute, dass er in dem schwachen Licht ihr Wappen nicht erkannte. »Nein.« Sie packte ihn scheulos unter den Achseln und robbte mit ihm zusammen unter der umgestürzten Kutsche her-

271

vor. »Du wirst sie nicht brauchen. Von deiner Einheit lebt keiner mehr.«

»Es geht darum, dass ich *uns* rette. Diese Krabbler kommen wieder. Es ist ihre Lichtung.« Slahan ließ sich von ihr ins Freie zerren, wo er sich bestürzt umblickte. »Bei Ansis! Sie hatten ohne mich keine Aussicht, diese Attacke zu überleben.«

»Krabbler?« Danèstra setzte ihn auf eine Kiste.

Slahan nickte und streichelte Thirío, der sich hechelnd die Zuwendung gefallen ließ. »Die Vorhut meldete eine Lichtung, und wir wollten das Lager für die Nacht aufschlagen. Aber kaum waren wir zur Hälfte angekommen, griffen uns Wesen an.« Er zeigte plötzlich rechts an ihr vorbei. »Da! Da ist sie.« Slahan bemerkte das frische Blut, das an seinen Fingern haftete, und sah Thirío an. »Oh, hast du dich verletzt?«

»Er hat andere verletzt.« Danèstra blickte in die angegebene Richtung. »Das ist nicht sein Blut.«

Neben einem größeren Lastkarren lagen zersprungene Kästen mit Armbrustbolzen, dazwischen hatte sich die kniehohe Rundtrommel verirrt.

Thirío ging bereits los und zerrte das Instrument zu ihnen.

»Guter Hund.« Slahan nahm die Trommel sorgsam in Augenschein. »Sie hat nichts abbekommen.« Er kehrte den Schmutz ab, sodass die wunderschönen Zeichnungen und unbekannten Symbole auf der Bespannung sichtbar wurden. Er hängte sie sich um und lächelte erleichtert. »Hätte ich sie im Kampf gehabt und wäre mein Wagen nicht umgeworfen worden, glaub mir, es wäre anders gekommen.«

Danèstra wollte nicht abstreiten, dass Signale wichtig in einem Gefecht waren, aber so, wie das Schlachtfeld aussah, hätten auch präzise Anweisungen an die Truppe nichts geholfen. »Wir müssen weg.« Sie legte seinen Arm um ihre Schulter und half dem Mann beim Laufen. »Unsere Kutsche steht einige Schritte entfernt.«

»Du bist nicht aus Dornenfeste, Mütterchen«, sagte Slahan.

»Nein.«

»Sondern?«

»Wir sind Reisende, die nach Dornenfeste wollen. Wir haben Geschäftliches zu regeln.« Danèstra trug ihn mehr, als ihn zu stützen, damit sie schneller vorankamen. »Ich weiß, dass es nicht gut um die Stadt steht. Aber es nutzt nichts. Wir müssen hin.«

»Wie viele seid ihr?«

»Fünf.«

»Hundert? Tausend? Hunderttausend?«

»Fünf.«

Slahan fluchte lästerlich gegen Deiwos, Thýain und Thýguda. »Und dabei wollte ich weg.«

»Es steht dir frei, uns zu verlassen.«

»Ich bin nicht verrückt. Ich bleibe bei euch. Wer mit fünf Mann durch die Wildnis reitet, die sich im Aufruhr und Vormarsch befindet, und nach Dornenfeste will, um Geschäfte zu machen, muss außergewöhnlich sein.« Slahans Gesicht war unter dem stinkenden Dreck kaum zu erkennen. »Aber nur weg von dieser Lichtung.« Er bemerkte das Wappen auf ihrem Harnisch, die Stirn legte sich in Falten. Getrockneter Schlamm bröckelte ab. »Woher kenne ich Euer Signum?«

»Ihr werdet draufkommen.« Danèstra fand andere Dinge wichtiger. »Was sind die Krabbler?«

»Insekten.«

»Insekten, die *das* anrichteten?«

»Sie ähneln Wespen ohne Flügel, mit einem sehr schlanken Leib, schwarz und grün gemustert«, erklärte Slahan, während sie über die Trümmer stiegen. Er versuchte zu laufen, aber die Füße gehorchten ihm noch nicht recht. »Und sie sind groß. Ihre …«

»Wie groß?«

Der Trommler überlegte. »Ungefähr wie eine Kuh. Es waren sicherlich mehr als hundert.«

Danèstra fand das Kaliber ihrer Electorum-Pistola plötzlich viel zu klein. *Wir bräuchten Geschütze. Oder einen Zauberer.*

Sie erreichten das Grasland und kamen rascher vorwärts. Danèstra setzte Slahan in den Sattel ihres wartenden Schimmels und rannte los, Thirío achtete dabei auf sie. »Es waren Insekten, die das anrichteten«, rief sie warnend. »Runter von ihrer Lichtung!«

Vytain spähte unentwegt vom Dach der gewendeten Kutsche aus, Skerbull und Ilreen saßen auf dem Bock, bereit zur Abfahrt.

»Es sind Grabwespen«, erklärte die bleiche Marwarodanerin. »Ich habe es zu spät erkannt. Sie versorgen die Wurzeln der Eichen mit einem besonderen Sekret, damit diese unglaublich wachsen und die Wespen ihre Blätter ernten können, von denen sie sich ernähren. Man nennt sie Todeseichen oder Leichenbäume.« Sie deutete mit der Faustprothese auf die Erde. »Ihr Bau erstreckt sich unter dem Gras. Sie fressen jeden Schössling auf und verhindern, dass andere Bäume entstehen.«

»Wer ist das?« Skerbull zeigte auf Slahan, den Danèstra vom Sattel zog, als wöge der Mann nichts, und ihn mitsamt der Trommel zu ihnen auf den Bock schob.

»Der einzige Überlebende des Massakers. Slahan ist mein Name.« Er setzte sich auf Ilreens Platz, die sich hinauf zu Vytain auf das Dach schwang und mit der Windbüchse zusätzlich sicherte.

»Thirío fand ihn. Er kommt aus Dornenfeste und mag uns nützlich sein, wenn wir dort ankommen.« Danèstra erklomm den Pferderücken. »Alles andere bereden wir später.«

»Das wollte ich auch vorschlagen«, sagte Ilreen. »Grabwespen sind nimmersatt.«

»Sie fressen Menschen?« Skerbull blickte zu den Bäumen.

»Sie ziehen die Leichen in ihren Stock hinab. Dort verdauen sie die Toten zu einem Sekret, mit dem sie die Eichen düngen.« Ilreen gab ihm das Blatt. »Wenn Ihr es aufbrecht und der Saft austritt, dann könnt Ihr es riechen.«

Angeekelt warf Skerbull es zu Boden. »Todeseichen sind nicht mein Fall.« Er gab den Wallachen mit einem Leinenknall das Signal, dass sie loslaufen sollten. Er lenkte sie in weitem Bogen um die titanischen Bäume, blieb aber außerhalb des Waldes, wo die Füchse und Luchse lauerten.

»Nicht zu schnell«, sagte Ilreen. »Sie spüren die Erschütterungen genau.«

»Sie wissen eh, dass wir da sind.« Skerbull ließ die Pferde antraben, die parierten und folgten, um aus dem Gebiet der Insekten zu gelangen.

Danèstra ritt voraus und achtete auf den Rand der Wildnis, die Pistola ruhte auf dem Oberschenkel. »Thirío, geh und sieh, ob die Bestien auf uns warten. Töte sie, sollten sie da sein.«

Er bellte und bog von der Lichtung zwischen die Stämme, um mit dem Wald zu verschmelzen.

»Sie kommen«, rief Vytain vom Dach herab. »Von dort, wo die Leichen liegen.«

Danèstra zog im Reiten ihr Fernglas und erkannte mit einem Blick, dass die runde Grasfläche aufgeklappt war. Aus der Öffnung strömten etliche Grabwespen, schwarz-grün und schlank, mit sechs dünnen Beinchen und übergroßen Mandibeln.

Damit haben sie die Wunden angerichtet und die Gliedmaßen abgetrennt. Da sich die Insekten durch Erde und Gestein arbeiteten, mussten die Beißwerkzeuge viel Kraft haben und beständig sein. *Mal sehen, was sie aushalten.* »Schießt, Vytain«, gab sie Anweisung und hielt die Gläser auf die Insekten gerichtet. *Vielleicht können wir sie abschrecken, sobald sie verstehen, welche Waffen wir besitzen.*

Der Izozath löste die Electorum-Büchse aus.

Das Geschoss schnitt sich seinen Weg durch die Grabwespen und perforierte elf, zwölf Exemplare. Die Chitinpanzerung nutzte wenig gegen diese Projektile. Kreischend und mit den Mandibeln klappernd fielen die Getroffenen oder hinkten und brachen zusammen. Die Masse hielt es nicht auf. Es kümmerte die Grabwespen nicht, welche Verluste sie erlitten.

Da erklang plötzlich ein gleichförmiges Schnarren. *Es kommt vom Kutschbock.*

Slahan stand wacklig, aber aufrecht, die Trommel vor dem Bauch, und spielte mit den Stöcken darauf. Zuerst dachte sie an eine Täuschung, doch die Zeichen und Symbole blitzten tatsächlich auf der Bespannung auf, je schneller und rhythmischer er die Holzstecken tanzen ließ.

Das meinte er vorhin. Danèstra begriff, dass sie einem Zauberer das Leben gerettet hatte. Einem sehr ungewöhnlichen Zauberer, von deren Existenz sie in all den Jahren lediglich gehört hatte. *Mein Flehen ist erhört worden!*

Slahan hörte abrupt auf zu trommeln – und ließ nach einer knappen Pause einen dröhnenden Wirbel folgen.

Daraufhin brach auf der Lichtung ein Inferno los.

***

Quent blickte zur offenen Tür auf die zerstörte Stadt und lauschte dem Plätschern des Regens. Ovinia war hinausgegangen, um trockenes Material für das Feuer zu finden und etwas Essbares aufzutreiben. Die stämmige, pockennarbige Frau hatte sich mit ihrem Trupp im letzten Moment durch das zufallende Westtor geworfen und war der Gruppe um den Adligen mit großem Abstand gefolgt. Aber Skamata hatte sie und ihre Leute trotzdem gefunden.

Wie oft er während ihrer Wundbehandlung bewusstlos geworden war, wusste Quent schon gar nicht mehr. Fiebrig, ohne Erinnerung an die vergangenen Tage, hatte er dagelegen und wäre ohne Ovinias Pflege ein Fressen für die Ratten gewesen. Die Löcher vom Dreizack waren entzündet und eitrig, bis Ovinia einen alten Nagel genommen und ihn im Feuer erhitzt hatte, um die Wunden aufzustechen und auszubrennen.

Seitdem ging das Fieber zurück. Aber die Schwäche wollte seinen Körper nicht verlassen.

An ein Reisen war nicht zu denken, und schon gar nicht vermochte er den Sarg zu schieben. Sie saßen in der Ruine fest. Zum Zeitvertreib versuchte er, in Buchfragmenten zu lesen, die er unter einigen Knochen gefunden hatte. Die Bildchen waren interessant, die Schrift unbekannt.

Der Regen strömte auf ihren Unterstand und schuf ein beruhigendes Rauschen.

Durch den Schleier kam eine breit gebaute, korpulente Gestalt, und Quents Herz pochte vor Unruhe. Es dauerte, bis er sich sicher sein konnte: Ovinia kehrte von ihrem Ausflug zurück.

»Ich habe was«, verkündete sie stolz. Unter ihrem Mantel holte sie weitere alte Knochen, mehrere Buchüberreste und zwei tote Basamratten hervor, die sie neben das Feuer warf.

»Sehr gut.« Quent applaudierte schwach. »Damit verhungern wir nicht.«

»Wir haben immer noch die Mumie deines einstigen Herrn. Bestes Dörrfleisch, mein Junge.« Ovinia pochte gegen den Sarg.

»Was? Nein, das …«

»Ein Ulk.« Ovinia blickte zu der Leiche des erstochenen Dammwächters, den sie ins Freie und in den Regen gelegt hatte, und betastete nachdenklich ihre alten Pockennarben. »Sie sind krank.«

»Sie?« Quent nahm die Buchfragmente und blätterte darin, konnte aber auch diese Aufzeichnungen nicht lesen.

»Die Wächter. Die Möwen und Krähen wissen das und fressen die Kadaver nicht.« Sie warf eine Handvoll Knochen in die Flämmchen, die sich von dem trockenem Gebein nährten und in die Höhe wuchsen. Helligkeit und Wärme nahmen sogleich zu. »Ich habe ihm die Maske abgenommen.« Sie schüttelte sich. »Es sah … aus wie Aussatz. Kein gewöhnlicher Aussatz, sondern …« Sie betrachtete ihre Finger. »Wie gut, dass ich ihn nicht berührte, Junge. Es wird ansteckend sein.«

»Deswegen nimmst du an, die anderen hätten es auch?« Quent erinnerte sich an die toten Wächter, die er neben dem Westtor und in der Kabine gesehen hatte. Ihm war keine Zeit geblieben, die Leichen zu begutachten. In seinen Verstand schlich sich die unschöne Vorstellung, wie er die Seuche über das Holz der Gondel aufgenommen hatte. Prompt juckte es an seinem gesamten Körper.

Ovinia warf Knochen ins Feuer. »Mein Verdacht geht noch weiter. So wie der Damm aussieht …«

»Leben kaum mehr welche von ihnen.« Quent hatte die gleichen Gedanken gehabt. »Wer weiß schon, wie viele Wächterinnen und Wächter es je gab?«

»In der Vergangenheit genug. Doch die Schäden sind massiv.«

»Ja. Ich sah sie von oben. Nankān muss erfahren, wie es um die Barriere steht. Jemand muss sie flicken, wenn die Wächter dazu nicht mehr in der Lage sind.«

»Wie soll das gehen?«

»Wir kommen mit Werkzeug und …«

Ovinia lachte auf. »Hast du einen Plan von dem Damm, Junge?«

Quent seufzte und blickte zum Sarg. »Er hätte helfen können. Er war ein Gelehrter.«

Die kräftige Frau lehnte sich an die Mauer und reckte die Hände gegen die Flammen, die mehrmals ihre Farbe wechselten, als verbrannten in den Knochen verborgene Substanzen. »Niemand außer den Wächtern weiß, wie Bairi Yar aufgebaut ist. Es gibt keine Aufzeichnungen, die hinausgelangt sind.«

»Woher weißt du das?«

»Ich reise nicht zum ersten Mal über den Damm, Junge. Manchmal sprachen die Wächter mit uns, wenn ihnen langweilig war, und manche erkannten mich wieder. Das erlaubte eine gewisse Vertrautheit zwischen denen und mir.« Ovinias Gesichtsausdruck wurde versonnen, ihr gemütlich-rundes Gesicht zeigte Verärgerung. »Aber glaube nicht, dass sie etwas von dem Damm preisgaben. Oder von dem, was sich außerhalb der Route befand, auf der sie uns führten.«

»Dann weißt du nicht, was es mit der Stadt auf sich hat?«

»Nein, mein Junge. Aber ich rate: Sie wurde von Skamata zerstört.«

»Das kann ich mir gut vorstellen. Bei der Kraft, die die Seeschlange hat.« Quents Fantasie war beflügelt. »Und wenn es Krieg unter den Dammwächtern gab? Verschiedene Lager, die sich hassten, bis es zum Kampf kam?« Er hob die Überreste des Buches in die Höhe, in dem er geblättert hatte. »Wenn man es doch nur zu lesen vermöchte.«

Ovinia nahm ihrerseits ein halb zerrissenes Werk zur Hand. »Zu schwierig. Nichts, was man in Nankān finden kann.« Sie übergab es den Lohen, deren Farbe sich durch die Tinte und den Einband veränderten und schillernd brannten. »Skamata. Diese grausame Seeschlange. Welch fürchterliches Scheusal da im Salzsee lebt.«

Quent hatte nicht nach den Geschehnissen auf dem Damm gefragt, die vorgefallen waren, während er mit der Seilbahn geflohen war. »Ich sah es«, raunte er. »Und wie es die Menschen zerfetzte.«

»Du standst nicht mitten unter ihnen wie ich.« Ovinias Stimme klang belegt, die Finger begannen zu zittern. »Die Schreie meiner Freunde … und das Krachen und Mahlen der Zähne! Skamatas Köpfe schnappten unentwegt zu.« Sie ging in die Hocke und schlang die Arme um die Knie. »Weißt du, weswegen ich überlebte?«

»Skamata war vollgefressen.«

»Nein. Weil ich mich in einen Riss im Damm warf und Schutt über mich häufte.« Die dralle Frau lachte bitter auf. »Ich schaufelte mir mein eigenes Grab, um zu überleben. Ich danke Deiwos, dass er mich nicht sterben ließ. Dann folgte ich dem Dammwächter, um ihn büßen zu lassen!«

»Ich danke Thýguda, dass sie dich sandte, um mich zu bewahren«, ergänzte Quent und berührte sie an der Schulter. »Ohne dich wäre ich tot.«

Ovinia zuckte zusammen, löste sich nur schwer von den Erinnerungen. »Die Götter werden sich dabei etwas gedacht haben.«

»Sie wollen, dass wir lebend in Elayion ankommen. Das ist ihr Wille.« Quent hatte in dem Stapel ein Buch entdeckt, das er zu lesen vermochte, und blätterte die Seiten vor und zurück. Einer der Dammwächter hatte sie mit feiner Handschrift beschrieben, quer über ältere Aufzeichnungen. Es handelte sich um eine Sammlung von Wissenswertem bezüglich Skamatas, aber leider war nicht mehr viel davon zu entziffern. Salzluft und Witterung hatten das Papier zersetzt.

»Hör zu, was ich gefunden habe«, sagte Quent und las vor.

»… angeblich viel kleiner gewesen.

Noch vor hundert Gemeinjahren sei sie nicht größer als eine Scheune gewesen. Wer Skamata jedoch nun erblicken muss, was ich keinem wünsche, denn es bedeutet den baldigen Tod zwischen ihren Zähnen, wird bemerken, wie riesig groß sie wurde.

Ich frage mich, wie dies gelang?

Wir haben alte abgestreifte Häute im Archiv aufbewahrt. Erforschte ich das richtig, gehören sie zu einem anderen Wesen.

Es gibt eine Verbindung ins Außenmeer. Wer sagt uns, dass die alte Seeschlange nicht längst Opfer von dieser Skamata geworden ist?

Dazu passen die Gerüchte, sie greife die Kraftwerke der Izozath an, um sich mit Electorum aufzuladen.

Ist dies der Auslöser für das Wachstum?

Und sollte es sich so verhalten, bedeutet es, dass Skamata weitergedeihen wird? Größer wird?«

Quent blickte zu Ovinia, die aufmerksam zuhörte.

»Skamata ist weder zu vertreiben noch zu töten.

In den Archiven gibt es Aufzeichnungen darüber, wie viele Jäger sie bereits vernichtet hat, die mit Harpunen und Electorum-Geschützen in See stachen, um sie anzulocken und zu erlegen.

Ist sie ein Fluch der Götter?

Neuerdings häufen sich die Angriffe Skamatas auf die Anlagen der Izozath, wie ich gehört habe. Aber auch der Damm leidet unter den Attacken der Seeschlange. Wir haben zwei Wächter verloren, als sie die Opferungen vornahmen. Sie machte keinen Unterschied mehr zwischen uns und dem, was wir ihr darbrachten.

Skamata hat sich verändert. Zu unser aller Nachteil.

Ich finde, dass Nankān davon erfahren muss, doch die Mehrheit unserer Gemeinschaft ist dagegen. Aber die Schäden werden überhandnehmen. Das könnte zum Kollaps der Barriere führen, die unsere Vorgänger und deren Ahnen errichteten, um zu trennen, was getrennt gehört.

Möge sie niemals brechen!

Was mir zudem Sorge bereitet, sind die vielen Kranken.

Sie nennen die Seuche Miselsucht, und sie halten vor den anderen geheim, dass sie als ausgerottet galt, nachdem sie Nankān fast entvölkert hatte.

Angeblich haben sie ein Heilmittel.

Ich glaube ihnen.«

Quent warf das Buchfragment ins Feuer. »Unterhaltsam.«

Ovinia starrte ihn an. »Miselsucht.« Dann sah sie hinaus in den nachlassenden Regen und zur Leiche. »Da stand Miselsucht?«

»Ja.« Quent bedauerte bereits, dass er das Papier den Flammen übergeben hatte.

»Ist das gewiss?«

»Ja doch!«

»Deiwos stehe uns bei!« Ovinia erhob sich rasch. »Wir brechen auf, Junge.«

»Ich glaube nicht, dass ich …«

Sie packte ihn am Kragen und riss ihn mit ihren Bärenkräften in die Höhe, dass seine Wunden schmerzten. »Sofort, Junge!«

»Lass mich! Geh ohne mich.« Quent deutete auf den Sarg. »Mein alter Meister muss mit, und ich bin zu …«

»Ich tue das für dich. Du musst nur nebendran herlaufen. Das schaffst du.« Ovinia ließ keinen Einwand gelten. »Wir brauchen sofort Essig.«

»Weshalb?«

»Um uns damit abzureiben und einen großen Schluck zu trinken.

Es neutralisiert die Erreger, falls wir damit in Kontakt gekommen sind.« Ovinia stopfte hastig ihre Ausrüstung in den Rucksack, band ihn auf den Sarg und nahm die Griffe. »Du *wirst* laufen, Quent. Laufen oder an dieser Seuche sterben.«

Sie meint es ernst. Quent formte aus seinem Gürtel eine Schlinge, mit der er seinen Arm entlastete und die verletzte Schulter ruhigstellte. Die drei Löcher zogen schmerzhaft, und einsetzender Schwindel ließ ihn doppelt sehen. Aber die Dringlichkeit, mit der Ovinia vorging, verdeutlichte ihm, dass mit Miselsucht nicht zu spaßen war. Er konnte sich nicht daran erinnern, Calostro je davon sprechen gehört zu haben.

Sie traten hinaus in den Nieselregen und begannen die Durchquerung der Ruinen. Zunächst quietschte und schrie das Rad bei jeder Umdrehung, bis das abgenutzte Lager vom Wasser der Pfützen geschmiert wurde.

Gegen Mittag lichtete sich der Nebel, und die Sonne stach durch das Grau, das über ihren Köpfen hing; dann hörte sogar das stete Tropfen auf ihre Kapuzen auf.

Quent und Ovinia ließen die zerstörte Stadt hinter sich. Sie kamen auf der intakten Mauerkrone gut voran. Durch die Anstrengung des Marsches beschränkte sich die Unterredung der beiden auf knappe Sätze, um über den Weg zu entscheiden, den sie nehmen wollten. Sie mussten das Osttor finden, das ihnen die Freiheit versprach.

Als es am späten Nachmittag aufklarte, machten der junge Mann und die Frau am Horizont die Quermauer aus, die Bairi Yar von Elayion trennte.

Quent fühlte, dass das Fieber zurück in seine Knochen kroch. Sein Kopf schien zu glühen, jedes Geräusch dröhnte in den Ohren. *Reiß dich zusammen.* Er sagte Ovinia nichts davon und hoffte, dass baldiger Schlaf Genesung brachte.

Am nächsten Tag scheuchte ihn die füllige Frau resolut auf die Beine und teilte die letzten winzigen Rationen auf. »Alles in Ordnung, Junge? Du siehst nicht gut aus.«

»Das ist ein Hauch Restschwäche«, erwiderte er mit vorgetäuschtem Lächeln. »Wir müssen runter vom Damm. Ich will nicht an der Miselsucht sterben.«

Ovinia legte ihm ihre kräftige Hand auf die Schulter. »Sehr gut.

Und du wirst daran nicht sterben. Sobald wir Essig haben, sind wir gerettet. Sicher gerettet.« Sie packte die Griffe des Transportsargs. »Heute Abend sind wir in Elayion. Ich weiß es.«

Quent nickte und wäre dabei beinahe umgefallen, was sie jedoch nicht bemerkte. Er hatte Angst, dass sie ihn zurücklassen würde, allein, ohne seinen toten Herrn. Seine Sicht blieb unscharf, die drei Löcher im Leib brannten und schmerzten.

Doch Quent setzte einen Fuß vor den anderen, immer einen vor den anderen, während sein Denken im Fieber versank.

Er hörte, dass Ovinia mit ihm sprach, und er antwortete, ohne zu erfassen, was er zu ihr sagte. Laufen, nur laufen und entkommen.

Dann trank er Wasser, das schrecklich schmeckte und durch seinen Hals in die Eingeweide lief, wo es sich einen Weg durch Magen und Darm brannte. Der scharfe Geruch stach in seine Nase. Quent begriff, dass es der gesuchte Essig war.

Dann lief er wieder.

Er lief und fiel um, blieb liegen und schlief erschöpft, um sich irgendwann zu erheben und schlurfend weiterzulaufen wie ein Wiedergänger.

Nach langer Zeit merkte Quent, dass er Selbstgespräche führte und den Sarg hinter sich herzog. Ovinia war verschwunden, ohne dass er mitbekommen hatte, wie sie sich verabschiedet hatte. Er stank nach Ausscheidungen und Schweiß.

Das hielt ihn nicht auf.

Quent stapfte durch Matsch, durch Regen und Sonne, durch eine abgeerntete Landschaft, durch kahle Wälder. Manchmal bekam er unterwegs etwas zu essen geschenkt, die Menschen nahm er als Schemen war, und ihre Worte waren in seinem Fieber kaum zu verstehen.

Laufen, Schritt für Schritt, um seinen alten Meister abzuliefern und seine Seele zu retten.

Laufen.

Dann kam der Tag, an dem Quent nach einer Rast neben dem Sarg nicht mehr aufstand.

***

Auszug aus *Die Abenteuer von Großfürstin Danèstara,*
Band achtundsechzig, Kapitel siebzehn

»Ich bin dein verschollener Bruder, Danèstara! Freust du dich nicht, mich zu sehen?«

»Du wirst versuchen, mir Kaltensee zu nehmen! Deswegen bist aufgetaucht.«

»Nein! Nein, wie könnte ich?«

»Du wirst es versuchen. Aber ich werde es verhindern.«

»Danèstara, du … du ziehst deine Waffe gegen dein eigenes Blut?«

»Da niemand weiß, dass du mein Bruder bist …«

»Halt ein! Warte, ich … liebe dich! Nun ist's raus und in der Welt.«

»Du liebst mich. Dann … liegen die Dinge anders.«

Kapitel XII

Arbos Nachtschwarz bewegte sich mit der Vorhut auf dem Weg, der sie gemäß Karte zur Siedlung brachte, aus der Kalenia stammte. »Noch zwei Feldmeilen.« Er blickte sich um, seine Lederkleidung und die Rüstung knarzten. »Täusche ich mich, oder wirkt die Umgebung friedlicher als zuvor?«

»Du täuschst dich nicht«, bestätigte Heersen und rieb die Gläser seiner Sehhilfe mit einem Blatt sauber, die feinen Härchen an der Unterseite entfernten den Dreck perfekt. »Flora und Fauna änderten sich. Ich kann seit zehn Meilen keinerlei gefährliche Pflanzen mehr entdecken. Nichts Giftiges und nichts, was uns mit Dornen oder Sporenwolken eindecken kann.« Er suchte sein Notizbuch heraus. »Sicher, dass wir nicht zurückgelaufen sind?«

»Auch sind keine Bestien zu sehen oder zu hören, vor denen wir uns fürchten müssen«, steuerte Iradias bei, der seine schwere Windbüchse bereithielt. Unter dem Lauf war noch immer der Dolch befestigt, mit dem er im Kampf etliche Luchse aufgeschlitzt hatte. »Als wären wir seit geraumer Zeit in einem … herkömmlichen Wald.«

Arbos atmete innerlich auf und rieb sich über seinen dunkelblonden Bart, der ebenso juckte wie die gleichfarbigen kurzen Haare. Er sehnte sich nach einem Bad oder wenigstens einem Bach, in dem er sich waschen konnte, ohne von irgendwas Bösartigem attackiert zu werden. Die gesamte Gruppe stank fürchterlich, Zeit für Körperpflege gab es nicht, und so beschränkten sie sich aufs Nötigste. »Gut.« Er schickte einen Hasardeur zum Haupttross, um die beruhigende Meldung weiterzugeben. »Gehen wir.«

Die Vorhut mit Arbos schritt aufmerksam den Weg entlang, der sich im Vergleich zu den bislang genutzten Straßen in einem erstaunlich guten Zustand befand.

Beim zweiten Angriff auf seine Truppe hatte er die Hälfte der angemieteten Hasardeure aus Merirosvo verloren. Die Bestien hatten dazugelernt, sich von den Electorum-Geschützen ferngehalten und sich auf die unvorsichtigen Kämpfer gestürzt, um danach sofort wieder im

Dickicht zu verschwinden. Sie hatten erst aufgegeben, als Iradias den Anführer der Luchse, ein riesiges Männchen mit einem überstehenden Fangzahn, erledigt hatte.

Arbos hatte danach den schnellen Vormarsch befohlen, auch wenn er zu gerne der Klinge des Schicksals gefolgt wäre, um Kalenia zu verhören.

»Gehen wir.« Stattdessen hatte er mit dem Aufbrechen des versiegelten Briefs nicht länger gewartet und sich verbotenerweise die Anweisungen durchgelesen, welche ihm die Mächtigen Nankāns mitgegeben hatten für den Fall, dass sie die Siedlung erreichten. Er wollte wissen, was von ihm erwartet wurde.

Während Arbos und die Vorhut aufmerksam den Weg entlanggingen, dachte er über die Zeilen nach, die er abends am Feuer gelesen hatte.

Die Herrschenden verlangten von ihm und seinen Leuten, dass sie die zerstörte Siedlung umdrehten, Stein für Stein, um den Nachweis zu erbringen, dass Kalenias Geschichte sich so zugetragen hatte, wie sie behauptete. Man wollte Hinweise auf Menschenopfer und Leichen; man wollte Symbole, die auf eine Beschwörung der Wildnis und eines Dämons hindeuteten, der die Finsternis befehligte.

Arbos kannte diese Theorie.

Neu war ihm, dass laut dem Schreiben einige Männer aus Nankān einen Pakt mit dem Bösen eingegangen waren. Die junge Schwangere habe sie bei der Zerstörung ihres Dorfes belauscht und sei dem Abschlachten zu Ehren des Dämons als Einzige entkommen. Sollten sich Beweise für das Treiben der Verräter in jener Siedlung finden, mussten sie gesichert und an den Hof von Gaurus gebracht werden. Die Gelehrten und Zauberer erhofften sich Aufschlüsse über den Kult, Perdis sollte als magisch Begabte eine erste Einschätzung vor Ort vornehmen.

Der Umstand, dass Nankān von Menschen ohne Gewissen, voller Bosheit und Niedertracht der Finsternis preisgegeben wurde, machte Arbos fassungslos. In seinen Augen hatten sie den Tod verdient. Sie waren Verräter, die gerade auf Kalenias Anweisungen gejagt und getötet wurden, wie König Horneus geschrieben hatte. Der Brief verlangte absolute Geheimhaltung von Arbos und seiner Kerntruppe und betonte, wie wichtig ihr Auftrag war. *Wohin von Tiamin wohl geritten ist? Nach Dornenfeste?*

Arbos würde den Hasardeuren erst vor Ort erklären, dass sie keine Schätze vorfänden. *Ich werde den Lohn erhöhen. Das wird den Zweck erfüllen.* Sollten sie den Aufstand proben, gab es noch Sysca und Nymaina an den Electorum-Geschützen, die den Widerstand zu brechen verstanden.

Die zwei Meilen waren recht schnell zurückgelegt, die Siedlung musste unmittelbar vor ihnen liegen.

»Ausschwärmen«, befahl Arbos seinen Begleitern. »Wir sehen uns die Ruinen von verschiedenen Seiten an. Heersen, Iradias, ihr bleibt bei mir.«

Die Hasardeurinnen und Hasardeure nickten, huschten rechts und links ins Dickicht; das Trio bewegte sich auf dem Weg voran, stumm und lauschend.

Eine weitere Feldmeile schritten sie nebeneinanderher, angespannt und mit Schusswaffen in den Händen. Nach den Attacken und dem Gefühl, unentwegt beobachtet und verfolgt zu werden, fiel es schwer, mit der Friedlichkeit fertigzuwerden.

»Halt!« Arbos hatte ein Geräusch vernommen.

»Ich habe es auch gehört«, sagte Iradias und prüfte seine Windbüchse. Wie stets blieb sein Gesicht im Schatten des dunkelgrünen Hutes.

»Es klang wie … ein Hammer auf einem Amboss«, sagte Heersen irritiert. »Kommt das vom Haupttross? Flicken die unterwegs ihre Waffen?«

Arbos schüttelte den Kopf. »Es sind nicht unsere Leute. Vorwärts.«

Geduckt gingen sie auf dem Weg entlang, an dem sich Spuren von frischen Instandsetzungen zeigten. Löcher waren gestopft, Abbrüche mit Pfählen gestützt worden. Jemand hatte dafür gesorgt, dass Räder sowie die Beine von Vieh und Mensch darauf nicht brachen.

»Das hat ist das Werk einer kundigen Hand«, raunte Heersen, als sie die Stellen passierten und er sie genauer inspizierte.

Arbos bedeutete ihnen, an den Seiten des Weges zu gehen und die Büsche als Schutz zu nutzen, denn der ausgebaute Pfad öffnete sich vor ihnen und führte in die Siedlung.

Leises Lachen erklang, die Schmiedegeräusche wurden lauter, und Kinder riefen übermütig durcheinander. Sie feuerten den Handwerker an, während ein Mühlrad laut klapperte und Hühner gackerten.

»Leise.« Arbos schob sich an den Rand des Unterholzes, um einen besseren Blick zu haben.

Iradias flankierte ihn. »Vielleicht sind es Geister? Die Seelen der einstigen Bewohner, die keine Ruhe finden.«

»Lasst mich doch nicht alleine«, beschwerte sich Heersen und duckte sich hinter den beiden Männern.

»Die Seelen von Hühnern? Das wäre ein eigenartiger Spuk.« Arbos drückte die Zweige herab. Und staunte.

Die Köhlersiedlung, die in Schutt und Asche liegen sollte, erhob sich unversehrt und voller Leben vor ihm. Kinder rannten spielend umher, in der Schmiede wurde gearbeitet. Vor einigen Häusern saßen Leute und schliffen Äxte für ihr Tagwerk, Wäsche flatterte auf gespannten Leinen. Aus den Kaminen der Gebäude stieg Qualm in den Herbstnebel, der sich im Schein der Sonne auflöste, und aus den Räucherofen roch es köstlich nach garendem Fleisch.

»Was bei Deiwos …?«, entfuhr es Iradias. »Der dicke alte Mann hat recht: Wir haben uns doch verlaufen!«

Arbos rieb sich über die Augen und blinzelte. Aber die Bilder blieben. Nichts wies auf Zerstörung und Menschenopfer hin. »Wie kann das sein?«

»Ein Zauber der Wildnis«, warf Heersen skeptisch ein. »Sie will uns in Sicherheit wiegen. Ich frage mich, warum das Köhlerdorf noch existiert, während das übrige Nankān um sein Überleben bangt und die Dunkelheit vordringt.«

Arbos fand den Einwand berechtigt. »Es hilft nichts. Wir müssen herausfinden, was diese Siedlung von anderen unterscheidet.«

»Böse Magie«, bekräftigte Heersen und rückte die Gläser gerade. Er löste den Helm von seinem Gürtel und setzte ihn auf, als könnte ihn das Blech vor Zauberei beschützen.

»Du bist Pflanzenkenner, soweit ich mich erinnere«, kanzelte ihn Iradias aus dem Hutschatten heraus ab. »Solltest du solche Einschätzungen nicht besser Perdis überlassen?«

»Kehren wir um und lassen wir den Tross anhalten«, beschloss Arbos. »Die Priesterin wird erkennen, womit wir es zu tun haben.« Er wandte sich um.

Heersen hielt ihn mit einem raschen Griff an die Schulter zurück. »Sieh doch! Da!«

Auf der rechten Seite des Dorfs trat ein Hasardeur aus Merirosvo aus dem Dickicht, begleitet von zwei Kindern, die Körbe voller Wald–rotbeeren trugen. Sie mussten ihn beim Pflücken entdeckt und zum Mitkommen bewegt haben.

Das wird nicht gut enden. »Heersen, lauf und hol Perdis«, befahl Arbos und machte seine Waffe bereit.

»Ja.« Der ältere Mann kroch laut wie ein Wildschwein aus ihrer Deckung und rannte den Weg zurück, seine Ausrüstung rappelte und klirrte. Mit einem dumpfen Geräusch fiel sein Helm zu Boden, fluchend hob er ihn auf und lief weiter. Das Scheppern verklang.

Iradias lachte leise. »Ich weiß, warum du ihn weggeschickt hast.«

»Er kann weder kämpfen, noch ist er nervenstark.« Arbos rieb sich über den dunklen Bart und beobachtete, was in der Siedlung geschah. »Halte dich bereit.«

Die Bewohner ließen von ihren Arbeiten ab und versammelten sich gemächlich um den Neuankömmling, der seine Windpistola gezogen hatte, aber sie nicht zum Angriff hob. Man brachte ihm etwas zu trinken und zu essen, während der Hasardeur erzählte und in die andere Richtung zeigte, weg vom Tross.

»Er führt sie in die Irre«, raunte Iradias.

»Guter Mann.« Arbos blickte sich um, ob sich etwas Verdächtiges tat, das nicht zur Gastfreundschaft passen wollte.

Der Hasardeur nahm den Trunk und kostete, dann verzog er anerkennend das Gesicht und erntete ein aufmunterndes Lachen der Bewohner um ihn herum.

»Sollten es Gespenster sein, sind sie zumindest freundlich«, kommentierte Arbos.

»Sie mästen ihn, um ihm den Kopf abzureißen und zu fressen.« Iradias blickte über den Lauf der Windbüchse und nutzte die Vergrößerung des Zielfernrohrs. Die Krempe lag auf dem Metall auf. »Keine spitzen Zähne, keine Dämonenaugen, nichts Durchscheinendes.«

»Bist du enttäuscht oder erleichtert?«

»Erleichtert.«

Arbos konnte sich nicht überwinden, ins Freie zu treten und sich zu zeigen. Er wollte Perdis' Einschätzung abwarten und nutzte die Zeit, um ihren Standort mit der Karte abzugleichen. »Verirrt haben wir uns nicht«, sprach er leise.

»Er geht auf den Dorfplatz«, berichtete Iradias. »Setzt sich. Legt die Pistola und seinen Krummsäbel auf den Tisch. Und isst von dem Brot, das sie ihm bringen.«

Nach und nach kehrten die Bewohner an ihre Arbeiten zurück. Lediglich die Kinder und zwei ältere Frauen blieben bei dem Hasardeur, um mit ihm zu reden. Der Mann gestikulierte reichlich und erzählte vermutlich eine wüste Geschichte, wie er sich durch die Wildnis gekämpft hatte.

»Gleich schnappen sich die kleinen Scheißer seine Klingen und schlitzen ihn auf. Die tun nur harmlos.« Iradias' Misstrauen schwang deutlich in seinem Tonfall. Am Mienenspiel konnte Arbos nichts ablesen, das Gesicht blieb verborgen. »Ich wette zehn Münzen, dass sie ihn töten.«

»Nicht schießen«, sagte eine Frauenstimme in ihrem Rücken, dann zwängte sich Perdis zwischen sie, Heersen hielt sich hinter ihnen. »Unser Pflanzenmeister sagte, ihr habt eine magische Siedlung entdeckt. Mit Geistern.«

»Ob sie magisch ist, sollst du klären. Schau.« Arbos drückte die Äste für sie nach unten. »Und?«

Perdis ging in die Hocke und ließ den Anblick auf sich wirken. »Es sieht nicht danach aus. Aber versuchen wir etwas.« Sie murmelte einen Zauberspruch und schloss die Augen.

Arbos und Iradias warteten gespannt auf einen Effekt, doch es tat sich nichts auf der Lichtung.

Perdis hob die Lider. »Habt ihr etwas bemerkt?«

»Nein«, erwiderten sie gleichzeitig.

»Weder Leuchten noch Blitzen wie …«

»Gar nichts«, betonte Arbos.

»Ist es damit sicher für uns?«, hakte Iradias ein.

»Das weiß ich nicht.« Perdis warf einen langen Blick über die Gebäude und Bewohner. »Es sind zumindest keine Geister. Und nichts Dämonisches.«

Der Tross hatte vernehmlich zu ihnen aufgeschlossen, das Knarren der Räder und Scharren der Stiefelsohlen erklang. Die Truppe hatte sich an den Befehl gehalten, unterwegs kein Wort zu sprechen. Das hohe, pulsierende Wummern verkündete, dass die Izozath-Frauen an den einsatzbereiten Electorum-Geschützen standen.

»Folgt mir«, wies Arbos Iradias und Perdis an. »Heersen, sag der Truppe, sie soll uns decken, aber nicht angreifen, bevor ich sie rufe.« *Deiwos der Tapfere, ich verlasse mich auf dich.* Dann verließ er das Gestrüpp und betrat die Siedlung; Pistola und Säbel blieben in seinen Fingern. »Keiner attackiert«, schärfte er ihnen ein, »außer ich sage es.«

Der Schmied in seiner offenen Werkstatt entdeckte das Trio als Erster. Der kräftige Hüne legte das Eisen, an dem er arbeitete, in die Esse zurück und behielt seinen Hammer in der Hand, als er aus seinem Anbau heraustrat. Sein Argwohn wegen der plötzlich auftauchenden Fremden war geweckt. Unter der Lederschürze trug er ein mit Brandlöchern verziertes Hemd und eine kurze Hose, da es in der Schmiede heiß war. Blonde Haare spitzten unter seiner Ledermütze hervor, über seiner Oberlippe stand ein kräftiger Schnauzbart.

»Noch mehr Besuch«, rief der Schmied so laut, dass es sowohl Begrüßung als auch Warnung an die Menschen in der Siedlung war. »Welch eigenartiger Tag, dass uns Deiwos Gäste in kleinen Happen sendet.«

»Ich grüße dich und erbitte Deiwos' Segen für dich«, erwiderte Arbos. »Wir haben uns auf dem Weg nach Dornenfeste verlaufen, nachdem wir von den Bestien der Wildnis angegriffen wurden.«

»Auf der Lichtung der Grabwespen?«

Grabwespen! »Nein. Dort, wo ein Trichter in der Straße ist.« Arbos dankte seinem Gott, dass sie nicht mit den Insekten aneinandergeraten waren, die in Sagen beschrieben wurden. »Ungefähr vier Tagesreisen entfernt.«

»Ah.« Der muskulöse Schmied deutete mit dem Hammer auf den Hasardeur, der sich vom Essen und Trinken nicht abbringen ließ und seinem Anführer fröhlich zuwinkte. »Er erzählte eine andere Geschichte. Gehört er nicht zu euch?«

»Schon. Aber er stieß erst vor Kurzem zu uns.«

»Er sagte, er sei aus Merirosvo und auf der Suche nach verborgenen Schätzen«, fuhr der Schmied fort. »Eine Karte habe unsere Siedlung wohl fälschlicherweise als Ort angegeben, an dem man Gold und Edelsteine ausgraben könne.«

Arbos fluchte innerlich. Jetzt musste er die Geschichte geradebiegen. »In etwa. Wie gesagt, wir wollten nach Dornenfeste.« Er täuschte einen Einfall vor. »Ach ja! Mir ist klar, was meinte. Es hieß, euer Dorf sei von der Wildnis vernichtet worden, weil ihr Köhler auf einen Schatz gestoßen wärt.«

Inzwischen hatten sich mehrere Bewohner um ihn geschart, zwei schlenderten zum Hasardeur. Man brachte sich in Position, um auf eine mögliche Bedrohung reagieren zu können.

»Du bist kein schlechter Lügner«, raunte Perdis ihm zu.

»Ja. Du könntest glatt Priester werden«, sagte Iradias von der anderen Seite und bekam einen bösen Blick von der Frau, der an der schützenden Krempe verpuffte.

»Ein Schatz?« Der Schmied lachte aus vollem Hals, sodass die Adern zutage traten. »Sieht das hier aus, als hätten wir einen Schatz gefunden?«

Die Bewohner fielen in die Heiterkeit ein.

Arbos bemerkte, wie die Anspannung bei den Menschen abfiel. Sie wähnten sich in Sicherheit, da es nichts zu holen gab, abgesehen von der wertvollen Holzkohle, die man mühsam aus den Lagerstätten im Wald zerrte.

»Dann erklärt uns doch: Warum greift euch die Wildnis nicht an?«, fragte Perdis höflich.

»*Das* ist unserer *wahrer* Schatz«, gab der Schmied mit Augenzwinkern zurück und fuhr sich über den Schnauzer. »Es mag an der Stelle liegen, an der unser Dörfchen errichtet wurde. Mit den etlichen Geschichten, was sich an dieser Stelle alles zutrug und dass das Gute dabei fest in der Erde verankert wurde und sich gegen das Böse stemmt, ließen sich Nächte füllen.« Er zuckte mit den Schultern. »Aber mit Sicherheit wissen wir es nicht. Wir sind glücklich, dass wir in diesen Zeiten unseren Frieden haben.«

Arbos, Perdis und Iradias tauschten rasche Blicke.

»Dann hat mich der Mann, der mir von der Zerstörung und dem

Schatz berichtete, aufs Kreuz gelegt«, blieb Arbos bei seiner Ausflucht.

Der Schmied schulterte den Hammer, die Muskeln am Oberarm wurden zu Gebirgen. »Du hast hoffentlich nicht zu viel Geld für die Karte bezahlt?«

»Leider doch.« *Umsonst gelaufen.* Arbos blieb ratlos. Nichts von dem, was in den Anweisungen geschrieben stand, traf zu. *Bis vielleicht auf...* »Ach ja, eins noch. Lebte in der Siedlung eine junge Frau namens Kalenia?«

Der Schmied runzelte die Stirn. »Weswegen?«

»Sie ... wurde von dem Kartenverkäufer wegen ihrer Schönheit gepriesen und ihr Tod schmerzhaft bedauert. Zweifach sogar, weil sie ein Kind unter ihrem Herzen trug«, log er sich voran. »Wenn das auch nicht stimmt, dann ...«

»Es stimmt nicht«, unterbrach ihn der Schmied.

»Ah. Ich ahnte es.«

Der Schmied nickte zur Gruppe von Waschfrauen, die am Bach ihre Kleidung auf gewellten Blechen schrubbten und mit Paddeln auf die mit Seife eingeweichten Flecken einschlugen. »Es stimmt nicht, dass sie tot ist. Und wie du siehst: Sie ist auch nicht schwanger.«

Arbos wandte sich verblüfft um. Er nahm die Zeichnung heraus, die sie beim Aufbruch bekommen hatten, und verglich die Züge auf dem Papier mit denen der Frauen am Bach. »Sie ist zu weit weg, um ...«

»Kalenia!«, brüllte der Schmied hinüber, um gegen das Klappern des Rads und das Rauschen des Wassers anzukommen. »Komm zu uns. Diese Leute wollen mir dir sprechen. Wolltest du nicht schon längst einen Mann haben? Vielleicht wäre der hier was für dich?«

Eine junge Frau löste sich langsam und verwundert aus der kichernden Gruppe. Mit gerötetem Gesicht von der schweren Arbeit und vor Verlegenheit lief sie zu ihnen.

»Das ist sie«, stieß Iradias verdutzt aus.

»Kein Zweifel«, stimmte Perdis zu.

»Aber wer«, murmelte Arbos alarmiert, »kehrte *dann* nach Nankān zurück und jagt zusammen mit der alten Tiamin die angeblichen Dämonenbeschwörer?«

Seine Begleiter schwiegen.

Darauf gab es im Grunde nur eine plausible Antwort: Die Wildnis hatte ihnen eine Doppelgängerin gesandt, um das Land in Unruhe zu versetzen und von innen heraus zu destabilisieren. Der Tod der ausgesuchten Personen musste eine entscheidende Rolle im Plan der Finsternis spielen.

Und das bedeutete, dass mit ihrem Tod das Übel nicht aufgehalten wurde und sich Nankān in falscher Sicherheit wiegte.

Was trägt die angebliche Überlebende in ihrem Bauch? Arbos spürte Übelkeit in sich aufsteigen. Es ging eine dämonische Narretei vor, die seine Heimat mit dem Untergang bezahlen würde.

»Hier bin ich.« Kalenia machte einen unbeholfenen Knicks vor dem Trio und rieb sich die Hände an ihrer Schürze trocken. Gesicht, Statur, die Haare, Augenfarbe – alles passte auf die Beschreibung. »Deiwos mit euch. Ihr sucht mich, sagte Wartho?«

Arbos fehlten die verschleiernden Worte, um das Lügengebilde aufrechtzuhalten. Zu vieles ging ihm durch den Kopf. Von nun an half gegenüber den Bewohnern allein: die Wahrheit.

Am Abend machte sich Arbos auf, um sich mit den Dorfältesten und Kalenia in der Gemeinschaftskate zu versammeln. Er wollte mit ihnen sowie Perdis, Iradias und Heersen beraten, was zu tun sei. Es erwies sich, dass der Schmied Wartho der Vorsteher und zugleich der Sprecher des Gremiums war. Als Zeichen seines Vertrauens hatten Arbos und seine Kerntruppe auf Pistolas und Klingen verzichtet. Und er genoss es, frisch gewaschen zu sein und saubere Kleidung zu tragen.

Rund um die beiden Waffenträgerkarossen hatte der Trupp in der Mitte der Siedlung sein Feldlager aufgeschlagen, weil es nicht genügend Platz für Gäste in den kleinen Häusern gab, die bis oben hin mit den Großfamilien belegt waren.

Die Izozath-Frauen hatten sich zurückgezogen und arbeiteten an den Electorum-Geschützen, wie sie erklärten. Es gäbe durch die Dauerbelastung Schwierigkeiten mit den Battarias, die dringend behoben werden mussten, sonst wären die Hochgeschwindigkeitswaffen auf dem Rückweg nicht einsatzbereit. Sie werkelten, schraubten, verbanden Drähte, schalteten Aggregatas ein und aus. Blitze sirrten knallend in den Himmel, was Arbos jedes Mal erschreckte.

Die Köhlerskinder hatten zuerst neugierig aus großer Entfernung zugeschaut und dann schreiend und lachend Reißaus genommen. Das Summen des Electorums hatte etwas Gefährliches, die Energie veränderte die Luft, verlieh ihr einen anderen Geruch und eine seltsame Spannung.

Keine einsatzbereiten Geschütze, dachte Arbos. *Wir werden alle draufgehen.*

Die Stimmung unter den Hasardeuren aus Merirosvo befand sich passenderweise auf dem Tiefstpunkt. Die Aussicht, als gemachte Leute in die Stadt der Gesetzlosen zurückzukehren, tendierte gegen null. Abgesehen von ihrem regulären Lohn erwartete sie kein Zuschlag für die bisherigen Gefahren und die kommenden, die ihnen auf dem Rückweg auflauern würden.

Arbos sah, wie die Hasardeure ihre Köpfe zusammensteckten und tuschelnd berieten. Es lag ein Aufstand oder zumindest eine lästige Verhandlung in der Luft. *Eines nach dem anderen.* Er betrat eilends die grün-weiß bemalte Holzkate mit dem Boden aus gestampfter Erde, in der man auf ihn wartete.

Die Atmosphäre in dem gedrungenen Raum war eine gänzlich andere als im Tross. Die Bewohner waren friedlich und freundlich, es standen Getränke und Kleinigkeiten zu essen auf dem Tisch, um den man sich auf halbrunde Bänke zwängte.

Für Arbos wurde eine Lücke aufgetan, und er setzte sich. »Danke, dass ihr mich anhört. Deiwos möge euch schützen.«

Der Segen wurde von den Versammelten erwidert.

»Thýguda ist mit euch«, fügte Perdis in die kurze Stille ein. »Sie wird euch nicht vergessen und weiterhin beschützen.«

Arbos hoffte, dass sich mit den Dorfältesten kein Disput über Gottheiten entspann, aber sie nahmen Perdis' Äußerung hin.

Sie hatte sich zusammen mit Iradias den ganzen Tag über umgesehen, ob nicht doch irgendwo ein dämonisches Wirken zu erkennen war. Die magische Untersuchung war ohne Erfolg geblieben. Es gab nichts Böses in dieser Siedlung.

»Es hilft nur noch die Wahrheit«, eröffnete Arbos und verlas die Schreiben, die ihm die Mächtigen mitgegeben hatten.

Damit war der wahre Auftrag ihrer Truppe vor den Bewohnern

offenbart, die mit langem Schweigen darauf reagierten. Ratlosigkeit. Überrumplung.

»Ich weiß, was zu tun ist.« Die mädchenhafte Kalenia erhob sich langsam und zog die Blicke auf sich. »Ich kehre mit euch zurück. Nach Gaurus, um den Herrscherinnen und Herrschern zu beweisen, dass die Geschichte meiner Doppelgängerin erlogen ist«, verkündete sie und strich über ihr weiß-grünes Kleid. »Das ist die einfachste und schnellste Lösung.«

»Das wäre es in der Tat«, stimmte Perdis zu und pochte als Zustimmung auf die Tischplatte.

»Danke.« Kalenia lächelte mutig. »Ich bin zusammen mit dem, was ihr und eure Truppe darlegen werdet, der lebende Beweis, dass die Rückkehrerin eine Betrügerin ist.«

»Ich vermute, dass die falsche Kalenia eine Gestaltwandlerin oder sogar ein dämonisches Wesen ist«, warf Wartho ein, der Arbeitskleidung gegen Leinenhemd und -hose getauscht hatte. Die hellen Haare trug er offen, der Schnauzbart war gekämmt. »Hat man sie dahin gehend nicht geprüft?«

»Das entzieht sich meiner Kenntnis«, gestand Arbos. »Alles, was ich weiß, habe ich euch vorgetragen.« Er legte die Hand auf den Brief, den er alsdann in die Runde reichte. »Aber lest selbst.«

Kalenia nahm wieder Platz.

»Wir brechen am besten morgen auf.« Iradias hatte den Hut nicht abgelegt und nahm einen Schluck vom Bier, um sein sichtbares Kinn zuckte es, während der Humpen im Schatten zu verschwinden schien. Auch wenn es nicht nach seinem Geschmack war, schluckte er es tapfer hinunter. »Das ist … stark. Aus was braut ihr das?« Er stellte das Gefäß ab.

»Beerenmaische, Blätter, Honig und Tannennadeln. Getreide haben wir selten«, antwortete Wartho. »Ich weiß, warum du fragst: Die Süße macht es erträglich.«

»Zurück durch die Wildnis. Mit der Hälfte der Männer«, sprach Heersen leise vor sich hin. »Und ohne Geschütze.«

»Ohne Geschütze?« Perdis schaute Arbos an. »Was ist damit?«

»Sysca sagte mir vorhin, dass es einen Defekt an den Battarias gäbe. Es folgte eine lange Erklärung rund um Aggregatas, Machinas und

Electorum, die ich nicht verstand«, sagte er. »Aber es stimmt, was Heersen sagt. Wir haben die Elec-Waffen höchstwahrscheinlich eingebüßt.«

Iradias stöhnte entsetzt und leerte sein Bier, Perdis sprach leise Gebete. Heersen raufte sich die schütteren Haare und verlor beinahe seine Sehgläser.

»Wir haben noch deine Thýguda-Magie«, sagte Arbos, obgleich er innerlich zusammensackte.

»Ja, Lob sei meiner Göttin. Aber damit schaffen wir es niemals durch die Wildnis«, zischte die Priesterin übellaunig. »Ich kann sicherlich einige Scheusale aufhalten. Doch was tun gegen eine Übermacht?«

»Mit nur der Hälfte der Hasardeure, die kurz vor einer Meuterei stehen«, gab Iradias zu bedenken.

»Sollten wir nicht lieber in der Siedlung bleiben?«, schlug Heersen vor. »Sicherer Boden. Es geschieht uns nichts.«

»Nein«, warf Kalenia ruhig, doch überzeugt ein. »Wenn wir nichts unternehmen, wird Nankān untergehen.«

Arbos fühlte sich beschämt, dass ausgerechnet ein halbes Kind sie an ihre Pflicht und Verantwortung erinnern musste. »Du hast recht.« Er legte Heersen eine Hand auf den Rücken. »Leider muss ich einräumen, dass seine Angst berechtigt ist, es könne keiner von uns lebend durch die Wildnis gelangten.«

»Ihr wart ehrlich zu uns. Wir halten es ebenso mit euch.« Wartho sah nach rechts und links zum Ältestenrat, um sich die Erlaubnis zum Sprechen einzuholen. »Wir geben euch etwas, was euch vor den Bestien beschützen wird. Ihr kommt damit sicher ins Irrsal zurück. Nichts wird euch angreifen.«

Arbos' Augenbrauen wanderten in die Höhe. »Wie soll das gehen? Ihr habt einen Zauberer! Oder eine magische Waffe!«

»Habt ihr euch nie gefragt, wie es uns gelingt, unsere Holzkohle mitten durch die Wildnis nach Merirosvo oder andere Orte zu bringen?« Der kräftige Schmied stampfte mit dem Fuß auf die gestoßene Erde. »*Dies* ist der Schlüssel.«

»Erde! Geweihte Erde!«, begriff Perdis. »Natürlich! Ich spürte es bei …« Die blonde Priesterin unterbrach sich. »Bei dem ersten Schritt auf die Lichtung. Aber ich wusste nicht, *was* es ist. Nur, dass es nichts Böses sein kann.«

»Geweiht haben *wir* sie zumindest nicht. Aber es funktioniert.« Wartho kratze etwas vom Untergrund ab und ließ die feuchten Krümel auf den Tisch regnen, als wollte er ein Sandorakel legen. »Sobald wir unser Dorf verlassen, nehmen wir stets eine Handvoll Krumen und stecken sie in einen Beutel, den wir uns umhängen. Nichts von dem, was euch attackierte oder bedrohte, wird uns gefährlich. Weder Pflanze noch Bestie.«

»Das ist großartig! Ein wirkliches Wunder des Lichts. Es schuf eine Bastion gegen die Dunkelheit«, brach es aus Perdis hervor, und sie pries Thýguda. »Ein göttliches Wunder! Ich werde meiner Göttin einen Tempel an diesem Ort errichten und ein Heiligtum entstehen lassen.«

»Das wollen wir abwarten.« Wartho rieb sich über den blonden Schnauzer. »Es sollte ein Geheimnis bleiben.«

»Tragt die Erde bei euch, und die Kreaturen und lebendigen Pflanzen halten Abstand«, führte Kalenia aus. »Was immer in unserem Grund an Kräften geborgen ist, es schreckt die Finsternis ab. Aber vom Berühren vergifteter Dornen oder dem Trinken aus Waldquellen und derlei rate ich ab. Dagegen ist die Erde in eurer Tasche machtlos. Aber ich bin bei euch und vermag euch rechtzeitig zu warnen.«

Heersen beugte sich zu Arbos. Er hatte eine Klapplupe herausgeholt und betrachtete die Krümel. »Verstehst du, was uns gerade geboten wird?«, wisperte er. »Wenn Nankān *damit* ein Heer ausstatten könnte, wäre es möglich, die Finsternis zu besiegen. Jedem Soldaten Dreck in die Tasche gestopft, und los geht es. Zusammen mit den Elec-Geschützen können wir siegen und die Wildnis vernichten. Diese Siedlung ist der Schlüssel für die Rettung. Aber nicht wegen Kalenia.«

Dass ausgerechnet der Gelehrte aus dem friedlichen Siwenloith auf die militante Eingebung kommt. »Lass sie deine Gedanken nicht wissen.« In Arbos' Kopf formte sich ein vager Plan, wie sie mit dem Geheimnis umgehen sollten. Der Weg wurde durch die seltene Erde plötzlich erstaunlich ungefährlich. *Anstrengend, aber ungefährlich.*

»Nochmals meinen aufrichtigen Dank an euch, Dorfälteste.« Arbos blickte Kalenia an. »Du bist die tapferste junge Frau, die ich kenne. Dann brechen wir morgen auf. Ich sage der Truppe Bescheid.« Er erhob sich, und seine Begleiter taten es ihm nach. »Ich wünsche eine geruhsame Nacht.«

»Schlaft ruhig und ohne Angst«, verabschiedete Wartho sie und blieb mit den Dorfältesten sowie Kalenia in der Gemeinschaftskate. »Wir bereden noch einige Dinge. Ihr werdet Proviant brauchen. Das werden wir euch organisieren.«

Arbos verbeugte sich gerührt. »Die Schuld, in der wir …«

»Es geht um Nankān«, unterbrach ihn der Schmied. »Wir bewahren es vor dem Dämonentreiben der falschen Kalenia und damit vor der Auslöschung. Es ist mehr als eine Pflicht.«

Das Quartett verließ das grün-weiß gestrichene Gebäude.

»Ist das nicht wundervoll?« Heersen bückte sich ächzend und nahm eine Handvoll Erde in die Finger. »Schutz vor dem Übel.«

»Kannst du herausfinden, warum das so ist?« Iradias roch daran.

»Es wird weniger die Beschaffenheit als eine magische Wirkung sein«, vermutete Heersen. »Oder es ist eine Substanz enthalten, die wir nicht wahrnehmen können. Ein Geruch, etwas Abschreckendes. Mit einem Laboratorium könnte ich mehr sagen, aber ich führe nichts mit mir, um Analysen zu betreiben.«

»Es ist das Gute, das sich an diesem Ort zusammenzog und die Erde mit seiner Reinheit tränkte.« Perdis berührte die Thýguda-Zeichen und hob die Hände gegen den Nachthimmel. »Es schützt die Unschuldigen und belohnt jene, die den Unschuldigen zu Hilfe kommen. Wir sind gesegnet.«

Iradias spuckte aus. »Ob Deiwos oder Thýguda: Es funktioniert. Der Rest ist mir einerlei.«

Arbos ging auf die Zelte der Hasardeure zu. »Ich sage unseren Mietklingen Bescheid. Und dass sie sich nicht fürchten müssen.«

Heersen, Perdis und Iradias verabschiedeten sich und verschwanden in ihre Unterkunft.

Arbos' Weg führte ihn an den Waffenkarossen vorbei. Im Schein vieler Laternen arbeiteten Sysca und Nymaina in Schutzkleidung und mit Helmen ununterbrochen an den zerlegten Geschützen, mit Werkzeugen, deren Funktion sich ihm nicht erschloss. Sie sprachen leise miteinander, tauschten Teile aus. Mal gingen sie vorsichtig damit um, mal warfen sie ausgelöste verfärbte Drähte achtlos auf einen Haufen.

»Wie sieht es aus?«, erkundigte sich Arbos. »Wir brechen morgen auf.«

Sysca machte eine verneinende Geste mit etwas in ihrer Hand, das nach einer Zwinge aussah. »Die Electorum-Geschütze sind nicht mehr zu gebrauchen.« Sie schob das dicke Visier in die Höhe, ihr blaues und ihr rotes Auge leuchteten auf. Beim Sprechen blitzten ihre Zähne blau auf, das Electorum schien in sie eingefahren zu sein und sie mit Energie zu speisen. »Es gab Kurzschlüsse …«

»Was ist ein Kurzschluss?«, fragte Arbos ahnungslos. Er hatte das Leuchten der Zähne bei den Ingeniae öfter gesehen und fand es faszinierend. *Als wären sie von einem höheren Wesen besessen.*

Sysca stieß die Luft aus, die ebenfalls nach Metall und Mandeln roch. »Belassen wir es dabei, dass Nymaina und ich die Schäden mit den Ersatzteilen, die wir dabeihaben, nicht beheben können. Wir müssen ohne die Waffen umkehren.« Sie sah beunruhigt aus und spielte mit dem Werkzeug, klopfte gegen das halbe Metallgeschütz. »Das dürfte ziemlicher Selbstmord werden, nicht wahr?«

»Ich sehe keine Angst auf seinem Gesicht«, befand Nymaina neugierig, auch ihre Augen glommen hinter der Schutzscheibe. »Haben die Dörfler uns eine Abkürzung verraten? Oder haben sie einen Flug–apparatus gebaut?«

»Besser. Viel besser.« Arbos umriss, was besprochen worden war und wie sie unbeschadet durch die Wildnis reisen konnten. »Die Karossen mit den wertlosen Waffen lassen wir hier. Sie halten uns nur auf.«

»Die Bewohner sind unsere Rettung! Sie hätten uns einfach im Wald sterben lassen können. Aber mit dieser Wundererde wird es ein Spaziergang.« Sysca setzte sich auf den langen Lauf. »Dann mache ich einen Vorschlag«, begann sie nach einer Denkpause. »Nymaina und ich bleiben im Dorf und helfen den Menschen bei ein paar Schäden, die sich an der Mühle an den Zahnrädern und Gestängen eingestellt haben. Als Dank. Es ist nichts Schwieriges, sondern eine rein mechanische Sache. Ich kann die Unwuchten und zerstörenden Reibungen hören, und es tut mir schon körperlich weh. Das Rad wird danach leichter und stabiler laufen als je zuvor.«

»Es ist leicht zu verbessern«, fügte Nymaina dumpf hinter dem Visier hinzu. »Ihr müsst nicht auf uns warten. Mit dem Säckchen voll

Erde kommen wir gefahrlos später aus der Wildnis und kehren nach Izozath zurück, um zu berichten. Vielleicht fällt uns noch ein, wie wir die Waffen zurückbringen. Ich würde sie ungern verlieren.«

Sysca schwenkte die Zwinge und deutete linkisches Fechten an. »Wir nutzen euch weder im Kampf noch mit Wissen, das ihr bräuchtet. Wir sind Ingeniae für Electorum, und das habt ihr nicht mehr.«

Arbos überlegte und musterte sie. Die Frauen waren keine Kämpferinnen, und um ihre Konstitution stand es vermutlich nicht besonders gut. Reiten vermochten sie ebenso wenig. Geschwindigkeit zählte mehr als alles andere, um Nankān vor dem betrügerischen Wesen zu warnen, das sich als Kalenia ausgab.

»Einverstanden.« Arbos reichte ihnen nacheinander die Hand. »Ich danke euch beiden für eure Tapferkeit. Ohne eure Zielsicherheit und die Geschütze wären wir niemals bis in die Siedlung gelangt.«

»Für Nankān«, entgegnete Sysca mit einem rätselhaften Lächeln, und wieder leuchteten die Zähne in der Dunkelheit. Nymaina und sie löschten die Lampen rund um die Wagen. »Wir sagen den anderen noch Auf Wiedersehen und schlafen uns morgen aus. Da werdet ihr bereits weg sein.«

»So ist es.« Arbos winkte ihnen, dann begab er sich zu den Feuern der Hasardeure. Nachdem er die Kriegerinnen und Krieger vom dem Plan unterrichtet hatte, die Wildnis schon bei Sonnenaufgang zu verlassen und rasch in die Piratenstadt zurückzukehren, sah er in skeptische Gesichter. Erst als er behauptete, dass die Säckchen mit Erde eigens für sie durch ein Ritual gesegnet worden seien, das jegliche Attacken abhielt, stellte sich ein wenig Erleichterung bei den Männern und Frauen ein.

Und das wiederum nahm ihm einen Stein von der Brust. Arbos hatte mit heftigen Widerworten gerechnet.

***

In gerader Linie raste ein schwaches goldenes Flirren von Slahans dröhnender Trommel weg und auf die heranstürmenden Grabwespen zu.

Die magische Attacke schnitt sich schwertgleich durch die Masse an Insekten und kappte, was sie traf, bis zur anderen Seite der Lichtung und zum aufgeklappten Eingang des Baus. Dort zerschellte der warmgelbe Spruch in einer donnernd-scheppernden Detonation, nachdem er eine Schneise des Todes und der Verstümmelung hinterlassen hatte.

Beine, Fühler, Mandibeln – die Chitinkörper fielen durchtrennt ins Gras, die weichen, stinkenden Innereien ergossen sich auf den Boden. Die überlebenden und verletzten Wespen stießen schrille Rufe aus.

Bei Deiwos! Danèstra schöpfte angesichts der vernichteten Wespen Hoffnung, nach Dornenfeste zu gelangen. *Er ist ein Kriegstrumer!*

Früher hatte es diese Sorte Zauberer häufiger gegeben, gerade in den Zeiten der großen Auseinandersetzungen auf Yarkin mit gewaltigen Heeren und Tage andauernden Schlachten. Trumer konnten winzige bis riesige Trommeln schlagen. Ihre Spruchwirkung wurde umso verheerender, je größer der Durchmesser des Instruments und die Anzahl der Magier waren.

Gerade weil die Trumer gemeinsam eine Kombination vernichtender Sprüche freisetzten und ganze Heeresteile auslöschen konnten, so weit ihr Schall reichte, war die Angst vor ihnen gestiegen. Und vor ihrer Kunst. Sie war so groß geworden, dass die Trumer von ihren eigenen misstrauischen Herren umgebracht wurden, alle in einer einzigen Nacht.

Nicht alle. Danèstra beobachte Slahan, der mit schnellem Schlagzahlwechsel zu einer weiteren Attacke trommelte. *Er ist jung. Gewiss einer ihrer Nachfahren. Wie gut, dass seine Ahnen im Irrsal Unterschlupf vor der Verfolgung fanden.*

Die Grabwespen ließen sich nicht beirren und trippelten dem Gespann hinterher.

»Das war eine Breitseite! Los! Aufs Dach mit dem Kerl«, befahl Skerbull. »Da sieht er sie besser.«

Vytain reichte Slahan die Hand und zog ihn hinauf zu sich und Ilreen. Dafür unterbrach der Trumer das Rühren der Stöcke, und die goldschimmernden Symbole auf dem Fell erloschen.

Das ist ihr Nachteil. Slahan musste nun den begonnenen Spruch von vorn beginnen.

Danèstra sah zum Waldrand, wo sie Thirío schemenhaft zwischen den Stämmen umherrennen sah. Er räumte die Luchse und Füchse aus dem Weg, die ihnen gefährlich werden konnten, sobald sie in die Wildnis zurückkehrten. *Guter Junge.*

Vytain und Ilreen schossen mit Windbüchse und Electorum-Waffe nach den Grabwespen, um die vordersten davon abzuhalten, mit den Mandibeln Stücke aus der Kutsche zu reißen.

Slahan ließ die Schlegel auf der Bespannung tanzen, und das Glimmen der magischen Zeichen kehrte zurück; gleich darauf setzte er mit Stakkato denselben Zauber ein weiteres Mal gegen die Insekten frei, und erneut schnitt sich der Spruch durch die Feinde und hinterließ zuckende Chitinleiber mit aufgebrochener Panzerung. Noch mehr Beine, Köpfe und Fühler wurden gekappt.

Danèstra schätzte, dass Slahans Attacken über achtzig Grabwespen zum Opfer gefallen waren. Die gleiche Zahl verfolgte die Eindringlinge unbeirrt, deren Fleisch sie haben wollten, um daraus den Dünger für die Todesbäume anzufertigen.

Wir brauchen etwas, um sie dauerhaft von uns abzulenken. Sie sah zu den Eichen. *Wenn wir sie angreifen oder beschädigen, werden sie von uns ablassen!*

Neben ihr öffnete sich unvermittelt der Boden, und unter der aufbrechenden Grassode sprangen etliche rindergroße Wespen hervor.

Danèstra konnte mit ihrem Schimmel gerade noch ausweichen. Die meisten Beißwerkzeuge schnappten klackend ins Leere, eines hinterließ einen dünnen roten Striemen im weißen Fell. Der Hengst wieherte ängstlich und galoppierte schneller.

Die Kutsche! Sie wendete in engem Kreis, um ihren Begleitern zu Hilfe zu eilen. Das Pferd machte es ihr jedoch schwer.

Die vier Wallache hatten die Gefahr längst bemerkt. In Furcht versuchten sie auszubrechen, aber Deichsel und Geschirr banden sie aneinander, sodass es für sie nur den Weg vorwärts gab. Skerbull feuerte sie mit Rufen und Peitschenknallen an. Er hatte begriffen, dass Anhalten den Tod bedeutete.

Das Gespann raste mitten in die zehn Insekten, die sie mit weit geöffneten Mandibeln erwarteten.

Die klingenscharfen Zangen fügten den Pferden tiefe Wunden zu, auch wenn die ersten Grabwespen von den beschlagenen Hufen niedergetrampelt wurden. Aus den aufgeschlitzten Hälsen der Wallache sprühte rotes Blut und mischte sich mit dem bläulichen der Grabwespen, aus den zerschnittenen Bäuchen platschten die Gedärme und wickelten sich um die Räder. Zwei verendende Wallache fielen mit lautem kreischenden Wiehern.

Durch das abrupte Abbremsen wurde die Deichsel herumgerissen. Die beiden verbliebenen Pferde stürzten aus vollem Galopp und überschlugen sich. Holz brach, Lederriemen rissen und gaben die panischen Tiere frei. Die Kutsche fiel, nachdem sie mitten durch die Insekten gerast war. Skerbull verschwand in einer Wolke aus Segeltuchfetzen und aufspritzendem Dreck, Ilreen und Vytain hatten das Übel kommen sehen und sprangen ab. Sie landeten kullernd im Gras und wurden von den hüfthohen Halmen verdeckt. Slahan, noch ganz versunken in seinem Trumerzauber, wurde vom Dach der um die eigene Achse rotierenden Kutsche hoch in die Luft geschleudert. Danèstras Sorge galt allein Kalenia, die sich im Innern der Kabine befand.

Nach dem vierten Überschlag lösten sich die Wände auf und flogen als Splitter und scharfkantige Schrapnelle umher.

»Kalenia!« Danèstra preschte zum zerstörten Aufbau und sprang ab, um sich sofort durch das Wrack zu wühlen. Das Überleben der jungen Frau stand an oberster Stelle, wenn sie Nankān retten wollten. »Thirío, hierher! Such nach ihr.«

Ilreen und Vytain, von oben bis unten mit Gras und Schmutz bedeckt, eilten zum Wagen und gaben der Kriegerin Deckung. Mit ihren Electorum- und Windbüchsen hielten sie die Wespen auf Abstand, von denen zehn weitere über ihre zermatschten Artgenossen krochen und sich auf die Menschen werfen wollten.

Thirío spurtete heran und flog mit einem Satz über die Trümmer, schnupperte und schnüffelte sich durch das Wrack, bis er vor einer großen, verschlossenen Truhe anschlug.

»Da drin?« Danèstra löste hastig die Verriegelung.

Kalenia hatte sich zwischen die Decken und Felle geschoben und zusammengerollt. Die Lagen hatten als Polsterung gedient und die Schläge abgefangen. Trotzdem war sie ohnmächtig und rührte sich nicht. Blut sickerte an ihren Beinen herab.

»Sie atmet.« Danèstra hob sie heraus und trug sie. »Runter von der Lichtung«, befahl sie und rannte.

Unentwegt schießend und nachladend, folgten ihr Vytain und Ilreen, während Thirío vor ihr hereilte und nach neuen Gegnern Ausschau hielt.

Im Vorbeihasten entdeckte Danèstra Skerbull. Die Überreste eines zerstörten Rads hatten sich in seinen Oberkörper gespießt, der äußere Metallreifen war gesprungen und hatte sich mit der schmalen Kante durch den Hals des Taucoraners gebohrt. Die Augen des ungewöhnlichen Mannes waren gebrochen, seine Seele aus der sterblichen Hülle gezogen.

Verdammt. »Deiwos sei dir gnädig«, betete Danèstra, ohne anzuhalten. Es blieb keine Zeit, den Toten zu bergen, solange die Grabwespen ihnen nachstellten.

Der Waldsaum rückte näher. Danèstra sah über die Schulter nach ihren Begleitern.

Sie befanden sich zwanzig Schritt hinter ihr. Vytain kniete im hohen Gras und lud die Electorum-Büchse nach, ohne dass ihn die heranstürmenden Insekten aus der Ruhe brachten. Ilreen gab ihm Deckung. Slahan war nirgends auszumachen.

»Lauft!«, schrie Danèstra. »Mir nach! Wir müssen raus aus ihrem Reich, dann folgen sie uns vielleicht nicht mehr.«

Als sie den Kopf nach vorn wandte, sah sie drei übergroße Schwarzfüchse im Wald nahen. Die Raubtiere wollten sich das saftige Fleisch der beiden Frauen nicht entgehen lassen und verließen sich wohl darauf, dass sich die Grabwespen zuerst um Ilreen und Vytain kümmerten. Das verschaffte ihnen die Gelegenheit, auf die sie bislang vergebens gewartet hatten. Thirío warf sich sogleich auf den vordersten und verwandelte sich im Sprung. Seine Schnauze riss dem Schwarzfuchs den Hals auf.

Zwei beeindruckend große Waldluchse folgten den kleineren Räubern, um sich ihren Anteil zu sichern. »Ihr hättet euch andere Beute suchen sollen.« Danèstra legte die Schwangere ins Gras und zog die doppelläufigen Pistolas aus Achsel- und Rückenhalterung. »An dieser werdet ihr ersticken.«

Ohne zu zögern legte sie auf die zwei verbliebenen Füchse an und jagte ihnen je ein Geschoss durch den Kopf. Stolpernd und stürzend gingen sie zu Boden.

Danèstra visierte die Luchse an, als sich Thirío grollend auf die Bestien warf und ihr das Schussfeld versperrte. Die drei Kreaturen verbissen sich zu einem bellenden und jaulenden Knäuel, rollten durch das Gras.

Thirío benötigt meinen Beistand nicht. Sie blickte sich erneut nach ihren Begleitern um. *Wo bleiben sie?*

Die spukbleiche Ilreen rang mit einer Grabwespe, indem sie mit ihrer Prothesenfaust unentwegt auf deren Kopf einschlug. Die Fühler hatte sie bereits abgerissen, die Mandibel abgebrochen. Das Insekt versuchte, sie mit einem Sprung von den Beinen zu drängen.

Als Vytain seine Electorum-Büchse hob und auf Ilreens Gegner anlegte, warf sich eine verletzte Wespe gegen ihn. Er verriss den sicheren Schuss. Ilreen schrie auf und brach zusammen.

»Nein!« Vytain erschoss zuerst das Insekt, das versucht hatte, ihn zu beißen, dann erlegte er die Wespe, die sich über die wehrlose Ilreen hermachen wollte. Mit einer Hand warf er sich die bleiche Frau auf die Schulter und rannte über die Wiese auf Danèstra zu, in der anderen hielt er seine Electorum-Büchse.

Zu viele Verluste. Deiwos, was … Ein Knurren, gefolgt von einem grellen Schmerz in ihrem rechten Unterschenkel. Der Schwarzfuchs, der von Thirío aufgehalten worden war, hatte sich trotz seiner tödlichen Wunde bis zu ihr geschleppt und in ihre Wade verbissen.

Danèstra richtete den Lauf einer Pistola auf den Schädel und ließ ihn mit einem Fingerzucken am Auslöser zerbersten. Blut sickerte aus den Löchern im Stiefel. Die nadelartigen Zähne waren durch das dicke Leder gelangt. Sie verließ sich auf ihre gesteigerten Selbstheilungskräfte und hoffte, dass sich keine Infektion entwickelte.

Thirío hatte derweil die Waldluchse besiegt und kehrte als harmlos anmutender Hund zu ihr zurück; sein Fell troff vor Blut, und sie hoffte, dass es nicht seins war. Noch mehr Verletzte oder gar Verluste vertrug ihre geschrumpfte Truppe nicht.

»In den Wald«, rief dieses Mal Vytain, dem der Pulk der Grabwespen folgte. *Das wird uns nicht retten.* Danèstra lud die Pistolas nach und erlegte die Insekten, die zu dem Izozath aufschlossen. Die scharfen Kiefer schnappten dicht hinter ihm zu. *Ausgerechnet bei einer Mission dieser Wichtigkeit. Was denkt sich das Schicksal dabei?*

»Auf was wartet Ihr? Los, in den Wald!« Vytain hatte sie fast erreicht und wollte nicht wahrhaben, dass es keinen Ausweg mehr gab. Sie konnten den Feinden nicht entkommen.

Die Horde Grabwespen trappelte durch das Gras heran, über die Pferdekadaver und das Wrack ihrer Reisekutsche.

Danèstra stellte sich vor Kalenia, die Electorum-Pistolas am langen Arm ausgestreckt und auf die Gegner gerichtet, die in unermesslicher Überzahl anrückten. »Deiwos, achte auf meine Kinder. Möge jemand anderes Nankān retten. Oder lass ein Wunder geschehen.«

Vytains linker Fuß verfing sich in einem Grasbüschel, er stürzte vor den Grabwespen nieder. Ilreen glitt von seiner Schulter und rollte bis vor Danèstras Stiefelspitzen.

»Nun denn.« Ihre Zeigefinger wanderten nach hinten, zogen die Auslöser bis an den Druckpunkt der Pistolas.

Eine Rieseneiche barst mit einem lauten Krachen und wurde von der Krone abwärts bis in die Mitte gespalten. Der Stamm knackte und versuchte, den Kräften standzuhalten, die durch Äste und Blattwerk auf ihn wirkten, doch das Gewicht war zu schwer – und der Riss wanderte langsam abwärts.

Die Grabwespen blieben stehen, die Köpfe drehten sich zu dem beschädigten Baum. Die Fühler reckten sich und zuckten hektisch. Ein lautes Zischen und Klackern erklang aus ihren Mündern.

Sie reden miteinander. Danèstra wartete ab, atmete rasch und senkte die Pistolas nicht einen Fingerbreit.

Ein leises Trommeln erklang auf der Lichtung, gefolgt von einer arrhythmischen Schlagfolge.

Die nächste Eiche wurde im oberen Drittel in zwei Teile gerissen, und auch bei ihr drohte die Spaltung sich nach unten fortzusetzen. So ging es Baum für Baum.

Auf ein Klickern und Knacken spurteten die Grabwespen davon, rannten auf die Bäume zu. Rasend schnell erklommen sie die verletzten Stämme und begannen, mit ihren Leibern Gürtel um die Risse zu legen. *Sie versuchen, die Eichen zu retten. Ihre Lebensgrundlage.*

Slahan stolperte heran. Das Rühren der Trommel hatte er eingestellt und sein Instrument wie einen Tragesack auf den Rücken geschnallt, um die Hände frei zu haben. »Schnell fort«, empfahl er und half Vytain beim Aufstehen. »Sie werden zwar eine Weile beschäftigt damit sein, diese Eichen zu sichern, aber wer weiß, wie viele unter unseren Füßen leben und sich um uns kümmern wollen.« Er betrachtete Ilreen, aus deren rechter Seite das Blut tropfte. Es war rot, nicht weiß oder bleich, wie man hätte annehmen können. »Was hat sie erwischt?«

»Meine Elec-Büchse«, gab Vytain zerknirscht zu. »Eine Wespe fälschte den Schuss ab.«

Slahan half dem Izozath, sie sich ein weiteres Mal über die Schulter zu legen. »Das sieht böse aus.«

Danèstra betrachtete das klaffende Loch in Ilreens rechter Seite. Das pfeilartige Projektil hatte mit der immensen Wucht und seinen Schneiden eine hässliche Verletzung erschaffen. *Ich weiß nicht, ob sie es schaffen wird.* »Verschwinden wir erst und sehen in sicherer Entfernung nach ihr.« Danèstra hob Kalenia an und lief los.

Gedeckt von Thirío und Slahan, hasteten sie in den Wald und ließen die tödliche Lichtung hinter sich.

Zwischen den Bäumen fanden sie Danèstras verängstigten Schimmel und die zwei aufgeregten, verletzten Wallache, die sich nach ihrem Sturz aus dem zerrissenen Geschirr befreit hatten und geflüchtet waren. Sie zeigten Blessuren von ihrem Überschlag sowie blutige Risse von Prankenhieben.

»Ruhig. Ruhig, ihr Armen.« Danèstra setzte die ohnmächtige Kalenia erneut ab und fing die schnaubenden, tänzelnden Tiere zusammen mit dem Trumer ein. Vytain versuchte unterdessen, Ilreens Wunde, so gut es ging, zu verbinden, damit wenigstens die Blutung stoppte. Wie es um die inneren Verletzungen stand, musste ein Medikus prüfen. Das Gleiche galt für Kalenia und das ungeborene Kind.

Die Anwesenheit der vertrauten Menschen beruhigte die Pferde, sodass sich die Tiere alsbald besteigen ließen.

»Nach Dornenfeste?« Slahan blickte fragend in die Runde. »Seid ihr sicher?«

Danèstra nickte grimmig. »Ilreen braucht einen Heiler. Ich will sie nicht auch noch verlieren wie Skerbull.« Sie sah durch die Stämme hinaus zur Lichtung. Das Krachen, mit dem die Eichen nacheinander barsten, erfüllte sie mit Genugtuung. Die Grabwespen würden ohne diese Bäume sterben. »Ich hörte, Dornenfeste sei vom Wald umschlossen. Nach dem, was ich von dir sah, nehme ich an, du wirst uns eine Schneise bis zur Stadt schaffen können, Trumer?«

Slahan deutete ein Nicken an. »Ich schwor zwar, nicht mehr dorthin zurückzukehren. Aber ich stehe in deiner Schuld. Daher tue ich dir den Gefallen.« Er ließ seinen Wallach antraben. »Folgt mir. Ich weiß, aus welcher Richtung unser Tross kam.«

Danèstra setzte die bewusstlose Kalenia in den Damensitz vor sich und schlang einen Arm um ihre Körpermitte. Sie warf Vytain einen aufmunternden Blick zu. Er hatte die mehr als bleiche Späherin mit seinem Lederriemen an sich gebunden, sodass sie sich an seinen Rücken lehnte. »Sie wird nicht sterben«, sagte Danèstra.

»Ich würde sogar zu Göttern beten, wenn es so kommt und sie bei mir bleibt«, erwiderte er. Für einen machinaüberzeugten Izozath bedeutete das sehr viel.

***

Auszug aus *Die Abenteuer von Großfürstin Danèstara,*
Band elf, Kapitel elf

»Du bist meine Sonne, mein Mond und all die Gestirne, Danèstara!«
»So wäre es duster für dich, wenn ich dich verließe.«

Kapitel XIII

Deiwos soll euch erschlagen!«, rief Arbos den Hasardeuren entgegen, die ihre Waffen gezückt hatten. »Und Ansis eure Seelen zu Rauch wandeln.« Er hatte seine Windpistola gezogen und die Kerntruppe um sich versammelt. Kalenia befand sich in ihrer Mitte, um sie vor Angriffen zu schützen.

Die Angeheuerten standen ihnen gegenüber und lachten.

»Verpiss dich, Kuhzüchter. Geht zurück nach Merirosvo, bevor wir es uns anders überlegen und euch plattmachen«, empfahl ihm Lasaris, die kahlköpfige, zierliche Rädelsführerin der Meuterei. Sie fuchtelte beim Sprechen mit ihrem Sägeklingenschwert herum. Aus dem Gären und Getuschel der vergangenen Tage in den Reihen der Söldner war ein Aufstand geworden.

Es war kein Zufall, dass sich dieser auf der zerstörten Straße erhob, unmittelbar am Einbruch, aus dem es weiterhin nach Tod und Verwesung stank. Schwärme von Fliegen summten um den Trichter und das Loch in der Mitte. Mit dem Erreichen des Eingangs zur Mine hatte die Gefolgschaft der Hasardeure ein Ende.

»Wir bleiben und steigen hinab, um uns die Schätze zu holen, die du uns versprochen hast und die es nie gab.« Lasaris bekam zustimmende Rufe von ihren Leuten. »Das ist nur rechtens. Wer uns betrügt, darf nicht mit Loyalität rechnen.«

»Wir sollten dich für die Lüge aufhängen, Kufucka!«, drohte jemand aus der Menge.

Arbos machte eine beleidigende Geste zu den Hasardeuren. »Der Stollen soll euer Grab werden!« Ohne Kalenia und ihren lebenswichtigen Auftrag sowie die Kunde über die Wundererde hätte er es darauf ankommen lassen und die Männer und Frauen für die Abtrünnigkeit bestraft. Perdis würde sie mit ihren magischen Kräften sicherlich schwer verletzen können, anschließend würde er sich selbst in den Kampf stürzen. Aber nach wie vor galt es, so schnell wie möglich Nankān vor der Doppelgängerin zu warnen.

»Die alte Mine, die du uns vorenthalten wolltest, wird uns reicher machen, als du es dir erträumen könntest. Du hast gedacht, wir wüssten nichts von ihr«, gab Lasaris zurück und zeigte mit ihrem gezackten Schwert den Weg entlang, den sie bei der Hinreise genommen hatten. »Geht. Seid ihr nicht gleich verschwunden, überlegen wir es uns vielleicht anders und plündern eure Leichen.«

Der betagte Heersen lief bereits den Pfad hinab, wie das Klirren seiner Ausrüstung verriet. Ihm stand nie der Sinn nach Auseinandersetzungen. Perdis schleuderte Verwünschungen über die Meuterer, dann wandten sie, Kalenia und Iradias sich nacheinander um und ließen die Hasardeure zurück.

Arbos steckte Säbel und Windpistola ein. »Wahrlich, das werdet ihr bereuen. Mir kann es gleich sein, ob die Decke über euch einstürzt und euch begräbt. Aber kommt mir nicht nach Merirosvo und verlangt von mir den ausstehenden Sold. Ihr habt den Auftrag nicht zu Ende geführt.«

»Werden wir nicht. Wir bekommen das Tausendfache von deinem geizigen Lohn.« Lasaris scharrte mit dem Fuß über die beschädigte Straße. »Wenn der Reichtum unermesslich ist, wer weiß, vielleicht überlassen wir dir und deinen Freunden sogar einen kleinen Edelstein? Den könnt ihr auch abwechselnd in den Arsch stecken.«

»Ganz tief, damit er euch aus den Augen funkelt«, setzte einer der Männer hinzu und löste höhnisches Gelächter aus.

»Wie töricht wären wir, diese Gelegenheit nicht zu nutzen, wenn sich uns eine verlassene Mine anbietet?« Lasaris hob das Beutelchen mit Erde, das um ihren Hals baumelte. »Wir sind vor der Wildnis sicher.«

»Sehr töricht.« Arbos gab es auf, die Hasardeure umstimmen zu wollen, und trabte davon, um seine Truppe einzuholen.

»Wir werden reicher als alle Könige Nankāns zusammen!«, brüllte ihm Lasaris unter dem Beifall der Söldner nach. »Hörst du, Rinderzüchter? Reicher als die Reichsten, die man auf der Halbinsel finden kann.«

Arbos ließ ihr das letzte Wort. »Reich unter Umständen. Aber ganz sicher tot«, sagte er leise vor sich hin. *Nehmt die Diamanten. Dafür werden wir überleben.*

Schweigend legte die kleine Restgruppe im lockeren Laufschritt Feldmeile um Feldmeile auf dem Pfad zurück. Sogar Heersen vermochte das Tempo zu halten. Die Aussicht, in ein Laboratorium zu gelangen und die Erde zu untersuchen, beflügelte ihn. Arbos nahm an, dass der Siwenloither versuchen würde, sie in den Gewächshäusern seiner Heimat nachzuahmen. Die Natur hatte die Schneisen, welche die Electorum-Geschütze geschafften hatten, längst geschlossen. Nichts erinnerte an die Wirkung der energiegetriebenen Waffen. Die Macht der Wildnis ließ sich allenfalls kurz aufhalten.

Gelegentlich streiften Bestien rechts und links von ihnen durchs Unterholz oder saßen auf Ästen und beobachteten sie aus wachen Augen, grollten und fauchten drohend. Waldluchse, Srills, schattenhafte Umrisse waren ständig bedrohlich um sie herum.

Die Erde aus der Köhlersiedlung tat ihre Wirkung. Keines von den Wesen, die einen Menschen mit einem Biss zu packen, vergiften, lähmen oder zu töten und fressen vermochten, ging in den Angriff über. Die Abstrahlung des geweihten Grundes hielt sie auf Abstand und bildete eine unsichtbare Wand, die sie nicht durchbrechen konnten. Arbos hatte anfangs Blut und Wasser geschwitzt, als sich die ersten Scheusale zeigten, inzwischen nahm er sie kaum mehr wahr.

»Es reicht für heute«, befahl er gegen Abend. »Wir schlagen ein Lager auf. Wir haben gewiss dreißig Feldmeilen geschafft.«

Niemand protestierte, weil sie zu müde und ausgehungert vom schnellen Laufen waren. Sie rasteten unter einem großen Mehlrindenbaum und entzündeten ein Feuer, um sich warm zu halten.

»Wie man es euch versprochen hat«, sagte Kalenia und setzte sich verschwitzt. »Wir sind nicht einmal angegriffen worden. Das wird so bleiben.«

»Das ist die beste Entdeckung der Expedition«, stimmte ihr Heersen zu. »Ich werde den Vorstehern der Gewächshäuser in Siwenloith von der wundersamen Erde berichten. Sie mögen eine Erklärung haben, was die Krumen so besonders macht.«

Arbos nahm an, dass die Gelehrten entweder versuchten, die Wirkung zu entschlüsseln und nachzuahmen, oder gleich eine Expedition entsandten, welche dem Köhlerdorf karrenweise den Grund abfuhr. »Perdis sagte es doch: Das Gute hat sich darin angereichert. Es sind keine Mineralien.«

»Das werden wir sehen.« Heersen reinigte seine Sehgläser und machte sich wie die anderen über seine Ration her, die ihnen die Dörfler mitgegeben hatten. Danach betteten sie sich zur Ruhe.

Arbos übernahm die erste Nachtwache und legte Holz nach. Er ließ die Lohen hoch in die Finsternis steigen und verfolgte den Funkenflug. Ringsum knisterte es im Dickicht, Augen leuchteten auf und beobachteten ihn. *Mehr trauen sie sich nicht.*

»Ein gutes und zugleich merkwürdiges Gefühl, die Wildnis nicht fürchten zu müssen.« Iradias saß aufrecht, hatte seine Windbüchse über die Knie gelegt und schien nicht schlafen zu wollen. Die dunkelgrüne Hutkrempe warf den obligatorischen Schatten auf sein Gesicht und ließ lediglich das bartstoppelgezierte Kinn sichtbar werden. Mit einem Schleifstein schärfte er die Unterlaufklinge an seiner Büchse nach.

»Ich kann mich nicht daran gewöhnen.« Arbos pochte gegen das Beutelchen. »Mehr brauchte es nicht. Ist das nicht …?« Ihm fehlte das treffende Wort.

Iradias lachte als Zustimmung. »Wir sollten froh sein, die Halsabschneider aus Merirosvo losgeworden zu sein. Sie hätten mehr Ärger gebracht als Nutzen. Sollen sie sich doch die Finger nach Edelsteinen wund graben.«

»Darüber denke ich inzwischen ebenso.« Arbos hatte seinen Frieden mit ihnen gemacht, auch wenn er sie zu gerne bestraft hätte. So blieb es dabei, dass sie nicht den vollen Sold erhielten.

Iradias pochte mit dem Schleifstein leicht auf seine Büchse. »*Das* wird geschehen.«

»Wie meinst du das?«

»Sie werden mit etwas Fügung ein paar wertvolle Steine finden. Und dann wird die Gier ausbrechen, und sie werden sich gegenseitig umbringen.« Er umschloss das Sandbeutelchen mit einer Hand. »Das wird sie gegen Habsucht nicht immun machen. Es sind Gesetzlose, Räuber, Mörder. Das wird sich nicht ändern.« Er fuhr mit dem Schleifen fort. »Der kleinste Fund wird sie umbringen. Alle.«

Es stimmte. Die Gier hatte die Hasardeure dazu gebracht, in die Wildnis zu gehen, und die Gier würde sie für die Meuterei strafen. Auf ihren Ungehorsam stand der Tod. Arbos fand den Gedanken versöhnlich.

***

Lasaris kletterte vorweg und führte die knapp fünfzig Hasardeure an, die sich mit Fackeln und Laternen ausgerüstet in dem eingebrochenen Schacht an Wurzeln abwärtshangelten. Der Gestank von Verwesung und Zersetzung schlug ihr auf den Magen, auch wenn sie viel in ihren Leben gesehen hatte. Doch es gab keinerlei Anzeichen, dass die Ursache für den penetranten Geruch unmittelbar unter ihnen lag.

Am Boden angekommen, erkannte Lasaris, dass sie in einem alten Stollen stand. Wie sie es gehofft hatte. »Die Mine, Herrschaften. Aufgegeben vor langer Zeit. Und jetzt in unserem Besitz.«

Die Männer und Frauen lachten.

»Wie ich es gesagt habe«, befand Chunar, der Hasardeur, der Lasaris von dem Stollen erzählt hatte, und hob die Blendlampe, deren Strahl weit in den Tunnel hineinreichte. Außer flirrendem Staub sowie Wurzeln gab es dort nichts. »Da! Markierungen!«

Lasaris sah einen eingeritzten Edelstein in der gegrabenen Wand, versehen mit einem Pfeil und Angaben, die Mineure und Grubenarbeiter nutzten. »Folgen wir doch dem Hinweis. Wenn sie ihn schon eigens für uns hinterlassen haben.«

Scherzend und heiter schritt die Truppe durch den Tunnel. Die durch ein Ritual geweihte Erde aus der Siedlung bewahrte sie vor den Scheusalen, mit denen die Wildnis sie zu Beginn ihres Auftrages unaufhörlich traktiert hatte. An den Gestank nach Fäulnis gewöhnten sie sich allmählich.

»Diese Erde um unseren Hals ist ein wahres Geschenk von Deiwos«, sprach Chunar begeistert. »Weißt du, was das bedeutet?«

»Sicher. Jeder von uns kann über Yarkin ziehen. Von Bestien unbehelligt. Und die aufgegebenen Städte und Ruinen plündern.« Sie schlug ihm mit einem Lachen auf den Arm. »Wie viele Schätze auf uns in den Grüften warten, was?«

Wieder lachten die Hasardeure. Sie waren gegen die schlimmsten Gefahren der Wildnis gefeit, und selbst wenn Nankān vom Wald eingenommen wurde, blieben sie unbehelligt. Lasaris fühlte sich wie eine Halbgöttin, unangreifbar.

Die Gruppe wechselte im Fackel- und Lampenschein in einen Querstollen. Der Geruch von Fäulnis nahm unvermittelt zu, aber die dazugehörigen Kadaver fehlten.

»Wir werden so unfassbar reich! Ich kaufe mir eine scheiß goldene Schüssel! Und die …« Chunar fluchte abrupt, da der Lichtschein seiner Laterne einen Deckeneinsturz aus der Dunkelheit riss.

»Verschissene Scheiße!« Lasaris sah die halb verschütteten Markierungen an der Tunnelwand. »Da wäre es zu unseren Diamanten gegangen.«

»Durchgraben?« Chunar hob einen Brocken und betrachtete ihn, als könnte ein Edelstein daran haften.

»Wir wissen nicht, wie weit dieses Schuttfeld reicht.« Lasaris wandte sich zu den Hasardeuren um, denen man die Enttäuschung ansah. Die gute Laune verflüchtigte sich. »Ihr seht: Es geht nicht weiter. Vorschläge?«

»Nach Merirosvo, Hacken und Schaufeln einladen und zurückkommen«, rief einer.

»Uns jeder für sich auf die Socken machen und die Wildnis plündern«, schlug Chunar vor. »Da hole ich mir keine Blasen an den Händen.« Einige aus der Gruppe lachten, dann setzte das Disputieren ein, was die bessere Vorgehensweise wäre.

Lasaris bemerkte schnell, dass es keine Einigkeit unter den Männern und Frauen geben würde. Sie hatten mit rascher Beute gerechnet, nun aber gab es weder Sold von ihrem Auftraggeber noch Edelsteine. *Vorerst.* Sie wandte sich zu der Halde um und beleuchtete sie, suchte nach einer Lücke, welche die Hoffnung nährte, einen Durchbruch zu graben.

»Wer ist dafür, dass wir die anderen Ärsche einholen und plattmachen?«, kam die Frage auf. »Der Taucoraner hat noch unser Gold.« Leise Zustimmung erklang.

Unvermittelt blitze es in ihrem hin- und herschwenkenden Lichtstrahl auf. Lasaris ließ sich nichts anmerken.

Aber sie war nicht die Einzige, die es bemerkt hatte.

»Bei Ansis! Da!« Chunar ging an ihr vorbei und hob den handgroßen Bruchstein auf, in dem ein wachteleigroßes Goldstück eingeschlossen war. »Seht euch das an!« Er steckte es gleich ein und fing an, die kleineren Trümmer umzudrehen und zu prüfen. »Das nenne ich eine Anzahlung.«

Die Hasardeure stürmten an Lasaris vorbei und begannen ihre eigene Suche. Um sich besser in dem wackligen Trümmerfeld bewegen und wühlen zu können, warfen sie die Wehrgehänge achtlos auf den Boden.

Grabt nur. Lasaris hingegen machte mehrere Schritte zurück und betrachtete die Schuftenden, die Staub aufwirbelten, der sich bleigrau auf sie legte. *Ich nehme euch ab, was mir gefällt.* Heimlich zog sie die Windpistolas der Hasardeure aus den abgelegten Halftern und legte sie vor sich. Alles in allem hatte sie mehrere Hundert Schuss zur Verfügung. *So sind die Schlauen stets zu Reichtum gekommen.*

Lasaris setzte sich auf einen Stein und freute sich über jeden Fund, der lautstark verkündet wurde. Der Neid stachelte die Übrigen an, mehr Gold und Edelsteine zu finden als die anderen. Keiner achtete auf die zierliche Kahlköpfige oder den Verbleib der Schusswaffen.

Plötzlich legte sich kühler Stahl von hinten an Lasaris' Kehle.

»Du und deine Leute«, hauchte ihr eine Stimme ins Ohr, »nehmt euch gerne fremde Dinge.«

Lasaris verfluchte ihre Sorglosigkeit. Gegen die Bestien mochte die Erde aus der Siedlung helfen, aber nicht gegen den Taucoraner und seine Bande. Offenbar waren sie den Hasardeuren gefolgt.

»Wie wäre es mit einem Handel?«, schlug sie vor. »Ich habe ihnen die Pistolas abgenommen. Warten wir, bis sie uns reich gemacht haben, und bringen sie gemeinsam um.«

Die Person lachte leise.

Lasaris erkannte, dass es eine Frau war. *Kalenia?* »Ist das kein guter Plan? Ich bekomme zehn Anteile, ihr den Rest.«

»Ich suche einen Dieb«, erklärte die raunende Stimme. »Vielleicht findet sich unter euch einer, der ihn kennt?«

Jetzt war Lasaris verwundert. »Was soll er gestohlen haben?«

»Etwas, das der Wildnis gehört und von großem Wert ist. Für uns alle. Um nicht zu sagen: lebensnotwendig.« Die Klinge schnitt leicht in den Hals. »Du wirst deine Freunde fragen, und ich gebe dir vor, was du sagen sollst.«

Lasaris bezweifelte, dass es sich um die Köhlerstochter handelte. Hatte der Taucoraner nicht von Wilden gesprochen, von Menschen, die sich mit der Wildnis verbündet hatten? *Treyda oder so ähnlich.* »Lass mir mein Leben, und ich tue es.«

»Es geht los. Höre genau zu und wiederhole meine Worte. Mehr nicht. Ich bin genau hinter dir. Sie werden mich nicht sehen können.«

»Hey, herhören!«, rief Lasaris den Hasardeuren zu.

Einige erhoben sich von der Wühlerei, von Kopf bis Fuß grau bemehlt, bis auf die Stellen, wo der Schweiß schwarze Bahnen über ihr Gesicht zog.

»Ist einem von euch zu Ohren gekommen, dass jemand einen grünen Edelstein mit sich führt, in dem ein Goldklumpen eingeschlossen ist?«, wollte Lasaris im Auftrag der Unbekannten wissen.

»Gib mir noch einen halben Tag, und ich habe genau so einen in dem Hügel gefunden«, erwiderte ein Hasardeur mit einem Grinsen, die Zähne wirkten wegen des Staubs seltsam sauber.

Lasaris musste auf Geheiß der Unsichtbaren eine Windpistola nehmen und die Mündung auf ihn richten. »Ihr werdet die Mine nicht lebend verlassen, wenn ich keine Antwort bekomme.« Leise knallend spie die Schusswaffe die Kugel gegen den Mann und sandte ihn mit einem Loch in der Brust zu Boden. Rot lief das Blut über den Dreck, die Umstehenden hatten Sprenkel abbekommen.

Die Hasardeure schrien auf. Dann bemerkten sie, dass Lasaris sämtliche Pistolas um sich versammelt hatte. Ihr Widerstand wurde im Keim erstickt, nicht einer rührte sich.

»Dieser Smaragd ist abhandengekommen. Geraubt worden«, erklärte Lasaris für die Unsichtbare. »Ich möchte nur erfahren, ob einer von euch in Merirosvo jemanden traf, der damit prahlte. Denn ich möchte wissen, wohin der Dieb reist.«

Die Hasardeure blickten sich ratlos an. »Nein, niemand von uns. Das wäre doch längst bei einer Rast erzählt worden«, antwortete einer.

»Was ist in dich gefahren? Der Geist eines toten Bergmannes?« Chunar hob die Laterne und richtete den gebündelten Strahl auf Lasaris' Gesicht, sodass sie nichts mehr sah. »Schnappt euch die Verrückte!«

Lasaris hörte, dass die Gegner auf sie zuliefen. Sie hob eine weitere Waffe und schoss mit den Pistolas aufs Geratewohl. Sie traf, den Schreien zu urteilen.

Dann wurde sie von mehreren Steinen am ganzen Leib getroffen. Die Männer und Frauen wehrten sich mit einfachsten Mitteln. Wegen der blendenden Helligkeit konnte sie dem Hagel nicht ausweichen. Ein Brocken erwischte sie an der Stirn und ließ sie benommen zusammenbrechen, die Pistolas rutschten ihr aus den Händen.

»Ich musste es tun«, lallte Lasaris. »Seht doch, an meinem Hals. Ich hatte ein Messer am Hals!« Sie wurde erbarmungslos in die Höhe gezerrt, mehrere Schläge trafen sie ins Gesicht und in den Bauch, bis sie sich würgend übergab. »Ich musste«, heulte sie auf.

»Halt. Wartet! Da ist ein leichter Schnitt«, vernahm sie Chunar. »Sie sagt die Wahrheit.«

»Eine Frau. Eine Frau saß hinter mir und …«, setzte Lasaris unter Schmerzen an. Mehrere Rippen waren gebrochen, das rechte Auge schwoll an, und das Blut strömte aus ihrer Nase über den Mund.

»Da ihr nichts wisst«, sagte die Stimme der Unbekannten vernehmlich und majestätisch aus der Dunkelheit jenseits von Fackel- und Laternenschein, »seid ihr nicht länger von Belang für mich.«

Knisternd und knackend schoben sich Ranken aus der Decke und griffen tentakelgleich nach den Hasardeuren, bevor diese ihre Waffen packen konnten.

Einer nach dem anderen wurde von den dicken und dünnen Pflanzenarmen erfasst, an Armen, Beinen, Füßen, Händen, dem Hals eingeschnürt. Bis auf Lasaris.

Die unbändige Kraft der Schlingen zerriss die Männer und Frauen, Köpfe rollten umher, die Schreie endeten rasch. Übrig blieb das Reißen von Sehnen und Gelenken, das Plätschern von Blut und das Knirschen der zudrückenden Ranken.

Das gab Lasaris die Gelegenheit zu entkommen. Über und über mit dem Blut der Zerrissenen bedeckt, griff sie sich eine Lampe und torkelte weg von der Schutthalde.

Die Erde! Diese verdammte Erde im Beutel hat nicht gegen sie gewirkt, dachte sie furchtsam und zog ihren gezackten Säbel, um sich durchzuschlagen, sollten ihr die Pflanzen den Weg versperren.

Der zitternde Lichtschein traf unvermittelt auf eine einzelne Frau.

Sie war an Armen, am Hals und im Gesicht grün und blau bemalt. In ihrer Linken hielt sie eine Sichel mit kunstfertig durchbrochener Klinge, das Metall schimmerte schwarzeisern, wie aus Schlacke und Silber gemacht. Über einem Kleid aus Blättern und Efeu lagen ein Harnisch sowie Schienen an Armen und Beinen. Ihr Schmuck bestand aus einer Halsberge aus gehämmertem Gold, und auf dem dunkelrotbraunen Schopf saß eine weißlederne Kappe, aus der fingerlange schwarze Dornen ragten.

»Ihr habt meine Schwester getötet«, schmetterte die Unbekannte.

»Das war der Taucoraner! Er war der Anführer«, rief Lasaris und hob ihren Zackensäbel, damit die Gegnerin auf Abstand blieb. »Er befahl uns, euch zu töten.«

Die Treyda reckte die Sichel und ließ sie gegen Lasaris' Waffe klirren. »Wie ich schon sagte: Ich habe keine Verwendung für dich und deine plündernden Schänderfreunde. Ihr könnt mir nicht die Auskünfte geben, die ich benötige.«

Lasaris riss sich mit der Hand, welche die Laterne hielt, das Beutelchen mit der Erde vom Hals und streckte es nach vorn. »Zurück! Spürst du die Wirkung nicht?«

Die gekrümmte Sichelspitze ritzte das Behältnis auf, und der Dreck rieselte auf den Tunnelboden, wo er sich auf dem Stein verteilte. »Welche Wirkung meinst du? Sollte mich das davon abhalten, dich umzubringen?«

Lasaris ließ das Leder fallen und sank auf die Knie. »Verschone mich! Ich …« Hastig suchte sie nach einem Grund, damit die Treyda einen Handel einging. »Ich kann nach Merirosvo gehen und den Dieb für dich suchen! Ja genau! Ich gehe und spioniere für dich! Ich kenne mich aus und …«

Die Sichel surrte und schlug auf Höhe des Nabels in Lasaris' Leib. Stöhnend sog sie die Luft ein, ein heißer Schmerz brannte in ihrer Körpermitte, der sich verstärkte, als die Treyda die Klinge abrupt aufwärtszog und die Innereien zertrennte. Der Bauchraum lief mit warmer Feuchtigkeit voll.

»Wir gehen selbst nach Merirosvo. Und suchen«, erklärte sie und hielt Lasaris mit ihrer Waffe aufrecht. »Wir gehen nach Bairi Yar. Und suchen. Wir gehen in jede Stadt, in jede Ecke von Nankān.« Die Treyda riss die Schneide aus Lasaris. Blut und aufgeschnittene Darmwülste schwappten heraus. »Und suchen.«

Lasaris kippte nach vorn und fiel aufs Gesicht, ohne die Arme heben zu können, um sich abzufangen. Die Laterne zerschellte, das auslaufende Petroleum fing Feuer und setzte die hilflose Hasardeurin in

Brand, die das Knistern der Flammen um sich hörte, aber die Hitze nicht mehr spürte.

»Wir haben den Krieg begonnen, damit wir alle überleben«, vernahm sie die Treyda undeutlich wie durch einen Vorhang. »Und wir werden ihn gewinnen.«

***

Nankän, Irrsal, Dornenfeste, Spätherbst

Danèstra blickte auf die schlafende Ilreen, die mit ihrer Bleiche in den weißen Laken zu verschwinden schien. »Sie wird gesund?«

Die Frage richtete sich an den haarlosen Medikus, der am Kopfende des Bettes stand und die leere Kalbsblase austauschte. Über Hohlranken war eine Heilflüssigkeit in den Arm der Späherin gelaufen, am unteren Ende der ausgekochten Ranke saß ein Giftschlangenzahn, der durch die Haut in der Vene der Ruhenden versenkt worden war. Gerade bekam sie die vierte Behandlung.

»Ich hoffe es. Die Verletzungen habe ich nach bestem Wissen behandelt. Ich sehe solche Wunden nicht häufig. In Dornenfeste haben wir keine Elec-Waffen.« Er hängte die nächste Infusio an, wie er es nannte. Über seiner weißen Robe trug er eine Schürze, die dringend eine Wäsche benötigte, da sie voller alter Eiter-, Blut- und Arzneiflecken war. Um die weiße Kappe lag ein kronenartiges Konstrukt, an dem herunterklappbare Vergrößerungsgläser angebracht waren. »Es wird sich zeigen.«

Die Antwort gefiel Danèstra nicht, aber sie vermochte nichts anderes zu tun, als abzuwarten und auf Ilreens Konstitution zu vertrauen. »Wie lange wird sie brauchen, würdest du sagen?«

»Einen Mond. Ich habe sie mit einer Mischung aus Mohndestillat und Traumkrautessenz in Tiefschlaf versetzt, damit ihr Leib sich heilen kann«, erklärte der Medikus und hielt die Hand auf, die beruhigend sauber war. »Ihr werdet im Voraus zahlen, Großfürstin. Wie es üblich ist.«

»Natürlich.« Danèstra zog ihre Börse und legte drei Goldmünzen in die Finger des Mannes. »Stirbt sie, hole ich mir deinen Lohn zurück. Überlebt sie, sollst du das Doppelte obendrauf erhalten«, versprach sie ihm mit ruhiger Stimme.

Der Medikus verbeugte sich tief vor ihr, die Ärmchen mit den Lupen verschoben sich leicht.

Danèstra berührte die Schlafende an der Schulter. »Schlafe und genese. Nicht nur ich sorge mich um dich. Deiwos der Gütige steht dir bei.« Sie wandte sich um und ging durch eine dünne Trenntür in den Nachbarraum, den sie gemietet hatte, damit sie sich ungestört erholen konnte. Ihr weniges Hab und Gut, das sie hatten retten können, lagerte ebenso dort. Waffen und Rüstung trug sie wie üblich an sich.

Danèstra und ihre Truppe befanden sich im Hospital von Dornenfeste. Das ubiquitäre Stöhnen und Ächzen der Leidenden aus den angrenzenden Räumen erinnerte sie daran, dass es den meisten Kranken und Verwundeten schlechter erging, was die Behandlung betraf. In der Stadt der Söldner und Halsabschneider galt nur derjenige etwas, der sich etwas leisten konnte. Wer genug Münzen besaß, lebte ein gutes Leben.

Im Nebenräumchen wartete Kalenia, die sich in ihrem Bett aufgesetzt hatte und den dicken, gewölbten Schwangerschaftsbauch umfasste. Langes Stehen oder Gehen bekam ihr nicht. Das Reiten, die Ohnmacht, der Sturz in der Truhe hatten dem Kind nach Aussage der Hebammen, die sie untersucht hatten, jedoch nicht gravierend geschadet. Kräftige Herztöne seien zu hören gewesen, und gegen den Blutverlust war Kalenia ein Tonikum verabreicht worden. Thirío saß neben ihr am Bett.

Vytain lehnte an dem Fensterbänkchen. Unruhig nestelte er an der gold-weißen Schärpe. »Wird sie wieder gesund?« Sein Blick aus dem roten und dem blauen Auge war voller Schuld und Furcht vor den kommenden Worten. Die Maserungen seiner Alabasterhaut waren fast nicht zu sehen, die schwarzen Haare betonten die Blässe.

»Der Medikus sagt Ja«, log Danèstra. Sie wollte nicht, dass er sich neuerliche Vorwürfe machte. *Er hat sie sehr gern.* »Schuld an dem Fehlschuss trägt die Grabwespe, nicht Ihr. Es dauert, aber sie wird heilen.«

»Wie lange?« Er legte beide Hände an den Halsausschnitt seines Harnischs, unter dem er sein rotes Gewand trug, als suche er verzweifelt Halt.

»Einen Mond.«

»Dann müssen wir sie in Dornenfeste lassen«, mischte sich Kalenia vom Bett aus ein. »Ich weiß, dass es viel verlangt ist, aber wir haben keine Zeit! Das Ableben der Verschwörer könnte sich herumgesprochen haben.« Sie stemmte sich ungelenk auf, rutschte aber mit leisem Stöhnen zurück. »Es ist kein böser Wille von mir. Bitte! Es ist eine Notwendigkeit. Nur noch … wenige, und Nankān ist gerettet!«

Wer weiß, wo sie sich aufhalten. Danèstra mochte den Gedanken nicht, die hilflose Ilreen in der Stadt zu lassen, die von der Wildnis belagert wurde.

Sie hatten bei ihrer Ankunft das große Glück gehabt, dass die Verteidiger eine mehrere Hundert Schritt reichende Schneise in den wuchernden Wald gebrannt hatten, um einem weiteren Tross den Ausfall zu ermöglichen.

Über glühend heißen Boden waren sie durch die Tore ins Innere gelangt und hatten darauf achten müssen, nicht in die Pfützen aus brennendem Pech und Petroleumteer zu treten. Der Feuersturm hatte die Ranken, Bäume und das Unterholz vernichtet, die durchgegarte Erde jeglicher Keimlinge beraubt. *Ein vergänglicher Sieg. Es wird nicht lange dauern, und die Stadt ist wieder umzingelt.* Die Verteidiger besaßen weder Teer noch Pech noch Petroleum im Überfluss.

Rings um Dornenfeste erhob sich weiterhin düsterer Forst und schloss die Menschen ein. Die Bäume drängten sich an die Wälle.

Danèstra hatte beim Ritt durch die Schneise gesehen, dass die Stämme nicht lotrecht, sondern nach vorn geneigt gegen die Mauern wuchsen. Was nach einer Stütze der Befestigungen aussah, war vielmehr der Versuch, die Steine einzudrücken und die Wälle einstürzen zu lassen. Unentwegt wurden die Baumspitzen von den Verteidigern mit Fallbeilen und Pendelklingen abgeschlagen. Es war ein verzweifeltes Herauszögern des Untergangs, kein Abwehren.

Fielen die Mauern, käme die Stunde der lauernden Bestien.

Slahan hatte sie nach ihrer Ankunft ohne Umschweife zum Hospital geführt und sich danach abgesetzt. Er hatte zwar beteuert, zurückzukehren und erst zu weichen, wenn er seine Schuld bei Danèstra für seine Lebensrettung beglichen hatte, aber sie glaubte ihm nicht.

»Wir haben wahrlich nicht viel Zeit.« Danèstra blickte entschlossen. »Suchen wir den Dämonendiener und erledigen wir ihn. Danach, Kind, wirst du mir die Namen der übrigen Verschwörer nennen. Ich habe lange genug Nachsicht gezeigt. Diese Geheimniskrämerei hat ein Ende.« Bei allen mütterlichen Empfindungen gegenüber der jungen Frau und der Sorge um ihre Gesundheit durfte sie das Verheimlichen von lebenswichtigem Wissen nicht länger erlauben. Ihre blauen Augen richteten sich dennoch mit warmem Blick auf Kalenia. »Wer ist es dieses Mal?«

»Sein Name ist Caerg Bladsteen«, eröffnete sie, und ihre Finger griffen in die Laken. »Um die dreißig Gemeinjahre und der brutalste Schlächter von ihnen. Breit gebaut, mit langen blonden Haaren, einem geflochtenen Bart und einer Narbe an der linken Halsseite.« Kalenia begann zu zittern. »Ich … ich hörte sie darüber reden, als ich im Meiler steckte, dass er als Söldner jeden Auftrag annimmt, ganz gleich wie schändlich er ist. Er sagte: Je mehr es zu töten, foltern und ficken gibt, desto mehr sei es nach seinem Geschmack.« Ihre Miene verfinsterte sich. »Weil es ihm Vergnügen bereitet. Wie es ihm Vergnügen bereitete, meine Siedlung einem Dämon zu opfern.« Sie atmete rascher, Tränen rollten.

Sie verheimlicht mir mehr als die Namen. Danèstra setzte sich auf die Bettkante und umarmte sie tröstend, spürte jedoch den inneren Widerstand ihres Mündels. Wäre Mabian mit ihnen geritten, hätte er auf das Mädchen einwirken können. Aber ihr Sohn saß auf Kaltensee in einem der Vorratskeller und sichtete die Lageräpfel oder drehte die Schaumweinflaschen. *Ich werde noch mehr Vertrauen zu ihr aufbauen müssen.* »Wo finden wir Bladsteen? Haben sie das auch gesagt?«

»Nein. Aber er erwähnte eine Spelunke, in der er verkehrt. *Zur Blutblume.*«

»Wir werden sie finden.« Danèstra gab Kalenia einen Stirnkuss und erhob sich vom Bett, öffnete die Tür zu Ilreens Raum. »Thirío, bleib bei den beiden. Du wirst sie bewachen.«

Der schwarze Hund wedelte mit dem Schwanz und hechelte, was ihm das bekannte Grinsen verlieh.

Kalenia legte eine Hand auf den prallen Bauch und krümmte sich leicht in Schmerzen. »Aber ich will sehen, wie dieses Monstrum von Mensch … nein, diese …«

»Nein, Kind. Dornenfeste ist zu gefährlich für dich. In den Straßen herrscht Durcheinander und Aufruhr.« Danèstra ging noch einmal zu ihr und strich über den kurzhaarigen Kopf. »Es ist ein Wunder, dass du dein Kind nicht verloren hast, Kalenia. Wir legen es nicht darauf an.« Sie gab dem Izozath das Zeichen, mit ihr zu kommen. »Schone dich. Es dauert nicht lange. Danach reden wir. Über die anderen Verschwörer.«

Thirío bellte zum Abschied.

»Dass du mir den Medikus nicht zerfetzt«, rief Danèstra und verzurrte den langen Silberhaarzopf mit zwei Windungen um den Kopf, damit er nicht störte. Wieder bellte er, und sie schloss die Tür.

Vytain lachte verhalten. »Ein schlauer Hund.«

»*Sehr* schlau. Und treu.« Danèstra und er verließen das Hospital und traten auf die Straße. »Fragen wir uns zur *Blutblume* durch.«

Sie gingen los.

Menschen jeden Alters und jeden Standes liefen hektisch an ihnen vorbei. Sie hielten Säcke mit Vorräten fest an sich gepresst oder schleppten Kisten oder rollten Fässer mit Eingemachtem vor sich her. Die Bewohner von Dornenfeste sicherten sich ihr Auskommen, um die Belagerung durch die Wildnis zu überstehen.

Danèstra erkannte das Misstrauen auf den Zügen der Vorbeieilenden. *Sie fürchten, dass sie wegen ihres Besitzes überfallen und beraubt werden.* Ein Sack mit Zwieback oder ein Fässchen mit Sauerkraut oder Pökelfleisch galt mehr als Gold und Diamanten.

Schwer bewachte Wagen und Karren rumpelten rücksichtslos durch die Menge, die Kutscher schwangen die Peitschen und erzwangen sich den Weg. Die Pferde trabten vorwärts und stießen Leute zur Seite, die nicht schnell genug waren.

»Wir sollten nicht lange in der Stadt bleiben.« Vytain prüfte den Sitz seiner Electorum-Büchse, die er mit gekürztem Lauf an der linken Hüfte trug, sowie seine zwei Pistolas und den großkalibrigen Stutzen; weitere Schussvorrichtungen waren kaum sichtbar an den Unterarmschonern eingelassen. Die Magazine reichten aus, um hundert Gegner tot zu Boden zu schicken. »Stellen wir ihn in der Kaschemme?«

Danèstra überlegte im Gehen. Es war eine Sache, die verräterischen Verschwörer zu töten, um den Pakt mit dem Dämon zu beenden.

Und doch wünschte sie sich mehr Wissen über die Art des Vertrages, die Wirkung und den Zusammenhang mit dem Erstarken der Wildnis. »Das entscheiden wir, sobald wir den Laden gefunden haben.«

Etliche kleine Grüppchen aus Bewaffneten standen an den Ecken und Kreuzungen, musterten die Passierenden mit kundigem Blick. Da sie keine Markierungen und Abzeichen an den Waffenröcken und Rüstungen ausmachte, vermutete Danèstra, dass es sich um Banden handelte, die nach Beute Ausschau hielten. Dornenfeste taumelte unter dem Druck der Belagerung in einen anarchischen Zustand, bei dem sich die Rücksichtslosen nahmen, was sie brauchten.

Danèstra fragte sich, ob Caerg Bladsteen in der Stadt geblieben war, die von der Wildnis angegriffen wurde. Da er zu den Verschwörern gehörte, die den Pakt mit dem Dämon eingegangen waren, hätte es ihm ein Leichtes sein sollen, die Attacken auf Dornenfeste mit einer Bitte oder gar einem Befehl zu beenden. *Warum tat er das nicht?*

»Ihr denkt darüber nach, wie es wäre, den Mann zu verhören«, sagte Vytain neben ihr.

»Ist das offensichtlich?«

»Ich ahnte es. Eine Frau, eine Legende mit Eurer Erfahrung und Euren Abenteuern, wird sich nicht damit zufriedengeben, die Henkerin zu spielen.« Vytain blickte sich nach Verfolgern um, die Hand am Griff der Büchse. »Es ist naheliegend, dass Ihr in Versuchung geraten könntet, die Hinrichtung zu verschieben. Um Eure Neugier zu befriedigen.«

»Eine Versuchung. So, so. Ihr seht es anders.«

»Ja.«

»Weswegen?«

»Ich … traue keinem Zauberer oder Magie.« Vytain machte eine abschätzige Handbewegung. »Sie pfuschen mit etwas herum, was sie nicht verstehen.«

»Anders als die Kraft des Electorums«, nahm Danèstra den Faden auf. »Sagt, wie viele Versuche waren nötig, um das Electorum verstehen und beschreiben zu können? Wie viele Menschen starben dabei?«

»Das ist so üblich in der Wissenschaft. Kein magischer Firlefanz.«

»Ich verstehe. Und doch rettete dieser magische Firlefanz uns auf der Lichtung das Leben.«

»Nachdem Zauberei, Dämonenmacht oder Hexenwerk dafür sorgten, dass zuerst Yarkin und bald Nankān verloren ist, sofern wir dem nicht Einhalt gebieten«, konterte Vytain. »Dieser Caerg Bladsteen wird nicht zögern, seine Magie gegen uns einzusetzen.« Er trommelte mit den Fingern an den Abzug des Stutzens. »Im schlimmsten Fall gelingt ihm ein Spruch, der seine Freunde warnt.«

»Ich habe es begriffen.«

»Was?«

»Ihr seid gegen ein Verhör.«

Vytain machte prompt einen beruhigteren Eindruck. »Ihr seid die Klinge des Schicksals und wurdet dazu bestimmt, Kalenia zu retten und die Dämonenknechte auszumerzen. Tut einfach nur, was Euch das Schicksal auferlegte. Bitte.«

»Ich sagte nicht, dass ich darauf verzichte.« Danèstra blieb stehen und blickte ihm in die unterschiedlichfarbigen Augen. »Aber ist mein Erscheinen nicht auch vielleicht magischer Firlefanz? Oder göttliches Wirken, das Ihr nicht minder ablehnt?«

Vytain erlaubte sich ein schwaches Grinsen. »Ich würde Euch sofort zustimmen.« Er neigte sein schwarzhaariges Haupt ein wenig. »Aber Ihr seid älter, erfahrener, weiser als ich. Und die Geschichte lehrt, dass die Klinge des Schicksals niemals ohne Grund auftaucht. Ihr seid, wenn man so möchte, für mich daher ein Naturgesetz. Wie Electorum.«

Danèstra lachte laut und ging weiter, er schritt neben ihr her. »Gut gerettet. Vytain Dôol. Aber achtet in den kommenden Tagen darauf, wie Ihr Eure Worte mir gegenüber wählt.«

»Verzeiht, wenn ich forsch …«

»Anmaßend trifft es besser. Als fühltet Ihr Euch berufen, mein Aufpasser zu sein, der darüber wacht, dass ich den Auftrag erfüllte.«

»… anmaßend klang. Gelehrte würden meinen Schluss anzweifeln, Euch als Naturgesetz zu betrachten, aber ich weiß mir nicht anders zu helfen.« Er kehrte zu seinem Ernst zurück. »Da mich der Rat aus Izozath sandte, um Euch zu begleiten, gibt es für mich keinen Grund, an unserer Mission zu zweifeln.«

»Und nun nutzt ihr die Gelegenheit, mich an meinen Auftrag zu erinnern«, fügte sie tadelnd hinzu.

»Verzeiht mir«, bat er ein weiteres Mal.

»Bei Gelegenheit«, erwiderte Danèstra mit einem Lächeln. Sie erkundigte sich bei einer Gruppe umherstehender Dirnen, die auf Kundschaft warteten, wo sie die *Blutblume* fände. Nach einer Reihe anzüglicher Späße über den Namen der Kaschemme, verlorene Jungfräulichkeit und die Form von Blütenblättern wurde ihr eine Wegbeschreibung geliefert, der sie und Vytain folgten.

Vytain tat, als betrachtete er die leeren Auslagen eines Obst- und Gemüsehändlers, in denen traurige Reste lagen, die zu verschimmelt und vertrocknet waren, um sie verkaufen zu können. »Ihr wisst, dass wir verfolgt werden?«

»Seit wir das Hospital verlassen haben.«

»Wisst Ihr, wer ...«

»Der Kriegstrumer.« Danèstras hatte Slahans Gesicht mehrmals in der Menge gesehen. »Ich glaube, er wartet auf eine Gelegenheit, einen heldenhaften Einsatz zu tätigen, um seine Schuld zu begleichen.«

Vytain wich einer Schar rennender Kinder aus, die von einem wütenden Mann verfolgt wurden. »Seine Schuld hat er doch längst abgegolten. Er rettete uns das Leben.«

»Aus irgendeinem Grund reicht ihm das nicht.« Danèstra kümmerte sich nicht um den Trumer. »Solange er uns bei Caerg Bladsteen nicht in die Quere kommt, kann er uns nachlaufen und den Rücken frei halten. Er ist der Zauberer, den wir bei unserer Aufgabe brauchen. Bei Gelegenheit werde ich ihn anheuern.«

»Trumer.« Vytain pochte mit den Fingern einen einfachen Takt auf dem Stutzenlauf. Er überlegte. »Keine Zauberei, die mir bekannt wäre.«

»Oh, sie waren gefürchtet. In den kriegerischen Zeiten besaß jedes Heer welche. Ihre Magie reicht von Anfeuerungshexerei, damit die Soldaten ohne Angst ins Gefecht ziehen, bis zu großflächiger Vernichtung, wenn sie im Verbund und auf riesigen Trommeln spielen.« Danèstra kannte die Schilderungen aus alten Büchern, die in ihrer Bibliothek auf Kaltensee standen.

»Wären sie nicht perfekt gegen die Wildnis?«

»Man hat sie getötet. Aus Angst.«

»Oh.« Vytain blickte sich erneut um. »Wie kann Slahan diese Kunst erlernt haben, wenn es keine Meister gibt?«

Das war eine gute Frage, die Danèstra dem Trumer von Angesicht zu Angesicht stellen wollte. Slahan musste einen Grund haben, warum er mit seiner Zauberkraft im Irrsal blieb und sich seinen Unterhalt nicht in Nankān verdiente. »Er wird Aufzeichnungen gefunden haben.«

Nach einem Schwenk in engere Gassen, die zu einem Gässchen wurden, liefen sie auf die *Blutblume* zu. Davor lagen zwei regungslose Körper mit verdrehten Armen und Beinen in der Gosse.

»Einladend.« Danèstra stieg über die Toten hinweg, denen man die Kehle aufgeschnitten hatte; neben ihnen lagen geplünderte Börsen. Aus einer Quergasse erklangen Schreie und Kampfgeräusche, dazwischen ein Wimmern und würgendes Übergeben.

Vytain legte die Hände an die Griffe von Stutzen und einer Pistola. »Ich weiß. Wir *müssen* hinein.«

»Ihr seid ausnahmsweise nicht meine Absicherung, sondern die Ablenkung. Ihr werdet schon alleine wegen Eures Arsenals an Elec-Waffen angestarrt«, erwiderte Danèstra. »Nicht der reichste Mensch in Dornenfeste besitzt so eine Auswahl.«

Vytain deutete auf den Eingang. »Dann gehe ich mal voraus.«

***

Auszug aus *Die Abenteuer von Großfürstin Danèstara,*
Band vier, Kapitel zwölf

»Geh nicht, Johnas!«

»Aber ich muss. Meine Frau und meine Kinder warten auf mich. Es darf nicht sein.«

»Deine Kinder und die Frau dürfen nicht sein? Du willst sie töten?«

»Nein. Das mit uns hätte nie sein dürfen.«

»Oh. Jetzt habe ich es verstanden. So verlasse dieses Lager der Leidenschaft, und danach bist du für mich gestorben.«

»Du willst mich töten, Danèstara?«

»Geh einfach, Johnas.«

Kapitel XIV

Nankān, Wildnis, Köhlerdorf, Spätherbst

Sysca Râal lauschte dem Rattern der Kränze, Zahnräder und dem Klappern, das die Mühle von sich gab. »Nein«, sagte sie nachdenklich und klemmte die langen schwarzen Haare hinter die Ohren. »Nein, noch nicht ganz.« Sie hob den Arm zum Zeichen, damit das Wehr draußen geschlossen wurde und die Maschine ohne Wasser auf dem Drehrad stillstand. »Aber ich weiß nun, *wo* es nicht rund läuft.« Sie hob die Lider und sah den kräftigen Schmied sowie den Schreiner neben sich, die ihr bei den Arbeiten zur Hand gingen. Sie kannten sich mit den benötigten Materialien sowie deren Bearbeitung besser aus als Sysca, doch die Ingenia hatte die Schwachstellen an der Mühle ausgemacht. »Gleich behoben.«

»Dein Gehör ist unfassbar. Für mich klang es anstandslos«, sagte Wartho staunend und schüttelte Holzspäne aus den hellen Haaren, die vom Zurechthobeln der Ersatzteile stammten.

Sysca, die ihr übliches Arbeitsgewand gegen Hemd und Hose getauscht hatte, erklomm geschwind die Räder und Gestänge. Sie zog sich an den Zapfen in die Höhe und schwang sich auf ein hölzernes Querzahnrad. »Da haben wir es«, rief sie nach unten und wischte sich den Mehlstaub von den Fingern. »Hammer, bitte.«

Wartho warf ihn hinauf, und die Izozath fing ihn geschickt. Sie drosch zwei der Verzahnungselemente aus den Halterungen und ließ sie zum Schreiner hinab. »Bitte abschleifen. Nicht mehr als eine Fingernageldicke.« Sie baumelte mit den Beinen und wackelte mit den Stiefelspitzen. »Dann bitte jeweils einen Eisenring um das Ende, das herausragt. Damit halten die Zapfen länger.« Sysca ließ ihre Blicke über das Mahlwerk schweifen. »Wenn ich schon mal hier bin …« Geschickt balancierte sie auf dem Kranz zu der Stelle, wo breite Bänder, Ketten und Taue über Umlenkrollen liefen. »Oje.«

»Was oje?« Wartho lachte. »Du baust alles um! Wenn du fertig bist, haben wir eine Mühle, mit der sich keiner mehr auskennt.«

»Deswegen seid ihr dabei. Um zu schauen und zu lernen.« Sysca wusste, dass es oberlehrerhaft klang. »Ich meine es nicht böse.«

»Wissen wir.«

»Ihr nutzt eben das bisschen Wissen, das ihr habt.« Sie zögerte, da sie bemerkte, dass man es dieses Mal unfreundlich-arrogant verstehen konnte. Schnell versuchte sie, den Satz zu retten. »Ich meinte, was es im Wald an …«

Die zwei Männer lachten.

»Es muss rückständig auf euch wirken«, sagte Wartho und stellte sich am Boden der Mühle so, dass er die Izozath sah. »Ihr habt gewiss nur Electorum-Dinger.«

»Machinas. Aggregatas. Battarias. Das sind die richtigen Bezeichnungen. Und ja, überwiegend. Und Gezeitenkraftwerke, vor allem an den Küsten zur Arna Mhauta. Sie funktionieren nach einem ähnlichen Prinzip wie das Mühlrad.« Sysca prüfte mit dem Hammer den Sitz und die Verankerungen der Rollen. »Ich straffe die Kette nach. Sonst dauert es nicht mehr lang, und sie springt vom Ritzel.«

»Tu das.« Wartho rieb sich über den Schnauzbart. »Denkst du, wir könnten Electorum einsetzen? Mit dem Mühlrad? Wie eure Gezeitenkraftwerke?«

»Euch fehlen die Battaria-Steine. Sie speichern die Energie.« Sysca konzentrierte sich ganz auf ihre Arbeit. Sie mochte es, an uralten mechanischen Apparaten zu tüfteln, was sie daheim zum Zeitvertreib tat und was ihr den Ruf einer komischen Kauzin einbrachte. Im Irrsal und in der Wildnis hingegen war es von Vorteil, sich mit Handwerkskunst auszukennen, die in Izozath in dieser Weise längst nicht mehr im Einsatz war.

Sysca hatte nicht lange gebraucht, um die Mechanik der Mühle zu erfassen, und den Dörflern Vorschläge für Verbesserungen unterbreitet. Jeder, der nicht im Wald war, um die Meiler zu befeuern, arbeitete rund um die Mühle: Holz wässern und mit Hitze in Form bringen sowie Eisenteile schmieden, die als Verstärkung dienten. Im Dorf meinte man, der mildtätige Einsatz gelte gänzlich dem Wohl der Bewohner, doch Sysca und Nymaina Sôol verfolgten einen geheimen Zweck.

Es wird nicht mehr lange dauern.

Sysca beendete ihre Arbeiten an den Rollen, weil der Schreiner mit den veränderten Zapfen zurückkehrte. Es brauchte wenige Hammerschläge, und die neuen Teile waren eingesetzt. Flink wie ein

Eichhörnchen kehrte die Izozath auf den Boden zu den Männern zurück.

»Wehr hoch!«, rief Wartho erwartungsvoll hinaus.

Gleich darauf drehte sich das Schaufelrad, um das Innenleben der Mühle zum Drehen und Rattern zu bringen.

Sysca schloss die Augen und hörte genau hin. »Perfekt«, konstatierte sie zufrieden und öffnete die Lider. »Besser kann sie nicht mehr laufen. Und das aller Wahrscheinlichkeit nach die nächsten hundert Gemeinjahre.«

Wartho und der Schreiner grinsten, sie schüttelten der Izozath begeistert die Hand. »Wir werden euch zu Ehren ein kleines Fest heute Abend geben.«

»Für das Rad und das bisschen Mühe?« Sysca wehrte mit einem Lachen ab, um ein schelmisches Grinsen anzufügen. »Aber wir haben noch was anderes vorbereitet.«

»An der Mühle?« Wartho blickte sich ostentativ um. »Das hätte ich doch gemerkt!«

»Hättest du?«, stichelte der Schreiner. »Du hast doch keine Ahnung von dem, was die beiden von früh bis spät austüfteln.«

»Nein, nicht an der Mühle. Es wartet draußen.« Sysca verließ das gemauerte Gebäude. »Auf dich und die anderen.«

Es war um die Mittagszeit, die Sonne stand hoch am leicht bewölkten Himmel. Die Luft roch nach Regen und Kälte. Die nahen Bäume rauschten sachte im lauen Lüftchen, die Nadeln erzeugten ein dunkles Säuseln.

Sysca ließ Wartho als Vorsteher des Dorfes die Bewohner zusammenrufen, um ihnen zu folgen. Männer, Frauen und Kinder eilten auf die Rufe des Schmiedes aus den Hütten, neugierig und gespannt, was es zu sehen gäbe. Es ging unter Syscas Führung über das Brückchen und den Bach zur Dorfplatzmitte an der Gemeinschaftskate, wo Nymaina auf einem der drei zurückgelassenen Karren wartete, den sie mit einer Segeltuchplane vor Blicken und Witterung schützte. Sie winkte dem kleinen Umzug von Weitem und bekam das Grinsen nicht mehr aus dem Gesicht.

»Ratet, was wir euch zum Abschied überlassen«, sagte Sysca zu Wartho und rieb sich die Finger, als würde sie sich aufladen wollen.

»Die Electorum-Geschütze!«

Sysca wackelte mit der Hand. »Beinahe.« Sie gab Nymaina ein Zeichen. »Aber von jetzt an wird es in den Hütten des Nachts nie wieder dunkel werden. Denn wir hinterlassen euch: ewiges *Licht!*«

Gemeinsam zogen die Izozath die Abdeckung herab, Nymaina sprang dabei auf den Boden. Die Plane flatterte und raschelte. Darunter kam etwas zum Vorschein, an dem man die zerlegten Electorum-Geschütze noch ansatzweise erkennen konnte, die aber mit neuen Teilen versehen und verbunden worden waren. Ein leises Summen erklang, das von den Battaria-Steinen stammte. An aufgewickelten Drähten leuchteten fingerlange gewundene Metallstücke in schwachem Rot.

»Was ist das?« Wartho trat gespannt näher. Der Schreiner blieb wie die anderen Bewohner auf Abstand und traute der Machina offenkundig nicht. Die Kleinen drückten sich gegen die Beine der Väter und Mütter, schwankten zwischen Neugier und kindlicher Angst.

»Da ihr die Geschütze nicht benötigt, weil das Land euch vor den Bestien und der Wildnis bewahrt, dachten wir, es wäre eine schöne Sache, wenn ihr auch ohne Kerzen und Fackeln nicht mehr im Finstern sitzt«, erläuterte Sysca und deutete auf drei Bedienelemente an der Machina. »Die Battaria-Steine haben genug Energie, um euch auf zehn Gemeinjahre mit Licht zu versorgen.«

»Durch diese Drähte fließt das Electorum und bringt die Capornium-Drähte zum Leuchten«, setzte Nymaina die Erläuterung fort. »Ihr könnt es anfassen. Es geschieht euch dabei nichts.«

»Das ist … sehr großzügig.« Wartho fand als Erster seine Sprache wieder und rieb sich aufgeregt über den Schnauzer. »Aber … wie kommt das Licht in die Hütten?«

»Wir spannen die Drähte über die Bäume in eure Katen«, sagte Sysca. »Natürlich nur zu denen, die unserer Erfindung trauen.«

»Lasst mich sagen: Wir haben sie tausendfach in Izozath in Benutzung«, fügte Nymaina hinzu. »Es gab noch nie Unfälle oder Brände und dergleichen.« Sie fasste an die gewundenen Drähte. »Da, seht. Es wird auch nicht heiß. Dazu bräuchte man mehr Electorum. Oder anderes Metall als Capornium.«

»Schade, dass es nicht ausreicht, um die Mühle anzutreiben. Falls das Wasser zu niedrig steht«, sagte Wartho bedauernd.

Sysca lächelte. »Wenn wir in einem Jahr vorbeikommen und die Wildnis aufgehalten haben, bringe ich genug Ingenio mit. Dann gehen wir diesen Umbau an.«

Wartho strahlte. »Das würdet ihr tun?«

Die Izozath-Frauen nickten.

Sysca scheuchte die Männer vom Platz. »Los, hört euch um, wer von nun an Licht ohne Ruß und Gestank haben will.« Erste Hände reckten sich bereits unter den Versammelten, andere eilten los, um die Erlaubnis einzuholen. »Wir hängen die Verteiler in den Bäumen auf, damit auch die Spätentschlossenen sich nachträglich anklinken können.«

Der Schreiner betrachtete die Machina, die von Nymaina ausgeschaltet wurde, woraufhin das Summen erlosch. »Die kann im Freien stehen bleiben?«, erkundigte er sich zweifelnd.

»Sicher. Alles Wichtige ist wasserdicht verarbeitet. Wenn ihr wollt, könntet ihr einen Unterstand bauen, aber nötig ist es nicht unbedingt«, sagte die Ingenia.

»Weder Eis und Frost noch Hitze und Blitze?«

Sie lachte, während Sysca geschwind in die Äste der Dorfeiche kletterte. Sie hatte sich den Rücken mit Verteilerkränzen, die an schwere Leuchter erinnerten, sowie einer Drahtrolle vollgehängt. »Nichts davon. Und sollte ein Blitz einschlagen« – Nymaina deutete auf die Anzeigen am Aggregata –, »lädt es allenfalls das Electorum in den Battaria-Steinen auf.«

Der Schreiner kratzte sich am Kopf. »Das Ding ist unverwüstlich?«

»Nun ja. Das nicht. Ich würde es beispielsweise nicht eine zweihundert Schritt hohe Klippe hinabwerfen«, rief Sysca aus dem Geäst und verzurrte die Verteilervorrichtungen. »Dann zerbräche die Kapsel. Aber ansonsten macht dieses Aggregata sehr viel mit.«

»Aggregata. Wo ist jetzt der Unterschied zwischen …«, setzte Wartho an.

»Weil sie nicht nur Electorum über die Battaria abgeben, sondern auch umwandeln können.«

»Aha. Wie durch Blitze«, sagte Wartho, und erneut nickten die Izozath. »Das ist … Ich bin jetzt fest entschlossen, euer Land zu besuchen. Es ist voller Wunder und Magie.«

»Es ist voller *Wissenschaft*«, korrigierte Nymaina und widmete sich den herunterhängenden Drähten vom Baum, um sie mit dem Aggregata zu koppeln.

Mehr und mehr Dorfbewohner versammelten sich auf dem Platz rund um die Besucher, die emsig Vorbereitungen trafen, um die Siedlung zu illuminieren. Der Zuspruch zum Licht ohne Dreck wuchs.

Sysca hörte in ihrem luftigen Sitz und beim Zusammenstecken der Drähte, dass sich schließlich jede Hütte und jede Kate entschloss, von den leuchtenden Capornium-Schlingen zu profitieren, die dem Gebrauch von stinkenden Talgkerzen oder stark rußenden Leuchten ein Ende setzten. Die Begeisterung für diese neue Art der Technik tönte lautstark hinauf.

Nymaina legte unterdessen die langen Isolationshandschuhe sowie den schweren Kittel und die helmartige Maske mit dem dicken Glas an. Sie nahm letzte Einstellungen am Aggregata vor und öffnete eine verschraubte Klappe, um die Verbindungen der Battarias zu justieren. Der Ton und das Summen änderten sich deutlich. Als sie von einer irisierenden Kugel umhüllt wurde, schrien die Kinder vor wohligem Schreck auf.

Sysca tätigte die letzten Handgriffe und kehrte auf den Boden zurück. »Fertig.«

Nymaina schloss die Wartungsklappe und zog die Schrauben an, die Gloriole aus Electorum erlosch. Sie steckte das Werkzeug ein und machte die Kiste zu. »Ich auch.«

»Wie wird es funktionieren?«, fragte Wartho mit sichtlicher Aufregung.

»Es ist ganz leicht«, erwiderte Sysca. »Gut zuhören: Ihr müsst die Drähte von Haus zu Haus legen und das Gewundene so anbringen, dass die Helligkeit den Raum oder mehrere Zimmer ausleuchtet, fertig. Nymaina und ich helfen euch bei den ersten beiden. Dann könnt ihr den Rest allein.« Sie zeigte Wartho, mit welchen Handgriffen die Machina an- und auszuschalten war. »Wenn ihr vergesst, die Kontakte zu unterbrechen, werden die Drähte weiterleuchten. Aber dann hält das gespeicherte Electorum höchstens ein Gemeinjahr.«

»Seid im kommenden Winter erst einmal sparsam«, fügte Nymaina hinzu. »Danach sind wir bei euch und bringen als Dank für eure

Hilfe und dass ihr das Geheimnis eurer Erde geteilt habt, noch mehr Komfort in euer Dorf.«

Die Menschen jubelten den Izozath zu und ließen sie hochleben, um danach gemeinsam die Verkabelung der ersten Behausungen zu beginnen. Die Arbeiten gingen zügig voran.

»Meine größte Hochachtung.« Sysca applaudierte Wartho und der Gruppe um sich herum. »Ihr habt schnell verstanden, auf was es ankommt.« Sie deutete zum Wagen mit der Machina. »Sie gehört nun euch. Für Nymaina und mich ist es an der Zeit aufzubrechen, um noch einige Feldmeilen bei Tageslicht zu laufen. Das Gepäck ist bereits seit dem Morgen verstaut.«

Laute des Bedauerns erklangen, den Bewohnern fiel der Abschied von ihren Wohltäterinnen schwer. Sie begleiteten die Frauen zum Karren und halfen, die Tragesäcke anzulegen.

»Ich verstehe, dass ihr nach Hause wollt. Der Weg nach Izozath ist weit. Daher: Hier, bitte sehr.« Feierlich überreichte Wartho ihnen die Beutel mit der Erde, welche die Bestien und die Gefahren der Wildnis auf Abstand hielten. »Damit wird euch nichts geschehen. Sofern ihr keine Grüngiftblumen esst oder an blau gepunkteten Fröschen leckt.«

Die auf dem Platz versammelten Männer, Frauen und Kinder lachten freundlich. Dazu gab es obendrein Proviant.

»Der schnellere Weg in eure Heimat führt nördlich durch das Irrsal, über Taivasburg und Parnica«, riet ihnen Wartho.

»Danke«, sagte Sysca und schüttelte die vielen Hände, streichelte Kinderschöpfe. Sie begab sich mit Nymaina an den Nordrand des Köhlerdorfes. »Genießt das neue Licht, das Einzug in eure Häuser hält. Wir sehen uns wieder!« Sie grüßte und ging los, Nymaina folgte ihr.

Sie verließen die Siedlung auf dem schmalen Pfad, der nach Norden und bald nach Nordosten schwenken würde.

Kaum hatten die beiden Frauen den Blickbereich des Dorfes verlassen, verfielen sie trotz des Gepäcks, der schweren Ausrüstung und ihrer Electorum-Waffen in einen lockeren Dauerlauf; die Beutelchen mit der rettenden Erde hüpften um ihre Hälse.

Gelegentlich knackte und raschelte es im Unterholz, ein Knurren und Grollen verfolgte die Izozath, aber keine Scheusale sprangen aus dem Dickicht, um sie anzugreifen. Die heilige Erde bewahrte sie vor der Gefahr, mit der die Wildnis üblicherweise über Besucher hereinbrach.

Sysca behielt die Geschwindigkeit gleichmäßig bei und zog damit Nymaina vorwärts. »Los! Nicht nachlassen. Wir haben noch einen Vierteltag«, verkündete sie schwer atmend und mit Schweißflecken auf dem Gewand. »Das will ich nutzen.«

»Denkst du nicht, dass es ausreicht, zehn Meilen zu laufen?«, erwiderte Nymaina keuchend.

»Ich weiß es nicht. Je mehr wir schaffen, desto besser ist es.«

»Wie viel sind wir schon gerannt?«

Sysca tat sich schwer, die Strecke abzuschätzen, da sie die Belastung durch Gepäck nicht gewohnt war. Zu Hause in Izozath wäre sie längst acht Meilen und weiter gekommen. »Fünf«, untertrieb sie absichtlich. »Bis Sonnenuntergang haben wir noch was vor uns.«

»Bist du sicher, dass …«

Sysca verlangsamte ihre Schritte und legte den Tragesack ab. »Gut. Eine kurze Rast.« Sie lehnte sich gegen einen Baum. »Iss was Leichtes, trink, und danach rennen wir weiter.«

»Ist gut.« Nymaina warf das Gepäck auf die Erde. Ihre Kleidung zeigte größere Schweißflecken. Als die deutlich schlechtere Athletin der beiden bedeutete das Laufen für sie eine Herausforderung.

Die Izozath aßen von dem Brot und dem Obst, das ihnen die Köhler mitgegeben hatten.

Sysca betrachtete das Säckchen um ihren Hals und lauschte in die Umgebung. »Ich bin erleichtert, dass wir geschützt sind.« Sie spülte den Bissen mit einem Schluck Wasser herunter. »Sonst wäre es nicht möglich gewesen, nach Izozath zurückzukehren. Und wir hätten mit den anderen mitgehen müssen.«

»Das ist es wahrlich!« Nymaina prostete ihr mit dem Trinkschlauch zu und blickte zum lichten, farbigen Blätterdach. »Was denkst du?«

»Über was?«

»Wann sie das Licht einschalten?«

Sysca schloss die Augen und atmete die Waldluft ein, die nach Pilzen, Laub und Feuchtigkeit roch. Der Herbst im Irrsal war vollkommen anders als in Izozath, wo man kaum noch wilde Natur vorfand und jedes bisschen Grün in die Form eines Parks gezwängt war. »Es wird rascher dunkel«, setzte sie an. »Und sie werden es kaum erwarten können, die Illuminierung zum ersten Mal zu genießen. Also recht früh.« Sie biss in den Apfel. »Deswegen die Eile.«

»Hm«, machte Nymaina unruhig. »Die Neugier. Wie Kinder.« Ohne dass Sysca noch etwas sagen musste, wuchtete sie sich den Tragesack auf den Rücken. »Du hast recht. Das kann schneller geschehen, als ich ausgerechnet habe. Laufen wir?«

Sysca lachte leise. »Hast du Angst bekommen?«

»Sagen wir: Ich möchte mehr Meilen schaffen. Zur Sicherheit. Sicherheit schadete bei einem Experiment noch nie.«

»Gut, gut. Dann werde ich dich nicht bremsen.« Sie nahm einen weiteren Schluck Wasser und verschlang den Apfel, anschließend warf sie sich das eigene Gepäck auf den Rücken. »Auch wenn wir dann eine längere Strecke zur Siedlung zurücklaufen müssen.«

»Das ist einkalkuliert.« Nymaina tupfte sich das Gesicht ab. »Besser drei Meilen zu viel als drei Meilen zu wenig. Das wäre …«

Sysca gab ihr ein Handzeichen zu schweigen. Sie hatte schnelle Schritte gehört, die den Weg hinter ihr entlangeilten. »Achtung«, warnte sie und zog die Electorum-Pistola.

Nymaina zog den mehrläufigen Stutzen, der aus jedem der fünf großen Drehläufe eine Ladung rasiermesserscharfer Metallschrapnelle verschießen konnte. Die Wirkung hobelte einem fetten Ochsen Fell und Fleisch von den Knochen. »Scheint, als hilft die geweihte Erde doch nicht.«

Angespannt begaben sie sich hinter die Bäume und warteten.

Plötzlich stand Wartho auf dem Pfad, dem man die Anstrengung kaum ansah. Er entdeckte sie sogleich und machte ein erleichtertes Gesicht. »Deiwos sei Dank! Ich habe euch noch eingeholt«, stieß er aus und hielt an, beugte sich nach vorn und stützte tief atmend die Hände auf die Oberschenkel. Schweißtropfen fielen aus dem Schnauzer wie aus einem Pinsel.

»Ist was mit der Machina?«, erkundigte sich Sysca besorgt und senkte die Waffe.

»Oder ein Verteiler gerissen?«, legte Nymaina nach, die Büchse am Gürtel einhakend. »Das lässt sich leicht von euch selbst …«

Wartho schüttelte den Kopf. »Ihr habt vergessen, uns die Tasche mit dem Werkzeug im Dorf zu lassen.«

Die Izozath wechselten einen schnellen Blick.

»Wir haben sie nicht vergessen, Wartho. Ihr könntet damit nichts anfangen«, erklärte Sysca freundlich. »Versteh es bitte nicht falsch. Es ist Machina und Aggregata zugleich, und das ist sehr kompliziert. Wenn sie kaputtginge, dann könntet ihr nichts daran instand setzen. Ihr besitzt das Wissen nicht.«

»Ganz im Gegenteil: Es könnte einer von euch zu Schaden kommen«, setzte Nymaina hinzu. »Das Electorum reißt einen stattlichen Kerl wie euch in winzige Fetzen.«

»Oh, ich bin Schmied. Was ich schon alles überstanden habe: Huftritte, Bisse, versehentliche Schläge mit dem Hammer, Nägel und Splitter sowie glühende Eisenspäne im Finger«, zählte er zuversichtlich auf. »Da komme ich auch mit Electorum klar.«

Erneut versuchten die Ingeniae, sich mit Blicken abzusprechen.

»Seid unbesorgt. Ich sah genau zu, was Nymaina tat und welche Drähte sie mit welchen Battarias verband.« Wartho blickte erwartungsfroh zwischen ihnen hin und her. Als sie sich nicht regten, wechselte sein Ausdruck ins Ungehaltene. »Was ist? Gibt es einen triftigen Grund?«

»Wie gesagt, es ist nicht leicht«, wich Sysca aus.

»Und gefährlich«, beteuerte Nymaina. »Habt Verständnis, dass ich es euch nicht überlassen kann.«

»Zumal es sehr teuer ist«, fügte Sysca hinzu, wohl wissend, dass es für den Schmied kein echtes Argument war. »Wir bekämen große Schwierigkeiten. Zu Hause.«

Wartho richtete sich auf und ließ dennoch die Schultern hängen. »Ich rannte euch umsonst nach«, stellte er übellaunig fest.

Die Izozath nickten bedauernd.

»Gut. Dann lasst mich noch sagen«, hob er an, »dass ihr die widerlichsten, tückischsten und niederträchtigsten Wesen seid, denen ich je begegnet bin.«

»Was?«, begehrte Nymaina auf. »Wer von uns hat jetzt an einem Giftfrosch geleckt? Wir haben euch das Licht und …«

Wartho machte einen riesigen Schritt nach vorn und schlug ihr die

Faust mitten ins Gesicht, sodass sie mit zerschmetterten Zügen rückwärts umfiel und wie ein Käfer auf dem Rücken liegen blieb, gebettet auf den Tragesack. Nymainas Augen waren geschlossen, rote Blutfäden sickerten aus Nase und den Mundwinkeln, sogar aus den Ohren.

»Du hast ihr den Schädel gebrochen, du dummes Schwein!« Sysca riss die Pistola hoch und schoss mehrmals nach dem Schmied, der unglaublich flink auswich. Flinker, als ein herkömmlicher Mensch dazu imstande gewesen wäre. Stämme erhielten Löcher, kleinere Bäume wurden von den Pfeilprojektilen abgeräumt, Splitter und Rinde flogen umher.

Dann war das Magazin leer. Nur das leise Knistern des Electorums erklang.

»Scheiße!« Sysca beugte sich mit Gepäck hastig, um Nymainas Schrapnellstutzen aus dem Gürtelholster zu reißen.

Aber Warthos Knie traf sie seitlich in die Rippen und brach die Knochen mit einem lauten Knacken. Ächzend stürzte sie gegen einen Baum und rutschte daran herab. Ihr fiel sofort das Atmen schwer, die Lunge war durchbohrt. Es gelang ihr, sich aus den Trageriemen zu befreien, und sie wollte fliehen.

Da stand der Schmied schon über ihr und setzte ihr eine genagelte Sohle auf die Brust, in seiner Rechten hielt er den Drehlaufstutzen und richtete die Mündung auf Sysca. »Habt ihr geglaubt, wir merken nicht, was ihr treibt?«

»Ich verstehe nicht, was …«

»Deine unermüdliche, aufopfernde Arbeit an der Mühle …«

»Das ist der Dank?«

»… war nichts anderes als Ablenkung.« Wartho belastete ihre Brust, und die gebrochenen Rippen glitten in ihre Innereien, sodass sie vor Schmerz aufschrie. »Nymaina hat die Elec-Geschütze und die Battarias nicht einfach umgebaut, damit wir Licht haben.« Die dicke Mündung wurde gegen ihr Stirn gepresst. »Ihr habt eine neue Waffe daraus erschaffen. Eine Waffe, die in einem gewaltigen Feuer vergehen soll. Sobald wir sie einschalten.«

Der Schock, ertappt worden zu sein, machte Syscas Qualen für wenige Herzschläge vergessen.

»Deswegen seid ihr gerannt. Weil ihr euch in Sicherheit bringen wolltet«, sprach Wartho kalt. »Ihr hättet unser Dorf vernichtet. Aber wofür? Was haben wir euch getan?«

»Nichts. Nichts habt ihr getan, aber …« Sie musste die Zähne zusammenbeißen, um nicht laut zu schreien. Die Schmerzen waren zurückgekehrt.

»Was war es dann? Weil ihr an unsere geheiligte Erde wolltet? Um sie sackweise aus unserem Dorf zu fahren?«

»Es ist ein … Experiment«, gestand Sysca. »Der Rat in Izozath arbeitete an einer Waffe gegen die Wildnis. Angetrieben von einer Machina. Das Electorum setzt eine Reaktion in Gang, die eine verheerende Explosion auslöst und im Umkreis von vielen Feldmeilen jegliches Leben, ob Pflanzen, Tiere, Menschen, Bestien, auslöscht.«

»*Das* soll das Mittel gegen die Wildnis sein?«

»Es muss getestet werden. Damit wir die Erkenntnisse nutzen, um …«

»In meinem Dorf?«, schrie Wartho sie an, Speicheltröpfchen blieben in seinem hellen Schnauzbart hängen und zitterten, als fürchteten sie sich vor dem kräftigen Mann. »Warum tut ihr das nicht in eurem Land?«

Sysca bekam kaum mehr Luft, ihr Atem klang nass und röchelnd. »Die Zerstörung. Ist. Zu groß. Zu unberechenbar.«

»Aber warum wir?«

»Weil wir mit dem Karren nicht weiterkamen. Und die Battarias instabil wurden.« Sysca hustete Blut und hatte das Gefühl zu ersticken, als zwänge man ihren Kopf unter Wasser. »Wir hätten die Bombe auch früher gezündet, wenn die Expedition stecken geblieben wäre, aber …« Sie versuchte, seinen Fuß von der Brust zu schieben, doch Wartho verstärkte nur den Druck.

»Weil wir der äußerste, entfernteste Punkt waren, an den die Mission in die Wildnis vordrang«, schloss Wartho grimmig.

»Arbos und die anderen wussten nichts davon. Und es ist nichts gegen euch.«

»Ihr hättet uns warnen können!«

»… hättet uns … eher umgebracht, um … das Experiment zu verhindern«, erwiderte sie ermattend. »Die Anweisungen des Rates … eindeutig … Ihm gehorchen wir. Für Nankān. Für Yarkin. Damit die

Wildnis ... Köhlerdorf bedeutet nichts ... Freiheit der Überlebenden ... Freiheit für unseren Kontinent.«

Wartho atmete tief und lange ein, bevor er den Fuß von ihrem Brustkorb nahm. Der Lauf blieb auf ihren Schädel gerichtet. »Sysca Râal. Vernimm, dass ich verstehe, was der Antrieb für deine Ungeheuerlichkeit war. Und dass die Izozath aus ihrer Sicht das Richtige wollen. Aber ich kann keinesfalls erlauben, dass mein Dorf dafür geopfert wird.«

»Bitte, ich ...«

Wartho lachte böse. »Das *Experiment,* wie du es nennst, wird stattfinden. Das schwöre ich dir vor deinem Tod. Und der Rat in Izozath mit seinen Ingenio und Machinas und was weiß ich noch für Erfindungen soll erfahren, wie wirkungsvoll diese Bombe ist.« Seine Züge wurden hart, die braunen Augen brannten mit dem Feuer des unbändigen Zorns. »Am eigenen Leib.«

»Was?«, hauchte sie schwach und spuckte weiteres Blut. »Nein, was ...«

Wartho schwenkte den Stutzen weg von ihr und jagte eine Ladung in Nymaina. Die scharfkantigen Metallsplitterchen zerraspelten den ungeschützten Leib auf die kurze Entfernung, sodass von der Frau nicht viel mehr blieb als ein Bündel aus rotnassem Stoff, freigelegten Gebeinen und aufgeschnittener Haut auf rohem Fleisch. Das Blut verteilte sich auf der Erde.

»Das arrogante Izozath wird sehen, hören und erleben, was eigentlich meinem Dorf zugedacht war«, verkündete Wartho außer sich. »Wir fahren dieses ... Aggregamachinading auf dem Wagen durch Wildnis und Irrsal, bis wir die Grenzen deines Landes passiert haben.« Er senkte den Stutzen. »Wenn diese Explosion sich ereignet, in einem Kraftwerk oder in der Halle des Rates, wird dein Land erkennen, was es erfahren wollte. Und dass eine solche Anmaßung schlimmste Folgen haben muss.«

Sysca wimmerte. Nymaina, tot. Sie selbst, sterbend. Damit würde niemand in ihrer Heimat Kunde davon erhalten, welche Gefahr sich mittenhinein bewegte. Mit der geweihten Erde gelangten Wartho und seine Begleiter sicher durch die Wildnis. Die Grenze zu Izozath wäre mit Ausreden oder gar der Rückgabe des Aggregata zu passieren.

Sysca hatte eine ungefähre Vorstellung von der Wucht und der Zerstörungskraft der Bombe. Die Ingenia hatte an der Entwicklung teilgenommen und sich deswegen freiwillig für die Expedition gemeldet. Um ihr Werk stolz zu bewundern. Am richtigen Ort platziert, würde die Wirkung alles Bekannte, alles Dagewesene an Vernichtung in den Schatten stellen. Nicht einmal Magie vermochte das.

Noch bevor Sysca sich ein brennendes Izozath ausmalen konnte, schoss Wartho ein zweites Mal mit dem Drehlaufstutzen. Und ihre Sorgen erloschen.

***

Nankān, Irrsal, Dornenfeste, Spätherbst

Vytain schob die eisenbandbeschlagene Tür mit dem Fuß auf und trat ins schwach beleuchtete Innere der Kaschemme, die Hand am Electorum-Waffengriff.

Danèstra folgte ihm und atmete den üblen Dunst aus Schweiß, Kerzentalg, saurem Bier und gekochtem Eintopf ein, der durch die glimmenden Pfeifen eine kräftig-kratzige Rauchnote bekam. *Ich hatte vergessen, dass es solche Orte gibt.*

Ein Mann nahe dem Eingang warf einen Blick auf den gerüsteten Izozath und bemerkte die unterschiedlichfarbig leuchtenden Augen, woraufhin er erschrocken einen Schritt zurückwich.

Unterhaltungen tönten, durchmengt mit Lachen und aufgebrachtem Rufen. Drei Musiker versuchten, ihr Lied durch die Kakofonie zu zwängen, aber die Töne kamen nicht weit. Die Melodie der Harfe, die eine der Frauen zupfte, schien nicht zu existieren, obwohl die Saiten deutlich schwangen.

Im Gegensatz zu Danèstras Vorhersage scherte sich kaum einer um die neuen Gäste. Dafür war es zu voll, und die Besucher beschäftigten sich mit ihren eigenen Angelegenheiten. Es wurde erzählt, gestritten, gewürfelt und Karten gespielt oder mit Huren beiderlei Geschlechts um den Preis gefeilscht.

Ein Blick genügte, um festzustellen: Es gab zu viele Männer in der Spelunke, die auf Kalenias vage Schilderung von Caerg Bladsteen passten. Bärte, Halstücher, Kragen oder Rüstungsteile verdeckten oftmals den Hals und erschwerten es, die charakteristische Narbe ausfindig zu machen.

»Fragen wir nach Bladsteen.« Danèstra ging voraus zum Ausschank, Vytain deckte ihren Rücken. Am Tresen angekommen, pochte sie auf das bierfeuchte Holz und legte eine Silbermünze halb verdeckt darauf.

Die erstaunlich züchtig bekleidete brünette Frau, die wohl gerade erst die Volljährigkeit erlangt hatte, kam sogleich zu ihr. Der Geruch des Geldes lockte sie an. Die Falten um die Mundwinkel waren tief. »Du wünschst?« Dann sah sie das Wappen und das Monogramm auf der Rüstung, ihre Augen wurden größer. »Bei Deiwos! Seid … seid Ihr …?«

Danèstra lächelte zur Antwort. Sie schob die Münze mit dem Zeigefinger zu ihr. »Ich suche den besten Söldner, den man in Dornenfeste finden kann. Mir wurde Caerg Bladsteen genannt und dass ich ihn in der *Blutblume* finden könnte.«

»Sucht Ihr den besten oder den grausamsten?«, entschlüpfte es der Bardame. Rasch strich sie das Geld ein und blickte an einen der Tische, an dem gewürfelt wurde.

»Einen, der alles tut, was ich in einem Kampf verlange.« Danèstra folgte ihrem Blick. Unter den sechs Spielerinnen und Spielern befand sich ein blonder Mann, auf den die Beschreibung passte. An seinem Hals erkannte sie eine alte, verheilte Narbe unter einem Wust aus Perlengeschmeide, das an ihm nicht weibisch wirkte. Um seinen Leib spannte sich eine Kettenrüstung, die freien Unterarme trugen Tätowierungen. »Vielen Dank.«

»Passt auf, wenn Ihr mit ihm verhandelt, Großfürstin. Er hat den ganzen Abend verloren, und seine Laune ist entsprechend.« Die Schankfrau eilte zu wartenden Zechern und füllte emsig Bier in die leeren Krüge.

Danèstra ging los, Vytain blieb an ihrer Seite. »Ihr achtet auf die Spielerinnen und Spieler.«

»Was habt Ihr vor?«

»Ihn unter einem Vorwand weglocken und beseitigen. Das macht man so in Dornenfeste, wie wir in der Gosse sahen.« Sie bewegte sich aufrecht durch die Spelunke, ihr graues Haar fing das Licht, was ihr neugierige Blicke eintrug. Frauen in ihrem Alter trugen keine Rüstung, und noch weniger trieben sie sich an Orten wie diesem herum. Es würde nicht lange dauern, und es hätte sich herumgesprochen, wer die *Blutblume* besuchte.

»Ohne ihn zu verhören?«, raunte Vytain, um sich zu vergewissern. »Es muss schnell gehen.«

Danèstra klopfte ihm lediglich auf die gepanzerte Schulter. Sie begab sich neben den Tisch und nickte grüßend. »Hätten die Herrschaften einen Moment?« Sie zeigte auf Caerg Bladsteen. »Ich suchte den besten Söldner, und mir scheint, ich habe ihn gefunden.«

Die Mitspielenden, ihrem Äußeren nach Männer und Frauen des Krieges, lachten grölend. Einer pochte Caerg gratulierend gegen den Arm, eine Söldnerin stieß gespielt verächtlich die Luft aus.

»Das höre ich doch gerne, Großmütterchen.« Der blonde Kämpfer feixte und zeigte eine Reihe schiefer, aber sehr weißer Zähne. »Wer hat dich armes Weib in eine Rüstung gesteckt? Willst du damit verhindern, dass man dich überfällt? Oder gar gegen deinen Willen pflügt?«

Seine Tischrunde gluckste, bis auf die Söldnerin, welche die Muster und das Monogramm der Panzerung studierte. Sie hatte erkannt, wer an sie herangetreten war, und lehnte sich zurück.

»Ich bräuchte Euer Wissen und Eure Skrupellosigkeit«, erwiderte Danèstra. »Die Zeiten sind reif für einen Mann wie Euch.«

Caerg hob und senkte langsam die Achseln. »Das kommt darauf an, was du mir bieten kannst.«

»Geld.«

»Das tun sie alle.«

»Einen Weg aus Dornenfeste. Und noch mehr Geld.«

Jetzt horchten die Söldnerinnen und Söldner am Tisch ebenfalls auf.

»Den Weg hinaus, durch die Schneise und durch die Reihen der Bestien?«, vergewisserte sich Caerg ungläubig. »Du weißt, Großmütterchen, dass die Wildnis weit reicht. Soweit ich weiß, gelang es keinem der Ausbrecher.«

»Ich garantiere es Euch.« Sie deutete auf Vytain. »Abgesehen von der Schusskraft meines Begleiters haben wir eine Zauberin dabei, die mit ihrem Gesang in der Lage ist, die Gemüter der Scheusale zu bändigen.«

Danèstra musste nicht lügen; Kalenias Lied wäre ihre Passage durch die Finsternis. *Solange die Kreaturen Ohren zum Hören haben.* Derlei Einzelheiten ließ sie unerwähnt.

Caerg faltete die Hände und stützte die kräftigen, tätowierten Unterarme auf die Platte. »Sollte der Lohn stimmen, komme ich mit dir, Großmütterlein.«

Danèstra machte einen Halbschritt zur Seite und zeigte auf den Ausgang. »Besprechen wir das unter uns. Der Auftrag betrifft Euch. Sonst keinen.«

»Mit Vergnügen.« Der Krieger erhob sich und wuchs zu einem Gebirge aus Muskeln und Rüstung. In der sitzenden Position war die kolossale Statur nicht aufgefallen, nun überragte er in Höhe und Breite Vytain.

»Ich hoffe, Ihr werdet den Auftrag überhaupt annehmen«, plauderte Danèstra im Gehen, zwängte sich an Tischen und Menschen vorbei.

»Je blutiger und gefährlicher, desto besser, Großmütterchen.« Er stieß Gäste, die sein Durchkommen behinderten, einfach zur Seite. Sie flogen durch die Kaschemme, aber keiner stellte ihn zur Rede. Bladsteens Ruf eilte ihm voraus. »Ich bin es leid, in dieser Stadt gefangen zu sein.«

Danèstra wagte den Vorstoß. »Ihr könntet etwas dagegen unternehmen.«

»Du meinst, gegen die Wildnis kämpfen? Ohne Bezahlung?« Caerg lachte dröhnend.

»Was hättet Ihr getan, wären wir nicht erschienen?« Sie sah ihn von der Seite an. »Hättet Ihr dem Wald ein Opfer angeboten?«

Vytain warf ihr einen warnenden Blick zu.

»Ein Opfer?«, sagte Caerg leichthin. »Keine schlechte Eingebung. Nur: Diese verfluchte Wildnis ist nicht zu besänftigen. Sie folgt ihrem eigenen Willen. Und der trachtet nach reiner Vernichtung.« Er öffnete die Tür. »Nach dir, Großmütterlein. Ich habe eine gute Kinderstube genossen.«

Danèstra trat ins Freie, gefolgt vom Söldner und dem Izozath. Die beiden Leichen lagen nach wie vor in der Gosse. »Die Luft ist hier viel besser.«

»Diese Luft ist sehr trocken. Ich werde nicht lange draußen bleiben. Drinnen wartet das Bier.« Caerg streckte sich, die Kettenrüstung und das Leder knarrten. »Dann zu meinem Lohn, Großmütterchen. Und sei nicht knausrig! Wenn's reicht, verlasse ich Nankān mit dem nächsten Kahn, den ich finden kann.«

»Hab ich das recht vernommen?« Danèstra war sich nicht sicher, ob er schauspielerte. »Die Halbinsel verlassen?«

Caerg nickte. »Mit einem Schiff von einem der vielen Häfen Lygäions. Nach Athosa. Oder Sothoran. Einer der Kontinente wird eine Mietklinge wie mich brauchen. Aber im Irrsal bleiben? Oder in Nankān, das vor die Hunde geht? Niemals. Ich will weg.« Er spuckte aufs lückenhafte Pflaster, die Perlenketten an seinem Hals rieben leise aneinander und schimmerten im Licht. »Du hast's gehört. Biete mir einen ordentlichen Sold, Großmütterlein.« Er hakte die Daumen in seinen Hüftgurt, an dem Schwert und Dolch baumelten. »Vergiss nicht: Du sagtest, ich sei der Beste. Stimmen die Münzen, sollst du ihn auch bekommen.«

Ein Verschwörer, der das Weite sucht? Danèstra wechselte einen Blick mit Vytain, der ebenso verwundert schaute. »Das sollte ich vielleicht auch tun«, gab sie zurück. »Das Land verlassen.«

Vytain deutete eine Geste an, um Danèstra zum Handeln zu bewegen. Seine Finger lagen an den Waffengriffen, als wollte er den gerechten Mord am Dämonendiener gleich eigenhändig ausführen.

In Danèstras Kopf arbeitete es. Der Izozath hatte recht, dass er anmahnte, Caerg schnell zu töten, bevor er seine Magie gegen sie einsetzte oder eine Dämonenbrut beschwor, die ihm beistand. Die Perlenketten konnten ein verwunschener Talisman oder ein Artefakt sein, das ihm beim Weben der Flüche half. Doch der muskelbepackte Mann wirkte nicht im Ansatz wie ein Zauberer. Ihre Zweifel an seinem Verschwörerdasein wuchsen.

»Der Sold?«, erinnerte Caerg ungeduldig und rülpste. »Nein, warte. Ich muss pissen«, verkündete er und wandte sich um. Er nestelte an der Hose und leerte seine Blase in die Gosse, plätschernd schoss der Urin über die Pflastersteine. »Aber ich kann dabei zuhören, Großmütterchen. Für den Handschlag nehme ich die sauberen Finger.«

»Ihr wollt keinen Vertrag?«

»Wozu?« Der Söldner pinkelte Formen mit dem Strahl in die Luft und senkte ihn dann in das Ohr eines Toten. »Ich könnte es ohnehin nicht lesen.« Caerg schüttelte ab, packte sein Genital ein und wandte sich den beiden zu. »Ein Wort ist ein gesprochener Vertrag.«

Danèstra dachte nicht im Traum daran, auch nur eine Hand des Mannes anzufassen. »Ihr könnt nicht lesen?«

»Nicht lesen, nicht schreiben.« Caerg grinste schmierig. »Aber kämpfen. Und rechnen. Ich beweise es dir: Du sagst, was ich tun soll, und ich rechne dir vor, was es dich kostet.« Dann legte er unvermittelt die tätowierte Rechte an das Geschmeide an seinem Hals.

»Die Perlen!« Vytain zog den Stutzen und richtete ihn auf den Söldner. Sein Finger krümmte sich, bevor Danèstra einzugreifen vermochte. Pfeifend schoss die Electorum-Waffe.

Aber Caerg besaß die Reflexe und die Wachsamkeit eines erfahrenen Kriegers. Er wich dem Geschoss mit einer raschen Körperdrehung aus; dabei riss er den Dolch aus der Hülle und schleuderte ihn nach dem Izozath.

Vytain schrie auf, der Electorum-Stutzen klapperte auf die schlecht verlegten Steine und landete in der Pisse.

»Umbringen wolltet ihr mich! Wegen meiner Schwarzwasser-Perlen!«, krakeelte Caerg und zog sein Schwert. »Ihr Trottel! Das müsst ihr geschickter angehen.« Sofort griff er Danèstra an.

Sie wich nicht aus, sondern drehte sich in den nahenden Schlagarm, als wollte sie sich von Caerg rücklings umarmen lassen und eng umschlungen tanzen; dabei fasste sie sein Handgelenk. Ehe sichs der Mann versah, führte sie seine Schlagbewegung im Halbkreis weiter und schleuderte ihn herum, sodass er mit dem Rücken an die Gassenwand knallte.

Danèstra rückte nicht von ihm ab, blieb an seiner Vorderseite kleben. Ihr rechter Ellbogen zuckte nach hinten und krachte gegen seine Wange. Caerg neigte sich wie ein wankender Turm zur Seite. Danèstra hob die linke gepanzerte Schulter und zerschmetterte sein Kinn mit dem Harnisch.

Der massige Söldner rutschte an der Mauer herab. Blutige Zähne fielen aus dem Mund, als er ihn zu einem gellenden, hasserfüllten Schrei öffnete. Besiegt war er nicht. *Er ist wirklich zäh.* Danèstra zog die doppelläufige Electorum-Pistola und richtete die Mündung auf sein Gesicht. »Wie steht's um Euch?«, rief sie nach Vytain. *Ich habe ihn gebändigt. Ohne dass ein Dämon erschien. Er ist kein Zauberer.*

Caerg bespuckte sie mit seinem Blut und nuschelte unverständliche Drohungen. Dabei versuchte er, die Beine unter den Leib zu ziehen und sich aufzurichten. Die Sohlen rutschten über die nassen Steine.

Unvermittelt öffnete sich die Tür der Kaschemme. Mehrere Leute strömten heraus, Waffen und Rüstungen klirrten. »Wir machen bei Euch mit, Großfürstin«, erklang die Stimme der Söldnerin, die mit Caerg gewürfelt hatte.

»Besser gesagt: Ihr werdet uns mitnehmen, Großmütterchen. Ob Ihr wollt oder nicht. Wir reiten mit der Klinge des Schicksals«, warf ein Krieger großspurig ein.

»Tötet sie!«, schrie Caerg, rote Fäden sabbernd, und hielt sich den gebrochenen Kiefer. »Sie wollten meine Perlen! Betrüger! Das ist nicht die Klinge des Schicksals! Zehn Goldmünzen für ihre faltige Fresse!« Er langte ansatzlos in seinen Nacken und zog ein verborgenes Wurfmesser unter der Kettenrüstung hervor.

Danèstra löste die Pistola aus.

Das Geschoss schlug durch Bladsteens Schädel und zerriss den Hinterkopf, Knochenstücke, Blutstropfen und Hirn flogen umher. Caergs Gliedmaßen erlahmten, sein Messer scheppte auf den Boden, und er fiel mit deformiertem Gesicht in seinen eigenen Urin. *Niemals war Bladsteen ein Zauberer.*

Das schrille Pfeifen hinter ihr stammte aus Vytains Electorum-Büchse; die entsetzten Rufe und Schmerzensschreie von getroffenen Söldnern.

Kalenia muss sich geirrt haben. Danèstra wandte sich um und sprang dem Izozath bei, der sich Caergs Dolch aus der Schulter gezogen hatte. Die Klinge war neben dem Harnisch eingedrungen. *Irrte sie sich auch in Rauhwasser und Grauhorn?*

Vytain schoss mit der kurzläufigen Büchse nach den Angreifern, die an den Gässchenecken Schutz vor den Projektilen suchten. Aber die hochbeschleunigten stählernen Geschosse durchschlugen die Backsteine wie nichts. Drei Gegner hatte er bereits auf die Erde geschickt, zwei krochen schwer verletzt weg von ihm und winselten um Gnade, die Söldnerin lag still.

»Verschwindet, und es wird euch nichts geschehen«, rief Danèstra und ging langsam rückwärts. »Vytain, lasst uns gehen. Bladsteen ist erledigt.«

Er schob die Büchse ins Halfter und wollte ächzend den verlorenen Stutzen aufheben, als sich einer der verletzten Söldner darauf warf. »Ihr Schweineficker!«, stöhnte er und hob die Mündung.

Danèstra schoss mit der Pistola, die Kugel hackte ihm ins Bein. Gleichzeitig stieß sie Vytain in die enge Seitenstraße und hechtete hinterher. Der Söldner schrie und erwiderte den Beschuss, drehte die Kammern nach jedem Auslösen.

Die abgefeuerten Projektile rissen Stücke aus den Backsteinen, die feinen spitzen Splitter hagelten gegen Danèstras Kopf und Nacken.

»Ihr verfluchten, beschissenen Schweineficker!«, schrie er ihnen nach.

Gleich wird die ganze Kaschemme auf den Beinen sein. »Weiter«, wies Danèstra Vytain an und sprang auf die Füße.

»Mein Stutzen!«

»Vergesst ihn.« Sie warf einen raschen Blick auf die Wunde in seiner Schulter. »Ein Kratzer.«

»Ein *lästiger* Kratzer.« Vytain lud im Rennen die Büchse nach, tauschte auch die Battaria aus. Dass seine Hände dabei Electorum umspielte und ihm Schläge verpasste, schien ihn nicht zu stören. »Ins Hospital?«

Eigentlich hatte Danèstra vorgehabt herauszufinden, wo Bladsteen in Dornenfeste lebte, um seine Behausung zu durchsuchen, nötigenfalls vom Kellergewölbe bis zum Dachboden und unter den Schindeln. Noch waren die drei Gerichteten einen Beweis schuldig geblieben. Doch die Kunde von Bladsteens Tod durch die Klinge des Schicksals würde rasch die Runde machen, und manche in der Stadt fühlten sich gewiss berufen, seine Ermordung und das Ende der Würfelkumpane zu rächen. »Ja. Wir reisen sofort ab.«

Vytain betastete die Wunde, betrachtete das Rot an den Fingerkuppen. »Was machen wir mit Ilreen?«

»Mitnehmen. Wir brauchen für Kalenia ohnehin einen Wagen. Ob wir einen oder zwei darin transportieren, macht für die Pferde kaum einen Unterschied.« Danèstra würde die Späherin nicht in der untergehenden Stadt lassen. »Dornenfeste fällt. In absehbarer Zeit. Unsere Marwarodanerin hat solch ein Ende nicht verdient.«

Sie rannten durch die abendlichen verwinkelten Straßen und benötigten lange, bis sie den Weg ins Hospital fanden. Mehrmals mussten sie dem Strom der Flüchtenden in Nebengassen ausweichen und verliefen sich dabei aufs Neue.

Damit wurde das Vorhaben hinfällig, sogleich aufzubrechen. In der Dunkelheit wollte Danèstra nicht reisen. Nicht mit einem Verletzten, einer Schwangeren und einer tief Schlafenden. *Welch Heldentruppe,* dachte sie und seufzte.

Vor dem Hospital wartete Slahan.

Gewaschen und in sauberer Kleidung, über der eine alte Lederrüstung mit verrosteter, verbogener Eisenplattenverstärkung lag, hätte Danèstra ihn um ein Haar nicht erkannt. Er hatte markante Wangenknochen, und der gestreckte flammrot gefärbte Kinnbart verlieh seinem Gesicht eine Dreiecksform und etwas Unheimliches. Das Ansis-Symbol, das er an einer Kette um den Hals trug, verstärkte den Eindruck.

Er grinste sie vom Kutschbock eines klapprigen Wagens herab an, vor den zwei abgehalfterte Pferde gespannt waren. »Die Klinge des Schicksals hat es eilig. Und Blut auf der Rüstung. Fremdes Blut.«

»Ich weiß, dass du uns gefolgt bist. Und du hast uns beobachtet.« Sie bedeutete Vytain vorauszugehen und Kalenia vom Verlauf ihrer Unternehmung zu unterrichten. »Warum?«

»Ich habe Euch endlich erkannt. Euer Zeichen. Danèstara von Tiamin, die mich rettete.« Slahan deutete auf den Karren, als präsentierte er einen außergewöhnlichen Schatz oder ein Kunstwerk. »Mein Erscheinen? Weil ich ahnte, dass Ihr etwas tun werdet, was eine rasche Abreise erfordert. Eure Abenteuer, die Ihr zu bestehen hattet, sind legendär. Ich las nicht wenige davon.«

Ausnahmsweise fand Danèstra es nicht lästig. »Dann ist der Wagen für uns?«

Slahan nickte, und sein Spitzbart blieb gerade wie ein rotes Reisigbüschel; die Farbe biss sich mit seinen halblangen, dunkelblau getünchten Haaren. »Ich habe ihn mit Stroh und Schabracken ausgelegt. Er ist nicht so schön wie Eure alte Kutsche, und wenn es regnet, werden die Reisenden nass, aber es wird für den Anfang reichen.« Er zeigte die Straße entlang zum Tor, von dem Geschrei und das leise Rumpeln von Katapulten klang. »Wir müssen uns höchstens Gedanken machen, wie wir diese Klepper zum Fliegen bringen, um den pirschenden Bestien zu entkommen.«

»Das überlass mir.« Sie reichte ihm die Hand. »Danke, Slahan. Wir brechen morgen auf.«

»Bin dabei.« Er lächelte maliziös. »Ich werde Tintenfain schreiben, damit ich in einem Buch vorkomme. Das ist Lohn genug.«

Deiwos sei Dank. Ich habe meinen Zauberer. Auch wenn er Ansis folgt. Danèstra konnte sich nicht aussuchen, welche Hilfe sie annehmen wollte. »Morgen, an dieser Stelle, bei Sonnenaufgang.« Sie eilte ins Hospital und begab sich in Kalenias Raum.

Der Medikus versorgte just Vytains Dolchwunde und vernähte das gereinigte marmorweiße Fleisch mit kundigen Stichen. Durch die heruntergeklappten Vergrößerungsgläser wirkten seine Augen wie die eines Riesen.

»Ich habe ihnen gesagt, dass wir morgen abreisen. Infusio-Beutel, Nadeln und Ranken werden uns mitgegeben, damit wir Ilreen unterwegs versorgen, Großfürstin«, erstattete Vytain unaufgeforderte Bericht.

»Und ich lehne jegliche Verantwortung ab. Ich sagte Euch, dass Eure Freundin einen Mond Ruhe benötigt«, fügte der Medikus hinzu, was bedeutete, dass er nicht eine Münze von seinem Lohn zurückzahlen würde.

»Ich habe es schon vernehmen dürfen: Dieses Schwein Bladsteen ist tot«, sagte Kalenia mit grimmiger Freude und immenser Genugtuung, die aufrecht im Bett saß. Wieder hielt sie die Flasche mit den Seelen ihrer Verstorbenen in den Händen, die sie um den gewölbten Bauch gelegt hatte. »Der Nächste, der Nankān nicht mehr zu schaden vermag. Ich danke Euch! Auch im Namen der Opfer meines Dorfes. Der Schlächter ist gerichtet.«

Danèstra setzte sich neben die junge Frau und sprach leise, damit der Medikus es nicht hörte. »Kind, bist du dir sicher, was Caerg Bladsteen anging?«

Sie legte die Hände in den Schoß. »Selbstverständlich. Hat er geleugnet, bevor Ihr ihn umbrachtet?«

»Wir hatten keine Gelegenheit, ihn zu befragen.«

»Ihr wolltet ihn *befragen?*«, entgegnete Kalenia aufgeregt. »Bei Deiwos! Wie gefährlich das gewesen ist! Ich sagte doch, dass sie ihre Flüche gegen ihre Feinde werfen, sobald …«

»Ich hatte nicht den Eindruck, dass er ein Zauberer ist.«

»*Das* ist doch die beste Täuschung.« Kalenia gab nicht nach, die Überzeugung lag in ihrer Stimme. »Ein Berg von Mann, primitiv und scheinbar …«

»Kind.« Danèstra nahm ihre Hand. »Bladsteen konnte weder lesen noch schreiben. Wie soll er magische Formeln anwenden?«

»*Das* wundert Euch?« Kalenia lachte ungläubig. »Die Menschen erzählten sich Dinge und vermittelten ihr Wissen Hunderte Gemeinjahre ausschließlich von Mund zu Mund.«

»Ich stelle mir das Beschwören als sehr komplizierte Angelegenheit vor. Es gibt Handgriffe, Abfolgen und lange Formeln einzuhalten.« Danèstra kannte einige Magierinnen und Magier, doch nicht einer hatte aus Erzählungen eines anderen gelernt. Sie rieb über Kalenias Handrücken. »Nochmals, mein Kind: Du hast gehört, wie Caerg Bladsteen dem Bösen Gefolgschaft schwor?«

Kalenia nickte mit Hass in den braunen Augen. »Ja«, erwiderte sie fest.

Danèstra wollte der jungen Frau aus ganzem Herzen glauben, doch sie sah Bladsteen in der Gasse vor der *Blutblume* vor sich. Wie er sich benahm. Wie er starb. Wie er seine Kumpane anstiftete, Vytain und sie anzugreifen, anstatt einen verheerenden Zauber im Sterben gegen sie zu schleudern. *Ein Schwarzmagier würde das nicht tun. Niemals.*

Dass die Wildnis die Stadt umzingelte und niederwerfen wollte, in der ihr eigener Dämonendiener lebte, fügte sich ebenso wenig in das Bild, das Kalenia von Caerg Bladsteen zeichnete. *Sie hat sich bei ihm getäuscht.* »Gut. Belassen wir es vorerst dabei. Aber jetzt möchte ich endlich eine Antwort auf meine Frage: Wie viele Verschwörer sind es noch?«, fragte Danèstra behutsam.

Kalenia atmete schneller, schwieg jedoch und umklammerte das Seelenfläschchen.

»Haben wir dir nicht bewiesen, dass du uns vertrauen kannst, Kind?« Sie streichelte beruhigend ihren Arm. »Die Ausflüchte haben ein Ende. Wir werden Dornenfeste verlassen und die Verräter an Nankān stellen. Aber gib mir einen Ausblick, wie lange dieses Rennen noch gehen wird. Wie viele Länder sind noch zu bereisen?«

Kalenia blickte zu Vytain, danach zur ruhenden Ilreen. Sie holte tief Luft. »Noch sechs. Es waren neun Verschwörer. Die magische Zahl.«

Danèstra gab den Heilern Anweisung, Ilreen für den Abtransport bereit zu machen. Der Medikus tat die letzten Stiche und legte dem Izozath einen Verband an, damit die Naht hielt. »Gut. Sechs weitere Leute. In wie vielen Ländern?«

Kalenia wand sich sichtlich, schloss die Augen.

»Ich beschwöre dich.« Danèstra ergriff ihre Hände und hielt sie umfangen, ihr Blick war warm und freundlich. »Der Winter kommt. Die Reise wird beschwerlicher werden, und dein Kind wird nicht mehr lange auf sich warten lassen. Ich muss wissen, wo sich diese Menschen aufhalten, um eine Route zu planen, bei der wir keine Zeit verschwenden. Verstehst du?«

Kalenia schüttelte den Kopf, öffnete die Lider und richtete den Blick auf das Seelengefäß.

Das Vertrauen in mich ist nicht stark genug. Mabian. Er könnte es vollbringen. Danèstra seufzte. *Stattdessen ordnet er Fässer nach Inhalt.* »Dann sage mir wenigstens, wohin wir reisen, sobald wir aus Dornenfeste entkommen sind.«

»Nach Kerkoria. Es gibt da einen Mann, der im Heer des Prinzen dient und dem Herrscher nahesteht«, deutete sie an. »Mehr sollt Ihr erfahren, wenn wir dem Irrsal entkommen sind.« Kalenia nahm nun Danèstras Finger, drückte sie sanft. »Ich bitte Euch, mir zu vertrauen.«

Danèstra gab es auf, an diesem Tag weiter mit ihrem Mündel darüber zu sprechen. *Nun denn. Fliehen wir erst aus Dornenfeste, und dann werden wir sehen.* »Ruhe dich aus, Kalenia. Du wirst eine wichtige Rolle spielen, sobald wir außerhalb der Mauern sind.«

»Ich weiß. Ich soll die Bestien mit dem Lied meiner Mutter beschwichtigen.«

»Genau das, Kind.« Danèstra schenkte ihr ein Lächeln. »Ich fürchte nämlich, Vytain und ich sind zu wenige, um in einem Kampf zu bestehen. Obwohl wir ab morgen den Kriegstrumer bei uns haben.«

»Haben wir?«, freute sich Kalenia.

»Es machte zumindest den Anschein, als wäre Slahan mit von der Partie.« Danèstra erhob sich. »Wir schlafen hier im Hospital. Bei Sonnenaufgang ziehen wir los. Der Trumer hat einen Wagen organisiert, mit dem wir reisen. Mit allen.«

»Ich achte auf Ilreen.« Vytain verabschiedete sich und wechselte den Raum. Er ließ die Tür einen Spalt auf. »Gute Nacht.«

»Gute Nacht.« Müde und erschöpft legte Danèstra die Rüstung ab, wobei ihr die werdende Mutter vom Bett aus zur Hand ging. Stück für Stück schwand der Harnisch, danach folgten die Lederrüstung, die Stiefel und der wattierte Unterrock. »Danke.«

»Aber sicher.«

Danèstra war zu müde, um sich weiter mit ihrem Mündel zu unterhalten. Zudem ging sie mehrmals das Zusammentreffen mit Bladsteen im Kopf durch. *Er war kein Magier.* Sie reinigte sich an der Waschschüssel und schlüpfte in das leichte Hemd, das ihr vom Hospital überlassen worden war. Bei der Summe, welche sie den Betreibern zahlte, gehörten solche Beigaben dazu.

»Thirío, das ist mit Abstand die schwierigste Aufgabe, die das Schicksal mir auferlegte«, sagte sie und streichelte seinen Kopf. »Doch wir werden sie meistern, nicht wahr?«

Danèstra legte sich neben Kalenia.

Thirío stupste sie mit der Nase an und leckte ihre Hand, bevor er sich vor ihrem Bett niederließ, den Kopf auf die großen Pfoten gestützt.

Ein wenig Ruhe. Danèstra sah durch den Türspalt zu Vytain, der sich neben Ilreen begeben hatte, die Augen auf die Schlafende gerichtet. *Da ist mehr als Sorge in seinem Blick.* Sie lächelte. *Im schlimmsten Sturm gedeihen zarte Gefühle. Das gibt Hoffnung.*

Kalenia breitete die Decke über Danèstra aus und drehte sich ächzend auf die Seite. »Gute Nacht, Großfürstin.«

»Deiwos behüte deine Träume, mein Kind«, murmelte sie und drehte die Petroleumlampe auf dem Nachttisch ab.

Danèstra konnte ihre Gedanken anfangs nicht zum Schweigen

bringen, während um sie herum das tiefe Atmen ihrer Truppe einsetzte. Thirío schnarchte sogar. Sie musste neue Mitstreiter von den Mächtigen verlangen. Da es sechs weitere Gegner zu finden und töten galt, benötigte sie mindestens ein Dutzend Leute. *Leute wie Skerbull.* Danèstra fühlte, dass sie allmählich in den Schlaf abglitt.

Der laute Herzschlag in ihrer Brust, das Pochen in den Ohren und das Pulsieren in den Schläfen warnten sie zu spät, um noch reagieren zu können.

Danèstras Sonnengeflecht glühte mit dem letzten Wummern des Herzens auf, und die altbekannte Hitze raste durch sie, bevor die Schmerzen kamen, mit dem sich der Sprung ankündigte. Für die Dauer mehrerer Wimpernschläge war sie ohne Leben. Sie fühlte sich einen Moment schwerelos, um gleich danach abwärtszufallen und stöhnend nach Atem zu ringen. Ihr Herz verrichtete ruckartig wieder seinen Dienst und hämmerte schnell.

Warum? Danèstra riss entgeistert die Augen auf. Sie setzte sich auf und blickte sich um. *Warum bin ich gesprungen?*

Sie saß auf einem polierten Marmorboden. Der Mond schien durch die riesigen Fenster und beleuchtete kolossale Ölgemälde, die ringsum in einer Galerie hingen.

Ist das es Anwesen des Kerkorianers? Danèstra erhob sich und richtete das Nachthemd. Auf blanken Füßen ging sie leise umher. *Ich habe nicht mal ein Messer dabei.*

Die Bilder zeigten keine kerkorianischen Landschaften und Schlachten, wie sie der verschrobene Prinz Dinhold so sehr liebte, sondern Fischerdörfer, Buchten, Schiffe auf dem Meer, die gegen die Naturgewalten ankämpften. Die Wahl der Motive und die Farbe des Wassers gaben ihr Aufschluss darüber, wo sich die Szenerien abspielten, die der Maler vorzüglich auf die Leinwände gebannt hatte.

Entweder der Verschwörer liebt das Rostmeer oder …

Dann hörte Danèstra das Donnern und Rumpeln von schweren Brechern, die mit immenser Wucht und Wut gegen Felsen anrannten, wie sie keiner der zwei Binnenseen aufbieten konnte. Salzgeruch lag in der Luft, Gischt schlug sich tröpfelnd an den Scheiben nieder.

Ich bin nicht in Kerkoria, oder? Sie schlich ans nächste Fenster und blickte hinaus.

Unter ihr rollten Wogen gegen das Land, eine Steilküste mit zerklüfteten Vorsprüngen bot dem wütenden Wasser Einhalt. In der Ferne warf ein Leuchtturm sein gebündeltes Licht in einem zitternden Strahl in die Dunkelheit, um den Kapitänen den Weg zu weisen.

Ich bin in Lygäion!

Ihre stahlblauen Augen erblickten auf einer Tür das königliche Doppelsiegel, das es ausschließlich im gemeinschaftlichen Palast des Reichs geben durfte.

Nun wurde es kompliziert.

***

Ich bin der erklärte Fachmann für Romantik. Und darüber können die anderen gerne spotten – es schert mich einen Dreck!

Meine Romane sind äußerst erfolgreich und verkaufen sich zu Tausenden. Zu Zehntausenden! Zu Hunderttausenden! Ich bin die einzige Person auf Nankān, die jede Woche einen Heftroman beendet. Und die Titelbilder male ich obendrein!

Und sollte ich in diesem Moment sterben, werdet ihr hundertsechzig unveröffentlichte Romane entdecken. Und sie werden sich noch besser verkaufen.

Aus: Über die Romantik
Gespräche mit Mahetian Tintenfain

Kapitel XV

Nankān, Irrsal, nahe dem Köhlerdorf, Spätherbst

I st etwas?« Arbos bemerkte, dass Heersen unruhig blieb, obgleich er
das schützende Beutelchen mit der Erde aus der Siedlung um den
Hals trug. Und das wiederum machte Arbos unruhig.

Die dezimierte Truppe ging durch den strömenden Regen auf dem
überwucherten Pfad entlang, der vor etlichen Gemeinjahren eine ausgebaute Straße gewesen sein musste; die Gemarkungssteine an den
äußeren Rändern verrieten es. Aber die Wildnis hatte sich alles ein-
verleibt.

Heersen warf ununterbrochen prüfende Blicke ins Unterholz, auch
wenn sie bereits tagelang durch die grüne Ödnis marschierten, ohne
dass eine Bestie erschienen war; eine Hand lag am Griff seiner Windpistola, obwohl er, der älteste Teilnehmer der Gruppe, nicht zu den
sichersten Schützen zählte.

»Nein. Nichts … genaues«, sagte Heersen. Seine Augen waren
durch die Tropfen auf der Sehhilfe unkenntlich. »Es … Ich verstehe
nicht, warum die Erde uns vor den Bestien schützt«, gestand er dann
doch. »Dabei bin ich Kenner von Böden und Pflanzen.«

»Ist das nicht schnurz?«, warf Iradias ein, der seine Windbüchse auf
der Schulter trug und mit einer Wachspapierhülle vor der Feuchtigkeit schützte, die aus dem Himmel und von den Blättern tropfte; nur
das Zielfernrohr hatte er frei gelassen, um es zum Spähen zu nutzen.
Sein breitkrempiger Hut fing die Nässe ab, bevor sie seine Schultern
treffen konnte, das Abzeichen glomm in einem Lichtreflex auf. »Also,
mir ist es schnurz.«

Kalenia lachte fröhlich. Ihr machte das schlechte Wetter nichts aus,
der Mantel und die Kapuze schützten sie vor dem Niederschlag. »Ich
kann die Magie des Bodens nicht erklären. Aber es gibt sie. Sonst
wären wir längst ausgelöschlt. Damit meine ich die Siedlung und
meine Leute. Wir natürlich auch.«

Arbos murmelte seine Zustimmung und blickte zu Perdis, die leise
betend am Ende lief. Sie hatten keine feste Ordnung eingenommen,
da sie mit keinem Angriff rechneten. Die Priesterin bedankte sich

unaufhörlich bei Thýguda für ihren Beistand, als habe die Göttin den geweihten Grund höchstselbst erschaffen. »Nehmen wir die schützende Wirkung hin, ohne sie zu hinterfragen.«

»*Das*, genau *das* führte zu größten Unglücken«, erwiderte Heersen und wischte sich den Regen von der Sehhilfe, ohne dass es lange vorhielt. »Dicht gefolgt von: Das war schon immer so.«

»Was weißt du von Unglück? Siwenloith hatte keine Katastrophen zu beklagen«, warf Iradias spöttisch ein, das Stoppelkinn wurde unter seinem Gesichtsschatten sichtbar. »Nicht mal mit dem Erstarken der Wildnis. Ihr sitzt auf fruchtbarem Boden und züchtet, was ihr braucht, in euren Gewächshäusern. Und habt als Einzige stets genug zu fressen.«

Arbos fand die Gereiztheit des Mannes aus Irados zunehmend auffällig. Es mochte an der dämonisch-magischen Ausstrahlung der Wildnis liegen, doch als Anführer durfte Arbos nicht zulassen, dass derlei Verhalten überhandnahm. Sie mussten Kalenia rasch nach Taucora zu König Horneus bringen, um die Mächtigen zu informieren und die Doppelgängerin vom Morden abzuhalten. *Dazu dürfen wir uns nicht gegenseitig an die Gurgel gehen.*

»Genug jetzt davon.« Arbos wich einer Pfütze aus, in die Iradias mit Genuss stiefelte.

»Diese Erde«, sagte Heersen, der sich sichtlich in seiner Kompetenz angezweifelt sah, und schwenkte das Ledersäckchen, »hat nichts, was ich nicht kenne. Ich untersuchte sie. Bei jeder Rast.«

»Nichts, was du *er*kennst«, warf Iradias ein. »*Das* macht den Unterschied, der uns den Arsch rettet.« Er spuckte in hohem Bogen einen kräftigen Priemstrahl zwischen die dichten Zweige. »Scheiß Viecher. Sie sind natürlich da. Ich habe sie gesehen.« Er tippte sich gegen die ausladende Hutkrempe und wandte sich zu Kalenia. »Nochmals meinen Dank. Ohne dich wäre mein Leben versaut.«

Die junge Köhlerstochter erwiderte den Gruß mit einem verunglückten Knicks im Gehen.

Auch Arbos hatte die unsichtbaren Verfolger und Begleiter, die sie umschwärmten und umgaben, mehrmals gehört. *Die Bestien werden sich selbst nicht erklären können, warum wir unvermittelt anders für sie wirken.* »Erzähl uns doch«, setzte er an und wandte sich an Kalenia,

»was die Holzkohle so besonders macht, die ihr ins Irrsal und bis nach Nankān liefert.«

Die junge Frau öffnete den Mund zu einer Antwort.

Heersen war schneller. »Du willst über *Holzkohle* reden?«

»Jedenfalls habe ich nicht vor, Zweifel an der seltenen Erde zu säen, die uns vor den Monstrositäten der Wildnis bewahrt«, gab er schärfer als beabsichtigt zurück.

»Wie wäre es, wenn wir darüber spekulieren, warum uns die Wildnis eine falsche Kalenia sandte und sie durch unsere Heimat zieht, um zusammen mit der Klinge des Schicksals Leute abzumurksen«, warf Iradias ein. »Weiß nicht, wie's euch geht. Mich würde das schon interessieren.«

»Mich auch.« Arbos war für den unerwarteten Beistand dankbar. »Höre ich Vorschläge?«

Heersen zupfte ein Blatt von einem Baum und tat, als würde er sich lieber damit beschäftigen, anstatt Theorien nachzujagen. Die Sehhilfe nahm er ab, weil er ohnehin nichts durch die nassen Gläser sah.

»Dann fange ich an. Hab's ja auch angeregt.« Iradias legte die schwere Windbüchse auf die andere Schulter. Seine Stimme drang aus der Schwärze zwischen Hals und Hut. »Gehen wir davon aus, dass die Leute, die umgebracht werden sollen, irgendwas wissen, was der Wildnis nicht gefällt.«

»Was sollte das sein?«, schnarrte Heersen und steckte sich das Blatt in den Mund, kaute. Ein würziger Geruch umwehte die Wanderinnen und Wanderer. »Sneli-Melisse«, erklärte er nebenbei. »Gibt Kraft in den Beinen.«

»Im Schwanz brauchst du es mehr, alter Mann«, höhnte Iradias, aber niemand lachte.

»Für mehr Schläue gibt es kein Kraut«, erwiderte Heersen erstaunlich schlagfertig. »Sonst müsstest du es schoberweise fressen.«

»Darf ich daran erinnern, über was wir sinnieren wollten?«, mahnte Kalenia.

»Gut, gut.« Arbos warf ihr einen dankbaren Blick zu. »Was könnte es sein? Ein Mittel gegen die Wildnis!«

»Oder diese Leute haben die Wildnis beleidigt? Zutiefst?«, schlug Kalenia vor.

»Kann ich mir vorstellen.« Iradias spuckte Heersen vor die Füße. »So einer wie du. Der sich anmaßt, geweihte Erde zu untersuchen. Das könnte ich verstehen.«

Der ältere Mann aus Siwenloith stieß ein verächtliches Lachen aus, Regentropfen flogen von seinen Lippen.

»Wir haben: Wissen gegen die Wildnis und eine Beleidigung«, wiederholte Arbos, um das Gespräch zu lenken. »Was noch?«

»Hm. Gut, dann rate ich: Diese Menschen sind schon mal in der Wildnis gewesen und ihr entkommen. Das findet sie nicht gut. Deshalb holt sie sie nachträglich.« Iradias wollte etwas hinzufügen, bis ihm auffiel, was er gesagt hatte. Er drehte den Kopf zu Arbos. »Dann wärst *du* auf der gleichen Liste.« Er lachte aus dem Hutschatten. »Die geweihte Erde rettet dir gerade den Arsch! So was von.«

»Und was meint unsere Priesterin?« Arbos wandte sich um – und stieß einen lauten Fluch aus. Abrupt blieb er stehen.

Perdis war verschwunden.

Die vier hielten inne, zogen ihre Waffen und verhielten sich mucksmäuschenstill. Abgesehen vom unaufhörlichen Rauschen des Regens und dem leisen Reiben des Blattwerks hörten sie nichts.

»Sie musste vielleicht pissen?«, raunte Iradias angespannt und schwenkte suchend den Lauf der Windbüchse, schaute durch das Zielfernrohr. »Könnte das sein?«

»Dann hätte sie Bescheid gesagt«, widersprach Arbos und blickte auf die nasse Erde. Die Spuren der Priesterin folgten dem Weg und brachen unvermittelt ab. *Als sei sie entweder mit einem großen Satz ins Dickicht gesprungen, in die Höhe geschwebt oder vom Boden verschlungen worden.* »Die Bäume«, befahl er Iradias leise.

Der Schütze hob die lange, schwere Waffe an. Mit der Vergrößerung forschte er in den Ästen und Zweigen nach der Vermissten. »Ich sehe nichts. Weder sie noch Spuren.«

Arbos fluchte ein zweites Mal.

»Gehen wir weiter?«, fragte Heersen leise. »Wenn es eine Falle ist, hat sie uns Perdis gekostet. Aber wir leben noch und sollten weiter. Wegen Kalenia.«

»Alter Feigling«, beschimpfte ihn Iradias und schwenkte die Büchse in alle Himmelsrichtungen. »Zu nichts nütze, außer als Ablenkung.«

Die Bestien haben einen Weg gefunden, unsere Truppe anzugreifen, ohne der abschreckenden Erde im Beutel zu nahe zu kommen. Arbos ärgerte sich, dass es ihm nicht wesentlich früher eingefallen war. Eine Büchse, Pfeil und Bogen oder eine Armbrust genügten. *Sie könnten uns einfach mit Steinen und Speeren bewerfen.* Arbos packte Windpistola und Säbel fester. *Warum tun sie es nicht?* Seine Augen richteten sich auf Kalenia. »Was sollen wir tun?«

»Ich … ich weiß es nicht.« Die junge Frau hielt eine Machete in der Hand, die Finger bebten. Sie hatte offenbar noch nie um ihr Leben kämpfen müssen. Dank der Wirkung des Bodens, auf dem sie groß geworden war. »Ich … Am liebsten würde ich weglaufen. Das … gab es bei uns nie. Sie ließen uns in Frieden.«

Arbos gab den Männern einen Wink, der raschen Aufbruch bedeutete. Perdis musste schauen, wie sie mit ihren Kräften und ihrem Glauben bestand. »Perdis! Perdis, wenn du mich vernimmst: Thýguda sei mit dir!«

Iradias sicherte nach hinten, während Kalenia und Arbos die Mitte bildeten. Heersen schritt lange aus, um rasch die Stelle zu verlassen, wo ihnen die Priesterin abhandengekommen war. Flott und schweigsam ging es voran, immer die einstige Straße entlang. Es war, als hätte sich die Priesterin niemals in ihrer Begleitung gefunden.

Erst gegen Abend und mit dem Einsetzen der Dämmerung verlangsamten sie die Geschwindigkeit, vor allem weil Heersen nicht mehr richtig laufen konnte. Die Nässe hatte das Schuhleder seiner Fersen aufscheuern lassen.

»Da drüben halten wir.« Arbos ließ das Nachtlager unter einer Großblattbuche erreichten. In einem fast exakten Kreis von fünf Schritt Durchmesser um den Stamm war der Untergrund trocken; das dichte Laub hatte das Wasser vom Boden ferngehalten. Dank des Bruchholzes setzten sie mühelos ein Feuer in Gang, danach kümmerte sich Kalenia um die wunden, aufgequollenen Füße des Siwenloithers. Die Schuhe hingen zusammen mit den nassen Mänteln zum Trocknen an den Flammen.

Heersen jammerte, aber er ertrug die Behandlung der jungen Frau, die ihn mit kundigen Fingern pflegte und Kräutersalbe aufstrich. »Morgen geht es wieder«, verkündete er laut.

Arbos sah zu Iradias, der seinen Hut für einen Moment leicht in die Höhe schob und hellgraue Augen zeigte, in denen klar zu lesen stand, dass er nicht daran glaubte. Heersen würde den nächsten Tag nicht durchstehen. *Spätestens wenn er auf rohem Fleisch läuft, bleibt er liegen.*

Iradias beugte sich an Arbos' Ohr. »Er wird uns aufhalten.« Sein Gesicht steckte wieder im Schatten der Krempe.

»Ich weiß.« Er betrachtete die Wunden des älteren Mannes, die unter der ölig-cremigen Substanz verschwanden.

»Warum nehmen wir ihn dann noch mit?« Iradias wickelte die Windbüchse aus und kontrollierte den Druck, zudem das Magazin mit den zwanzig Stahlkugeln. »Die Wildnis wird ihn sich greifen. Er ist der Schwächste von uns.«

»Und doch nahm sie zuerst Perdis.«

»Sie war die Gefährlichste von uns. Die Zauberer sterben zuerst, so lautet die alte Kriegsregel.« Er spie den Priem über die Trockengrenze und formte einen neuen Tabakklumpen, den er sich zum Einweichen in die Wange schob. »Ich weiß. Es ist herzlos und widerspricht allem, was ich dir vorschlage. Doch wir haben die Aufgabe, das junge Ding« – er deutete mit dem Kinn auf Kalenia – »sicher aus der Wildnis und durchs Irrsal zu bringen.« Er legte seine Büchse über die Knie. »Mit Kronbloim wird das nichts. Wir sind zu langsam. Jede Stunde, die vergeht, kann die falsche Kalenia einen Unschuldigen umbringen lassen und Nankān größten Schaden zufügen. Aber ohne ihn sind wir der Wildnis entkommen. Innerhalb von zwei Tagen.«

Arbos verfluchte den Umstand, der Anführer zu sein. »Wie willst du es ihm sagen?«

Iradias zuckte mit den Achseln. »Gar nicht.«

»Aber er wird uns …«

»Sobald der alte Sack schläft, bekommt er meinen Büchsenkolben in den Nacken. Er wird so rasch nicht aufwachen.« Der Scharfschütze hatte sich bereits Gedanken gemacht. »Wir lassen ihm Proviant da, und er kann seine Füße im Trockenen abheilen lassen und nachkommen.« Eine Hand legte sich auf das Beutelchen vor seiner Brust. »Was soll ihm geschehen?«

»Das Gleiche wie Perdis.«

»Wir wissen nicht, ob sie nicht aus freien Stücken verschwand.«
Iradias lehnte sich gegen den Stamm. »Mag sein, dass sie sich unsichtbar machte und schwebend um uns kreist, um aufzupassen?«

Das glaubte Arbos zwar nicht. *Doch welche Wahl haben wir?* Ihre Mission war wichtiger als Heersens Schicksal.

Kalenia tätigte die letzten Handgriffe und legte einen Verband um die Stellen. Sie unterhielt sich leise mit dem älteren Mann, wie eine Enkelin mit ihrem Großvater, und lachte aufmunternd. Er erklärte ihr daraufhin anhand eines Blattes, was die Besonderheit der Buche war.

»Nun denn.« Arbos hatte sich entschieden.

»Und?«

»Wir machen es, wie du es vorgeschlagen hast.« Er seufzte und war unzufrieden. Niemand ließ gerne einen Mann aus der Truppe zurück. Aber Iradias hatte es auf den Punkt gebracht: *Kalenia und Nankān haben Priorität. Vor allem.*

Unvermittelt erklang ein lautes Krachen über ihnen, das in der imposanten Krone der Buche begann und sich rasant nach unten bewegte. Kleinere Äste barsten, lose Blätter segelten herab, als sich etwas Schweres seine Bahn abwärts brach.

Es wird genau zwischen uns einschlagen. »Hoch mit euch!« Arbos zog seine Windpistola und ging vom Feuer weg, riss den Säbel aus der Hülle und streckte ihn stoßbereit nach vorn.

Iradias hob seine Büchse, den Finger am Abzug. Kalenia stützte den aufgeschreckten Heersen, der sich an den Pistolagriff klammerte. Erst nach mehrmaligen Versuchen konnte er die Waffe aus dem Holster zerren.

Währenddessen rauschte ein lebloser, blutender Körper aus den Ästen und fiel mitten ins Feuer. Die Lohen wurden teils erstickt, andere fanden an dem zerschlissenen Gewand mit den Thýguda-Symbolen neue Nahrung und machten sich über die hellen Haare der regungslosen Frau her. Der Stoff musste mit Petroleum oder etwas Ähnlichem getränkt sein.

»Das ist Perdis!«, stieß Heersen entsetzt aus. »Bei Deiwos! Was haben sie ihr angetan?«

Arbos sah die Schlingen aus gewickelten Wurzeln um die Fußknöchel der Toten. »Man hat sie mit einer Baumschleuder verschossen.«

Die schmähenden Bemalungen über den Thýguda-Symbolen auf dem brennenden Gewand stammten von den Treyden. Die Hexer der Wildnis hatten sich zuerst die Stimme Thýgudas geholt, um die Göttin und deren Macht auszuschalten. »Sie wollen uns zeigen, dass es Mittel gibt, uns zu fassen.« Er sah zu Kalenia. »Wir sind nicht derart sicher, wie wir dachten.«

»Das … das verstehe ich nicht.« Entsetzt starrte die junge Frau auf die in Flammen stehende Leiche, der Rauch färbte sich gelb und stank nach schmorenden Haaren und Haut.

»Sie lernen.« Iradias packte den Tragesack und warf ihn sich um. »Ich will nicht hier sein, wenn sie noch mehr gelernt haben.« Er riss den Mantel von der Halterung und schlüpfte hinein. »Weiter. Raus aus der Wildnis.«

»Aber … aber ich kann nicht laufen«, protestierte Heersen und setzte die getrockneten Sehgläser auf.

»Ich weiß«, erwiderte Arbos entschuldigend.

Es dauerte einige Herzschläge, bis Heersen begriff. »Ich soll zurückbleiben?«

Iradias hatte sich an Kalenias Seite begeben und sie mit sanfter Hand von dem Siwenloither gelöst. Sie stand unter Schock, die braunen Augen unvermindert auf die schmurgelnde Leiche gerichtet. Die Haut warf Blasen, Härchen vergingen zu nichts, und Lohen schlugen aus der Robe. Kalenia ließ sich mitführen. Sie brabbelte vor sich hin und versuchte, das Gesehene zu verarbeiten.

»Ja, Heersen. Du weißt, wie wichtig die Mission für unsere Heimat ist. Zeit spielt eine entscheidende Rolle.« Arbos ging zu seinem Gepäck und suchte Proviant heraus. »Du kannst mit …«

»Verschwindet«, fauchte Heersen und ließ sich neben den Stamm fallen. Er hatte die Pistola nicht weggesteckt. »Ich will nichts.«

»Aber …«

Heersen zeigte auf die Tote, bei der die Gebeine zum Vorschein kamen. »Wenn sie Perdis umbringen konnten, warum sollten sie mich verschonen? Ihr braucht das Essen.« Er wischte sich die Tränen aus den Augenwinkeln, dabei schob er die Sehhilfe in die Höhe. »Los, haut ab. Ich werde zusehen, dass ich den Scheusalen keine leichte Beute bin.«

Arbos war es recht. Es ersparte ihm weitere Worte. »Wir werden dich und deinen Namen ehren«, sagte er im Gehen und entzündete eine Laterne. »Niemand wird dich in Nankān vergessen. Weder dich noch deinen ...«

»Verpisst euch endlich!«, blaffte Heersen und verbarg sein Gesicht in den schmutzigen Fingern.

Arbos wusste nichts mehr zu sagen und schauderte. *Er opfert sich.* Es wirkte nicht richtig, wie der Botaniker an Perdis vergehender Leiche hockte, an der sich knackend und knisternd die Flammen zu schaffen machten und ihr Lage um Lage von den Knochen fraßen. Den Anblick würde er nicht mehr vergessen. *Bis zum Tag meines Todes.*

Arbos bekam einen aufmunternden Schlag auf den Rücken, und er zuckte zusammen. »Ich komme ja«, sagte er und drehte sich zu Kalenia und Iradias um.

Ein zweites Mal an diesem Tag wurde er davon überrascht, dass jemand fehlte. Der Schütze und die junge Köhlerstochter waren verschwunden. So weit der Lichtschein seiner Laterne reichte, entdeckte Arbos sie nicht.

»Wo seid ihr abge...?« Seine Stimme brach, ohne dass er zunächst wusste, weswegen. Dann begriff er: Ihm fehlte die Luft zum Sprechen. Warm stieg sie ihm die Kehle hinauf und ergoss sich in einem großen roten Schwall auf die Blätter. Im nächsten Moment folgte Schwindel, der den Taucoraner auf die Knie zwang, in sein eigenes erbrochenes Blut.

Aus dem Nachgefühl des Schlags auf seinen Rücken entwickelte sich ein brennender, gleißender Schmerz, der sich durch seine Brust schob, bis er gegen Arbos' vordere Rippen stieß.

»Nein!«, schrie Heersen entsetzt vom Feuer. »Ihr widerlichen Bestien! Das dürft ihr nicht, hört ihr? Das ... Deiwos soll dich verbrennen! Und Thýguda! Die Götter von Nankān werden ...«

Das Gezeter des älteren Mannes endete ansatzlos. Dafür knisterten die Lohen, als hätten sie neue Nahrung bekommen, über die sie sich gierig hermachten.

Sie haben mich erwischt. Arbos kniete regungslos, spürte seine Arme und seine Schultern nicht mehr. Inzwischen hatte er begriffen, dass ihm etwas in den Rücken eingedrungen war und ihn lähmte. Ein

Geschoss. Ein Pfeil von einer Armbrust. Eine Nadel von einem Blasrohr.

Und er hatte aufgrund der Geräusche verstanden, dass Heersen Kronbloim tot über der Leiche der Priesterin in den Flammen lag.

Leichte Schritte näherten sich hinter ihm, die Person blieb außerhalb seines Sichtfeldes.

Dann bekam Arbos einen Schlag in die Brust. Der Schmerz ließ ihn leidend aufstöhnen. Eine Sichel mit durchbrochener schwarzer Klinge steckte in ihm, sie hatte seine Lederrüstung und die Knochen durchschlagen.

»Ihr werdet nicht obsiegen«, erklang ein Flüstern über ihm. »Keiner vermag das. Wir finden, was ihr uns gestohlen habt. Denn wir sind mitten unter euch.«

Arbos hätte zu gerne etwas erwidert, um seinem Tod eine dramatische Note zu geben. Noch mal würde er von einer Expedition aus der Wildnis nicht zurückkehren, daher wünschte er sich, einen Fluch, eine Beschimpfung oder eine Weisheit auszustoßen. Aber seine blutigen Lippen blieben stumm.

Eine zweite schwarze Sichel zischte heran und brachte Arbos' Herz zum Stillstand.

***

Nankān, Königreich Lygäion,
Beiderhauptstadt Lygenia, Spätherbst

Eine perplexe Danèstra stand barfuß im Mondlicht, umringt von Gemälden, Marmor und Nacht. Mehr als das knöchellange, dünne Hemd trug sie nicht am Leib. Ihr Schicksalssprung in den Palast von Lygenia, die Hauptstadt beider Teile von Lygäion, hatte sie eiskalt erwischt.

Beim allmächtigen Deiwos! Wie kann das sein?

In den vierzig Gemeinjahren ihres Daseins als Klinge des Schicksals hatte sich eine beständige Regel herauskristallisiert: Solange eine Mission nicht abgeschlossen war, musste sie nicht fürchten, plötzlich von der höheren Macht an einen anderen Ort verschlagen zu werden.

Doch genau das war eingetreten. Entweder ihre Aufgabe war beendet und Kalenia auf irgendeine Weise, die Danèstra nicht bemerkt hatte, im Hospital ums Leben gekommen. Oder die Regel war aufgehoben worden.

Oder Kalenia ist niemals meine Mission gewesen, durchfuhr sie der Gedanke. *Nein. Was hätte es sonst sein sollen, als eine Schwangere vor dem Tod zu bewahren?* Auch die Frage, warum sie sich plötzlich in Lygenia befand, konnte Danèstra ohne weiteres Zutun nicht beantworten. Aber es stand fest, dass es einen triftigen Grund gab, weshalb sie in ihrem Nachthemd im königlichen Palast erwacht war.

Um einen Anhaltspunkt zu haben, unterstellte Danèstra der höheren Macht, dass dieser Schicksalssprung mit ihrer Mission um Kalenia zusammenhing. Die Zeit konnte womöglich so sehr drängen, dass sie vorausgesandt wurde, um die Dämonenverbündeten zu stellen. *Vielleicht haben die Verschwörer vom Ableben ihrer Kameraden gehört und wissen, dass es sich keinesfalls um Unfälle oder Zufälle handelt.*

Danèstra lauschte in den leeren, einsamem Korridor. Niemand erschien, sie musste sich nicht verbergen. Begleitet vom unentwegten Donnern des H'Ainn Njishou, dem tückischen Wasser, wie das Meer an dieser Küste von Lygäion genannt wurde, schlich sich Danèstra durch den weitläufigen Herrschersitz in der gemeinsamen Hauptstadt von Königin und König. Es war ungewohnt, dass ihr die langen silbernen Haare offen auf die Schultern und in den Nacken fielen.

Wer im Palast gehört zu den Verschwörern? Wie mache ich ihn ausfindig?

Das Reich im äußersten Osten von Nankän wurde per Gesetz stets von einem König und einer Königin regiert, die nicht miteinander verheiratet sein oder überhaupt in einer Beziehung zueinander stehen mussten. Es ging bei den Traditionen des Landes darum, dass sowohl die männliche als auch die weibliche Kraft ihren Anteil an Wohl und Weh hatte.

Das Amt hatten beide auf Lebenszeit inne, und es wurde stets an die Nachfolgerin oder den Nachfolger vererbt. Gab es keinen Erben, durften die Adligen jemanden erwählen, ganz gleich ob aus ihren Reihen oder aus dem gemeinen Volk.

Was könnte mich erwarten? Wer aus Lygäion hat ein Interesse daran, Nankän in den Untergang zu zwingen? Danèstra nahm nicht an, dass das Reich von der Wildnis verschont bliebe, weil es nur über eine schmale Landbrücke mit der Halbinsel verbunden war. Dies bedeutete keinen Schutz. Lygäion würde ebenso fallen.

Zuerst brauchte Danèstra unauffällige Kleidung, um sich in dem riesigen Gebäude zu bewegen, ohne erkannt zu werden. *Zofe oder Magd.* Ihr hohes Alter würde auffallen. *Vielleicht doch eher jemand aus der Küche.*

Der König herrschte traditionell über den Norden, die Königin über den Süden. Somit waren unterschiedliche Gesetze in Norden und Süden durchaus möglich. Entscheidungen für Lygäion wurden gemeinsam getroffen und einstimmig gefällt. Wenn es keine Lösung gab, begann das Verhandeln zwischen den Monarchen. *Könnte der König die Königin so sehr hassen, dass er sie der Wildnis zum Fraß vorwerfen will?*

Sobald sie Schritte von Wachen hörte oder Lichtschein sah, suchte sie sich ein Versteck. Unbehelligt erreichte sie über Treppen, Korridore und Räume den Trakt, in dem die Bediensteten schliefen. Auf blanken Sohlen pirschte sie durch die wesentlich schlanker geschnittenen Zimmer, in dem je nach Rang und Amt einer oder mehrere Angestellte nächtigten, und suchte nach Wäsche, die für ihre Aufgabe hilfreich war.

Ihre Wahl fiel auf das Gewand einer niedrigeren Zofe samt Haube. Sie verließ die Schlafräume, um sich durch die riesige Küche in die Vorratskammer zu stehlen. Dort würde sie ausharren, bis sich die Sonne erhob und der Palast erwachte.

Umgeben vom Küchenduft und den Gerüchen der Vorräte, die zur Verarbeitung eingelagert waren, drifteten Danèstras Gedanken nach Kaltensee.

Sie hatte keine Ahnung, wie es ihren Kindern ging und wie sie sich gegen die Marodeure aus Elyaion schlugen.

Natürlich blieb die Angst als Mutter, dass ihren Töchtern und Nesthäkchen Mabian etwas zustoßen könnte. Doch die Gemeinjahre der Ausbildung im Kampf und mit Schusswaffen machten die drei Schwestern zu tödlichen Gegnerinnen, woran auch deren eigene Kinder nichts geändert hatten.

Wie bei mir.

Danèstra nahm sich einen Apfel und aß ihn gegen das Magenknurren, bediente sich danach an dem Gewürzbrot. Sie hatte das Sinnieren über den Sprung eingestellt und beschlossen, dass das Schicksal einen Verschwörer im Palast ausschalten lassen wollte. Das war insofern wahrscheinlich, weil die Beiderhauptstadt der am weitesten entfernte Ort zu Dornenfeste war. Die schwangere Kalenia hätte die Reise nach Lygenia sicherlich nicht durchgestanden.

Zu viele Strapazen. Die Gesundheit von Mutter und Kind wäre zerstört. Damit wäre nichts gewonnen gewesen.

Danèstra schmeckte Salz in dem Apfel. Die Bäume mussten dicht an der Küste stehen. *Vorzüglich! Sie tragen Land und Meer gleichermaßen in sich.*

Die meisten Sorgen machte sie sich über das Vorankommen von Kalenia, Vytain, Slahan und die schwer verletzte Ilreen. Zwar hatten sie mit Thirío einen Beschützer, der seinesgleichen suchte, aber Danèstras Verschwinden würde sie einen Tag lang verunsichern.

Kalenia wird sie dazu anhalten, nicht zu warten, sondern zu reisen. Sie sah die junge Frau vor sich, mit ihrer steten Wut in den braunen Augen. *Sie weiß, worauf es ankommt.*

Aus der Küche erklangen die ersten Stimmen, ein Junge sang. Herdplatten klapperten, es roch bald nach Feuer. Die Kochstellen wurden angeheizt und brannten sicherlich bis zum Abend, um den Mächtigen und der Dienerschaft ihre Mahlzeiten zu verschaffen.

Die Tür zur Proviantkammer öffnete sich, und eine Magd kam summend mit einem Korb herein, um Zutaten für Suppe zusammenzusammeln.

Danèstra achtete darauf, dass die Haube ihre silbernen Haare umschloss und der vorgezogene Stoff über der Stirn einen Schatten auf ihr Gesicht warf. Sie nutzte die Gelegenheit und nahm einige Flaschen Wein vom Regal, um sich dann unbemerkt an der jungen Frau vorbei in die Küche zu begeben, wo sie beim Gesinde keine Aufmerksamkeit erweckte. Die Macht der gestohlenen Kleidung schützte sie vor Fragen und Entdeckung.

Danèstra wusste, dass sich das änderte, sobald sie in Bereiche des Palastes vordrang, die nur Leute betreten durften, die den Wachen persönlich bekannt waren.

Bis dahin ist mir etwas eingefallen.

Sie trug den Wein durch die weitläufige Gewölbeküche und steuerte die Tür zu ihrer Rechten an. Dort gab es, wenn sie bei ihrer nächtlichen Erkundung gut aufgepasst hatte, einen Aufenthaltsraum für die Bediensteten. Später ergab sich vielleicht die Gelegenheit, die Zungen der Dienerschaft mit Schnaps und Bier zu lockern, um Gerüchte und Wahrheiten aus dem Palast zu erfahren.

»Ist das nicht zu früh am Morgen?«, traf sie die Stimme eines jungen Mannes in den Rücken, und die Küchenbelegschaft lachte. »Säuft der alte Aphkenios jetzt durch? Sendet er schon die Zofen, damit es nicht auffällt, anstatt seinen Stiefeljungen zu schicken?«

»Ja«, log Danèstra, ohne sich umzudrehen. Das Wichtigste war, ihre Maskerade aufrechtzuhalten und keinerlei Unsicherheit zu zeigen. »Er braucht Nachschub.«

»Lass Aphkenios doch. Wenn ich in der Wildnis gewesen wäre, wer weiß? Ich hätt's vermutlich gar nicht durchgestanden. Der arme Kerl kam halb tot zurück«, warf eine mitleidige ältere Stimme ein. »Geht nur und bringt ihm den Wein.«

Danèstra nickte und verschwand hinaus.

Aphkenios. Sie fasste die Flaschen sicherer und ging den ausgetretenen Fliesenboden entlang, dessen Muster vom Gesinde in den vielen Gemeinjahren abgelaufen worden war. Dieser Teil des Palastes gehörte nicht zu den repräsentativen Ecken. Entsprechend wurden Ausbesserungen vorgenommen, aber die Bemalungen nicht aufgefrischt.

»Warte«, bat sie einen vorbeieilenden Küchenjungen, der einen Korb voller auf Stroh gebetteter Eier schleppte. »Wo finde ich Aphkenios?«

Er stellte den Korb ab und zog die Kappe vom hellen Schopf. »Der gnädige Herr Leibgardistenhauptmann schläft. Das hörte ich am Tor.«

Danèstra zeigte keine Regung, aber innerlich jubelte sie auf. *Leibgarde! Das passt zu Verschwörern. Nahe am König und der Königin. Ich werde Aphkenios verhören.* »Wo finde ich ihn?«

»Wie meint Ihr das, Herrin?«

»Seine Unterkunft.«

Nun wirkte der Ausdruck auf dem Gesicht des Jungen befremdet.

»Das ist nur eine Überprüfung deiner Kenntnisse«, sagte sie lachend und legte eine Hand mütterlich auf seine Schulter. »Los, rasch! Bevor ich ihm den Wein zu spät bringe.«

»Sicher.« Der Küchenjunge grinste jetzt breit. »Im Trakt der Palastwache, Erdgeschoss, die erste rote Tür auf der rechten Seite.«

»Sehr gut! So habe ich mir das vorgestellt: tadellos und blitzgescheit.« Danèstra salutierte mit gespieltem Ernst. »Wegtreten, angehender Küchenhauptmann!«

»Zu Befehl!« Der Junge erwiderte den militärischen Gruß und schnappte sich den Korb, um die Eier abzuliefern, während Danèstra sich aufmachte und die Unterkünfte der Garde aufsuchte.

Mit den Weinflaschen unter dem Arm war es ein Leichtes, sich Durchgang um Durchgang zu Aphkenios vorzuarbeiten. Jedes Mal half eine neue Ausflucht, warum sie den Trunk selbst abliefern sollte. Keiner schöpfte Verdacht, obwohl eine Zofe in dem Teil der Gebäude nichts zu suchen hatte. Aphkenios' dringendes Bedürfnis nach dem vergorenen Rebensaft kannten alle, der Nachschub musste rollen.

Dann stand Danèstra vor der roten Tür, auf der *Aphkenios* und *Hauptmann der Leibgarde* geschrieben war. Ein weiterer Zettel, in krakeliger Handschrift, machte darauf aufmerksam, dass er nur in Notfällen zur Verfügung stehe und nicht vor Mittag geweckt werden wolle.

Zu viel Wein und Schnaps gestern Abend.

Behutsam drückte sie die Klinke herab und schob sich in den Raum.

Die Vorhänge waren zugezogen, ein Mann schlief laut schnarchend. Es roch nach Weindunst, kaltem Essen und Körpergerüchen der üblen Sorte. Aphkenios musste sich bis zur Erschöpfung die Kante gegeben haben.

Ob der Dämon seine Seele foltert? Danèstra stellte die Weinflaschen auf den Tisch ab und machte sich daran, die Kammer des Hauptmannes zu durchsuchen, der seinen Rausch ausschlief. *War er deswegen im Irrsal? Um das Übel anzustacheln?*

Dass das Palastpersonal Bescheid über Aphkenios' Ausflug ins Irrsal wusste, kam ihr merkwürdig vor.

Sie suchte, ohne einen Hinweis auf Dämonisches und Verkommenes zu entdecken. Während Aphkenios schnarchte und schmatzte, durchwühlte sie die Schränke von oben bis unten.

Nichts. Nicht mal ein Segensspruchbüchlein. Hat Kalenia sich wieder getäuscht?

Danèstra zog den Schemel heran und setzte sich vor das Bett des Schlafenden. Sie betrachtete ihn im schlechten Licht und zog seinen Dolch aus dem Wehrgänge, das er zusammen mit der Kleidung achtlos vor dem Lager abgeworfen worden war. *Aber er war im Irrsal. Der ganze Hof weiß es.* Das Erlebte hatte den gestandenen Soldaten an seine Grenzen gebracht. *Er wird es mir verraten.*

»Hey«, sagte Danèstra fest und laut.

Aphkenios murmelte etwas Unflätiges und drehte sich um. Nach einem gequälten Furz setzte sein Schnarchen erneut ein.

»Hey, hoch mit dir, Hauptmann. Der König!«

Aphkenios schoss im Bett auf, saß kerzengerade und starrte verdattert umher, um dem Herrscher seinen Gruß zu entbieten, wie es seine Pflicht war. Stattdessen erkannte er die Kriegerin in ihrem Zofenkleid. »O nein«, stöhnte er entnervt und ließ sich zurücksinken. »Sie haben mir eine alte Amme geschickt. Als Aufpasserin.«

Danèstra musste grinsen. Die Verwechslung kam ihr recht. »Ich habe Euch Wein gebracht«, erwiderte sie. Den Dolch hielt sie so gegen ihren Unterarm gepresst, dass er die Klinge nicht bemerken konnte.

»Das ist gut. Aber ich brauche keinen vor … sagen wir: Abend. Bis dahin habe ich den alten noch im Blut.« Aphkenios ächzte und hielt sich den Kopf. »Was willst du?«

»Wein bringen.«

»Aha. Warum sitzt du neben mir und betrachtest mich wie eine Katze die Maus?«

»Weil ich noch nicht fertig bin.«

»Will der König was von mir? Soll ich aufstehen?«

Sie schüttelte den Kopf. »Etwas erklären.«

Nun hob Aphkenios verwundert den Blick. »Erklären.«

»Ja.«

»Scheiße, verdammte!« Aphkenios trat die Bettdecke herab, und sein nackter Körper wurde sichtbar, der einige alte Narben aufwies. Er roch verbraucht und nach einem dringend benötigten Bad. »Was habe ich besoffen angerichtet? Gab es Verletzte?«

»Was habt Ihr im Irrsal gemacht?«

»Ach? Jetzt wird es wirr.« Er hatte durch den Restalkoholnebel verstanden, dass er es nicht mit einer einfachen Zofe zu tun hatte, die ihm Wein brachte. »Was ficht dich das an?« Aphkenios mühte sich, aufrecht im Bett zu sitzen und seinen Körper auf der Kante auszubalancieren. Die schmutzigen Füße stemmte er gegen den Boden, als wollte er die Welt von sich drücken. »Wer will das wissen?«

Danèstra musterte ihn eindringlich. »Jemand, dem die Zukunft von Nankān wichtig ist.«

Aphkenios sah mehr als verwundert aus. »Was hat das mit Nankān zu tun? Es ging um die königliche Familie.« Er rieb sich mit beiden Händen über das Gesicht, um dann nach der Waschschüssel zu greifen und sie sich über den Kopf zu gießen. Plätschernd ergoss sich die Brühe auf die Bretter und das Bett und rann in Bahnen seinen bloßen Körper hinab. »Das weiß jeder im Palast.« Er gewann etwas Wachheit und lehnte sich auf der Liegestatt nach hinten. »Daher nehme ich an, dass du nicht von hier bist. Dein Zungenschlag verrät mir, keine Lygäiona vor mir zu haben.«

»Das ist richtig.«

»Für einen Schuldeneintreiber bist du zu alt. Und für eine Attentäterin nicht flink genug.« Aphkenios lachte erschöpft. »Verrate mir: Wer schickte dich? Welchen Auftrag hast du?«

Danèstras Gedanken kreisten um das Gehörte und die Erkenntnisse der Durchsuchung. Nichts, aber auch gar nichts wies bei dem Mann auf einen Hintergrund hin, der ihn mit Dämonen in Verbindung brachte. Kein Schmuck, keine Tätowierungen, keine Bücher über die Wesen der Finsternis oder Geheimverstecke in seiner Unterkunft, wo er Amulette und derlei hortete. Seine entspannte Körperhaltung und seine Verblüffung kamen auf den Haufen ihrer Zweifel obenauf. *Er hätte mich längst angreifen müssen.*

Aphkenios zog die Nase hoch und tastete nach dem Handtuch, um das Wasser von der Haut zu wischen. »Ah, jetzt habe ich's verstanden. Deine Fragerei ist ein Vorwand. Du willst in Wahrheit, dass ich dich pflüge.« Er spreizte die Beine etwas, um sein stattliches Gemächt zu präsentieren. »Eine so hübsche Alte wie dich hatte ich noch nicht. Meinetwegen. Komm heute Abend wieder. Ich kann gerade nicht. Zu viel Wein. Und ich stinke wie ein räudiger Fuchs.«

Danèstra lachte schallend. Sollte Aphkenios einer der Verschwörer sein, so war er vor seinem Ableben unterhaltsam wie keiner der anderen. »Ihr habt meine Frage nicht beantwortet.«

»Das Pflügen ist …«

»Das Irrsal. Weswegen wart Ihr für die königliche Familie dort?«

Nun schüttelte Aphkenios die Benommenheit des Weins ab und betrachtete sie eingehender. »Ich verstehe noch nicht, was dein Auftritt soll. Aber wenn du eine Spionin sein möchtest, bist du sehr schlecht, altes Mädchen.«

Stimmen näherten sich der Tür, es wurde an die Tür des Hauptmannes geklopft. Danèstra legte einen Finger senkrecht gegen die Lippen, um dem Mann zu zeigen, er solle schweigen.

Aphkenios holte sichtbar Luft und setzte zum Ruf an.

Ruckartig sprang sie vom Schemel auf und warf sich auf den überraschten Gardisten, legte ihm die Klinge an die Kehle. Als er versuchte, sie mit einem Schlag abzuwerfen, packte sie seinen Arm und hebelte ihn gekonnt aus dem Gelenk. Mit der gleichen Hand blockierte sie den aufsteigenden Schmerzensschrei, indem sie seinen Mund zuhielt. Gegen ihre Kraft hatte er nichts aufzubieten.

»Wir kommen später wieder, Herr«, rief ein Mann durch die Tür. Die Schritte entfernten sich.

Danèstra löste die Finger von seinen Lippen, der Dolch jedoch blieb unerbittlich an der Kehle. Ihre Stimme klang einschüchternd, kalt. »Ein letztes Mal: Warum wart Ihr im Irrsal? Für wen und mit welchem Auftrag?«

Aphkenios lag still unter ihr. »Der Junge. Wir mussten wegen des Jungen ins Irrsal.«

»Welcher Junge?«

»Lygos.«

Danèstra brauchte einen Moment, um zu begreifen: »Ihr meint den Prinzen?« Der jüngste Sohn des Königs war allerhöchstens vierzehn Gemeinjahre alt, wenn sie sich richtig erinnerte. Er galt als gebildet, nicht besonders kämpferisch und durchlief seine Ausbildung, um den Thron des Nordens besteigen zu können, da seine Schwestern für diesen Teil des Landes kein Kronrecht besaßen. *Deiwos, lass es nicht wahr sein! Nicht er!*

Aphkenios nickte.

»Wann?«

»Vor … etwas weniger als einem Jahr.«

Das passt zu Kalenias Erzählung. »Was wollte er im Irrsal?«

»Er … war in Güldenschein zu Besuch bei einem Verwandten und benahm sich wie ein bockiges Kind. Er entwischte seinen Aufpassern und wollte Abenteuer erleben. Im Irrsal«, erklärte Aphkenios hastig und schluckte, als würde sich damit die Schneide vom Hals bewegen lassen.

Ein Vorwand. Der Junge plante den Ausflug, um gemeinsam mit den Verschwörern die Köhlersiedlung zu vernichten. »Ihr habt ihn gesucht und zurückgeholt.«

»Ja. Aber … er war weit gekommen. Bis ins die Wildnis, und …« Aphkenios begann zu zittern und erbleichte. »Schrecklich. Grausam.« Sein Blick verlor den Fokus, während sein Verstand in die Erinnerung abtauchte. »Ich verlor bis auf zwei meine Getreuen, und … der Prinz ist nicht mehr derselbe. Die … die Bestien, sie …« Seine Stimme versagte, und er schluchzte auf.

Danèstra rutschte von ihm herab, und der muskulöse, stattliche Mann rollte sich wie ein Kleinkind zusammen. Er verfiel in ein Wimmern, das nicht enden wollte.

Der Prinz von Nord-Lygäion. Mit einem Griff stellte sie ihm eine der Weinflaschen hin und drückte den Korken in die Flasche, damit er von dem Alkohol trinken konnte, dann erhob sie sich. *Ein Kind unter den Dämonendienern. Dazu ein mächtiges mit extrem großem Einfluss. Eine echte Überraschung.*

Das erklärte auch ihren Schicksalssprung in den Palast. Niemals wäre der kleine Tross um Kalenia ohne Weiteres durch das königliche Gebäude und bis zu Lygos gelangt. Der Prinz hätte mit Leichtigkeit dafür sorgen können, dass sie im Kerker landeten.

Danèstra strich das Kleid glatt und prüfte ihr Aussehen im Spiegel des Hauptmannes. Ihre Zofenverkleidung musste ausreichen, um bis zum Thronfolger vorzudringen und ihn zur Rede zu stellen. Geschickt verstaute sie den Dolch des Gardisten unter dem Stoff.

An den Mord an dem Jungen wollte sie jetzt nicht denken. Dennoch: Danèstra war bereit, Nankän vor dem Untergang zu bewahren.

Sie sah noch mal zu Aphkenios, der die Flasche umklammerte und sich in den Schlaf weinte. *Der Knabe wird mir Rede und Antwort stehen.* Mit Schwung verließ Danèstra die Unterkunft.

***

Weitere Bände von Mahetian Tintenfain (unvollständig):

Im Garten meiner Liebe

Eine ungewöhnliche Begegnung

Wellentänze

Glücksboten

Sommernachtsgeflüster

Eine Liebe in Khamado

Festtagsstimmung

und etliche weitere …

Kapitel XVI

Irgendwo auf Nankān, Spätherbst

Quent vernahm in seinem dünner werdenden Schlaf ein Wispern und Klingen, das sich in unregelmäßigen Abständen wiederholte. Er erkannte bei geschlossenen Augen, dass es sich um ein Windspiel handelte, dessen einzelne Elemente im beständigen Luftzug tanzten und ihm eine zufällige Melodie darboten.

Quent freute sich unbändig, dass er die Töne hörte. *Ich bin am Leben!* Als Nächstes spürte er, dass ihm das Atmen zum einen schwerer fiel, sich seine Lungen jedoch freier anfühlten. Das Paradoxon, wie Calostro es nennen würde, wusste er sich nicht zu erklären. Daher hob er vorsichtig die Lider.

Über ihm spannte sich eine Decke aus handkantendünnen Holzbalken in eigentümlich gefächerter Bauweise, die er noch nie gesehen hatte. Auch die kunstvollen, unbekannten Schnitzereien erlaubten keinen Aufschluss darüber, wer ihn aufgenommen hatte.

Wo stecke ich? Quent richtete sich in dem Bett auf, in dem er nackt lag. Er schlang das Laken um sich und erhob sich behutsam. Leichter Schwindel warnte ihn davor, rasche Bewegungen zu machen, aber er fühlte sich ausgeruht und erfrischt.

Seine Blicke schweiften.

Außer dem Windspiel gab es mehrere Schränke, Wände aus Stein und mit Holzverkleidungen sowie zwei Türen. Eine führte auf einen Balkon, wie er durch die milchige Scheibe sah, die andere aus dem Raum.

Quent vernahm mehrere Stimmen von jenseits der Wände, die sich leise unterhielten. Es wurde gelacht, ein Mann summte eine Melodie. Gegenstände klapperten, dann wurde Beifall gespendet. Er ging auf die eingetrübte Tür zu und berührte den Griff, um den Ausgang aufzuschieben. Er war kühl. *Frost.* Der Winter hatte seine erste Drohung auf dem Glas hinterlassen und Eisblumen daraufgemalt. *Habe ich so lange geschlafen?* Quent betastete sein Gesicht und den Flaum, der ihm gewachsen war. Nicht, dass es sich sehr männlich anfühlte, aber es musste viel Zeit vergangen sein.

Er schob den Ausgang auf.

Vor Schreck und Überwältigung stockte Quent der Atem.

Der junge Mann stand auf einer halbrunden hölzernen Auskragung über einem Steilhang, dessen schroffe Felswände zweitausend, dreitausend Schritt senkrecht abfielen. Eine wunderschöne Landschaft breitete sich vor ihm aus, die Herbst und Reif bunt bemalt und verzuckert hatten. Die Fernsicht betrug schier unendliche Landmeilen, weder Nebel noch tiefe Wolken trübten den atemberaubenden Ausblick. Dörfchen lagen weit verteilt zwischen gelben Stoppelfeldern und umgepflügten Äckern, ein Flickenteppich aus Erdfarben, und am Horizont breitete sich eine enorme Wasserfläche aus, die einer der beiden großen Seen sein musste. Aus vereinzelten Wäldchen stiegen Dunstschleier empor und wurden von der Sonne aufgelöst, ehe sie den Himmel erreichen konnten. Mächtige Vögel zogen im Blau ihre Kreise, als wachten sie über den Frieden, der auf den ersten Blick in Nankān herrschte.

Eisiger Wind säuselte in Quents Ohren, er schlang das Laken enger um sich. Die Luft roch klar und rein, wie er es nicht kannte. Ein schwacher Hauch von Rauch mischte sich gelegentlich hinein, dann schnupperte er würzig-mildes Räucherwerk.

Wie wunderschön. Quent fröstelte, mochte sich aber nicht vom Ausblick lösen. Die Höhe verschaffte ihm eine Ahnung, wo er sich befand, ohne dass er wusste, wie er an diesen Ort geraten war.

Dann erkannte er beim Umblicken eine schwarze Linie im Nordosten, die sich rissgleich durch das Land fraß und Verästelungen bildete, an deren Enden Feuer brannten.

Die Wildnis! Sie breitet sich aus!

Die Bewohner versuchten, die wuchernde, boshafte und aufs Niederträchtigste veränderte Natur mit einfachsten Mitteln aufzuhalten. Flammen erzeugten kleine Erfolge, die weniger als einen halben Tag vorhielten, bevor sich der Wald mit doppelter Macht ausdehnte.

Der idyllische, friedliche Ausblick hatte mit der Entdeckung des Bösen seine Unschuld verloren. Quents Hochstimmung verflog.

»Oh, du bist aufgewacht!«, erklang eine Stimme hinter ihm. »Dann heiße ich dich ein weiteres und offizielles Mal willkommen im Süden Uthalosas.«

»Danke.« Quent wandte sich um und sah einen kleinen dunkelhaarigen Mann ungefähr in seinem Alter, eher etwas jünger. Er trug bequeme dicke Kleidung gegen die Kälte und wirkte unscheinbar. Bis auf die Augen. Stahlblau und voller Kraft. »Wirklich, meinen aufrichtigsten Dank für die Pflege und …« Quent kehrte in den Raum zurück und schloss die Tür. »Wie kam ich hierher?«

Der junge Mann zeigte auf sich. »Ich habe dich unterwegs gefunden. In Tulsata, einem Dorf, ungefähr hundert Feldmeilen von hier. Das allerdings gehört zu Elayion.«

»Oh.«

Er hinkte auf ihn zu und öffnete verschiedene Schranktüren, um frische Wäsche herauszusuchen und dem Gast bereitzulegen. »Mein Name ist Mabian. Das Schicksal machte uns zu einer Gemeinschaft …« Er lachte. »Nein, es führte mich zu dir. Es bleibt abzuwarten, was daraus wird.«

Was daraus wird? Quent hatte unendlich viele Fragen zu seinem Hiersein und seiner Krankheit und den Erlebnissen, die er überstanden und im Fieber verpasst hatte. »Ich … ich bin … Wie lange habe ich geschlafen?«

»Die Reise mit eingerechnet?« Mabian rief in unbekannter Sprache durch die offene Tür in den Flur. Sogleich kamen zwei Kinder herein, die eine Waschschüssel und eine Kanne mit heißem Wasser brachten, dazu Seife und Handtücher. »Es wird … ein Mond gewesen sein.« Die Kinder, beide von hellbrauner Hautfarbe, stellten die Sachen ab und verschwanden kichernd hinaus. »Richte dich her, zieh dir etwas an, und dann essen wir gemeinsam. Ich kann dir vieles erklären.« Mabian lächelte. »Dann möchte ich von dir hören, warum du einen Sarg mit einem Rad mit dir führst.«

Quent schlug sich gegen die Stirn. In seiner Aufregung hatte er Meister Calostros Mumie glatt vergessen. »Ist er da?«

Mabian nickte und schlenderte humpelnd hinaus. »Ich dachte mir, dass dir die Totenkiste wichtig ist. Ungewöhnlich, dass jemand seinen eigenen Sarg mit sich führt.« Er verschwand.

Quent ließ seinen jungen Retter in dem Glauben. Er würde es beim Essen richtigstellen. *Mabian.* Der Name sagte ihm etwas, doch er konnte ihn nicht einordnen. Irgendwo hatte er ihn in der Vergangenheit vernommen oder gelesen.

Nachdem er sich gewaschen und angekleidet hatte, wobei er den braunen Bart stutzte, um vernünftig auszusehen, zog er sich an. Leider waren die Sachen zu kurz. Hosen- und Hemdsaum saßen zu weit oben. *Ich sehe aus wie ein Trottel.*

Aber es half nichts.

Quent verließ die Kammer, spazierte den engen Gang entlang und erreichte eine große Küche, in der es duftete und reges Treiben herrschte.

Mabian saß am Tisch, um sich herum etliche Unterlagen und Papiere ausgebreitet, und ging die Aufzeichnungen mit den durcheinanderredenden Umsitzenden Zeile um Zeile durch. In stoischer Ruhe erläuterte er Zahlen und Rechnungen, deutete auf Sätze und Tabellen. Die Menschen, alle von kleinerem Wuchs und mit verschiedensten Hautfarben, ließen sich der Reihe nach von ihm belehren und zogen mit ihren Papieren ab.

Quent näherte sich seinem Retter, der ihm freundlich lächelnd einen Platz anbot. Er spürte die Blicke der Fremden, die ihre Stimmen angesichts des schlaksigen Riesen senkten und in Getuschel übergingen. »Da bin ich.«

»Du meine Güte! Ich sehe, ich habe mich gehörig vergriffen, was die Passform angeht.« Mabian überlegte. »Aber wie du siehst: Die Bewohner des Khamado-Gebirges sind von kleinerem Wuchs. Vielleicht kann ich …«

»Danke, es genügt. Es wird sich was anderes finden.« Quent bekam eine Schüssel mit deftigem Getreidebrei hingestellt, auf dem ein gebratenes Ei und Speckwürfel lagen. Dazu gab es schwarzen Tee, auf dem getrocknete Blütenblätter schwammen. Es roch unglaublich lecker.

»Lang zu«, forderte ihn Mabian auf. »Du isst, und ich erzähle dir, was du verschliefst.«

Quent kostete zunächst zögerlich, weil er dem unbekannten Geschmack nicht traute.

»Beginnen wir mit dem Dorf, in das ich dich brachte.« Mabian lehnte sich zurück und faltete die Hände, ließ sie auf dem Tisch ruhen. »Wir befinden uns in Zhinora, auf halber Höhe des Gebirgskammes, der die Süd-Enklave Uthalosas mit dem Nordteil verbindet.

Die Fanatiker aus Elayion wagen es nicht, die schroffen Wände zu erklimmen. Die geheimen Pfade kennen sie nicht.«

Das erklärte Quent, weswegen ihm das Atmen schwerer fiel als gewöhnlich. Er hatte gehört, dass es in den Bergen weit oben keine Luft gab. Oder nur sehr dünne. »Du schon.«

»Genau. Auf einem davon brachte ich dich in das Dorf Zhinora, zum Volk der Sangaitai.« Mabian ließ sich auch einen Tee bringen und hielt die Schale mit einer Hand. Dampf stieg auf und formte gespinstige Bilder, durch die seine blauen Augen leuchteten.

Das erinnerte Quent an die Spheng, Geisterwesen, die den Kamm und Khamado beschützten. Die hochschießende Angst unterdrückte er. Sein Retter machte den Eindruck, als wisse er, was er tat. Die Cremigkeit des pikanten Breis, die Würze des gebratenen Specks und die Sanftheit des weichen Eidotters mischten sich in Quents Mund zu einem nie gekannten Geschmackserlebnis, sodass er das Mahl in sich schaufelte.

»Ich fand dich am Rande des Weilers, nahe einer Seuchengrube«, setzte Mabian seine Erzählung fort. »Die Leute hatten Angst, dass du ihnen eine vernichtende Krankheit bringst. Keiner wusste, woran du leidest, und der Thýain-Priester verbat ihnen, dir zu helfen.«

Das versetzte Quent einen Stich. Er hielt mit Kauen inne. »Warum?«

»Ich nehme an, es hatte mit dem Sarg zu tun. Die Zeichen. Sie hielten dich für einen Magier, und das ist in Elayion schwierig. Du wirst wissen, dass das Salbungsland ausschließlich den Wundern der neuen Gottheiten huldigt. Da ist kein Platz für Zauberei.« Mabian trank einen Schluck. »Du warst mutig, dich damit nach Elayion zu wagen. Deine Krankheit hätte dich beinahe das Leben gekostet.«

»Ich war nicht mutig. Ich hatte keine Wahl«, stellte Quent richtig. Es ärgerte, schockierte ihn, dass der Glaube, dem er dienen wollte, beinahe für seinen Tod verantwortlich gewesen wäre. »Du bist ein Altgläubiger?«

Mabian stellte die Schale ab. »Ich denke, ja. Deiwos hat sich bislang gütig gezeigt. Warum sollte ich mich von ihm lossagen?« Er lächelte. »Ich sah, dass die Krankheit besonderer Pflege bedurfte. Da ich meinen Weg nicht durch Elayion fortsetzen konnte, weil die Grenzen in den Nordteil Uthalosas geschlossen waren, begab ich mich zusammen mit dir zum Gebirgskamm.«

»Du wusstest, an was ich leide?«

»Ich wusste, dass es mich nicht umbringen wird. Der ungewöhnliche Sarg, den du mit dir herumschleppst, weckte meine Neugier. Deine Geschichte würde ich nur erfahren, wenn ich dich am Leben erhielte. Zumal ich anhand der Spuren an deinem Gewand und der Kiste sah, dass du durch Bairi Yar gekommen sein musstest. Der Durchgang ist längst nicht mehr offen. Auch das interessierte mich.« Mabian drehte die Daumen umeinander. »Schicksal.«

»Was haben deine Freunde gemacht, um mich zu heilen?«

»Die Höhe, die Kräuter, die es nur in den Bergen gibt, und das Wissen um uralte Methoden«, zählte er auf. »In Elayion wurden die Sangaitai deswegen hingerichtet, bevor sie ihre Siedlungen aufgaben und sich gänzlich in die Berge flüchteten.«

Welch verrückte Fügung. Umso mehr, wenn Quent bedachte, dass er Thýgudas Stimme werden wollte. Stattdessen retteten ihn jene Menschen, die von den Priestern seiner Gottheit verfolgt wurden. Er hatte die Schüssel längst geleert und fühlte, dass sein Magen mit der Speise zu kämpfen hatte. »Du gehörst zu ihnen?«

Mabian verneinte. »Aber meine Familie ist sehr gut mit ihnen befreundet. Auch mit dem Kaiser.«

Er hielt sich den vollen Bauch. »Das hat gutgetan.«

»Ich richte dein Lob aus.«

»Und … ich bin genesen? Vollständig?«

»Es mag sein, dass sich ein Rückfall einstellt, sobald wir die große Höhe verlassen«, räumte Mabian ein. »Aber das muss dich nicht sorgen. Wir reisen über den Kamm nach Kaltensee zum Rittergut meiner Familie. Sollte es dir schlecht ergehen, kümmern wir uns um dich, bis sich dein Körper vollständig erholt hat.«

Kaltensee. Auch diesen Namen kannte Quent, ohne dass er darauf kam, woher. »Ich stehe auf ewig in deiner Schuld.«

Mabian lachte gütig und langte erneut nach dem Tee. »Überlasse es dem Schicksal. Es wird einen Weg finden, wie du in meinem Leben von Bedeutung sein wirst. Und falls nicht, habe ich immer noch ein Menschenleben gerettet.« Dann musste er lachen. »Meine Mutter tut das ständig. Ich habe aufzuholen.«

Quent trank von dem heißen Getränk und wunderte sich über den sanften Geschmack, der sogleich Wohlbefinden in Körper und Geist auslöste. *Ginge es nach den Priestern von Thýguda und Thýain, gäbe es die erquickende Rezeptur nicht.* »Kann es sein, dass wir das gleiche Alter haben? Auch wenn du viel erwachsener klingst, wenn du redest.«

Mabian grinste. »Das muss am Tee liegen. Ich bin sechzehn.«

»Achtzehn.«

»Und deutlich größer.« Er betrachtete Quent. »Nachdem du weißt, was dir widerfuhr, als du im Fieberwahn lagst, magst du mir erzählen, was dich dazu bringt, einen Sarg durch Nankān zu schieben? Du scheinst eine spannende Mission zu haben.«

»Die habe ich.« Quent berichtete in aller Ausführlichkeit, dass er Calostros letzten Wunsch erfüllen wollte und er als dessen Faktotum sein Leben bestritten hatte, von Kindesbeinen an. Die Umstände des Todes in der Wildnis ließ er ebenso wenig aus wie die Reisestrapazen. Nun, da er seine Erlebnisse einem anderen wiedergab, klangen seine Abenteuer wild und unfassbar, als stammten sie aus dem Leben einer Person, die nicht er war. »Daher muss ich nach Lygäion. In den Süden, wo sich dieser See befindet.«

Mabian nickte beeindruckt. »Dann hätten wir uns womöglich schon in Merirosvo über den Weg laufen können. Interessant. Wie sich doch alles fügte.« Er schlug mit der flachen Hand auf den Tisch. »Und Skamata getrotzt! Das ist … Wenn du diese Geschichte Tintenfain verkaufst, kannst du ein gemachter Mann sein.«

Bei der Erwähnung des Herausgebers von Abenteuerromanen fiel es Quent wie Schuppen von den Augen. *Kaltensee! Er ist der Sohn von Danèstara von Tiamin.* Das erklärte, warum der junge Mann die ganze Zeit von Schicksal sprach. »Ich denke, dass ich zuerst dafür sorge, dass Calostro seine Ruhe findet.«

»Und du deinen Lohn dafür bekommst. Der sollte dir zustehen, nachdem du dich all die Gemeinjahre für ihn abgerackert hast.« Mabian nahm einen Schreibkiel und machte sich Notizen. »Die Sache mit dem Damm und den Wächtern bereitet mir Sorge. Das muss Mutter erfahren. Auch wenn das Rittergut meiner Familie nicht unmittelbar betroffen ist, aber ein Bruch der Barriere würde Nankān den Todesstoß versetzen. Wir kämpfen eh schon an vielen Fronten im Irrsal gegen die Wildnis. So erzählt man sich.«

»Ich hörte davon.«

»Hast du den schwarzen Wald gesehen?«

»Vom Balkon aus?« Mabian nickte. »Ist das die Wildnis? Ich hoffte ...«

»Wir sind alle verwundert. Gerade Elayion, das gepriesene Salbungsland, hat plötzlich die Ausläufer des Bösen und der Finsternis mitten im Reich. Die Anhänger von Deiwos werden das mit Genugtuung hinnehmen.« Mabian deutete zu den Sangaitai. »Sie freut es übrigens nicht, obwohl sie allen Grund hätten.«

»Denn?«

»Wer weiß, ob die Wildnis nicht versuchen wird, ihre Macht bis in die Gebirge auszuweiten? Das würde das Ende von Khamado und des Kaisers bedeuten.« Mabian schrieb nebenbei unaufhörlich.

»Die Spheng. Was ist mit ihnen? Wären sie machtlos?«

Mabians Hand ruhte. »Was weißt du von den Spheng?«

»Nichts. Nur dass sie jene töten, die zu hoch steigen und dem Kaiser zu nahe kommen.« Quent leerte den Tee und erbat sich neuen, bedankte sich freundlich.

»Das ist wahr.« Mabian machte ein ungläubiges Gesicht. »Aber die Wildnis ist eine andere Bedrohung.« Er atmete durch. »Entsinne dich: eine Dunkelheit, die ganz Yarkin unterwarf, die Magier und Priester besiegte, die Armeen vernichtete und Befestigungen samt Städten einriss, als wäre es ein Leichtes. Und sie ist hungriger geworden.«

Quent dachte an die kriechenden schwarzen Ausläufer, die einen Weg gefunden hatten, sich nach Nankān zu schleichen. Durch den See, über den Damm, verstohlen und heimlich, um die Bewohner in Furcht zu versetzen.

Umso wichtiger fand er den Glauben an eine höhere Macht, die den Menschen gegen das Übel beistand und die man anrufen konnte.

Bis zum Zusammentreffen mit Mabian war er der Meinung gewesen, dass dies Thýguda sei. Aber sein Leben verdankte er dem Wissen eines Volks, das aus Elyaion vertrieben worden war. Quent war verwirrt. *Wie passt das zusammen?*

Mabian erhob sich und sammelte seine Blätter ein. »Wir reisen nach dem Mittagessen ab. Eine Tagesreise bis zum Kammrücken, wo wir dem Weg nach Norden und Kaltensee abwärts folgen«, eröffnete er. »Ich muss meine Mutter in Kenntnis setzen. Wo auch immer sie gerade im Auftrag des Schicksals weilt.«

Quent fragte nicht nach. »Gut.« Er sah, dass der junge Mann beim Belasten des linken Beines das Gesicht verzog. »Reiten wir oder laufen wir?«

»Bis zum Kamm müssen wir laufen, danach steigen wir auf Phuna-Esel um. Sie sind trittsicher, der Untergrund ist mitunter trügerisch. Die Graupelze erkennen es schneller als wir.« Mabian pochte gegen sein verletztes Bein. »Das hatte ich schon vorher.«

»Die Sangaitai können dir nicht helfen?«

»Nein. Ich brauche einen Medikus mit ruhiger Hand. Die Idioten haben mir unterwegs meine kaputten Knochen mit Draht und Nägeln geflickt. Der Marsch durch Elayion machte es schlimmer, aber ich werde es überleben. Hoffe ich.« Mabian verabschiedete sich und ging hinaus.

Die Belastung habe ich ihm eingebrockt. Einen fiebernden Riesen auf seinem Sarg durch Elayion zu schieben, bei Wind und Wetter, machte eine Verletzung nicht besser. Nun spürte Quent eine Mischung aus Dankbarkeit und schlechtem Gewissen. *Ich werde das niemals mehr ausgleichen können.*

Seufzend nahm er die Teeschale und erhob sich. Sofort zwickten die Nähte seiner Kleidung und erinnerten ihn daran, dass die Sachen mindestens eine Handlänge zu klein geraten waren. Wohl wissend, dass er sich zum Gespött machte, verließ er das Haus und sah sich um.

Unmittelbar vor ihm ragten die Steilwände auf, überwiegend in hellem und dunklem Braun, durch das sich schwarze und graue Gesteinsadern zogen. Das Dorf hing regelrecht am Berg. Die Gebäude waren auf kleinste Vorsprünge gebaut und mit Seilen vor dem Abrutschen gesichert worden. Als Wege dienten natürliche Auskragungen sowie breite Stege aus Holz und Metall, die im und mit dem Fels verankert waren.

Quent musste sich an einem Stützpfeiler festhalten, als er begriff, dass es unter ihm nichts gab, was seinen Fall aufhielt, sollte er einen falschen Schritt machen. Die wie angeklebt wirkenden Häuser verlangten seine Bewunderung, und die Menschen, die darin lebten, noch viel mehr.

Was passiert, wenn ein Sturm tobt? Er musterte das Dorf und entdeckte hinter manchen Eingängen Tunnel. Die Leute hatten Kammern in den Berg geschlagen, um sich in einem Notfall auf sicheren Grund zurückziehen zu können.

Kinder verschiedenen Alters spielten unverzagt, sprangen und hüpften zwischen den Plattformen auf der wilden Jagd nach einer flachen Wurfscheibe hin und her.

Quent wurde bei dem Anblick flau im Magen. *Allerhöchstens Bergziegen nehmen es mit diesen Mädchen und Jungen auf.*

Eines der Mädchen hatte ihn entdeckt und rief laut, um die anderen auf den ulkigen Fremden aufmerksam zu machen. Sie rannten auf ihn zu, und schon wurde ihm die Scheibe zugeworfen, damit er sich am Spiel beteiligen konnte.

Quent versuchte, sie zu fangen, aber langte daneben. »Oh, Ziegenmist!« Er sah ihr hinterher, wie sie am Eingang vorbeischoss, an der Wand abprallte und um die Ecke verschwand. »Wartet. Ich hole sie«, rief er den Jungen und Mädchen zu, ohne dass er wusste, ob sie ihn verstanden.

Mit sehr genau gesetzten Schritten ging er auf dem Steg entlang, der seitlich um das Haus führte.

Die Scheibe hatte sich auf der Kante des Geländers austariert. Mit der nächsten Böe konnte sie in den Abgrund verschwinden. Quent beeilte sich, nach der Scheibe zu fassen, die aus lackiertem Holz und Metall bestand.

Ächzend bog sich eine Planke unter seinem Fuß, das Zittern übertrug sich, und das Spielzeug rutschte ab. Ins Bodenlose.

»Ich kriege dich!« Quent nahm seinen Mut zusammen und machte einen großen Satz mit seinen langen Beinen, beugte sich über die gezimmerte Brüstung und streckte den Arm aus. Knirschend platzten mehrere Nähte in seiner Kleidung, eisige Luft fuhr durch die Risse.

Aber seine Größe hatte Vorteile: Die Fingerspitzen bekamen die trudelnde Scheibe tatsächlich zu fassen. Zwischen den Kuppen von Zeige- und Mittelfinger erwischte er sie im letzten Moment und grinste. *Hab ich dich!*

Da bemerkte er eine Bewegung unter ihm im Felsen. *Was ist das?*

Glaubte er zuerst, es seien Steinböcke, die sich gemächlich von Vorsprung zu Vorsprung bewegten, erkannte er beim zweiten Hinsehen die Umrisse von Kriegerinnen und Kriegern, die sich mit dunkelbraunen Rüstungen und Überwürfen vor einer raschen Entdeckung zu schützen suchten. Sie stiegen einen kaum erkennbaren Pfad hinauf, den vermutlich Mabian und er genommen hatten, um ins Dorf zu gelangen.

Dann sah Quent auf einem kurzen, schmalen Schutzschild die Symbole von Thýguda. Die aufsteigende Truppe von geschätzten hundert Mann kam nicht mit friedlichen Absichten zu den Sangaitai. Die Worte *Verfolgung* und *Hinrichtung* zuckten durch seinen Verstand.

Thýgudas Anhänger oder nicht. Ich muss die Bevölkerung retten. Quent rannte zurück zu den grinsenden Kindern, denen er die gerettete Scheibe achtlos zuwarf, und schrie nach Mabian.

Wenige Herzschläge nach seinem ersten Ruf erschallten die Warntrommeln.

***

Nankān, Königreich Lygäion,
Beiderhauptstadt Lygenia, Spätherbst

Danèstra huschte in ihrer Zofenkleidung in jene Gemächer des Palastes, in denen sie den Prinzen vorzufinden hoffte. *Viel Zeit werde ich nicht haben.*

Ihre Verkleidung taugte hier leider nichts mehr, eine einfache Zofe hatte in diesem Trakt nichts verloren. Daher griff sie auf dem Weg durch das Gebäude mehrmals auf ihre Geschwindigkeit und ihr Nahkampffähigkeiten zurück, um die überrumpelten Wachen mit gezielten Schlägen außer Gefecht zu setzen. Die Ohnmächtigen versteckte sie.

Von einem Gardisten hatte Danèstra erfahren, dass sich der junge Prinz im Schulraum aufhielt, in dem er Unterricht bekam, der ihn auf sein späteres Amt als König des Nordens von Lygäion vorbereitete.

Sein Wissen hat ihn nicht davon abgehalten, einen Pakt mit einem Dämon einzugehen. Wie genau dieses Bündnis sich gestaltete, wollte Danèstra von dem Kind erfahren.

Zwischendurch dachte sie sorgenvoll an Kalenia, Vytain und Thirío, die mit der besinnungslosen Ilreen hoffentlich sowohl Wildnis als auch Irrsal entkommen waren. *Konzentration*, ermahnte sie sich selbst und vernahm dann die gedämpfte Stimme eines Erwachsenen, der geduldig ein Kind abfragte. Die Antworten des Jungen kamen umgehend, das Erlernte saß perfekt. *Konzentration auf das Kommende.*

Sie folgte der Unterredung und schlich durch drei weitere Räume, deren Türen offen standen: ein mit Parkett ausgestatteter Fechtsaal, geschmückt mit etlichen Schautafeln sowie prunkvollen Wandmalereien; ein Zimmer für Körperertüchtigung, das mit Gobelins verziert war und in dem Hanteln, Gewichthebestangen und weitere Gerätschaften herumlagen; eine kleine Bibliothek, in der sich die nötigsten Bücher und Nachschlagewerke für den Unterricht befanden.

Dahinter lag der Schulraum.

Gleich weiß ich mehr. Danèstra pirschte vorwärts und spähte um die Ecke.

Ein Mann, gekleidet in einen dunkelblauen Gehrock mit Wams und kupferfarbenen Knöpfen, stand vor einer großen Karte und deutete mit dem Zeigestock auf Regionen, Länder und Städte in Nankān. Immer wenn er sagte: »Bitte, Prinzliche Hoheit«, gab der unscheinbare Junge von etwa vierzehn Jahren in königlicher Kleidung artig die Antwort. Sie stimmte jedes Mal.

Lygos' Hände waren mit Handschellen verbunden und am Pulttisch befestigt, sodass er sie nicht weiter als eine Armlänge bewegen konnte. Danèstra kannte die Vorgehensweise aus Gefängnissen und Heilanstalten, in denen verwirrte Seelen einsaßen, die zur Unberechenbarkeit neigten. *Aber in einem Palast?*

Als sie sich die Kleidung des blonden Prinzen genauer besah, bemerkte sie Schnallen an den Ärmeln, die man jederzeit an ebenso unauffällig eingelassenen Laschen einhaken und verzurren konnte. Unter dem blauen Samt lag stabiles Leder, wie das Knirschen bei der leisesten Bewegung verriet.

Danèstra erinnerte sich nicht daran, etwas über geistige Umnachtung von Lygos vernommen zu haben. *Die Veränderung des Jungen ist die Wirkung des Dämons!* Er hatte den Prinzen als Vehikel benutzt, um nach Nankān zu gelangen. *Die Hofmagier durchschauen die List des Bösen nicht und halten es für wahnhaftes Verhalten.*

Danèstra vernahm leises Fußscharren aus dem Schulraum. Sie wagte es, einen Blick in diese Richtung zu werfen.

Am anderen Ende des Zimmers warteten zwei Medizi, ein Mann und eine Frau, unverkennbar durch ihre weiße Kleidung, die schwarz-roten Schärpen und die Auswahl an Elixieren, Fläschchen und Tinkturen, die auf einem Rolltischchen neben ihnen aufgebaut war.

»Bitte, Prinzliche Hoheit«, sagte der Lehrer erneut und deutete auf das Irrsal.

Lygos ballte die Hände zu Fäusten, ruckartig gingen die Arme in die Höhe und wurden von den Schellen festgehalten. Dann ächzte er, und sein ganzer Leib begann zu beben.

»Habe ich nicht gesagt, Ihr sollt das lassen, Magister?«, rief der Leibarzt und eilte heran, sodass Danèstra den Kopf zurück hinter den Türrahmen zog. »Ihr wisst, wie er reagiert.«

»Ihr sagtet, die neuen Essenzen aus Güldenschein und Parnica verhindern es«, verteidigte sich der Lehrer.

»Nein. Nicht verhindern. Abmildern. Lasst es doch.«

»Ich muss Seine Prinzliche Hoheit unterweisen«, betonte der Magister. »Das Irrsal gehört zu Nankān.«

»Das weiß er allzu gut.«

Danèstra lugte erneut vorsichtig in den Raum. Der Medikus verabreichte dem Jungen mit sanfter Gewalt eine grünliche Substanz in den Mund.

Lygos entspannte sich unmittelbar und verlor die Verkrampfung. Leicht schwankend stützte er den Kopf auf beide Hände. »Das gefällt mir nicht«, sprach er lallend. »Ich will rechnen.«

»Sicher, Prinzliche Hoheit.« Der Lehrer hängte die Karte ab, dahinter kam eine Schiefertafel zum Vorschein.

Zeit zu handeln. Danèstra machte einen Schritt in den Unterrichtsraum. »Weg von dem Jungen«, gab sie Anweisung und ging auf Lygos zu.

Leibarzt und Leibärztin schauten verwundert. Der Magister hob zum Zeichen seines Missfallens eine Augenbraue. »Was sucht eine einfache Zofe hier?«

»Den Prinzen.« Danèstra begab sich zu dem Jungen, der durch sie hindurchblickte, und hielt den Dolch verborgen, aber einsatzbereit. »Was hast du im Irrsal gemacht?«

Lygos konzentrierte sich auf die Kriegerin. »Ich kenne dich nicht.«

»Musst du auch nicht.« Angespannt achtete sie auf die drei Erwachsenen im Raum und beschloss, sich zu erkennen zu geben. Sie zog die Haube vom Kopf, und ihr silbernes Haar fiel herab. »Denn ich weiß, dass du im Irrsal warst. Zusammen mit anderen Männern. In der Siedlung.«

Lygos kicherte. »Du kennst mehr Geheimnisse als meine Eltern.«

»Was bei Deiwos dem Allumfassenden tust du?«, herrschte der Magister sie an und näherte sich, griff im Vorbeigehen einen Rohrstock. »Wirst du dich wohl entfernen, du unverschämtes Ding! Du sprichst mit dem Prinzen des Nordens!« Er schlug mit dem Stock zu.

Danèstra fing den Arm des Mannes ab, stoppte den Hieb und führte seine eigene Hand gegen ihn. Der dünne Stab hinterließ einen blutigen roten Striemen quer über seinem Gesicht. *Offenbar erkennt man mich hier nicht ohne Rüstung.*

Fluchend und mit einem Schrei ging er zu Boden. »Du Hure! Was erlaubst du …«

Danèstra packte eines der Bücher, die vor dem Prinzen lagen, und schleuderte es zielsicher gegen die Stirn des Lehrers, sodass er ohnmächtig zusammenbrach. Die aufgeschlagenen Seiten legten sich über seine Augen.

»Weg von Seiner Hoheit!« Der Medikus griff sie mit einem Kupferskalpell an.

Danèstras überschneller Tritt in seine Körpermitte ließ ihn zusammenklappen und das Schneidwerkzeug verlieren. Als er sie trotzdem ein weiteres Mal angreifen wollte, beendete sie es mit einem Schmetterschlag gegen die rechte Wange, und er fiel keuchend zu Boden.

»Mische dich nicht ein«, warnte sie die Leibärztin, die verängstigt neben dem Tischchen in der Ecke stand. »Ich werde dem Prinzen nichts tun. Das schwöre ich dir. Alles, was ich möchte, ist, ihn zu befragen.«

Die Medika nickte und rührte sich nicht. In ihrer Miene arbeitete es, sie suchte nach einem Ausweg, ohne dass sie und der Thronfolger in Gefahr gerieten.

»Du bist schnell«, kommentierte Lygos aus glasigen Augen, das Schwarz der Pupillen vergrößerte sich wie auslaufende Tinte auf einem grünblauen Blatt und fraß die Farbe. »Schnell wie die Männer. Nein, schneller. Du bist wahrlich … eine Heldin!«

»Du warst mit ihnen dort«, begann Danèstra erneut und nahm sich was zum Schreiben. »Es waren neun Männer. Erinnerst du dich an die Namen, mein Junge?«, sprach sie mütterlich-einfühlsam.

»Neun? So viele«, seufzte Lygos traurig. »Nein, wir waren mehr. Oder?« Er schaute sich um, als würde ihm jemand die Lösung vorsagen können. »Oder?«

»Caerg Bladsteen aus Dornenfeste. Wilto von Rauhwasser aus Güldenschein. Tauror Grauhorn aus Taucora«, nannte sie ihm die Namen der Verschwörer, die sie bereits gerichtet hatten.

»Lygos Tolbar«, ergänzte er seinen eigenen Namen und schluchzte. »Lygos Tolbar.«

»Wer noch? Weißt du einen aus Kerkoria, der …«

»Airndt Hütts.«

Endlich erfuhr Danèstra das Ziel, zu dem sie eigentlich gereist wären. »Gut. Gut, mein Junge. Was macht Hütts?«

»Ich weiß nicht.« Lygos sabberte plötzlich wie ein Hund, dem man eine Wurst anbot. Die Nebenwirkungen des Beruhigungsmittels.

»Konzentriere dich, bitte! Es ist sehr wichtig.« Sie lächelte ihn an.

»Ja, ja doch.« Der Junge schluchzte auf und wurde binnen eines Herzschlags ruhig, als wäre es normal, auf diese Weise zu reagieren. »Er sagte, er sei Kommandant. Einer Garnison.«

Eine Garnison fasst fünftausend Mann. Bei Deiwos, wie soll das gelingen? Der Gedanke kam von selbst zu ihr. *Vytain könnte es mit einem Schuss schaffen, Slahan lenkt die Garnison mit einem Trumerzauber ab.* Danèstra hoffte, dass die Truppe auf den gleichen Einfall kam wie sie. »Wer noch, mein Junge? Wen hast du noch gesehen?«

»Lers Hütts. Der Bruder. Der Bruder«, murmelte Lygos unentwegt und wurde immer leiser, bis sich die Lippen tonlos bewegten. Der glasige Blick brach, beinahe wie die Augen eines Sterbenden.

Danèstra kannte das Verhalten des Jungen. *Das ist keine Besessenheit.*

Nach einer Schlacht hatte sie solches Elend mehr als einmal unter den Überlebenden und Verwundeten beobachtet. Ein Kampf war nie schön anzuschauen: Verletzte im Blutschlamm, die sich schreiend wälzten und ihre Gedärme zurück in die Bäuche stopfen wollten; die Toten in Stücke gehackt auf dem Feld; Leichen mit widerlichen Wunden aus Wind- und Electorum-Büchsen, die Körperteile abrissen und aus dem schönsten Gesicht eine Masse aus zerfetzter Haut mit Blut und Knochen machten. Magische Waffen, die Verätzungen und Verbrennungen an Menschen und Tieren auslösten. Der Gestank und Geruch. Und die Auswirkungen von Zaubern und Flüchen.

Wer überlebte und sich nach dem Gemetzel erhob, über das Feld taumelte und das Grauen aufsog, konnte Schaden nehmen. Innerlich. Unwiderruflich.

Nein, er ist nicht besessen. Danèstra sah zur Medika. *Ein einschneidendes, fürchterliches Erlebnis schädigte seinen Verstand und seine Seele.* »Wie lange hat der Junge das schon?«

»Seit … er aus dem Irrsal zurückkam«, erwiderte sie.

»Was weißt du darüber?«

»Seine Prinzliche Hoheit … ist seinen Aufpassern in Güldenschein entkommen und wohl irgendwie ins Irrsal geraten. Und in die Wildnis.« Sie legte die Hände flach an die Oberschenkel, um sie ruhig zu halten. »Hauptmann Aphkenios musste ihn mit einer Truppe herausholen, und dabei verloren fast alle ihre Leben.«

»Waren diese Männer Teil der Truppe?«

»Welche Männer?«

»Die Gebrüder Hütts, Bladsteen, von Rauhwasser, Grauhorn …«

»Nein. Nur unsere Leute. Krieger aus dem Norden von Lygäion.«

Das passte nicht zu dem, was ihr Kalenia andeutungsweise verraten hatte. *Es stimmt überhaupt nichts überein. Was übersehe ich?* Sie betrachtete den Prinzen erneut. »Lygos, was habt ihr in der Wildnis gemacht?«

Ruckartig zuckten die Hände in die Höhe und wurden eine Fingerlänge von Danèstras Hals durch die Fesseln festgehalten. Die Ketten spannten sich, das Holz knirschte unter der unvermittelten Kraft. Der Junge versuchte mit größter Anstrengung, ihre Kehle zu umfassen und zuzudrücken. Als er bemerkte, dass er gegen die Fesseln nicht ankam, begann er vor Wut und Enttäuschung zu schreien und zu toben.

»Ihr habt sie umgebracht?«, deutete Danèstra sein Gebaren. »Willst du mir das sagen, Junge? Ihr habt Kalenias Dorf ausgelöscht und alle umgebracht? Ist es das? Oder war ein Dämon im Spiel?«

»Es gibt keine Dämonen!«, rief er außer sich. »Menschen sind Dämonen! Die schlimmsten von allen! Von allen!« Schlagartig wurde er still und starrte die Kriegerin an. »Kalenia«, flüsterte er, und ein behutsames Lächeln stahl sich auf sein juveniles Gesicht. »Kalenia.«

»Ja, Kalenia«, hakte Danèstra gespannt ein. »Erinnere dich. Was ist in dem Köhlerdorf geschehen, Lygos?«

»Wer ist Kalenia?«, erkundigte sich die Medika erschrocken. »Woher wisst Ihr davon?«

Danèstra sah sich zu ihr um. »Warum?«

»Er … Die Prinzliche Hoheit schreit den Namen im Schlaf. Immer.«

Lygos lachte glücklich. »Kalenia. Sie ist meine Frau.«

»Das ist Unsinn«, widersprach die Medika. »Seine Hoheit ist nicht verheiratet, sondern anderweitig versprochen.«

»Doch. Sie *ist* meine Frau«, beharrte Lygos. »Es wird eine große Hochzeit geben. Ich habe es ihr geschworen.«

Danèstra machte eine beschwichtigende Geste. »Lygos, ich muss …«

»Ich habe sie zu meiner Frau gemacht«, raunte er begeistert. »Kalenia. So weich. So zart. Die anderen haben gesagt, es ist an der Zeit.«

Danèstra beschlich ein fürchterlicher Verdacht. »Was hast du dem Mädchen angetan?«

»Sie ist kein Mädchen mehr. Und ich hab's gemacht. Ich!«

»Du hast sie genommen. Gegen ihren Willen.« Danèstras Augen wurden schmal, der Blick unwillkürlich eiskalt. »Ist es das, Junge?«

»Sie wollte es.« Lygos senkte die Hände und betrachtete die Finger. »Sie bettelte doch darum. Das haben die anderen gesagt.«

Ihr Blick blieb nachdenklich auf den speichelnden Prinzen gerichtet, während sie nachdachte. *Nichts hat bislang auf einen Dämon hingewiesen.* Bei keinem der Männer, und schon gar nicht bei Lygos. Oder sie hatte den entscheidenden Hinweis übersehen. Auch hatte keiner der Hingerichteten übernatürliche Kräfte gezeigt. *Nicht einmal im Angesicht des eigenen Todes. Weder um sich zu retten, noch um einen Bann über mich zu werfen.*

Eine gänzlich andere Erklärung tauchte in Danèstras Verstand auf. Und sie gefiel ihr gar nicht.

Lautes Stampfen und das Scheppern von Waffen erklang. An der Tür marschierte die Leibwache auf, die Mündungen von Windpistolas und Windbüchsen wurden auf sie gerichtet.

»Du wirst jetzt langsam aufstehen«, wies ein Gerüsteter sie an, der das Abzeichen eines Marschalls trug. »Und trittst ohne Hast von Seiner prinzlichen Hoheit zurück.«

Danèstra tat wie ihr geheißen. Nicht, weil sie aufgefordert wurde, sondern weil es zur Taktik gehörte. Sie benötigte Gewissheit, die ausschließlich in Zusammenarbeit mit dem König erreicht werden konnte. Seine Erläuterungen brachten hoffentlich neue Erkenntnisse. *Deiwos der Weise, stehe mir bei. Im schlimmsten Fall habe ich einen schrecklichen Fehler begangen.*

»Wer seid Ihr?« Der Marschall und seine Leute umringten sie mit vorgehaltenen Schusswaffen.

Sie blickte dem Offizier ruhig entgegen. »Mein Name ist Großfürstin Danèstara Adima Decessa von Tiamin. Ihr kennt mich als die Klinge des Schicksals.« Sie ließ den Dolch fallen, den keiner der Männer bemerkt hatte, und lautes Fluchen über die eigene Nachlässigkeit erklang. »Ich muss mit Seiner Hoheit sprechen.«

***

Auszug aus *Die Abenteuer von Großfürstin Danèstara,*
Band achtzehn, Kapitel sieben

»Alles würde ich geben, alles, wenn du mir dein Herz schenktest,
Danèstara! Wir passen so gut zusammen!«
»Das kann ich nicht, Perzy! Verstehe, dass es nicht sein darf!«
»Aber alle im Dorf denken das!«
»Du bist der Schmied in einem kleinen Weiler, Perzy. Der gefühl-
vollste Schmied, der seinen Hammer zu schwingen versteht, aber
du und ich, nein. Die Klinge des Schicksals muss nicht mehr ge-
schmiedet werden. Nicht von dir. Nicht von deinem Hammer.«

Kapitel XVII

E s ist zum Würfelkotzen!« Iradias Bai trat mit Wucht gegen die Tür. »Dann baut halt mehr Schiffe!«, schrie er in die Passagenstube, die er eben verließ, und sandte einen braunen Priemstrahl hinterher.

»Wieder nichts?«, vermutete Kalenia.

»Nein«, grollte er und ging die Stufen hinab zu ihr, vorbei an der Schlange der Hoffnungsvollen, zu denen er gehört hatte. »Sie sagen, dass alles, was man übers Wasser senden kann, im Einsatz ist, um die Menschen nach Taucora, Elayion und Kerkoria überzusetzen. Goldene Zeiten. Sogar für die Besitzer eines Ruderbootes. Oder eines beschissenen Floßes aus zwei Baumstämmen.« Er nahm sie an der Hand und führte sie durch das dichte Getümmel am Hafen, damit sie nicht verloren ging. Dabei achtete er darauf, dass ihn niemand anrempelte und nutzte den Unterlaufdolch wie einen Pflug. Jeder wich ihm mit Verwünschungen und Flüchen aus. »Komm. Wir gehen was essen.«

»Das bedeutet, ich esse und du trinkst.«

»Genau. Meinen Ärger kann ich nur mit Bier hinunterspülen.«

Seit mehreren Wochen saßen sie in der Stadt der Gesetzlosen fest, in die sie sich nach ihrer Flucht aus der Wildnis gerettet hatten. Da das Böse unaufhaltsam vorrückte und die Grenzen zu Lande geschlossen wurden, blieb ihnen nur die Fahrt über den Süßwassersee.

Aber Schiffe, Kähne und Boote reichten nicht aus, um die zahllosen Menschen aus Merirosvo zu bringen, das bald von den gnadenlosen bösartigen Wäldern eingeschlossen sein würde.

Es gab kein freies Bett, die Flüchtenden schliefen bei eisiger Kälte auf den Straßen und wärmten sich, so gut es ging. Wer nicht aufpasste, wurde nachts ausgeraubt, abgestochen oder vergewaltigt. Es gab so gut wie keine Ordnung mehr, außer am Hafen, der eisern von einer aufgestellten Wache im Namen der Passagenstube gehalten wurde.

Iradias und Kalenia bezahlten die Wirte, damit sie unter den Tischen nächtigen durften, umgeben vom Gestank des verschütteten Bieres, Asche, Essensresten und Urin. Aber weder wurden sie überfallen, noch erfroren sie. Das Gepäck schleppten sie stets mit sich.

Iradias betrat zusammen mit der jungen Frau den *Herzensanker,* einst eine Kaschemme mit Bordell, bis der Hurenwirt mehr Geld damit machte, die Verzweifelten bei sich einzuquartieren, und die Lustdamen hinauswarf. Kalenia und Iradias quetschten sich an einen Tisch zu Unbekannten, die neu in der Stadt angekommen sein mussten, was leicht an dem schweren Gepäck und ihrer abgemagerten Statur zu erkennen war. An der Kleidung haftete frischer Marschschmutz, sie rochen nach altem Schweiß. »Eure Sachen nimmt man euch auch noch«, sagte Iradias zur Begrüßung und orderte Bier und Essen. Erst als er die Goldmünze zeigte, bekam er seine Bestellung gebracht. Die Preise für Speisen und Getränke waren in Höhen gestiegen, die kaum jemand zu zahlen vermochte. Die Windbüchse hielt er mit einer Hand aufrecht wie eine Standarte, die Dolchklinge daran reckte sich drohend. »Weil ihr zu schwach seid, euch zu wehren.«

»Was?« Der Mann schlang seinen Arm schützend um Frau und Tragesack.

»Er meint es nicht so«, sagte Kalenia beschwichtigend.

»Doch. Das tut er«, beharrte Iradias und spuckte den ausgekauten Priem aus. »Diese Stadt ist ein Tollhaus geworden.« Er trank sein Bier in einem langen Zug und verlangte ein neues. »Welche guten Nachrichten habt ihr von draußen mitgebracht?«

»Es gibt nichts Gutes«, erwiderte die Frau unglücklich. »Wir wollten über den Damm, doch Bairi Yar ist abgeriegelt. Die Wächter lassen keinen mehr hinein. Man sieht nichts von ihnen. Als wären sie … verschwunden.«

»Ich habe gehört, dass die Wildnis über den Damm wuchert«, fügte ihr Begleiter hinzu. »Sie nutzt das Reich als Brücke, um tief nach Nankān vorzustoßen. Und es heißt, es gäbe Risse. Und Skamata würde sich jeden Reisenden schnappen. Da sind wir umgekehrt.«

»Wärt ihr mal über die Mauer geklettert.« Iradias prostete in die Runde. »Ihr hättet dabei mehr Aussicht auf Erfolg gehabt, als in diesem versifften Loch auf eine Überfahrt zu warten.«

»Aber wir können sie zahlen«, wagte die Frau den Hinweis.

»Bei Deiwos! Nicht!«, zischte Kalenia sie an. »Nicht davon sprechen, dass ihr Münzen habt. Sonst landet ihr mit durchschnittener Kehle in der Gosse.«

»Wir warten schon die ganze Zeit.« Iradias tätschelte seine Windbüchse. »Weder Geld noch Waffen taugen was. Aber haltet durch. Was sind schon Monde der Wartezeit für Mann und Frau, die sich lieben?«

Kalenia schenkte den Neulingen einen aufmunternden Blick, aber das Pärchen wirkte ernüchtert und verzweifelt. »Betet und hofft.«

»Ja. Das hat in der Vergangenheit stets geholfen. Wie gegen die Wildnis«, sagte Iradias ätzend und warf eine verschimmelte Brotrinde zu Boden. »Die esse ich, wenn wir wieder unter der Bank schlafen.«

»Jetzt sei bitte etwas weniger niederschmetternd«, bat Kalenia. »Es bringt nichts.«

»Mir schon. Ich fühle mich besser.«

»Aber alle anderen nicht.«

Iradias lehnte sich nach vorn, und seine Wangenknochen wurden als Umrisse sichtbar, die Augen blieben im Schatten der Hutkrempe. »Es läuft eine Doppelgängerin durch Nankān. Von dir. Und sie lässt Menschen töten«, raunte er. »Jeden Tag, den wir in dieser beschissenen Stadt festsitzen, verfolgt dieses Miststück seinen Plan ein Stück weiter. Und nur die Dunkelheit weiß, was sie bezweckt. Wir haben ein höheres Ziel, aber es interessiert in dieser Jauchegrube keinen. Niemand wird uns an Bord lassen, damit wir Nankān retten. Das macht die Tode der anderen sinnlos.«

Kalenia nahm seine Hand und drückte sie dankbar. »Wir werden einen Weg finden.«

Iradias stürzte das zweite Bier hiunter. »Ich habe einen Weg gefunden«, verkündete er und stand auf. Rasch legte er den Tragesack ab. »Warte in der Kaschemme, ganz gleich wie lange es dauert. Ich komme mit den Papieren zurück, die wir brauchen. Ich schwöre es dir.« Er drückte ihr eine Windpistola in die Hand. »Zehn Schuss. Immer auf den Bauch zielen.«

Sie schaute ihn ergründend an und versuchte offenbar, sein Vorhaben zu erraten.

»Ich habe von einem Laden gehört, in dem man um die Passage spielen kann.« Er schulterte die Windbüchse und eilte zum Ausgang. »Ich setze auf meine Büchse. Das Schicksal wird mit uns sein.«

»Viel Glück«, rief Kalenia ihm nach und bekam eine eingedickte Suppe gebracht, in der Fleisch verarbeitet worden war, dessen Herkunft man besser nicht hinterfragte.

Iradias verließ den *Herzensanker* und bewegte sich mit Geschick durch die Menschenmassen am Hafen; dabei achtete er darauf, nicht Opfer von Taschendieben zu werden. Eine Hand lag stets an der Börse, die Waffen hatte er mit zusätzlichen Lederriemen gesichert. In Merirosvo musste man sich in diesen Tagen selbst helfen. Er stieg über einige Leichen hinweg, die achtlos in die Gosse gestoßen worden waren und an denen die Ratten ihr Festmahl hielten. Jemand hatte den toten Männern und Frauen mit einem spitzen Gegenstand *DIEB* in die Stirn geschnitten. Das brachte Verzweifelte allerdings nicht davon ab, die Finger langzumachen.

Iradias bog aus dem Getümmel nach rechts in das Viertel der Fischer, bevor die Menge aus irgendeinem Grund stockte und er nicht weiterkam. Vermutlich drängten sie sich vor einem Laden, der geplündert wurde.

Er erklomm das nächstbeste Dach, um einen Überblick zu bekommen, und machte es sich auf den Schindeln neben einem warmen Kamin bequem, dessen Rauch senkrecht aufstieg. Er besah sich die oberen Fenster der Häuser, die in einiger Entfernung lagen, mit dem Fernglas. Dort lebten die Reicheren der untergehenden Stadt, wie er in den letzten Wochen erfahren hatte. Großes Vermögen bedeutete an einem Ort voller Verzweiflung mehr Aussichten darauf, diesem Elend zu entkommen.

Hinter den meisten Fenstern herrschte Ruhe. Die wohlhabenden Bewohner hatten sich rechtzeitig abgesetzt.

Na? Noch irgendwo ein Geldsack zu Hause? In aller Gemächlichkeit schwenkte Iradias seine Sehhilfe über die Fronten, spähte die Räume der mitunter protzig-geschmacklos gestalteten Gebäude aus.

Wo er Menschen sah, verweilten seine Blicke länger, und er wartete auf bestimmte Hinweise, die seinem Vorhaben entgegenkamen.

Graue Wolken über der Stadt, ein aufkommender eisiger Wind und der schwarze Qualm aus dem Schlot, der ihn gelegentlich einhüllte, vermochten ihn nicht zu vertreiben. Der Kamin wärmte ihn ausreichend, um die Kühle auszuhalten.

Erst gegen Abend wurde er fündig: Die beleuchteten Fenster eines herrschaftlichen Hauses und die zurückgezogenen Vorhänge belohnten sein Ausharren.

Dann kann es beginnen. Iradias erhob sich, nahm seine Windbüchse und sprang von Dach zu Dach über den Köpfen der Menschen, welche die Gassen und Straßen bevölkerten. Er balancierte auf den Firsten entlang und wich losen Ziegeln aus, bis er sich dem auserkorenen Haus näherte.

Vor dem Fenster des zweiten Stockes wehte die Fahne von Merirosvo an einer langen Stange im Wind. Vom Dach auf der gegenüberliegenden Straßenseite, die etwa zehn Schritt entfernt lag, erkannte Iradias das Dutzend schwer bewaffneter Leibwächter, die rings um das Haus der reichen Bewohner standen. An ihnen gab es kein einfaches Vorbeikommen. Aber vorbeikommen musste Iradias auch nicht.

Mehrere Menschen in verschwenderisch teuer gestalteter Kleidung und mit albernen Perücken auf den Köpfen gingen im zweiten Stock zwischen gepackten und halb vollen Koffern hin und her und stritten dabei. Es war eine vierköpfige Familie, die Kinder waren längst erwachsen.

Ein Schütze bevorzugt die gerade Linie. Iradias tauschte das Fernglas gegen die Windbüchse, da das Zielfernrohr die bessere Vergrößerung ermöglichte. Nach einer veränderten Einstellung der Linsen sah er nach den Passagescheinen, mit denen der Vater fuchtelte und auf die Gepäckstücke deutete. Dann öffnete das Familienoberhaupt ein Fenster, und das Gezänk wurde vernehmbar.

Offenbar galt das offizielle Dokument nur für eine bestimmte Anzahl Koffer, weshalb das mitzuführende Hab und Gut reduziert werden musste, was zu Schreierei und Tränen führte. Die Abreise stand kurz bevor.

Iradias prüfte den Druck im Pressluftkolben der Büchse und legte an; die Hutkrempe schützte sein Auge vor Streulicht. *Wir haben weniger Gepäck als ihr Pfeffersäcke.*

Um Merirosvo zu entkommen und Nankān zu retten, mussten diese vier Menschen ihre Leben lassen.

Die Familie stirbt zur Rettung vieler.

Iradias bat Deiwos um Vergebung, während er die Sicherung löste.

»Du weißt, dass es sein muss«, raunte er. »Sonst wird es keine Seele mehr auf dem Kontinent geben, die zu dir betet.«

Sein Zeigefinger zuckte.

Die erste Kugel sirrte mit einem leisen Ploppen davon. Sie durchschlug das Ohr des Vaters und sandte rote Spritzer gegen seine Frau, die neben ihm stand. Er brach zusammen.

Das Nachladen aus dem Magazin gelang Iradias dank des Schiebemechanismus in weniger als einem Herzschlag. Der lange, schwere Lauf schwenkte auf die Mutter, die sich verdattert über das Gesicht fuhr und nicht begriff, woher das Blut kam, das aus der albernen Perückenfrisur tropfte.

Die nächste Kugel jagte mit einem kaum vernehmbaren Knall davon, der Lärm auf der Straße übertönte ihn.

Das Geschoss durchschlug Kleid und Brust der Frau, die rücklings in den Sessel fiel.

Iradias lud nach und zielte. *Einatmen, ausatmen. Schuss!*

Mit einem Treffer in den Hinterkopf erlegte er die Tochter, die sich gerade zum Vater beugte, und sie stürzte zwischen die Möbel.

Die verbliebene Frau hatte sich hinter einen Koffer gekauert und begriffen, dass der Schütze außerhalb der Wohnung saß. Sie schrie wie am Spieß.

Na, ihr Pferdeficker? Iradias lugte über den Dachrand in die Gasse. Die Leibwächter lachten und hielten das Gekreisch wohl für die nächste Stufe des Gepäckzwists. *Bleibt schön, wo ihr seid.*

Die vierte Kugel setzte er dicht neben der jungen Frau in den Lederkoffer.

Das dicke Geschoss fetzte das Material auseinander und zerbrach in winzige Splitter.

Die Tochter beugte sich zur Seite und hielt sich das Gesicht, zwischen ihren Finger quoll Blut hervor. Die umhersirrenden Fragmente hatten sie verletzt.

Damit bekam Iradias das Ziel, das er brauchte. Er beendete das Leben des letzten Familienmitglieds mit einem exakten Schuss durch die Hände in die Stirn. Sie fiel neben die erschossene Schwester und den Vater, ohne dass sie die Finger vom Antlitz genommen hatte.

Damit haben ich eine Passage für mich und Kalenia. Iradias lud nach und wollte sich erheben, um über die umliegenden Dächer einen Umweg zum Gebäude der Toten zu nehmen – da zeigte sich auf dem Dach gegenüber eine schlanke Gestalt, die eine Büchse im Anschlag hielt. Die Mündung richtete sich auf Iradias.

Ich habe eine Aufpasserin übersehen! Er schoss und traf die Frau, die offenkundig zu den Leibwächtern gehörte, in den Oberschenkel. Sie schrie auf und verriss dadurch ihren Schuss.

Neben Iradias platzte der Backstein vom Schlot, die Steinchen bissen schmerzhaft in seine rechte Gesichtshälfte.

Die Sicht in seinem rechten Auge trübte sich. Seinem Zielauge.

Kacke, elende! Er drückte ab und lud im raschen Wechsel, da er seine Gegnerin nur unscharf erkannte. Um ihn herum brachen die Ziegel, mehrere Projektile jagten an ihm vorbei, zwei weitere hackten in den Kamin.

Iradias hörte erst mit dem Beschuss auf, als er von der anderen Seite das Klappen einer herrenlosen Büchse vernahm. An seinem rechten Auge sickerte es warm herab, es tränte. Nur langsam sah er wieder klar. *So eine elende Scheiße!*

Die Leibwächter hatten die Schießerei mitbekommen und sich auf den Weg gemacht. Eine Hälfte rannte ins Haus, die andere über die Straße, um das Dach zu erstürmen.

Ich brauche diesen Passageschein. Ohne lange nachzudenken, hängte er sich die Büchse auf den Rücken, nahm auf dem First Anlauf und sprang über die Gasse. Iradias bekam die gehisste Fahne zu packen und zog sich an ihr hinauf bis zur Stange. Daran kletterte er ins Zimmer, wo die Leichen der Erschossenen lagen.

Schnell riss er dem toten Vater das Papier aus der Hand, während die Wachen das Treppenhaus hinaufstolperten.

Geschafft. Jetzt weg. Iradias flankte aus dem Fenster zur wehenden Fahne und rutschte an ihr abwärts, um sich die verbliebenen Schritte bis zum Pflaster fallen zu lassen. Die Finger erwärmten sich schmerzhaft am reibenden Tuch. Die Landung gelang, die Büchse verpasste ihm eine Kopfnuss, als wollte sie ihn für sein Tun tadeln.

»Halt!«, schrie ihm jemand nach, und aus den oberen Fenstern wurde geschossen. Das Knallen der Windpistolas war kaum vernehmbar, aber er kannte die Geräusche ganz genau.

Beschissene Schwängelreiber. Iradias machte sich klein und tauchte in die Menge ein, die Kugeln trafen Unschuldige. Sofort wechselte er in eine Seitenstraße, um sich den Schützen zu entziehen, und durchquerte Höfe und Durchgänge, um Verfolger abzuschütteln.

Nach vielen Straßen und Gassen, durch die er keuchte, hielt er an. Niemand folgte ihm.

Iradias ahnte, warum. Die Leibwächter hatten die Leichen ihrer Auftraggeber entdeckt und würden das Haus plündern und sich anschließend aus dem Staub machen. Merirosvo war durch und durch unredlich geworden. *Umso besser für mich.* Er wischte an dem verletzten Auge herum, blinzelte. *Und ich bin nicht erblindet,* dachte er erleichtert.

Bald darauf stürmte er in den *Herzensanker* und drängelte sich zum Tisch durch, an dem Kalenia und das Paar saßen. Die Suppe war aufgegessen, den zusätzlichen Löffeln nach hatte sie ihr Mahl geteilt.

»Wir … haben gewonnen.« Iradias ließ sich neben die junge Frau plumpsen und lud die Windbüchse nach. Das Magazin mit den zwanzig Kugeln war verbraucht, er hatte noch zehn in Reserve. Der Druck reichte für höchstens fünf. *Das sollte genügen.* Notfalls würde er den Unterlaufdolch nutzen, um Angreifer auszuschalten. »Das Schiff geht heute.« Er zeigte ihr den Schein. »Los, hoch mit dir, holde Prinzessin.«

»Das ist großartig.« Kalenia besah sich das Papier genauer. »Aber … die Namen stimmen nicht.«

»Das interessiert den Kapitän nicht, er hat sein Geld bekommen. Wichtig sind Siegel und Stempel«, entgegnete Iradias.

»Was ist mit dem Auge geschehen?«

»Ich sagte doch, es wird darum gespielt.« Er lächelte schief. »Die Schlägerei habe ich gewonnen.«

Kalenia umarmte ihn ansatzlos. »Danke.« Sie deutete auf die vier Namen. »Wir haben zwei Plätze übrig.« Sie sah zu dem Paar. »Wollt ihr mitkommen?«

Die beiden bedankten sich überschwänglich und überschütteten die junge Frau mit Segenswünschen, die ausreichten, um Hunderte Leben in Wohlergehen und Reichtum zu schwelgen.

Iradias lächelte nachsichtig. *Klar. Sie hat ein gutes Herz.* »Dann hoch und raus aus Merirosvo. Das Schiff« – er sah auf das Blatt –, »der *Wogenreiter,* wird nicht warten.«

Das Quartett eilte aus dem *Herzensanker.*

Sie zwängten sich durch den Pulk an Wartenden und schoben sich den Kai entlang. An mehreren Wachstationen wurden ihre Passagescheine geprüft, ohne dass man sie aufhielt, und sie erreichten das Schiff, als es sich zum Ablegen bereit machte.

Sie waren die Letzten, die an Bord des *Wogenreiters* gingen. Während noch Güter mit Kränen hastig in den Bauch des einmastigen Seglers verladen wurde, lichteten die Matrosen schon den Anker. Keiner wollte in der brodelnden Stadt länger bleiben als nötig.

Das Paar begab sich nach erneuten Dankesbekundungen unter Deck, um eine Schlafstatt für sich und seine Wohltäter zu sichern, während Kalenia und Iradias an der Reling blieben. Sie sahen zu, wie Merirosvo langsam zurückfiel.

»Sagte ich es nicht?« Kalenia umarmte den Schützen erneut. »Geschafft!«

Das Opfer der Pfeffersäcke war nicht umsonst. Deiwos, belohne sie im Jenseits. Er strubbelte den Schopf der jungen Frau. »Schau, wir sind entkommen. Bald ist die …« Iradias stutzte. Am Kai glaubte er etwas erkannt zu haben, was er nicht glauben wollte. *Es muss mein verletztes Auge sein.* Behutsam rieb er es, zwinkerte. *Weg. Gut. Wie ich es mir dachte.*

»Was ist?« Kalenia folgte beunruhigt seinem alarmierten Blick.

»Nichts.« Dennoch hob er die Windbüchse, setzte sein gesundes linkes Auge an das Okular.

Er drehte die Rädchen – und hatte plötzlich Kalenias Züge vor sich. *Was bei allen bepissten Dämonen …?*

Sie befand sich in einer Wartereihe, um an Bord eines Schiffes zu gehen, das sich ebenfalls zum Ablegen anschickte, ein Dreimaster, der wesentlich schneller als ihr *Wogenreiter* fahren würde. Sie saß auf einem Stapel mehrerer Gepäckstücke, deutlich war der dicke Schwangerschaftsbauch zu erkennen. An ihrer Seite wachte ein schwarz-weißer Hund, der die Umgebung nicht aus den Augen ließ.

Iradias warf einen Seitenblick auf die schlanke Kalenia. *Keine Täuschung.*

»Was hast du gesehen?«, fragte sie.

»Dich.« Er richtete seine Konzentration auf die falsche Kalenia. »Deine Doppelgängerin. Sie ist hier. Sie trieb sich in Merirosvo herum, ohne dass wir es ahnten.« Iradias kannte den Hund aus den Beschreibungen. Er gehörte Großfürstin Danèstara von Tiamin. »Und sie ist nicht alleine.«

Deiwos, du hast mich zum Krieger des Schicksals gemacht. Er kniete sich an der Bordwand nieder und legte den schweren Lauf der Windbüchse auf die Reling. Das linke Auge war etwas schwächer, aber das rechte für derlei nicht zu gebrauchen. *Ich muss den Schuss wagen.*

Kalenia sagte nichts, um ihn von seinem Vorhaben abzuhalten.

Der Rumpf des *Wogenreiters* bewegte sich mit den Wellen auf und ab. Das Pendeln besaß eine Stetigkeit, die Iradias besser berechnen konnte als einen freihändigen Schuss über die äußerste Distanz im Stehen.

Die falsche Kalenia glitt im Okular gleichmäßig von oben nach unten. Sie regte sich dankenswerterweise nicht, hatte eine Hand auf den gewölbten Bauch gelegt und streichelte mit der anderen den Kopf des Hundes, der ihre Finger leckte.

»Hart Steuerbord«, schallte der Befehl des Kapitäns über das Deck. »Bereit machen zum Großsegelsetzen. Alle Mann in die Wanten.«

»Aye«, erklang die Bestätigung des Steuermannes und des Maats.

Also dann. Iradias atmete ein und aus, hielt die Luft an und wartete, dass die Doppelgängerin durch das Zielfernrohr strich.

Als die Kaimauer im Glas erschien, löste Iradias dreimal in Folge hintereinander aus, da die Kugeln Zeit benötigten, um die Strecke zu fliegen.

Ist sie tot? Er prüfte die Stelle, wo sich Kalenia befunden hatte. *Wobei …?*

Der Gepäckstapel war leer. Der Hund hatte sich zur *Wogenreiter* gewandt und bellte stumm, die Zähne gefletscht. Er wusste, woher die Attacke gekommen war.

Die Leute standen auf der Mauer und blickten auf eine Stelle am Boden hinter dem Gepäck. Zögerlich knieten sich zwei Männer auf die Straße und kümmerten sich anscheinend um die Doppelgängerin. Iradias sah Blut an den Fingern.

»Ich habe sie erwischt«, jubelte er auf und schwenkte die Büchse.

Kalenia legte ihre Hand auf seinen Rücken. »Ist sie tot?«

»Ich nehme es an. Aber ich könnte …«

Dicht neben ihm knallte es. In einem Splitterregen zerbarst die hölzerne Reling in Hunderte Stücke.

Kalenia stieß einen Schrei aus und ließ sich fallen. Iradias zog den Kopf ein, hielt seinen Hut fest und kroch einige Schritte zur Seite.

Schon löste sich ein weiteres Stück der Bordwand auf. Unmittelbar vor ihm entstand ein faustgroßes Loch. Die Fragmente rissen Kratzer in seine Haut, manche blieben in seinen Unterarmen stecken. »Eine Elec-Büchse«, rief er Kalenia gequält zu. »Hinter den Mast. Rasch!«

Der *Wogenreiter* hatte das Wendemanöver begonnen und wandte Merirosvo das Heck zu. Damit bekam der gegnerische Schütze keine weitere Gelegenheit, Iradias oder Kalenia zu treffen.

»Hey! Hey, was bei Ansis macht ihr mit meinem Schiff?«, brüllte der Kapitän vom Bug zu ihnen herab. »Was soll diese Walkacke?«

»Das kam von Merirosvo.« Iradias hielt die Windbüchse in der Rechten und rannte geduckt zum Heck. Dabei entfernte er die gröbsten Splitter, die blutende Wunden hinterließen, aus den Armen. Wie eine Schlange kroch er den Aufbau hinauf bis ans Ende, um durch die Wasserauslässe zur Stadt zu spähen, wer ihnen den Gruß gesandt hatte. Den breitkrempigen Hut drückte er fester auf den Kopf.

Wo steckst du kleiner Arschriecher? Es dauerte, bis er den Dreimaster und die Stelle fand, wo er die Doppelgängerin gesehen hatte.

»Scheiße, nein!« Iradias sah durch sein Zielfernrohr, wie sich die falsche Kalenia ein Tuch gegen den Hals presste. Ein Medikus löste sich aus der Schlange und eilte heran, um sie zu versorgen. *Das darf ich nicht zulassen.* Er schob seine Windbüchse durch den Auslass. Zwei Kugeln hatte er noch.

Der schwarz-weiße Hund grollte der *Wogenreiter* hinterher, wütend und mit aufgerichtetem Nackenfell.

Das Heck schlingerte in einer Seitenwelle, wodurch sich das Sichtfeld des Fernrohrs verschob. Zu seinem Vorteil: Iradias erkannte mit einem Mal den gegnerischen Schützen. Er lag auf dem Oberdeck des Dreimasters, mit dem Kalenia reisen wollte.

Die Electorum-Büchse war auf ihn gerichtet, der Lauf viel länger und damit zielgenauer als die Windbüchse. Die Wucht der Projektile war ohnehin nicht miteinander vergleichbar.

Iradias hatte den Gedanken gerade zu Ende gebracht, da schlug etwas in die Mündung seiner Büchse ein und presste den Kolben schmerzhaft gegen seine Schulter, das Schlüsselbein brach beinahe. Er wurde rückwärts über den Heckaufbau geschleudert und verlor seine zerstörte Waffe.

»Weg!«, hörte er Kalenia neben sich schreien, die ihn am Kragen packte und zur Seite zerrte. Gemeinsam kullerten sie die Stufen hinab.

Hinter ihnen explodierte die restliche komprimierte Luft im Druckkolben der Windbüchse. Ein abgesprengtes Teil erwischte Iradias an der Schläfe.

Sie schlugen aufs Deck, beide am Leben und so gut wie unverletzt.

Iradias sah benommen zu Kalenia. Schulter und Schlüsselbein schienen in Flammen zu stehen. Um ihn herum schrien die Matrosen und der Maat, knallend wurde das Großsegel über ihnen gehisst, und die *Wogenreiter* raste weg von Merirosvo. Weg von der verheerenden Electorum-Büchse.

Sie hat mich gerettet. Was immer er unternehmen müsste, um Kalenia heil nach Gaurus zu bringen, Iradias würde es tun. *Jetzt erst recht.*

***

Nankān, Salbungsland Elayion,
nahe der Süd-Enklave Uthalosas, Spätherbst

Mabian humpelte, sein kaputtes Bein verfluchend, über den Steg und hastete auf das Netz mit den Steinbrocken zu. Die Sangaitai waren auf Angriffe vorbereitet, aber sie hatten nicht damit gerechnet, die Vorrichtungen jemals nutzen zu müssen.

Ich habe die Soldaten hierhergeführt, ratterte es ununterbrochen in seinem Verstand. *Sie sind meinen Spuren gefolgt. Sonst hätten sie den Pfad niemals gefunden.* Die Abdrücke des Radsarges waren im Boden bestimmt gut zu sehen gewesen. *Sie mussten mir einfach nachlaufen.*

Das schlechte Gewissen peinigte ihn, lange vor Ende des Gefechts. Da er der Sohn Danèstaras von Tiamin war, war ihm der Befehl zur Verteidigung des Dorfes übergeben worden, ob er wollte oder nicht. Ihm kam zugute, dass er Buchhalter war. Die Abwehr würde nach einem strengen Muster ablaufen, genau festgelegt und nach Wirkung der unterschiedlichen Vorrichtungen geordnet. Er zog sein Kurzschwert und zerteilte das Tau, welches das Netz hielt.

Die Fasern öffneten sich und schütteten Geröll auf die aufsteigenden Kriegerinnen und Krieger aus Elayion. Die Steine lösten eine kleine Moräne aus und rissen die hinteren zehn Angreifer vom Pfad. Schreiend verschwanden sie in der Staubwolke und würden erst nach einem langen Sturz Tausende Schritt am Fuße des Kamms zerschmettert, zerrieben und unkenntlich liegen bleiben.

Mabian hielt sich das pochende Bein. Es revoltierte gegen die Belastung, weil es Schonung versprochen bekommen hatte. *Zehn weniger.*

Er sah sich um und kontrollierte, ob die Sangaitai alle wichtigen Positionen eingenommen hatten; dann hob er die Hand mit der roten Fahne. Sobald er sie senkte, würden die Leute die Seile und Ketten lösen.

Auch Quent bemühte sich, nützlich bei der Verteidigung zu sein. Er befand sich am Auslöser für den Schieber, der die grob in runde Formen geschlagenen Brocken freiließ. Wie Murmeln würden sie über die schrägen Stege und Brücken rollen und die Gegner zu Fall bringen. Er war zweifach seltsam anzuschauen, einmal wegen der hierzulande ungewöhnlichen Größe und dann wegen der zu kleinen Kleidung, die Risse in den Nähten zeigte.

Mabian schaute zu den Elayionern, die sich die Schrägen zum Dorf hinaufarbeiteten und ihre Kurzbögen bereithielten. Andere hatten Pistolas und geweihte Schwerter gezückt, die bei einem Treffer Energie aus den Schneiden freisetzten und zusätzlich zum Schnitt üble Brandwunden verursachten.

Sie wissen genau, dass sie unterhalb der gefährlichen Grenze sind. Die Spheng, die geheimnisvollen Schutzwesen von Khamado, griffen erst weiter oben an. Daher mussten die Sangaitai zusehen, dass sie selbst die Angreifer zurückschlugen.

Mabian vermutete, dass Elayion sich mit der Eroberung des Dorfes einen Brückenkopf errichten wollte, um von diesem Punkt Expeditionen auszusenden und eine Möglichkeit zu finden, die Spheng zu umgehen und den Kaiser in seinem Exil zu stürzen. Damit würde ganz Uthalosa an die religiösen Eiferer fallen.

Die ersten Krieger erschienen auf dem unteren Steg, sicherten nach allen Seiten.

Ihr hättet in eurem Salbungsland bleiben sollen. Mabian wedelte mit der Fahne, um die Dörfler vorzuwarnen, dass der Tanz gleich begann. *Die werden sich wundern.*

Mabians Zuversicht erhielt einen jähen Dämpfer, als ein Teil der elayionischen Truppe Wurfhaken einsetzte und sich kurzerhand auf die Dächer der Behausungen schwang. Die Angreifer ließen die Stege außen vor, weil sie wussten, wie gefährlich es war, sich darauf zu bewegen.

Mabians Gedanken rotierten, um auf die veränderte Bedrohung angemessen zu reagieren. Sicherlich blieb die letzte Möglichkeit, die Halterungen der oberen Häuser zu lösen und sie wie einen vertikalen Rammbock auf die Behausungen darunter rauschen zu lassen und die Feinde zu zermalmen.

Aber damit verloren die Sangaitai ihre Bleiben, abgesehen von den kleinen Lagerräumen im Fels, in denen ein Großteil von ihnen derzeit ausharrte.

»Hey! Hey, schau«, rief Quent ihm zu. »Sie kommen über die Dächer.«

Mabian strengte seinen Verstand an, ohne dass ihm etwas in den Sinn kam.

Derweil eroberten die elayionischen Kriegerinnen und Krieger die ersten hängenden Gebäude, die von den Bewohnern aufgegeben worden waren, und verschanzten sich darin. Windpistolas knallten leise, die Kugeln verfehlten jedoch die Männer und Frauen an den Barrikaden.

Mabian musste den Kopf einziehen, als auch er unter Beschuss genommen wurde.

Was würde Mutter tun? Die Frage war müßig. *Angreifen.* Eine versierte, erfahrene Kriegerin wie Danèstra könnte sich in der Beengtheit des Dorfes einen Elayioner nach dem anderen vornehmen und sie zu

Ansis schicken. Wen sie übersah oder wer sie hinterrücks attackieren wollte, den zerfleischte Thirío.

Aber ich? Mabian hörte das Klickern, mit dem die Kugeln über ihm auf den Fels schlugen. *Ich bin kein Kämpfer.* Er starrte auf das rote Fähnchen. *Ich muss den Abriss der oberen Häuser befehlen, sonst gelangen die Gegner bis zu uns und töten jeden.*

Ein lautes, heiseres Krächzen erklang, gleich darauf schrie ein Mann in Todesangst. Das Krächzen nahm zu und wurde zu einem Chor, in das sich das Geräusch von flatternden Schwingen mischte.

Das sind … Mabian schielte über seine Deckung hinweg. »In die Häuser!«, rief er den Sangaitai zu und warf sich die Kapuze über den Kopf, um sich zu schützen, bis er in einen geschlossenen Raum gelangt war. »Augenfresser! Augenfresser!«

Die hundegroßen Vögel mit dem langen gebogenen Schnabel waren berüchtigt für ihre Angriffe auf Nutzviehherden, bei denen sie die Hirten gleich mit töteten. Ihren Namen hatten sie von dem Irrtum, sie fräßen nur die Augen ihrer Beute, bis Untersuchungen ergeben hatten, dass sie mit ihren langen Schnäbeln das Hirn herauskratzten und vollständig verschlangen.

In Schwärmen habe ich sie noch nie gesehen! Mabian hinkte geduckt und mit einer Hand als Schutz halb vor den Augen auf die nächste Hütte zu. Womöglich hatte die Truppe aus Elayion beim Aufstieg eines der Nester zerstört.

Die Augenfresser machten wenig Unterschied zwischen den Menschen, auch wenn sie sich überwiegend auf die Gegner der Sangaitai stürzten. Die Dörfler wussten sich besser vor den wütenden Vögeln zu schützen.

»Quent! Ins Haus!«, rief Mabian dem schlaksigen Jungen zu, der unbeholfen mit den Armen wedelte und einen Augenfresser abwehrte. Der lange Schnabel stach mehrmals in die Hände, der Vogel fiepte und krächzte aufgebracht. »Sie sind zu flink, um sie dauerhaft abzuwehren.«

Dann bemerkte Mabian viele graupelzige Schatten, die sich an der Kammwand abwärtshangelten und waghalsige Sprünge zu Kanten wagten, um sich auf die hängende Siedlung zuzubewegen. Mit ihnen reiste ein lautes Kreischen, das von den Hängen echote und ihr Kommen ankündigte.

Nebelaffen! Mabian kam aus dem Staunen nicht mehr heraus. *Sie leben doch zweitausend Schritt höher. Wieso tauchen sie plötzlich bei uns auf?*

Die gefährlichen Tiere, die einem Erwachsenen in aufrechter Position bis an den Gürtel reichten, hatten lange Fänge und kräftige Muskeln, die ohne Weiteres Knochen brachen. Und sie waren Fleischfresser. Nur offene Flammen hielten die schlauen Affen davon ab anzugreifen. Bei den Reisenden nach Khamado waren sie zu Recht gefürchtet.

»Nebelaffen! Nebelaffen greifen an! Verbarrikadiert euch!«, schrie Mabian über das Dorf. »Schürt die Feuer.«

Ein Augenfresser stieß auf ihn nieder und landete auf seinem Kopf, der gebogene Schnabel fuhr herab.

In einem Reflex fing Mabian ihn ab. »Weg mit dir!« Er packte den Raubvogel mit beiden Händen und schleuderte ihn von sich.

Federn lassend und krächzend wandelte der Augenfresser sein Trudeln mit Flügelschlägen in einen eleganten Flug, um sich auf einen Elayioner zu stürzen, der weniger aufmerksam war.

Was geht in Zhinora vor? Mabian hinkte unter ein Vordach und blickte sich um.

Es war zu keinem Kampf zwischen den Angreifern und Verteidigern gekommen. Dafür hatten der Schwarm Augenfresser und das Rudel Nebelaffen gesorgt, die krächzend und kreischend um die Behausungen tobten.

Die Dörfler wussten sich besser vor den wilden Tieren zu schützen, während die Kriegerinnen und Krieger reihenweise deren Opfer wurden. Ihre Pistolas und Klingen schlachteten Affen und Vögel ab, doch der Strom aus hackenden Schnäbeln und zubeißenden Fängen endete nicht. Die intelligenten Nebelaffen nutzten abgerissene Planken als Knüppel oder schnappten sich triumphierend lachend verlorene Waffen der Gegner und attackierten sie damit.

Mabian hatte von einem derartig abgestimmten Überfall der Spezies in keinem Buch gelesen, und Kaltensee besaß wahrlich eine riesige Bibliothek mit Wissenswertem aus allen Ländern und Regionen Nankāns. Er fand keine Erklärung – außer der Anwesenheit der Wildnis in der Ebene von Elayion. *Hetzt sie die Tiere gegen uns auf?*

Mabian zog den Kopf ein, als ein Augenfresser mit einem Sturzflug erneut versuchte, ihn zu erwischen.

Der Raubvogel schoss über ihn hinweg und prallte gegen einen Nebelaffen, der sich unbemerkt hinter Mabian geschlichen hatte. Der Affe kreischte wütend und packte die Schwingen, riss den Augenfresser in zwei Teile. Der lange Schnabel hackte im Todeskampf des Vogels um sich, und der Affe verlor ein Auge. Blut rann über den grauen Pelz.

»Zurück!« Mabian hob einen Besen auf und stieß den verwundeten Nebelaffen über die Brüstung in die Tiefe.

Dabei entdeckte er Quent, der sich mit dem Sarg zusammen aus dem Staub machte. Der schlaksige junge Mann schob die Totenkiste den steilen Pfad hinauf, der aus Zhinora führte und sich zum Kammrücken aufschwang. Quent war kein Kämpfer und tat angesichts der Übermacht aus Augenfressern, Nebelaffen und Kriegern aus Elayion das aus seiner Sicht Vernünftigste: die Flucht ergreifen. *Er will den letzten Wunsch seines Meisters erfüllen.*

Mabian blickte sich im Dorf um, in dem sich die Sangaitai in die sicheren Felsräume im Berg zurückgezogen hatten. Sie überließen es den Tieren, gegen die Soldaten zu kämpfen. Die Elayioner waren auf ein kleines Häuflein zusammengeschmolzen, das verzweifelt, aber ohne Aussicht auf Überleben focht. Dazu waren die Nebelaffen zu gewitzt und die Augenfresser zu aggressiv. Die Schlacht war entschieden.

Allein wird er nicht weit kommen. Die Spheng würden Quent als Fremden erkennen und sich an dem Sarg mit der Mumie stören. *Er unterschätzt sie.*

Mabian betrat ein Haus, in dem sich ein halbes Dutzend bewaffnete Sangaitai befand.

»Meine nächste Aufgabe erwartet mich. Ihr müsst die Elayioner nicht mehr fürchten. Sie sind gleich besiegt. Schließt den Pfad nach Zhinora mit einem Wall«, sagte Mabian und raffte zusammen, was er an Proviant für die kommenden Tage benötigte. Sie halfen ihm ohne zu zögern beim Packen. »Ich kehre wieder. Noch vor dem Winter. Um euch meinen Dank für die Pflege des Fremden zu bringen und für die Schäden aufzukommen, die auf meine Unachtsamkeit zurückgehen.« Er schärfte ihnen ein, was sie zu tun hatten, sobald die letzten Elayioner gefallen waren. Es war wichtig, dass keiner lebend in die Ebene zurückkehrte, um den Pfad zu verraten. »Die verletzten Gegner müssen getötet werden, falls die Nebelaffen nicht gründlich genug sind.«

Die Sangaitai nickten, und Mabian reichte den versammelten Dörflern die Hand. Dann verließ er das Haus und humpelte die in den Stein gehauenen Stufen hinauf. *Wo ist er?*

Quent hatte bereits etliche Schritte zurückgelegt und einen gehörigen Abstand zwischen sich und Zhinora gebracht. Er zerrte die Totenkiste hinter sich her, als besäße er die Kräfte eines Ackergauls.

Mabian machte sich an die Verfolgung, auch wenn sein Bein schmerzte und pulsierte, um ihn daran zu erinnern, dass es eine schlechte Eingebung war, den Gewaltmarsch nach Kaltensee ohne Phuna-Esel anzutreten. *Meine Schwestern werden mich pflegen müssen.*

Gelegentlich wandte er sich beim Aufstieg zum Dorf um, in dem Ruhe einkehrte.

Die Augenfresser saßen auf den Leichen der Elayioner und pulten das Hirn aus den Schädeln, die Nebelaffen rissen die Toten auseinander und sprangen mit der Beute davon; einige trugen die Helme wie eine Trophäe, andere schleppten Waffen und Pistolas mit.

Der Sturm aus Gegnern und Bestien, der unversehens über Zhinora hereingebrochen war, legte sich und hinterließ zu Mabians Erleichterung lediglich überschaubare Schäden an den Gebäuden. Hatte er das Geschehen richtig verfolgt, war es unter den Bewohnern bei Leichtverletzten geblieben.

Mabian würde mit Geschenken zurückkehren. *Aber zuerst muss ich zu ihm.* Er schaute auf den weit entfernten Quent. »Hey! Warte!«, rief er.

Der schlaksige junge Mann reagierte nicht und verminderte seine Geschwindigkeit kein bisschen.

»Was soll das denn? Warte! Ich weiß, dass du mich hörst!«

Quent ignorierte ihn.

»Idiot.« Mabian hinkte hinterdrein, so gut es ging. Sein Bein peinigte ihn bei jeder Belastung.

Das ungleiche Rennen ging den ganzen Tag, jeder hatte mit seinem eigenen Hemmnis zu kämpfen. Damit blieb der Abstand zwischen ihnen bis zum Abend gleich.

Mabian dachte nicht daran, den Aufstieg zu unterbrechen. *Ich kann aufholen.* Der flackernde Lichtschein etliche Schritte über ihm am Hang verriet, dass sich Quent ein Lager errichtet hatte und während der Nacht rasten wollte. Das war die Gelegenheit aufzuschließen.

Keuchend und schwitzend gelangte Mabian zum Absatz, auf dem Quent vor einem winzigen Feuerchen saß, das er aus Flechten und Fackelresten entfacht hatte. Eine Felsnase schützte ihn vor möglichem Regen und Steinschlag.

»Ganz dumm hast du dich nicht angestellt«, grüßte Mabian und hinkte in den Feuerschein. Sein Tragesack landete auf dem Stein. »Warum hast du nicht auf mich gewartet?«

Quent hatte eine Hand an einem Fackelrest, als wollte er sich gegen einen Angriff verteidigen. Er hatte sich in zwei Mäntel gehüllt, die er als Schutz vor der Kälte nutzte. »Ich ... hatte Angst.« Die braunen Haare hingen ihm verschwitzt in die Stirn.

»Das ist keine Schande. Es waren viele Soldaten, die ...«

»Vor dir. Angst, dass du mich zurückschleifst. Und weil ich doch Schuld daran habe, dass die Elayioner das Dorf fanden.« Quent seufzte und warf den Fackelgriff ins Feuer. »Hättest du mich nicht gerettet und zu ihnen gebracht, wären sie verschont geblieben. Und ich dachte, die Sangaitai wollten mich zur Rechenschaft ziehen.« Er sprach abgehackt, die Höhe setzte ihm zu.

Mabian ließ sich neben ihm an den wärmenden Flammen nieder und reckte die kalten Finger dagegen. Sein Atem wurde in der kühlen Luft sichtbar. »Ich bin dir nach, weil ich dich begleite. Nach Kaltensee. Sonst holen dich die Spheng.«

»Sind wir schon so hoch?« Er versuchte, sich kleiner zu machen, um mehr von der Hitze abzubekommen. »Ich dachte ...«

»Nein, noch nicht. Aber auf dem Kammrücken herrschen sie.« Er zeigte auf sich. »Mich kennen sie. Jeder, der sich in der Begleitung meiner Familie befindet, wird verschont.« Mabian legte ihm eine Hand beruhigend auf die sehnige Schulter. »Deswegen bin ich dir nach. Und zur Rechenschaft müssten die Sangaitai mich ziehen. *Ich nutzte den Pfad. Nicht du.*«

Quent atmete erleichtert auf. »Danke.«

»Ich habe dir nicht das Leben bewahrt, damit die Spheng dich umbringen.« Mabian sah an der kahlen, senkrechten Wand hinauf. »Wir werden einige Tage für den Aufstieg benötigen. Das ist wichtig, gerade für dich. Sonst bilden sich Klumpen in der Lunge, und du wirst ersticken.«

»Wegen der Luft. Ich hörte davon.« Quent schnaufte angestrengt. »Ich fühle es auch.«

»Gut. Auch wenn ich rasch nach Kaltensee will, diese Zeit müssen wir uns nehmen.«

Quent sah es offenkundig als willkommene Gelegenheit, etwas über seinen Retter zu erfahren. »Ich nehme an, du warst auf einer Mission. Für deine Mutter.«

»Nicht absichtlich.« Mabian dachte an seine überstandenen Abenteuer zurück. Kalenias Gesicht erschien vor seinem geistigen Auge. »Und ich will es nicht noch mal erleben. Das überlasse ich ihr und meinen Schwestern.« Das Bein sandte stechende Qualen wie zur Erinnerung, behutsam massierte er es, spürte die Drähte und Nägel durch Haut und Stoff. *Kalenia, Liebste. Ich hoffe, es geht dir gut.*

»Was hast du herausgefunden? Oder ist es geheim?«

»Ich wollte schon längst eine Nachricht nach Hause geschickt haben, aber die Grenzen sind geschlossen. Elayion besitzt abgerichtete Falken, die jede Brieftaube vom Himmel greifen«, erklärte er grimmig. »Dabei ist das Wissen … von Bedeutung.«

»Also doch geheim.«

»Ja. Aber ich werde es dir verraten, vor allen anderen, wenn es an der Zeit ist.«

»Es geht bestimmt um Nankān.« Quent rückte gefährlich nahe ans Feuer und machte den langen Rücken rund, um Wärme bei sich zu behalten. Dabei wurden die gerissenen Nähte der zu engen, kleinen Kleidung sichtbar. »Ohne die Klinge des Schicksals wäre viel Schlechtes ungesühnt geblieben.«

»Das ist so.«

»Wie alt ist deine Mutter wirklich?«

»Irgendwas jenseits der sechzig. Aber sie ist schneller als eine Böe, wenn es sein muss, und stark wie ein Riese. Ungelogen.« Er grinste. »Und sie hasst die Romane von Tintenfain.«

»Zu welchem Gott betet sie?«

Mit der Frage hatte Mabian nicht gerechnet. »Zu keinem, glaube ich. Aber sie steht Deiwos näher als den neuen Gottheiten.« Neugierig sah er über die Flammen und die wabernde Luft. »Weswegen?«

»Jemand entsendet sie seit Dekaden an die verschiedensten Orte Nankāns, und ich fragte mich, wer der Wohltäter ist.« Quent machte ein nachdenkliches Gesicht. »Bis vor dem Angriff der Elayioner wollte ich Priester von Thýguda werden.« Er pochte gegen den Sarg neben sich. »Sobald ich meinen toten Meister abgeliefert habe. Möge seine Seele Frieden finden.«

»Ah. Daher weht der Wind.« Mabian nahm sich ein Stück Brot aus der Proviantasche und röstete es über dem Feuer. »Jetzt zweifelst du.«

Quent nickte betrübt. »Seit deiner Erzählung. Wie sie mich haben liegen lassen.« Er sah Mabian durch den schwachen Rauch an. »Wenn *du* jetzt wenigstens Thýguda huldigen würdest, könnte ich sagen: Da, die Göttin hat mich durch einen wahren Gläubigen doch gerettet. Aber so?«

»Ich halte von den Eiferern gar nichts. Die Elayioner hätten dich und mich zusammen mit den Sangaitai umgebracht«, sagte Mabian. »Sieh deine Reise als Reise zu dir selbst. Du wirst noch lange unterwegs sein. Oder bleibst du auf Kaltensee, bis der Winter vorbei ist?«

Wie er es sich gedacht hatte, lehnte Quent das Angebot ab. »Ich nutze die eisigen Winde. Weil die Monster in Marwarod, diese Scaber, durch die Kälte langsamer werden, kann ich mich bis in die Stadt Kysarod durchschlagen und von da mit dem Schiff weiter.«

»Aha. Du hast schon einen Plan.«

»Ja. Den legte ich mir beim Aufstieg zurecht.« Quent ordnete die Mäntel neu. »Und ich werde es schaffen.«

»Das wirst du. Ich gebe dir in Kaltensee mit, was du brauchst.« Mabian grinste. »Anfangen werden wir bei Kleidung in deiner Größe.«

Die beiden jungen Männer lachten gemeinsam.

»Nun denn.« Quent setzte zu einer neuerlichen Fragerunde an. »Wie ist es, der einzige Sohn der Klinge des Schicksals zu sein?«

»Ich dachte immer, es ist langweilig und müsste spannender sein.« Mabian massierte sein geschundenes Bein. »Dann erlebte ich viel zu viel. Meine Lehre ist, dass ich mich darauf freue, der beste Verwalter zu sein, den das Rittergut jemals hatte.«

»Oh. Das klingt dramatisch.«

»War es. Nein, ist es immer noch. Ich verlor beinahe mein Leben, werde vermutlich wegen … Mordes gesucht, traf die Frau meines Lebens und musste sie auf eine Mission ziehen lassen, um dann zu vernehmen, dass man ihr Übles will, und saß in Merirosvo fest, wo ich als Leibeigener schuftete und wieder beinahe umgebracht worden wäre«, zählte er auf und fuhr sich dabei durch die schwarzen Haare.

Quent sah ihn beeindruckt an. »Das ist … meiner Reise *mindestens* ebenbürtig. Bis auf das Mädchen. Aber ich kann die Liebe meines Lebens ja unterwegs noch treffen. Bis Lygäion ist es weit.«

Dann lachten sie wieder. Es erleichterte sie, jemanden gefunden zu haben, der einen verstand.

Mabian zeigte Quent, welche Flechten man nutzen konnte, um das Feuer am Brennen zu halten, bevor sie sich müde um die Lohen zum Schlafen legten. Während ihm die Augen zufielen, setzte Quent noch zu einem Thýguda-Gebet an, das er nach wenigen Worten abbrach.

»Du wirst deine Bestimmung finden«, murmelte Mabian schläfrig. »Die Reise wird es zeigen.«

»Und wenn nicht? Was ist mein Platz in der Welt?«

Da war Mabian schon eingeschlafen.

***

Oh, und was sie mir alles vorgeworfen haben, die feinen Damen und Herren, die angeblich die besseren Romane schreiben und die sogenannte Hochliteratur erschaffen! Ich würde verklärenden Kitsch herstellen und vieles mehr. Aber das trifft mich alles nicht. Denn ich gebe den Menschen, wonach sie sich sehnen.

Der beste Vorwurf war, dass ich nicht etwa ein Nichts- oder Wenigkönner sei, sondern vielmehr ein schlechter Mensch, ein Verbrecher, der das radikal Böse will, indem ich die Gemüter einlulle und sie anfällig für das Schlechte mache.

So ein Unfug!

Denn: Die Klinge des Schicksals steht stets für das Gute ein. Ganz gleich was ihr Herz alles durchleiden muss.

Aus: Über die Romantik
Gespräche mit Mahetian Tintenfain

Kapitel XVIII

H oheit, habt Ihr mir zugehört? Ich sagte, wir haben noch einen
ausfindig machen können.« Wie unerträglich Stille sein konnte,
bekam Danèstra von König Bhratigäion Tolbar demonstriert – jedes
Mal, wenn sie sich in den königlichen Privatgemächern trafen und
die neusten Erkenntnisse zu seinem Sohn besprachen.

Das verhielt sich an diesem Tag nicht anders. Der Herrscher über
den Norden von Lygäion, ein Hüne von beeindruckender Erschei-
nung selbst in schlichtestem Gewand, mit stattlichem schwarzen Bart
und feinen Fingern, verfiel in Schweigen, wenn Danèstra die Nachrichten vorlas, die aus Kaltensee stammten.

Mit dem einsetzenden Winter hatte Elayion seine Versuche aufgegeben, die Gegend rund um Kaltensee unter Kontrolle zu bekommen. Das Reich hatte herbe Verluste gegen die Einheiten des Kaisers
und dank Danèstras Töchter hinnehmen müssen. Seitdem kamen die
Brieftauben wieder zum Rittergut durch und erleichterten die Ab-
sprachen.

Danèstra wusste, warum der König schwieg.

Er will es nicht glauben und am liebsten vergessen machen. Als Mutter
hatte sie großes Mitleid mit dem Thronfolger, auch wenn sie seine
Taten nicht entschuldigte. Die eigentlichen Schuldigen aber waren
die Männer, die den Jungen angestachelt hatten. *Ein doppelter Miss-*
brauch.

»Hoheit, bitte.« An die Wand hatte Danèstra die Namen der bislang bekannten Männer geschrieben sowie Zeichnungen ihrer Gesichter aufgehängt, basierend auf den prinzlichen Beschreibungen
oder allgemein zugänglichen Abbildungen, weil sie zu den Persönlichkeiten der Halbinsel gehörten. Sie waren mit Lygos ins Irrsal und
in die Tiefen der Wildnis geritten, ohne dass sie ahnten, wer sie bei
dem Abenteuer begleitete. *Für sie war es ein vorwitziger Junge gewesen,*
vielleicht sogar ein Großmaul, das sich beweisen wollte.

»Es geht um ein ernstes Vergehen. Und um die Gesundheit Eures

Sohnes. Wir müssen etwas unternehmen, um dieser Männer habhaft zu werden.«

Mit am Tisch saßen Aphkenios, der Hauptmann der Leibgarde, der mit dem Jungen zurückgekehrt war, sowie Lygos selbst, den die Pfleger mit Handfesseln am Stuhl fixiert hatten. Die Anfälle von Raserei und Tötungswahn befielen ihn ansatzlos; der Anblick der gezeichneten Gesichter ließ ihn schmierig grinsen. Allein der Name Kalenia konnte ihn beruhigen. Auf einer Seite des Raumes warteten vier Heilerinnen und Heiler, jederzeit bereit, den Jungen mit Elixieren zu betäuben, sollte die Tobsucht überhandnehmen.

Der König blieb stumm.

»Ich bin keinem von ihnen begegnet«, erwiderte stattdessen Aphkenios, der das neu gezeichnete Gesicht betrachtete, das zu Kaalbrok Castha gehörte, einem Abenteurer aus Siwenloith. »Wir zogen mit den Bluthunden los. Sie nahmen irgendwann die Witterung Seiner Prinzlichen Hoheit auf, und wir …« Seine Hände begannen zu zittern, und er trank einen Schluck vom Branntwein, in den Beruhigungsmittel gemischt worden waren. »Wir fanden Prinz Lygos und … und kämpften uns … durch.« Er schloss die Augen, die Adern am Hals standen dick hervor.

Was immer die Finsternis mit ihnen tat.

Danèstra hielt dem Prinzen das Bild von Kaalbrok Castha hin, der sogleich das widerliche Grienen zeigte und im gleichbleibenden Takt zu klatschen begann. Danèstra vermochte sein närrisches Verhalten einzuordnen. Aus den bruchstückhaften Erzählungen hatte sich erschlossen, dass Lygos Kalenia gegen ihren Willen genommen hatte. Die anderen Männer hatten dem unerfahrenen Jüngling den Stoßrhythmus durch ihren Beifall vorgegeben.

»Damit haben wir sieben der neun«, fuhr Danèstra fort. »Ich reise heute noch nach Kerkoria. Dort müsste Kalenia als Nächstes auftauchen, sofern sie sich an den Plan hält, den wir vor meinem Verschwinden aufstellten.«

Der König betrachtete seinen Sohn, die Miene war nicht zu deuten.

Danèstra nahm an, dass er ohne ihr Erscheinen den umgekehrten Weg gegangen wäre und die Schwangere hätte umbringen lassen. *Wo keine Klägerin, da kein Verfahren.*

»Was ich nicht verstehe«, sagte Bhratigäion nachdenklich, ohne die Augen von seinem speichelnden Sprössling zu wenden, »ist dies: Warum sprach sie Euch gegenüber von Verschwörern? Von Dämonenanbetern, die Nankān durch die Wildnis vernichten wollen? Wir haben den ganzen Palast auf den Kopf stellen lassen, um einen Hinweis auf Dämonen zu finden, die mein Sohn angeblich anbetet. Und wir fanden nichts.«

»Das werden wir Kalenia fragen, Hoheit.« Danèstra vermutete, dass es sich dabei um eine glatte Lüge seitens Kalenia handelte, um Unterstützung für ihre Rache zu erhalten; Rache für das Niederbrennen des Dorfes, das Töten ihrer Familie sowie ihre Vergewaltigung. *Und ich fiel darauf herein. Weil ich meinen Schicksalsauftrag nicht hinterfragte.*

Weder Grauhorn noch Rauhwasser noch Bladsteen hatten auch nur ansatzweise magische Kräfte gezeigt. Selbst für Taurors Gras aus der Wildnis und Wiltos Umgang mit den Bestien konnte es andere Erklärungen geben. Ohne Dämonen. *Und ich fiel darauf herein. Weil ich meinen Schicksalsauftrag nicht hinterfragte.* Danèstra würde auf der Reise nach Kerkoria jedes Gespräch, jede Geste und jeden Gesichtsausdruck Kalenias überdenken. *Es wird Mabian nicht gefallen zu hören, dass mit seiner Liebsten einiges im Argen liegt.*

Was sie Bhratigäion verschwieg, war, dass sie durch ihren Sohn von dem verheimlichten Vorhaben der Mächtigen Nankāns erfahren hatte, eine zweite Expedition zu Kalenias Siedlung auszusenden, um den Wahrheitsgehalt ihrer Aussage zu prüfen. *Das wird zu einem anderen Moment von Belang sein.*

Die knappen Schilderungen ihres Sohnes hatten sich wild gelesen, ihr Mutterherz war bei den Zeilen noch nachträglich besorgt gewesen. *Hätte ich das geahnt.* Danèstra war sehr froh, dass er nun in Kaltensee weilte. Das verletzte Bein befand sich in Behandlung des besten Medikus und eines magischen Heilers. Aufgrund der vorgegangenen Pfuscherei war nicht abzusehen, ob Mabian es behalten und je wieder ohne Einschränkung belasten konnte.

Der Unfall, der zum Tod von König Horneus geführt hatte, war von Königin Korava aufgeklärt worden. Mabian musste keine Verfolgung und keinen Prozess wegen Mordes fürchten.

Danèstra hatte die Sorge sehr gerührt, mit der er über Kalenia schrieb und seine Mutter bat, alles Erdenkliche zu tun, um sie vor Schaden zu bewahren. *Das werde ich.*

Sie räusperte sich. »Ihr werdet Euren jüngsten Sohn nach Kaltensee auf mein Gut senden, Hoheit. Wie wir es besprochen haben. An keinem anderen Ort ist er sicherer als dort. Dort wird die Auflösung dieses Dramas geschehen und den wahren Schuldigen der Prozess gemacht.«

»Gut. Ich beuge mich der Klinge des Schicksals. Denn Ihr, Großfürstin, steht für das Gute wie niemand sonst.« Bhratigäion sah zum Hauptmann. »Du wirst ihn und mich begleiten. Fünfzig Mann müssen reichen. Dieses Mal geht es nicht ins Irrsal.«

Aphkenios nickte und spielte fahrig mit den Fingern, drehte an den Ringen und brach in kalten Schweiß aus. »Selbstverständlich, Hoheit.«

Danèstra war erstaunt, dass der König nach Uthalosa mitkommen wollte. »Ihr müsst nicht …«

»Ich muss«, unterbrach Bhratigäion sie barsch. »Ich will diese Frau sehen, die meinen nächsten Enkel in ihrem Leib trägt. Ich will den Männern in die Augen blicken, die meinen Sohn zu einem Vergewaltiger machten. Und meinem Sohn wird es Heilung bringen, seiner Schande gegenüberzustehen und sie um Vergebung zu bitten.« Bhratigäion erhob sich. »Alles das soll mir nicht entgehen. Wir sehen uns in Kaltensee, Großfürstin. Nehmt meinen Dank für Eure Einmischung.« Er ging hinaus, der Hofstaat folgte ihm. Lygos wurde losgeschnallt und nach draußen geführt.

Krachend schlug die Tür zu, und die Stille kehrte zurück.

Einmischung. Danèstra betrachtete die Gesichter der vermeintlichen Verschwörer. Die Überlegungen zu den Geschehnissen der letzten Monde ließen sich nicht aufhalten.

Es begann mit ihrem Schicksalssprung an den Hof von Lygenia. Beim Zusammentreffen mit dem Prinzen handelte es sich ihrer Überzeugung nach um eine neue Mission. Doch daraus folgte der Schluss, dass Kalenias Schutz während des Überfalls nie ihr Auftrag gewesen war. *Was übersah ich damals?*

Ihre Töchter hatten die Namen und die Herkunft weiterer Verschwörer, die Lygos nach tagtäglichem Traktieren mit Bildern und Karten herausgeschrien hatte, durch Brieftauben erhalten. Bewaffne-

te Boten hatten den Männern eine Einladung nach Kaltensee über-
bracht, die sie nicht ablehnen konnten.

Männer. Danèstras blaue Augen zuckten von rechts nach links, die
Blicke wanderten über die Porträts. *Bislang waren es alles Männer.*

Zwei Namen fehlten noch, um die Zahl neun vollzumachen. *Die
wird mir Kalenia nennen.*

Es klopfte, und ein Livrierter brachte eine neue Nachricht aus Kaltensee, zusammen mit Tee und etwas Gebäck. Danèstra öffnete die
versiegelte Metallröhrchen und las beim Einschenken, was ihre Töchter Ansiwa, Dhouza und Nushira erfahren hatten.

Nein! Sie goss den Tee an der Tasse vorbei und stellte das teure
Porzellankännchen derart rasch und hart ab, dass es deutlich knackte.
Aus dem Riss rann das dunkle Getränk und färbte das bestickte weiße
Tischtuch.

»Ich bringe Euch sogleich neuen Tee, Großfürstin.« Gelassen
räumte der Diener die gesprungene Kanne ab. »Es wird nicht lange
dauern.«

Danèstra starrte auf die Zeilen, die ihr schmerzhaft verdeutlichten,
dass sie einen schweren Fehler begangen hatte.

Ihr Kopf ruckte herum, sie betrachtete die Bilder der Brüder Hütts.

Airndt, ein schneidiger Mann mit großem, gewachstem Schnauzbart, war Offizier in Kerkoria mit einer Einheit von fünftausend
Mann unter seinem Befehl, den Danèstra hoffentlich vor Kalenia und
ihrer Truppe erreichen würde. Vytains Schießkünste konnte das Leben des Mannes in weniger als einem Herzschlag beenden, und sie
wollte unbedingt vorher mit dem Soldaten sprechen.

Danèstra erhob sich und versah das Bild des älteren Bruders, Lers
Hütts, mit dem Zusatz *verstorben.* Die Nachforschungen der Töchter
hatten ergeben, dass Lers Hütts zusammen mit seiner Familie auf Reisen gewesen war, als sie Opfer eines Überfalls wurden, zusammen mit
den anderen Passagieren. Seltsamerweise waren die Räuber ebenso tot
aufgefunden und die Wertsachen der Reisenden nicht entwendet
worden. Gerichtet und liegen gelassen. Die eintreffende Suchmann-
schaft fand die Kinderleichen begraben.

In Kerkoria. In einem Wald. Dort, wo ich erwachte. Danèstra fühlte
Übelkeit in sich aufsteigen.

Dass Lers Hütts sich just an der gleichen Stelle befunden hatte, war kein Zufall gewesen.

Auch der Überfall nicht.

Oder Kalenias Anwesenheit.

Sie hat den Überfall in Auftrag gegeben! Die Räuber waren in Wahrheit gekommen, um Lers Hütts zu töten und den Mord durch den Raub zu verschleiern, damit die anderen Männer keinen Verdacht schöpften. Als Danèstra dort erschienen war, hatte Kalenia die Gelegenheit ergriffen und die Kriegerin für ihre eigenen Zwecke eingespannt. *Ich ließ mich von der Schwangerschaft blenden.*

Danèstra machte einen Schritt weg von den Porträts, die plötzlich zur Anklageschrift gegen sie wurden. *Was ... was habe ich angerichtet?* Einen solchen Fall hatte es in den vergangenen Dekaden niemals gegeben: Die Klinge des Schicksals war fehlgegangen. Mehrfach.

Die gezeichneten Augen wirkten unvermittelt vorwurfsvoll und wütend. Hatte die höhere Macht gewollt, dass sie Lers Hütts beschützte? Um die Vorgänge rund um Kalenias Vergewaltigung aufzuklären und die Beteiligten der Justiz zuzuführen? Auch den Königssohn?

Nun wurde ihr klar, weshalb sie nach Lygäion gesprungen war. Das Schicksal hatte sie von Kalenia abgezogen, um den Jungen zu retten und zu verstehen, was ihre eigentliche Aufgabe war.

Danèstra drehte sich um und ging dem Livrierten entgegen, der mit frischem Tee zurückkehrte. »Bring ihn in meine Gemächer«, bat sie. »Ich muss meine Abreise vorbereiten.«

»Gewiss, Großfürstin.« Er machte auf den Absätzen kehrt und folgte ihr. »Ich empfehle, dass Ihr Eure Garderobe anpasst. Der erste Schnee fällt.«

»Er wird mich nicht aufhalten.« Danèstra musste das Sterben beenden, das Kalenia über Nankān gebracht hatte. *Airndt Hütts wird nicht ihr Opfer werden.*

Ein Blick aus den großen Fenstern in den Sturm aus wirbelnden Flocken und Eiskristallen, die gegen das Glas knisterten, zeigte Danèstra, dass dies kein leichtes Unterfangen werden würde.

***

Vytain korrigierte den Sitz des grobmaschigen Schals, den er als Kälteschutz vor Mund und Nase gewickelt hatte. Eis bröckelte außen ab, gefrorenes Kondenswasser der Atemluft. Wie Ilreen, Slahan und Kalenia trug er einen dicken Vulisfellmantel mit Kapuze, der den Wind abhielt. Der Schnee lag dünn auf seinen Schultern und hatte seine Vorderseite gepudert. »Wir haben den Außenposten gleich erreicht. Seid wachsam.«

Vytains Pferd schnaubte und schüttelte das Weiß ab, während es durch den knirschenden Tiefschnee stapfte. Hinter ihm ritt Slahan, Ilreen und Kalenia folgten in einem Schlitten. Die Entscheidung, von Rädern auf Kufen umzusteigen, erwies sich als genau richtig.

Thirío strich in großen Bögen um die Truppe, als wäre er ein Hütehund und sie seine Schafe. Nach dem Verschwinden von Danèstra war er längere Zeit unruhig und aufgeregt gewesen, hatte aber keine Anstalten gemacht, die Gruppe im Stich zu lassen.

Das nahmen sie als gutes Zeichen, dass die Klinge des Schicksals bald zu ihnen zurückkehrte.

Warum sie gegangen war, blieb Spekulation, die sich Vytain vorerst verbat. Sie hatten eine Mission zu erfüllen und den nächsten dämonischen Verräter zu erlegen, um Nankān zu retten. Ebenso wie Kalenia vermutete Vytain, dass die höhere Macht Danèstra vorausgeschickt hatte, weil die Zeit knapp wurde, um sämtliche Verschwörer zur Strecke zu bringen. Spätestens seit dem Versuch der Dämonendiener, Kalenia am Kai von Merirosvo aus dem Hinterhalt zu erschießen, war ihnen bewusst, dass die Angreifer inzwischen von ihnen wussten und Attentäter aussandten, um die Stimme der Wahrheit zum Schweigen zu bringen, während sie die Wildnis anstachelten und voranpeitschten.

Kalenias Halswunde mahnte die Gruppe zu besonderer Vorsicht.

Vytain war sich sicher, dass er den gegnerischen Schützen an Bord des Schiffes erledigt hatte. *Die Verschwörer werden einen neuen aussenden.* Entsprechend wachsam würde auch der Hauptmann sein, den sie jagten.

Seit mehr als zwei Stunden zogen sie am Saum eines dichten Nadelwäldchens entlang; auf der gegenüberliegenden Seite lag ihr Ziel.

»Ungefähr zwanzig Mann, haben sie im Dorf gesagt.« Ilreen hatte sich während der Überfahrt vollständig erholt und fühlte sich stark genug, an den Einsätzen teilzunehmen. Die Infusios hatten ein wahres Wunder vollbracht. Die Mittel, welche ihr im Hospital mitgegeben worden waren, beschleunigten die Heilung ihrer Verletzungen. Seit dem Entkommen aus Dornenfeste war es bergauf mit ihr gegangen, kurz vor Merirosvo hatte sie das Bewusstsein wiedererlangt und war aufgestanden. Auf dem Schiff hatte sie die letzte Schwäche überwunden. »Wir dürfen nicht herumtrödeln, sonst kann es schiefgehen.«

»Ach, was sind schon zwanzig Mann? Ihr habt doch mich.« Slahan war bei ihnen geblieben, weil es für ihn eine Frage der Ehre war, seine Heimat zu retten. Der Kriegstrumer mit dem dreieckigen Gesicht wollte nicht auf die Nachbarkontinente Sothoran oder Athosa umziehen, wie er betont hatte. »Ein Trommelwirbel, und sie ergeben sich.«

»Wir halten uns an das, was wir besprochen haben.« Kalenia unterdrückte ein Stöhnen und hielt sich den dicken Bauch. Das Kind trat und strampelte in den letzten Tagen stärker. Es bereitete sich auf seine Geburt vor, was keinem in der Gruppe gefiel. Am wenigsten ihr. Die Blutungen häuften sich, schwächten sie. Aber an Schonung dachte sie nicht, und so schluckte sie unentwegt von einem Tonikum, das sie aus Dornenfeste mitgenommen hatte.

»Vom Spähturm des Vorpostens aus habe ich die beste Sicht auf die Garnison«, verkündete Vytain. »Wir müssen Hütts nur herauslocken.«

»Das wird gelingen«, sprach Slahan und lachte. Die Eiseskälte machte ihm weniger aus, von dem rot gefärbten Kinnbärtchen fielen Schneebröckchen. »Ich kenne alle Signale, die das kerkorianische Militär einsetzt. Ich kann sie antreten lassen. Und verwirren. Mit Befehlen, die nur im Sommer angeordnet werden.«

Ilreen grinste, wie Vytain an den Fältchen um die Augen sah, da der Rest ihres Gesichts hinter einem Schal lag. »Das heben wir uns für einen Notfall auf.«

Vytain war froh, die bleiche Späherin an seiner Seite zu haben. Er traute dem Trumer nicht sonderlich wegen dessen Bekenntnis zu Ansis, dem Gott der Bosheit. *Aber ohne Zauberer sind wir verloren.* Auf dem Weg durch das Irrsal hatte Kalenias Stimme eine betörend-beruhigende Wirkung auf die Bestien gehabt und sie nachts von den Feuern ferngehalten. Doch bei mehreren Angriffen auf die Truppe tagsüber in den düsteren Wäldern hatte Slahans Magie sie vor dem sicheren Tod gerettet. Und zwar nur die Magie.

Vytain umritt die letzten Ausläufer des verschneiten Wäldchens und erkannte den Vorposten der siebten Garnison, die Airndt Hütts unterstand. »Bereit machen.«

»Bin schon weg.« Ilreen warf die Pelze ab, darunter kam weiße Kleidung zum Vorschein, die sie im Schnee unsichtbar werden ließ. Ihre bleiche Haut brachte ihr einen zusätzlichen Vorteil, die Haare langen unter einer gleichfarbigen Kappe. »Bis gleich.« Sie sprang vom Wagen und hastete davon.

Der verwirrte Prinz Dinhold von Kerkoria unterhielt ein immenses Heer, das er über sein gesamtes Reich verteilte, um es durch die Gegend zu scheuchen, mal gegen die vorrückende Wildnis, mal auf der Suche nach Spionen aus Taucora und Irados. Der Regent fürchtete sich vor einem Aufstand und seiner Absetzung so sehr wie vor der Königskrone, die er niemals auf seinem Haupt spüren wollte.

Die netzartig im Land verteilten Garnisonen bildeten feste Lager, in denen die umhereilenden Einheiten Vorräte aufnahmen oder die Nächte verbrachten. Derlei Stützpunkte wurden von Truppen gehalten, in diesem Fall nicht weniger als fünftausend Kriegerinnen und Kriegern, bis an die Zähne bewaffnet mit Klingen, Windpistolas und Kanonen.

Das bereitete Vytain keinerlei Kopfzerbrechen. Alles, was er benötigte, war ein freies Schussfeld auf Hütts. Sein rotes und sein blaues Auge richteten sich auf den Spähturm des Vorpostens, der auf einem sanften Hügel lag. *Perfekte Lage.*

Er nahm das abmontierte Zielfernrohr und stellte die maximale Vergrößerung ein. Sorgsam betrachtete er das unscheinbare Gebäude und achtete auf Reflexionen, die das Visier oder den Büchsenlauf eines Scharfschützen verrieten. *Nichts.* Auf den Zinnen standen lediglich vier vermummte Wachen, die in eisiger Höhe Ausschau in alle Himmelsrichtungen hielten. »Es ist sicher. Keine Überraschungen.«

»Dann sind *wir* die Überraschung.« Slahan gab ihnen mit seiner heiteren Art den Eindruck, dass sie niemals scheitern konnten.

Angesichts ihrer Aufgabe war es nicht das Schlechteste.

Für einen Ansis-Anhänger ist er erfrischend gut gelaunt.

Thirío blieb im Schutz der Tannen, zwischen denen sich Ilreen als weißer Strich durchs Unterholz bewegte, um das Gebäude von der anderen Seite zu erreichen.

Der kleine Tross näherte sich dem Außenposten, aus dessen Tür zwei Bewaffnete traten, die sich mit einfachen braunen Fellen gegen die Kälte wappneten. Sie trugen Schwerter und schienen nicht der Meinung zu sein, dass die Neuankömmlinge eine Bedrohung darstellten. Unter den Fellmänteln erkannte Vytain die grauschwarze Uniform der Soldaten.

»Halt«, rief ihnen einer entgegen und hob die Hand. »Ihr könnt nicht weiter.«

»Meinen Gruß und den Segen von Deiwos«, erwiderte Vytain freundlich und stieg ab. »Wir wollen auch nicht weiter, sondern uns für eine Stunde aufwärmen. Die Pferde sind durchgefroren, und bei einem Hengst hat sich ein Eisen gelöst.«

»Kehrt um und reitet ins Dorf zurück, durch das ihr gekommen sein müsst«, sprach der zweite. »Wir sind keine Herberge.«

»Wir zahlen. Gutes Geld.« Vytain langte unter seinen Mantel und zog eine prall gefüllte Börse heraus. »Das Umkehren ist zu umständlich für uns.«

Die Wachen sahen sich unschlüssig an. Da schwang der Eingang auf, und ein dritter Gerüsteter erschien, versehen mit den Schulterklappen eines Feldweibels auf seinem stattlichen hellroten Umhang sowie der silbernen Kette des Befehlshabers an der Brust. »Schönen Tag wünsche ich. Wohin wollt ihr?«

»Wir sind auf der Flucht vor der Wildnis und wollen zur Anlegestelle des Sees«, erzählte Vytain die erfundene Geschichte. »In Sachtufer.«

»Aha.« Der Feldweibel betrachtete die Gruppe aufmerksam. »Wie viel Geld habt ihr?«

»Reichen zehn Goldstücke für eine Zeit am Feuer, eine heiße Suppe und die Nutzung eurer Esse, um das Hufeisen zu schmieden?« Vytain zog den Schal herab. »Das ist eine großzügige Entlohnung. Findest du nicht?«

»Schon.« Der Feldweibel betrachtete Slahan, der sich neben Vytain begab und seine auffällig bemalte Trommel zwischen den Beinen abstellte. Es sah harmlos aus für jemanden, der nicht wusste, welche magischen Künste der Mann beherrschte. »Ihr seid ein drolliges Trüppchen. Einen Izozath habe ich mein Lebtag nicht gesehen. Und ihr habt einen Trumer dabei? Oder tut der nur so, um bei den Weibern Eindruck zu schinden?«

»Ich *bin* einer«, gab Slahan zu, bevor Vytain sich eine Ausflucht ausgedacht hatte. »Soll ich's dir zeigen und deinen Posten mit einem Wirbel davonreißen?«

»Oho, nein, besser nicht. Außerdem könntet ihr dann keine Rast mehr einlegen, nicht wahr?« Der Feldweibel machte ein beeindrucktes Gesicht und fürchtete sich trotzdem nicht. Er fühlte sich mit seinen Leuten auf dem Turm sicher. »Woher kommst du, Freundchen? Wo würde sich ein Trumer verstecken?«

Vytain fluchte innerlich. Er hätte damit rechnen müssen, dass ein Militär diese Art von seltenen Zauberern sofort an der Ausrüstung erkannte. Zugleich war es eine gute Ablenkung.

»Von weit her. Aus Dornenfeste. Mir wurde es da zu gefährlich.« Slahan grinste und streifte die Kapuze herab, um seine blau gefärbten Haare zu zeigen. »Woher kennst du einen Trumer?«

»Die Ausbildung in Kerkoria ist umfassend. Kampf, Taktik, Magie, Geschichte«, zählte der Feldweibel geschmeichelt auf. »Und dazu gehören natürlich die Kriegstrumer. Ich hielt es stets für einen gewaltigen Fehler, was man mit deinesgleichen machte.« Er rieb sich über das bärtige Kinn. »Sag, was muss ich tun, um dich in die Dienste der siebten Garnison zu bringen?«

»Zu spät.« Slahan breitete entschuldigend die Arme aus. »Ich habe schon einen Soldgeber.«

»Das mag sein. Doch ich denke, dass Prinz Dinhold dich mit Schätzen überhäufen würde, kämst du in sein Heer.« Der Feldweibel gab ein knappes Handzeichen, und die Wachen traten zur Seite. »Das sollten wir in Ruhe besprechen. Bei einer Suppe, wie dein Freund es vorgeschlagen hat. Ich lasse derweil nach meinem Hauptmann schicken. Er wird bestimmt mehr bieten können und wissen, was du vom Prinzen herausschlagen kannst.« Er zwinkerte plump. »Für uns alle. Ich hab dich ja entdeckt. Nicht vergessen.«

Der Feldweibel gab den beiden Soldaten Order, den Anführer der Garnison zu holen. Sie salutierten und stapften davon.

Vytain zog den Schal vor den Mund, damit man sein Grinsen nicht sah. *Besser hätte es kaum laufen können.* Nun musste er auf den Turm und die Electorum-Büchse in Anschlag bringen, bevor Hütts die ebene Fläche zwischen Außenposten und Befestigung betrat.

»Herein mit euch«, bat sie der Feldweibel und deutete auf die offene Tür. »Den Schlitten könnt ihr stehen lassen. Die Pferde holen wir gleich herein.«

»Es wird gewiss eng«, merkte Kalenia an.

»Nein. Wir sind unterbesetzt. Ihr habt so viel Platz, dass wir den Schlitten samt der Klepper in der Stube unterbringen könnten, wenn sie denn durch die Tür passten.« Der Feldweibel lachte und ging voraus. Bevor er den Fuß über die Schwelle setzte, rief er eine Losung.

Vytain hatte geahnt, dass im Innern Kriegerinnen und Krieger mit Waffen lauerten, um eingreifen zu können. Alles andere wäre ein Beleg für Ahnungslosigkeit und Sorglosigkeit gewesen. Slahan half Kalenia aus dem Schlitten und geleitete sie zur Tür.

In diesem Moment erklang ein lauter Schrei aus dem nahen Wäldchen, der abrupt abbrach, als wäre die Kehle des Mannes herausgerissen worden.

Thirío hat verborgene Soldaten ausgemacht! Der Feldweibel verharrte auf der Schwelle. Er zog eine Windpistola aus der Halterung unter der Achsel, die vom Mantel verdeckt gewesen war, und wandte sich zum Tannenhain um. Sein Mund öffnete sich zu einem Alarmruf, dann ging unvermittelt ein Ruck durch ihn, und er stand stocksteif. Vytain erlebte aus unmittelbarer Nähe, wie die Lebendigkeit aus den Pupillen wich und der Mann stehend starb. Haltlos stürzte er in sich zusammen.

Hinter ihm erschien Ilreen, das enge weiße Gewand voller roter Spritzer und Schlieren, von ihrer klobigen Prothesenhand tropfte das Blut. »Erledigt«, verkündete sie schwer atmend. Sie war erkennbar am Ende ihrer Kräfte. *Die Folge ihrer Verletzungspause.* »Den Turm musst du übernehmen, Vytain. Ich …«

Thirío kam aus dem Unterholz des Wäldchens gerannt, das Fell um seine Schnauze glitzerte feucht; die Pfotenabdrücke waren rot vom Blut der Gegner.

»Und ich dachte, ich werde auch jenseits des Irrsals gebraucht«, stellte Slahan gespielt beleidigt fest.

»Wirst du doch: Achte auf Kalenia.« Vytain spurtete durch die Stube, in denen die Leichen der Besatzung lagen, und die ausgetretenen Treppen hinauf. Er warf den Mantel ab, um sich besser bewegen zu können und zog eine zweite Electorum-Pistola. Den Tragesack mit der zerlegten Büchse trug er vor Bauch und Brust.

Auf halber Strecke kam ihm ein Soldat entgegen, der von seinem Erscheinen überrascht war. »Was hast du in dem …«

Vytain streckte ihn mit einem Schuss zwischen die Augen nieder und wich der stürzenden Leiche aus. Schon hetzte er weiter die Stiege hinauf. Aus voller Geschwindigkeit schlug er die Ausstiegsluke nach oben, die Mündungen seiner Pistolas suchten Ziele.

Drei verbliebene Soldaten standen an einer Ecke des Turmes und blickten nach unten. Einer von ihnen hielt die Fackel, um die Brandschale mit den geschichteten getränkten Hölzern für das Signalfeuer in Brand zu setzen, welches die Garnison warnen würde.

Das wird nicht geschehen.

Das Rumpeln der aufschlagenden Klappe ließ die Wachen, zwei Männer und eine Frau, erschrocken herumfahren. Hände zuckten an Dolchgriffe, aber der Anblick der Pistolas hielt sie von einer unbedachten Attacke ab.

»So ist es recht.« Vytain kam langsam die letzten Stufen hinauf, der Wind spielte mit seinen schwarzen Haaren, das Herz klopfte vor Anstrengung in der Brust. Er nahm seinen Eigengeruch von Mandeln und Metall wahr, der durch die körperliche Belastung durchdringender geworden war. »Tut nichts Unbedachtes, und ihr werdet das Ganze überleben.«

»Ihr beschissenen Räuber! Wir haben nichts!«, rief die Soldatin wütend.

Die Beschimpfung verriet Vytain, dass man in der Garnison nichts vom Kommen der Truppe wusste, die auf das Leben des Hauptmannes aus war. *Das habe ich mir bereits beim Verhalten des Feldweibels gedacht.* »Das ist nicht der Grund.« Er richtete die Pistola sofort auf das Gesicht der Frau, als diese mit der Fackel zuckte. »Leg sie hin!«

Die Soldatin zögerte.

»Auf den Boden damit!« Als sie nicht handelte, setzte er ihr ein Geschoss ins Bein, das Fleisch und Knochen durchschlug. Die Mauer wurde mit nassem Rot gesprenkelt. Mit einem Schrei fiel sie.

Die Fackel löste sich aus ihren behandschuhten Fingern und rollte über Eis und Schnee, um bis auf einige zaghafte Flämmchen auf der Oberseite zu erlöschen.

»Mit einem guten Heiler bist du in zwei Monden gesund.« Vytain zeigte auf den Abstieg. »Runter. Schnappt euch eure Kameradin. Ihr werdet unten erwartet.«

Die Männer nahmen die ächzende, stöhnende Soldatin in die Mitte, legten sich ihre Arme um die Schultern und bewegten sich langsam über den Turm auf die offene Luke zu.

Vytain ließ sich nicht aus den Augen.

Daher erkannte er den Trick, den der rechte Mann versuchte, bereits bei der ersten Bewegung: Geschickt fuhr er mit der Stiefelspitze unter den Kopf der Fackel, um sie hochzuschleudern und das letzte Flämmchen in die Schale mit dem vorbereiteten Pech-Petroleum-Gemisch zu schleudern.

Vytain schoss ihm in den Fuß, der unter dem Einschlag regelrecht explodierte. Zugleich zerstörte er damit die Fackel, aus der sich knisternde Fünkchen lösten, die harmlos in den grauen Schneehimmel stiegen und erloschen.

»Du scheiß …!« Der plärrende Gardist verlor das Gleichgewicht und fiel kopfüber durch die Klappe, wobei er die Verletzte und den Soldaten mit sich riss. Schreiend und fluchend verschwanden sie in der Luke, polterten und stürzten die steilen Stufen hinab.

Das wird noch mehr Knochen brechen. Vytain kümmerte sich nicht weiter um sie, sondern kniete sich auf der zur Garnison ausgerichteten Seite des Turmes hinter die Zinnen. Rasch nahm er den Tragesack ab, zog die gekürzte Büchse aus der Beinhalterung und setzte den langen Lauf Stück für Stück zusammen.

Klackend rasteten die Elemente ein. Die Kälte machte dem Metall zu schaffen. An einigen Stellen des Laufs gab es Spiel, das nicht sein durfte. Es ging zulasten der Genauigkeit. Die Tricks, um derlei auszugleichen, kosteten Zeit.

Habe ich die noch?

Vytain blickte mit dem Zielfernrohr zur Garnison, wo sich das Tor öffnete.

Unverkennbar machte sich eine berittene Abordnung bereit, zum Außenposten zu reiten. Das Abzeichen eines Hauptmanns an der Brust und auf dem Umhang erkannte der Izozath deutlich. Airndt Hütts ließ es sich nicht nehmen, den Kriegstrumer höchstselbst zu überreden, in die Dienste des Heeres zu treten. Oder zu zwingen.

Das ist zu knapp für Tricks. Vytain rannte zur Luke. »Verschafft mir mehr Zeit! Hört ihr?«

»Ja«, kam es von unten, dann schlug eine Tür zu.

Vytain hastete zurück zu seiner überlangen Electorum-Büchse und suchte die Dichtungsschnüre aus dem Tragesack, dünne imprägnierte Fäden, die in die Spalten gewickelt und angesteckt wurden. Das Material schmolz und verschloss die Lücken, wenn auch nur für wenige Schüsse.

Die eisigen Finger erschwerten ihm sein Flickwerk, aber er kam voran und machte die tödliche Waffe zum Einsatz bereit.

Gleich. Vytain sah wieder hinaus auf die Ebene, die einem Schützen wie ihm die besten Voraussetzungen bot. Zusammen mit der Turmbrüstung, um den Lauf abzulegen, ließ sich jedes Zittern ausschließen.

Durch das Zielfernrohr sah Vytain plötzlich den Schlitten, mit dem sie gekommen waren, über den Schnee jagen. Mit Kalenia darin. Und wie es auf den ersten Blick erschien: allein.

Was bei allen heiligen Aggregatas tut sie da?

***

Ilreen stand auf einer Kufe hinter Kalenias Schlitten und hielt sich mit ihrer natürlichen Hand am Rahmen fest. Sie hatte die blutverschmierte Kleidung gewendet und war somit in der wirbelnden Wolke aus Pulverschnee kaum sichtbar. Sie würde Kalenia unterstützen, falls es Vytain aus unerfindlichen Gründen nicht gelingen sollte, die Gardisten und den Hauptmann zu erledigen.

Kalenia wusste nichts von ihrer Begleiterin. Erst bei der Abfahrt war sie auf die Kufe gesprungen, und nun verhinderten Fahrtwind und Schnee, dass sie sich bei der jungen Frau bemerkbar machen konnte.

Abgemacht war, dass Slahan sie durch ein Fernglas beobachtete und seine Trumerkräfte parat hielt. Sie reichten so weit, wie der Schall der Trommel flog. Auf einer Ebene ohne Bewuchs gelangte die Magie spielend bis zu ihnen. Ilreen blieb nur zu hoffen, dass er seinen Zauber zielgenau steuern konnte, um nicht ebenfalls sein Opfer zu werden.

Dieses Mädchen. Warum Kalenia darauf bestand, die Ablenkung zu sein, um dem Schützen mehr Zeit zu verschaffen, entzog sich Ilreens Verständnis. Airndt Hütts könnte sie trotz der Schneemaske erkennen und die Flucht ergreifen oder gar seine finsteren Flüche gegen sie schleudern. *Unvernunft pur.*

Das Gefährt wurde langsamer, die Schleier aus losem Schnee, der wie Gischt erschien, legten sich. Ilreen kroch unter den Schlitten, um nicht von den Reitern bemerkt zu werden und sie aus dem Hinterhalt attackieren zu können, sollte es nötig sein.

Kalenia brachte das Gefährt vor der Abordnung zum Stehen. »Deiwos mit Euch«, rief sie und klang wegen der Schneemaske undeutlich. »Wartet einen Moment, Hauptmann Hütts, bevor Ihr zum Außenposten reitet.«

Die Soldaten ritten näher und verringerten ihr Tempo.

Hütts gab ihnen den Befehl, einen Halbkreis um den Schlitten zu bilden und anzuhalten. Ilreen machte sich klein.

Der Hauptmann begab sich auf seinem Pferd rechts neben Kalenia. »Deiwos mit dir«, erwiderte er den Gruß, er klang erstaunt. »Ich hörte, ihr habt einen Trumer bei euch. Einen Kriegstrumer.«

»Das ist richtig, Herr.«

»Und warum wartest du nicht bei ihm und deinen Freunden, wie es dir aufgetragen worden war?«

»Ich hatte meine Gründe.«

»Du siehst mich beunruhigt.«

Ilreen sah nichts von dem, was über ihr vorging, und behielt die Gardisten im Auge. Sie machten keinen besonders aufmerksamen Eindruck. Ein schwangeres Mädchen bedeutete keinerlei Gefahr für ausgebildete Krieger. *Was wird sie ihnen erzählen?*

»Das solltet Ihr sein, Herr.« Kalenia hustete anhaltend. »Was Euch Eure Leute nicht sagten: Der Trumer ist ein Anhänger von Ansis.«

Ein leises Murmeln ging durch die Reihen der Kriegerinnen und Krieger.

»Er betet zum Es?« Hütts' Sorge schwang in seinem Satz deutlich mit. »Deiwos der Wundervolle stehe uns bei! Das ist natürlich …« Er schwieg einen Moment. »Doch warum reist du uns entgegen, um uns das zu sagen? Wart ihr nicht als …«

»Er will Euch einen Hinterhalt stellen, Hauptmann, und sandte mich aus, um den Köder zu spielen«, log Kalenia. »In Wahrheit bereitet er bereits seinen Bann vor, um Eure Garnison dem Erdboden gleichzumachen.«

»Was?«, rief Hütts aufgebracht, und sein Pferd schnaubte. Es spürte die Aufregung des Reiters.

»Nein, ruhig, Hauptmann. Bitte! Sobald er merkt, dass es nicht läuft wie abgesprochen, schlägt er zu«, beschwichtigte sie ihn flehend. »Er ist aus Taucora gesandt. Das Land bereitet eine Invasion vor, um Prinz Dinhold abzusetzen.«

»Dann hatte der kleine Scheißer also doch recht.« Hütts klang wütend. »Weniger verrückt, als ich annahm.« Er klopfte hörbar auf den Hals seines Hengstes. »Was sollen wir tun?«

»Ihr kommt mit mir, und ich lenke den Trumer ab, bis Ihr dicht genug heran seid, um ihn zu erschießen.«

»Passt das zu seinem Vorhaben, wie er es mit dir besprach?«

»Ja, Herr. Er wollte Euch als Gefangenen nehmen.«

Ilreen musste zugeben, dass Kalenia den Hauptmann nach allen Regeln der Kunst einlullte und ihn im festen Glauben ließ, sie wäre zu seinem Schutz gekommen. *Sie hat mich wirklich nicht nötig.* Sie bewegte sich behutsam zur Seite, weil einer der Gardisten neugierig zum Schlitten schielte.

Im Turm blitzte es zwischen den Zinnen. Vytain gab das Zeichen, dass er seine Vorbereitungen abgeschlossen hatte und die Electorum-Büchse darauf wartete, dem Verschwörer ein jähes Ende zu bereiten. *Sehr gut!* Ilreen lächelte. Sie mochte den Izozath, und das nicht nur, weil er eine ähnliche Hautfarbe hatte. Die Reise hatte sie verbunden.

»Gut. Halten wir uns an deinen Plan.« Hütts stemmte sich in die Steigbügel, um seinen Leuten einen Befehl zu geben und besser verstanden zu werden. Leder und Reitgeschirr klirrten und knarrten. »Sag, warum hilfst du uns?«

»Weil ich an diesem Wahnsinn nicht länger teilhaben will«, antwortete Kalenia. »Was nichts gegen den Wahnsinn ist, den du in meinem Dorf angerichtet hast.«

Hütts ließ sich in den Sattel sinken. »Wie war das?«

»Du und dein Bruder. Die anderen. Der Junge«, zählte Kalenia auf. »Ihr, die ihr kamt, um meine Familie zu ermorden. Um mein Dorf niederzubrennen. Die ihr mich geschändet habt, einer nach dem anderen, und sogar den Knaben zwangt, mich zu nehmen.«

»Wer … bei Deiwos!«

»Rühre dich nicht, Airndt Hütts. Auf dem Turm sitzt mein Scharfschütze, der dich töten wird, sobald du die Hand erhebst«, eröffnete sie ihm.

Ilreen horchte auf. *Keine Dämonen?*

»Du? Du bist es? Die kleine Köhlerschlampe?«

»Ihr habt mich zum Sterben in einen Meiler geworfen und euer Abschlachten fortgeführt«, sagte sie mit Hass in der Stimme. »Jeden eurer Namen merkte ich mir. Wo ihr wohnt. Was ihr danach tun wolltet und wie ihr euren Spaß an dem Morden und Sengen hattet. Denn ich wollte Rache. Ich verkaufte meine Seele in dieser Nacht einem Dämon, damit er mich am Leben hält und ich euch töten darf.«

Sie? Sie ist ein … eine Dämonendienerin?

»Ich … Lass es mich dir erklären!«, bat Hütts entsetzt.

»Bald seid ihr alle vergangen. Dein Bruder ist längst tot«, sprach Kalenia genüsslich. »Wie Caerg Bladsteen. Wie Wilto von Rauhwasser. Wie Tauror Grauhorn. Wie du. Ich kriege euch alle.« Sie schnaubte. »Und weißt du, wer mir dabei hilft?«

»Ich …«

»Die Klinge des Schicksals.« Kalenia lachte böse. »Sie erschien, als ich deinen Bruder von Söldnern töten ließ, und ich ergriff die Gelegenheit. Nun denkt sie, ihr seid Verschwörer. Verschwörer, die Nankān in den Untergang reißen. Dabei seid ihr *nichts!* Nur betrunkene, von Starkwein benebelte Schweine, die über mein Dorf und mich herfielen. Abschaum. Abschaum, der sterben muss.«

Ilreen horchte gebannt zu. *Sie hat uns benutzt! Uns und die Groß-*

fürstin! Es gab keine Dämonendiener, keine Verschwörung gegen Nankān. Und damit keine Rettung vor der Wildnis. *Wir haben bloß Scheißkerle getötet!*

»Hauptmann, eine Reiterin«, rief ein Gardist, den Ilreen durch einen Spalt sehen konnte. Er schaute durch ein Fernrohr. »Die Zeichen auf ihrer Rüstung gehören denen von Tiamin.«

Kalenia lachte auf. »Du wirst sterben, Airndt Hütts. Sobald ich mich abwende, schießt mein Scharfschütze. Und *keiner* wird die Wahrheit je erfahren.«

Ilreen beschloss zu handeln. Der Rachefeldzug endete an diesem Ort. Zu dieser Stunde.

***

Auszug aus *Die Abenteuer von Großfürstin Danèstara,*
Band hunderteinundachtzig, Kapitel vier

Erster Entwurf	M. Tintenfains Anmerkungen
»Gen Norden! Rasch, aufge-sattelt und davon! Ist's doch wichtig, dass ge-schwind wir reisen, fliegen, auf der Pferde Rücken.«	Wer bei Ansis hat diesen Lyriker eingestellt? Sofort ändern!! Weg mit diesen Verschwurbelungen erster Güte.

Kapitel XIX

Wartho und seine einzige Begleitung Ewina lenkten den Wagen mit dem erbeuteten Aggregata durch die Hauptstadt, stets mit der Angst im Nacken, dass ihre aufwendige Maskerade durchschaut wurde. Das Gerät lag unter einer Plane verborgen. Bislang hielt man sie anstandslos für zwei junge weibliche Izozath, die von einem Einsatz aus dem Irrsal zurückkehrten. Saïka Vigoria summte und surrte. Die Energie steckte im Boden, durchdrang alles, ungefährlich, aber zu jeder Zeit abrufbar. Gewundene Carponium-Lampen flackerten mit hellem Electorum-Licht, Tore und Gatter bewegten sich durch die unsichtbare Kraft. Kleine und große Machinas wurden damit angetrieben, die stampfen und ratterten, ohne dass sich Wartho deren Zweck erschloss. Ab und zu umspielten elmsfeuerhafte Flämmchen die metallenen Radnaben ihres Karrens und die beschlagenen Hufe ihrer Pferde, ohne dass sie Schaden nahmen. *Welch seltsame Stadt. Das kann nicht gesund sein.*

»Unheimlich«, raunte Ewina.

»Was ist unheimlich?«

»Diese Stadt.« Ewina schauderte. »Ich kann diese … Kraft spüren. In jeder Faser meines Körpers, und doch tut sie mir nichts. Aber sobald man die Energie ableitet und anschließt, dreht sich was, es surrt, oder die Geräte machen irgendwas. Wie von Geisterhand.«

Wartho empfand das ähnlich. »Riechst du das? Wie bei einem Gewitter, wenn sich ein Blitz in der Nähe in den Boden entlädt.«

»Genau!«, rief Ewina erleichtert. »*Das* trifft es.« Sie schaute nach rechts und links zu den Fassaden der Häuser, die keiner Architektur folgten, wie Wartho sie sonst aus Nankān kannte. Außenstehenden war kaum zu beschreiben, wie Würfel und Rechtecke und Pyramiden sowie weitere geometrische Figuren miteinander verbunden waren. Überall verliefen Leitungen und Kabelstränge, an deren Enden es gelegentlich blitzte und knallte und Entladungen auf polierte runde Kugeln übersprangen. Kaum war das geschehen, glommen gewickelte Drähte, und die Luft lud sich auf, und im nächsten Moment tat sich etwas in unmittelbarer Nähe.

»Ich würde nicht hier leben wollen.« Wartho ließ die Pferde über eine Kreuzung geradeaus laufen. »Dieses Kribbeln macht mich verrückt.«

»Werden wir nicht. Und vielleicht gibt es diese Stadt bald nicht mehr«, fügte Ewina hinzu.

Bis nach Güldenschein und an die Grenze zum Reich der Beherrscher des Electorums hatten die Dörfler eine größere Gruppe gebildet, um sich notfalls gegen Marodeure und Räuber verteidigen zu können. Die Machina, welche die Izozath gebaut hatten, um die Siedlung zu vernichten, durfte unter keinen Umständen verloren gehen.

Wartho erinnerte sich an die wütenden Menschen, die sich an den Toren zu Bairi Yar stauten und begonnen hatten, die Mauern zu erklimmen, um über den Damm nach Osten zu flüchten. Keiner kam hinauf, tot oder verletzt stürzten sie zurück auf den Boden. Er lenkte den Karren die gerade Straße entlang und wurde mehrmals überholt. Electorum-Fahrzeuge mit zwei, drei und mehr Rädern schnurrten geräuschlos an ihnen vorbei, aber es gab auch Droschken, die von Tieren gezogen wurden. Sonst wären sie wohl sofort aufgefallen.

Der Damm war noch nicht erobert worden, die Tore hielten. Am Fuße des Bollwerks, das Bairi Yar vor dem Eindringen der Verzweifelten bewahrte, hatten sich die Leichen gestapelt, über welche Unerschrockene gestiegen waren, um das Hindernis zu überwinden.

Wartho hatte sie alle scheitern sehen, während die Adligen aus Orillon mit Geschützen anrückten, um die Tore niederzureißen. *Die Dammwächter werden sich auch dagegen zu wehren wissen.*

Ihr Karren erreichte einen weiten Platz, um den sich eine Ringbahn zog. Mehrere Gefährte fuhren auf verschiedenen Spuren parallel nebeneinander und bogen in die umliegenden Straßen ab.

Um diese Ader erhoben sich große Gebäude, an denen Banner und Fahnen im Wind wehten, darunter auch die Zeichen des Rates. An den Fronten leuchteten Schriftzeichen und stilisierte Zahnräder auf, ein faszinierender wie befremdlicher Schmuck für die Bauten.

Wartho musste die Izozath für ihren Einfallsreichtum loben. Aber dass sie die Machina, Aggregata oder was auch immer zusammengeschraubt hatten, um Tod und Verderben zu bringen, das nahm er ihnen übel. *Mehr als übel.*

Viel wusste Wartho nicht über die hiesige Herrschaftsform. Allgemein bekannt war, dass es einen Rat aus Ingenio gab, der Izozath regierte.

Angeblich stand in einem der Gebäude, die sich um den Schmied erhoben, eine kolossale Machina, die Energieblitze sandte, sobald sie eingeschaltet wurde. Anhand der Einschläge und Entladungsverläufe wurde vom Rat entschieden, was zu tun war.

Man flüsterte sich in Nankān zu, dass bei diesen Vorgängen durchaus Menschenleben zum Einsatz kamen. Sie wurden der Urgewalt Electorum geopfert. Meistens nutzte der Rat dafür Gefangene, die er sich aus dem Irrsal besorgte. Freiwillige aus Izozath fanden sich selten. Ein Losverfahren war nach Aufständen unter den Einheimischen eingestellt worden. Angeblich konnte durchaus auch ein König oder eine Königin gewählt werden – wenn sich die Person dem Orakel der Machina stellte. Bislang waren aber alle gestorben, die es versucht hatten.

Es wäre zu lustig, die Gesichter des Rates zu sehen, wenn ich mich ihr stelle und gewählt werde. Wartho grinste. *Aber wir haben andere Pläne.*

»Hier«, verkündete er und zeigte auf die freie Fläche jenseits der Ringbahn, auf der sich abstrakte Kunstwerke zwanzig und mehr Schritt in den Himmel erhoben. Ihre beweglichen Teile wurden von Electorum angetrieben, und wieder umspielten die ungefährlichen Entladungen einzelne Segmente der Installationen.

»Ich nehme an, dass wir den Mittelpunkt von Saīka Vigoria erreicht haben.« Ewina zeigte auf die Gebäude. »Da ist irgendwo dieses ... Ding, das über die Geschicke von Izozath bestimmt. Was es wohl sagen wird?«

»Wir werden sehen, wie schlau und weise dieses Electorum sein kann, wenn wir ihnen unsere Botschaft bringen.« Wartho lenkte den Pferdewagen geradewegs über die sechs Spuren der Ringbahn und sorgte für Aufruhr.

Gefährte wichen aus, andere bremsten und wurden gerammt, und schon bald bildeten sich Knäuel aus verunglückten Wagen, Tieren und Menschen. Laute Rufe und wüste Schelte folgten Wartho und Ewina, die den sicheren Platz erreichten, ohne auch nur einmal gestreift zu werden.

Genau in der Mitte hielten sie an.

Wartho sprang herab und spannte die Pferde aus, nahm ihnen die Scheuklappen ab und schlug ihnen aufs Hinterteil, damit sie davonliefen, während Ewina unter die Plane kroch, wo sich die Machina befand. Er hörte es mehrmals klicken, dann tönte das gefährliche Surren. Alle Hebel und Schalter waren betätigt worden. Ausgenommen der letzte. Mit ihm wurde die Zündung ausgelöst.

Was genau das Aggregata tat, hatte Wartho nicht verstanden. Es reichte ihm zu wissen, dass sich die zwei Izozath-Ingeniae davor gefürchtet hatten. Er vermutete, dass die Detonation ein Loch von mehr als zehn Meilen riss und eine Druckwelle erzeugte, die wegfegte, was nicht biegsam war.

Biegsam ist hier nichts. Damit wäre Saīka Vigoria mit all seinen Errungenschaften getilgt.

»Bleib, wo du bist«, sagte er zu Ewina. »Unter der Plane können sie dich nicht mit Elec-Büchsen erschießen. Sollte ich hingegen sterben …«

»Löse ich aus, ich weiß«, kam es gedämpft zurück.

Ihre Ankunft war nicht unbemerkt geblieben. Eine geschlossene Electorum-Droschke mit dem Zeichen des Rates an den Seiten raste schnurrend heran und blieb schräg vor dem beladenen, verhüllten Karren stehen.

Sechs Izozath, in leichten Lederrüstungen und mit Pistolas ausgestattet, sprangen heraus und gingen aufmerksam auf Wartho zu. Die dünne Panzerung diente dem Schutz bei Unfällen. Gegen Electorum-Waffen gab es nichts Wirkungsvolles, außer eine Handbreit Stahl.

»Du hast sicherlich eine interessante Geschichte zu erzählen, Ingenia«, begann eine Frau, die Hand lag auf dem Waffengriff ihrer Pistola. Die schwarzen Haare waren streng nach hinten gelegt, was ihr Gesicht und die verschiedenfarbigen Augen betonte: grün und purpurn. »Was ist unter der Plane, und was sollte diese Raserei?«

Ordnungshüter. Wartho lächelte. »Ich habe eine Botschaft.«

»Dafür muss man quer durch den Verkehr fahren und Schäden anrichten?« Sie sah zur Plane. »Was ist darunter?«

»Die Botschaft.«

Die Izozath legte die Stirn in Falten. »Genug gescherzt. Ich muss dich mitnehmen.« Sie hielt ihm die freie Hand offen hin. »Deine Carta.«

Wartho nahm die Papiere heraus, die sie den toten Izozath ebenso wie ihre Kleidung abgenommen hatten. »Ich will einen Vertreter des Rates sprechen.«

»Sicher.« Die Gardistin warf einen Blick auf das Papier. »Sysca Râal, zwanzig Jahre, Ingenia.« Sie zeigte zur Plane. »Wer steckt da drunter?«

»Nymaina Sôol. Und ein Aggregadings«, sagte Wartho freimütig. Ihre Maskerade war noch nicht durchschaut worden. »Sie hilft mir bei der Überbringung der Botschaft.«

»Und das Aggregata? Habt ihr es entwendet?«

»Oh, das ist ein Irrtum. Wir bringen es zurück. Es kam aus Izozath.«

Die Gardistin winkte ihre fünf bewaffneten Begleiter zu sich. »Die Doctoros werden sich eurer annehmen. Euch zwei Spaßvögeln muss das Electorum den Verstand gegrillt haben.« Sie gab Anweisungen an die Gardisten, woraufhin sich drei von ihnen anschickten, auf den Wagen zu steigen und die Plane herabzuziehen.

»Wenn einer von euch einen Fuß auf die Ladefläche setzt, wird das Aggregata explodieren«, sagte Wartho ruhig und kreuzte die Hände unter der Brust. Die Maskerade fiel, um seinen Worten mehr Nachdruck zu verleihen. Er konzentrierte sich und ließ zunächst das Gesicht von Sysca Râal zerfließen, als bestünde es aus weichem Wachs, das bei großer Hitze seine Form verlor. Der Körper folgte der Veränderung und büßte alles Weibliche ein.

»Was … was ist das für ein Zauber?«, stieß die Gardistin aus und machte zwei rasche Schritte nach hinten, legte die Pistola auf Wartho an. »Nicht an den Wagen gehen«, rief sie über die Schulter zu ihren Leuten. »Keiner setzt einen Fuß darauf!«

Dann formte sich das Gesicht des Schmiedes Wartho, mit dem er die Truppe unter der Leitung von Arbos Nachtschwarz in die Irre geführt hatte.

Der Bart wuchs, die Züge wurden kantig und männlich, die Figur muskulös, bis er als das Abbild eines menschlichen Schmiedes vor der Gardistin stand, die Mund und Augen weit aufgerissen hatte. »Wir sind die Boten von Treydania, die ihr Wildnis nennt«, eröffnete Wartho und erlaubte sich, seine Gestalt erneut zu ändern. Er imitierte das Äußere der Gardistin. »Und wie ich es dir schon sagte: Ich will den Rat sprechen.«

»Was bei … Hör auf damit!«, schrie die Izozath ihn an und entsicherte die Pistole. »Hör sofort auf, ich zu sein.«

Wartho lachte. »Ich bin doch du«, ahmte er ihre Stimme perfekt nach. »Siehst du?«

»Heiliges Electorum!«

»Wenn wir uns prügeln und die Gewinnerin steht auf, denkst du, dass deine Begleiter wissen, wer von uns beiden wer ist?« Wartho tat ihr den Gefallen, wandelte die Züge ab und nahm die Form einer Treyda an, im Kleid aus Efeu, Dornen und Rüstungsteilen. Ihre ursprüngliche Gestalt. »Besser?«

Die Gardistin nickte hastig.

»Mein wahrer Name ist Orphema. Die Wildnis will mit dem Rat sprechen.« Sie zeigte zum Wagen. »Solltet ihr etwas versuchen, was mir oder meiner Begleitung schadet, und sei es ein Kratzer, wird dieses Aggregata detonieren. Sysca und Nymaina verrieten uns, wie vernichtend die Auswirkungen sein werden.« Sie tippte mit dem Fuß auf die akkurat verfugten Steinplatten. »Saīka Vigoria wird nur ein Loch im Boden und eine schmerzvolle Erinnerung sein.«

»Aber … die Battarias unter uns! Die Machinas und die Stadt hängen…«, stammelte die Gardistin und steckte die Waffe in das Holster zurück. »Ich laufe und hole einen vom Rat.« Sie gab ihren Leuten Befehl, den Platz rund um den Wagen und die Gestaltwandlerin abzusperren und keinen durchzulassen.

Ratlos wichen die Wachen zurück. Bald mussten sie die ersten aufgebrachten Bewohner wegjagen, die bei den Unfällen auf der Straße Schaden genommen hatten und Entschädigung von den beiden Verursachern verlangten.

Ich bin gespannt. Orphema faltete die Hände über dem Bauch und betrachtete die riesigen Prachtbauten. Sollte sie das Gestammel der Gardistin richtig deuten, gab es unter der Erde Electorum-Kraftspeicher, welche die Auswirkungen der Detonation verstärkten. *Und wenn sie Ketten damit gebildet haben?* Sie grinste böse. *Man stelle sich* vor, die Izozath hätten ihr gesamtes Reich mit einem unterirdischen Netz aus Battarias versehen, um jederzeit an Energie zu kommen. Was würde geschehen, wenn sie in die Luft gehen?

In Orphemas Vorstellung wäre Izozath in Gänze von der Landkarte getilgt. Vielleicht würde das Land zur Meeresseite hin aufreißen und weggespült werden, sodass die Arna Mhauta über Nankān hereinbrach und eine Flutwelle Tausenden Menschen das Leben raubte.

»Ewina!«

»Ja?«

»Ich wollte dir nur sagen: Es war eine ausgezeichnete Eingebung, den Izozath ihr Aggregata zurückzubringen, das sie uns so gnädig überlassen wollten.«

Leises Lachen drang unter der Plane hervor.

Orphema beobachtete, wie Truppen aus den großen Zufahrtsstraßen aufmarschierten und den mehrspurigen Strom aus Gefährten und Vehikeln unterbrachen. Danach riegelten sie den Platz ab und drängten die Schaulustigen weit zurück, sodass sich unvermittelt Ruhe herabsenkte. Lediglich Vogelstimmen und das Surren des Electorums, welches die Kunstinstallationen umspielte, waren zu hören.

»Was ist los?«, wollte Ewina wissen. »Es ist so still.«

»Sie sorgen für einen wahrlich hoheitlichen Empfang. Im Nachhinein«, berichtete Orphema mit einem Grinsen. »Sie räumen die Straßen für uns.«

Durch die Absperrung surrte eine Delegation aus vier Männern und drei Frauen auf Electorum-Gespannen, die auf Orphema zuhielt. Die Schärpen über ihren Gewändern aus Leinen mit eingewirkten Metallfäden wiesen sie als Ingenio aus, die dem Rat angehörten.

Orphema war es egal, wer ihre Botschaft vernahm, solange danach alles unternommen wurde, um die Forderung zu erfüllen. Diese war simpel und leicht. *Aber es muss schnell gehen.*

Die Abgeordneten näherten sich der Gestaltwandlerin, ihre Gehstöcke wurden von electorischen Entladungen umspielt, als wollten sie die Wut ihrer Träger verdeutlichen. Sie blieben auf ein Zeichen von Orphema hin stehen und deuteten ein Kopfnicken an.

»Ihr werdet es gehört habe: Wenn mir was passiert oder mich ein Blitz aus euren Stäben trifft, geht das Aggregata hoch«, warnte die

Wandlerin. »Versucht keine Tricks. Ihr spielt mit Saīka Vigoria und dem Rest des Landes, so weit die Ausläufer der Battarias und Machinas unter unseren Füßen reichen.« An den beunruhigten Blicken las sie ab, dass ihre Vermutung richtig war. Der Einsatz für Izozath stieg. »Ich habe eine Nachricht an euch. Und an Nankān.«

»Wir hören«, sprach einer aus der Reihe der Ingenio. »Sobald wir wissen, was es mit der Machina auf sich hat.«

»Das ist leicht erklärt. Ihr habt Sysca Râal und Nymaina Sôol zusammen mit einer Expedition ins Irrsal und in die Wildnis geschickt.« Orphema deutete auf den Karren. »Als sie in einer Siedlung ankamen, taten sie, als wollten sie den Bewohnern etwas Gutes angedeihen lassen: Electorum und Licht in allen Hütten. Aber wir fanden heraus, was sie in Wahrheit zusammensetzten: ein Aggregata, das explodieren sollte. Ein Test, um die Vernichtungskraft auszuprobieren. Eine Bombe als letztes Mittel gegen die Wildnis.«

Der Rat tauschte sich mit knappen, leisen Sätzen aus.

»Danke. Nun wissen wir, wie es um die Stadt steht.« Der Ingenius machte eine auffordernde Geste. »Was ist deine Forderung?«

»Meine Forderung im Namen der Wildnis, wie ihr sie nennt, ist diese: Gebt uns das Grüne Herz zurück. Oder wir sind alle verloren.« Orphema lächelte entschlossen. »Bringt mir Papier und Feder, damit ich es euch aufschreiben und zeichnen kann. Sollte es nicht binnen eines Mondes gefunden und hergeschafft sein, zünden wir. Es muss sich auf Nankān befinden.«

»Aber … aber wie …«, protestierte der Ingenius. »Was soll …«

»Nutzt Brieftauben, die schnellsten Pferde und die besten Reiter, wechselt und tauscht Mann und Tier wie der Wind, und es wird euch gelingen. Denn es *muss* euch gelingen«, sagte Orphema. »Findet das Grüne Herz und rettet uns. *Uns alle.* Ergreift den dreisten Dieb. Danach können wir darüber sprechen, wie Wildnis und Nankān in Einklang leben. Andernfalls …«

Sie vollführte mit der Linken eine Geste, die eine Detonationswolke symbolisierte.

***

Danèstras Rappe jagte in gestrecktem Galopp über die verschneite Ebene und hielt auf die Ansammlung aus Menschen, Pferden und dem Schlitten zu, in der sich sowohl Kalenia als auch Airndt Hütts befanden. Durch das Fernglas hatte sie die junge Mutter erkannt und ebenso den Hauptmann der siebten Garnison ausgemacht. *Er lebt! Noch ist es nicht zu spät.*

Unruhe kam unter den Berittenen auf. Das Auftauchen der Klinge des Schicksals war bemerkt worden.

Dann knallte es gedämpft und pfeifend vom Spähturm des Vorpostens, und Hütts stürzte mit einem lauten Schrei aus dem Sattel.

»Gardisten! Ihr werdet alle sterben, wenn ihr euch nicht ergebt«, rief Kalenia außer sich und zog einen Dolch aus dem Gürtel. »Ich will nur Hütts! Hört ihr? Nur Hütts!«

Als die Soldaten die Schwangere dennoch angreifen wollten, holte Vytain von seinem Scharfschützennest aus einen nach dem anderen vom Pferderücken; das Blut spritzte weit beim Austritt der Geschosse.

Danèstra hatte die Stelle erreicht und sprang vom Rappen, zog dabei ihr Schwert und stellte sich einem Bewaffneten entgegen, der sich auf Kalenia werfen wollte.

»Hütts!« Die Schwangere stieg recht behände vom Bock und stapfte durch den Tiefschnee auf den am Boden liegenden Hauptmann zu, der sich in seinem Blut wand. Vytain hatte ihn nicht tödlich getroffen. »Du Schwein wirst sterben!«

Verfehlt? Wie konnte ihm das passieren? Dann sah Danèstra Ilreen neben dem Pferd des Befehlshabers kauern, der linke Steigbügel war abgeschnitten worden. *Sie hat Hütts das Leben gerettet! Was weiß sie?*

»Kalenia, nein! Lass Hütts in Ruhe«, rief sie. »Er bekommt eine gerechte Strafe. Durch ein Gericht. Nicht durch deine Selbstjustiz!«

»Er muss sterben!«, schrie die junge Frau wie von Sinnen und kämpfte sich durch den Schnee. »Wie die anderen!«

Ilreen wollte eingreifen, aber musste den Huftritten ausweichen. Das verängstigte Pferd des Hauptmanns versuchte, die Späherin niederzustrecken. Wiehernd folgte ein Angriff nach dem anderen mit der Hinterhand und den Vorderläufen gegen die bleiche Frau.

Danèstra wehrte den Säbelhieb eines Mannes mit ihrem Schwert ab, wirbelte mit dem Fuß losen Schnee in sein Gesicht, und während er noch versuchte, durch die Wolke aus glitzernden Kristallen zu blicken, setzte sie ihm den Pommel kraftvoll gegen das Nasenbein und sandte ihn ohnmächtig nieder.

»Kalenia! Nein!« Danèstra rannte. *Ihr Vorsprung ist zu groß.*

Die junge Frau kniete neben dem verwundeten Hütts und riss den Dolch weit in die Höhe, um ihn in seinen Hals fahren zu lassen.

Ilreen wich immer noch dem bockenden, schnaubenden Pferd aus. Vytain wusste nicht, dass sich die Dinge geändert hatten und es keine Dämonendiener gab, zu denen Hütts gehören sollte. Er gab der Schwangeren vom Turm aus Deckung, anstatt ihr den Dolch aus der Hand zu schießen.

»Du wirst bei Ansis schmoren«, rief Kalenia und stach zu.

Wie aus dem Nichts sprang Thirío über die junge Frau hinweg und riss sie im Flug halb mit sich. Der Stich ging tief in den Schnee – neben den Kopf des Hauptmannes.

Guter Junge! Dann hatte Danèstra Kalenia erreicht und packte sie am Kragen, um sie auf die Füße zu ziehen. Mit einem raschen Schlag entwand sie ihr den Dolch und stellte fest, dass Thirío sie nur sanft an der Schulter gepackt und nicht verletzt hatte. »Ruhig, Kind. Ruhig. Ich kenne die Wahrheit.« Sie umfasste eine Wange mit ihrer Hand. »Komm zu dir, Kalenia. Hörst du mich?«

Sie zappelte im Griff der Kriegerin und wollte sich losmachen, trat nach Hütts, der sich in seinem Blut wälzte. »Er soll tot sein! Er muss!«

Ilreen hatte endlich das Pferd in die Flucht geschlagen und ließ sich an Hütts' Seite nieder, kümmerte sich um die Wunde. »Das Geschoss ging oberhalb des Herzens durch«, erstattete sie Bericht. »Das Loch vorn ist klein, aber die Austrittswunde …« Sie verzog das Gesicht. »Wir bräuchten ein Wunder, damit er das übersteht.«

»Verrecken soll er!«, schrie Kalenia und brach in Tränen aus. »Verrecken! Alle sollen sie verrecken für ihre Taten!« Dann schlang sie die Arme um die betagte Kriegerin. »Sie sollen tot sein. Tot!«

Danèstra schluckte und streichelte den Schopf der verzweifelten jungen Frau, bis sie sich leicht beruhigt hatte. Danach rief sie Ilreen zu sich, damit sie sich um Kalenia kümmerte.

Danèstra kraulte Thirío im Vorbeigehen die Ohren. »Gut gemacht. Du bekommst später eine ausgiebige Streichelrunde.«

Er bellte fröhlich und wich nicht mehr von ihrer Seite; der Schweif wedelte vor Freude heftig hin und her.

Danèstra hockte sich neben den sterbenden Hauptmann in den Schnee. »Ihr werdet Euer Leben verlieren, Airndt Hütts. Als Soldat wisst Ihr, dass Eure Wunde zu schwer ist. Wir können Euch nicht retten.« Sie beugte sich zu ihm hinab. »Erleichtert Euer Gewissen und berichtet mir, was sich zugetragen hat. In der Köhlersiedlung. Dann wird Euch Deiwos vielleicht gnädig sein oder Ansis Euch nicht verschlingen. Wählt den geringsten Grad an Verdammung, das empfehle ich Euch.«

Hütts lachte gequält. »Diese kleine Schlampe. Sie hat Euch eingespannt.«

»Für ihre Schuld wird sich Kalenia rechtfertigen müssen. Aber Ihr, Hütts, habt die größeren Verbrechen begangen. Ihr und Eure Kumpane. Und noch dazu den jungen Lygos angestiftet, sich an dem Mädchen zu vergehen, und damit seine Seele zerbrochen.«

Hütts hustete Blut. »Und Ihr? Wie fühlt es sich an, *nicht* für das Höhere getötet zu haben?«

Danèstra lächelte kühl. »Demnach bereut Ihr nichts von dem, was Ihr getan habt?«

Hütts stieß einen gequälten Schrei aus. »Ich hätte die Schlampe umbringen sollen. Wie die anderen.«

»Wie kam es dazu?«

Er schluckte sein eigenes Blut mehrmals hinunter, um sprechen zu können. »Ihr würdet es nicht erraten.«

»Dann sagt es mir.«

»Eine Wette.« Hütts würgte und erbrach einen Schwall flüssiges Rot über sich, es rann an Kinn und Hals hinab. »Wir … trafen uns bei der Jagd im Irrsal. Aus einem Zufall. Wir soffen wie die Löcher, und dann wetteten wir: wer die größten und meisten Schätze in einer nahen, verlassenen Stadt in der Wildnis an einem Tag finden kann.«

»Der Junge auch?«

»Der Junge war plötzlich da. Ich weiß nicht, wer ihn mitbrachte«, sprach Hütts röchelnd. »Jemand stellte ihn als seinen Knappen vor. Wir verliefen uns, besoffen, wie wir waren, und landeten in dieser beschissenen Siedlung. Die dummen Kohleschlepper wollten uns nicht aufnehmen. Ein Wort gab das andere.«

»Da habt Ihr zugeschlagen.«

»Es waren Diener der Wildnis! Wie sonst hätten sie dort überleben können?« Hütts röchelte, die Hände krallten sich in den Schnee und drückten ihn zu Eisklumpen. Tauwasser rann über die Finger, als presste er es aus dem Weiß. »Wir taten dem Kleinen einen Gefallen. Dachten wir.«

»Im trunkenen Zustand.«

Hütts nickte. »Als wir nüchtern wurden, ritten wir davon und schworen, dass wir darüber nicht sprechen. Zu keinem. Die Wildnis würde die beschissene Siedlung verschlingen. Hätten diese dummem Köhler uns nicht …«

»Und der Junge?«

»Verschwunden. Wir dachten, er sei irgendwann abgehauen.« Hütts hechelte, sein Gesicht verzog sich unter Schmerzen. »Ich … war stets ein treuer Soldat, der … die Wildnis in Kerkoria …« Seine Züge erstarrten, und sein Kopf fiel zurück. Der Hauptmann war seiner Verletzung erlegen.

»Großfürstin! Die Garnison!«, warnte Ilreen. »Sie schlagen Alarm.«

Danèstra blickte zum aufschwingenden Tor, hinter dem eine Abteilung der Kavallerie sichtbar wurde.

Zwar hatten sie die notwendigen Papiere dabei, dass sie alles im Wohle von Nankān und Kerkoria taten, aber Truppen, die ihren beliebten Befehlshaber niedergemetzelt im Schnee liegen sahen, würden danach nicht fragen. *So viele Schuss hat Vytain nicht, um die nahenden Soldaten aufzuhalten.*

»In den Schlitten!« Sie rannte los und sprang auf den Bock, während Ilreen und Kalenia hinten einstiegen. Danèstra ließ die Lederriemen knallen, und das Gespann jagte los.

Am Turm angekommen, stiegen in aller Eile Slahan und Vytain ein, um umgehend das Weite zu suchen.

Das Donnern der zahllosen Hufe der Kavallerie raste wie ein Gewittersturm heran. Eine Wolke aus glitzernden Eiskristallen zog hinter ihnen auf.

»Keine Zeit für Fragen«, rief Danèstra ihnen zu und ließ die Pferde galoppieren. »Haltet uns die Reiterei vom Leib. Sie werden uns einholen. Aber versucht, Tote zu vermeiden.«

Sie richtete die Blicke auf die Straße und lenkte das dahinrasende Gefährt entschlossen darauf entlang. Der kalte Wind biss ihr ins Gesicht, trieb ihr die Tränen in die Augen.

Jetzt da hinein! Sie ließ den Schlitten in einen engen Weg durch den Tannenhain einbiegen; dabei stellte er sich auf eine Kufe, kippte beinahe zur Seite. Geschickt fing Danèstra die Schräglage ab. *Gut. Und vorwärts!*

Geschützt von den dicht stehenden Stämmen, war es den Berittenen nun nicht mehr möglich, sie ohne Weiteres zu überholen. Der Pfad war so breit, dass rechts und links des Schlittens höchstens ein Schritt Platz blieb.

Ab und zu blickte Danèstra über die Schulter.

Slahan stand aufrecht in der offenen Kabine. Er rührte seine Trommel in einem wahnsinnig wirkenden Wirbel, folgte dabei einem irrwitzigen Takt und erschuf damit einen Zauber, wie ihn sonst keiner mehr zu weben wusste.

Vytain und Ilreen lagen im Schlitten und hielten sich bereit, die Reihen der Kavallerie zu lichten. Noch hatten sie die geladenen Büchsen nicht eingesetzt.

Die Symbole auf der Bespannung leuchteten.

Unvermittelt stieg der Schnee hinter den Kufen senkrecht wie eine Wand in die Höhe und schirmte die Flüchtenden vor den berittenen Soldaten ab. Einige Mutige zwangen ihre Pferde durch den pudrigen, glitzernden Vorhang, aber mehr als die Hälfte fiel am harmlosen Hindernis zurück.

Es gefiel Danèstra, dass sich Slahan bemühte, die Häscher schonend abzuschütteln, auch wenn es dem Kriegstrumer ein Leichtes gewesen wäre, sie zu vernichten. »Weiter so!«

Slahan wechselte den Takt, schlug einmal fest auf das Fell und reckte die Arme zur Seite.

Die Stämme mehrerer riesiger Tannen zerbarsten knapp über dem Boden, die Bäume fielen nacheinander auf den Weg und bildeten eine Barrikade von drei Schritt Höhe, über welche die Pferde niemals zu springen vermochten.

Unsere Flucht ist gelungen. Danèstra wandte die Augen nach vorn und fluchte.

Ein morscher, gebrochener Stamm lag geschätzte fünfzig Schritt vor ihnen und versperrte ihnen den Pfad.

Sie zog an den Zügeln und ließ die Pferde langsamer laufen.

»Slahan!«, schrie sie in den Fahrtwind. »Wir brauchen deine Trumerkraft!«

»Er kann nicht«, rief Ilreen. »Er ist erschöpft.«

Danèstra schaute nach dem Magier, der auf dem Boden des Schlittens lag und sich krampfend gegen den Sitz stemmte. »Vytain, dann Ihr!«

Der Izozath sprang zu ihr auf den Bock und schwenkte den Lauf der Electorum-Büchse auf das Ziel. Mehrmals schoss er nach der morschen Tanne.

Metallisch knallend pfiffen die pfeilartigen Projektile aus der Mündung. Sie hackten den maroden Stamm entzwei und zertrümmerten ihn, verteilten die aufgeweichten, gefrorenen Stücke in der Umgebung. Die Pferde und der Schlitten zogen schadlos über die Reste hinweg.

»Köpfe runter!«, befahl Ilreen unvermittelt. »Einige Schützen sind auf die Barriere gestiegen.«

Schon sirrte und surrte es, die Kugeln schlugen in den Rahmen des Gefährts ein.

Eines der Pferde erhielt einen Streifschuss am Ohr, Danèstra spürte einen Schlag in den Rücken, aber die dicke Pelzjacke sowie der Harnisch bremsten das Geschoss so weit ab, dass es nicht in sie eindrang. *Dem Schicksal sei Dank, dass sie keine Elec-Büchsen führen.*

Endlich waren sie außerhalb der Reichweite der gegnerischen Waffen, und nach zehn weiteren Meilen verließen sie den Wald.

Slahans Krämpfe hatten aufgehört. Ächzend stemmte er sich auf die Bank und atmete lange durch. »Hatte vergessen, dass es anstrengend ist.« Sein Dreiecksgesicht war dunkelrot, als habe er einige Zeit unter Atemnot gelitten.

»Danke für die Hilfe.« Zu Danèstras Erleichterung erwartete sie keine weitere Kavallerieeinheit. Bei der großen Dichte an Garnisonen in Kerkoria hatte sie es befürchtet. »Wir müssen rasch raus aus dem

Land.« Sie lenkte den Schlitten Richtung Nordosten. »Wir fahren mit dem Schiff bis nach Elayion, und von dort reisen wir nach Kaltensee.«

Vytain war neben ihr auf dem Bock geblieben, die Büchse im Anschlag und nach Feinden suchend. »Kann ich erfahren, was sich abgespielt hat? Ich konnte mir vom Turm aus keinen Reim machen.«

»Kalenia hat uns belogen«, erklärte Ilreen kühl von der Sitzbank. »Das Einzige, was an ihrer Geschichte stimmt, ist das Ende ihrer Siedlung.«

»Was?«, machten Vytain und Slahan gleichzeitig verwundert.

Danèstra wandte sich zu den Frauen um.

Kalenia schwieg und starrte auf ihre Schuhspitzen, an denen rot gefärbter Schnee haftete, der Ränder auf dem Leder hinterließ. Das Blut des Kommandanten.

»Ich habe gehört, was sie zu Hütts sagte, bevor sie ihn umbringen wollte. Er und seine Freunde haben ihre Siedlung abgebrannt. Aber es waren keine Dämonendiener.« Ilreen stieß die Schwangere unsanft an. »Los. Sag, dass ich recht habe.« In ihren hellen Augen blitzte die Wut.

»Ungeheuerlich.« Vytain setzte die Büchse ab. »Aber … wie … Wenn das Schicksal doch Euch aussandte, Großfürstin, um ihr zu helfen, muss dann nicht etwas Wahres dran sein?«

Danèstra lenkte den Schlitten zu einem Weg, auf dem bereits Spuren anderer Gefährte zu sehen waren. Da würden sie leichter vorankommen. »Ich befürchte, dass ich mich täuschte«, gestand sie. »Ich sprang von Dornenfeste nach Lygenia und traf dort den jüngsten Sohn des Königs. Er gehörte ebenfalls zur Truppe, die Kalenias Dorf auslöschte. Die verbliebenen Männer habe ich ausfindig machen und nach Kaltensee bestellen lassen.« Sie zog den Schal gegen die eisige Luft vor Mund und Nase. »Wir werden sie verhören und ihrer Taten überführen. Sie haben den Jungen zu einer Vergewaltigung …«

»Sie waren es *alle*«, unterbrach Kalenia dumpf. »Sie haben mich *alle* genommen. Und der Junge zum Schluss.«

Danèstra rang um Fassung. Erneut brach sich das Mütterliche Bahn, gegen das sie sich nicht wehren konnte. *Wie grausam und schrecklich. Das arme Mädchen.* Sogleich aber meldeten sich Zweifel. *Wer einmal lügt …*

456

»Wir werden ihnen den Prozess machen. Für die Vergewaltigung und das Massaker.« Danèstra sah nacheinander zu Ilreen, Vytain und Slahan. »Aber die Männer haben nichts mit dem Vordringen der Wildnis zu tun.«

Kalenia schwieg wieder und betrachtete den Boden des Schlittens, schloss die Augen und vergoss stumme Tränen.

»Die Männer vielleicht nicht. Aber Kalenia«, offenbarte Ilreen langsam. »Sie sagte zu Hütts, dass sie ihre Seele einem Dämon verkauft habe, um zu überleben. Und um Rache zu nehmen.«

Danèstra starrte die weinende Schwangere an, dann glitten die Blicke abwärts zu dem gewölbten Bauch. *Einem Dämon.*

***

Weitere Bände von Mahetian Tintenfain (unvollständig):

Der Landmedikus

Der Stadtmedikus

Der Feldmedikus

Der Medikus des Königs

Der Medikus der Königin

Der Medikus der Liebe

Der Medikus der Adligen

Der Medikus und die Amme

Der Medikus und die Hure

Der Medikus und die Medika

und viele weitere Medikus-Bände …

Kapitel XX

Das Tribunal für die Anhörung war in der Schildhalle aufgebaut worden, zwischen den Wappen der Vorbesitzer des Ritterguts und aufwendigen Gobelins an den Wänden. Die Abgesandten der Mächtigen würden hier richten; zum einen über Kalenia, zum anderen über die Männer, die das Köhlerdorf im Irrsal ausgelöscht hatten.

So etwas hat es in der Geschichte des Gehöfts nicht gegeben. Danèstra blickte aus dem Fenster über den bevölkerten Hof. Sämtliche Banner und Standarten der Reiche von Nankān waren an den Gebäuden geflaggt. Mabian hatte zusätzliche Masten anfertigen lassen, damit das letzte Stück Stoff zu seinem Recht kam und im Wind flatterte. Gerade die vielen Häuser aus Orillon, dem Land der Adligen, bedeuteten eine Herausforderung. Keiner der Gäste durfte sein Gesicht verlieren. Dazu gehörte auch, dass die Höhe, in der die Fahnen angebracht waren, dem Rang der Anwesenden entsprach.

Dieses Mal waren sie dem Ruf der Klinge des Schicksals gefolgt. Nicht von überall reisten die Herrscherinnen und Herrscher selbst an, aber sie alle hatten Entscheidungsbefugte entsandt, um verbindliche Beschlüsse zu fassen.

Der Ablauf der Zusammenkunft sah vor, dass nach den Prozessurteilen etwaige Hinrichtungen vollstreckt wurden und am nächsten Tag über die Lage in Nankān gesprochen werden sollte. *Zu besprechen gibt es genug.* Die Wildnis rückte vor, und es gab die Kunde von einer dramatischen, andauernden Erpressung in Izozath. Eine Machina von enormer Zerstörungskraft befand sich in der Hauptstadt und sollte gezündet werden. Die Wucht, so munkelte man, reichte aus, um einen Durchbruch zwischen dem Salzsee und Arna Mhauta herbeizuführen. Die Folgen für Nankān wären nicht abzusehen.

Eines nach dem anderen. Danèstra saß auf der Seitenbank der Zeugen, zusammen mit Ilreen. Thirío hatte sie in der Obhut ihrer Töchter gelassen, Vélos war mit dem Gesandten aus Taucora zu ihr zurückgekehrt. Der Finsterfalke war nach Mabians Flucht gut umsorgt worden, dem Raubvogel fehlte es an nichts.

Kalenia und die Angeklagten knieten in Ketten gelegt und in einfachen weißen Büßergewändern vor dem Tribunal, das leicht erhöht errichtet worden war. Die junge Frau hielt das Fläschchen mit den Seelen ihrer Verwandten in der Rechten. Man hatte es ihr aus Mitleid gelassen.

Die übrige Schildhalle füllte sich mit Begleitern der Mächtigen sowie den Bewohnern des Gehöfts. Auf dem Hof und rings um die Stallungen hatten sich Einwohner der nahen Dörfer und aus Städten der Umgebung eingefunden. Es hatte sich herumgesprochen, was geschehen war, auch dank der reißerischen Flugblätter und Schnelldrucke von Tintenfain, dessen Verkäufer vor den Toren des Guts die neusten Romanheftchen anboten. Diese Ungeheuerlichkeit wollten die Menschen mit eigenen Ohren hören und eigenen Augen sehen.

Das galt vor allem für die Hinrichtungen. Später könnte man erzählen, dass man dabei gewesen war, als Geschichte geschrieben wurde und die schlimmste Betrügerin Nankāns gerichtet worden war, weil sie die Klinge des Schicksals genarrt hatte.

Der Prozess wird gleich beginnen. Danèstra konnte den Auflauf der Massen nicht verhindern, aber sie hatte den Verkauf von Tand, Andenken sowie Speisen und Getränken untersagt. Tintenfains gewitzte fliegende Händler unterliefen ihre Befehle. Dhouza und Nushira hatten zwei von ihnen gestellt und gezwungen, die Heftchen zur Belustigung der Umstehenden aufzuessen. Restlos.

Mit Mabian hatte sie lediglich ein paar Sätze gewechselt, da sie zu sehr in die Vorbereitungen eingespannt gewesen war. Er war am Boden zerstört, als er von Kalenias Taten hörte, und wollte sie danach nicht sprechen. Er lenkte sich ab, indem er sich um die Organisation der Massen kümmerte. Danèstras Mutterherz tat es unendlich weh, ihn leiden zu sehen. *Er sah sie bereits als seine Frau. Mit einer großen Familie und einer glücklichen Zukunft auf Kaltensee.*

»Ich eröffne das erste Tribunal gegen Kaalbrok Castha, Tirmin Eckelbrecht, Dreas Arbstein und Lygos Tolbar. Sie werden wegen mehrfachen Mordes, Brandschatzung sowie Vergewaltigung angeklagt«, erhob König Bhratigäion das Wort. Er führte auf eigenen

Wunsch den Vorsitz, obwohl sich sein Sohn unter den Delinquenten befand. »Ich schwöre bei meinem Reich, dass ich für meinen Sohn keine besondere Milde gelten lassen werde, sollte das einer in dieser Halle annehmen. Wer meinem Schwur nicht traut, der möge frei und ohne Angst sprechen.«

Niemand erhob das Wort.

»Das zweite Tribunal wird sich gegen die Köhlerstochter Kalenia richten. Wegen Anstiftung zum mehrfachen Mord, versuchten Mordes, wegen vorsätzlichen schweren Betrugs sowie Irreführung«, führte Bhratigäion aus. »Dass sie Opfer und zugleich Zeugin im ersten Tribunal ist, wird sie nicht vor einem Richtspruch schützen.«

Das einsetzende Gemurmel stammte von den Zuschauern. Danèstra vernahm Verwünschungen und Flüche, die sich gegen die junge Frau richteten.

»Beginnen wir mit dem ersten Prozess.« Bhratigäion gab den Schreibern ein Zeichen, die jeden Satz für die Nachwelt festhielten, damit kein Zweifel an der Rechtmäßigkeit der Tribunale aufkam. »Einzige Zeugin der Anklage ist: Kalenia Köhlerstochter.« Er machte eine auffordernde Handbewegung. »Sprich. Was wirfst du den hier anwesenden Männern vor?«

Kalenia erhob sich von den Knien und stellte sich aufrecht, trotz der Ketten und der Schwangerschaft; eine Amme stützte sie. »Diese Bestien kamen in unser Dorf. Trunken und mit nichts anderem im Sinn als Mordlust.« Mit sicherer Stimme führte sie aus, was in der Nacht geschehen war und wie es für sie endete. In den schrecklichsten Momenten stockte sie und vergoss Tränen, ohne aber ihre Erzählung abzubrechen.

Danèstra hörte das bedauernde Seufzen und Mitleiden der Menschen. Immer wieder rannten Jungen hinaus und wiederholten für die Wartenden im Gang und auf dem Hof, was Kalenia berichtete.

»Danach ließen sie mich zum Sterben liegen.« Langsam kam sie zum Ende. »Aber sie wussten nicht, dass ich nicht tot war. Ich merkte mir ihre Namen. Jeden einzelnen. Sie verrieten sich, prahlten mit dem, was sie in ihren Leben erreicht hatte. Und so wusste ich, wo ich sie finden konnte, um …«

Der stattliche König Bhratigäion hob die feingliedrige Hand. »Das wird Gegenstand des zweiten Tribunals sein. Deine Anklage ist vorgebracht, die Anschuldigungen sind gehört.« Er sah zu Danèstra und Ilreen. »Würdet Ihr die Aussagen der Zeugin unterstützen?«

Die bleiche Marwarodanerin erhob sich und schilderte das Gespräch, das sie zwischen Airndt Hütts und Kalenia vernommen hatte. Im Anschluss fasste Danèstra die Erkenntnisse aus den Unterhaltungen mit Lygos zusammen.

Die Empörung unter den Zuschauern wuchs. Leise Bemerkungen verlangten den Tod der Brandschatzer und Mörder, andere wollten Gnade für den jungen Thronfolger, der wie Kalenia ein Opfer geworden war.

»Ihr habt vernommen, was euch vorgeworfen wurde«, sagte Bhratigäion zu den knienden Männern. Einer weinte schniefend, zwei blickten ins Nichts, während Lygos nur Augen für Kalenia hatte. Er himmelte sie an, seine Lippen bewegten sich ohne Unterlass.

Wenn Danèstra es richtig von seinem Mund ablas, schwor er ihr ewige Treue und schilderte, welch schöne Hochzeit sie feiern wollten. Sie schauderte. *Sein Verstand ist für immer geschädigt.* Die erhoffte Besserung beim Anblick der jungen Frau war nicht eingetreten.

»Gesteht ihr, die Taten begangen zu haben, die euch vorgeworfen werden?«, donnerte Bhratigäion auf die Männer nieder.

Einer nach dem anderen brachte ein »Ja« heraus, mal leise, mal mit brechender Stimme und einmal schniefend.

Lygos hörte gar nicht zu. Er starrte die junge Frau an, das Gebrabbel wurde hörbar: Er freue sich auf seinen Sohn, den sie austrüge.

»So habt ihr euch der Verantwortung gestellt«, sprach der König und lehnte sich zurück. »Sagt: War der Junge dabei?«

Die Männer nickten.

»Tat er, was ihm vorgeworfen wurde und zu dem ihr ihn angestachelt habt?«

Erneut stimmten sie zu.

»Bladsteen hat ihn betrunken gemacht«, erklärte Tirmin Eckelbrecht. »Er war nicht mehr Herr seiner Sinne. Das solltet Ihr bedenken, Herr.«

Bhratigäion blickte mit versteinerter Miene nach rechts und links in die Reihen der einberufenen Richter. »Auch wenn sich diese abscheulichen Verbrechen in der Wildnis zutrugen, so geschah es auf dem Grund und Boden von Yarkin, in dem unsere Gesetze gelten«, begann er. »In keinem unserer Reiche werden für derart schlimme Mörder, brutale Vergewaltiger und Brandschatzer einfache Gefängnisstrafen verhängt. Daher sehe ich es als gerechtfertigt an, die Todesstrafe über sämtliche Schuldigen zu verhängen. Wer im Tribunal ist dafür?«

Die Hände gingen der Reihe nach in die Höhe.

Jetzt wurde es in der Schildhalle laut. Die Leute verlangten Schonung für Lygos, und gleich darauf wurden die Rufe auf dem Hof hörbar.

Das Volk will Gnade. Und es hat recht.

Danèstra richtete die Silberfrisur und erhob sich. »Ehrenwertes Tribunal. Ich ersuche, dass Lygos Tolbar die Todesstrafe erlassen wird. Ihr seht, dass er an der Tat, zu der ihn erwachsene Männer antrieben und ihn gar zwangen, innerlich zerbrochen ist. Sein Leben ist Strafe genug. Daher schlage ich die Verwahrung des Prinzen bis ans Ende seines Lebens an einem sicheren Ort vor. Sicher für ihn und die Umgebung.«

Beifall brandete auf, die Leute beklatschten ihren Vorstoß.

Bhratigäion lächelte Danèstra dankbar zu. »Ich weiß zu schätzen, dass Ihr die Stimmung aufnehmt und mein Kind zu schützen versucht. Aber die Tat ist nicht rückgängig zu machen. Ein junger Hund, der ein Schaf reißt, hat den Tod gebracht. Blut geleckt. Er ist nicht mehr zu gebrauchen.« Er deutete auf Kalenia. »Ihr wurde Schlimmstes angetan. Ihrer Siedlung wurde Schlimmstes angetan. Von alten und von jungen Hunden.«

Leise Empörung schwappte bei den Worten durch die Halle.

Danèstra hatte sich noch nicht gesetzt. Das Licht beleuchtete die Intarsien auf ihrem Harnisch, die blauen Augen blieben auf den König gerichtet. »Lasst darüber abstimmen, Hoheit. Das Tribunal mag Euren Worten folgen oder es sehen wie ich.«

Bhratigäion betrachtete seinen Sohn. »Ihr Edlen, Ihr habt es vernommen: Wer schließt sich dem Gesuch der Großfürstin an?«

Zwei enthielten sich, der König selbst stimmte dagegen. So wurde die Todesstrafe für Lygos in Verwahrung auf Lebenszeit umgewandelt.

Erneut applaudierten die Zuschauer, während Lygos nichts begriff und Kalenia anstarrte. Sein Geplapper war in tonlose Treueschwüre übergegangen.

»Ich danke dem Tribunal«, sagte Danèstra und setzte sich.

Kalenia ließ sich nicht anmerken, wie sie die Begnadigung eines ihrer Peiniger aufnahm.

»Damit ist der erste Prozess abgeschlossen. Nun zu dir, Kalenia.« Bhratigäion atmete einmal lange ein. »Deine Verfehlungen sind nicht minder schwer, wenn auch auf eine andere Weise. Du hast Nankān in den Glauben gesetzt, Wissen über die Wildnis zu besitzen. Du hast die Klinge des Schicksals und ihre Begleiter Menschen umbringen lassen. Angebliche Dämonendiener, welche die Wildnis gegen uns senden.« Er stützte die Hände auf das Pult. »Der Grund ist uns allen verständlich. Für ihre Vergehen sind sie nun verurteilt worden. Genauso wäre es ihnen ergangen, hättest du dich Danèstara von Tiamin umgehend offenbart, anstatt das Gesetz in die eigenen Hände zu nehmen. Und zu betrügen. Uns. Nankān. Die Hoffnung der Menschen.«

»Rache«, raunte Kalenia mit der alten Wut in den braunen Augen.

»Du wolltest Rache. Nicht Gerechtigkeit?«, hakte der König ein.

»Rache kennt keine Gerechtigkeit. Rache ist das Einzige, was dieser Abschaum verdiente.« Kalenia deutete auf die zum Tode Verurteilten. »Sie haben Geld. Sie haben Freunde. Sie haben Macht. Sie hatten fünftausend Mann. Ich hätte von Land zu Land in Nankān reisen müssen, ein offenes Ohr und einen mutigen Richter finden müssen. Ich hätte aussagen müssen. Mein Wort gegen ihres. Gegen das eines Hauptmannes. Eines Adligen. Eines angesehenen Stierzüchters. Seht Ihr es nicht? Sie wären meiner Anklage entkommen. Und wie hätte ich gegen einen Schlächter wie Caerg Bladsteen in Dornenfeste ein Verfahren führen sollen, König Bhratigäion?« Sie blickte sich in der Halle um. »Niemals hätte ich einen dieser Bestien vor ein Gericht bekommen. Aber ihre entmenschlichten Taten mussten doch geahndet werden. Nicht erst nach deren Tod, im Jenseits. Sondern *mit* ihrem Tod.«

Es war still. Vollkommen still.

Danèstra bewunderte die junge Frau, trotz ihres Betrugs. *Das arme Kind. So viel Leid.*

»Was geschah, nachdem du deine vernichtete Siedlung verlassen hast?« Bhratigäion trank einen Schluck Wasser. Auch auf seinem Gesicht lag deutliches Mitempfinden.

»Lange Zeit wusste ich nicht, wohin mit mir. Zuerst wollte ich sterben, dann rief ich die guten und die schlechten Mächte an, mir beizustehen. Aber sie kamen nicht.« Sie sah zu Ilreen. »Ich sagte zu Hütts, dass ich meine Seele gegeben hätte, um ihm Angst zu machen. Aber das Böse wollte meine Seele nicht.« Sie wankte und wurde von der Amme gestützt. »Auf meiner ziellosen Wanderung gelangte ich in jene aufgegebene Stadt, welche die Mörder eigentlich gesucht hatten. Dort fand ich etwas Gold, und mein Plan stand. Mit den Münzen heuerte ich Söldner an, die die Reisegruppe überfielen, in der sich Lers Hütts befand. Aber der Überfall verlief anders als geplant, und da es nicht die versprochenen Reichtümer zu holen gab, griff mich einer der Söldner an.« Sie schaute zu Danèstra. »Dann tauchtet Ihr auf. Als ich die Schicksalskriegerin erkannte, nutzte ich die Gelegenheit.« Sie unterdrückte ein Schluchzen. »Ich war mir sicher, dass eine höhere Macht wollte, dass ich meine Rache bekam. Gleich wie.«

»Damit Danèstara von Tiamin dir hilft, erdachtest du dir das Märchen der dämonischen Verschwörer«, fügte Bhratigäion an. »Damit hast du uns alle an der Nase herumgeführt. Uns Hoffnung gegeben, auf die wir seit mehr als hundert Jahren warten. Und sie uns genommen.«

»Ich … musste doch sichergehen, dass meine Siedlung gerächt wurde.« Kalenias Schultern bebten, die Stimme wurde brüchig. Langsam hob sie das Seelenfläschchen. »Meine Eltern. Meine Freunde. Wie sie dalagen, verbrannt bis auf die Knochen und …«

Es blieb leise in der Schildhalle. Das Entsetzen und das Mitleid hatten die Menschen fest im Griff.

Jeder, einschließlich Danèstras, konnte verstehen, was in Kalenia vorging, die mit einem Kind unter dem Herzen lebte, das nicht aus Liebe, sondern mit Gewalt und Verachtung gezeugt worden war.

»Was hättet ihr getan an meiner Stelle?«, schrie Kalenia und wandte sich dabei zu den Zuschauern, bevor sie weinend zusammenbrach und von der Amme gehalten wurde.

Als vierfache Mutter fühlte Danèstra mit ihr. Als Klinge des Schicksals durfte sie ihr die Intrige nicht durchgehen lassen. Zugleich war Danèstra erleichtert, nicht Teil des Tribunals zu sein, das eine Entscheidung zu treffen hatte. Die zu Kalenias Ungunsten fallen musste. Die Beweise gegen die junge Frau waren erdrückend, und das Geständnis hatte sie bereits abgelegt.

Langsam erhob sich eine braunhaarige Frau im Tribunal, die ein erdfarbenes Gewand mit kunstvoller Früchtestickerei trug. »König Bhratigäion, hohes Gericht«, sprach sie betroffen. »Mein Name ist Sbinea, und ich spreche für das Reich Siwenloith. Wen diese Geschichte nicht bewegt, der trägt kein Herz, sondern einen kalten Stein in der Brust.« Tosender Beifall brandete durch den Saal. »Und doch stelle ich die Frage: Rechtfertigt ihre Begründung die begangenen Taten?«, sprach sie über das verebbende Klatschen. »Oder könnten wir nicht beschließen: Die Verbrecher hatten den Tod sowieso verdient, wie hier eben festgestellt wurde?« Sie sah in die Runde, dann in die Reihen der Menge. »Ja. Das könnten wir. Und doch hat uns Kalenia betrogen. Das Recht in die eigene Hand genommen. Bewusst gelogen, um ihren Willen zu bekommen. Und uns im Glauben gelassen, es gäbe ein Mittel gegen die Wildnis.«

»Für ihre tote Familie«, rief jemand aus dem Schutz der Masse und bekam gemurmelte Zustimmung. »Ich hätt's auch so gemacht.«

»Ich auch«, folgte eine zweite Stimme zugleich aufgebracht. »Aufknüpfen muss man diese tollwütigen Hunde, die ihr das angetan haben!«

Sbinea neigte leicht den Kopf. »Glaubt nicht, dass ich einen Stein in meiner Brust trage. Doch es geht darum, dass wir keine Ausnahmen machen dürfen. Wo ziehen wir danach die Grenze? Ab wann sind Ausnahmen erlaubt?« Sie sah zur entkräfteten Kalenia, die in den Armen der Amme hing und sich an das Seelenfläschchen klammerte. »Was tun wir, wenn alle plötzlich mordend und lügend durch Nankān ziehen, weil sie sich im Recht sehen?« Sbinea setzte sich.

Die Unruhe wurde lauter. Es schmeckte der Menge nicht, eine Fürsprecherin für eine harte Bestrafung anzuhören.

König Bhratigäion hob den Arm, was zunächst von den Zuschauern missachtet wurde, bis er mit der flachen Hand auf den Tisch schlug, dass es laut knallte. Das Gemurmel verstummte. »Ich muss Sbinea recht geben, so leid es mir tut. Und vergessen wollen wir nicht den tapferen Krieger Skerbull Schwarz, der mit Großfürstin Danèstara von Tiamin ritt. Im Glauben, sein Leben für die Rettung Nankāns zu geben.«

Danèstra wartete darauf, dass er die zweite Truppe ansprach, die ins Irrsal aufgebrochen war, um die Siedlung zu suchen. Aber Bhratigäion verschwieg sie. Die Mächtigen wollten sich die Blöße nicht geben, ihre Heimlichtuerei aufzudecken. Streng genommen gingen auch die Verluste der zweiten Expedition zulasten Kalenias.

Bhratigäion trank, um seinen trockenen Mund zu befeuchten. »So erbitte ich die Abstimmung des Tribunals über die Strafe der Angeklagten. Das Gesetz verlangt aufgrund der Schwere der Schuld nichts anderes als den Tod.«

Erneut wurde gerufen und von der Masse lautstark Einspruch eingelegt.

»Doch mit Blick auf die Schwangerschaft setzen wir die Vollstreckung des Urteils aus, bis das Kind entbunden ist«, fügte Bhratigäion hinzu. »Ich werde es als Nachkommen meines Sohnes annehmen und mich um es kümmern. Es wird ihm an nichts fehlen.«

Damit kam er mir zuvor. Einen ähnlichen Vorstoß hatte Danèstra vorbereitet. Die Menschen bedachten ihn mit leisem Beifall.

»Stimmen wir ab.« Bhratigäion hob erneut den Arm. Nach und nach folgten weitere Zustimmungen, bis eine einfache Mehrheit gefunden war; einige Mitglieder des Tribunals waren dagegen, andere enthielten sich. »Dann ist es beschlossen. Für ihre zahlreichen Vergehen wird Kalenia Köhlerstochter zum Tode verurteilt. Die Vollstreckung findet alsbald nach der Entbindung des Kindes statt. Darüber wird separat befunden.«

Aufgebracht sprangen Zuschauer auf und drängten nach vorn, die Worte »Gerechtigkeit«, »Milde« und »Begnadigung« schallten durch die Schildhalle.

Separat befunden. Bhratigäion hält sich absichtlich den Zeitpunkt offen. Danèstra erhob sich und ließ die großen Portale schließen. »Seid ruhig«, schmetterte sie den Menschen entgegen. »Ihr seid in meinem Haus! Benehmt euch, oder ich lasse euch hinauswerfen!«

Ihr Appell wirkte, die Masse rückte nicht weiter vor.

»Ich fordere ein Ordal im Namen von Deiwos dem Gütigen«, erklang unvermittelt eine helle Männerstimme aus der Menge. »Auch das steht in den Gesetzen.«

Danèstra erkannte den Sprecher sofort. *Dieser verliebte junge Mann.*

Die Zuschauer wichen tuschelnd auseinander.

Sie machten Mabian Platz, der in seinem Harnisch steckte und ein blankes Schwert hielt. Schritt um Schritt ging er hinkend auf das Tribunal zu. Er würdigte seine Mutter keines Blickes und blieb neben Kalenia stehen. Liebevoll legte er ihr eine Hand auf den Rücken. »Ich versprach dir, dich nicht mehr alleine zu lassen, wenn du zurückkehrst«, sagte er und küsste ihre Stirn.

»Nein!«, rief Lygos wütend. »Geh weg! Hörst du? Das ist meine Frau!« Er riss an seinen Fesseln. »*Meine* Frau!«

Kalenia nahm Mabians Hand und drückte sie dankbar. »Du musst das nicht tun«, flüsterte sie bebend. »Nicht. Bitte.«

»Ich will aber.« Mabian sah zu König Bhratigäion. »Hoheit. Ich verlange ein Ordal.«

Und wieder klatschten die Menschen. Sie ließen Mabian hochleben, als hätte er den Kampf gegen die Wildnis gewonnen.

»Ein Ordal, junger Mann, beinhaltet, dass du dein Leben als Einsatz einbringst«, mahnte ihn Bhratigäion.

»Ich weiß, Hoheit.«

»Dein Gegner, den das Tribunal entsendet, hat das Recht, dich zu töten, ohne dafür belangt zu werden.«

»Ja, Hoheit. Das ist mir bewusst.« Mabian küsste Kalenias Hand. »Ich will sie nicht sterben sehen. Und sollte ich tot sein, muss ich ihrer Hinrichtung nicht beiwohnen.«

Bhratigäion stimmte sich mit den Mächtigen ab. Das Tribunal gab sein Einverständnis. »So sei dir das Ordal für Kalenia gestattet, wie es das Recht vorsieht.« Der König deutete auf Danèstra. »*Dort* steht deine Gegnerin, tapferer Junge: die Klinge des Schicksals.«

Ein Aufschrei ging durch die Zuschauer. Sie hielten es für eine grausame Entscheidung, den kämpferisch unerfahrenen Sohn gegen seine von Dekaden in der Schlacht gestählte Mutter ins Ordal zu senden. Man fürchtete einen tragischen Tod des jungen Helden, der aus Liebe handelte.

Aber Danèstra hätte Bhratigäion am liebsten umarmt.

»So sei es!«, rief sie.

***

Nankān, Mhuir Amant, hundert Seemeilen nordöstlich
von Kysarod (Königreich Marwarod), Winter

Quent stand im verdreckten Untergewand vor der offenen Luke, hinter der ein Kohlenfeuer heiß brannte und eine Hitze abstrahlte, der man sich nur bis auf eine Armlänge nähern konnte.

Er wischte sich Schweiß und schwarzen Staub von der Stirn und packte die Schaufel, um weitere Kohle in die Flammen zu befördern, und betätigte danach den Schieber. Die Luke schloss sich.

Fertig. Seine Arme und sein Verstand waren müde, und doch war er erleichtert. Er näherte sich unaufhaltsam seinem Ziel.

Das unentwegte Wummern und Hämmern, mit dem die Drehgestänge angetrieben wurden, kosteten Quent den wenigen Schlaf, der ihm als Küchenjungen und Schaufler zugestanden wurde. An Bord der *Rammo* vibrierte und wackelte alles, weil die uralten, abenteuerlich geflickten und umgebauten Machinas sich über die zwei Decks erstreckten und die Erschütterungen an die Spanten und Planken abgaben. Der Lärm unmittelbar neben einer dieser ungewöhnlichen Antriebe war ohrenbetäubend.

Quent erinnerte das Ganze an das Innere einer Mühle, nur sah das Zusammenspiel der Gestänge, Zahnräder und Rohre wesentlich komplizierter aus. Die erzeugte Kraft wurde auf die Schrauben am Heck der *Rammo* übertragen. Sie schoben den verstärkten Rumpf durch das dicke Eis und brachen eine Schneise in die verwachsenden Schollen an der Oberfläche des Meeres. Mit heißem Dampf wurde eine vorgehängte Stahlschürze erhitzt, um sich durch das gefrorene Wasser wie ein glühendes Messer durch Butter zu schneiden.

»Gut«, schrie ihm der stoppelgesichtige Vorarbeiter ins Ohr, der seine Arbeit überwacht hatte und mit einem Hammer gegen Rohre schlug und auf Anzeigen sah. »Jetzt wasch dich und geh in die Kombüse. Gemüse schnippeln.«

»Aye«, sagte Quent und betrachtete seine Hände. Ohne die Schwielen vom Schieben des Sargs wäre ihm die Haut aufgerissen und abgefallen. Er beschwerte sich nicht. Die *Rammo* erlaubte ihm die kostenlose Überfahrt über Mhuir Amant. Ginge er in Lygäion von Bord, könnte er seinen mumifizierten Meister endlich in seine Heimat bringen. Die letzte Ruhestätte und zugleich eine kleine Erlösung für Quent.

Dann werde ich entscheiden, was ich mit meinem Leben anfange. Er verließ die Kohlekammer und den Kesselraum, wusch sich mit dem bereitgestellten Wasser den Ruß von Armen, Gesicht und Nacken. Anschließend legte er das Untergewand ab und stieg in frische, wärmere Kleidung. Durch enge, niedrige Gänge bewegte er sich in Richtung Kombüse.

Der Eisbrecher schuf gewaltsam eine Fahrrinne durch den Meerbusen von Kysarod, der mit Beginn des Winters unverzüglich zufror, um hinaus auf Mhuir Amant zu gelangen. Der Handel musste weitergehen; die Waren aus Ostroiv, Ostroiva, Irados, Lygäion und von den Nachbarn in Sothoran und Athosa wollten umgeschlagen werden.

Quent hatte nicht glauben wollen, dass die *Kysarod Handelscompagnie* es schaffte, ein Electorum-Schiff dieser Größe in Betrieb zu halten, bis er die endlosen Umbauten sah. Ein findiger Geist namens Elosk, der sich Machinisto nannte und mit seinen Werkzeugen über die Decks geisterte, hatte das Electorum mit der Kraft von Dampfmachinas verbunden.

Wie das vonstattenging, verstand Quent nicht. Doch es funktionierte und lieferte so viel Energie auf die Schrauben, dass die *Rammo* in der Lage war, mit Schub und verstärktem Rumpf ganze Inseln oder gar einen Khitaylon zu spalten. Das behauptete zumindest Elosk.

Quent begab sich an Deck, um frische Luft zu schnappen, bevor er in die schwüle Hitze der Kombüse eintauchte, in der alles mit dem überschüssigen Dampf gegart wurde. *Wir kommen gut voran.* Er betrachtete den Konvoi hinter dem Heck der *Rammo*.

Fünf große Segler folgten ihnen, um aufs offene Meer zu gelangen. Sie fuhren langsam und achteten darauf, in der Mitte der Fahrrinne zu bleiben. Die scharfkantigen Schollen an den Rändern konnten die Rümpfe beschädigen.

Die *Rammo* würde nach Verlassen des Eispanzers in gerader Linie Richtung Osten und Lygäion schippern und dabei Eisberge jagen, welche den Tod eines herkömmlichen Schiffes bedeuten konnten.

Quent fühlte den Salzwind in den langen braunen Haaren und betrachtete das Meer, das mit einer dicken weißen Kruste bedeckt war.

Die Platten aus gefrorenem Wasser vermochten die Planken eines Schiffes zu zerdrücken, das Holz in Spänen abzuraspeln, Löcher in die Rümpfe zu schlagen. Und wenn man versuchte, die Eisfläche mit Hundeschlitten oder gar zu Fuß zu queren, taten sich Spalten auf, durch die man ins eisige Wasser stürzte und gefror, ehe man erstickte. So erzählte es die Besatzung.

Quent atmete tief ein und horchte in sich, ob die Schwäche und seine Krankheit zurückkehrten, die ihn beinahe umgebracht hätten. Ohne Mabians Mitleid und dessen Pflege wäre er nicht mehr am Leben. Der Aufenthalt in Kaltensee hatte seine Lebensgeister vollständig zurückkehren lassen. Ausgestattet mit allem, was man sich nur für eine Wanderung wünschen konnte, war er vom Rittergut aufgebrochen, hatte sich ohne Überfälle, Angriffe und Katastrophen durch Marwarod bewegt und war an Bord der *Rammo* gelangt. Die Münzen, die ihm Mabian gegeben hatte, wollte er sich aufsparen. Für die Zeit nach Calostro, falls man ihm das versprochene Erbe vorenthielt.

Was mache ich mit meinem Leben?, fragte sich Quent einmal mehr. Dass ihn ausgerechnet die Elayioner elend verrecken lassen und danach töten wollten, nagte an seiner Überzeugung, Thýguda zu dienen.

Die Göttin konnte nichts dafür, sagte er sich. Aber das alles war in ihrem Namen geschehen. *Mit ihrem Segen.* Quent sah den Wellen nach, in denen die handgroßen Eisstücke trieben und harmlos an den Bug eines Seglers stießen, um nach unten gedrückt zu werden. *Will Thýguda, dass ich Elayion aufwecke? Sie an die ursprüngliche Lehre erinnere?*

Damit müsste sich er jedoch gegen die geballte Priesterschaft Elayions stellen. Das traute sich der junge Mann nicht zu. *Ich muss eine neue Aufgabe finden.*

Er steckte die Finger in die Ärmel, um sie vor der Kälte zu schützen. Jedenfalls wollte er kein Gelehrter wie sein alter Meister werden. Ihm gingen körperliche Arbeiten leichter von der Hand. Quent sah zu den aufragenden zwei Schloten, aus denen der schwarze Qualm der brennenden Kessel in den grauen Winterhimmel stieg und dort krakelige Striche zog. Der Rauch brachte ihn zum Husten. *Wäre das etwas für mich? Ein Machinisto? Aber hier ist alles eng und klein. Man müsste ein Kobold sein, um durch die Decks zu kriechen.* Seufzend stapfte er los in Richtung der Kombüse. *Erst Calostros Überreste abliefern.* Bisher war seine Reise nicht zu Ende. *Es mag sich noch eine Erleuchtung einstellen.*

Quent streckte die Hand nach der Tür aus, welche in das bedampfte Räumchen führte, in dem die Mahlzeiten für die zehn Mann Besatzung zubereitet wurden.

Da lief ein gewaltiger Ruck durch die *Rammo,* und der Eisbrecher stand von einem Blinzeln auf das nächste still.

Quent wurde umgerissen und schlug auf dem Holz auf. Der Rumpf ächzte aufbegehrend, unter Deck erklang lautes Zischen und Klirren, heißer Dampf schoss durch die Deckplanken. Offenbar waren einige Rohre durch die abrupte Belastung gerissen.

Der Eingang zur Kombüse flog auf, der Smutje erschien, über und über mit bräunlichem Soßenansatz beschmiert, sodass Quent sein Gesicht kaum erkannte. »Was bei allen verkackten Wasserfrauen war das?«

Schon schallten die Befehle des Kapitäns von der höher gebauten Brücke über die *Rammo,* und die Matrosen trampelten durch den Rumpf.

Quent rappelte sich auf und wusste nicht, was er unternehmen sollte. Daher eilte er an den Bug, um zu sehen, wogegen die Stahlschürze geprallt war. Er vermutete ein übersehenes Riff, das sich der Macht aus Schub, Gewicht und Metall widersetzte.

Der Smutje gesellte sich zu ihm, Bratensoßenduft umwehte ihn. »Ist da was?«

»Ich weiß es nicht.«

Laut und schäumend verwirbelte das Wasser am Heck, es spritzte hoch und rieselte als Eiskristalle auf das Deck. Die Schrauben trieben den Eisbrecher unaufhörlich an, ohne dass sich das schwere Schiff bewegte. »Ich weiß es nicht.«

»Scheiße, ich sag es dir: ein unsichtbarer Eisberg!« Der Smutje rollte mit den Augen und tupfte die Soße mit dem Küchentuch weg, das er am Gürtel trug. »Wir sind verflucht.« Dann lachte er schallend. »Nein, irgendwas wird sich finden, was wir aus dem Weg räumen werden.«

Quent nickte. Für einen Moment hatte er fast an den unsichtbaren Eisberg geglaubt.

Am anderen Ende des Schiffes blickten sie am Vordersteven abwärts, auf der Suche nach dem Hindernis, gegen das die erhitzte Schürze gelaufen war.

Doch da war nichts. Zischend schmolz die pflugartige Konstruktion die Eiskante und trug sie ab, ohne sie zu berühren. Weder sah Quent einen Stein noch ein Wrack, das der *Rammo* zum Verhängnis geworden war.

»Es muss unter der Wasserlinie liegen«, grummelte der Smutje, bevor er sich umdrehte und seine Beobachtung zum Kapitän brüllte.

»Was tut man in einem solchen Fall?« Quent hielt weiterhin Ausschau.

»Tauchen.«

Er schauderte. »In der Eisbrühe?«

»Ja. Es geht nicht anders.« Der Smutje musterte Quent. »Du nicht. Keine Angst. Du bist zu dürr. Kein Speck. Du bist schneller durchgefroren, als wir dich hochziehen können.«

Am Heck gab ein Matrose Flaggensignale an die nachfolgenden Segler, damit sie anhielten und Eisanker setzten. Sie mussten abwarten, bis das Problem der *Rammo* behoben war. Sollte es zu lange dauern, schloss sich die Fahrrinne und konnte die Rümpfe der Schiffe zerdrücken. *Viel Zeit bleibt ihnen nicht.*

Das Wummern und Scheppern der Machinas wurde leiser, die Antriebswellen wurden ausgekuppelt. Mit weißem Dampf schossen grelle Pfeifsignale in den Wind, als wollte der Eisbrecher seinem Ärger Luft machen.

Auf die Töne erfolgte eine Antwort, und diese überraschte Quent dermaßen, dass er vor Schreck aufschrie: Aus dem Eis neben dem vorderen Segler brach ein saphirblauer Bestienschädel hervor und aus dem aufklappenden Schlangenmaul dröhnte ein Gebrüll, das lauter als die Machina der *Rammo* tönte.

Skamata! Quent musste sich an der Bordwand festhalten, sonst wäre er eingeknickt. *Wie … wie gelangte die Bestie nach Mhuir Amant?*

An weiteren Stellen barst die Eisdecke mit glitzernden Wolken und Krachen. Der schlangengleiche, blau geschuppte Leib wälzte sich ins Freie und fegte durch die Reihe der Segler. Rümpfe wurden aufgerissen, Planken splitterten, und durch die Löcher drängte sich blubbernd das Wasser.

»Deiwos der Beschützer«, stammelte der Smutje. »Was … was ist das?«

An den Decks der Angegriffenen wurden mit verzweifelter Hast Abdeckungen von Katapulten und Speerschleudern gerissen. Die Mannschaften versuchten, sie zu laden und abzufeuern, um Skamata zurückzuschlagen. Doch es blieb bei ein, zwei zaghaften Schüssen. Mit einer solchen Attacke hatte keiner gerechnet.

»Skamata«, raunte Quent. »*Sie* hat uns aufgehalten. Es ist ihr Leib, auf dem die *Rammo* hängt.«

Die ersten Segler bekamen Schlagseite. Ein Kahn sank über den Bug und streckte das Heck in die Höhe, als wollte er Schutz unter Wasser suchen.

Skamatas drei Köpfe brüllten und schnappten um sich, fraßen die Matrosen und stießen Löcher quer durch die Decks, um nach schmackhafter Beute zu fischen.

»Dann … Was tun wir?« Der Smutje sah zum Kapitän, der an den Hebeln herumriss und die Machina anwarf, als würde sich die *Rammo* plötzlich bewegen lassen. »Wie lange habe ich den Alten bekniet, dass wir Geschütze brauchen! Und jetzt? Jetzt haben wir keine.«

Matrosen sprangen von den untergehenden Seglern aufs Eis und bewegten sich weg von der tobenden Skamata. Schien ihre Flucht zunächst noch zu gelingen, wälzten sich unverhofft neue Bestien aus der Fahrtrinne und verfolgten die Flüchtenden unbeholfen, aber schnell über die gefrorene Wasseroberfläche.

Crocodyle! Das … Quent wich entsetzt von der Reling zurück. *Sie sind mir gefolgt!*

Die schwarzgrünen Panzerechsen packten die Menschen und zerfetzten sie mit wütendem Schütteln ihrer langen Schnauzen. Die Schreie der Sterbenden und Leidenden gingen im Brüllen der Seeschlange und dem krachenden Blubbern der untergehenden Segler unter.

Der Smutje hatte die kleineren Ungeheuer ebenfalls ausgemacht. »Das sind die beschissenen Djidis von Ebos! Und ich habe auch noch Bratensoße an mir«, schrie er. »Deiwos will uns bestrafen! Wir sind dem Untergang geweiht!« Er machte kehrt und rannte zur Kombüse. »Los, Junge! Proviant fassen und runter von der *Rammo*. Sonst ergeht es uns wie …«

Ein neuerlicher Ruck ließ den Rumpf des Eisbrechers erbeben und sich einen gefühlten Schritt in Gänze aus dem Wasser heben, bevor die Planken des Decks genau in der Mitte aufbrachen. Die *Rammo* teilte sich in zwei Hälften. Der Smutje stürzte schreiend in die Lücke dazwischen und verschwand.

Dampf quoll unaufhörlich empor und hüllte das Deck vollständig ein, die Machina heulte sterbend auf, Gestänge rissen ab, und Zahnräder flogen geschossgleich umher. Es pfiff und schrillte, eine gedämpfte Explosion erfolgte aus dem Kesselraum. Eine riesige Lohe beleuchtete die Schwaden unheimlich.

Jetzt schnappt sich Skamata uns. Quent klammerte sich ans Holz. *Ich muss runter.* Um Calostros Sarg zu holen, blieb keine Zeit mehr. Ohne darüber nachzudenken, wohin er in der Eiswüste entkommen sollte, sprang er über Bord und landete auf festem Untergrund, der deutlich knirschte.

Quent hetzte vorwärts, weg von der *Rammo* und den Bestien. Weder drehte er sich um, noch verschwendete er einen Gedanken an das, was vor ihm lag.

Seine langen Beine hoben und senkten sich unaufhörlich, er raste durch die verschneite Landschaft. Über Spalten setzte er mit großen Sprüngen hinweg. Unter seinen Füßen bildeten sich unentwegt Risse, als verfolgten ihn die Seeschlange und die Crocodyle jenseits der gefrorenen Kruste. Er wagte es nicht, über die Schulter nach den Schiffen zu sehen. *Weg! Nur weg!*

Als er keuchend langsamer wurde, weil seine Lunge und sein Hals von der Kälte brannten und er kaum mehr Luft bekam, erklang ein grelles, schrilles Pfeifen. *Der Kessel. Überdruck,* schoss es ihm durch den Kopf.

Erst jetzt schaute Quent zurück.

Das Heck der *Rammo* war bereits versunken, das Eis brannte rings um die Stelle, wo sich der Bug noch über Wasser befand. Von den übrigen Seglern lagen traurige Trümmer umher, Maste ragten zwischen den Schollen empor und hielten tapfer ihre langen, bunten Wimpel als letzten Gruß in den Wind. Die Crocodyle machten Jagd auf die Überlebenden und labten sich an deren Fleisch.

Die saphirblaue Skamata brüllte das Wrack der *Rammo* aus ihren drei Mäulern an, als wäre der pfeifende Kessel die Stimme einer gegnerischen Bestie. Zwei Köpfe der Seeschlange hatten sich aufgerichtet, der andere schnupperte und roch an den Überresten des Eisbrechers.

Sie weiß, dass ich entkommen bin. Quent hustete kalte Luft aus der Lunge und sog gleich darauf mehr davon ein. *Ich bin verloren.*

Nun schoss auch Skamatas dritter Schädel in die Höhe, und alle Augen richteten sich auf den jungen Mann. Der mächtige Schweif hieb gegen die *Rammo,* um ihr das Ende zu bereiten und die Warnpfeife zum Verstummen zu bringen.

Da entlud sich der Überdruck mit einer gewaltigen Detonation.

Die Seeschlange gab einen kläglichen Laut von sich, als das gesprengte Metall des Kessels sie durchbohrte und tiefe Wunden in die Schuppen schlug. Blutige Fetzen wurden aus ihr herausgerissen und in der weißen Ebene verteilt, blaue Hautstücke regneten nieder.

Quent wurde von dem heißen Wind erfasst, der nach Kohle, Ruß und Feuer roch, und wie ein loses Blatt im Sturm über das Eis geblasen.

***

Solltet Ihr annehmen, ich nähme meine Leserinnen und Leser nicht ernst, so habt Ihr Euch getäuscht.

Denn ihnen verdanke ich meinen unerschöpflichen Reichtum. Und sie zahlen die Münzen gern und ohne zu murren. Ich kenne kein Land, in dem Abgaben mit solcher Bereitschaft geleistet werden. Denkt darüber nach. Das macht die Romantik.

Aus: Über die Romantik
Gespräche mit Mahetian Tintenfain

Kapitel XXI

Mabian hinkte in die Mitte der Schildhalle und hob sein Schwert. »Im Namen der angeklagten Kalenia Köhlerstochter und vor Deiwos habe ich ein Ordal verlangt und es bekommen, wie es bei Todesstrafen Recht und Brauch ist«, sprach er und grüßte seine Mutter mit einem ehrfürchtigen Nicken, gefolgt vom Salut mit seiner Waffe.

Die Zuschauer hatten einen Kreis gebildet, um den ungleichen Kämpfern Platz zu geben. Die Mächtigen unter Vorsitz von König Bhratigäion blieben auf ihren Richterstühlen.

Mabian war das Ordal ernst. Todernst. Dass man ihm die Klinge des Schicksals als Gegnerin zuerkannte, bedeutete nicht, dass er sich zurückhalten würde. Er brauchte den Sieg für seine große Liebe. Er wusste, weswegen der Herrscher von Nord-Lygäion sie ausgesucht hatte. Damit würde sein Leben verschont werden, ganz gleich welchen Verlauf der Zweikampf nähme.

Danèstara Adima Decessa von Tiamin, Großfürstin und Erz-Königin von Uthalosa. Der Titel klang einschüchternd und passte zu den Erfolgen, die seine Mutter über vier Dekaden errungen hatte. Zu den Siegen im Kampf. Niemand konnte es in Nankān mit ihr aufnehmen, weder im Fechten noch im Schießen.

Nicht mal meine Schwestern. Mabian erinnerte sich an die unzähligen Unterrichtsstunden mit verschiedensten Klingen, in denen er sich als unbegabt erwiesen hatte.

Doch eines unterschied ihn von einem gewöhnlichen Räuber oder Mordgesellen, denen seine Mutter sonst gegenüberstand. Er kämpfte für das Leben seiner zukünftigen Gemahlin. *Dafür werde ich alles geben.*

Er sah zu Kalenia, die neben der Amme stand und kaum merklich den Kopf schüttelte. Sie versuchte noch immer, ihn von dem zugesprochenen Ordal abzuhalten.

Mabian lächelte ihr zu, bevor er sich seiner Mutter zuwandte. »Du bist meine Gegnerin, Danèstara von Tiamin«, sprach er, um zu verdeutlichen, dass er sie als Gegnerin ernst nahm. Er fegte ein paar schwarze Strähnen aus seiner Sicht. »Rechne nicht mit Schonung.«

Unter anderen Umständen wären die Zuschauer über den humpelnden Jüngling in dem zu groß wirkenden Harnisch in Lachen ausgebrochen. Man kannte Mabian mit seiner Kladde und den Stiften als brillanten Verwalter, nicht als Streiter oder als Jäger.

Die Tragik der Situation verhinderte es. Die Leute hatten die Verzweiflung in Kalenias Augen gesehen, ihr Leid und das erlittene Unrecht vernommen. Sie alle fühlten mit ihr, einschließlich des Tribunals der Mächtigen und Danèstras.

»Ich werde dich nicht sterben lassen«, rief Mabian Kalenia zu. Leises Schluchzen und Laute des Mitgefühls erklangen aus den Reihen der Zuschauer. »Deiwos wird dir deine Taten vergeben.«

Danèstra zog ihr Schwert und grüßte ihren Sohn damit. Es gab von ihr keinerlei Erwiderung, keinerlei Beteuerungen, wie sie sich im Zweikampf verhalten wollte.

»Beginnt«, befahl König Bhratigäion. »Es möge enden, wie es enden muss.«

Mabian suchte einen festen Stand, soweit es ihm sein linkes, schwaches Bein erlaubte, und erwartete den ersten Angriff. *Feindin. Sie ist für die Dauer des Ordals meine Feindin.* Sosehr ihm das Gesicht mit den Fältchen vertraut war, sagte er sich unentwegt, dass nur ein Sieg über diese Frau Kalenias Leben retten konnte. *Meine Todfeindin.*

Danèstra umrundete ihn langsam, sodass er sich mitdrehen musste. Ihr Schwert blieb gesenkt, als hätte sie keine Lust auf die Auseinandersetzung.

Mabian kannte seine Mutter gut und wusste, was sie tat. Sie suchte nach Schwachstellen in seiner Haltung, in seiner Rüstung. Der Harnisch stammte vom gleichen Schmied wie ihrer, Mabians Schwachstelle war, abgesehen von seinem linken Bein, die Unerfahrenheit und sein Untalent.

Das alles wusste Danèstra.

Nach einer ganzen Umdrehung hob sie ihr Schwert und versuchte mehrere Hiebe gegen ihn zu landen.

Bereits beim ersten Kreuzen der Waffen wusste Mabian, dass sie nicht mit voller Kraft zuschlug. Sie wollte den Zuschauern den Eindruck geben, dass sich ihr Sohn zu wehren vermochte, und ihm seine Würde lassen.

Mabian würde es gegen sie einsetzen. *Sie ist meine Todfeindin. Nur ein Sieg bewahrt Kalenia.* Er unterlief mit einem raschen Ausfallschritt einen weiteren laschen Hieb und stieß waagrecht Richtung Danèstras Körpermitte. *Ein Sieg!*

Die Menge rief erschrocken auf.

Aber die silberhaarige Frau drehte sich seitlich weg und zog das rechte Knie hoch, fälschte den Stich mit der Schienbeinpanzerung ab. In der Bewegung machte sie aus ihrem fehlgegangenen Hieb einen Faustschlag gegen Mabians Brust, die den jungen Mann ins Taumeln brachte.

Sein verletztes Bein knickte ein, und er stürzte vor Kalenia auf die Dielen der Schildhalle.

Ein lauter Schrei aus vielen Kehlen hallte durch den Saal.

Danèstra setzte nicht nach, sondern blieb, wo sie war, und betrachtete ihn mit einem verzeihenden, schwachen Lächeln.

Als hätte ich eine Dummheit gemacht.

Mabian versuchte sich zu erheben, Kalenia half ihm zusammen mit der Amme auf die Füße.

»Beende den Wahnsinn«, raunte seine Liebste ihm zu. »Brich das Ordal ab.«

Er schüttelte den Kopf. »Ich habe dir etwas geschworen.«

Mabian hinkte auf seine Mutter zu, führte dabei das Schwert stets von rechts nach links, um ihr keinen Aufschluss zu geben, wie er angreifen wollte.

Danèstra sah ihn aus blauen Augen an. Sie hob langsam ihre Klinge und reckte sie ihm entgegen.

Mabian schlug sie zur Seite und versuchte sich an einem Hieb gegen die Schulter ihres Führarms.

Blitzschnell fing sie sein Handgelenk ab, drückte den Arm zurück, sodass die breite Seite des eigenen Schwertes seine Stirn berührte. Damit war offenbar, wie es um seine Künste stand.

In seinem Blickfeld tanzten rote und leuchtende Kreise, in seinem Kopf dröhnte der Einschlag nach. Tränen schossen ihm in die Augen, weil auch die Nase etwas abbekommen hatte. Mabian ruderte auf der Suche nach seinem Gleichgewicht mit den Armen.

Erneut riefen die Zuschauer mitfühlend. Hilfreiche Hände stützten ihn, damit er nicht schon wieder auf den Boden fiel.

Ich weiß, wie ich dich kriege. Todfeindin. Mabian machte aus der Not eine Tugend und nahm es auf sich, drei, vier, fünf Mal auf diese Weise von seiner Mutter abgewehrt zu werden. Seine Angriffe wurden linkischer und unbeholfener, langsamer und vorhersehbarer.

Die Ersten riefen mitleidig nach der Beendigung des Ordals durch den König, andere verlangten Gnade für Kalenia.

Mabian versuchte es zum sechsten Mal und tat, als wüsste er nicht mehr, wo genau seine Mutter stand.

Danèstra wehrte den ungelenken Stich ab und fing die Klinge mit ihrem Panzerhandschuh ab.

Jetzt hab ich dich! Mabian langte überraschend auf den Rücken und griff nach seinem Dolch, um ihn seiner Mutter unter ihrer offenen Deckung hindurch an die Kehle zu setzen. Ein winziger Schnitt, ein wenig Blut. Damit wäre das Ordal zu seinen Gunsten entschieden.

Aber seine Linke griff ins Leere. Er hatte den Dolch bei seinem Sturz verloren. *Nein! Ich hätte …*

Danèstras Gesichtsausdruck wandelte sich, zeigte erschrockenes Erstaunen. Sie begriff, was er mit dem Dolch hatte tun wollen. »Es ist genug, Sohn!« Sie ließ sein Schwert los und drosch überschnell auf ihn ein, sodass er ihre Schläge nicht mehr kommen sah. Danèstra landete harte Treffer an den dicksten Stellen seines Harnischs, verpasste ihm Dellen und leichte Einschnitte, bis Mabian unter der Kraft der Kriegerin zusammenbrach.

Danèstra setzte ihm die Spitze ihres Schwertes an die Kehle. »Vorbei, mein Sohn. Du hast gut gekämpft. Alle sahen es.« Ihre Stimme senkte sich. »Du wärst weit gegangen, um deine Liebe zu retten. Mehr konntest du nicht tun.«

Mabian war zu erschöpft, um etwas zu erwidern, sein ganzer Leib schmerzte. *Versagt.* Er begriff, was der Ausgang des Ordals für seine große Liebe bedeutete. »Nein«, rief er und schluchzte. »Bitte, sie …«

»Deiwos hat entschieden, dass das Urteil bleibt, wie es gesprochen wurde«, verkündete König Bhratigáion. »Wie deine Mutter sagte, Mabian: Du hast dich tapfer geschlagen. Niemand wird vergessen, dass du die Frau verteidigt hast, die dir …«

481

Ein gemeinsamer Schrei des Entsetzens brandete durch die Schildhalle. Die Leute deuteten über Mabian hinweg dorthin, wo die Verurteilten knieten. Manche schlugen sich die Hand vor den Mund, einige erbleichten, und wieder andere drohten das Bewusstsein zu verlieren.

Kalenia? Er drehte den Kopf, um nach ihr zu sehen. »Kalenia!«

Die junge Frau hielt seinen Dolch. Er hatte ihn nicht verloren, sie hatte die Waffe unbemerkt an sich genommen, als sie ihm vom Boden aufgeholfen hatte. Das Rot rann an der Schneide und an ihrer Hand entlang, tropfte auf das Holz. Sie stand in ihrem Büßerinnengewand über den Brandschatzern, denen sie die Kehlen aufgeschlitzt hatte. Deren Blut war gegen Kalenia gesprüht und hatte sie getüncht. Würgend und zappelnd starben die Männer zu ihren Füßen, rote Lachen breiteten sich um sie aus. Nur Lygos hatte sie verschont.

»Meine Rache lasse ich mir nicht nehmen«, verkündete Kalenia stolz und sah zu Mabian. Ihr Blick verlor den Hass und erhielt Milde. Liebe. »Wir wären ein schönes Paar geworden, Liebster. Ich danke Deiwos, dass ich jemanden fand, dem ich nach alldem, was mir zustieß, vertrauen durfte.« Sie setzte die triefende Schneide an ihren Hals.

König Bhratigäion hielt die heranstürmenden Wachen mit einem Ruf zurück.

Kalenia atmete rasch. »Mein Dorf und meine Liebsten sind gerächt. Die Schuldigen sind tot. Nun bleibt noch eins zu tun: Ich kann sterben und muss dieses Balg nicht länger mit mir herumtragen. Nicht mehr ertragen. Das Kind, das nicht sein darf.« Mit einem Schnitt öffnete sie sich die Adern. »Vergib mir, Mabian«, raunte sie. »Im nächsten Leben werde ich dein sein.« Kalenia brach zusammen, der Dolch fiel aus ihren blutigen Fingern.

Danèstra sprang über Mabian hinweg und eilte zur tödlich Verletzten. Gemeinsam mit der Amme versuchte sie, den klaffenden Schnitt zu schließen.

Nein. Nein! Mabian starrte zu der Sterbenden, ihre Blicke verschmolzen.

Kalenia lächelte ihn an, jedes Zeichen von Schmerz war aus ihrem Gesicht gewichen. Es gab nur Freude über die Erlösung. *Vergib mir,* formten ihre Lippen lautlos. *Im nächsten Leben, mein Liebster.* Dann verloren ihre Augen den lebendigen Glanz, und sie sank in sich zusammen.

Immer mehr Menschen gingen an Mabian vorbei und schritten über ihn hinweg, drängten sich um die Tote und versperrten ihm die Sicht. Irgendwer half ihm auf, ohne dass er wusste, wer. Und plötzlich roch er Blut. Er hielt es nicht länger aus. »Nein«, schluchzte er.

Während der Andrang zunahm und die Menschen um ihn herum riefen, wie schrecklich und schlimm das alles sei, zwängte er sich durch die Masse und ließ sich kurzerhand aus einem der Fenster auf den Hof fallen.

Mabian erhob sich aus dem Schmutz, wankte mit gesenktem Haupt weiter durch die Menge, schob sie auseinander. Er nahm nichts mehr wahr. Vor ihm schwebte Kalenias blutiges Gesicht, befreit und friedlich.

Sie liebte mich. Sie liebte mich, und nun ist sie tot. Mabian stapfte vorwärts, fiel und wurde erneut aufgerichtet, hinkte in die Dämmerung. *Weg. Nur weg von diesem Ort!*

Irgendwann musste er keine Leiber mehr zur Seite drängen, der Hof lag hinter ihm.

Mabian humpelte in die Dunkelheit, über die Asche der abgeflämmten Felder. Die grauen Wölkchen stiegen von seinen Schuhen auf und umspielten ihn, als sei er ihnen entstiegen.

Schließlich verweigerte sein verletztes Bein jeglichen weiteren Schritt. An einer Wegkreuzung setzte er sich unter eine Krüppeleiche. Er starrte durch die kahlen Äste hinauf zu den Sternen, die gleichgültig zu ihm herabfunkelten, wie sie es seit unendlich vielen Gemeinjahren taten. Unvermittelt überfiel ihn ein heftiger Weinkrampf.

Er barg das Gesicht zwischen den Händen und ergab sich den Tränen, die in heißen Bahnen über seine Wangen zogen. So lange hatte er die Hoffnung aufrechterhalten, Kalenia wiederzusehen. Bei seinen Abenteuern war sie ihm Halt gewesen, mit schönen Bildern und süßen Erinnerungen an die wenigen gemeinsamen Stunden.

Nun war sie tot. Für immer verloren.

Warum bleibe ich noch? Um der Verwalter bis ans Ende meiner Tage zu sein? Mit wem? Irgendeiner Magd oder einem Mädchen von Stand, die meine Mutter anschleppt, während Nankān untergeht?

Nichts ergab mehr Sinn. Die innere Leere wuchs und fraß ihn auf.

Mabian blickte zu den Ästen hinauf. Da er keine Waffen bei sich trug, blieb ihm lediglich sein Gürtel, um sich daran aufzuknüpfen.

Sterben wie ein gemeiner Dieb. Aber was soll's? Er versuchte, sich am Stamm in die Höhe zu ziehen und auf den nächsten Ast zu gelangen. Doch sein schwaches linkes Bein knickte stets ein.

Mabian rutschte zurück auf die feuchtkalte Erde und wischte die Tränen weg. *Deiwos, du bist grausam. Nicht mal umbringen kann ich mich!*

Hufschlag näherte sich der Krüppeleiche und der Kreuzung. Zwei Reiter kamen im Trab durch die Finsternis angeritten. Einer von ihnen hatte eine Blendlaterne, mit dem er die Straße ausleuchtete, um Hindernisse zu erkennen.

Als sie Mabian sahen, hielten sie an. Der gleißende Schein richtete sich auf sein Gesicht. »Heda, Bursche! Wir wollen nach Kaltensee. Welcher Weg ist der richtige?«, erkundigte sich eine Männerstimme.

»Ihr seid zu spät. Die Verhandlung ist beendet. Die Hinrichtungen fanden statt«, sagte er abweisend.

»Welche Verhandlung?«, gab der Mann zurück. »Deswegen sind wir nicht hier.«

Mabian hatte es demnach mit den üblichen Bewunderern seiner Mutter zu tun, die ihre Romane signiert haben wollten. »Schert euch zu Ansis.« Er schloss die Augen vor dem grellen Licht.

»Ho, Jüngelchen! Ich glaube, ich sollte dir Manieren beibringen. Eine Tracht …« Der Mann hielt inne. »Der Harnisch. Da ist das Zeichen derer von Tiamin! Bist du ein Dieb auf der Flucht?«

Mabian kümmerte es nicht, was sie von ihm dachten. »Verpisst euch.« Ihm fiel ein, dass der Mann ihm einen Dolch geben könnte. *Zum Halsaufschneiden.* »Überlass mir ein Messer, und ich sage dir den Weg.«

»Ein Messer?« Das Klirren und Knarren von Leder verkündete, dass der Mann hinter dem gleißenden Schein zum Absteigen ansetzte. »Ich habe nichts zu verschenken. Aber ich poliere dir rasch deine Fresse für dein Benehmen, Junge.«

Mabian lachte resigniert auf. »Du dummes Schwein kannst mich totschlagen, wenn dir danach ist. Oder abstechen.«

»Oh, haben wir hier einen lebensmüden Gesellen? Warte, ich prügle dir Vernunft ein. Danach lebst du doppelt so gerne.« Die Stiefelsohlen des Mannes trafen scharrend auf den Boden. »Ha, natürlich! *Jetzt* erkenne ich dich wieder!« Der helle Schein schwenkte zur Seite. »Halt die Lampe, Kalenia.«

»Was?« Ruckartig riss Mabian die Lider auf.

Die pendelnde Laterne beleuchtete das Gesicht der jungen Frau, die er eben in der Schildhalle mit aufgeschlitztem Hals hatte sterben sehen.

»Nein«, raunte er voll unbändiger Freude. *Wessen Gottes Werk das immer ist, ich preise ihn!*

»Doch.« Schwungvoll bekam Mabian die Faust des Mannes mit dem breitkrempigen Hut mitten ins Gesicht.

***

Nankān, Mhuir Amant, hundert Seemeilen nordöstlich von Kysarod (Königreich Marwarod), Winter

Quent überschlug sich mehrmals, umtost vom aufgewirbelten Schnee, und kam endlich zum Liegen. *Der Kessel ist hochgegangen.* Das Eis hatte ihm mehrere Schürfwunden an den Ellbogen und an den Armen zugefügt. *Frostbisse.* Quent setzte sich auf und blickte zum Wrack der *Rammo. Ich hoffe, Skamata ist tot.*

Das Flirren der aufgewirbelten Kristalle legte sich.

Die saphirblaue Seeschlange war verschwunden, zwei ihrer Köpfe lagen zerfetzt in der winterlichen Landschaft. Überreste des zerrissenen Electorum-Dampfschiffes entdeckte Quent überall. Die Detonation des überlasteten Kessels hatte in großem Umkreis Verwüstung angerichtet und brennende Kohlen und Trümmer auf dem Eis verteilt. Ruß, Schmutz und Blut verunreinigten das unschuldig wirkende Weiß. Die Crocodyle hatten sich zurückgezogen.

Quent erhob sich zitternd in seinem dünnen Gewand. *Ich muss zurück. Zu den Wracks der Segler. Da wird es vielleicht Proviant geben.* Die Zähne klapperten, und er zwang sich, trotz der Kälte und des Windes trippelnd schnelle Schritte zu machen. *Und warme Kleidung. Und Überlebende.*

Mehrmals überquerte er Risse und schmale Spalten, in denen es knackte und knisterte. Das Reißen der dicken Eisschicht ging voran.

Wie weit es von der Unglücksstelle bis zum Festland war, konnte er nicht abschätzen. Der Angriff der Bestien war seiner Einschätzung nach ungefähr auf Höhe der Einmündung des Meerbusens in Mhuir Amant erfolgt. Das rettende Land lag somit im Norden und im Süden. In beide Richtungen etwa fünfzig Meilen entfernt.

Solange es kein Unwetter gibt, ist das vielleicht an einem Tag zu bewältigen. Zwei, wenn ich mich nicht verausgaben will. Quent sah, dass sich mehrere Gestalten um das Wrack des dritten Seglers versammelten. *Dahin muss ich.*

Und dann entdeckte er den Sarg mit Calostro unter einer dünnen Schneeschicht. Beinahe wäre er daran vorbeigelaufen.

Gepriesen sei … seien die … wer auch immer! Quent wischte das Weiß ab. Die Bemalungen hatten gelitten, aber das Holz und die Versiegelungen hatten standgehalten. Die Totenkiste musste aus dem Rumpf der *Rammo* geschleudert worden sein, anstatt mit ihr unterzugehen.

Meister Calostro hatte keinen Bedarf an einer Seebestattung. Quent umfasste die Griffe und zog den Sarg hinter sich her.

Als er sich dem zerstörten Segler näherte, bemerkte er, dass es sich um ein abgebrochenes Heck handelte. Ladung war aus den geborstenen Decks gerollt: Felle. *Glück im Unglück Damit werde ich wenigstens nicht erfrieren.*

Unvermittelt schwankte der Boden unter ihm. Quent strauchelte und musste den Sarg loslassen.

Etliche Schritte hinter ihm krachte es laut, Wasser spritzte in die Höhe, und das Eis neigte sich nach rechts und links. Das Schauspiel wiederholte sich an anderen Stellen. Die Eisscholle mit ihm, den Überlebenden und dem Bugwrack setzte sich in Bewegung. Sie befanden sich auf einer dünnen schwimmenden Insel aus Eis, die dorthin trieb, wohin sie die Strömung bringen würde.

Verflucht! Zu Fuß entkommen wir nicht mehr.

Quent hastete mit dem Sarg zu den Überlebenden, die alle älter waren als er und sich bereits in Pelze gehüllt hatten. Er hoffte, dass es Seeleute unter ihnen gab, die wussten, was zu tun war. Aber mit den letzten Schritten kam ihm ebenfalls eine Eingebung.

»Schaut euch den an«, wurde er von Weitem begrüßt. »Der bringt seine eigene Totenkiste mit.« Ein Mann mit Narbe auf der Stirn lachte. »Das nenne ich vorausschauend.«

»Damit er nicht absäuft, wenn das Eis schmilzt«, fügte eine Frau an und hielt ihm einen Pelzmantel entgegen. »Das ist sehr gewitzt.«

»Willkommen im Lager der Überlebenden«, sagte ein zweiter Mann. »Welch Irrsinn! Alles in Nankān spielt verrückt. Sogar die Bestien verlassen ihre angestammten Gegenden und flüchten vor der Wildnis.«

»Ist Skamata tot?« Quent schlüpfte in den Pelz, die Wärme umfing ihn freundlich. »Das Monstrum?«

»Ich habe gesehen, wie es von der Explosion auseinandergerissen wurde«, antwortete die Frau. »Und ich dachte immer, es gibt Skamata gar nicht.«

»Die Crocodyle haben sich satt gefressen und verschwanden«, fügte der Narbenmann hinzu. »Unsere Sorge muss nun sein, dass wir nicht aus dem Meerbusen hinaus auf Mhuir Amant treiben. Denn dann gnade uns Deiwos.«

Wegen der Winterstürme. Quent setzte sich auf den Sarg seines Meisters. »Können wir die Scholle steuern?« Er zeigte auf die Aufbauten des Hecks. »Wenn wir daraus ein Ruder bauen, womöglich? Oder lieber ein Floß?«

Die Überlebenden blickten ihn verwundert an.

»Der Grünschnabel ist schlauer, als er aussieht.« Die kurzhaarige strohblonde Frau klopfte ihm schwungvoll auf die Schulter. »Du warst an Bord der *Rammo*?« Quent nickte. »Nicht schlecht. Schmeißt uns gleich zwei Lösungen vor die Füße, während uns die Köpfe rauchen.«

»Das ist wirklich nicht schlecht.« Der Narbenmann sah zum Wrack. »Ein Floß ist zu gefährlich, junger Mann. Das Wetter wird bald umschlagen, die Wolken verraten es. Aber ein Ruder für die Scholle, das wäre einen Versuch wert. Aus dem Rest errichten wir eine Unterkunft, damit wir nicht erfrieren.«

»Ihr habt den Maat gehört«, rief die Frau und scheuchte das Dutzend Überlebende zum zerstörten Heck. »Bewegt eure faulen Ärsche, bevor das Unwetter kommt. Zerlegen wir das Wrack und bauen wir uns was Neues.«

Quent spürte mit der zurückkehrenden Wärme in seinen Körper, wie müde er war. Müde und hungrig. »Und woher kommt ihr?«

»Ich bin Fannia«, sagte die Blonde und deutete der Reihe nach auf die Männer und Frauen, um ihre Namen aufzuzählen, ohne dass sich Quent alle merken konnte. »Wir waren an Bord der *Wifta* und segelten unter der Flagge von Ostroiva. Die *Wifta* ist als Letzte abgesoffen.«

»Ich bin eigentlich aus Uthalosa«, sagte Quent und schlug zweimal auf den Sarg wie bei einem Pferd, das man lobte. »Darin ist mein toter Herr. Ich erfülle ihm seinen letzten Wunsch.«

»Auf einer Eisscholle dahintreiben?«, fragte Fannia grinsend.

»Nein. Er will in Lygäion begraben sein.«

»Das wird wohl noch dauern.« Fannia sah den Matrosinnen und Matrosen zu, die sich an die Arbeit machten und Spanten, Planken, Seile, Nägel und sonstige Materialien sorgsam beim Zerlegen trennten, um sie wiederverwenden zu können. »Ich hoffe, wir geraten nicht in die Ostströmung, bevor wir das Ruder gebaut haben.«

»Dann zieht es uns hinaus?«

»Weit hinaus.« Sie nickte. »Auf Mhuir Amant kann uns lediglich die Fügung retten.« Fannia zeigte auf die Fahrrinne, die sich in Richtung der Hafenstadt Kysarod, von der sie aufgebrochen waren, bereits zu schließen begann. »Du weißt, was das bedeutet?«

Quent erfasste die Folgen der Zerstörung der *Rammo*. Es traf nicht nur die versenkten Segler. »Es wird keiner mehr aus dem Hafen auslaufen können!«

»Richtig, Jungspund. Zwar hat Kysarod zwei kleine Brecher, aber sie schaffen kaum mehr als zehn Seemeilen am Tag.«

Auf Hilfe dürfen wir somit nicht hoffen. »Es wird gelingen.« Quent gähnte herzhaft, und sein Magen knurrte laut.

Fannia hatte es gehört. »*Das* ist ein Geräusch, an das wir uns gewöhnen müssen.«

»Ich weiß. Wir werden rationieren.«

Fannia machte ein ernstes Gesicht. »Es gibt nichts zu rationieren, junger Mann. Sollten wir länger als eine Woche festsitzen und nichts aus dem Meer fischen, werden wir untereinander Hölzchen ziehen, wen wir essen.«

Etwas sagte Quent, dass es ihn als Ersten treffen würde.

Schlagartig war er wieder wach und beeilte sich, über das knirschende Eis und den Schnee zum Wrack zu gehen und zu helfen, wo er konnte. Die Aussicht, ein Mahl für die Männer und Frauen zu werden, schmeckte ihm ganz und gar nicht.

***

Nankān, im Süden des Kaiserreichs Uthalosa,
Rittergut Kaltensee, Winter

Danèstra saß mit den Mächtigen in der Schildhalle, wo am Tag zuvor die Prozesse stattgefunden hatten, deren dramatisches Ende niemand hatte vorhersagen können. Die Würdenträger und Abgesandten beratschlagten und disputierten leise. Es ging zum einen um das Erstarken und Wachsen der Wildnis, zum anderen um zwei Gestaltwandler, die eine Machina mitten nach Saïka Vigoria gebracht hatten und damit drohten, ein Inferno anzurichten, wenn man ihnen nicht das sogenannte Grüne Herz brachte. Dabei handelte es sich um einen Smaragd mit einem Einschuss aus Gold. Der Zeichnung des Artefakts nach war es sehr hübsch.

Danèstra fiel es schwer, sich zu konzentrieren. Sie musterte die ausgebesserten Stellen am Boden. Das Blut der Toten war nicht aus den Dielen zu schrubben gewesen, daher hatte sie die Bohlen austauschen lassen, noch bevor die Versammlung in der Frühe zusammenfand. Aber der Geruch schien nicht aus der Halle weichen zu wollen.

Das ungeborene Kind war von einem Medikus aus Kalenias Leib geschnitten und gerettet worden. Es ging dem kleinen Mädchen den Umständen entsprechend gut. König Bhratigäion hatte es als Enkelin anerkannt, wie er es versprochen hatte. Sein Sohn war erneut weggesperrt worden. Die Bluttat und der Tod der jungen Frau hatten ihn toben lassen wie ein wildes Tier.

Die zahllosen Neugierigen waren abgezogen, es gab für sie nichts mehr zu beobachten. Danèstras Bedienstete hatten die letzten Schaulustigen des Nachts freundlich vom Gut geleitet. Die Besprechungen der Mächtigen sollten ohne Störung und ohne Zuhörer verlaufen.

Aber Mabian blieb verschwunden.

Danèstra hatte Thirío und ihre Töchter ausgeschickt, um ihn zu finden und zurückzubringen. Sie sorgte sich um ihren Sohn, konnte jedoch ihre Pflicht nicht vernachlässigen. Sie war die Klinge des Schicksals, und es ging um die Zukunft von Nankān.

Er wird sich nichts angetan haben, hoffe ich. Das entschlossen-gnadenlose Gesicht ihres Sohnes bei dem Ordal würde sie nie wieder vergessen. Mabian hatte Kalenia vielleicht wirklich geliebt und es nicht als eine Schwärmerei empfunden. Seine Hand hatte nach dem Dolch gegriffen, um ihn einzusetzen. Gegen sie. Tödlich. *Seine Liebe ließ ihn wie von Sinnen sein.*

»Großfürstin? Eure Einschätzungen würden uns vielleicht weiterhelfen.«

Der Satz aus Königs Bhratigäions Mund drängte sich durch ihre kreisenden Gedanken. »Verzeiht, ich suchte bereits nach einer Lösung.«

»Dann habt auch Ihr nie von dem Grünen Herzen gehört?«

»Ich ließ meine Bibliothek bereits danach durchsuchen. Bislang ohne nennenswerte Ergebnisse.« Danèstra richtete sich auf und schob die Sorge um Mabian zur Seite. Vorerst.

»Wer auch immer es entwendet hat, er wird es nicht einfach so hergeben«, warf der Ingenius aus Izozath ein. »Ich rege an, eine Belohnung auszusetzen, die den Finder zu einem Fürsten machen wird. Wir sollten sowohl Land als auch Münzen anbieten.«

»Wie gefährlich ist diese Machina, mit der Ihr erpresst werdet?« Danèstra betrachtete die ungeduldigen Gesichter, die den Eindruck vermittelten, dass dieser Passus bereits besprochen worden war, als sie sich um ihren Sohn gesorgt hatte.

»Saīka Vigoria wäre ausgelöscht, Großfürstin. Wie ich schon sagte.« Der Ingenius verharmloste die Situation. Seine Haltung, der ausweichende Blick und das verstohlene Nesteln an seinem Ringerschmuck verrieten ihn.

»Nur die Hauptstadt?«, hakte Danèstra nach.

Die Aufmerksamkeit der Versammlung richtete sich auf den Izozath in dem roten Gewand, auf dem stilisierte Blitze eingestickt waren.

Zunächst wand sich der Ingenius um eine Antwort. »Nun, es … verhält sich so, dass«, begann er zögerlich, »dass es ein Netz von Battarias und Aggregatas unter der Erde gibt, mit denen wir Electorum überall in unserem Reich verteilen können. Seid unbesorgt! Wir suchen bereits nach einer Lösung, um eine zerstörerische Kettenreaktion zu verhindern, falls es zur Detonation kommt.«

»Und wenn Ihr keine Lösung findet?«

Der Ingenius suchte nach Worten. »Wir haben verschiedene Szenarien geprüft und durchgespielt«, gestand er. »Es könnte sein …« Er räusperte sich. Die Aufmerksamkeit aller machte ihm zu schaffen. »Im schlechtesten Fall könnte es zu einem Durchbruch kommen. Von Arna Mhauta ins Land. Und die Flutwelle in den Salzsee könnte den Damm in Bairi Yar brechen lassen.« Er hustete nervös. »Es geht um mehr als das Ende einer Stadt. Ich bitte im Namen meines Landes und unserer Bewohner um den vollen Beistand Nankāns.«

Lautes Gemurmel setzte ein. Wie nebenbei hatte der Ingenius offengelegt, dass nicht nur das Reich Izozath, sondern sämtliche Länder rund um die Seen vor einem gewaltigen Problem standen.

»Denn sollt Ihr bekommen«, sagte ihm König Bhratigäion zu.

Danèstra seufzte verstohlen. *Deiwos der Unvorhersehbare. Da hast du dir etwas für uns einfallen lassen.* »Wir haben die vordringende Wildnis. Und wir haben Gestaltwandler, welche die Rückgabe eines Artefakts verlangen, das in die Wildnis gehört«, fasste sie zusammen und stieg erst jetzt mit ganzer Kraft in die Überlegungen ein. »Mir scheint, dass das Vordringen des Bösen kein Angriff ist. Sondern ein Suchen. Es trachtet nach seinem geraubten Grünen Herzen und sendet seine Truppen in Form von Wäldern, Ranken und Bestien aus.«

»Umso wichtiger ist es zu wissen, was es mit dem Artefakt auf sich hat«, ergänzte Bhratigäion und rieb sich mit seinen feinen Fingern durch den Bart. »Was tut es?«

»Es gab keine Erklärungen von den Gestaltwandlern?« Danèstra sah zu dem Ingenius. »Nicht mal eine kleine Andeutung, aus der wir Schlüsse ziehen können?«

»Nur dass es gestohlen wurde.«

Danèstra hatte den Eindruck, dass der Izozath versuchte, so wenig wie möglich zu erklären. »Diese Machina, die zur Explosion gebracht werden soll: Wie kamen die Wandler daran?«

»Sie stahlen es.«

»Aus einem Eurer Lager?« Sie machte ein beeindrucktes Gesicht.

Der Ingenius wechselte die Sitzposition und trank von seinem Tee, der dampfend vor ihm stand. Das gelbe und das weiße Auge glommen nacheinander auf. »Das ist nicht von Belang.«

»Vielleicht doch.« Danèstra legte eine Hand gegen den Harnisch. »Ich denke, dass Ihr uns einen wichtigen Umstand verschweigt.«

»Ja. Lasst uns wissen, woher die Wandler diese Machina haben, die nicht nur Saīka Vigoria zerstören kann, sondern auch einen Teil von Nankān«, forderte Bhratigāion.

Die Versammlung stimmte mit leisem Murmeln zu.

Der Ingenius sackte leicht in sich zusammen. Er gab sich geschlagen. »Wir sandten sie. Um ihre Wirkung in der Wildnis zu testen. Eine Bombe von … gewaltiger Wirkung eben. Es erschien uns eine günstige Gelegenheit, um das Übel aufzuhalten.«

»Einfach so?« Danèstra ließ ihn nicht entkommen.

»Nein. Zusammen mit der Gruppe, die nach der Siedlung suchte, aus der Kalenia stammt.«

Die zweite Gruppe, über die alle schweigen. »Wenn die Machina jetzt in Saīka Vigoria ist, mit Gestaltwandlern, können wir davon ausgehen, dass diese Truppe vernichtet wurde. Ich bedauere den Verlust guter Krieger.« Danèstra lächelte. »Ich wusste übrigens von dieser zweiten Einheit, wenn auch nicht von Euch, die Ihr hier an meinem Tisch sitzt. Ich hätte mir gewünscht, dass Ihr mich einweihtet.« Sie erfreute sich im Stillen an der Betroffenheit auf den Gesichtern. »Also: Das Reich Izozath entwickelte eine Machina, die gegen die Wildnis eingesetzt werden soll.«

»Ja. Um Nankān zu retten. Da Magie und Schwerter keinen Erfolg mehr brachten, sahen wir uns in der Pflicht. Die Bombe ist in der Lage, eine Explosion auszulösen, deren Wirkung viele Meilen im Durchmesser beträgt.«

»Aber die Gestaltwandler kehrten den Spieß gegen Euch.« Danèstra schnalzte mit der Zunge. »Und damit auch gegen uns.« Sie verschränkte die Finger vor der Rüstung ineinander. »So steht über allem die Frage: Was ist das Grüne Herz, und wie finden wir es?«

»Mit Verlaub: *Ihr* seid die Klinge des Schicksals, Großfürstin.« König Bhratigāion sah sie direkt an. »Sagt *Ihr* es uns.«

Danèstra hätte zu gerne eine Antwort gegeben. Etwas Weises erwidert. Das Versprechen gemacht, dass ihr eine Lösung einfiele, dass sich etwas in den Tiefen ihrer Bibliothek ausgraben ließe oder in einer Ecke ihres erfahrenen Verstandes säße.

Aber sie konnte nicht.

Danèstra hasste es, eingestehen zu müssen, dass sie ratlos war. Hilflos.

In die verzweifelte Stille, die in der Schildhalle herrschte, brach ein lautes Pochen am Eingang. Gleich darauf wurden die Doppeltüren geöffnet.

Danèstra rechnete mit einer schlimmen Meldung aus dem Reich der Izozath. *Oder es ist ein Bote mit einer neuen Ausgabe von Tintenfains Schundromanen.*

Stattdessen standen auf der Schwelle Mabian, um dessen zugeschwollenes rechtes Auge sich ein Veilchen bildete, und ihr Hund Thirío. Ihnen folgten ein unbekannter Mann in abgetragener Lederkleidung und mitgenommener Rüstung mit einem breitkrempigen dunkelgrünen Hut, unter dem sein Gesicht im Schatten verschwand. Sein Pistolaholster war leer, weil man ihm die Waffe abgenommen hatte.

Und … *Kalenia!?* Schlank und lebendig und in einem dunkelbraunen, weiß bestickten Kleid stand dort die Köhlerstochter. Die langen schwarzen Haare trug sie in Zöpfen, was ihr ein mädchenhaftes Auftreten verlieh. In dem Braun ihrer Augen gab es keine Wut.

Ein lautes Raunen ging durch den Saal. Die Wachen senkten aus einem Reflex heraus die Hellebarden gegen die Neuankömmlinge.

»Was bei den …« Danèstra erhob sich vor Verwunderung langsam von ihrem Stuhl, einige der Mächtigen taten es ihr nach. Sie hatte die Leiche der jungen Frau am Morgen noch gesehen. Sie befand sich in einem der Gästezimmer und wurde für die Feuerbestattung hergerichtet, die nach der Totenwache stattfinden sollte. »Mabian. Wen bringst du uns?«

Ihr Sohn deutete eine Verbeugung an und humpelte an einem Stock näher. Hinter ihm schritten Kalenia und der schattengesichtige Mann mit dem dunkelgrünen Hut, dessen Abzeichen ihn als Windbüchsenscharfschützen im Heer von Irados auswies, während Thirío sich an Danèstras Seite begab und freudig wedelte.

»Das hast du gut gemacht«, raunte sie ihm zu und streichelte die weichpelzige Flanke.

»Das ist Iradias Bai, ein Kämpfer und Windbüchsenschütze, seines Zeichens der einzige Überlebende der zweiten Expedition, die aufbrach, um das Dorf zu finden, aus dem Kalenia stammte«, sagte Mabian.

»Wir fanden das Köhlerdorf, Ihr Mächtigen.« Iradias nahm den Faden auf. »Eine intakte Siedlung ohne die kleinsten Ausmaße von Zerstörung.« Er deutete auf Kalenia, die neben ihm ging. »Wir erzählten den Menschen unsere Geschichte und schlugen uns unter großen Verlusten durch Wildnis und das Irrsal, um Euch zu warnen. Sie ist unsere Zeugin. Die echte Kalenia.«

»Die *echte* Kalenia?« König Bhratigäion lehnte sich überrascht auf seinem Stuhl zurück und haute auf die Lehnen. »Wir saßen einer Betrügerin auf! Noch ein Winkelzug des Bösen!«

Die geschliffenen Spitzen der Hellebarden und nicht wenige Mündungen von Pistolas und Stutzen blieben auf Kalenia und Iradias Bai gerichtet.

Er ist ein Scharfschütze. Danèstra erinnerte sich an die Geschichte von Vytain Dôol. Er hatte berichtet, dass am Kai von Merirosvo Kalenia verletzt worden war. *Mit einer Windbüchse.* Und dass er den Schützen mit seiner Electorum-Waffe ausgeschaltet hätte. »Iradias Bai, sagt: Habt ihr auf die andere Kalenia geschossen? Von Bord eines Schiffes aus?«

Er machte eine zustimmende Geste. »Als wir aus der Halunkenstadt ablegten, erkannte ich die Doppelgängerin. Ich wollte das Böse ausschalten. Es misslang mir leider.«

Danèstra sah zu Mabian, in dessen verwirrten Augen die irrige Hoffnung leuchtete, mit der zweiten Kalenia sein Glück zu finden, das ihm durch den Tod der anderen genommen worden war. *Es ist nicht die Kalenia, der er sein Herz schenkte. Sobald er es begreift, wird es umso schmerzhafter für ihn sein.* »Und du hast die beiden gefunden, Sohn?«

»Nein. *Sie* fanden *mich*. Sie wollten zu dir, Mutter.«

Kalenia verbeugte sich. »Wir wollten Nankān vor der Frau warnen, die Euch für ihre eigenen Rachepläne nutzte, Großfürstin. Sie hatte nichts mit der Wildnis zu tun. Jetzt hörten wir von Eurem Sohn, dass die Wahrheit bereits ans Licht kam. Wir kamen mit unserer Warnung zu spät.«

Danèstra betrachtete die junge Frau. *Die Schwangerschaft der Doppelgängerin passt nicht. Wieso sollte uns das Böse eine Schwangere senden?* Das neugeborgene Mädchen war kerngesund, trug keinerlei Dämonenzeichen an sich und verhielt sich wie ein normaler Säugling. *Um sie noch schützenswerter erscheinen zu lassen?* In ihrem Kopf fügten sich die Vorgänge zu seinem Bild zusammen – das sie anschließend einmal herumdrehte. *Aber natürlich!*

»Du bist nicht Kalenia«, sprach Danèstra bestimmt. »Und die Siedlung, aus der die Köhlerstochter stammte, liegt noch immer zerstört im Wald.«

»Das ist richtig«, sagte Kalenia.

Iradias' Kopf schnellte herum. »Was redest du da? Ich habe doch gesehen, wie …«

»*Du* bist in Wahrheit die Kreatur der Wildnis«, fuhr Danèstra fort. »Eine Gestaltwandlerin. Wie jene, die sich als Izozath ausgaben und die Machina nach Saīka Vigoria brachten.« Langsam ging sie auf die junge Frau zu. Die Mächtigen um sie herum stießen Rufe der Überraschung aus. Die Hellebardenspitzen rückten der Frau näher. »Euer Tun und die Täuschung stehen im Zusammenhang mit dem Raub des Grünen Herzens. Treffen meine Vermutungen ins Schwarze?«

Kalenia neigte anerkennend das Haupt, die dunklen Zöpfe glitten nach vorn. »Meine Mission ist noch nicht beendet. Und es ist, wie Ihr es sagtet: Wir erfuhren, dass eine Truppe auf dem Weg zur Siedlung ist, die von Menschen ausgelöscht wurde. Daher nutzten wir die Gelegenheit, um den Trupp auszuhorchen. Aber wir merkten, dass sie nichts wussten.« Sie sah den Ingenius an. »Eure Leute hingegen beabsichtigten, die Machina zu zünden. Ohne Rücksicht auf die Dorfbewohner.«

»Nur wertlose Gestalten der Wildnis«, gab er verächtlich zurück. »Trugbilder.«

»Das wussten eure Ingenio aber nicht. Sie hätten den Tod von mehr als zweihundert Männern, Frauen und Kindern billigend in Kauf genommen, um die Wirkung der Explosion zu studieren.« Kalenia wandte sich an alle. »Wir, die Treyden, entschieden, auf verschiedenen Wegen nach dem Grünen Herzen zu forschen.«

»Zwei sandtet ihr nach Saīka Vigoria, die Wildnis selbst rückte vor, um uns abzulenken, während Ihr Euch als Kalenia ausgabt, um ohne Schwierigkeiten durch Nankān zu reisen. Mit der Unterstützung der Mächtigen«, fasste Danèstra zusammen. *Ich wurde nicht als Einzige getäuscht. Beide Kalenias haben ihre Helfer für ihre eigenen Zwecke eingesetzt und ihnen etwas vorgegaukelt.*

»Aber … aber wieso haben uns die Bestien angegriffen?« Iradias wich vor der Treyda zurück, so weit es ihm die Hellebardenspitzen erlaubten. »Wieso hast du die anderen draufgehen lassen?«

Kalenia blieb unbeeindruckt. »Wir brauchten nur einen, der meine Geschichte bestätigt. Und sie musste dramatisch sein. Wie unsere Flucht. Ich musste glaubwürdiger erscheinen als die echte Kalenia, falls es zu einem Zusammentreffen gekommen wäre.« Sie sah den Schützen an. »Du wusstest, auf was du dich einlässt, als du nach Treydania gezogen bist, das ihr Wildnis nennt.«

Danèstra sah die Attacke des Mannes vorher. »Mabian, halte ihn auf!«

Iradias setzte mit einem wütenden Schrei zum Schlag gegen Kalenia an, aber ein Stockende auf seiner Brust hinderte ihn am angesetzten Hieb.

»Du verdammte Kreatur! Du hast sie alle draufgehen lassen!« Iraidas schlug das Holz zur Seite.

»Nein, nicht!« Mabian stellte sich ihm entgegen, bis die Bediensteten den Aufgebrachten ergriffen und festhielten.

Die Mächtigen verfolgten das Geschehen mit größter Aufmerksamkeit. Die Annahme, dass es sich bei der Wildnis um eine dämonische, gefräßige Natur handelte, zersetzte sich vor ihren Augen. In den Wäldern gab es mehr als dumme Bestien und eine Handvoll verblendeter Menschen, von denen manche Zauberei beherrschten. Sie hatten es mit einem Gegner zu tun, der sich als listenreich erwies.

»Du wirst einen weiteren Grund haben, zur Versammlung der Mächtigen gekommen zu sein?« Danèstra löste sich vom Tisch und begab sich zu der jungen Frau. »Lass ihn uns hören.«

»Ich kam nicht zur Versammlung.« Sie lächelte. »Ich kam nach Kaltensee.«

»Diese beschissene Waldhexe!«, rief Iradias. Er versuchte, sich aus dem Griff zu lösen, aber man hielt ihn fest. »Sie sagte mir, dass wir bei Euch sicherer wären als in Taucora, wohin ich sie ursprünglich bringen sollte. Und dass Ihr entscheiden müsstet, was zu tun sei.«

»Treydania sandte mich aus einem bestimmten Grund«, eröffnete Kalenia. »Ich vermag zu spüren, wo sich das Grüne Herz einst aufgehalten hat. Die letzte Spur führte mich nach Kaltensee.«

»Davon wüsste ich.« Danèstra sah zu Mabian, aber er zuckte verwundert mir den Schultern. »Ein solches Artefakt wäre nicht zu verbergen.«

»Meine Aufgabe ist es, das Geraubte zu beschaffen. Sonst werden wir alle darunter leiden. Mehr als Ihr es euch ausmalen könnt«, fügte Kalenia an. »Nankān läuft die Zeit davon. Denn Treydania wird das Land und das Wasser überrollen, sodass es kein Fleckchen Erde mehr gibt, auf dem Ihr leben könntet.« Sie ließ ihre Blicke schweifen. »Aber gebt Ihr uns das Grüne Herz zurück, so werden wir Verhandlungen aufnehmen, wie Ihr und wir friedlich zusammenleben können.«

»Auf einmal?«, brach es aus König Bhratigäion heraus. »Was hat es mit dem Artefakt auf sich, dass ihr uns ein derartiges Angebot unterbreitet?«

»Wir sollten es finden und vernichten«, rief der Ingenius aufgebracht. »Dann hat die Wildnis ein Ende! Ist es nicht so?«

Kalenia beließ es bei einem unergründlichen Lächeln. »Ihr Mächtigen, Ihr habt mein Angebot vernommen. Beschaffen wir das Grüne Herz *gemeinsam*. Oder gehen wir gemeinsam unter.«

Tumult brach los, die Abgesandten, Herrscherinnen und Herrscher riefen durcheinander, sodass sich die Worte zu einem unverständlichen Gemisch ballten, aus dem für Danèstra nichts Taugliches zu vernehmen war.

»Wenn ich euch helfen soll«, sagte sie zu Kalenia und trat dichter an sie heran, schob die Hellebardenträger zur Seite, »und wir den Räuber fassen sollen, musst du mir mehr darüber erzählen, wann und wo der Diebstahl stattfand.«

Die junge Frau blickte erleichtert drein. »Man merkt sogleich, dass Ihr die Vernünftigste seid, Großfürstin. Ihr seid die Klinge des Schicksals.« Sie faltete die Hände vor dem schlanken Bauch. »Es geschah etliche Meilen von Dornenfeste entfernt. Der oder die Räuber drangen in unser Heiligtum ein, vernichteten Hunderte unserer Freunde mit einem magischen Zauber und raubten das Grüne Herz. Es dauerte, bis wir verstanden, was geschehen war. Das Ausmaß an Zerstörung und Tod war unvorstellbar.«

Danèstra ersparte sich Bemerkungen über Zerstörung und Tod auf Yarkin, welche die Wildnis über die Menschen gebracht hatte. Die Frage, warum die Natur sich gewandelt hatte und die Bewohner überfiel, hatte nie geklärt werden können. Das würde sich ändern, falls es tatsächlich zu Verhandlungen kam. *Vorausgesetzt, wir finden das Artefakt.* »Die Spur führte von dort nach Kaltensee?«

»Nicht auf direktem Weg. Das machte es schwer für mich. Manchmal verlor ich sie, dann gab es neue Hinweise«, erklärte Kalenia. »Aber mit Kaltensee bin ich mir sehr sicher. Es war längere Zeit auf Eurem Boden und hinterließ einen … magischen Geruch. Einen Abdruck.«

»Und warum spürst du es nicht auf dem Gehöft auf?«

»Es ist nicht mehr hier.« Sie nickte zum Fenster. »Wenn ich mich nicht sehr täusche, zogen die Diebe oder der Dieb damit weiter. Nach Osten.«

Danèstra legte eine Hand ans Kinn, überlegte. »Es wird herauszufinden sein, wer längere Zeit auf dem Rittergut weilte. Wir haben zwar oft Gäste, gerade Begeisterte, die mich besuchen und sehen wollen, aber da du annimmst, dass das Grüne Herz sich auf dem Weg nach Marwarod befindet, können wir die Zahl der Verdächtigen rasch eingrenzen.« Sie sah zu Mabian. »Wärst du hier gewesen, hätten wir eine genaue Besucherliste. Deine Schwestern sind eher nachlässig, was solcherlei angeht.«

Ihr Sohn machte ein nachdenkliches Gesicht. In ihm arbeitete es sichtlich.

»Sprich aus, was dich beschäftigt«, ermunterte ihn Danèstra.

»Ist … ist dieses Heiligtum in einem Stollen gewesen?«, fragte er die junge Frau.

»Ja«, antwortete sie verwundert.

»In einer alten, aufgegebenen Mine, in der nach Edelsteinen gegraben wurde, bis die Wildnis vorrückte?«, fügte er hinzu.

Kalenia nickte langsam, ihre braunen Augen wurden größer.

Danèstra staunte. Sie wusste, dass ihr Sohn das Grüne Herz nicht gestohlen hatte. Längst wäre er zu ihr gekommen und hätte es gebeichtet. »Was weißt du?«

»Ich habe unterwegs jemanden getroffen. Sein Name ist Quent. Er war einst der Laufbursche und Diener eines Zauberers, irgendwas mit Carlo. Er erzählte mir, wie er und sein Meister in der Wildnis in einen Tunnel einbrachen und er seinen Herrn tot aus einem Gewühl von verstümmelten Bestienleibern gezogen habe«, sagte Mabian. »Seitdem zieht er mit dem mumifizierten Leichnam durch Nankān, um dessen letzten Wunsch zu erfüllen.«

»Das ... das kann er sein!« Kalenia presste die Finger zu Fäusten, Aufregung ergriff sie. »Und das Artefakt? Sprich, bitte!«

»Davon sagte er nichts. Aber ...« Mabian überlegte.

»Was *aber*?« Danèstras Unruhe stieg, und sie legte ihrem Sohn die Hand auf die Schulter. »Denke nach!«

»Er schleppt die Mumie in einem Sarg mit sich«, führte Mabian aus. »Eine Totenkiste mit einem Rädchen dran. Wie eine Schubkarre.«

»Hast du hineingesehen?«

»Nein. Der Sarg ist vernagelt und versiegelt.« Mabian sah zwischen den Frauen hin und her. »Das Grüne Herz! Es könnte sich darin befinden!«

»War Quent in Kaltensee?«

»Ja. Ich fand ihn unterwegs, so gut wie tot. Wir reisten über den Khamado-Kamm nach Kaltensee. Bei uns erholte er sich einige Tage von seine Schwäche, und dann zog er weiter.«

»Wohin?«

»Nach Lygäion. Dort wollte sein Herr die letzte Ruhe finden, sagte Quent.«

»Er will sich absetzen«, rief Kalenia aufgebracht. »Der Dieb will mit dem Grünen Herzen von einem der Überseehäfen nach Sothoran oder Athosa!«

»Nein, das glaube ich nicht«, widersprach Mabian und lehnte sich mehr auf seinen Stock. »Ich hatte den Eindruck, dass er wirklich den Letzten Willen seines Meister erfüllen will.«

»Und dann?« Danèstra lächelte ihn freundlich an. »Erinnere dich.«

»Wollte er Priester werden. Aber er haderte, weil ... Das ist eine lange Geschichte.«

Kalenia sah Mabian fest in die Augen. »Gab es unterwegs etwas, was dir merkwürdig erschien? Oder erzählte dir Quick ...«

»Quent.«

»Quent von seinen Abenteuern? Etwas Unerklärlichem?«

Jetzt lachte Mabian auf. »Oh, das kann man so sagen. Er entkam einem Angriff von Crocodylen in Merirosvo. Und er behauptete, dass Skamata ihn bei seiner Reise über den Damm von Bairi Yar attackiert hätte.« Seine Heiterkeit verlor sich, je mehr er eins und eins zusammenzählte. »Als wir in Zhinora waren und von Elayionern überfallen wurden, kamen uns Augenfresser und Nebelaffen zu Hilfe. Ich fand es ...« Er schaute verblüfft zu Kalenia. »Das war die Auswirkung des Grünen Herzens!«

Sie nickte begeistert. »Die wilden Bestien spüren seine Ausstrahlung und wollen ihm nahe sein und es behüten, wie sie ihr Jungtier beschützen.« Kalenia fasste Danèstras Hand. »Ich flehe Euch im Namen von Treydania an: Steht uns bei und helft uns bei der Jagd nach dem dreisten Dieb.«

»Ich glaube nicht, dass Quent ...«, begann Mabian.

»Er hat das Grüne Herz bei sich. In dieser Totenkiste«, fuhr Kalenia ihm dazwischen. »Das ist gewiss. Jetzt müssen wir ihn aufspüren und aufhalten. Er darf Nankān nicht damit verlassen!«

Danèstra stimmte mit einem Nicken zu. »Aber erst wirst du deine Leute davon abbringen, diese Machina zu zünden.«

»Das werde ich, Großfürstin.«

»Schreib ihnen, dass wir wissen, wo das Grüne Herz ist, und dass wir es beschaffen.« Danèstra reckte sich. »Ich mache mich gleich mit meiner Truppe auf, um Quent zu folgen. Ein junger Mann, der einen Sarg auf einem Rad durch die Landschaft rollt, fällt jedem auf, den er unterwegs trifft.«

»Einverstanden.«

»Danach« – Danèstra packte Kalenia am Unterarm und sah sie eindringlich an – »wird es Frieden geben. Zwischen Treyden und Menschen.«

»Selbstverständlich. Sofern die Menschen dies wollen.«

»Und ich will wissen, was Treydania dazu brachte, Yarkin mit der Wildnis zu überfallen und das Elend über den Kontinent zu werfen.«

Nun wanderten Kalenias geschwungene Augenbrauen in die Höhe, ihr Lippen öffneten sich leicht. »Das … das wisst Ihr nicht?« Sie lachte einmal ungläubig auf.

»Nein.«

»Dann werde ich es Euch verraten. Und ich schwöre beim Grünen Herzen, dass es die Wahrheit ist.« Kalenia beugte sich an Danèstras Ohr und flüsterte.

**

Oh, ich kenne diese Raubdrucker, die meine Heftchen nachahmen und sie als ihre Werke ausgeben.

Ich kann Euch versichern: Sollte ich eine solche Werkstatt ausheben, wird nichts davon übrig bleiben. Nicht einmal derjenige, der sie betrieben hat.

Da hört die Romantik bei mir auf.

Aus: Über die Romantik
Gespräche mit Mahetian Tintenfain

Kapitel XXII

Nankān, Izozath, Hauptstadt Saïka Vigoria, Winter

Orphema betrachtete ungeduldig die Häuser rund um den Platz, auf dem sie den Wagen mit der Machina abgestellt hatten; die Finger spielten mit dem Rand ihres efeublättrigen Ärmelsaumes.

Sie kannte jede Kleinigkeit an den Fronten, die baulichen Besonderheiten, die Ausschmückungen, die Form der Drähte. Sie konnte das Geräusch und die Modulation des Electorums mitsummen, das an den Kunstinstallationen entlangblitzte. Nichts überraschte die Gestaltwandlerin mehr.

Die vielspurigen Straßen blieben ohne Vehikel und Menschen, die Absperrung galt ungebrochen. Niemand sollte ihnen zu nahe kommen.

Das ist kein gutes Zeichen.

Die Izozath blieben wie verlangt auf Abstand und sandten gelegentlich einen Boten, der Orphema und Ewina auf dem Laufenden hielt, was die Suche nach dem Grünen Herzen anging. Außer Beteuerungen, Gerüchten und Falschmeldungen konnte Nankān nichts vorweisen.

Sie bezweifelte inzwischen, dass sich die Menschen überhaupt anstrengten.

Die Vorräte, die sie auf dem Karren mitgebracht hatten, neigten sich langsam dem Ende zu. Die Kleidung wurde wie sie selbst nicht sauberer, und die Notdurft hinter einer abstrakten Statue zu verrichten gehörte nicht zu den Erlebnissen, die man später voller Stolz erzählen würde.

Ewina harrte tapfer unter dem Segeltuch aus, Orphema blieb meistens im Freien und hatte sich Holz für ein Feuer liefern lassen. Das fanden die Izozath zwar rückständig, aber ihr war es gleich. Sie mochte die Wärme und die Farbe der Lohen.

Die heimlich ausgestreuten Samen, mit denen sie etwas Grün auf den Platz hatten bringen wollen, keimten nicht. Orphema nahm an, dass es an dem allgegenwärtigen Electorum lag. Die verborgenen Battarias speisten den Boden damit und töteten das kleinste bisschen Leben, das nicht nach Izozath gehörte.

Orphema fühlte es unter ihren Sohlen, die Energie, die Kraft, unsichtbar und immerdar. Genau diese Besonderheit würde Izozath vernichten, sollte das Aggregata detonieren.

Doch aus irgendeinem Grund ging der Rat die Erpressung recht ruhig an.

Unsere Frist läuft bald ab. Orphema schichtete einige gespaltene Äste in die lodernden Flammen, um das Feuer hochschlagen zu lassen. *Lange warten sie nicht mehr. Sie bereiten sich zum Sturm vor.* Sie trat an den Wagen heran, damit sie nicht rufen musste. »Ich glaube, sie planen, uns zu überrumpeln.«

»Den gleichen Gedanken hatte ich auch«, erwiderte Ewina. »Denen läuft die Zeit davon. Und sie wissen, dass sie das Grüne Herz nicht finden werden.«

Die unausgesprochene Frage schwebte zwischen den beiden.

»Wir werden diese Machina aktivieren«, sagte Orphema unnachgiebig.

»Aber … es kann …«

»Sie wollten dieses Ding mitten in einer Siedlung voller Menschen zünden. Ohne Rücksicht«, widersprach sie. »Sie konnten nicht wissen, dass wir das Trugbild erschufen, um sie auszuhorchen.«

»Die Bewohner von Saïka Vigoria waren nicht die Verantwortlichen.«

»Denke weiter. Die Ingenia sagte, dass diese Machina ein Versuch sei. Um die Wucht der Zerstörung in der Wildnis zu prüfen.« Orphemas Blicke schweiften über den Platz. »Ein Versuch, dem mehr folgen wird.«

»Du meinst, sie werden noch mehr Aggregatas bauen?«

»So ist es. Und einsetzen. Um unsere Heimat zu vernichten.« Orphema sah vor ihrem inneren Auge titanische Electorum-Geschütze, die solche Bomben mit einem Schuss viele Feldmeilen weit hinein nach Yarkin schießen konnten. »Sie würden uns ausrotten. *Das* ist der Plan der Izozath. Ihnen stand niemals der Sinn nach einer Übereinkunft, wie wir sie vorgeschlagen haben.«

»Du hast recht«, sagte Ewina.

»Wenn wir sie ihre eigenen Waffen spüren lassen und sie sich durch die Battarias im Boden so gut wie selbst vernichten, kommen sie vielleicht zur Vernunft.«

»Sofern noch etwas von ihnen übrig ist.«

»Das soll nicht unsere Sorge sein.« Orphema beobachtete die Umgebung, in der sich nichts tat. »Wir haben das Aggregatas nicht gebaut.«

»Aber das Grüne Herz?«

»Unsere Botschaft ist in Nankān unterwegs. Alle Mächtigen wissen davon.«

Die Plane raschelte, als Ewina ihre Position unter der Abdeckung veränderte. »Wie lange bleibt uns eigentlich noch? Wie lange kann Treydania ohne das Grüne Herz leben?«

Orphema schwieg. »Das weiß niemand. Aber ich spüre die Wut, das Aufbäumen gegen das Vergehen und wie die Raserei ausbricht. Wird die Verzweiflung zu groß, dann …« Sie stockte, lauschte.

»Warum schweigst du? Hast du was gesehen?«

»Sei leise!« Orphema schloss die Lider und konzentrierte sich.

Etwas hatte sich verändert.

Das Summen! Das Summen um die Statuen. Sie hob die Arme und streckte sie seitlich weg, spürte nach dem Electorum, das durch die Leitungen an den Installationen spielte. *Es wird weniger.* Das Kribbeln in den Fingerspitzen war fast nicht mehr vorhanden. Die Izozath verringerten die gefährliche Kraft rings um den Platz.

Ich weiß, warum. Sie schalten die Battarias ab und bringen sie weg. Sodass es keine Kettenreaktion gibt, wenn wir die Machina zerstören. Der Rat rechnete damit, dass es zum Äußersten kam, und traf Vorbereitungen zum Schutz der Bürger. Das würde Saīka Vigoria nicht retten, aber das übrige Reich.

Sie haben keine Ahnung, wo das Grüne Herz ist. Orphema hatte damals von einem dreisten Raub und Hunderten Toten gehört. Der Dieb musste ein mächtiger Zauberer gewesen sein, da er die Wachen vernichten konnte, die sonst kein Heer in Nankān besiegt hätte. Nicht einmal die gesamte Streitmacht des verrückten Prinzen Dinhold.

Dann kam Orphema ein neuerlicher Gedanke. »Und wenn sie es schon haben?«

»Was haben?«

»Das Grüne Herz.« Sie lehnte sich an den Karren.

»Sie wollen die Erpressung umkehren, denkst du?«

Orphema nickte und erinnerte sich daran, dass Ewina es durch die Plane nicht sehen konnte. »Erscheint es dir sinnvoll?«

Ihre Freundin zögerte mit einer Antwort. »Zuzutrauen wäre es den Menschen schon. Aber würden sie die Verwüstung großer Teile von Izozath in Kauf nehmen?«

»Hm.« Orphema betrachtete einmal mehr die vertrauten Fassaden der Gebäude. »Es sind Menschen. Natürlich würden sie das.«

Plötzlich kehrte das Summen in die Statuen zurück, lauter und wütender denn zuvor. Electorum-Blitze entluden sich und trafen den Wagen, die Plane – und Orphema.

Sie wurde von der Energie angehoben und etliche Schritte weit durch die Luft gewirbelt, schlug auf den Boden auf und wurde weitergefegt. Mit jeder Berührung des Untergrundes flogen Funken und Entladungen, unentwegt spürte die Gestaltwandlerin Schläge wie von der bösartigsten Peitsche und dem dünnsten Stock. Das Denken gelang nicht. Das Schreien, das sie durch das Electorum-Knistern vernahm, konnte nur ihr eigenes sein.

Dann lag sie still. Die Luft brannte in der Nase und schmerzte in ihrer Lunge. *Meine Annahme war falsch.* Keuchend stemmte sich Orphema auf, um nach dem Karren und dem Aggregata zu sehen. *Sie wollen uns rösten.*

Ewina hing mit dem Oberkörper über der Umrandung des Wagens, ihre Haare und die Kleidung qualmten. Die Plane lag zerfetzt, elmsfeuergleiche Flämmchen umspielten das Aggregata, aber die Lämpchen leuchteten unvermindert. Die Electorum-Attacke hatte weder eine Detonation noch eine Abschaltung ausgelöst.

Das Summen kehrte zurück zu seiner alten Lautstärke.

»Ewina!« Orphema robbte voran. »Ewina! Du musst den Auslöser betätigen!«

Ihre Freundin zuckte zusammen und richtete sich auf. Verbrennungen hatten ihr Gesicht verunstaltet, die Haut warf dicke Blasen und war teils gegart. Tapfer streckte sie die Hand nach dem letzten, entscheidenden Schalter aus. Unvermittelt erklang das Geräusch von Hagel, der klirrend an der metallenen Außenwand der Machina zersprang. Ewina wurde von Kopf bis Brust durchsiebt, ihr Blut sprühte über den Wagen und das Aggregata, dann brach sie zusammen.

Elec-Büchsen. Orphema rollte sich hinter eine Statue, schon prasselten die Projektile gegen ihre Deckung, ohne sie zu durchschlagen.

Sie starrte zu dem Schalter, der lediglich um eine Winzigkeit gedreht werden musste. Um Saïka Vigoria zu strafen.

Ist diese Stadt vernichtet, werden sie sich mehr Mühe geben, das Grüne Herz zu suchen und es zurückzugeben. Das Surren des Electorums wandelte sich erneut. Die Battarias unter der Erde waren aufgeladen, um eine zweite Attacke auf die Wandlerin zu beginnen.

Aus dem Augenwinkel sah Orphema eine Einheit gepanzerter Gardisten auf Electorum-Droschken aus sämtlichen Seitenstraßen heranjagen. Die montierten Geschütze richteten sich auf sie.

Orphema hatte keine Möglichkeit mehr, Deckung vor dem nächsten Eisenhagel zu finden. Gleichzeitig erhöhte sich das Brummen, ankündigende Vorentladungen umspielten die Statuen. Die Luft vibrierte und vermochte die Energie nicht aufzunehmen, sogar das Atmen fiel ihr erdrückend schwer.

An den heutigen Tag werdet ihr denken! Orphema kroch schlangengleich vorwärts, erste Geschosse verfehlten sie.

Unvermittelt traf sie ein Projektil in den Fuß und sandte einen glühenden Schmerz bis hinauf in ihren Verstand. Sie schrie und sprang auf, so gut es ging, zog sich über die Bordwand des Wagens. Das Electorum-Geschoss hatte ihr den linken Fuß abgerissen, und das Rot sprudelte aus ihr.

Es spielt keine Rolle mehr. Orphema zog sich durch Ewinas Blut unter der Machina hindurch, während hinter ihr die dicken Seitenbretter des Karrens von den Garben der Geschütze in kleine Splitter geschlagen wurden.

Dann lag sie unter den Bedienelementen.

Orphema riss ihren linken Arm in die Höhe und erreichte den Schalter mit den Fingerspitzen. *Ihr werdet es bereuen, solche Macht erschaffen zu haben, wenn ihr den Krater seht, wo einst die Stadt lag.*

Der Schalter neigte sich.

***

Vytain und Ilreen saßen bequem gekleidet, er in Rot und sie in Schwarz, in ihrer Unterkunft und widmeten sich intensiv der Waffenpflege; es roch in dem Raum nach Schmieröl, Mandeln und heißem Metall. Am Morgen würden sie zusammen mit der Klinge des Schicksals aufbrechen, um sich auf die Suche nach Quent zu machen, und dafür sollte jedes noch so winzige Teil ihrer Ausrüstung in perfektem Zustand sein.

Mit dabei wären Slahan und die neue Kalenia. Auf einen Tross verzichteten sie. Es musste schnell gehen, wenn sie den Jungen mit dem Sarg einholen wollten, bevor er die Küste erreicht hatte. Je mehr Männer es zu bewegen galt, desto schwieriger wurden Verpflegung und Unterbringung.

Vytain hatte seine Büchse vollständig zerlegt, ebenso die Electorum-Schussvorrichtungen, die er verborgen an den Unterarmen und am Harnisch tragen konnte. Neben ihm stand ein Bassin mit Zitteraalen, die ihre natürlichen Energien an die Battarias abgaben und sie luden. Er hatte sich nach der Rückkehr welche besorgen müssen. Seine Schutzkleidung lag griffbereit.

Ilreen beobachtete fasziniert, wie die Entladungen über Kupferstücke und Drähte in die rätselhaften flachrunden Steine geleitet wurden, die den Schusswaffen die Kraft zum Schuss lieferten. »Und ihr habt das ganze Land damit versehen?«

»Mit Aalen nicht. Aber mit Battarias. Viel größere als jene, die in die Waffen kommen«, erwiderte Vytain mit einem Grinsen. »Es ist zu umständlich, Bassins mit Aalen vorzuhalten. Und wenn sie einen schlechten Tag haben, dann …«

Ilreen lachte und bewarf ihn mit einem Tuch. »Ich habe es verstanden.« Ihre Prothesenhand hatte sie abmontiert und demontiert. Im Inneren kamen ein kleiner Lauf sowie ein Luftkolben für eine Windbüchse zum Vorschein, die sie im Nahkampf einsetzen konnte. Sie prüfte die Ventile mit den Fingern ihres intakten Arms.

Vytain hielt mit dem Abpinseln inne. »Hast du dir das ausgedacht?«

»Ja. Nachdem ich meinen Arm verloren hatte, wollte ich einen Ersatz haben, der was taugt.« Ilreen drückte zwei Stellen an der künstlichen Gliedmaße, und drei lange Klingen schnellten heraus. »Das ist für den noch näheren Nahkampf, sollte mein Gegner den Schuss aus der Windpistola überstanden haben.«

Vytain erkannte die Einfachheit in der Konstruktion. »Was hältst du davon, wenn wir eine Aussparung einsägen und eine Battaria einsetzen?«, schlug er vor und tippte erklärend an der Kunsthand herum. »Damit kannst du Electorum auf die Klingen geben. Selbst wenn du deinen Feind damit nur streifst, wird es ihn lähmen. Und der Lichtbogen ist hübsch.« Er sah zu den Aalen. »Falls du wissen willst, wie es sich anfühlt, strecke deinen Fuß zu ihnen.«

»Oh, ein guter Einfall. Das passt zu einem Izozath. Sehr erfindungsreich.« Ilreen bedankte sich mit einem Wangenkuss.

»Das … kam unerwartet«, sagte er, und die Maserungen auf seiner alabasterfarbenen Haut wurden rosarot. Sogar das blaue und das rote Auge schimmerten auf.

»Wirklich? Ich fand, es deutete sich an, seit wir uns zum ersten Mal begegnet sind«, erwiderte sie mit einem schelmischen Grinsen auf ihrem bleichen Gesicht, das Schwarz ihres Gewandes verstärkte das Helle. »Aber bei der ganzen Rennerei blieb mir keine Zeit, dich näher kennenzulernen. Leider.«

Vytain räusperte sich. »Gut, gut.«

»Das ist keine Abfuhr.«

»Nein. Immer noch … Überraschung.«

»Ist das gut oder schlecht?«

Vytain lächelte. »Ich denke, es ist gut.« Er nahm die Prothese und zeichnete ohne weitere Worte an, wo er die Veränderungen vornehmen wollte.

»Warst du immer ein Schütze?«

»Nein. Ich gehörte zuerst zu den Ingenio. Und dem Rat an«, erzählte er abwesend, da er sich auf seine Skizzen konzentrierte. »Aber manchmal laufen die Dinge im Leben anders, als man es sich erdenkt.«

Ilreen lachte fröhlich. »Schon verstanden: Du bist rausgeflogen!«

Vytain seufzte. »Ich hatte eine Meinung. Als Einziger. Aber ich sag-

te mir, dass ich wenigstens in einer anderen Sache der Beste sein will.«
Er tätschelte den Griff der zerlegten Electorum-Büchse. »Ich entwickelte sie weiter, mit gedrehtem Lauf und gezogenem Lauf. Damit die …« Er sah das Unverständnis in ihrem Gesicht. »Ich dachte mir etwas aus, damit auch runde Projektile genauer fliegen. Bei den Stutzen und Büchsen.«

»Oh. Das ist sehr gut!«

Vytain stellte die Prothese zurück in die Halterung. »Heute werde ich die Veränderungen nicht mehr vornehmen können. Aber sobald wir zurückkommen, gehe ich es an.«

»Danke.« Ilreen klinkte die Vorrichtung für den kleinen Pressblasebalg an und pumpte Luft in den Kolben, der Druck für das Geschoss erzeugte. Zehn perlengroße Kugeln, die in einem Magazin lagerten, ließen sich damit verschießen. »Was machen wir danach?«

Vytain lachte leise. »Nach *was?*«

»Wenn Nankān gerettet ist.« Ilreen klang ernst, ihre hellen Augen blieben auf die Anzeige gerichtet. »Ich habe nicht vor, bei dieser Mission zu versagen Bei der ersten hatte ich nicht viel zu tun. Was ich bedauere.«

»Du hast dir Gedanken gemacht. Teile sie mit mir.«

»Ich werde bei der Großfürstin bleiben. Nach dieser Mission.« Ilreen pumpte mit dem Fuß, zischend fuhr die Luft in das Gefäß aus Stahl. »Wenn ich sie unterstützen kann, gibt mir das mehr als das, was ich bislang tat.«

»In Marwarod Bestien jagen.«

Sie nickte. »Das kann jeder Anfänger. Aber für das Gute zu kämpfen …«

»Wir kämpften nicht für das Gute. Kalenia hat uns missbraucht«, unterbrach Vytain sie. »Das könnte jederzeit wieder geschehen, und du machst dich mitschuldig.«

»Dann ist es so. Aber mir erscheint es sinnvoll. Wie viel Gutes brachte die Großfürstin bereits zu den Menschen von Nankān!« Ilreen blickte ihm in die unterschiedlichfarbigen Augen. »Mit mir hätte sie eine Späherin und Fährtenleserin. Ich bin die perfekte Ergänzung zu ihrem Köter.«

»Das ist *kein* Hund. Wir beide wissen das.«

»Ja und? Ich kann mehr als er.« Ilreen legte ihre Hand auf seine Rechte. »Und einen Elec-Schützen wie dich könnte die Großfürstin auch gut brauchen.«

»Einen Trumer auch«, kam es von der Tür. Slahan, in Nachthemd und besticktem Morgenmantel, lugte durch einen Spalt herein. Das rot gefärbte Kinnbärtchen war adrett gekämmt, dafür standen die blauen Haare in alle Richtungen. »Entschuldigt, aber ich habe geklopft. Kann ich reinkommen?«

»Bitte sehr.« Vytain lud ihn mit einer Handbewegung ein.

»Es geht um morgen«, vermutete Ilreen.

»Das tut es.« Slahan trat näher und schob die Tür fast zu. »Ich habe die letzten Sätze mitgehört, als ich draußen wartete, und genau die gleichen Gedanken beschäftigen mich.« Er zog einen Stuhl heran und setzte sich. Seine Finger trommelten gegen die Tischkante, was er oft tat. Ohne seine Trommel blieb es ohne magische Folgen. »Ich werde der Klinge des Schicksals meine Dienste anbieten.« Nach leichtem Zögern fügte er hinzu: »Nein, ich gehe einfach nicht mehr. Sie wird keine Wahl haben. Und wir wären zu dritt: ein Elec-Schütze, eine Späherin, ein Trumer.«

»Warum willst du ihr dienen?« Ilreen legte ihre Hand über seine Finger und unterband das Pochen. »Das macht mich wahnsinnig.«

»Entschuldige.« Slahan hakte die Daumen unter den Gürtel. »Warum ich bei der Großfürstin bleiben möchte …«

»Ich meine, du könntest in jedem Heer anheuern, und sie würden dir alles bieten«, führte sie aus. »Du bist ein Kriegstrumer! Sobald sie dir eine große Trommel hinstellen, diese Dinger vom Durchmesser dreier Männer, vernichtest du gegnerische Garnisonen, als wären sie nichts.«

»Genau *das*« – Slahan trappelte mit den Füßen einen neuen Takt – »will ich nicht. Meine Kräfte sollen dem Guten dienen. Ich war lange genug in Dornenfeste, um mit anzusehen, wohin Machtwille führt. Das hat ein Ende. Nur noch für die gute Sache will ich meine Stöcke einsetzen.«

»Ah. Verstehe. Das Gewissen.« Vytain begann damit, die gereinigten und geölten Büchsenteile zusammenzusetzen.

»Nein. Das *Wissen*«, verbesserte Slahan. »Und wenn ich der Klinge des Schicksals folge, kommen die Mächtigen darüber hinaus nicht auf den dummen Gedanken, meine Dienste erpressen zu wollen oder mich umzubringen, weil sie mich nicht haben können.« Er sah zwischen Ilreen und Vytain hin und her, das rote Kinnbärtchen saß wie angemeißelt. »Niemand legt sich mit Danèstara von Tiamin an.«

»Doch nicht ganz so selbstlos«, stellte Vytain trocken fest. »Aber verständlich.«

Die Marwarodanerin hörte mit dem Befüllen auf und prüfte erneut die kleine Anzeige, dann setzte sie den künstlichen Unterarm an die Halterung und zog den Ärmel darüber. »Was ist, Vytain? Bist du dabei?«

»Dazu müsste Danèstra zustimmen, nicht wahr? Wir können nicht einfach beschließen, dass wir …« Ein lautes Pochen gegen die Tür unterbrach ihn. »Ja?«

Der Eingang schwang auf.

»Ich finde, wir haben etwas zu klären.« Iradias wartete auf der Schwelle, seine Windbüchse lässig geschultert, den Finger am Abzug. Sie wirkte klobiger, uneleganter als die Waffe des Izozath, was durch den Unterlaufdolch verstärkt wurde. Der grüne Hut mit der breiten Krempe warf wie stets einen verschleiernden Schatten auf sein Gesicht. »Die Sache in Merirosvo.«

»Unser Zweikampf.« Vytain ließ das Magazin seiner Electorum-Waffe einrasten. »Von Kai zu Schiff und umgekehrt.«

Ilreen legte ihre Prothese so auf die Tischplatte, dass der verborgene Lauf auf den ungebetenen Besucher zeigte. »Es ist erledigt«, sagte sie mit Nachdruck. »Es war ein *Missverständnis*.«

»Ein *Missverständnis*« – Iradias fuhr sich über das Gesicht, die Finger glitten hörbar über Stoppeln –, »das mich beinahe das Augenlicht gekostet hätte.«

»Es sollte dich dein Leben kosten. Beschwere dich nicht.« Vytain achtete auf jede Regung des Schützen. »Ich habe großen Respekt vor deiner Kunst. Niemand sonst hätte auf diese Entfernung mit einer Windbüchse so gut geschossen.«

»Ich frage mich seit Merirosvo, ob ich dich getroffen hätte, wäre ich im Besitz einer Waffe wie deiner.« Iradias nahm den Finger langsam vom Abzug. »Oder hättest du mich mit meiner überhaupt getroffen?«

»Ah! Du willst ein Wettschießen«, stellte Slahan erleichtert fest. »Bei Ansis! Ich wollte schon unter den Tisch springen.«

Iradias lachte los. »Habt ihr geglaubt, ich würde ihn zum Zweikampf fordern? Am Abend vor dem Einsatz?« Er nahm die Büchse in die Armbeuge. »Ein Wettschießen. Mehr nicht. Aber es sollen die gleichen Waffen zum Einsatz kommen.«

Ilreen deutete auf die Bank. »Komm rein. Du wirst auch dabei sein?«

Iradias trat näher, ohne dass ein Gesicht zu sehen war. Schemenhafte Konturen, das Kinn, Wangenknochen, aber nie das gesamte Antlitz. »Ich *will* dabei sein.«

»Du willst die falsche Kalenia unterwegs umbringen«, unterstellte Vytain. »Weil du deine getöteten Freunde rächen möchtest.«

Iradias setzte sich und stellt die Windbüchse hochkant neben sich. »Nein. Wir waren keine Freunde. Und das Geschehen lässt sich nicht rückgängig machen. Aber ihr Freund werde ich gewiss nicht.« Er legte die Hände zum Zeichen seiner Friedfertigkeit flach auf den Tisch. »Ich will zur Rettung meiner Heimat betragen.«

»Wir haben schon einen Schützen«, merkte Slahan herausfordernd an. »Los! Was macht dich noch einzigartig?«

Iradias lachte. »Anscheinend kann ich gut schauspielern. Ihr seid auf meinen düsteren Auftritt hereingefallen.«

»Und außerdem? Ich meine, ich habe noch ein magisches Artefakt. Abgesehen von meinen überragenden Sinnen.« Ilreen pochte zuerst auf das Kurzschwert an ihrer Seite und legte dann wie selbstverständlich ihre Hand auf Vytains Schulter. »Er ist der Beste.«

»Mit einer *Elec-Büchse*. Aber was, wenn sich die Battarias alle entladen haben? Ich weiß, dass es bei großer Kälte oder in der Nähe eines Gewitters geschehen kann.« Iradias pustete. »Meine Windwaffen sind eine gute Unterstützung. Zudem verstehe ich mich auf den Nahkampf.« Er schnippte gegen den Unterlaufdolch, der leise klingelte, und sah auffordernd in die Runde. »Na, was ist? Wer nimmt's mit mir auf?«

»Ich kann dir meine Trommelstöcke um die Ohren hauen, dass dir Hören und Sehen vergeht«, drohte Slahan und zog sie aus seiner Beintasche.

»Ihr werdet schon sehen, was ich vermag.« Iradias sah aus dem

Fenster. »Ah. Wir haben das nächste verliebte Paar. Und sie sehen nicht aus wie zwei lebendig gewordene Marmorsäulen.«

Die Übrigen schauten hinaus auf den Hof, wo Mabian mit Kalenia schlendernd ins Gespräch vertieft war.

»Was wird sie tun, wenn wir das Grüne Herz gefunden haben?«, sinnierte Slahan.

»Ob tatsächlich Frieden Einzug hält?« Ilreen beobachtete die beiden jungen Leute, von denen nur einer ein Mensch war. »Ich traue der Wildnis nicht.«

»Das wird keiner. Aber man kann damit anfangen, keinen Krieg mehr gegen sie zu führen«, sagte Iradias. »Sollte sich die mörderische Natur wirklich zurückziehen und es zu einer Einigung kommen, sind die Toten unserer Mission nicht umsonst gewesen.«

Schweigend verfolgten die vier, wie Mabian und Kalenia miteinander lachten und gestikulierend redeten.

»Ist das ein Ausblick auf die Zukunft?«, sinnierte Vytain leise.

»Der Junge ist verliebt in das Abbild der Betrügerin«, kommentierte Ilreen. »Er klammert sich an die Augengaukelei. Fällt die Maskerade, wird sich sein falsches Gefühl in Luft auflösen.«

»Nein, das meinte ich nicht. Sondern dass die Kreaturen der Wildnis mit uns leben können. Lachen. Sich unterhalten und Gedanken austauschen.« Vytain sicherte die Electorum-Büchse. »Wir könnten voneinander lernen.«

»Ho, wir haben hier einen Mann mit Visionen!«, rief Slahan. »Mögen sie zutreffen und wir unseren Anteil daran haben.«

»Das war mein Stichwort.« Iradias erhob sich und nahm seine Waffe. »Morgen geht es los, um das Bürschchen zu schnappen, das das Artefakt in einer Totenkiste durch die Gegend kutschiert.« Er deutete auf Vytain. »Und vergiss nicht unseren Wettstreit.«

»Werde ich nicht. Wir sollten einmal mit Elec- und einmal mit Windbüchsen schießen. Dann ist ein für alle Mal geklärt, wer der Beste ist«, erwiderte Vytain und streckte ihm die Hand hin.

Iradias schlug ein.

»Dann wünsche ich eine gute Nacht«, sagte Ilreen in die Runde. »Aufbruch ist bei …«

»Halt!« Slahan hob ruckartig die Hand und sprang von seinem

Stuhl auf. Auf seinem Dreiecksgesicht zeigten sich Irritation und Erkenntnis gleichermaßen. »Wartet einen Augenblick. Oh, bei Ansis, wie konnte ich …«

»Mir wäre es lieb, wenn wir Ansis außen vor lassen könnten«, warf Vytain ein. »Das Es, dem das Schlechte zugerechnet wird, möchte ich nicht beteiligt wissen.«

»Hört, hört. Das aus dem Munde eines Izozath«, neckte ihn Ilreen. »Seit wann fürchtest du Götter mehr als eine entladene Battaria?«

»Jetzt lasst den Trommeljungen zu Wort kommen«, warf Iradias ein und steckte sich einen Tabakpriem in den Mund, »bevor er explodiert.«

Das Trio sah ihn gespannt an.

»Wir haben etwas Entscheidendes übersehen!«, sprach Slahan aufgeregt. »Aber noch ist es nicht zu spät. Hoffe ich.«

***

Danèstra lag in prunkvollem Harnisch und Waffenrock auf dem Bett und las sich im Schein zweier Lampen durch stapelweise Aufzeichnungen zu bekannten magischen Artefakten, die es einst auf Yarkin gegeben hatte. Ihre Kampfausstattung hielt sie für sinnvoll. Da es keine dringendere Aufgabe gab als das Schicksal Nankāns, rechnete Danèstra jederzeit mit einem Schicksalssprung.

Ganz am Anfang hatte sie versucht, durch Konzentration zu bestimmen, wohin sie sprang. Denn das war, wovon sie träumte: an einem Ort zu erscheinen, von dem sie wusste, dass es dort große Not gab.

Aber nie war es Danèstra gelungen. Daher hatte sie es aufgegeben.

Ihre Augen brannten vom vielen Lesen. Mit einem Griff verschob sie die geflochtenen Silberhaare und verlagerte ihr Gewicht, um bequemer zu liegen.

Bislang fand sich in den Schriften nichts, was auf das Grüne Herz hindeutete. Auch die Depeschen der Magischen Kammern und Zaubergelehrten ließen wenig Zuversicht aufkeimen. Die umfassendsten Archive und verbotensten Bibliotheken wurden von den Weisen und ihren Untergebenen durchforstet. Bisher ohne Ergebnisse.

So etwas wie bei Kalenia darf sich niemals wiederholen. Sie streichel-te Thiríos Kopf und kraulte ihn hinter den Ohren, was den schwarz-weißen Hund zu einem zufriedenen Brummen brachte. Die dünne Verbindungskette war bereits angelegt, der Finsterfalke saß in seinem Transportkäfig. *Das erste und einzige Mal, dass die Klinge des Schicksals das falsche Ziel traf.* Das nächste Mal würde sie sich alle Zeit nehmen, die Lage besser einzuschätzen.

Aber wie hätte ich eine Schwangere nicht retten können? Danèstra erfasste den Inhalt der Zeilen nicht mehr. An Schlaf war nicht zu denken.

Sie stand mit einem Seufzen auf, löste die Kette zu Thirío und be-gab sich ans Fenster, um in den verlassenen Hof ihres Gutes zu bli-cken. *Irrte ich mich in der Vergangenheit öfter, ohne es zu bemerken?*

Morgen brach sie mit ihrer kleinen Schar auf, um Quent zu su-chen. Kalenia und Thirío würden sie leiten, die Aussicht auf einen raschen Erfolg stand trotz des Winters sehr gut. Mabian hatte die al-ten Kleider des jungen Mann aufgehoben. Solange dieser nicht durch einen See aus Parfüm schwamm, spürte die Nase ihres Hundes ihn spielend auf.

Zusammen mit Kalenias magischem Sinn für das Grüne Herz sollte es möglich sein.

Vor ihrem geistigen Auge sah Danèstra ihren Sohn mit der Gestalt-wandlerin über den nächtlichen Hof wandeln. Sie lachten und rede-ten angeregt, von Sonnenaufgang bis nach Sonnenuntergang. *Mein armer Junge. Er sieht nicht, dass er einem Trugbild verfallen ist. Sein verliebtes Gemüt rettet sich in die Lüge.*

Sie würde unterwegs mit dem Wesen aus der Wildnis, das sich als Kalenia ausgab, sprechen und es bitten, diese Erscheinungsform nach den Verhandlungen aufzugeben.

Danèstra hatte mit ihr und den Mächtigen vereinbart, dass man den Menschen von Nankān eine erfundene Geschichte auftischte, wie es zur Rettung der Halbinsel gekommen war. Und warum es plötzlich eine Annäherung zwischen den Todfeinden gab.

Wie nahe sich Nankān und Treydania in Wahrheit standen, ahnte keiner.

Woher sollten sie es auch wissen? Danèstra kannte die Erklärung für die Veränderung der Natur. Sie würde Kalenias Ausführungen dazu prüfen, sobald Ruhe auf dem Kontinent eingekehrt war. Jetzt drängte die Zeit.

Danèstra begab sich zurück in ihr Bett. Mit einigen Handgriffen hatte sie Harnisch und Waffenrock sowie Wehrgehänge zurechtgerückt und Thiríos Kette angelegt. *Wie oft tat ich das in den letzten vierzig Gemeinjahren?*

Sie langte nach dem nächsten Buch über Artefakte und blätterte darin, ohne dass sie fündig wurde. Schließlich legte sie es weg und löschte die Lampen.

Danèstra sah zur Decke. *Unruhe. Pure Unruhe.*

Der Schein des Feuers, das im Hof brannte und an dem sich die Wachen bei ihren Rundgängen wärmten, fiel durch einen Spalt im Vorhang und schuf einen hellroten, warmen Lichtschlitz.

Es muss mir doch möglich sein. Danèstra schloss die Lider. *Ich bin die Klinge des Schicksals und sollte dort sein, wo das Grüne Herz ist. Höhere Macht, entsende mich zu Quent. Entsende mich zu Quent!* Wieder und wieder beschwor Danèstra den Gedanken. *Sende mich dahin, wo ich dringend gebraucht werde.*

Sie spürte, dass sie beim unaufhörlichen Repetieren in einen leichten Schlummer glitt. Thirío bellte einmal auf, der Falke kreischte. Danèstra zuckte zusammen.

Dann blieb ihr Herz stehen, wie sie es hundertfach erlebt hatte, gefolgt vom Stillstand des Atems und dem Kribbeln und Ziehen überall im Körper.

Trage mich dorthin, wo ich gebraucht werde, dachte Danèstra inständig.

Im nächsten Moment erwachte sie. Wütendes, dunkles Surren wie von überstarkem Electorum, das sich zum Entladen bereit machte, umfing sie, noch bevor sie etwas sah.

Ich bin in … Danèstra öffnete die Augen und richtete sich auf. *… in Saīka Vigoria!*

Nicht allzu weit von ihr entfernt, eingekeilt zwischen riesigen Kunstwerken, stand ein von Schüssen durchlöcherter Wagen mit einer Machina darauf. Gardisten rückten von allen Seiten vor und beschossen den Karren mit Salven aus kleineren Electorum-Geschützen, die das Holz spielend leicht zerschlugen. Blut tropfte von der Ladefläche.

Danèstra sprang auf und machte Thirío von der Leine, ließ Vélos frei.

Was gibt es zu tun? Sie wollte nicht blindlings eingreifen.

Durch die Lücken in der Bordwand sah sie einen reglosen Leib und eine zweite von Schüssen verunstaltete Gestalt, die nach vorn zu verschiedenen Schaltern an der Machina kroch. Zwei Lämpchen leuchteten warnend auf.

Das blutige Bündel Mensch reckte den Arm, und zwei bebende, rot verschmierte Finger legten sich auf ein Bedienelement.

»Nein!« Entsetzt langte Danèstra nach ihrer Pistola.

Schräg neben ihr erklang das grelle Pfeifen, das sie sogleich Vytains Electorum-Büchse zuordnete.

Das Geschoss erwischte die Hand und zerfetzte sie, bevor sie den Schalter umlegen konnte. Kraftlos fiel der Armstumpf zurück, ein lauter Schrei ertönte auf dem Platz. Enttäuschung, Wut.

Das Auslösen der Machina war verhindert.

Danèstra wandte sich perplex zur Seite, wo Vytain einen weiteren Schuss im Stehen abgab. Worauf er gezielt hatte, sah sie nicht.

»Ihr?« Ihre Überraschung steigerte sich, als sie neben ihm Ilreen erkannte.

»Wir dachten uns schon«, sagte Slahan von der anderen Seite, »dass Ihr ohne uns abreisen könntet. Und trafen Vorbereitungen.«

Danèstra drehte sich zum Kriegstrumer, neben dem der gesichtsbeschattete Iradias stand. »Wie habt Ihr das gemacht?«

Slahan hielt ihr eine Kordel hin. »Wir bildeten eine Seilschaft. Ob es klappen würde, wussten wir nicht. Aber da Ihr Euren Hund und den Falken mitnehmen könnt, war es einen Versuch wert. Wir fanden, dass Ihr bei diesem Auftrag Verstärkung brauchen könntet.« Er grinste süffisant.

Deswegen bellte Thirío. Danèstra senkte die Pistola. *Dieser kleine Verräter. Er hat zugelassen, dass sie sich an mich binden.* Strafend blickte sie ihn an, und er winselte einmal auf. »Böser Junge!«

Die gepanzerten Gardisten hatten den Karren erreicht und sicherten das Gefährt, dann sprangen auf ihren Wink hin mehrere Ingenio herbei und prüften die Machina. Vytains zweiter Schuss hatte den Schädel der Treyda gespalten, welche die Detonation hatte herbeiführen wollen.

Ein Schalter nach dem anderen kehrte unter der Aufsicht der Ingenio in die Ausgangsstellung zurück. Mehrere Abdeckungen wurden abgeschraubt und hochgeklappt, Drähte aus Halterungen entfernt und letztlich ein ganzer Block Battarias herausgewuchtet.

Als das geschah, riefen die Gardisten ihre Erleichterung heraus und fielen sich in die Arme.

Danèstra schwand ein tonnenschweres Gewicht vom Herzen. »Ihr habt es geschafft.« Sie klopfte Vytain auf die Schulter.

»*Wir* haben es geschafft«, verbesserte er freundlich. »Eure besondere Kraft brachte uns rechtzeitig nach Saīka Vigoria, Großfürstin.« Er wandte sich den heraneilenden Gardisten zu und erklärte ihnen in der Sprache der Izozath, wen sie so plötzlich vor sich hatten.

Und ich hätte nicht gewusst, was zu tun ist. Ohne die Klinge des Schicksals wäre die Detonation nicht zu verhindern gewesen, aber das Entscheidende hatte ein anderer vollbracht. »Wer hatte die Eingebung, eine heimliche Seilschaft einzugehen?«

Slahan spielte mit der Kordel. »Das war ich.« Er zeigte auf seine drei Begleiter. »Na? Wollt Ihr die Vorzüge verneinen? Wenn Ihr es erlaubt, wollen wir nicht nur auf dieser Mission Eure Rückendeckung sein, Großfürstin.«

»Das bereden wir, sobald wir Quent gefunden haben.« Danèstra grinste in sich hinein über ihre Hoffnung, ihre Sprünge beeinflussen zu können: Sie hatte sich an den Ort gewünscht, wo sie am dringendsten gebraucht wurde – und genau dort war sie gelandet. »Aber jetzt sollten wir aufbrechen.«

»Wir haben uns leider keine Pferde umgehängt«, witzelte der Trumer. »Die Izozath werden uns vielleicht Elec-Gäule ausleihen.«

»Reden wir mit dem Rat«, sagte Danèstra. »Sie sollen uns mit allem ausstatten, was wir für eine rasche Reise durch Nankān brauchen.«

»Oder wir fahren mit dem Schiff«, schlug Ilreen vor, »und fangen den Jüngling mit seinem Sarg in Lygäion ab. Wir wissen, wohin er will.«

»Ist das nicht riskant?«, warf Iradias ein. »Was ist, wenn er seinen

Meister gar nicht im Sarg mit sich herumfährt, sondern das eine Ausrede ist, um das Grüne Herz ungesehen wegzuschaffen?«

»Ich sehe es genauso wie Ihr. Wir benötigen Thiríos Spürnase und Kalenias Empfinden für das Grüne Herz, falls die Jagd von Lygäion wegführt und wir Quent über das Meer verfolgen«, entschied Danèstra. »Wir reiten bis nach Kaltensee und sammeln Kalenia ein.« Sie nahm Slahan die Kordel aus der Hand. »Oder wir versuchen *diese* Art des Reisens ein weiteres Mal.«

***

Nankān, Mhuir Amant, zweihundertacht Seemeilen
nordöstlich von Kysarod, Winter

Du musst was essen.« Fannia hielt ihm ein Stückchen von dem gekochten dunkelgrauen Fleisch hin. »Bitte. Sonst wirst du sterben.«

Quent blickte dämmrig auf den dampfenden Bissen, den ihm die Frau auf einem Löffel zusammen mit Brühe hinhielt. Das Fleisch war in einem Kessel zu Suppe verarbeitet worden, die den Überlebenden Kraft gab, während ihre Scholle über Mhuir Amant trieb. Das Ruder war zu spät fertig geworden, die Strömung hatte sie hinaus aufs offene Meer geschoben.

Jetzt mussten sie abwarten und hoffen, dass sie entweder einem Schiff begegneten oder an Land getrieben wurden. Infrage kämen aufgrund der Winde und des Wetters Lygäion, Ostroiv und Ostroiva. Die Eisplatte trieb mal nach Norden, dann nach Osten, wie Quent aus den Gesprächen der Seeleute vernahm.

Wieder sah er auf das Fleisch und presste die Lippen fest zusammen.

»Quent, ich will nicht, dass du dein Leben verlierst. Du musst durchhalten.« Sie streifte die Kapuze zurück, sodass ihr fingerlanges, goldglänzendes Haar zum Vorschein kam, und sah ihn bittend an. »Den anderen ist es gleich, aber ich finde, dass du zu jung zum Sterben bist.« Als er das karge Mahl weiterhin verweigerte, schob sie sich das Fleisch selbst in den Mund. »Ich hebe dir von der Brühe auf.« Sie setzte sich zurück zu der Besatzung.

Diese Schweine. Quent schaute auf seinen mumifizierten Meister, von dem lediglich die Innereienurnen, der rechte Oberarm, Torso und Kopf übrig geblieben waren. Die übrigen Gliedmaßen hatten die Seeleute benutzt, um ein Feuer auf einem Schild in Gang zu setzen; darunter war eine Seilrolle gelegt worden, damit die Hitze sich nicht durch das Eis brannte. Die Totenkiste ließen sie intakt, um sie als Boot nutzen zu können, falls die gefrorene Platte zerbrach. Wer sich hineinflüchten durfte, wollten sie bestimmen, wenn es so weit war.

Durch die Balsamierung brannten die Gebeine lange und mit heißer Flamme, die ihre Unterkunft einigermaßen wärmte und die Temperatur über dem Gefrierpunkt hielt. Um die provisorische rundzeltähnliche Hütte, die sie aus den Resten des Schiffshecks gebaut und von außen mit einer Schicht aus festgeklopftem Schnee abgedichtet hatten, tobte ein Sturm; der wütende Wind brachte die Balken zum Rütteln.

Quent saß am Rand, seine gefesselten Hände spürte er nicht mehr. Die Schmerzen, die aus seinen Beinen emporstiegen, überlagerten alles und versetzten ihn in einen Zustand des Dauerleidens. »Skamata soll euch verschlingen«, flüsterte er mit rissigen Lippen.

»Skamata ist tot«, erwiderte der Kapitän und schlürfte von der Suppe, die in dem Kessel über dem Knochenfeuer köchelte. »Du musst dir einen anderen Fluch ausdenken.«

»Die Bestien von Mhuir Amant sollen euch auffressen!«, sprach er ächzend.

»Wir sagten doch, es ist nichts Persönliches. Aber du bist derjenige, den keiner von uns als Freund bezeichnen würde«, rief ein Seemann. »Wir hätten dich einfach schlachten können.«

»Er wird bald sterben. Weil er nichts isst.« Der Kapitän schaute kurz zu ihm herüber. »Dabei würde ihm Fannia von ihrer Ration abgeben.«

Ihre Ration. Quent senkte den getrübten Blick auf das, was von seinen Beinen übrig geblieben war. Mehr als den linken Oberschenkel gab es dort nicht. *Ich bin die Ration.*

Sie hatten ihn im Schlaf überrascht und gefesselt. Einer der Matrosen verstand sich auf die Künste eines Feldmedikus und hatte ihm seine Beine Stück für Stück amputiert. Sein rechtes Bein hatten die Überlebenden bereits vollständig verzehrt sowie den linken Unterschenkel.

»Ich esse mich nicht selbst«, raunte Quent angewidert. »Eher sterbe ich.«

»Das wirst du auch.« Der Kapitän zeigte mit dem Löffel auf den Kessel. »Schade, dass an dir so wenig dran ist. Aber es wird eine Zeitlang reichen. Wenn du Glück hast, kehren die anderen mit Fischen zurück. Dann hast du länger was von deinem Bein.«

»Ich verfluche euch«, zischte Quent. »Wäre ich ein Magier wie mein Meister …«

»Schau, er kann auch über den Tod hinaus zaubern.« Eine Matrosin warf den letzten halben Arm ins Feuer, und die Lohen färbten sich durch die Balsamierung bunt.

Die Überlebenden lachten.

Quent starrte auf Calostros Überbleibsel. *Ich habe versagt. Sein Letzter Wille wurde nicht erfüllt. Aber vielleicht kann ich seine Asche einsammeln und sie nach Lygäion bringen. Das wird seiner Seele auch Frieden verschaffen.* Er sah auf die Suppe, gekocht aus seinem Leib, Fleisch und Knochen. *Ich muss überleben. Ohne dass ich mich esse.*

Quent hatte geahnt, dass es ihn erwischen würde. Seine Blicke richteten sich erneut auf die Beinstümpfe. *Wie soll ich Calostro ziehen? Ich brauche Menschen, die mich und die Asche tragen.* Verzweiflung verdrängte die Pein seiner Wunden. *Ich bin zu nichts mehr nütze!* »Ihr sollt verflucht sein«, raunte er wieder und sah zu der Gruppe. »Die Bissen sollen euch im Halse stecken bleiben.«

»Hör auf, dich zu beschweren!«, rief ihm der Kapitän zu. »Wir ließen dich doch wählen, was wir dir abnehmen.«

»Sehr großzügig von euch.«

»Und du warst schlau, nicht den Kopf zuerst zu nennen.« Die Besatzung lachte erneut. »Wir hätten dir den Wunsch erfüllt.«

Quent wollte nach ihnen spucken, aber ihm fehlten Kraft und Speichel dafür. Er sah mit an, wie sie die Suppe leerten. Danach nagten sie die kleinsten Fetzen Fleisch von den mitgekochten Knochen und kauten die zähen Sehnen. Jeder Bissen verlängerte das Leben.

Nur meines nicht. Quent hatte entschieden, sich nach seinem linken Oberschenkel den Kopf abtrennen zu lassen. Ohne Arme würde er niemals überleben. *Da kann ich ebenso gut gleich sterben.* Sofern der Anglertrupp keine Fische mitbrachte, sie nicht von einem Schiff gefunden oder in die Nähe einer Küste geschwemmt wurden. *Und dann wünsche ich, dass die Scholle auseinanderfällt und sie alle erfrieren!*

Fannia näherte sich wieder mit einer flachen Schale und einem Rest Brühe. »Bitte. Damit du lebst«, sagte sie leise.

Abrupt traf ein Schlag die Hütte, und die Balken bebten. Knirschend dehnten sich die Seile.

Die Überlebenden saßen regungslos und lauschten.

»Das war keine Böe«, flüsterte der Kapitän und zog seinen Säbel, um dann zu Quent zu starren. »*Was* hast du heraufbeschworen, Hungerturm?«

Quent lachte matt. »Ihr habt die Totenruhe meines Meisters gestört!« Er schürte ihre Furcht, obwohl er keinen Schimmer hatte, was sich im Freien abspielte. »Denkt ihr, das ließe sich seine Seele gefallen?«

Ein weiteres Krachen. Unter das Knirschen der nachgebenden Balken mischte sich das Knistern des Eises unter ihren Füßen. Der Wind pfiff durch die Lücken, die sich aufgetan hatten, das Feuer tanzte und duckte sich.

»Sag ihm, dass wir dir nichts mehr tun werden«, verlangte der Kapitän. »Wir zahlen dir deine verzehrten Glieder.« Noch ein Rumpeln, und die Spalte in ihrem Unterstand klaffte auseinander. Peitschend rissen die Seile, Latten knickten, Schnee schoss in einem anhaltenden weißen Strahl herein. »Los! Sag es ihm!«, schrie der Mann.

Ein lautes Brüllen erklang, das die Überlebenden zu gut kannten.

»Skamata. Skamata ist zurück«, raunte Fannia ängstlich.

»Ich dachte, das Vieh wäre durch die Explosion umgekommen?«, warf ein Matrose ein und sah zu seinem Vorgesetzten.

»Ihr hört es: Die Seeschlange hat nicht alle Leben und Köpfe verloren. Dann sind die Crocodyle nicht weit.« Der Kapitän hatte sich erhoben und gab Anweisungen für die Verteidigung. »Denk dran: Das Vieh hat Fleisch! Jede Menge Fleisch!«

Mit dem nächsten Rumpeln löste sich das umgebaute Heck auf, die Bretter wirbelten im Sturm davon. Zwei Matrosen wurden getroffen und mitgerissen.

»Lasst das Feuer nicht ausgehen!«, rief der Kapitän.

Fannia schob die balsamierten Überreste des Zauberers in die Flämmchen, die sich über die neue Nahrung freuten.

»Nein, nicht! Lasst ihn!« Quent bekam die Hände nicht vom Haken gelöst, an dem sie seine Fesseln im Untergrund verankert hatten. »Lasst ihn so nicht vergehen!«

Der verschrumpelte Torso stand sogleich in bunten Flammen, die Lohen schossen gleißend viele Schritte hoch in den Sturm und bildeten ein Fanal, gegen das die Böen nicht ankamen. Senkrecht erhob sich das Feuer in der Mitte der Überlebenden, Funken sprühten aus dem Brustkorb des präparierten Leichnams.

Das Licht riss Skamata aus dem Gestöber. Die tiefblau glitzernde Seeschlange kroch auf der Scholle näher und war keine zehn Schritt mehr von den Menschen entfernt. Ihr geschuppter Leib war übersät mit Löchern, aus denen Blut lief. Ein Kopf war ihr nach der Detonation geblieben. Die Verstümmelungen hatten Skamata allerdings nicht davon abgehalten, die Seeleute zu verfolgen, um sie nun zu verschlingen.

Quent hingegen achtete nur auf Calostros brennende Überreste. Die Augen der getrockneten Leiche quollen in den Höhlen auf und wurden größer als Hühnereier, bevor sie knallend platzten und die umherspritzende Balsamflüssigkeit zwei Feuerwolken erschuf, die in den Himmel rollten.

Skamata ließ einen dröhnenden Schrei erklingen und den ausgefransten Schweif gegen das Eis schlagen. Durch das Beben bildeten sich weitere Sprünge im Untergrund.

Quents Haken löste sich. Endlich konnte es sich von der Stelle bewegen. Hastig rutschte er ans Feuer und suchte nach etwas, um Calostros Torso aus den Flammen zu bergen, ehe nichts mehr von der Leiche übrig war.

Aber der Kapitän trieb ihn mit raschen Tritten zurück. »Fass ihn nicht an!« Auf seinen Befehl hin nahmen die Matrosen eine Formation ein, um sich gegen die Seeschlange mit Bootshaken, angespitzten Balken und Säbeln zu verteidigen. »Das Feuer kann unsere einzige Rettung sein.«

Quent erfreute sich an der Vorstellung, dass die Ostroivaner im Magen der Bestie landeten. Sein eigener Tod würde eine Erlösung sein, trotz der Schmach, den letzten Wunsch seines Herrn nicht erfüllt zu haben. *Verzeih mir, Meister.* Er weinte beim Anblick der brennenden Mumie.

Urplötzlich fegte eine weiße Panzerechse in das Lager und rollte über das Feuer, ohne dass die Lohen erstickten.

Ein Teil der Seeleute wirbelte herum und reckte schreiend die Bootshaken und angespitzten Pfähle gegen die Kreatur.

Zuerst dachte Quent, dass es sich um einen Angriff handelte, doch dann entdeckte er, dass der Schwanz des hellen Crocodyls von scharfen Zähnen abgebissen worden war. In Agonie um sich schnappend, verendete es und riss einem Matrosen den rechten Unterarm ab.

Skamata kann das nicht gewesen sein. Quent kniff die Augen zusammen und schirmte sie gegen den nachlassenden Wind ab.

Unvermittelt ließ der Sturm nach, als habe er den Befehl eines Gottes erhalten; die weißen Flöckchen trudelten friedlich herab.

Sogleich setzte Skamata zum Angriff an und reckte ihren Schlangendrachenkörper. Das verbliebene Haupt öffnete die tödlichen Kiefer und schnappte brüllend nach den Menschen, die ihre Waffen zur Abwehr vorwärtsstießen und dabei schrien, um gefährlicher zu wirken.

Quent wurde abrupt von eiskalten Tropfen im Gesicht getroffen, die salzig schmeckten. *Wie …?* Er hob den Kopf.

Ein hausgroßer Schatten sprang über das Lager der Überlebenden hinweg, Meereswasser rann von der schwarzen Haut und perlte auf die Scholle. Mit vier Klauen, zwischen denen sich Schwimmhäute spannten, landete die Bestie auf der heranschnellenden Skamata. Die langen Krallen bohrten sich durch den Hals und den Schädel. Knackend zerbrachen die Knochen, ein Schwall warmes Blut schwappte aus dem Schlund der Riesenschlange auf die Seeleute.

Beim Aufprall des schwarzen Wesens lief eine Erschütterung durch die Eisplatte und verursachte neue Abbrüche. *Die Scholle zerfällt.*

Was ihnen gegen Skamata zu Hilfe gekommen war, wusste Quent nicht. Er kannte sich mit den Bestien von Mhuir Amant nicht aus.

Die Seeleute schrien in Furcht vor dem Koloss, aus dessen Körper überlange Fangarme peitschten und den saphirblauen Schlangenleib in kleine Stücke hieben. An den Enden der Tentakel saßen sichelförmige Hornschneiden, die sich mit Leichtigkeit durch die Schuppen schnitten.

»Ein Khitaylon! Ein leibhaftiger Khitaylon!«, rief Fannia stotternd.

»Mehr Feuer«, befahl der Kapitän und deutete auf die Totenkiste.

»Rein damit!« Im nächsten Augenblick wurde er von einer elfenbein-farbenen Kralle in der Mitte zerteilt.

Übergroß und übermächtig ragte die Bestie über dreißig Schritt vor Quent und den Seeleuten auf, das fischartige Maul mit den langen Barteln öffnete sich zu einem glucksenden, vibrierenden Laut. Dann hob sie den rechten Fuß vom kalten Untergrund, stampfte auf und sprengte die Eisscholle in etliche Stücke.

Die Überlebenden bewahrten sich mit hastigen Schritten und kleinen Sprüngen davor, in die Spalten zu fallen, und wurden getrennt. Die Fragmente drifteten auseinander.

Der Khitaylon führte mehrere rasche Hiebe gegen die Flöße aus Eis und vernichtete zwei davon. Kreischend verschwanden drei der Seeleute in den aufstiebenden weißen Gischt- und Schneewolken.

Flirrende Kristalle bildeten sich in der Luft und versperrten Quent die Sicht. Mit ihm auf der Scholle befanden sich noch Fannia und ein Matrose; das Feuer um Calostros Mumie brannte ungebrochen hoch und grell. Wenn Lohen das einzige Mittel waren, um diese Bestie fernzuhalten, war er in einem unschlagbaren Vorteil gegenüber seinen Peinigern.

Der Khitaylon soll sie vernichten. Das wäre mir eine Genugtuung. Er sah auf die verkohlten blanken Rippen Calostros, auf deren Oberfläche die Flämmchen tanzten.

»Du! Du hast den Khitaylon gerufen!« Der Matrose kam näher und hob seinen Säbel. »Du verdammtes Stück Scheiße! Ich schlage dich in Fetzen, damit du deinen Triumph nicht genießen kannst!« Der Hieb zielte auf Quents rechten Arm.

Er war zu schwach, um mehr zu tun, als eine Hand zur Abwehr zu recken, was den geschliffenen Stahl nicht aufhalten würde. »Nein!«

Kaum hatte Quent die Bewegung ausgeführt, vergingen die Finger des Matrosen zusammen mit dem Säbelgriff. Sie zerplatzten, Blut spritzte. Dann öffnete sich ein Loch in der Stirn des Mannes, gefolgt von zwei weiteren in seiner hellen Felljacke auf Höhe des Herzens.

Der Matrose kippte rücklings von der Scholle und platschte ins Wasser.

Quent sah auf seine Hand. *Wie habe ich das gemacht?*

Unvermittelt kniete sich eine ältere Frau mit silbernen Haaren neben ihn, die für einen Ausflug in diese Gefilde viel zu dünn angezogen war. Harnisch, Waffenrock, Stiefel, Unterkleid, aber weder Mantel noch Mütze. »Bist du Quent?«, fragte sie angespannt.

»Ja.« Er starrte sie an. »Woher kommst du?« Dann glaubte er zu verstehen. »Du bist Thýguda! Du bist gekommen, um mich …«

»Ich suche das Grüne Herz, Quent. Wo hast du es?«

Die Erwiderung verwirrte ihn. Daher wusste er nichts zu sagen.

Fannia machte einen Schritt auf ihn zu, und die ältere Kriegerin richtete sogleich ihre Pistola auf sie. Die strohblonde Matrosin reckte die Arme. »Nein, nicht schießen! Ich bin eine Freundin von Quent«, haspelte sie. »Nie würde ich ihm etwas antun.«

»Und jetzt schon gar nicht mehr, weil ich erschienen bin«, erwiderte seine Retterin. »Du achtest auf ihn. Wenn ich zurückkomme und er ist tot, hat es Folgen für dich.«

»Großfürstin!«, erklang der Ruf von weiter weg. »Zu mir! Wir müssen uns erst um diese Bestie kümmern, sonst sterben wir.«

»Ein Khitaylon«, murmelte Quent. »Es ist ein Khitaylon.«

Die ältere Kriegerin fuhr ihm mütterlich durch die braunen Haare. »Was haben sie dir angetan, Junge.« Sie erhob sich. »Du wirst überleben. Und leben. Dafür sorgen wir.« Dann sprang sie mit einem großen Satz auf die nächste Eisplatte, wo ein Mann mit einer umgehängten Trommel stand. »Dafür sorgen wir.«

»Hast du ihr Insigne gesehen? Das … das ist die Klinge des Schicksals! Deiwos sandte sie zu unserer Rettung!« Fannia kam zu Quent und zog ihn näher an das Feuer, das nichts von seiner Intensität verloren hatte. »Vergiss nicht, dass ich die anderen überredete, dich nicht zu töten.«

Quent hatte es nicht vergessen.

Sein Blick fiel für einen Moment auf seine unterschiedlich langen Beinstümpfe. Er hatte gar nichts vergessen, sosehr er es sich wünschte.

***

Danèstra begab sich an Slahans Seite und blickte hinauf zum Kopf des Khitaylon. *Das ist wahrlich meine größte Herausforderung.*

Die überlangen Tentakelarme peitschen auf die Schollen ein und zerschlugen sie. Zwei in Fell gekleidete Menschen flogen durch die Luft und wurden von den Hieben erwischt; ihre Schreie verstummten sogleich.

»Ein Freund des Trommelns, wie mir scheint.« Slahan ließ die Stöcke bereits über die Bespannung tanzen. »Da kann ich mithalten.«

»Wie lange werdet Ihr benötigen, um einen Zauber zu erschaffen, der uns den Khitaylon vom Hals schafft?« Sie fand es passender, ihn nicht länger zu duzen. Er gehörte zu ihrer Truppe, zu einer ehrenwerten Gemeinschaft für das Gute.

Rechts und links neben ihnen tauchten Ilreen, Vytain und Iradias auf. Sie hielten ihre Büchsen und Waffen einsatzbereit, während drei weitere Matrosen Opfer der mastdicken Fangarme wurden.

Thirío grollte und betrachtete misstrauisch das Wasser. Es war kein Element, das ihm lag, weder in der einen noch in der anderen Form.

»Ganz wird es mir nicht gelingen. Dafür ist meine Trommel zu klein. Aber es wird ausreichen, um ihn zu schwächen. Den Rest müsstet Ihr erledigen, Großfürstin.«

»*Wir*«, verbesserte Vytain und betrachtete den Khitaylon durch das Zielfernrohr. »Ein Elec-Geschütz hätten wir mitnehmen sollen. Schon die Augen sind so gewaltig, dass meine Geschosse ihm wie Nadelstiche vorkommen, aber nicht wie tödliche Treffer.«

»Beim nächsten Mal«, meinte Ilreen und hielt ihr magisch aufgeladenes Kurzschwert bereit. »Heute muss es uns auf diese Weise gelingen.«

»Was würde Tintenfain wohl geben, könnte er uns sehen und darüber schreiben?« Iradias prüfte die Druckanzeige seiner Windbüchse.

Danèstra zog ihr Schwert voller Entschlossenheit. »Dann fangt an, Slahan. Wir halten uns bereit, um dem Khitaylon den Rest zu geben.«

Der blauhaarige Kriegstrumer begann einen neuen Takt, und die Symbole auf dem Fell erhielten einen goldbraunen Schimmer, die Spitzen der Stöcke glommen leicht. Sein rotes Bärtchen wurde illuminiert, schien zu einer erstarrten Flamme am Kinn zu werden.

»Wie gehen wir vor?«, wollte Iradias aus dem Hutschatten wissen. »Ich hätte nie gedacht, dass ich mal einem Khitaylon gegenüberstehe.«

»Keiner von uns.« Ilreen deutete in die Höhe. »Die Panzerung sieht dick aus. Wie bei Krebsen. Aber er hat Kiemen. Am Hals.«

Danèstra glich das Schwanken der Scholle aus, die zerschlagenen Stücke der Platte trieben beständig auseinander. »Bei Fischen zumindest sind die gut durchblutet. Wenn die Verletzungen stark genug sind, wäre es das Ende der Bestie.«

Ilreen schaute auf ihr Kurzschwert und wog es in der Hand. »Es wird eine gehörige Arbeit, sich durch die Haut zu schneiden. Trotz Magie.«

»Iradias und ich öffnen euch mit guten Treffern ein paar Löcher«, sagte Vytain. »Dafür reichen die Kugeln und Projektile aus.«

Danèstra sah sich bereits durch einen Schnitt im Hals in den Schädel des Khitaylon kriechen, um das Hirn zu zerteilen. »Denkt dran: Keine Fehler. Diese Tentakel sind schnell und tödlich.«

Slahan hatte seinen Zauber weit genug vorbereitet, um ihn gegen den Khitaylon zu senden. Mit einem abschließenden Wirbel, gefolgt von einem Doppelhieb, riss er die Trommel in die Höhe und schwenkte sie in Richtung der Bestie.

Die Zeichen auf der Bespannung erstrahlten und lösten einen Lichtkegel vom Radius des Fells aus, der gleich einer Lanze durch die Dämmerung schnitt und auf das Scheusal zuflog.

Der Trumerzauber traf den Khitaylon gegen die gepanzerte Brust und schälte die schützenden Segmentschichten ab. Die gerösteten Schalenstücke wurden rot und fielen herab, Dampf stieg auf. Das Monstrum gluckerte in tiefen Tönen und geriet ins Wanken. Das freigelegte bläuliche Fleisch garte und färbte sich schwarz.

»Schießt!«, befahl Danèstra und hob ihr Fernglas vor die Augen.

Iradias und Vytain ließen Kugeln und Bolzengeschosse gegen die Kiemen des Gegners regnen. Die Einschläge schlugen große Wunden, aus denen das weiße Blut in Strömen floss und über die schwarzgraue Panzerung und die Haut rann.

Der Khitaylon griff mit den Tentakeln um sich und suchte Halt, dann kippte er nach vorn. An den verletzten Kiemen entstanden Luftblasen und weißlicher Schaum.

Vytain und Iradias behielten den Beschuss bei, wechselten nacheinander die Magazine und stanzten weitere Löcher in die Atemwege der Bestie.

»Achtung! Einschlag!«, rief Danèstra und spreizte die Arme, um das Gleichgewicht besser halten zu können, sobald die ersten Wellen die Eisschollen anhoben. Thirío bellte warnend.

Der Khitaylon prallte teils auf die Eisflöße, teils auf die Wasseroberfläche und erzeugte eine stattliche Woge, die sich Schritt um Schritt auftürmte. Blindlings schlug er mit den Tentakeln um sich und peitschte das Meer zusätzlich auf.

Danèstra sah die Welle kommen. *Keinesfalls darf einer von uns ins Wasser fallen.* Sie wischte sich das Spritzwasser aus den Augen und glich das Schlingern aus. Die überschwappenden Wogen machten die Scholle unvermittelt rutschig. Sie stürzte und rammte ihr Schwert ins Eis. »Festhalten!«, schrie sie nach rechts und links.

Ilreen stand noch, die flinke Späherin kam am besten zurecht. Sie hielt Vytain an der Electorum-Waffe fest, während Iradias sich mit langen Sprüngen über die Schollen auf den Khitaylon zubewegte, als könnte er das riesige Monstrum allein mit seiner Windbüchse und dem Unterlaufdolch erlegen. Dann verschwand er in einem Wellental.

Slahan balancierte behände auf seiner vergänglichen Insel. Er gestikulierte, unter diese Bedingungen keinen weiteren Zauber weben zu können.

»Thirío, geh zu Quent. Achte auf ihn. Du kannst hier nichts ausrichten.« Danèstra riss ihr Schwert aus dem Eis. *Dann eben auf die althergebrachte Weise.* Sie ließ sich über die Scholle rutschen, kam dabei auf die Füße und drückte sich an der Kante ab.

Sie flog in hohem Bogen über die nächste Woge und landete sicher auf einer Platte, das Schwert erneut als Anker nutzend. *Wo steckt das Biest?* Der Khitaylon lag halb auf dem Eis und halb im Wasser. Rund um die Kiemen hatte sich weißgelber Schaum gebildet, die tiefen gluckernden Töne brachten die Oberfläche des Meeres zum Beben.

Er erstickt! Danèstra erhob sich und hielt nach Iradias Ausschau. Er blieb verschwunden. *Ich hoffe, er stürzte nicht ins Wasser. Das wäre sein Tod.*

Ein Tentakel schoss heran, auf ihre Scholle zu.

Danèstra entging dem Schmetterhieb, der das Eis zertrümmerte. *Er stirbt zu langsam. Bis dahin kann er uns zehn Mal getötet haben.* Sie musste näher an den Khitaylon gelangen und ihm heftiger zusetzen.

Danèstra sprang von Scholle zu Scholle. Von rechts näherte sich

Ilreen, deren Sprünge wesentlich eleganter wirkten. Iradias kniete auf einer dümpelnden Platte, die Windbüchse im Anschlag und den grünen Hut unverrückbar auf seinem Kopf. Schuss um Schuss setzte er in die Kiemenwunden, dann fiel das helle Pfeifen von Vytains Electorum-Büchse mit ein.

Der Khitaylon schlug um sich und erschuf neue Wogen. Er stemmte sich auf seine Fangarme und drückte sich langsam in die Höhe, während er in die Knie ging. Die Muskeln spannten sich.

»Er macht sich zum Sprung bereit!«, warnte Danèstra und rannte zu der Bestie, vorbei an den mächtigen Tentakeln und erreichte den Hals, der zwei Schritt über dem Boden schwebte. Die Geschosse sirrten über ihren Kopf hinweg und stanzten sich tiefer in die verletzlichen Kiemen, aus denen das weiße Blut in dicken Strahlen rann wie bei einem missglückten Fassanstich.

Wenn er springt, ist es aus. Keine zehn Herzschläge überleben wir im eisigen Mhuir Amant. »Auf seine Knie«, brüllte sie zu Vytain und Iradias. »Zielt auf seine Kniescheiben!« Dann drückte sie sich mit aller Kraft vom Boden ab, katapultierte sich in die Höhe. Im Flug schoss sie mit ihrer Pistola in die zerfledderten Kiemen und ließ die Waffe fallen, um in der Abwärtsbewegung einen beidhändigen Schwerthieb von oben nach unten zu führen.

Die Schneide zerteilte das weiche Gewebe und öffnete eine bis dahin gut verborgene Ader. Der Druck, mit dem das weiße Blut heiß gegen sie sprühte, schleuderte sie zurück. Der Khitaylon röhrte auf, und der dunkle, leidvolle Ton rüttelte ihre Eingeweide durch, ihr Herz geriet aus dem Takt.

Danèstra prallte gegen etwas Hartes, rutschte daran herab und wurde von zwei starken Armen aufgefangen. Sie wischte sich das nach Fischtran stinkende Blut aus den Augen und sah verschwommen Ilreen vor sich, die sie sogleich weiterzerrte. »Fort!«

Die beiden Frauen stolperten und rannten weg von dem Khitaylon, der mit zerschossenen Gelenken einknickte und zwischen die Eisschollen fiel. Blubbernd und brodelnd versank er im Meer, die Fangarme fuchtelten suchend umher, wollten die Menschen mit in die Tiefe ziehen. Nach einem letzten Schäumen kehrte Ruhe an der Oberfläche ein.

Keuchend standen Danèstra und Ilreen auf einer schwankenden Platte und hielten sich gegenseitig an einem Arm fest.

»Geschafft?« Ilreen beobachtete skeptisch das Meer. »Oder nimmt die Bestie einen letzten Anlauf?«

Danèstra suchte mit dem Fernglas nach ihrer Truppe. Zu ihrer Erleichterung fand sie Vytain, Slahan und Iradias, wenn auch weit verteilt auf den Eisschollen. »Wir werden viel hüpfen müssen, um zu Quent zu gelangen.« Sie richtete die geschliffenen Gläser auf das Feuer, neben dem der junge Mann und die Matrosin saßen. Thirío hielt Wache, die blauen Augen auf seine Herrin gerichtet.

»Niemand sollte dabei ins Wasser fallen.« Ilreen trug wie sie alle zu wenig Kleidung für die eisigen Temperaturen. »Aber vom Springen wird uns warm.«

»Dann los.« Danèstra machte den Anfang, die Kundschafterin folgte.

Es dauerte lange, bis sich alle auf der Scholle rings um das Feuer eingefunden hatten. Sie schnauften von der Anstrengung, zugleich gefror ihr Schweiß auf der Stirn. Geistesgegenwärtig hatte Iradias auf seinem Weg zwei verloren gegangene Pelzmäntel eingesammelt. Rasch wurden sie zerschnitten, damit jeder von ihnen wenigstens den Oberkörper gegen den Winter schützen konnte.

Danèstra begab sich zu Quent, der mit abwesendem Blick in Fannias Schoß lag. Das Feuer brannte inzwischen kleiner, es gab nichts mehr, um die Flämmchen zu füttern. Bis auf den Sarg, in dem Quent seinen toten Meister durch Nankān gefahren hatte.

»Wir haben dich vor dem Monstrum gerettet, mein Junge«, sagte Danèstra freundlich und zerlegte den Deckel der Totenkiste mit einem einzigen Schwertstreich.

»Nein!«, begehrte er schwach auf. »Nicht! Darin reist doch Meister Calostro!« Quent wollte sie daran hindern, die zerschlagenen Bretter ins Feuer zu werfen.

Fannia hielt ihn zurück und versuchte, ihn zu beschwichtigen.

»Quent, wir sind hier, weil wir etwas suchen«, begann Danèstra und kniete sich neben ihn. *Er ist kaum älter als Mabian.*

»Ich dachte, Ihr suchtet mich? Weil Mabian Euch sandte, um mich …«

»Wir suchen dich, weil du etwas bei dir trägst, das nicht dir gehört«, unterbrach sie ihn und legte ihm aufmunternd eine Hand auf die Schulter. »Das Grüne Herz.«

Er machte große Augen und zeigte ehrliche Verwunderung. »Was soll das sein, das Grüne Herz?«

»Ein Artefakt. Ein Smaragd, in dem ein Stück Gold eingeschlossen ist.« Danèstra betrachtete Fannia, die genauso überrascht wie der junge Mann aussah. »Es ist verschwunden. Von der Stelle, an der du und Calostro in die Mine gestiegen seid. Die vielen Bestien griffen an, um das Grüne Herz gegen den Raub zu verteidigen.«

»Niemals! Ich habe kein …«

»Du hast es Mabian berichtet.« Danèstra sah zu Ilreen, Vytain und Iradias, welche die Durchsuchung der wenigen Habseligkeiten abgeschlossen hatten und die Köpfe schüttelten. Den Sarg hatten sie umgedreht, die darin verbliebenen Mumienstückchen, Innereiengefäße und Stofffetzen gründlich durchstochert. »Hast du es versteckt, mein Junge?«

»Ich habe so etwas nicht!«, rief Quent aufgeregt. »Ich bin kein Dieb.«

Danèstra umfasste sein Gesicht behutsam, doch entschieden und zwang seinen unsteten Blick zu ihren blauen Augen. »Hör mir zu, mein Junge. Wir haben es in der Hand, den Kampf zwischen der Wildnis und den Menschen zu beenden. Aber finden wir das Grüne Herz *nicht*, ist es vorbei. Mit Yarkin. Mit Nankān. Mit allem, was darauf lebt.«

»Was?«, entfuhr es Fannia entsetzt.

Es ist an der Zeit. Danèstra winkte ihre Begleiter zu sich ans Feuer. »Ich erzähle euch das größte Geheimnis von Nankān.« Thirío drängte sich gegen sie, um sie zu wärmen. *Vielleicht lässt sich Quent dadurch umstimmen.* »Die Ausbreitung des Waldes geht auf ein misslungenes Experiment zurück. Einer der Magier, die in Yarkin lebten, löste anstatt eines Wachstums eine Mutation aus. Er versuchte im Geheimen alles, um die Ausbreitung seines misslungen Zaubers zu verhindern, aber er vermochte ihn nicht aufzuhalten.« Sie warf weitere Sargbretter in die Flammen. Dieses Mal protestierte Quent nicht. »Er reiste durch Yarkin, immer an den Grenzen der Ausbreitung entlang, und schleuderte Gegenzauber, die es noch schlimmer machten. Dann, nahe der Mine, missriet ihm ein weiterer Spruch, und er starb.« Sie blickte in die Runde. »Aber sein Herz verwandelte sich durch den Zauber in einen Smaragd mit Goldeinschluss. Er wurde zum Antrieb der magischen Kraft, die seither durch Yarkin pulsiert.«

»Wie das Electorum in Izozath«, warf Vytain ein. »Woher wisst Ihr das, Großfürstin?«

»Kalenia berichtete es mir.«

»Und Ihr glaubt es?« Ilreen klang sogleich feindselig.

»Es gibt keinen Grund, an ihren Worten zu zweifeln. Denn« – Danèstra malte ein Geflecht ins Eis – »dieses Herz pumpt die magische Energie wie durch Lebensadern bis in die entlegensten Regionen des veränderten Landes. Aber ohne das Grüne Herz entsteht kein Kreislauf. Jegliches Land, in das die Wildnis einmal ihre Wurzeln geschlagen hat, wird absterben. Und zerfallen. Zu Staub, der von den Winden weggetragen wird.«

»Bei Ansis«, entfuhr es Slahan. »Oh, verzeiht, Vytain. Es rutschte mir heraus.«

»Zu Staub, sagt Ihr? Damit ... müsste auch Nankān untergehen«, sagte Ilreen. »Das Meer wird die brüchige Halbinsel von Westen her verschlingen.«

Danèstra atmete tief ein und hustete wegen der Kälte. »Wir brauchen es. Rasch!«

»Verdammt, Junge! Wo ist das Grüne Herz?«, fuhr Iradias den jungen Mann an und spie einen braunen Tabakstrahl vor ihn ins Weiß.

»Ich habe nichts gesehen, was dem gleicht«, entgegnete Quent schwach. »Ich schwöre es! Ich brachte die Leiche des Meisters aus der Mine.«

»Hast du seine Kleidung untersucht?«

»Da war keine Kleidung mehr. Ein Feuer vernichtete sie.«

»Er lügt«, sagte Vytain. »Weil er sich vor der Strafe fürchtet.«

»Nein, ich lüge nicht!«, begehrte Quent auf. »Weswegen? Damit ich sehe, wie Nankān untergeht? Was hätte ich davon?«

»Niemand hat etwas davon. Weder die Menschen noch die Wildnis.« Danèstra schloss die Augen. Wenn das Grüne Herz nicht bei Quent war, musste es an einem anderen Ort sein. *Vielleicht kann ich hinspringen. Ich konnte auch zu Quent springen.* Sie konzentrierte sich. »Ich versuche es.«

Sie spürte eine Hand auf ihrer Schulter. Ihre Truppe hielt Verbindung zu ihr, um an den anderen Ort mitgezogen zu werden.

Zum ersten Mal war es Danèstra gelungen, ein selbst gewähltes Ziel zu erreichen; ganz ohne Schlaf, sondern in einem Zustand von großer geistiger Konzentration.

Ilreen hatte es Trance genannt und ihr erklärt, wie sie herzustellen war. Die Priester in Marwarod nutzten diese Technik, um Zeichen von Deiwos zu empfangen. Mehrere Tage hatten die Frauen es geübt, bis es schließlich gelang. Ohne ein Anzeichen. Ilreen vermutete, dass Danèstra bislang unbewusst beim Einschlafen in den Zustand der Trance gekippt war.

Das zeigte Danèstra, dass ihr Springen eine Form magischer Kraft war. *Um diese Fertigkeit näher zu erforschen, ist später noch Gelegenheit.*

Doch es klappte nicht. Nicht in diesem Moment.

Es gab kein Kribbeln, keinen verlangsamten Herzschlag und keine Andeutung von veränderter Wahrnehmung.

Ich bin nicht ruhig genug.

»Gut.« Danèstra öffnete die Lider. »Es lässt auf sich warten. Der Kampf hält mich innerlich zu wach.« Sie reckte die Hände gegen die Flammen. »Vorschläge, was wir unternehmen?«

»Ihr versucht es am Abend wieder.« Ilreen nahm ein Brett und arrangierte die verkohlten Reste in der Feuerstelle neu. Dabei erzeugte das Holz einen Ton, als wäre es an einen Stein geschlagen.

»Wartet.« Danèstra erbat sich das Brett und wühlte im Gemisch aus Asche und Matsch auf dem Schild herum. »Da war etwas.«

Zuerst rollte der blanke Schädel des Magiers heraus, der von der Hitze gesprungen war.

»Unschöner Anblick.« Slahan nahm sich auch eine Holzlatte und half ihr beim Suchen.

Schließlich schob Danèstra einen verschmierten Gegenstand mit ungewöhnlichem Ton aus der Feuerstelle. »Da ist es.« Rasch rieb sie ihn mit einer Handvoll Schnee ab.

Darunter kam ein Smaragd zum Vorschein, mit einem goldenen Einschluss.

»Das Grüne Herz«, raunte Danèstra erleichtert.

»Wie kommt es ins Feuer?« Iradias' Schattengesicht wandte sich zu

Quent. »Ha, Bursche! Du hast es hineingeworfen, damit wir es nicht finden!«

»Nein! Ich sagte doch, ich bin kein Dieb!«, rief Quent. »Ich weiß nicht, wie …«

Danèstra legte dem jungen Mann beruhigend die Hand auf die Schulter. »Du hast recht. Du bist kein Dieb. Entschuldige, dass wir dich verdächtigten. Dein Meister hat das Artefakt gestohlen und es auf der Flucht vor den Bestien hinabgewürgt, um es vor ihnen zu verbergen. Und dann hast du seine Leiche nichtsahnend zum Balsamieren gebracht.« Sie warf das Brett ins Feuer. »Damit hast du das Grüne Herz durch Nankān gefahren, ohne zu wissen, welche Fracht du bei dir trugst.«

»Skamata, die Crocodyle, der Khitaylon«, zählte Ilreen auf. »Sie haben ihn deswegen angegriffen?«

»Nicht zu vergessen die Augenfresser und die Nebelaffen.« Danèstra nickte. »Kalenia sagte mir, dass das Grüne Herz ein Schutzverhalten bei wilden Bestien auslöst.«

Vytain hob sogleich seine Electorum-Büchse und stand auf, blickte durch das Zielfernrohr. »Nichts«, sagte er dann erleichtert. »Weiß jemand, was in Mhuir Amant noch alles lebt, was uns das Grüne Herz nehmen möchte?«

»Zu viel, fürchte ich«, antwortete Ilreen. »Dann sollten wir das Artefakt mal zurückbringen.«

»Und das Ende der Feindschaft einläuten.« Danèstra fröstelte und zog sich den halben Mantel enger um die Schultern. »Wir haben es in der Hand.« Sie hielt das Grüne Herz vor die ersterbenden Lohen. Das sich darin spiegelnde und tanzende Licht ließ den Stein mit dem Einschluss wunderschön und überirdisch wirken.

Ich hoffe, mir gelingt der Sprung. Um sie und ihre Truppe sowie Quent und Fannia stand es nicht gut. Kein Feuer, nichts zu essen, kaum mehr Schutz gegen die Kälte und auf einer Eisscholle mitten im offenen Meer. Dazu drängte die Zeit, bevor Yarkin zu Staub zerfiel und Nankān dem Untergang preisgab.

Danèstra schloss die Augen und konzentrierte sich auf Kaltensee.

***

Dann wird mir vorgeworfen, ich habe keinen Stil.

Wissen diese Menschen denn, woher dieser Ausdruck kommt? Ich würde jede Wette eingehen, dass sie es nicht wissen. Wenn sie nicht mal wissen, wo die Wurzeln des Stils sind, können sie meinen Stil nicht kritisieren.

Aber ich werde immer die Romantik als meinen Stil bezeichnen.

Aus: Über die Romantik
Gespräche mit Mahetian Tintenfain

Kapitel XXIII

Kalenia und Mabian saßen dick in Mäntel eingepackt auf einer Bank im Hof und genossen die Sonnenstrahlen, die aus dem blauen Himmel fielen. Sie reichten aus, um Wärme auf dem Gesicht zu fühlen, auch wenn es ansonsten bitterkalt blieb; neben ihnen brannte ein kleines Feuer in einer Eisenwanne.

»Hast du noch Fragen zu Treydania?«, sagte sie.

»Unendlich viele.« Mabian gefiel es, Wissen zu erlangen, ohne sich erneut in Gefahr begeben zu müssen. Das erlebte und erlittene Abenteuer reichte ihm bis ans Lebensende aus. Er hörte die Wahrheit in Kalenias Erzählungen, die das Leben in Treydania weniger als gefährlich, sondern als anregend und anders beschrieb. Sofern man zur Wildnis gehörte.

Jeden Tag sprachen sie über Treydania, über die Geschöpfe, die darin lebten, über die Früchte, die an den Bäumen und Pflanzen gediehen, und, und, und.

»Aber für heute soll es ausreichen.« Nicht nur, dass er die Nähe von Kalenia angenehm fand, die Unterhaltungen dienten ihm als Ablenkung. Sein kaputtes Bein war von zwei Medizi begutachtet und behandelt worden, die Drähte entfernt. Sie hatten ihm geraten, die Nägel vorerst in den Knochen zu lassen. Es gab nur wenige Zauberer, die sich auf derart komplizierte Heilungssprüche verstanden, um derlei Schäden restlos zu beseitigen, und diese mussten erst gefunden werden.

»Danke, dass du mir davon erzählst.« Mabian nahm ihre Hand und drückte sie.

Kalenia lächelte. Abgesehen von den langen schwarzen Haaren und dem fehlenden Schwangerschaftsbauch war sie nicht von der echten Köhlerstochter zu unterscheiden. »Du bist der Einzige, der danach fragt. Für die anderen bin ich ein Dämon der Finsternis.«

»Wenn dies deine Verkleidung ist, habe ich nichts dagegen.«

Sie strich ihm über die Hand und sah ihm fest in die Augen. »Du weißt, dass ich nicht jene Kalenia bin, in die du dich verliebt hattest. Ich habe ihre Gestalt durch einen Zauber angenommen. Mehr nicht.«

Mabian nickte. »Ich weiß. Den Fehler, in dir einen Ersatz zu sehen, werde ich nicht begehen.« Er errötete. *Hoffentlich merkt sie nicht, dass …*

»Das ist ein bisschen gelogen.«

»Geflunkert.« Er seufzte und ließ die Hand der jungen Frau los. »Du bist eine Gestaltwandlerin, und …«

»Nein.«

Er runzelte die Stirn. »Nein? Aber …«

»Ich bin eine Treyda und änderte meine Gestalt durch einen permanenten Zauber, aber ich bin keine Gestaltwandlerin, wie wir sie nach Saīka Vigoria schickten. Und mein wahrer Name ist Rouva.« Sie schloss die Augen und drehte ihr Gesicht in die Sonne. »Ich liebe diese Jahreszeit. Sie macht alles langsamer. Friedlicher.«

Rouva. Der Winter in Uthalosa zeigte sich unerbittlich. Eisblumen prangten an den Fenstern, Schnee war in der Nacht gefallen und hatte eine weiße Decke über Dächer und das Land gezogen. Aus den Schloten des Haupthauses sowie der Gäste- und Gesindegebäude zog der Rauch ununterbrochen, Öfen sorgten im Innern für Behaglichkeit.

Rouva. Nicht Kalenia. »Ich habe sie verloren.«

»Das hast du. Und es wird noch lange schmerzen. Sie mag nicht nach den Gesetzen Nankāns gehandelt haben, als sie Jagd auf ihre Vergewaltiger machte. Aber jeder verstand, warum sie es getan hat. Sogar deine Mutter.«

Sie lächelte. »Aber ihre Gestalt behalte ich vorerst bei. Vielleicht wäre es geschickt, eine Geschichte zu erfinden, dass Kalenia ihre Wunde überlebte und *sie* als Köhlerstochter nach ihrer Genesung zwischen den Menschen und den Treyden vermittelt. Daraufhin wird sie begnadigt und kann verschwinden. Es mag Nankāns Bewohner beruhigen. Niemand muss die Wahrheit wissen.«

Mabian fand den Vorschlag exzellent. »Das werde ich mit Mutter besprechen!«

»Tintenfain wird die Geschichte der tapferen Köhlerstochter lieben. Er wird es mit seinen Heftchenromanen schneller auf Nankān verbreitet haben als die Ausrufer der Mächtigen.« Rouva lächelte in die Sonne. »Und alle sind zufrieden.«

»Wieder eine ausgezeichnete Eingebung!«

»Du siehst: Wir Wesen aus Treydania sind alles andere als dumm und einfältig. Oder hässlich.«

»Das vermag ich bei dir nicht zu sagen, da du das Äußere einer Toten trägst.«

»Es kommt der Tag« – sie öffnete die braunen Augen und blickte ihn an –, »da begegnen wir uns ohne Maskerade, Mabian. Vielleicht gefällt dir das, was du dann siehst, sogar besser? Und ich kann dir Rouvas Geschichte erzählen. Die ist nicht weniger dramatisch als deine.«

Mabian seufzte. *Ein Trugbild.* Im Moment freute er sich darüber, Kalenias Züge zu sehen, so unsinnig es auch war. Sein Verstand hatte längst begriffen, dass seine Liebste in der Schildhalle gestorben war. Den Hals mit eigener Hand aufgeschlitzt. Aber ein anderer Teil wollte sie noch nicht gehen lassen. *Das wird er nie.*

Aus dem Gästehaus trat Baron Motberth, der Abgeordnete Kerkorias, ein kleiner, pummeliger Mann im Großvateralter, dessen Rüstung mehrmals mit Einlässen versehen worden war, um den Bauch aufzunehmen; die Flickstücke schimmerten verräterisch heller als der Rest des Harnischs. Er war der Großonkel des Prinzen Dinhold und mit der größten Eskorte erschienen, wobei die Hälfte aus Dienern und Pflegerinnen bestand, die sich um das Wohl des alten Recken kümmerten.

Motberth warf sich den purpurfarbenen Mantel über und setzte den gefütterten Helm auf, bevor er zusammen mit einer Gruppe von zwanzig Wachen auf Mabian und Rouva zukam.

»Es sieht aus, als würde er uns festnehmen wollen«, witzelte Mabian.

»Zuzutrauen ist es allen Mächtigen«, erwiderte sie und blieb entspannt sitzen. »Sie halten mich für ihre Feindin. Und dich inzwischen für meinen Verbündeten, nein, meinen Sklaven, den ich mit den unseligen Künsten der Treyden in meinen Bann geschlagen habe. Du mit deinem armen gebrochenen Herzen.«

Mabian hatte gehofft, dass Motberth vorbeiginge, um sich die Beine zu vertreten oder einen Ausflug zu unternehmen, während sie auf die Rückkehr der Klinge des Schicksals warteten.

Aber der dickliche Mann mit dem affektierten Wangenbart blieb vor ihnen stehen und grüßte derart knapp, dass es als Beleidigung durchging.

»Deiwos der Kriegerische möge uns schützen.« Das Großväterliche schwand. »Dürfte ich wohl einen Moment mit Kalenia sprechen, Meister Mabian?«

»Dürft Ihr, Herr.« Er machte eine einladende Geste. »Sofern sie mit Euch sprechen möchte.«

»Gewiss.« Rouva legte ihre Hand auf Mabians Schulter. »Wir werden einen Zeugen dabeihaben, Herr. Am Ende entstehen möglicherweise Missverständnisse, die wir mit Mabian von Tiamins Hilfe aufklären können. Ihr stimmt mir doch zu?«

Motberth rieb sich über den ausrasierten Wangenbart. »Du nennst mich einen Lügner?«

Rouva lächelte. »Nein. Ich fürchte allerhöchstens, dass aus unterschiedlichen Auslegungen von Gehörtem Unwahrheiten entstehen, Herr.«

Mabian musste das Grinsen verbergen. *Sie ist schlau.*

Motberth legte die Hände auf den Rücken, wobei der knapp sitzende Mantel aufklaffte, und betrachtete die Frau. »Du kannst nicht wissen, dass wir …«

»Verzeiht, Herr, wer ist *wir*?«, warf Mabian ein.

»Die Vertreter und die Mächtigen Nankāns«, sagte er und fuhr fort: »Dass wir uns den Kopf zerbrochen haben, wie es mit dem Ganzen weitergehen soll, sobald das Grüne Herz gefunden ist.«

»Mit Verhandlungen über ein Miteinander. Dachte ich.« Rouva verlor die übergroße Freundlichkeit.

»Reiter!«, rief die Wache vom Donjon des Ritterguts. »Eine Einheit aus Kerkoria.«

»Das sind meine Leute«, erklärte Motberth. »Ich fühlte mich mit der Kreatur der Wildnis nicht mehr sicher und sorge für meinen Schutz. Woher weiß ich, welche Kräfte dieses Grüne Herz besitzt? Es könnte uns alle vernichten! Das Gehöft wäre der perfekte Ort für ein Attentat auf die Mächtigen. Oder wie seht Ihr das, Meister Mabian?«

Da es zu spät war, den Torwachen zu befehlen, den Eingang zu schließen, sah Mabian eine zweihundert Mann starke Kavallerie auf den Hof reiten, schwer gepanzert und bis an die Zähne bewaffnet. Die Hufe entfachten ein leises Grollen, das Scheppern der Rüstungen ähnelte Kettenrasseln.

Eine Vorhut. Mabian hatte die Abzeichen auf den flatternden Wimpeln erkannt. *Der Rest der Einheit folgt noch. Was hat Motberth vor?*

Die Reiterei schwenkte herum und nahm Aufstellung auf dem Hof, Befehle wurden gebrüllt.

Die Türen und Fenster auf dem Gut öffneten sich, Gäste und Bewohner schauten, was der Lärm und der Aufmarsch zu bedeuten hatten.

»Nachdem Ihr Euch jetzt ausreichend beschützt fühlt: Was wollt Ihr von mir?«, fragte ihn Rouva. »Herr.« Die Ehrbezeugung klang nach einem Schimpfwort.

»Wozu länger einen Hehl daraus machen?« Motberth wippte auf den Fußballen, um sich wichtig und größer erscheinen zu lassen, die feisten Wangen hüpften dabei. »Wir überlegten und berieten, ob wir dich festsetzen sollten. Als Geisel. Als Faustpfand für die Verhandlungen.«

Rouva lächelte, während Mabian innerlich aufbegehrte. Aber ihre Hand auf seiner Schulter drückte leicht zu, hielt ihn zurück. »Das wäre aus Eurer Sicht nicht das Schlechteste. Ich verstehe das.« Sie sah beiläufig zur Kavallerie. »Damit habt Ihr die Gegebenheiten geschaffen.«

»Das könnte sein.« Motberth rieb seinen getrimmten Bart und konnte sein Grinsen kaum verbergen. »Und wir sprachen außerdem darüber, ob wir das Grüne Herz nicht behalten sollten.«

»Auch als Pfand. Damit das Zusammenleben funktioniert«, ergänzte Rouva. »Herr.«

Motberth bejahte. »Die Klinge des Schicksals wird das gewiss sehen wie wir.«

Mabian warf ihm böse Blicke zu. »Das entscheidet meine Mutter selbst.«

»Das wird sie ganz sicher.« Motberth deutete zur Reiterei. »Diese Männer und die zehntausend weiteren, die gerade auf dem Weg nach Kaltensee sind, werden Eure Mutter darin bestärken, die Dinge so zu sehen wie wir.«

Hätte Rouvas Hand nicht auf ihm geruht, wäre Mabian aufgesprungen und ihm an die Gurgel gegangen.

»Wie viele Faustpfänder braucht Ihr denn?«, erkundigte sich die junge Frau.

»Diese widerrechtliche Besatzung werden meine Schwestern nicht hinnehmen!«, sagte Mabian mit Nachdruck. »Und der Kaiser ebenso wenig.«

»Ich weiß, dass die Familie von Tiamin sehr, sehr schlagkräftig ist«, erwiderte Motberth. »Aber dieses Rittergut ist nicht uneinnehmbar. Ich hatte Zeit genug, die Schwachstellen herauszufinden, sollten Eure Schwestern es auf einen Kampf ankommen lassen. Und begeht nicht den Fehler anzunehmen, dass die kerkorianische Kavallerie ausschließlich im Sattel zu kämpfen versteht. Euren Donjon kann ich einreißen.«

Auch Mabian bezweifelte, dass sie gegen zehntausend bestens ausgebildete und bewährte Soldatinnen und Soldaten bestehen konnten. Elayionische Marodeure zu schlagen war dagegen ein Kinderspiel gewesen.

»Ich versichere Euch, dass Ihr keinerlei Pfand oder Geiseln benötigt.« Rouva verlor nicht für ein Blinzeln die Fassung. »Herr.«

Sie hat etwas in der Hinterhand. Mabian erhob sich dennoch langsam. Er sah sich in der Pflicht, die Interessen seiner Mutter zu vertreten, solange seine Schwestern nicht vor Ort waren.

Motberth ließ die Arme locker am korpulenten Körper herabhängen, was ihm das Äußere einer dicken, übergroßen Spielpuppe gab. »Du wirst bleiben. Das Grüne Herz auch. Bis die Verhandlungen abgeschlossen sind und darüber hinaus. Für eine Frist von zwei Gemeinjahren.«

»Baron Motberth. Sie haben Euch zum Sprecher gemacht?« Mabian entlastete sein schmerzendes Bein. »Wo sind die anderen? Wo ist König Bhratigäion?«

»Ich nehme nur vorweg, was sein muss.« Motberth gefiel sich in seiner Rolle.

»Wollt Ihr nicht wissen, was ich dazu sage?« Rouva setzte sich bequemer hin und reckte die Hände gegen das Feuer. »Herr.«

Der Baron wippte wieder auf den Ballen. »Es wird nichts ändern.«

»Doch. Es sei denn, Ihr wollt, dass Nankān untergeht. Mit Mann und Maus.« Sie sagte es mit einer Ruhe, die Mabian Angst einflößte.

»Drohungen nutzen nichts!«, rief Motberth.

»Oh, ich rede nicht von Angriffen, von Zaubern, von Flüchen und von Bestien, die über Eure Reiche hereinbrechen.« Rouva langte neben dem brennenden Holz in die warme Asche und blies sie von den Fingerspitzen. »Seht Ihr das, Baron Motberth?«

Er wedelte die Flöckchen weg von sich, damit sie seinen Mantel nicht beschmutzten. »Was soll der Unfug?« Etwas Grau hatte sich im Backenbart festgesetzt.

»Das blüht Nankān, wenn das Grüne Herz nicht an seine Stelle zurückkehrt.« Rouva rieb den Rest des flüchtigen Graus am Schnee ab. »Das Land wird zu Asche. Denn das Artefakt hält den Kontinent zusammen.« Besonnen erklärte sie dem erschrockenen Motberth und dem staunenden Mabian, was es mit der Veränderung der Natur und dem magischen Smaragd auf sich hatte. »Damit wir uns verstehen, Herr: Erste Küstenbereiche im Westen lösen sich bereits auf. Ohne die Energie verliert die Erde ihre Substanz. Das Meer spült das butterweiche Land einfach davon und löst es auf, so wie eben Asche im Wasser verschwindet«, fasste sie zusammen. »Es dauert weniger als einen Mond, und Nankān wird umschlossen von Ozeanen sein, die es abtragen wie Yarkin zuvor.«

Mabian musste sich setzen. »Weiß meine Mutter das?«

»Ich sagte es ihr, bevor sie sich auf die Suche begab. Ich hielt es für angebracht.«

Motberth rieb sich derart rasch den Bart, dass er bald in Flammen aufgehen musste.

»Nun?« Rouva warf ein Scheit ins Feuer. »Wie denkt Ihr jetzt vom Pfand und dem Grünen Herzen? Ihr seht doch, dass Treyden und Menschen aufeinander angewiesen sind, verbunden im gemeinsamen Schicksal.«

»Ich überlege.« Motberth versuchte, die Hände vor der Brust zu kreuzen, scheiterte aber an seine Korpulenz.

»*Was* bei Ansis überlegt Ihr, Baron?«, fuhr Mabian ihn zornig an. »Wir haben Treydania erst entstehen lassen und danach bekämpft. Und sie senden uns Rouva, um eine Versöhnung anzustreben, damit ...«

»Oh, Ihr sprecht von Ansis, Meister Mabian? Hat die Kreatur schon Auswirkungen auf Eure Religion?« Motberth hatte das letzte bisschen

Großväterlichkeit verloren. »Ich weiß den wahren Grund, woher diese unvermutete Friedlichkeit rührt: Die Wildnis will sich vor dem Untergang retten«, spie er feindselig hervor. »Nankān steht auf massivem Stein. Da gibt es nichts, was zerfallen kann. Die Halbinsel wird sich nicht auflösen. Aber dieser verfluchte, unbewohnbare Rest, verseucht von Bestien und Wesen wie dem da, kann von mir aus versinken.«

»Ihr könnt das nicht entscheiden, Baron.« Mabian sah zu den geöffneten Fenstern und den Schaulustigen. »Der Rat der Mächtigen wird erfahren, was das Artefakt bewirkt.«

»Ich werde die Auflösung von Yarkin mit Freude in Kauf nehmen oder das Grüne Herz so lange zurückhalten, bis genug Wildnis verloren ist. Wir überwältigen den Rest und schaffen Ruhe«, widersprach Motberth. »Mein Prinz hat hundertzwanzigtausend Mann. Hundertzwanzigtausend, Meister Mabian! Damit besiegen wir die Bestien, wenn sie sich nicht mehr in den verdammten Wäldern verstecken können«, sagte er begeistert. »Die Elec-Geschütze geben ihnen den Rest. Und dann hat Nankān endlich Ruhe!«

»Habt Ihr nicht begriffen Baron? Die Ozeane werden uns wegspülen! Es ist eine Halbinsel, die ohne das schützende Festland keinen Bestand hat«, warf Mabian ein. »Was habt Ihr über die Bodenbeschaffenheit unserer Heimat gelernt? Nicht viel, wie es scheint.«

»Humbug! Alles Humbug. An der Art, wie Ihr sprecht, Meister Mabian, erkenne ich, dass Ihr deutlich unter dem Einfluss dieser Kreatur steht. Sie hat Euch bereits für sich eingenommen. Wählt Eure Feinde weise. Sonst könntet Ihr zu meinem Feind werden.« Motberth deutete auf Rouva. »Betrachte dich hiermit als unter Arrest gestellt.« Er gab ein Zeichen an die zwanzig Wachen, die ihn im Halbkreis umgaben. »Sie werden fortan auf dich achten, bei Tag und bei Nacht. Damit du nicht auf den Gedanken kommst, Kaltensee zu verlassen.« Sein Blick richtete sich auf Mabian. »Vielleicht zusammen mit dem jungen Meister Mabian, dessen Herz für dich schlägt. Aber das wird nun nicht mehr geschehen.«

»Baron! Das ist eine Ungeheuerlichkeit! Meine Schwestern …« Mabian sah sich nach Ansiwa, Dhouza, Nushira um. *Wo stecken sie?* Dann fiel ihm ein, dass sie in den umliegenden Ortschaften und Dörfern unterwegs waren, um Almosen an die Bedürftigen zu verteilen, wie es zur Winterhalbe Brauch war. *Ich bin derjenige, der gerade auf Kaltensee das Sagen hat.* Motberth hatte den Zeitpunkt genau abgepasst, um auf minimalen Widerstand zu stoßen.

»Ich legte Euch meine Gründe dar. Versteht sie oder nicht, Meister Mabian. Die Mächtigen werden es sehen wie ich. Ich nehme die sichere Entscheidung lediglich vorweg.« Motberth bedeutete der Kavallerie, abzusitzen und sich an den strategisch wichtigen Punkten des Guts zu verteilen. »Ihr werdet Eure Bediensteten anweisen, keinen Widerstand zu leisten. Sonst könnten Menschen zu Schaden kommen.«

Mabian gab seinem abwartenden Marschall neben dem Donjon ein Handzeichen, dass er die kerkorianischen Truppen gewähren lassen sollte. »Ihr nehmt das Ende unserer Heimat hin, Baron.«

»Und meiner«, fügte Rouva hinzu.

»Um das Übel zu vernichten und in Frieden zu leben. Wie es sich die Menschen auf Nankān wünschen.« Motberth legte die Hände auf den Rücken, und der Mantel klaffte erneut auf. »Ich werde gehen und die Übrigen wissen lassen, was du mir über das Grüne Herz sagtest. Ich werde sie überzeugen, meiner Sichtweise zu folgen.« Er wollte sich umwenden.

Rouva erhob sich ohne Hast. »Wisst Ihr, Baron Motberth, ich hatte gehofft, dass ich mehr Menschen finde wie Mabian. Mit Sinn und Verstand. Mit Neugier und Offenheit. Ohne Angst vor einer Veränderung, zu der ihr und wir gezwungen sind, damit beide Seiten in Frieden leben können. Und aus der Freundschaft erwachsen kann.«

»Was hast du vor?«, raunte Mabian. Dieses Mal legte er eine Hand auf ihre Schulter. »Reize ihn nicht! Es sind zu viele Soldaten.«

»Ihr denkt, ich wäre schutzlos.« Rouva richtete sich auf und erschien unversehens stolz wie eine Herrscherin, die braunen Augen auf den Baron gerichtet. »Aber das bin ich nicht. Denn ohne dass Ihr es merkt, hat das Grüne Herz vor dem Raub seine Wurzeln durch das Irrsal bis in Nankān hineingegraben. Sie reichen weit. Zwar nicht bis in den letzten Winkel, aber weit genug.« Ihre Hände vollführten eine Zeichenfolge. »Kennt Ihr die Geheimnisse dieses Bodens, Baron? Die Legenden, die sich um das Gut ranken?«

Ein lautes Scharren erklang, dem alsbald dumpfes Stöhnen und Klagen folgte.

Es kommt … aus der Erde! Mabian blickte sich auf dem Hof um.

Die gefrorene Erde und der Schnee brachen an verschiedenen Stellen auf. Vom Tod erwachte, missgestaltete Kreaturen in uralten, verrosteten Eisenrüstungen entstiegen dem Untergrund. Die menschlichen Zerrbilder sprangen aus den Mulden und liefen unter den entsetzten Schreien der Menschen an den Fenstern zu den scheuenden Kavalleriepferden, die angebunden nicht fliehen konnten. Sie rissen die zurückgelassenen Zweitwaffen und Lanzen von den Sattelhalterungen und eilten auf Rouva zu.

Mabian erkannte, was die Treyda Schauerliches zu ihrem Schutz heraufbeschworen hatte: *Alraunen-Krieger!* Er gab seinen Leuten den Befehl, sich zurückzuziehen und zu verbarrikadieren

»Ich erteile Euch eine rasche Geschichtsstunde. Vor Hunderten Gemeinjahren musste der Sohn des Gründers dieses Gehöfts den Aufstand seiner Leibwache niederschlagen. Als sie sich nicht ergeben wollten, ließ er sie hängen. An einer Eiche, die einst auf dem Hof stand.« Rouva blieb gelassen vor dem Bänkchen stehen, während ein gerüsteter Wiedergänger nach dem anderen hinter ihr aufmarschierte. Der Geruch von faulenden Kartoffeln wallte heran. »Seitdem schlummerten sie in der Erde wie Keimlinge. Alraunen-Krieger, die mir dienen. Und die nur Vorhut sind von dem, was Treydania erschaffen kann, wenn ich es will.«

Das bedeutet, dass … sich auch dieses Land auflösen wird, falls das Grüne Herz nicht an seinen Platz zurückkehrt! Mabian erbleichte. *Kaltensee wird zu Staub und von den Fluten verschlungen.*

Motberth wich vor Rouva zurück, nachdem er zunächst einen halben Schritt auf sie zugemacht hatte, als wollte er sie angreifen. Die vorrückenden Alraunen-Krieger in den rostigen Panzerungen ließen ihn und seine Gardisten zum Gästehaus wegrücken. »Verrat! Verrat!«, rief er dabei ohne Unterlass. »Auf die Wildnis ist kein Verlass. Sagte ich es Euch nicht, Ihr Mächtigen?«

»Nein, *dies* ist *Euer* Verrat, Motberth!«, schrie Mabian dagegen an. »Ihr habt den Verrat begangen. Hört nicht auf ihn!«

Rouva gab ihm einen Kuss auf die Wange. »Lass ihn. Alle werden ihm glauben, nicht mir.« Sie rief den Alraunen-Kriegern Befehle in einer unbekannten Sprache zu. »Daher tue ich das, was er tun wollte.«

»Was … was bedeutet das?«

»Dass ich mir ein Faustpfand für die Verhandlungen nehme.« Rouva setzte sich auf das Bänkchen, während die Wiedergänger in die Häuser eindrangen und sogleich Geschrei und Waffenklirren aufkam. »Wie Motberth sagte: Hier sind die Mächtigsten und Wichtigsten versammelt. Und genau sie werde ich in der Schildhalle zusammentreiben lassen. Zur Sicherheit. Bis alle verstanden haben, was es mit dem Grünen Herzen auf sich hat.«

Mabian vernahm Todesschreie. »Es sterben Leute! Leute, die …«

Rouva nickte. »Ich weiß. Ich bedaure das sehr, aber es geht nicht anders. Bis sie zur Vernunft gekommen sind.«

Mabian wich mehrere Schritte vor ihr zurück. »Ich gehe wohl besser und sorge dafür, dass man sich um die Verletzten kümmert.« Er wünschte sich seine Mutter herbei. Unverzüglich. *Damit dieser Irrsinn ein Ende hat.*

»Sei unbesorgt. Die Alraunen-Krieger werden dich nicht angreifen«, rief Rouva ihm nach. »Du bist uns ein Freund, Mabian.«

So fühlte es sich für ihn nicht an. Das Gefühl der falschen Liebe verging. In seinem Herzen erlosch die übergroße Zuneigung. Die Treyda hatte Mabian bewiesen, dass sie Rouva war.

***

Es ist zum Speien!«, fluchte Danèstra leise.

Von Sonnenaufgang bis zum -untergang hatte sie versucht, willentlich nach Kaltensee zu springen, ohne dass es ihr gelungen war. Danach war sie in einen tiefen Schlaf gefallen und wieder auf der Scholle erwacht, zusammen mit den anderen. Sicherheitshalber hatten sie sich mit einer Leine mit Danèstra verbunden.

Wenigstens das Wetter zeigte Gnade. Die Sonne schien und wärmte die Ausgehungerten. Mhuir Amant lag spiegelglatt rund um die Eisplatte, die inzwischen nicht mehr als zehn mal zehn Schritt maß. Immer wieder brachen Stücke ab, ausgelöst durch die feinen Beschädigungen im Eis.

Danèstras Truppe hielt sich tapfer. Die Männer und Frauen verließen sich auf ihre Fähigkeit, die sie aus dem Meer und aus der Lage retten würde. Sie und das Grüne Herz, von dem mehr abhing als ein Friede zwischen Menschen und Wildnis.

Was mache ich falsch? Danèstra hielt eine Hand über die Stirn, um sich auf dem Wasser umzuschauen. *Nein, andersherum: Was tat ich vorher anders?* Sie kam nicht darauf.

»Wir haben höchstens bis zum Mittag«, sagte Fannia. Sie kümmerte sich um den geschwächten Quent, der immer wieder das Bewusstsein verlor. Ihre Fürsorge rührte zu einem Teil von der Angst, dass Danèstra sie zum Verfüttern freigeben könnte. Aber eher würde die Kriegerin sterben, als das zu tun, was die Ostroivaner getan hatten. »Dann wird sich ein Sturm erheben.«

Danèstra hatte derlei befürchtet. »Woran siehst du das?«

»Eine Spiegelglätte verheißt nichts Gutes. Die Ruhe des Meeres, der blaue Himmel und die grauweißen Wolkengebilde, die von Norden aufziehen. Mhuir Amant ruht sich aus, um sich danach zu erheben. Im Winter kommen solche Eisstürme häufig vor, weil Mhuir Amant noch wärmer als die Luft ist«, erklärte Fannia. »Heftiger Wellengang wird ausreichen, um uns absaufen zu lassen, Herrin. Die Wogen werden die Scholle zerschlagen und unsere Körper in die Tiefe ziehen.«

»Na, unsere Fannia ist eine Frohnatur, was? Falls Ihr noch auf der

Suche nach zusätzlichem Ansporn wart, Großfürstin«, kommentierte Slahan, »das dürfte er sein.«

Vytain und Ilreen sagten nichts. Thirío hatte den Kopf auf die Pfoten gelegt und war der Einzige, dem es gleich zu sein schien, was sich ereignen würde.

Danèstra nahm das Grüne Herz aus ihrer Manteltasche und betrachtete es. Wenn das Artefakt normalerweise die magische Energie durch Yarkin pulsieren ließ, befand sich unter Umständen ein Rest davon in seinem Innern, den sie abrufen konnte. Magisches Herzblut, das in den Kammern lag.

Hat meine Fertigkeit überhaupt etwas mit Magie zu tun? Danèstra rieb mit dem Daumen über den Smaragd, der im Sonnenlicht schimmerte, und das Gold darin leuchtete auf. *Ich werde es herausfinden müssen.* »Ich versuche es ein weiteres Mal«, kündigte sie an.

Ihre Truppe nickte.

Danèstra rief sich das Gehöft vor Augen, ihre Töchter, ihre Enkel und Schwiegersöhne, ihren Sohn, die Delegationen aus ganz Nankān, die ihrer harrten und hofften. Wieder und wieder sagte sie sich, wie wichtig ihre Rückkehr war; wie sehr Gedeih und Verderben von ihr abhingen.

Gedeih und Verderben, repetierte sie unaufhörlich – und fiel darüber in Trance.

Die Geräusche um sie herum veränderten sich, wurden dumpfer, und auch das Licht verlor an Intensität. Ihr wurde kalt, der Herzschlag verlangsamte sich.

Bis der Muskel unvermittelt anhielt. Eisiger Wind peitschte Danèstra ins Gesicht, Hagelkörner bissen in ihre Haut und brachten die mühsam hergestellte Trance ins Wanken. Der Untergrund, auf dem sie saß, neigte sich steil abwärts und rutschte voran. Gischtschaum landete auf ihren Lippen.

Nein! Ich darf nicht … Mit dem ersten klaren Gedanken wusste Danèstra, dass sie aus dem Dämmerzustand geraten war. Sie öffnete die Augen und fand sich inmitten eines tobenden Mhuir Amant wieder. Ohne dass sie es bemerkt hatte, hatte sich das friedliche Meer in eine aufgewühlte See verwandelt, die nach Vernichtung trachtete. Ihrer Vernichtung.

Die Truppe saß dicht um sie herum und klammerte sich an der Scholle fest, die winzig klein geworden war. Mhuir Amant hatte sie zu zwei Dritteln aufgefressen.

»Großfürstin! Ich will nicht drängeln, aber«, rief Slahan und hielt seine Trommel mit der freien Hand, »aber wir müssen weg. Könntet Ihr das dem Grünen Herzen sagen? Bitte?«

Danèstra vermochte nichts zu erwidern. Ihr eigenes Herz stand still, ihre Atmung blieb aus. Es schien nicht gut zu sein, mitten in der Trance geweckt zu werden.

Ein stechender Schmerz breitete sich in ihrem linken Arm aus, kroch in die Schulter und über ihre gesamte linke Körperhälfte. Ihr wurde schlecht, Schwindel bemächtigte sich ihrer.

Ich ... ich sterbe, dachte sie fassungslos.

Das Artefakt in ihrer Hand war warm und heiß, ihre eisigen Fingerkuppen schienen ein Pulsieren zu spüren, was nicht sein konnte. Ein Smaragd blieb ein Smaragd, hart und unbeweglich.

Allmählich verlor die Umgebung die Farbe. Danèstra sah einen schwarzen Vorhang, der sich von oben vor ihre Augen schob, und sie sackte zusammen.

Das Letzte, was sie wahrnahm, war das Brechen der Eisscholle und dass Quent unbemerkt von den anderen die Leine der Matrosin durchtrennte und ihr einen Stoß verpasste, sodass sie über den Rand ins Meer fiel. Fannias erschrockener Ruf wurde vom Wasser erstickt, das in ihren offenen Mund schwappte.

***

Nankān, im Süden des Kaiserreichs Uthalosa,
Rittergut Kaltensee, Winter

Zurück!«
Der gerüstete Wiedergänger hielt inne. Rote Tropfen glitten über die Panzerung und klatschten in die roten Pfützen zu seinen Füßen, wo ein Dutzend toter kerkorianischer Gardisten lag. Der Alraunen-Krieger in der korrodierten Eisenrüstung hatte sie mit einem Speer aufgeschlitzt und erstochen, ihnen mit bloßer Hand die Köpfe

eingeschlagen oder die Gliedmaßen ausgerissen. Blut und Gedärme breiteten sich auf dem Boden aus, der Gestank schwängerte die Luft.

»Wir kommen nach unten, in die Schildhalle«, sagte Mabian. »Du kannst mit deinen Angriffen aufhören. Verstehst du mich?« Hinter ihm standen König Bhratigäion und sein Sohn Lygos sowie einige Leibwächter zusammengedrängt, die gegen einen Alraunen-Krieger nichts ausgerichtet hätten.

»Selbstverständlich verstehe ich dich«, erwiderte der Wiedergänger und wich zur Seite; der widerliche Geruch von Kartoffelfäule hing im Zimmer, schwärzlich trübe Flüssigkeit tropfte aus den Gelenkstellen der Rüstung. »Es ist gut so. Keiner soll zu Schaden kommen. Widerstand wurde gebrochen.«

»Hoheit, würdet Ihr nach unten gehen?« Mabian deutete eine Verbeugung an. »Es wird Euch nichts geschehen, solange Ihr tut, was man Euch sagt. Es dreht sich lediglich darum, dass die Verhandlungen mit Treydania stattfinden sollen.«

»Wir sind Geiseln!«

»Nachdem Baron Motberth die Treyda und das Grüne Herz als Faustpfand nehmen wollte«, sagte Mabian. »Sie erwidert lediglich, was man ihr antun wollte. Und dabei zeigt sie ...« Er unterließ die Worte *Milde* oder *Gnade*. Es hatten Menschen sterben müssen. »Geht bitte nach unten, Hoheit.«

König Bhratigäion schob Lygos an dem Alraunen-Krieger vorbei und ging in die Schildhalle, wo sich die Mächtigen und die Delegationen versammelt hatten.

Mabian blickte sich noch einmal im Raum um, prüfte die Schränke, sah unter den Betten nach, ob sich keiner verbarg. Verletzte gab es keine, das war mit einem Blick auf die regungslosen, blutüberströmten Gardistinnen und Gardisten zu erkennen. Der Alraunen-Krieger hatte ganze Arbeit geleistet.

Mabian hinkte an dem Wiedergänger vorbei und begab sich in die Halle, wo er auf einen Wink von König Bhratigäion hin an der Tafel Platz nahm. *Als Vertreter meiner Mutter.*

Kalenia stand vor der Tischreihe und hatte ihre Krieger um sich geschart, gegen die es kaum ein Mittel gab. Sie hatten die kerkorianische Vorhut, die sich partout nicht hatte ergeben wollen, vollständig und rasend schnell ausgelöscht und sich mit deren Waffen versorgt. Baron Motberth hatte seinen Leuten aus der Sicherheit des Gästehauses den Befehl erteilt, nicht aufzugeben.

»Ich entschuldige mich für die Umstände, unter denen wir uns erneut zusammenfinden«, begann Rouva und erklärte kurz, was Motberth von ihr verlangt hatte und dass er im Namen aller gesprochen habe.

Mabian bestätigte ihren Bericht, während der Baron sie böse anstarrte, seinen Backenbart nervös kraulte und schwieg.

»Ich sah mich gezwungen, Euch vor Augen zu führen, dass es kein Entkommen vor Treydania gibt. Vor der unsichtbaren Magie, die unter Euren Füßen bereits existiert.« Rouva erläuterte die Folgen für Nankān, falls das Grüne Herz nicht zurückgegeben wurde: die Auflösung des gesamten Kontinents. Die letzten Überreste von Nankān, in welche die Energie noch nicht gewandert war, würden von den Meeresstürmen abgetragen und weggerissen werden. »Damit appelliere ich an Eure Vernunft. Wir gemeinsam müssen alles tun, um das Ende unserer Heimat zu verhindern.«

König Bhratigäion sah zu Motberth, die Brauen senkten sich. »Wie kamt Ihr darauf, für uns alle zu sprechen?«

»Aber wir haben doch gesagt, dass es abzuwägen gilt«, verteidigte sich der Baron. »Ich verstand es so, dass jemand …«

»Ihr verstandet, was Ihr verstehen wolltet!«, herrschte ihn Bhratigäion an. »Seht, was Ihr mit diesem haarsträubenden Unsinn angerichtet habt, Baron Motberth! Tote! Durcheinander! Missverständnisse, die uns beinahe das Leben gekostet hätten, wäre Mabian von Tiamin nicht auf dem Gut gewesen.«

Die Versammelten spendeten Beifall und pochten auf die Tische.

»Ich freue mich, dass die Vernunft nicht gegangen ist, sondern lediglich *einem* abhandenkam.« Rouva klang erleichtert.

»Dann rege ich an«, sagte Mabian mit allem Mut, »dass wir sogleich abstimmen und verbindlich vereinbaren, was wir tun, wenn meine … sobald die Klinge des Schicksals mit dem Artefakt zurückkehrt.«

»Das sehe ich genauso«, pflichtete ihm König Bhratigäion bei. »Und ich sage: Wir bringen es in die Mine zurück, auf dass es schlage und Yarkin am Leben erhält. Auf Staub kann man nicht leben. Auf Erde schon.« Er richtete seine Augen auf Rouva. »Es wird ein Abkommen geben. Und wir werden uns mit Freuden anhören, wie wir unsere Zukunft gemeinsam gestalten. Abseits von Kämpfen. Abseits von Toten. Wenn es das ist, was Ihr und die Wildnis wollt.«

»Wir haben bewiesen, dass wir nicht auf Krieg aus sind«, bestätigte die Treyda der Versammlung. »Wie ich Motberth auf dem Hof sagte: Unter Euren Füßen schwelt diese Energie. Deswegen konnte sich Treydania auf der Suche nach dem Grünen Herzen so rasch durch Nankān bewegen. Aber nur, weil wir dazu gezwungen waren. Nicht, um Eure Reiche zu erobern.«

Erneut gab es getrommelte Zustimmung.

»Wie gehen wir vor? Wie erklären wir den Völkern von Nankān die plötzliche Annäherung?«, wollte Bhratigäion wissen.

Mabian sah zu Rouva. Mit Blicken holte er sich das Einverständnis, ihren Plan als seinen auszugeben. Als Sohn einer lebenden Legende folgten die Herrscher eher ihm. »Wir werden in Umlauf bringen, dass Kalenia ihre Wunde überlebte und sie als Köhlerstochter zwischen Treydania und den Mächtigen vermittelte«, schlug er der Versammlung vor. »Besser, als von einer Treyda zu sprechen, die sich als Kalenia ausgab.«

»Ein sehr guter Vorschlag«, stimmte Bhratigäion zu.

»Wir senden unsere Version der Geschichte zu Tintenfain, der sofort einen seiner berüchtigten Romane daraus machen wird. Damit verbreitet sich die Kunde vom Frieden auf Nankān am schnellsten«, fügte Mabian hinzu und lächelte zu Rouva, die ihm zuzwinkerte. »Eine einfache Köhlerin, von den eigenen Leuten geschunden und missbraucht, wird zur Retterin, welche die Verhandlungen mit dem Wald erst möglich macht und danach begnadigt wird. Das ist der Stoff, aus dem Romane sind.«

»Seid Ihr damit einverstanden?«, richtete sich König Bhratigäion an Rouva.

»Selbstverständlich«, erwiderte sie gelöst. »Dazu setzen wir Verträge auf.«

Bhratigäion nahm einen Schluck Wein; auch von ihm fiel etwas der Anspannung ab. »Wie sehen diese Übereinkünfte aus?«

»Nankān wird nicht von uns eingenommen, wie ich es bereits sagte. Die Gebiete, in die Treydania vordrang, wie beispielsweise Kerkoria, geben wir zur Besiedlung frei. Ihr müsstet die Wälder roden, sofern Ihr das möchtet, aber es wird Euch nichts und niemand daran hindern. Das Irrsal fällt im Gegenzug an uns. Die Bewohner der Städte Dornenfeste, Taivasburg, Parnica und Merirosvo können sich frei bewegen.«

Erneut brandete lautes Klatschen durch die Schildhalle. Um das chaotische Irrsal wollten sich die Abgesandten und Mächtigen nicht streiten. Ganz im Gegenteil: Damit würde der dort lebende Abschaum beseitigt, der oft genug Schwierigkeiten an den Grenzen bereitete.

»Jenen, deren Ahnen und Vorfahren von den Offensiven Treydanias aus den Städten und Landstrichen von Yarkin vertrieben wurden, weisen wir Orte zu, an denen sie siedeln dürfen und Ackerbau betreiben«, führte Rouva aus. »Wir strecken den Menschen die Hand hin und wollen nichts weiter als ein friedliches Miteinander.«

Mabian sah Überraschung und Freude auf den Gesichtern der Männer und Frauen.

»Es werden Regeln festgelegt, was das Errichten von Straßen zwischen den Siedlungen und nach Nankān angeht und auf welchen Strecken sie verlaufen werden. Abseits dieser Orte und Straßen haben die Menschen nichts verloren.« Kalenia deutete eine Verbeugung an. »Das ist das Grobe. Wenn Ihr damit einverstanden seid, gehen wir zusammen voran und machen Yarkin zu einem blühenden Ort. Ohne anhaltendes Leid, ohne fortwährende Angst und ohne allgegenwärtigen Tod. Vereinte Welten. Das Grüne Herz schlägt für Euch und für uns.«

Der darauffolgende Beifallssturm ließ die Halle beben, die Schilde an den Wänden vibrierten. Die Männer und Frauen erhoben sich von ihren Stühlen, Hochrufe erklangen. Aus der herrschenden Anspannung und dem gegenseitigen Misstrauen war Hoffnung geworden. Sehr große Hoffnung.

Mabian umarmte Rouva freundschaftlich. »Das hast du gut gemacht«, raunte er ihr zu.

»Ohne dich und deine Besonnenheit wäre es nicht gelungen.« Sie gab ihn frei. »Du magst kein Krieger sein, Mabian. Doch deine Talente waren an diesem Tag wesentlicher.«

Unvermittelt erklang ein lauter Schrei in seinem Rücken. Überraschung, Freude, Erschrecken hallten darin wider, darunter mischte sich ein Krachen und Rumpeln.

Was ist geschehen? Hat Motberth etwas Dummes getan? Mabian wirbelte herum.

Seine Mutter lag plötzlich durchnässt und mit geschlossenen Augen rücklings auf der Tafel. Zum ersten Mal wirkte sie erschreckend alt und zerbrechlich. Die langen silbernen Haare hingen teils vom Tisch herab, teils bildeten sie eine Gloriole um ihren Kopf. Wasser rann aus ihrer Kleidung und den Haaren, plätscherte auf die Dielen. In der halb geöffneten linken Hand hielt sie das Grüne Herz.

Um sie herum lagen Ilreen, Vytain, Thirío, Iradias, Slahan und Quent auf dem Boden, ebenfalls triefend und tropfend und regungslos. Ihre Lippen waren ausnahmslos blau, Kälte ging von den überraschend aufgetauchten Neuankömmlingen aus. Der Geruch von Meerwasser hing in der Luft.

»Lasst mich durch!« Mabian humpelte eilends zu Danèstra. »Mutter!« Er tastete an ihrer Halsschlagader nach dem Puls, die nasse Haut war eisig.

Mabian erschrak bis ins Mark. *Nein! Ihr Götter, nein!* »Medikus!«, schrie er entsetzt. »Medikus, sofort zu mir!«

Allmählich setzte das Begreifen in der Schildhalle ein: Die Klinge des Schicksals war tot.

***

Weswegen ich eine Schreibstube mit vielen Menschen beschäftige? Weil ich Tintenfain und kein Tintenfisch bin, der mit acht Armen schreiben könnte. Der Romantik müssen Flügel gegeben sein, Schwingen aus Papier, auf denen sie sich in die Lüfte erhebt und zu meinen Leserinnen fliegt. Das macht mich glücklich. Ich stille Sehnsüchte. Wer vermag das noch, außer mir?

Aus: Über die Romantik
Gespräche mit Mahetian Tintenfain

Nachklang

Nankān, im Süden des Kaiserreichs Uthalosa,
Rittergut Kaltensee, Frühjahr

Danèstra schwebte in der Dunkelheit, ohne ein Gespür für Raum und Zeit. Ihr Bewusstsein hielt sie in abschirmender Schwärze. Weder wusste sie, was um sie herum passiert noch was mit ihrem Körper geschehen war. Ihr Geist hing in einem anhaltenden Zustand der Trance. Es gelang ihr nicht, einen Gedanken zu greifen. Es gab nur Ruhe und das Nichts.

Der Schlag, mit dem ihr stehendes Herz ansprang, schmerzte in der Brust, sandte ein Rütteln durch den ganzen Leib und machte ihn endlich fühlbar.

Keuchend sog sie Luft ein und öffnete die blauen Augen.

Über sich sah sie die vertraute Decke ihres Schlafzimmers auf Kaltensee. Es war warm, ein Feuer knisterte leise, und eine dünner Überwurf lag auf ihr.

Ich bin zu Hause!

Durch das geöffnete Fenster drangen die bekannten Geräusche des Ritterguts: Pferdewiehern, das Klingen des Ambosses, Unterhaltungen von Menschen, das Lied aus dem Mund einer Magd, zu dem jemand Flöte spielte, Tierlaute und ein leises Lachen.

Neben ihr bellte Thirío einmal auf, dann spürte sie seine Zunge an ihrer Hand.

»Guter Junge. Hast du die ganze Zeit über mich gewacht?«, sprach Danèstra mit krächzender Stimme und drehte ihm das Gesicht zu. Sie sah über seinen Kopf hinweg durchs Fenster ins Freie, über die Mauer des Guts und zum Khamado-Pass. Zu ihrer Überraschung wuchs sattes Grün an den Bergen. Schnee und Eis waren geschmolzen, in der Luft, die in ihr Gemach wehte, waberte Frische und Frühling. »Wie lange habe ich geschlafen?«

»Wenn man es Schlaf nennen will, war es ein Viertelgemeinjahr«, sagte Mabian von der anderen Seite des Raumes. Mit raschen Schritten erreichte er ihr Lager, kniete sich daneben und nahm ihre Hand. »Wie lange habe ich zu Deiwos gebetet, zu allen habe ich gebetet, dass sie dich nicht sterben lassen sollen«, flüsterte er, während Tränen aus seinen Augenwinkeln rannen. Leise fielen sie auf die Laken.

Ein Viertelgemeinjahr? Nachträglich überfiel sie Angst, die sie rasch wegschob. *Ich lebe. Das ist das Wichtigste.* »Wie verändert du aussiehst, Lieblingssohn.« Danèstra beugte sich nach vorn, um ihm einen Kuss auf die Stirn zu geben. Er trug ein dunkelrotes, besticktes Hemd mit Stehkragen, die schwarzen Haare lagen im Seitenscheitel. »Älter. Reifer.«

»Es gab einiges zu regeln, während du dich erholtest.« Ansatzlos verlor Mabian die Fassung und warf sich mit einem freudigen Schluchzen an ihren Hals und umarmte sie. »Wir haben dich fast aufgegeben, Mutter. Du lagst wie tot. Wie tot!«

Danèstras Kehle wurde vor Rührung eng. Ihr Herz schlug kräftig und sicher. Nichts verriet, dass es drei, vier Monde stehen geblieben war. *Ohne dass ich starb. Die Trance. Sie vermag dieses Wunder.* »Ich bin da, Mabian. Das Schicksal wollte es so.«

Behutsam löste er sich von ihr und wischte sich beschämt die Nässe von den Wangen. »Jeden Tag hat der Medikus nach dir gesehen, ob sich Anzeichen der Zersetzung zeigen. Aber du bliebst unverwest, und wir … wir weigerten uns, deinen Tod anzunehmen.«

Danèstra streichelte seinen Schopf. »Ich lebe, Lieblingssohn. Mehr denn je. So fühlt es sich an.« Sie erhob sich und ließ sich von ihm ihren Morgenmantel geben, den sie über das Nachtgewand warf. Sie war ausgeruht, als habe sie sehr lange geschlafen. Weder spürte sie Schmerzen noch Hunger, auch wenn ihr Bauch hörbar nach Essen verlangte. Ihr Körper hatte kein Gramm Fett oder Muskelmasse verloren. »Was ist in der Zeit geschehen, als ich schlief, Lieblingssohn?«

Mabian lachte erleichtert. »Du bist wie eh und je.«

»Für mich ist keine Zeit vergangen.« Danèstra erinnerte sich vage, dass ihr Herz stehen geblieben war, auf der Eisscholle. *Als Nächstes erwachte ich im Bett.* »Das Grüne Herz!«, entfuhr es ihr. »Ich hatte es gefunden! Ist es in Sicherheit?«

»Oh, viel mehr als das, Mutter. Viel mehr als das.« Mabian sah ihr dabei zu, wie sie ein Fenster nach dem anderen öffnete, um den Frühling hereinzulassen.

Die Bediensteten wuselten auf dem Hof umher, bis einer der Knechte hinaufschaute und vor Überraschung einen Korb mit Brennholz fallen ließ. Er riss sich die Kappe vom Kopf und rief voller unbändiger Freude: »Die Herrin!«

Alle anderen wandten sich um, teils ungläubig, teils erschrocken. Als sie Danèstra am Fenster stehen sahen, brachen sie in laute Hochrufe aus. Mützen wurden in die Luft geworfen, und Beifall erschallte.

Danèstra musste die Tränen zurückhalten und schlang den Mantel enger um sich; die langen silbernen Haare wehten in der lauen Luft. »Ich lebe noch, wie ihr seht!«, rief sie, auch wenn das Krächzen im Hals schmerzte, und winkte. »Und zu meinem Glück freut ihr euch darüber.«

Die Frauen und Männer lachten.

»Meine Genesung soll gefeiert werden. Heute Abend! Mit jedem von euch will ich trinken! Wer nicht betrunken sein wird, dem stelle ich meine Auslagen in Rechnung.«

Wieder wurde gelacht und ihr zugerufen, man ließ sie hochleben und überbot sich mit Trunkenheitsbeteuerungen.

Danèstra wandte sich wieder ins Innere und sah an sich hinab. »Ich denke, ich sollte mich umziehen. Etwas mehr wie die Klinge des Schicksals und nicht wie die faule Gutsherrin aussehen.«

»Das nimmt keiner an, Mutter.«

»Dann einmal Waschwasser, frische Kleidung und meinen Harnisch«, forderte sie. »Wir treffen uns im Esszimmer. Ich glaube, ich werde sehr großen Hunger haben.«

»Sehr gerne.« Mabian schluckte schwer, da er gegen einen neuerlichen Tränenstrom ankämpfte. »Ich sage meinen Schwestern und den anderen Bescheid. Sie werden dir Gesellschaft leisten wollen.«

»Die anderen?«

»Deine Truppe, Mutter. Ilreen, Vytain, Iradias und Slahan. Sie sind nicht gegangen, sondern fieberten dem Tag entgegen, an dem sie dich würden begrüßen dürfen.«

Danèstra fühlte tiefe Rührung. »Sicherlich! Her mit ihnen! Und dann will ich wissen, was geschehen ist. Jede Kleinigkeit.« Sie musterte ihn. »Wäre es schlecht für Nankān ausgegangen, würdest du es mir doch gleich sagen?«

»Es ist Nankān kein bisschen schlecht ergangen, Mutter. Weil du das Grüne Herz gefunden und zurückgebracht hast.«

»Das höre ich gerne.« Sie scheuchte ihn hinaus. »Los jetzt. Ich will die anderen begrüßen.«

In Windeseile hatte sich Danèstra frisch gemacht und ihre Haare geflochten. Sie stieg in Untergewand und Harnisch und rüstete sich mit Schwert und Pistola, um standesgemäß wie die Klinge des Schicksals aus dem Gemach zu treten und die Treppe abwärtszunehmen.

Als sie auf die erste Stufe trat, sah sie das Spalier: ihre Bediensteten, Gesandte aus allen Reichen Nankäns, Soldatinnen und Soldaten, aber auch Treydanias Kreaturen und sogar zwei Alraunen-Krieger, erwiesen ihr das Ehrengeleit.

Die Versammelten reckten ihre Klingen und ließen Danèstra mit jedem Schritt, den sie abwärtsging, hochleben. Musikanten spielten auf, und ein Chor aus Mägden sang zu ihrer Begrüßung.

Danèstra schämte sich ihrer Tränen der Rührung nicht, als sie die Reihen passierte. Duftende Blütenblätter regneten auf sie herab.

Am Fuße der Treppe erwarteten sie die Familien ihrer Töchter und Mabian. Nun konnte Danèstra sich nicht mehr beherrschen, und sie fiel ihren Liebsten in die Arme.

Erst nach einer ganzen Weile war Danèstra in der Lage zu sprechen und richtete sich an die Versammelten, die ihr unaufhörlich Beifall spendeten.

»Danke! Ich danke euch tausendfach!«, rief sie gegen den Applaus. »Ich sehe euch alle bei der großen Feier am Abend.« Sie richtete sich an die Gesandtschaften der verschiedenen Reiche »Und falls Ihr etwas besprechen möchtet, versteht bitte, dass ich zuerst etwas essen muss. Sonst sterbe ich dieses Mal wirklich.«

Die Versammelten lachten.

Unter neuerlichem Beifall zogen Danèstra und ihre Familie weiter ins Esszimmer, wo Ilreen, Vytain, Iradias, Slahan und Quent warteten. Sie hatten sich herausgeputzt und ihre Waffen dabei. Nacheinander reichten sie sich die Hand und umarmten sich.

»Danke, dass Ihr mich gerettet habt, Großfürstin.« Quent stand zu Danèstras Verwunderung auf eigenen Beinen und stützte sich auf einen Gehstock. Nur seine umständliche, abgehackte Gangart verriet, dass es sich bei den Extremitäten um Prothesen handelte. Groß und schlaksig ragte er in den Raum, die braunen Haare reichten bis in den Nacken.

»Natürlich! Wie hätte ich dich zurücklassen können.« Danèstra fiel ein, wie er die Leine zu der Matrosin gekappt und sie ins Meer gestoßen hatte. Sie sprach es nicht an. Es änderte nichts. »Wer hat dir das Laufen zurückgegeben?«

»Ich, Herrin.« Ilreen hob ihre Prothese. »Ich kenne mich mit dem Anfertigen von künstlichen Gliedmaßen aus. Es kommt in Marwarod öfter vor, dass man im Kampf gegen die Scaber einen Arm oder eine Hand einbüßt. Nur mit den Ersatzköpfen, das will uns noch nicht recht gelingen.«

Die Gesellschaft lachte, und Slahan mit seinem roten Bärtchen und den blauen Haaren dröhnte am lautesten.

Der Tisch bog sich unter den köstlichsten Speisen, welche die Köche in Windeseile gezaubert hatten, um Danèstras Hunger zu stillen. Sie nahmen an der langen Tafel Platz, legten die schweren Büchsen auf der Kommode ab, Tee und Wasser wurden ausgeschenkt, und das große Erzählen begann.

Staunend vernahm Danèstra, was sich auf Nankān getan hatte. Ihr fiel auf, dass Vytain und Ilreen sich berührten, wann immer es ging. *Ein ungewöhnliches, tödliches Pärchen.*

»Und so haben die Mächtigen mit Rouva einen Vertrag unterzeichnet, kaum dass das Grüne Herz wieder schlug«, beendete Mabian die Zusammenfassung. »Rouva ist eine Treyda, eine Magierin, die Kalenias Gestalt annahm.« Er hob das Glas und prostete in die Runde. »Die ersten Siedler ziehen bereits über Yarkin und lassen sich an den ausgesuchten Stellen in Treydania nieder, um die neue Zeitrechnung einzuleiten.«

»Sehr gut! Und was geschieht mit dem Irrsal?« Danèstra blickte am Tisch umher. »Es ist Niemandsland.«

»Das wird es nicht bleiben.« Slahan trommelte mit dem Besteck einen heiteren Takt. »Es gehört mit dem Abkommen zu Treydania. Bis auf die großen Städte. Damit hat das Chaos in diesem Landstrich ein Ende.«

Grinsend warf Iradias ein Heftchen durch die Luft, das klatschend vor Danèstra landete. »Übrigens: Tintenfain hat aus uns Helden gemacht. Und er hat uns beiden eine Liebschaft angedichtet: *Der Scharfschütze der Liebe.*«

Danèstras Augenbrauen wanderten in die Höhe, als sie den Einband sah, auf dem sie umringt von ihrer Truppe zu sehen war. »*Entscheidung im Eis*«, las sie den Titel vor.

»Besser als das *Fest der Lüste*«, warf der blauhaarige Kriegstrumer ein.

»Und zu Eurer Beruhigung: *Der Scharfschütze der Liebe* war ein Scherz«, sagte Iradias aus dem Hutschatten.

»Wir wollten Euch vorschlagen«, setzte Vytain mit rot-blau leuchtenden Augen an, »dass wir Euch von nun an begleiten, Großfürstin.«

»Wir wären wirklich gerne Eure Truppe«, fügte Ilreen hinzu.

»Damit Ihr gegen alles und jedes gewappnet seid«, ergänzte Slahan und ließ einen klingenden Schlag auf eine Metallschale folgen, was einen dramatischen Punkt setzte. »Ihr hättet eine Mannschaft, wie es keine zweite gibt: zwei Scharfschützen, eine Späherin, einen echten Kriegstrumer und natürlich« – er deutete mit seinem Messer auf Thirío – »einen Schattenhund.«

Thiríos Ohren richteten sich senkrecht auf, er blickte Slahan misstrauisch an.

»Woher …?«, rutschte es Danèstra heraus.

»Ach, wir wissen es alle. So ein Wesen kann man nicht übersehen, aber da es zu Euch gehört, sagten wir nichts.« Er grinste sie aus seinem bärtigen Dreiecksgesicht maliziös an. »Sie sind ebenso selten wie Kriegstrumer.«

»Seid Ihr damit einverstanden, Großfürstin?« Vytain sah sie gespannt an. »Wir wollen wie Ihr dem Guten dienen.«

»Es mögen ruhigere Zeiten in Nankān angebrochen sein, aber der Gerechtigkeit ist immer zu helfen.« Ilreen goss sich Tee ein.

»Oh, sehr gut! Ich hätte auch schon eine Aufgabe für euch«, warf Mabian ein. »In Merirosvo gibt es ein kleines Mädchen, das darauf wartet, dass ich es abhole. Jetzt, nachdem Mutter erwacht ist, kann ich endlich mein Versprechen einlösen. Ein bisschen Unterstützung könnte nicht schaden.«

»Lass dir von Rouva einen Alraunen-Krieger mitgeben, junger Mann«, sagte Slahan gespielt herablassend. »Wir gehen nur dahin, wohin uns das Schicksal sendet.« Er zeigte auf Danèstra. »Zusammen mit ihr.«

Es wurde still im Esszimmer. Sie warteten auf eine Entscheidung. Danèstra zögerte. Der Gedanke erschien ihr zu ungewohnt.

»Was wirst du tun, Quent?«, fragte sie, um die Aufmerksamkeit von sich zu lenken. »Dein Meister ist nicht mehr.«

Quent lächelte. »Eine Handvoll Asche ist von ihm übrig geblieben, und die Innereiengefäße. Ich bringe sie in seine alte Heimat, wie es meine Pflicht ist. Er mag mit dem Raub des Grünen Herzens beinahe unser aller Ende ausgelöst haben, aber letztlich führte seine Tat zu einer Einigung zwischen Menschen und Treyden, die es ohne Calostro nicht gegeben hätte.« Er pochte gegen die Beinprothesen. »Da ich nun selbst laufen kann, werde ich es tun. Und unterwegs mag mir die Erleuchtung kommen, was ich mit meinem Leben tun möchte.«

Erneut richteten sich die Blicke auf Danèstra.

»Schaut mich nicht so an«, sagte sie vorwurfsvoll.

»Was gibt es noch zu überlegen, Großfürstin?«, insistierte Ilreen. »Wir waren schon eine Gemeinschaft, die viel erreichte.«

»Da habt Ihr recht. Gemeinsam gelang es uns, das Grüne Herz zu finden und zu retten. Und Quent. Aber es … es geht weniger um Euch. Sondern …« Danèstra hatte nie aufgehört zu hadern, ob sie damals die schwangere Kalenia hätte umbringen oder beschützen sollen. »Es geht darum, ob ich die Toten hätte verhindern können. Weil ich mich beim Überfall auf Kalenia falsch entschied.« Sie betrachtete ihre blauen Augen, die sich im polierten Messer spiegelten. »Wie oft ich mich in der Vergangenheit falsch entschied, ohne es zu wissen. Ich zog Dekade um Dekade strahlend durch die Gegend und fühlte mich gut, weil ich doch der Gerechtigkeit zum Sieg verhalf. So sahen mich die Menschen, und so sah ich mich selbst.«

Danèstra legte das Messer an den Tellerrand und blickte jedem Einzelnen an der Tafel in die Augen, angefangen bei Mabian über Dhouza, Ansiwa, Nushira und schließlich ihren Kampfgefährten. Thirío bekam einen Streichler über den Kopf.

»Ich zweifle«, raunte sie. »Ich zweifle an dem Vergangenen und bin daher unsicher wegen des Kommenden. Ich frage mich seit Kalenias Tod: Was tue ich, wenn mich das Schicksal erneut entsendet? Werde ich dann besser wissen, was meine Aufgabe ist?«

Niemand erhob das Wort, das Essen stockte.

»Aber ist es nicht gleichgültig?«, sprach Mabian nach einer Weile behutsam. »Du hast eingegriffen, und du hast deinen Auftrag erfüllt. Denn so ist das Schlimmste verhindert worden, Mutter.«

»Hätte es nicht einfacher verhindert werden können?«, hielt Danèstra dagegen. »Mussten Skerbull Schwarz und die vielen anderen sterben?«

»Warum sandte Euch das Schicksal nicht unmittelbar in die Mine?« Alle sahen zu Quent, der den Einwurf gemacht hatte. »Es wird einen Grund geben, weswegen Ihr nicht erschienen seid, um Calostro und mich zu retten, sondern Ihr den Umweg nehmen musstest.« Er beschrieb mit der Hand einen Kreis. »*Wir* sollten zusammenfinden. *Das* hat sich das Schicksal dabei gedacht. So deute ich das.«

Danèstra sah ihn verwundert an. *Das ist … wahr.*

»Damit wir eine Truppe bilden«, fügte Ilreen rasch an. »Seht Ihr es nicht, Großfürstin?«

»Beende das Grübeln, Mutter.« Mabian lächelte sie an und schob ihr frisch eingeschenkten Tee hin. »Tu, was dir dein Gefühl befiehlt. Und es kommt, wie es kommen soll.«

Danèstra blickte ihn beeindruckt an. »Du bist reifer geworden.«

»Und *kein* Kämpfer«, gab er zurück. »Ich weiß, wo mein Platz ist. Hier, auf Kaltensee.«

Danèstra nahm den Tee und trank einen Schluck, um das Krächzen zu verlieren. *Ist es so? Ist es so, wie Quent es deutet?*

»Ihr könnt Euch eh nicht dagegenstemmen«, sagte Slahan. »Das Schicksal wird Euch demnächst erneut entsenden.«

»Aber dann habt Ihr uns.« Vytain deutete eine Verbeugung an.

»Ihr irrt«, erwiderte Danèstra mit einem Lächeln. »Ich habe entschieden, in den kommenden Jahren selbst einzugreifen und nicht darauf zu warten, bis mich diese Macht an einen Ort schickt, an dem ich … an dem *wir* für das Gute und die Gerechtigkeit kämpfen sollen.« Sie hob ihr Teeglas und schwenkte es prostend. Sogleich reckten die Übrigen ihre Becher und Gläser. »Von heute an werde ich aus eigenem Willen dorthin gelangen, wo wir gebraucht werden. Ob es nun eine magische Fertigkeit ist oder das Schicksal, eine göttliche Gabe oder ein finsterer Fluch – einerlei! Wir kommen, um das Böse zurückzuschlagen!«

Die Anwesenden riefen die Zustimmung laut heraus.

Danèstra fühlte sich gut mit ihrer Entscheidung. Die Zeit des Abwartens und der Botendienste war vorüber. *Ich werde mich auf Nankān einmischen. Ich bin die Klinge des Schicksals.*

Anschließend wurde tüchtig gegessen und reichlich erzählt. Es gab Anekdoten rund um die versuchte Übernahme des Ritterguts durch Baron Motberth, aber auch Schauderhaftes, wie die Erinnerungen an die Alraunen-Krieger, die Rouva gerufen hatte, um sich zur Wehr zu setzen.

Dabei gestand Mabian seiner Mutter flüsternd, dass er und die Treyda sich angefreundet hatten. »Angefreundet. Nicht mehr. Sie ist nicht Kalenia.«

Sie lächelte. *Er ist erwachsen geworden.*

Während sich die Versammelten untereinander unterhielten, miteinander scherzten und lachten, über den kommenden Schießwettbewerb zwischen Vytain und Iradias fachsimpelten sowie erste Wetten abschlossen, lehnte sich Danèstra zurück und betrachtete die Tafel.

Zu Hause. Tiefe Freude erfasste sie darüber, am Leben zu sein, umgeben von diesen wundervollen Menschen. Sie wischte sich verstohlen die Tränen weg. *Genug geweint. Sonst denken sie, ich wäre zu einer senilen alten Großmutter verkommen.*

Am späten Nachmittag klopfte es gegen die Tür.

Ein Knecht trat herein. »Verzeiht, Herrin. Ich weiß, Ihr wolltet nicht gestört werden …«

Mit ihm kam ein rot gelockter Mann, der sich verwundert umschaute. Die Kleidung war einfach, aber teuer: weiße Seide, ein Überwurf aus Sielta-Wolle und ein Mantel aus Krun-Leinen. An seiner Hüfte trug er eine große Ledertasche, aus der gefaltete Karten herausschauten.

»Das ist in Ordnung. Ich habe lange genug geruht«, erwiderte Danèstra gut gelaunt. »Wen bringst du uns?«

Der Unbekannte vollführte einen höfischen Kratzfuß. »Tlindaro Sonn ist mein Name. Ich kam mit meinem Schiff über das Rostmeer und fuhr den Nyl-Fluss hinauf, weil« – er suchte eine der Karten heraus und faltete sie umständlich auseinander –, »weil mir diese Halsabschneider und bösartigen Geschäftemacher wertloses Zeug verkauften. Ich bitte vielmals um Entschuldigung.«

Danèstra nahm die Karte und warf einen Blick darauf. »Wenn das Yarkin sein soll, ist das frei erdacht. Ein Wunder, dass Ihr Nankān gefunden habt.«

»Wir wollten nicht nach Nankān. Aber diese fürchterliche Karte führte uns an der Nase herum.«

»Ihr seid aus Athosa, wenn ich Euren Ton recht einordne?«

»Das tut Ihr, Herrin.« Tlindaro deutete eine Verbeugung an, seine roten Locken wippten wie gedrehte Girlanden. »Den ganzen langen weiten Weg aus dem Südwesten, um zu sehen, was es zu tun gibt.«

»Wie schön!« Danèstra lachte. »Dann hat sich die frohe Kunde bereits verbreitet.«

»Das hat sie, Herrin. Wir sind sehr glücklich, wie es verlaufen ist.«

»Dann nehme ich an, Ihr seid mit Eurem Schiff gekommen, um Handel mit den Städten auf Yarkin zu treiben.«

Tlindaro blinzelte, sein Lächeln verrutschte. »Von welchen Städten sprecht Ihr, Herrin?«

»Jene, welche Treydania den Menschen zugestand.«

»Ah natürlich! Ja, die meine ich. Wir beteiligen uns am Aufbau. Es wird gutes Geld zu verdienen geben.« Tlindaro sah begehrlich auf das Essen.

»Wie unhöflich von mir! Setzt Euch, Meister Sonn«, lud Danèstra ihn ein. »Und heute Abend seid Ihr und Eure Mannschaft herzlich eingeladen, an meinem Fest teilzunehmen.«

»Oh, das ist zu gütig von Euch!« Tlindaro nahm Platz und bekam sogleich Teller und Besteck gereicht. »Was gibt's zu feiern? Sind Geschenke angebracht?«

»Meine Genesung«, beließ Danèstra es dabei.

»Dann *muss* es Geschenke geben.« Tlindaro kostete von allem, was sie ihm hinschoben, und verzog verzückt das Gesicht. »Köstlich, köstlich! Wenn man Wochen auf See verbringt, schmeckt es noch mal so gut.«

Danèstra bemerkte durch einen Spalt in der Ledertasche, dass er Vermessungsgeräte mit sich führte. »Ich sehe, Ihr seid gut vorbereitet. Ihr traut unseren Kartografen nicht.«

Tlindaro lachte. »Ich sollte meinen eigenen nicht vertrauen, welche die Seekarten anlegen. Ich werde die Flotte warnen müssen, bevor sie noch in Ungewässer gerät und sinkt.«

»Hört, hört! Eine ganze Flotte!«, rief Slahan. »Bei so viel Hilfe haben unsere Siedler die alten Städte bestimmt bald wiederhergerichtet.«

Tlindaro kniff die Augen zusammen. »Verzeiht, ich verstand *unsere Siedler*.«

»Das sagte ich.« Slahan wackelte mit den Augenbrauen »Habt Ihr denn auch welche?«

»Ja. Aus Athosa.«

»Jetzt bin ich verwirrt«, gestand Danèstra. *Wieso kommen sie nach Yarkin?*

»Ich nicht minder.« Tlindaro legte das Besteck beiseite und holte eine Karte von Yarkin aus der Tasche. »Wartet.« Er faltete sie vor den Augen der Versammelten auseinander. »Diese stimmt, was die Umrisse und den Maßstab angeht?«

»Ja«, bestätigte Danèstra und sah zu Mabian, der andeutungsweise mit den Achseln zuckte. Anscheinend war die Ankunft der Siedler aus Athosa nicht mit Rouva und Treydania besprochen worden. *Oder Rouva machte absichtlich ein Geheimnis daraus.*

»Und unsere Siedler werden überall Dörfer und Städte errichten, wo Ihr Markierungen seht.« Tlindaro deutete auf dem bemalten Papier umher, einschließlich großer Teile des Irrsals.

»Es sind keine Gebiete, die uns von Rouva zugesprochen wurden. Da wird es keine Konflikte geben.« Mabian sah den Mann aus Athosa an. »Seid dennoch gewarnt. Ihr begebt Euch auf gefährliches Areal. Dieses Land gehört Treydania, das Ihr noch unter dem Begriff Wildnis kennt. Solltet Ihr es vergessen haben, Meister Sonn: Es ist bewachsen mit Wald und bevölkert mit …«

»Ich weiß, ich weiß«, unterbrach Tlindaro zur allgemeinen Verwunderung. »Wir haben ein Abkommen mit Treydania geschlossen.«

»Ein Abkommen.« Danèstra lachte trocken auf. »Sohn, wusstest du das?«

»Nein«, gab Mabian verblüfft zurück.

»Treydania gibt mehr als zwei Drittel von Yarkin an Athosa ab«, sagte Vytain mit Blick auf die Karte. »Grob geschätzt. Wie kann das sein?«

»Wir beliefern sie mit schönen Dingen. Besonderen Dingen, die sie unbedingt haben wollen und die es nur in Athosa gibt«, erklärte Tlindaro, dem sichtlich unwohl wurde. »Unsere Gilde verhandelt bereits seit dreißig Gemeinjahren mit den Vertretern von Treydania. Mal waren wir uns fast einig, dann wieder nicht. Aber endlich ist es so weit. Gerade dieses Gebiet, das Ihr Irrsal nennt, lag uns sehr am Herzen.« Er blickte verunsichert in die Runde. »Was ist? Standet Ihr auch kurz vor dem Abschluss mit diesen reizenden Wesen? Das täte mir leid.«

»Bei Deiwos!« Iradias goss sich einen Branntwein ein und leerte ihn in einem Zug. »Deswegen hat sich der Wald nach zwanzig Jahren wieder ausgedehnt. Weil Treydania handelseinig mit Euch wurde, Meister Sonn!«

»Rouva und ihre Leute haben zwei Drittel des Kontinents an Athosa verkauft.« Ilreen griff sich an die bleiche Stirn. »Ich fasse es nicht! Für was?«

»Nun, für Waren, die es eben bei Euch nicht gibt.« Tlindaro aß weiter. »So funktioniert Handel.«

Das ist eine Wendung, die keiner vorhersehen konnte. Im Zusammenspiel mutete es abstrus an: Ohne das misslungene magische Experiment des Zauberers vor hundertfünfzig Gemeinjahren hätte es kein Treydania gegeben, und ohne die Rettung des Grünen Herzens kein Yarkin, und ohne Yarkin kein Geschäft mit Athosa.

Aber zwei Drittel des Landes abgeben? Danèstra vermutete etwas anderes dahinter als einen kurzsichtigen Verkauf. Sie traute den Treyden zu, dass sie mit der Ansiedlung der Menschen aus Athosa sowie den mitgebrachten Gütern einen Plan verfolgten. *Welcher das sein mag, wird die Zeit zeigen. Ich bin wachsam.*

»Es ist, wie es ist«, sprach Danèstra ruhig und prostete Tlindaro zu. »Dann sage ich zu Euch stellvertretend für die Siedler aus Nankān: Auf gute Nachbarschaft! Wir, Ihr und die Treyden werden gegenseitig von unserem Wissen profitieren.«

Alle Anwesenden hoben die Gläser und Becher, auch wenn sie sich von der Überraschung noch nicht erholt hatten.

»Doch ich rate Euch, mein lieber Tlindaro Sonn: Benehmt Euch. Seid anständig. Versagt Euch nicht der Gerechtigkeit.« Danèstra deutete auf ihre Kampfgefährten. »Mit Euch am Tisch sitzen die mutigsten Streiter für das Gute. Prägt Euch diese Gesichter ein und hofft, dass Ihr ihnen niemals begegnet. Es sei denn, sie kommen, um Euch zu retten. Überall auf Yarkin.« Sie prostete erneut. »Und ich führe sie an. So wahr ich auf diesem Stuhl sitze!«

Der Knecht, der auf der Schwelle gewartet hatte, um den Gast hinauszugeleiten, wandte sich ab und verkündete die Botschaft in der Schildhalle und auf dem Hof. Während Ilreen und Vytain, Iradias und Slahan, Mabian und seine Schwestern Danèstra hochleben ließen, erschallten von draußen erneut begeisterte Rufe. Die Klinge des Schicksals war zurück, und sie würde zuschlagen. Mit vier Schneiden mehr und schärfer denn je.

»Es ist großartig! Tintenfain wird Sonderausgaben drucken lassen, wenn er davon erfährt«, raunte Mabian seiner Mutter zu. »Mit ganz Yarkin als neuem Markt für seine Heftchen wirst du ihn reicher machen als so manchen König in Nankān.«

Danèstra lächelte versonnen. »Wenn es nach mir geht, Lieblingssohn, soll er das.« Sie war gefestigt und entschlossen. »Viele Jahre.«

***

Nachwort

Wieder eine neue Welt!

Ich weiß, das steht oft in meinen Nachworten – weil es stimmt und sehr viel Spaß macht, neue Welten zu entwerfen. Wie eben Nankān, das eine kleine Querverbindung zu einer anderen Welt von mir aufweist. Die Fans werden das sofort erkannt haben.

Nankān war keine Rollenspielwelt, sondern begann mit dem Gedanken: Was wäre, wenn wir eine ältere Heldin hätten, der wir mal ein sattes Rätsel ans Bein binden, das dazu führt, auf die vorangeschrittenen Tage neue Wege zu gehen?

So kam eins zum anderem, und drum herum entstand eine Welt.

Und klar, ich wollte auch mal frischen Wind in die Waffenwelt der Fantasy bringen. Buchstäblich, auch wenn der Historiker in mir bei den Windbüchsen eindeutig im Vorteil war.

Die Abenteuer von Danèstra sind absichtlich auf diesen Band beschränkt, er ist ein Solitär. Also, bislang ein Solitär.

Ich dachte, ich versuche mal was ganz Neues. Ehrlich!

Was die Klinge des Schicksals und ihre tapfere Truppe noch alles erleben könnten, das überlasse ich der Vorstellungskraft der geneigten Leserschaft. Möglich ist vieles. Tintenfain wird Bände damit füllen können, da bin ich sehr sicher. Und wer weiß – vielleicht ist er ja der Vater von Mabian?

Mein Dank geht einmal mehr an den Knaur Verlag, Yvonne Schöneck für den Blitzcheck und natürlich an Hanka Jobke für das Lektorat und die Suche nach fehlgeleitetem Electorum innerhalb des Textes.

Hier drängeln derweil neue Ideen und weitere Projekte. Daher bitte ich um Entschuldigung, aber ich möchte zurück an die beste Arbeit, die es für mich geben kann.

Markus Heitz
Winter 2017/18

MARKUS HEITZ

DES TEUFELS GEBETBUCH

ROMAN

Der ehemalige Spieler Tadeus Boch gelangt in Baden-Baden in den Besitz einer mysteriösen Spielkarte aus einem vergangenen Jahrhundert. Alsbald gerät er in einen Strudel unvorhergesehener und mysteriöser Ereignisse, in dessen Zentrum die uralte Karte zu stehen scheint.

Die Rede ist von einem Fluch. Was hat es mit der Karte auf sich? Wer erschuf sie? Gibt es noch weitere? Wo könnte man sie finden? Dafür interessieren sich viele, und bald wird Tadeus gejagt, während er versucht, dem Geheimnis auf die Spur zu kommen. Plötzlich steigt der Einsatz: Es ist um nicht weniger als sein eigenes Leben.

»Gut und Böse sind keine Entscheidungen, die man nur einmal trifft und die dann für immer Bestand haben.«

CHRISTOPHER HUSBERG

FROSTFLAMME
DIE CHRONIKEN DER SPHAERA
ROMAN

Ein düsteres Geheimnis bestimmt das Schicksal von Noth, der seine Vergangenheit enträtseln muss, damit er eine Zukunft haben kann. Winter, eine junge Frau aus dem Volk der Tiellan, verliebt sich in den Fremden, obwohl ihn ihr Volk als Feind betrachtet. Als sie durch einen brutalen Angriff getrennt werden, riskiert Winter alles, um ihn zu finden – sogar, sich durch ihre Magie selbst zu verlieren.
Gemeinsam mit der Priesterin Cinzia, die als Inquisitorin ihre eigene Schwester jagen soll, müssen Noth und Winter sich einer Verschwörung stellen, die bis in die höchsten Kreise hinaufreicht und die Welt in Finsternis zu stürzen droht.

FEUERSTUNDE
DIE CHRONIKEN DER SPHAERA
ROMAN

Auf der Sphaera erhebt sich ein neuer Glaube, angeführt von der Prophetin Jane und ihrer Schwester, der ehemaligen Priesterin Cinzia. Knoth hat sich geschworen, die beiden Frauen zu beschützen, damit die Opfer, die sie alle gebracht haben, nicht umsonst gewesen sind. Doch Gefahr droht nicht nur von der mächtigen Kirche und vom Assassinenorden der Nazaniin: Noth wird schlimmer denn je von quälenden Erinnerungsfetzen heimgesucht. Zur gleichen Zeit findet jenseits des Bluttores in Roden eine junge Tiellanerin einen neuen Beschützer – der ihre einzigartige Begabung für seine eigenen finsteren Zwecke einzusetzen gedenkt.